사랑과 어둠의 이야기 2

SIPUR AL AHAVA VEHOSHECK
by Amos Oz

이 도서의 국립중앙도서관 출판예정도서목록(CIP)은 서지정보유통지원시스템 홈페이지(http://seoji.nl.go.kr)와
국가자료공동목록시스템(http://www.nl.go.kr/kolisnet)에서 이용하실 수 있습니다.
(CIP제어번호: CIP2015030581)

세계문학전집
132

סיפור על אהבה וחושך : עמוס עוז

사랑과 어둠의 이야기 2

아모스 오즈 장편소설

최창모 옮김

문학동네

일러두기

1. 번역 대본으로는 סיפור על אהבה וחושך (עמוס עוז, כתר, 2002)를 사용했다.
2. 원주 표시가 없는 주석은 모두 옮긴이주이다.

차례

37

스가략 거리로 내려가는 길목에 있는 건물은 네 집이 사는 공동주택이었다. 이웃 나할리엘리 씨 집은 2층으로, 그 건물 안쪽에 있었다. 창문은, 한쪽에는 포장된 길이 있고 나머지는 겨울이면 잡초, 여름이면 엉겅퀴로 우거지는 버려진 뒤뜰을 무심히 내려다보고 있었다. 그 뜰엔 빨랫줄과 쓰레기통, 화톳불의 흔적과 낡은 포장 상자, 부서진 초막에서 떨어져 나온 널빤지 조각으로 지은 지붕들이 있었다. 창백한 파란색 시계풀이 벽 위에 피어 있었다.

공동주택에 있는 그 집에는 부엌 하나, 욕실 하나, 출입구 하나에, 방 두 개, 그리고 여덟 마리인가 아홉 마리쯤 되는 고양이들이 있었다. 점심식사 후 이사벨라 선생님과 그녀의 남편인 출납원 나할리엘리 씨는 첫번째 방을 거실로 사용하곤 했고, 밤에는 그들과 그들의 고양이 부대 모두 아주 작은 두번째 방에서 잤다. 그들은 매일 아침 일찍 일어나 모든 가구를 통로로 내놓고, 각 방에 아이 두 명이 함께 앉을 수 있는 긴 의자 서너 개가 딸린 학교 책상 서너 개를 설치한다.

이렇게 오전 여덟시부터 열두시 사이에 그들의 집은 '아동의 집'이라 불리는 사립 초등학교가 되었다.

'아동의 집'에는 두 개 학급과 두 명의 선생님이 있었고, 그 작은 공동주택이 수용할 수 있는 최대 인원, 즉 1학년 학생 여덟 명과 2학년 학생 여섯 명이 다녔다. 이사벨라 나할리엘리 씨는 그 학교 소유주이자 여교장, 가게 주인, 회계원, 강의 요강 발기인, 훈육 담당 특무상사, 양호 선생님, 건물 보수인, 청소부인 동시에 1학년 담임선생님이면서 모든 실무 영역을 책임지고 있었다. 우리는 늘 그녀를 '선생님 이사벨라'라고 불렀다.

그녀는 화통하고, 명랑하며, 포용력 있는 사십대 여성으로, 윗입술에 사마귀, 길을 잃고 헤매는 바퀴벌레처럼 보이는 털 난 사마귀가 있었다. 그녀는 화를 잘 내고, 신경질적이고, 엄격했으나, 털털한 온화함을 갖춘 사람이었다. 주머니가 많이 달려 있는 평범하고 펑퍼짐한 날염 작업복을 입은 그녀의 모습은, 단 한 번의 노련한 눈빛과 상대의 안팎을 잘 겨냥한 두어 가지 질문만으로 상대를 재볼 수 있는 날카로운 눈매를 지닌, 작은 유대 마을에 사는 땅딸막한 성냥 제조상처럼 보였다. 그녀는 순식간에 상대가 누구인지, 어떤 비밀을 지녔는지, 그 밑바닥까지 알아냈다. 심문하는 동안, 그녀의 거칠고 붉은 손은 마치 상대를 위해 완벽한 신부라도, 혹은 머리빗이나, 점비제나, 그도 아니면 최소한 상대의 코끝에 묻은 당혹스러운 녹색 부스러기를 닦아낼 깨끗한 손수건이라도 바로 꺼내줄 것처럼, 그 많은 주머니 속에서 쉼없이 안절부절못했다.

*

선생님 이사벨라는 고양이 목동이었다. 그녀가 어디로 가든지, 그녀의 발치에 걸리고, 옷자락 끝에 매달려 앞으로 나아가는 걸 방해하고 발에 걸려 그녀를 넘어질 뻔하게 하며, 그녀에게 너무나 헌신적이고 그녀를 숭배하는 고양이떼에 둘러싸여 있었다. 그들은 오만 가지 색으로, 옷자락에 발톱으로 매달려 기어올라서 그녀의 넓은 어깨 위에 눕거나, 책을 담아두는 바구니에 몸을 웅크리고 있거나, 알을 품으려는 암탉처럼 신발 위에 자리잡거나, 그녀의 가슴 위에서 뒹굴 특권을 위해 절박하게 울부짖으며 자기네들끼리 싸우곤 했다. 그녀의 수업 시간에는 학생보다 고양이들이 더 많았는데, 그 고양이들은 수업을 방해하지 않으려 완벽하게 침묵을 지켰다. 개만큼이나 길이 잘 들고, 좋은 가정에서 자라난 젊은 처자들만큼이나 잘 양육되어, 그녀의 책상 위나 무릎 위, 우리의 작은 무르팍 위나, 가방 위에, 창틀에, 화학과 미술 공예 재료들을 담는 상자 위에 앉아 있었다.

때때로 선생님 이사벨라는 꾸짖거나 명령을 내렸다. 그중 한두 마리나 다른 녀석이 자기 행동을 곧장 개선하지 않으면, 손가락을 흔들면서 그 고양이의 귀를 비틀거나 꼬리를 잡아당기곤 했다. 고양이들 입장에서 보면, 그들은 언제나 그녀에게 즉각적이고 무조건적으로, 불평 한마디 없이 복종했다. "부끄러운 줄 알아라, 스뭅바벨!" 그녀가 갑자기 소리쳤다. 즉시 어떤 불쌍하고 가련한 녀석이 그녀의 책상 옆에 깔린 양탄자 위에 있던 뒤죽박죽된 무리에서 떨어져 나와, 그녀 눈 밖에 나서 방구석으로 기어나갔는데, 녀석의 뱃가죽은 거의 바닥에 닿을 정도였고, 꼬리는 다리 사이로 감춰져 있고, 귀는 뒤로 젖혀져 있었다. 모든 시선이—아이들이며 고양이들이며 할 것 없이 똑같이—그의 망신살에 대한 증인이 되어, 그에게 고정되었다. 그래서 그 피고인은 굴욕적인 모습으로 가련하게, 자기 죄를 수치스러워하고 후회하며, 어쩌면 최후의 일각에는 기적적으로 집행유예 같은 것이 이루어지지 않을까 희망하면서 구석으로 기어들어갔다.

구석에서 그 불쌍한 것은 가슴을 조이는 죄책감을 갖고 탄원하는 모습을 우리에게 보내며, 내가 이토록 작아졌어요, 하고 말하는 듯했다.

"너, 이 똥강아지 같은 녀석!" 선생님 이사벨라가 그에게 화내며 으르렁거렸고, 그러고 나서 손을 흔들어 녀석을 용서했다.

"좋아. 됐어. 돌아와. 하지만 한 번만 더 잡혔다간 어떻게 될지 명심해."

선고를 다 마칠 필요도 없었으니, 사면된 범죄자는 이미 구혼자처럼 그녀를 향해 춤을 추며, 자기 매력으로 그녀의 머리를 어질어질하게 만들 작정으로, 기쁨을 감추지 못한 채, 꼬리를 바짝 세우고, 귀는 앞으로 쫑긋 세우고, 섬섬옥수 발바닥으로는 껑충 뛰어, 자기 매력의 비밀스러운 힘을 알고 그것으로 애끓는 효과를 자아내면서, 수염을 반짝이고, 빛나는 털을 약간 곤두세우고는, 마치 이제부터 더이상 그보다 더 올곧고 신실한 고양이는 없을 것이라 맹세하며 우리에게 윙크라도 하듯이, 빛나는 눈동자에 독실한 체하는 고양잇과의 교활함을 담아 깜박이며 다가오고 있었다.

선생님 이사벨라의 고양이들은 생산적인 삶을 이끌어가도록 훈련받았고, 정말로 쓸모 있는 고양이들이었다. 그녀는 그들로 하여금 연필이나 분필, 혹은 옷장에서 양말을 가져오거나, 가구 아래 숨어 있는 방황하는 티스푼들을 제자리로 돌려놓도록 훈련시켰다. 창문에 서서 아는 사람이 다가오면 알은체하는 울음소리를 냈지만 낯선 사람이 다가오면 경고하는 울음소리를 냈다. (이 모든 경이로운 일들 대부분을 우리 두 눈으로 보지는 못했지만, 우리는 그녀를 믿었다. 그리고 우리는 그녀가 자기 고양이들이 단어 맞히기 퍼즐을 풀었다고 말했어도 믿었을 것이다.)

선생님 이사벨라의 남편인, 체구가 작은 나할리엘리 씨로 말하자면, 우리는 그를 거의 본 적이 없었다. 그는 거의 우리가 도착하기 전에 일을 나갔고, 어떤 이유로든 집에 있을 때는 부엌에 머물며 거기서 수업시간 동안 조용히 자기 본분을 다해야만 했다. 만약 우리와 그가 이따금 화장실에 가도 된다고 허락을 받는 사건이 없었다면, 우리는 나할리엘리 씨가 협동조합에서 돈을 가져간 창백한 소년, 게첼이었다는 사실을 결코 알아채지 못했을 것이다. 그는 아내보다 거의 스무 살이나 아래였고, 그들이 부부라는 걸 알리기를 원하지 않았다면 어머니와 아들로 통했을 것이 분명했다.

이따금 그가 소고기 파이를 태워먹거나 불에 데거나 해서, 수업중이던 그녀를 불러야 했을 때 혹은 감히 불렀을 때, 그는 그녀를 이사벨라라고 부르지 않고, 아마도 고양이들이 그렇게 불렀을 것처럼, 엄마라고 불렀다. 그녀의 경우는, 젊은 남편을 조류의 세계에서 딴 이름으로 불렀다. 참새나 콩새나 개똥지빠귀나 어쩌면 울새라고. 나할리엘리라는 이름만 빼고.

*

우리집에서 도보로 삼십 분 거리 안에는 아이를 위한 초등학교가 두 개 있었다. 하나는 너무 사회주의적이었고 다른 하나는 너무 종교적이었다. 하투림 가 북쪽에 있는 '노동자 자녀를 위한 벌 카츠넬슨 교육관' 지붕 위에는 노동자계급의 붉은 깃발이 국기와 나란히 휘날리고 있었다. 그들은 거기서 행진과 예식으로 노동자의 날을 경축했다. 선생님과 학생 모두 교장을 '동무'라고 불렀다. 여름이면 선생님들은 카키색 반바지를 입고 성서에 나오는 샌들을 신었다. 뜰에 있는 채소밭에서 아이들은 새로운 마을에서 개척자로서의 개인적인 삶과 농부로서의 삶을 준비했다. 작업장에서는 목공 일이나 금속 세공, 건축이나 엔진과 제동장치 수리나 미세 기계역학 같은 생산적인 기술을 배웠다.

수업 시간에 학생들은 자기가 좋아하는 어느 자리든 앉을 수 있었다. 심지어 소년과 소녀가 함께 앉을 수도 있었다. 그들 중 대다수는 가슴께에 두 개의 청년운동을 나타내는 하얀색이나 빨간색 레이스가 달려 있는 파란색 셔츠를 입고 있었다. 남자아이들은 가랑이까지 올라오는 반바지를 입었고, 여자아이들 반바지도, 역시 부끄러움을 모르게 짧아서, 탄력 있는 허벅지에 탄탄히 달라붙어 있었다. 학생들은 심지어 선생님의 이름을 — 나데브, 엘리킨, 에드나 혹은 하기드(모두 마지막 음절에 강세를 두어 불렀다) — 부를 수 있었다. 그들은 산수와 민족

문화와 문학과 역사뿐 아니라, 유대 정착사와 노동운동사, 집단농장의 규칙이나 계급전쟁 전개의 핵심 국면 같은 과목들을 배웠다. 그리고 〈인터내셔널가〉로 시작해서 "우리는 모두 개척자들"이나 "푸른 제복은 가장 찬란한 보석이다"로 끝나는, 온갖 종류의 노동계급 송가를 불렀다.

노동자 자녀를 위한 교육관에서는 아이들에게 히브리 성경도 시사 문제에 대한 팸플릿 모음집을 활용해 가르쳤다. 왕과 사제들이 기존 사회질서의 모든 부정을 대변한 데 반해, 선지자들은 진보와 사회 정의, 가난한 이들의 복지를 위해 싸우는 존재였다. 어린 다윗은 목동으로, 이스라엘 사람을 블레셋의 멍에로부터 해방시키기 위한 민족운동 선상의 용감한 게릴라 전사였지만, 노년에는 다른 나라들을 정복하고, 사람들을 종속시키며, 가난한 사람의 한 마리 양을 훔치고 노동자의 피를 무자비하게 착취한 식민주의-제국주의의 왕으로 변질되었다.

이 붉은 교육관에서 약 4백 미터쯤 떨어진 곳, 바로 건너편 거리에, '미즈라히', 즉 종교적 시온주의자 운동으로 세워진 타흐케모니 민족-전통 학교가 서 있었는데, 그곳 학생들은 모두 수업중에 키파로 머리를 덮고 있는 남자아이들뿐이었다. 학생들 대부분은, 좀더 자기주장이 강한 아슈케나지 신출내기에게 밀려난 유구한 스파라디 귀족계급과도 별개로, 더 가난한 가족 출신이었다. 이곳 학생들은 보주, 바알로, 다눈, 코르도브로, 사르고스티, 엘프시 등 오직 성씨로만 호명되었고, 반면 선생님들은 나이만 선생님, 알카라이 선생님, 미카엘 선생님, 아비사르 선생님, 반브니스티 선생님과 오피르 선생님 등으로 불렸다. 교장은 '교장 선생님'이라고 불렸다. 아침은 "내가 주께 감사드립니다"

로 시작하는 아침 기도로 시작되었고, 첫 시간은 라시*의 주석이 달린 토라 공부로 이어졌는데, 수업 시간에 그 성직자용 둥그런 모자를 쓴 학생들은 『조상들의 윤리』와 랍비의 지혜가 담긴 다른 작품들, 구전 토라, 아가다와 할라카, 탈무드, 기도와 찬송, 모든 종류의 계명과 선행에 대해 유대법전에서 뽑아낸 것들, 『슐한 아루크』, 유대인 성일과 명절 주기, 세계를 둘러싼 디아스포라 유대 공동체의 역사, 지금까지 내려온 위대한 유대 교사들의 삶, 약간의 전설과 윤리, 약간의 율법 토론, 유다 할레비나 비알리크의 시 몇 편을 읽었고, 그 사이사이 히브리어 문법 약간, 수학, 영어, 음악, 역사, 초등 지리학도 배웠다. 선생님들은 여름에도 재킷을 입고 있었고, 일란 교장 선생님도 언제나 스리피스 정장을 입고 나타났다.

*

어머니는 엄격하게 종교적으로 남아와 여아를 분리하는 것을 인정하지 못했거나, 또는 큰 창문과 조명, 통풍이 잘되는 교실, 쾌활한 채소 화단과 어떤 전염성 강한 젊은 활력의 기쁨이 있던 노동자 자녀 교육관과 비교했을 때, 터키 통치하에 지어진 타흐케모니의 오래되고 육중한 석조 건물이 시대에 뒤처지고 우울해 보인다고 생각한 탓에, 내가 노동자 자녀 교육관 1학년에 가길 바랐다. 그곳은 어쩌면 어느 면에서 로브노에 있는 타르붓 김나지움을 떠올리게 했는지도 모른다.

---

* 중세 랍비. 토라 주석서로 유명하다.

나의 아버지로 말하자면, 선택하는 일로 속을 끓였다. 그는 분명 내가 르하비아에 있는 교수의 아이들과 함께 학교에 다니는 쪽을 더 선호하고 최소한 베이트 하케렘에 사는 의사나 교사나 공무원의 자제들과 같이 학교에 다니길 더 원했을 테지만, 우리는 폭동과 총격의 시절에 살고 있었고, 르하비아와 베이트 하케렘은 둘 다 케렘 아브라함에 있는 우리집에서 버스로 두 정류장 거리였다. 타흐케모니는 아버지의 세속적인 견지와 회의적이고 개명된 정신에 맞지 않는 생경한 곳이었다. 하지만 다른 한편으로, 그는 노동자 자녀 교육관을 좌파적 사상 주입과 프롤레타리아적 세뇌의 음울한 원천으로 여겼다. 그는 붉은 위험과 검은 위험의 유해성을 재보는 것 외에는 다른 대안이 없었고, 두 악 중에 좀 덜한 쪽을 선택할 수밖에 없었다.

지난한 우유부단의 시기를 거친 후 아버지는, 어머니의 선택과 반대로, 나를 타흐케모니에 보내기로 결정했다. 그는 어떤 경우든 종교의 끝은 가깝고, 진보가 재빨리 그걸 쫓아낼 것이며, 심지어 그들이 나를 작은 성직자로 변모시키는 데 성공한다 해도, 내가 곧 넓은 세계로 나아가 그 고풍스러운 먼지를 떨어내고, 회당에 있는 종교적인 유대인들이 몇 년 만에 민족이 막연하게 공유하는 기억 외에는 아무것도 남기지 않은 채 땅에서 얼굴을 떼고 사라져버렸던 것처럼, 내가 그 어떤 종교적인 준수사항도 포기해버릴 것이기에, 그들이 나를 종교적인 아이로 바꾸어놓을 걱정은 없다고 믿었다.

반면, 노동자 자녀 교육관은 아버지의 관점에서는 심각한 위험을 수반했다. 붉은 물결이 우리 땅에 솟아오르고 있었는데, 그 물결은 전 세계를 휩쓸고 있었고, 사회주의의 주입은 재앙으로 향하는 일방통행로였다. 아이를 거기 보낸다면, 그들은 즉시 아이를 세뇌시키고, 아이의 머리에 온갖 종류의 마르크스주의 지푸라기를 쑤셔넣고, 아이를 볼셰비키주의자나 스탈린의 어린 용병 중 하나로 만들어, 결코 다시는 돌아올 수 없는(아버지가 덧붙인 것처럼, "다시 돌아온 자는 아무도 없다") 자신들의 키부츠 중 한 곳으로 보낼 것이었다.

타흐케모니로 향하는 유일한 길은 노동자 자녀 교육관으로 가는 길이기도 했는데, 슈넬러 막사를 따라 나 있었다. 모래주머니로 보강한 벽의 꼭대기에서, 신경질적이거나 유대인 혐오적이거나, 단순히 술에 취한 영국 군인들이 때때로 아래쪽 길로 걸어다니는 행인들에게 총을 쐈다. 한번은 우유 배달원의 커다란 우유 용기가, 킹 데이비드 호텔에서 발생한 폭탄 사건 때처럼, 폭발물로 가득차 있을까 두려워한 그들이 기관총을 난사하여 우유 배달원의 당나귀를 죽였다. 한 번인가 두 번인가 영국 운전수들은 지프차로 보행자를 치어 죽였는데, 그들이 길을 빨리 비켜주지 않았기 때문이라는 소리를 해댔다.

영국 본부의 폭파 사건과 킹 데이비드 호텔 지하에 이르군이 설치한 극악무도한 장치, 마밀라 거리 검찰청 본부와 군경 시설에 대한 공격이 있던 세계대전 이후의 시절, 지하조직 활동과 테러의 나날이었다.

결국 부모님은 또다른 2년간 중세의 암흑기와 스탈린의 덫 사이, 즉 타흐케모니와 노동자 자녀 교육관 사이에서의 좌절스러운 선택을 유보하고, 나를 당분간 이사벨라 나할리엘리 부인의 '아동의 집' 1학년과 2학년 과정에 보내기로 결정했다. 고양이로 득실거리던 그 학교의 대단한 이점은 문자 그대로 우리집에서 부르면 목소리가 들리는 거리에 있었다는 점이다. 집 뜰을 나서 왼편으로 꺾어, 렘베르그 씨 댁 출입문과 오스터 씨의 식료품점을 지나, 자하비 씨 집 발코니 건너편 아모스 거리를 건너, 스가랴 거리로 30미터쯤 내려가서 조심스레 길을 건너면, 거기에 시계풀로 뒤덮인 벽과, 창문에서 내 도착을 알리는 당직인 연한 회색 고양이가 있었다. 스물두 계단만 올라가면, 예루살렘에서 가장 작은 학교 출입문에 달린 갈고리에 물병을 걸 수 있었다. 교실 두 개, 선생님 두 명, 열두어 명의 학생과 아홉 마리의 고양이.

38

내가 1학년을 마쳤을 때, 나는 선생님 이사벨라와 고양이 무리의 화산 폭발 같은 뜨거운 품 안에서 2학년 선생님 젤다의 서늘하고 침착한 손으로 건너갔다. (선생님 젤다에게 고양이는 없었지만 모종의 푸른 잿빛 아우라가 그녀를 둘러싸고 있었고, 그것은 나를 현혹하고 매료시켰다.)

선생님 젤다는 너무나도 부드럽게 말해서, 그녀의 말을 들으려면 우리는 하던 말을 멈춰야 했을 뿐 아니라, 책상 앞쪽으로 몸을 굽혀야 했다. 그 결과 우리는 온 아침 시간을 앞으로 몸을 굽힌 채 보내야 했는데, 한 단어도 놓치고 싶지 않았기 때문이다. 선생님 젤다가 이야기한 모든 것은 황홀하지만 다소 예기치 못했던 것이었다. 마치 히브리어와 썩 다르지 않지만 분명 특이점이 있고 감동적인 언어를 배우는 것 같았다. 그녀는 별을 '천상의 별'로, 심연을 '강력한 심연'이라고 불렀고, '흐릿한 강물'과 '밤의 사막'에 대해 이야기했다. 수업 시간에 학생이 그녀가 좋아하는 무언가를 말하면, 선생님 젤다는 말한 학생을 가리키며 부드럽게 말했다. 보세요, 여러분 모두, 빛으로 넘쳐나는 학생이 있네요. 여학생 중 하나가 백일몽에 잠겨 있으면, 선생님 젤다는 우리에게 누구도 잠들지 못한다는 이유로 비난받을 수 없듯이, 노아가 때때로 깨어 있을 수 없다는 것 때문에 노아에게 책임을 물을 수는 없는 법이라고 설명했다.

어떤 종류의 조롱이든, 선생님 젤다는 그것을 독이라고 불렀다. 거짓말은 '추락'이라고 불렀다. 게으름은 '납으로 된 것'이며, 가십은 '육체의 눈'이라고 명명했다. 거만은 '타들어가는 날개'라 명명했고, 심지어 지우개나 도화지를 건네주는 것 같은 어떤 작은 일을 포기하는 것은 '불똥을 생기게 하는 일'이라고 불렀다. 한 해 중 우리가 가장 좋아하는 축제였던 부림절* 2주 전에, 그녀는 갑자기 공표했다. 아마 올해에는 부림절이 없을 것이라고. 여기 오는 길에 꺼질지도 모른다고.

꺼져? 축제가? 우리는 모두 공황 상태에 빠졌다. 부림절을 잃게 되는 것이 두려웠을 뿐 아니라, 이전까지 들어보지 못한 존재, 원한다면, 마치 자신들이 성냥이라도 되는 양 우리의 축제를 켤 수도 끌 수도 있는 바로 이 강력하고 숨은 힘에게 어두운 공포를 느낀 것이다.

선생님 젤다는 귀찮게 자세히 말하지도 않고, 그저 우리에게 축제가 소멸될지 아닐지에 대한 결정은 주로 우리 자신에게 달려 있다는 힌트

---

* 히브리 성경 에스더서에 나오는 절기로, 페르시아 시대 유대인의 민족적 재앙을 왕비 에스더의 지혜로 극복한 이야기에서 시작되었다. 보통 어린이날로 통한다.

만 주었다. 그녀 자신은 축제 유무 사이를, 신성과 신성모독 사이를 구별하는 그 보이지 않는 힘과 얼마간 연결되어 있었다. 그래서 우리는 축제가 꺼지기를 원치 않는다면, 최소한 선생님 젤다가 우리에 대해 좋게 생각할 수 있도록 우리가 할 수 있는 작지만 특별한 노력에 힘을 기울이는 것이 최선이라고 서로서로 말했다. 아무것도 가지지 않은 누군가에게, 선생님 젤다가 말하곤 했듯이, 보잘것없는 일은 없는 법이니까.

나는 그녀의 눈을 기억한다. 기민한 갈색에, 뭔가 숨기는 듯하지만, 행복하지는 않은 눈. 약간 타타르인 같은 유대인의 눈.

때로 그녀는 수업을 좀 일찍 끝내고 모두를 뜰로 나가 놀도록 내보냈지만, 우리 중 계속해도 될 만한 가치가 있는 두엇은 남아 있게 했다. 뜰에 있는 추방자들은 자유 시간이 주어져서 좋아하기보다는 뽑혀서 교실에 남은 애들을 질투했다.

그리고 때로 시간이 다 되어, 선생님 이사벨라의 교실이 하교하면, 고양이들은 자유를 얻어 공동주택 여기저기 계단과 뜰로 풀려났고, 오직 우리만이 선생님 젤다가 들려주는 이야기 날개 아래서 잊힌 것처럼 보였다. 우리는 한마디도 놓치지 않으려고 책상 위로 몸을 구부렸고, 걱정하는 어머니가 앞치마를 걸친 채로 현관에 와 서서, 허리에 손을 댄 채, 처음엔 참을성 있게 기다리다가, 금빛별의 광선에 외투를 붙들린 길 잃은 구름, 사랑받지 못한 구름에게 무슨 일이 벌어지는지 이야기를 끝까지 듣기 위해 발돋움하면서 어머니 역시 우리 나머지 애들과 함께 경탄으로 가득찬 어린 소녀가 되고 싶어하며, 호기심으로 변한 놀라움을 안고 아이를 기다리곤 했다.

수업중에 학생이 모든 사람에게 할 이야기가 있다고 말하면, 무슨 일을 하고 있든 간에, 선생님 젤다는 학생의 작은 의자에 앉고, 학생을 자기 책상 위에 앉히곤 했다. 그리고 이치에 맞게 이야기하거나 흥미로운 논의 거리를 제안한다는 조건하에 학생을 선생의 역할 중 하나인 경이로운 영역으로 뛰어들도록 장려해주곤 했다. 학생은 그녀나 교실의 흥미를 끄는 한, 계속해서 자리를 차지할 수 있었다. 반면, 뭔가 얼빠진 소리를 하거나, 그저 관심을 끌려고만 애쓸 뿐 사실 말할 거리가 없다면, 그다음엔 선생님 젤다가 아주 냉랭하고 조용한 음성, 어떤 경거망동도 견디지 못하겠다는 그런 음성으로 끼어든다.

"하지만 그건 약간 어리석은 이야기로구나."

혹은

"멍청한 짓은 이제 됐다."

혹은 심지어

"그만둬라. 우리가 평가하기론 넌 지금 스스로를 끌어내리고 있어."

그러면 그 학생은 수치와 당혹스러움에 뒤덮여 자기 자리로 돌아갔다.

우리는 조용히 신중해지는 법을 배웠다. 침묵이 금이다. 분별 있게 말할 수 없다면 인기를 가로채지 않는 게 최선이다. 다른 사람 위로 들려올려져, 선생님의 책상에 앉는 것은, 참으로 기쁜 일이고, 자신의 머리에 도취될 수 있으나, 추락은 순식간이고 고통스럽다. 형편없는 기호나 지나친 영특함은 굴욕을 야기할 수 있었다. 어떤 공적 발화건 사전에 준비하는 것이 중요했다. 언제나 두 번 생각해야 하고, 그게 가만히 있는 것보다 나은지 자신에게 물어봐야 한다.

*

그녀는 내 첫사랑이었다. 삼십대의 미혼 여성, 선생님 젤다, 미스 슈니어손. 나는 아직 여덟 살도 채 안 됐는데, 그녀는 나를 휩쓸고 지나가더니, 그전에는 움직이지도 않았으나 그후에는 멈추지 않게 된 똑딱똑딱 움직이는 메트로놈을 내 안에 설치했다.

아침에 일어나면 나는 심지어 눈을 뜨기도 전에 그녀의 이미지를 불러냈다. 나는 준비를 끝내고, 잠그고, 닫고, 집어들고, 곧장 그녀에게 열심히 직행하기 위해, 눈 깜짝할 사이에 옷을 입고 아침을 먹었다. 내 머리는 매일 그녀 시선의 빛을 더 얻고 그녀가 나를 가리키며 여기 오늘 아침 우리 가운데 빛으로 흘러넘치는 한 소년이 있다고 말하게 하기 위해 그녀에게 바칠 무언가 새롭고 흥미로운 것을 준비하려는 노력으로 녹아내렸다.

나는 매일 아침 사랑으로 현기증을 느끼며 그녀 수업에 앉아 있었다. 혹은 질투심으로 숯 검댕이 된 채. 나는 나에 대한 그녀의 호감을 끌어낼 만한 내 매력을 발견해내려 끊임없이 애쓰고 있었다. 나는 언제나 음모를 짜고 있었다. 어떻게 하면 다른 학생들의 매력을 좌절시킬까? 어떻게 하면 그들과 그녀 사이를 방해할까?

정오에 학교에서 집으로 돌아오면 나는 바로 침대에 누워 그녀와 내가 어떨지 상상했다.

나는 그녀 목소리의 색깔과 그녀 미소의 냄새와 그녀 옷의 살랑거리는 소리를(대개 갈색이나 남색이나 회색의 긴소매 옷에, 간단하게 상아색 비즈 목걸이를 걸거나 이따금은 신중하게 실크 스카프를 맸다)

사랑했다. 최후에 나는 눈을 감고, 머리끝까지 담요를 덮어쓰고 그녀와 동침한다. 꿈속에서 나는 그녀를 끌어안고, 그녀는 내게 대개는 이마 위에 키스한다. 빛의 아우라가 그녀를 둘러싸고, 나도 비추어 빛이 흘러넘치는 소년으로 만들었다.

*

물론, 나는 이미 사랑이 무엇인지 알고 있었다. 나는 너무 많은 책, 아동용 책, 청소년용 책, 심지어 나한테 적합하지 않은 책들까지 게걸스레 해치웠다. 모든 아이들이 바로 자기 어머니나 아버지를 사랑하는 것처럼, 그가 좀더 나이가 들면 모두 가족 외의 누군가와 사랑에 빠진다. 전에는 낯선 사람이었던 누군가이지만, 갑자기 텔아르자 숲에 있는 동굴에서 보물을 찾은 것처럼, 연인의 삶은 다르다. 나는 책을 통해, 사랑에 빠지는 건 병에 걸린 것처럼, 먹지도 자지도 못한다는 걸 알았다. 그리고 난 정말 많이 먹지 않았다. 비록 밤에 잠은 아주 잘 잤고, 낮 시간에도 자고 싶어서 어두워지길 기다렸지만. 이런 잠은 책에 기술된 사랑의 징후와 들어맞지 않았고, 이런 경우에 나는 불면증으로 고통받아야 해서, 내가 정말 어른의 방식대로 사랑에 빠진 건지, 혹은 내 사랑이 여전히 유치한 아이들의 사랑인지는 확신하지 못했다.

그리고 책과 에디슨 영화관에서 봤던 영화와 단순히 공기중에서 이미 접한 덕에, 사랑에 빠지는 것의 이면은 마치 마운트 스코푸스에서 볼 수 있는 모압 산맥 너머와 같아서, 또하나의 보다 무시무시한 풍경은 여기서는 보이지 않으며 그 편이 차라리 더 나을지도 모른다는 것을 알고 있었다. 거기엔 무언가 소름 끼치고, 수치스러우며, 어둠에 속한 것이 숨어 있었다. 내가 잊으려고 너무나 애썼던 그림에 속한 무언가, 유심히 보지 않으려 노력했음에도 여전히 세세한 부분까지 기억나는, 이탈리아 죄수가 철조망 울타리 사이로 보여줘서 제대로 보기도 전에 달아났던 그 사진. 그리고 그건 우리 소년들도 우리 반 여자아이들도 아직 가지고 있지 않은, 여자들의 의상 소품에 속해 있는 것이었다. 그것은 어둠 속에서 살아 있는 것과 움직이는 것 사이의 어떤 다른 것, 요동케 하는 것이었는데, 축축하고 털로 가득하고, 한편으로 나로서는 아무것도 모르는 편이 훨씬 나은 무엇이지만, 반면에 내가 그에 대해 아무것도 모른다면, 내 사랑은 다만 어린아이의 것에 지나지 않게 된다.

아이의 사랑은 뭔가 다른 것이고, 상처 주지 않는 것이며, 노아와 함께한 요압이나, 노아와 함께한 벤암미나 심지어 아브넬의 형제와 함께한 노아처럼 당혹스럽지도 않은 것이다. 그러나 내 경우엔 우리 반 여자아이나 이웃에 사는 누군가, 내 또래 여자아이나, 아니면 요에제르의 큰누나처럼 조금 나이가 많은 여자애가 아니었다. 나는 한 여자와 사랑에 빠진 것이다. 그리고 훨씬 더 나쁜 점은 그녀가 선생님이라는 것이었다. 담임선생님. 놀림거리가 되지 않으면서 내가 다가가서 그에 대해 물어볼 수 있는 사람은 전 세계를 통틀어 아무도 없었다. 그녀는 조롱을 독이라고 불렀다. 거짓말은 추락으로 간주했다. 실망은 슬픔, 혹은 몽상가의 슬픔이라고 불렀다. 거만은 분명 타들어가는 날개였다. 그리고 그녀는 수치를 당하는 것을 하느님의 형상이라 불렀다.

그리고 나는? 때때로 그녀가 수업 시간에 빛이 흘러넘치는 아이라고 불렀던 나는, 그리고 이제 그녀 때문에 암흑이 흘러넘치는 난 어떻게 되나?

*

그리고 갑자기 나는 더이상 '아동의 집'이라 불리는 초등학교에 가기 싫어졌다. 천지에, 심지어 화장실까지도, 옷 틈으로 매달리는 고양이떼가 있고, 어느 가구 밑에서든 오래되어 말라붙은 고양이 오줌 냄새가 끊임없이 나는 나할리엘리 씨의 공동주택 말고, 교실이 있고, 종이 있고, 운동장이 있는 진짜 학교에 가고 싶었다. 진짜 학교는, 교장선생님이 갑자기 나타나 코끝에 매달린 당혹스러운 녹색의 부스러기를 잡아당기지도 않는 곳이고, 협동조합의 출납원과 결혼하지도 않는 곳이며, 빛이 흘러넘치는 남자아이라는 호칭도 들리지 않는 곳이다. 사랑이나 그런 종류의 어떤 것에도 빠지는 일이 없는 학교.

그리고 정말로, 한바탕 부모님의 말다툼, 러시아어로 속삭이던 말다툼, 치초르니체보이 같은 종류의 말다툼 끝에, 아버지가 명백히 승리하여, 나는 '아동의 집' 2학년을 마치고 여름방학이 끝난 후에, 3학년부터 노동자 자녀 교육관이 아니라, 타흐케모니에 다니기로 결정되었다. 두 가지 악 중에, 붉은 악이 검은 악보다 더 나빴다.

그러나 나와 타흐케모니 사이에는 여전히 사랑으로 점철된 온 여름이 펼쳐져 있었다.

"넌 왜 또 선생님 젤다 집에 가니? 아침 일곱시 삼십분에? 뭐, 또래 친구도 없니?"

"하지만 선생님이 날 초대하셨어요. 선생님이 내가 좋을 때면 언제든지 올 수 있다고 하셨는걸요. 심지어 매일 아침에라도요."

"그렇게 말씀하셨다고. 그렇게 말씀해주신 건 좋은 일이지. 하지만 어디, 말해보아라, 네가 생각하기에, 여덟 살짜리 아이가, 자기 선생님 앞치마 끈에 매달리는 건, 좀 부자연스러운 일 같지 않니? 그것도 전 담임 선생님에게? 매일? 일곱시 정각에? 그것도 여름방학 기간 내내? 네가 생각해도 좀 도가 지나친 것 같지 않니? 좀 무례한 것 같지 않아? 제발 생각 좀 해봐! 이성적으로!"

나는 설교가 끝나기를 기다리면서, 서둘러 무게를 참을성 없이 한 발에서 다른 쪽 발로 옮기며 불쑥 내뱉었다. "알았어요! 생각해볼게요! 이성적으로!" 나는 말하면서 이미 독수리 날개를 타고 3번 버스 정류장 건너, 하시아 부인의 유치원 맞은편, 우리 머리 위 달 아래 이슬이 맺힌, 갈릴리 고지대에서부터 태양이 내리쬐는 평야를 거쳐 곧장 우리의 우울하고 작은 거리들에 도착한 커다란 양철 우유통들이 있던, 우유 배달부 랑거만 씨 댁 뒤, 스바냐 거리에 있는 건물 일층 그녀의 집으로 달리고 있었다.

그러나 그 달은 여기에 있다. 선생님 젤다가 그 달이었다. 골짜기와 샤론과 갈릴리 위로 태양의 땅, 거칠고 볕에 그은 개척자들의 영역이 펼쳐져 있었다. 여기가 아니라. 스바냐 거리에 있는 이곳은 심지어 여름 아침에도 여전히 달빛이 비추는 밤의 그림자가 있었다.

나는 매일 아침 여덟시 전에 그녀의 창문 밖에, 머리칼은 물을 좀 발라 붙이고, 깨끗한 셔츠는 반바지 윗부분에 말끔하게 집어넣은 채 서 있었다. 나는 그녀의 아침 허드렛일들을 도와주기 위해 기꺼이 자원했다. 그녀를 위해 가게로 뛰어다니고, 뜰을 쓸고, 그녀의 제라늄 화분에 물을 주었으며, 그녀의 작은 세탁물들을 빨랫줄에 널어주고, 마른 옷가지는 걷어 오고, 그녀를 위해 자물쇠가 녹슨 우편함에 있는 편지를 낚아 왔다. 그녀는 내게 물 한 잔을 주었는데, 물을 그냥 물이 아니라 맑은 물이라 불렀다. 부드러운 서풍을 그녀는 서쪽에서 불어오는 것이라 불렀고, 그 바람이 솔잎을 요동케 하면, 바람이 그 가운데서 물장난을 한다고 했다.

내가 몇 가지 집안일을 마치고 나면, 우리는 등심초로 만든 안락의자 두 개를 뒤뜰로 가지고 나가, 경찰 훈련 학교와 수아파트 아랍 마을을 북쪽으로 마주하고 있는 선생님 젤다의 창문 아래 앉아 있곤 했다. 우리는 움직이지 않고 여행을 했다. 지도-아이가 되어, 나는 지평선 위 가장 멀고 가장 높은 언덕 꼭대기에 있는 나비 슈무엘 모스크 너머가 베이트 호론 골짜기이고, 그 너머는 베냐민과 에브라임, 그다음 사마리아와 길보아 산맥, 그리고 그 뒤는 골짜기들과 타보르 산과 갈릴리라는 것을 알았다. 나는 그곳에 가본 적이 없었다. 일 년에 한두 번 우리는 축제 중 하루에 텔아비브에 갔다. 두 번은 하이파 뒤편 키리얏 모스킨 끝자락에 있는 외할머니와 외할아버지의 타르 종이로 만든 판잣집에 있었고, 한번은, 거기서 내가 아무것도 보지 못했다는 건 별개로 치고, 바트 얌에 갔었다. 선생님 젤다가 내게 말로 설명해준, 하롯샘과, 사페드의 산들과, 키네렛의 강기슭은 실제로는 경이로운 장소가 아니었다.

우리의 여름이 지난 다음해 여름, 예루살렘은 우리가 아침 내내 앉아 있던 곳과 마주하는 언덕 꼭대기부터 포격당했다. 베이트 이크사 마을 바로 옆과 나비 슈무엘 언덕 옆에서 트란스요르단 아랍군에 복무하는 영국군 포병 중대의 총들이 전투 태세를 갖췄고, 포위당하고 굶주린 도시 위로 수천 개의 포탄이 비처럼 쏟아져내렸다. 그리고 몇 년 후 우리는 라마트 에쉬콜, 라못 알론, 마알롯 다프나, 탄약 언덕, 기바트 하미브타르, 프랑스 언덕, 그리고 포격으로 녹아내린 모든 언덕의 꼭대기가 빽빽이 들어찬 주거지로 뒤덮인 것을 볼 수 있었다. 그러나 1947년 여름, 모든 바위 언덕, 가벼운 바위와 어두운 덤불 밭뙈기로 얼룩진 경사면들은 여전히 유기되어 있었다. 내 눈은 홀로 남은, 강한 겨울바람에 등이 굽어버린, 고집스러운 늙은 소나무 위를 맴돌았다.

*

그녀는 내게 그날 아침, 처음부터 읽어주기로 맘먹었는지는 모르겠지만, 이런 내용들을 읽어주었다. 하시디즘 설화, 아가다, 랍비의 전설, 알파벳 문자를 조합하고 경이로운 일과 기적을 행한 거룩한 카발라주의자들에 대한 다소 애매한 이야기들. 때때로 이 신비들이 자신의 영혼과 가난한 자, 압제받는 자, 심지어 전체 유대인의 영혼까지 구원하려 애쓰고 있다 하더라도, 그것들이 그 모든 필수적인 경계를 담고 있지 않으면, 그 이야기들은 언제나 그 조합 속에서 벌어지는 한 가지 실수나, 신성한 정신적 방향성의 공식에 스며든 단 한 알의 불순물 때문에 끔찍한 재앙을 야기했다.

그녀는 내 질문에 기묘하고 예상치 못한 답으로 응수했다. 때때로 그것들은 무시무시한 방식으로 아버지의 견고한 논리의 원칙을 파헤

치는, 꽤 거칠고 위협적인 것처럼 보였다.

혹은, 때로 그녀는 예측 가능하고, 간단하지만 흑빵처럼 영양가 있는 답변을 해줌으로써 나를 놀라게 했다. 예상 가능했던 것조차도 그녀의 입에서는 가장 예기치 못한 방식으로 나왔다. 그리고 실제로 그녀가 말한 모든 것에 무언가 기묘하고 혼란스러우면서도, 공포스럽기까지 한 것이 있었는데, 그래서 나는 그녀를 사랑했고 그녀에게 매료되었다. "마음이 가난한 자", 예컨대, 그녀는 그런 이들이 나사렛 예수에게 속해 있지만 이곳 예루살렘에 사는 우리 유대인 가운데도 마음이 가난한 자가 많이 있다면서, '그 사람'만 그런 의도였다는 의미는 필연적인 게 아니라 했다. 혹은 비알리크의 시 「내 운명이 그대와 함께 있게 하소서」에 나오는 "마음이 무딘 자"는 사실 현존하는 우주를 유지하는 숨겨진 의인이라고 했다. 그다음에 그녀는 내게, 비록 삶은 너저분한 선술집처럼 진창이 되었지만 그 자신만은 너저분함이나 불순함으로 물들지 않았던 순수한 마음을 지닌 비알리크의 아버지에 대해 비알리크가 쓴 시를 읽어주었다. 그런 것에 감동한 사람은 시인이었던 그의 아들뿐이었는데, 어떻게! 비알리크 자신은 「나의 아버지」 첫 두 행을 쓰면서, 그 시에서 그와 그의 너저분함에 대해, 자기 아버지에 대해 다 알려주기도 전에 그 첫 두 행을 먼저 쓸 수가 있었는지. 그녀는 아버지의 순수한 삶에 대한 그 시가 사실은 아들의 삶의 불순함에 대한 쓰디쓴 고백으로 열린 것이라는 점을 학자들이 눈치채지 못한 게 기묘하다고 생각했다.

어쩌면 그녀가 이 모든 말을 하지 않았는지도 모르겠다. 결국, 그녀가 말한 모든 것을 내가 거기 앉아 연필과 노트를 가지고 받아쓴 게 아니었으니까. 그리고 그 이후로 50년도 더 지나갔고. 그 여름에 내가 선생님 젤다로부터 들은 것 대부분은 내가 이해할 수 있는 범주를 넘어선 것이었다. 그러나 날마다 그녀는 내 이해의 골대를 높이 올렸다. 가령, 내가 기억하기론 그녀는 내게 비알리크에 대해, 그의 어린 시절과 그의 실망과 충족되지 않은 열망에 대해 이야기했다. 내 나이를 넘어서는 것까지도. 다른 시 중에서도 그녀는 분명히 내게 「나의 아버지」를 읽어주었고, 순수와 불순의 고리에 대해 이야기했다.

*

그러나 그녀가 정확히 어떤 말들을 했더라?

지금 2001년 6월 말 어느 여름날 아라드에서 연구를 하면서, 나는 그 내용을 복원해보려고 혹은 차라리 추측해보려고 혹은 이미지를 불러일으켜보려고, 거의 무에서 유를 창조하려고 애쓰고 있다. 두세 개의 뼈를 토대로 공룡 전체를 복원시킬 수 있는 자연사박물관의 고생물학자들처럼.

나는 선생님 젤다가 한 단어를 그다음 단어 옆에 배치하는 방식을 사랑했다. 때때로, 그녀는 평범하고 일상적인 단어를 역시 꽤 평범한 단어 다음에 배치하곤 했는데, 평소에는 서로 옆에 서는 일이 없는 두 단어, 그 두 단어가 돌연 서로 곁에 있게 되면서 전기 스파크 같은 것이 그 사이에 일었고, 나는 숨막히게 놀랐다.

그녀의 시 「오래된 맹인학교에서」의 몇 행을 인용해본다.

나는 왜 산의 멸시를 두려워했나……
한 번도 맛보지 못한 열매의 땅에서
새처럼 다가온 내 영혼……
밤의 정원은 부드러운 어둠의 맹세를 깨버렸고……
나는 처음으로 별들과 별자리가 빛나던 밤은 그저 소문일 거라 여겼거늘……

이 시의 마지막은 이러하다.

당신의 어둠은
신호로 가득하다는 것을,
경이, 심연, 광휘,
불가능을 향한 그대 영혼의 여행에 대해
나는 아무것도 몰랐다는 것을 이해했더라면.

*

그 여름 젤다는 여전히 미혼이었지만, 때때로 한 남자가 뜰에 나타났다. 내가 보기에 그는 젊어 보이지 않았고, 그의 외양은 종교적인 유대인으로 보였다. 그는 우리 사이를 지나치면서 부지중에 우리 둘 사이에 절로 얽혀 있던, 보이지 않는 아침 거미줄 뭉치를 끊어버렸다. 때로는 내게 등을 돌리고 서서 선생님 젤다와 77년까지는 아닐지라도 7년쯤은 지속된 대화를 나누면서 내게 고개를 끄덕이며 허섭스레기 같은 미소를 날렸다. 그것도 내가 단 한 마디도 이해하지 못하도록, 이디시어로. 심지어 한 번인가 두 번은 내가 그녀에게 결코 뽑아낼 수 없었던 소녀 같은 웃음소리를 그녀로부터 어떻게인지 끌어내기까지 했다. 난 꿈에서도 하지 못한 일이었는데. 절망 속에서 나는 며칠 동안 말라기 거리 바닥에서 돌아가고 있던 시끄러운 콘크리트 믹서의 세세한 이미지를 불러냈다. 자정에 그를 살해한 뒤, 새벽녘에 그 믹서의 뱃속으로 이 광대를 세게 내던지는 것이었다.

*

나는 단어-아이였다. 쉬지 않고 지칠 줄 모르는 이야기꾼. 심지어 아침에 눈이 떠지기도 전에, 중단되는 일 없이 저녁에 불이 꺼진 후 그 너머 꿈에서도 계속되는 연설의 배에 올랐다.

그러나 내 얘기를 들어주는 이는 아무도 없었다. 내 나이 또래 다른 아이들에게 내가 하는 모든 말은 반투어나 스와힐리어 같은 통 알아들을 수 없는 말처럼 들렸고, 어른들로 말하자면, 그들은 모두 나처럼, 아침부터 밤까지, 그 누구도 다른 사람 말을 듣지는 않고 연설만 했다. 그 시절 예루살렘에서는 모두가 그 누구의 얘기도 듣지 않았다. 어쩌면 사실 그들은 심지어 자기 자신의 이야기조차 듣지 않았는지도 모른다(주의깊게 들어주고, 심지어 자기가 들은 것에서 많은 기쁨까지 얻었지만, 내 말 말고, 숙녀들의 말만 들었던 훌륭한 노년의 알렉산더 할아버지는 제외하고).

따라서 내 말을 듣기 위해 열린 귀는, 아주 드문 경우를 빼고, 전 세계를 통틀어 단 하나도 없었다. 그리고 설사 누군가 황송하게도 내 얘기를 들어준다고 해도, 비록 정중하게 내 얘기를 계속 들으면서 재미있는 척하기는 했지만 삼사 분이면 내 이야기를 지루해했다.

오직 내 선생님 젤다만이 내게 귀기울여주었다. 갑작스레 위로 끓어 넘치는 광적인 젊은이를 동정하여 따분함에 숙련된 귀를 빌려주는 친절한 아줌마처럼이 아니라. 그렇다, 그녀는 마치 나를 통해 자신을 기쁘게 해주거나 자신의 호기심을 일으켜주는 무언가를 배우고 있는 것처럼, 천천히 진중하게 내 말을 들었다.

게다가, 선생님 젤다는 내가 말하기를 원할 때면, 내 화톳불에 나뭇가지를 던지면서 불꽃을 부드럽게 부채질해서 내 위신을 세워주었고, 충분하다고 느낄 때면 이렇게 말하기를 주저하지 않았다.

"지금 당장은 충분하단다. 이제 그만 말해주렴."

다른 사람들은 삼 분이면 이미 듣지 않았지만, 항상 다른 생각을 하고 있으면서도 내가 만족할 때까지 듣는 척하면서 나로 하여금 한 시간 이상 쓸데없이 주절거리게 했다.

이 모든 것이 내가 2학년을 마치고, '아동의 집'을 마친 뒤 타흐케모니 학교에서 새 출발을 하기 전에 일어난 일이었다. 나는 딱 여덟 살이었지만, 그때까지 게걸스레 해치운 일이백 권의 책에 더하여, 이미 신문이며 회보, 온갖 종류의 잡지를 읽는 습관이 들어 있었다(내 손에 떨어진 것이면 거의 무엇이든지, 꽤 마구잡이로. 나는 아버지의 서재를 헤매며, 현대 히브리어로 쓰인 어떤 책이든 찾기만 하면 언제든 이 모서리로 그걸 덥석 물어 갉아먹으려 떼어냈다).

나도 시를 썼다. 히브리 군부대에 대해서, 지하조직 투사들에 대해서, 정복자 눈Nuns의 아들 여호수아에 대해서, 심지어 짓이겨진 딱정벌레나 가을의 슬픔에 대해서. 나는 이 시들을 아침에 내 선생님 젤다에게 바쳤고 그녀는 그것들을 마치 자신의 책임이라고 의식하듯, 조심스럽게 다루었다. 그녀가 각각의 시에 대해 뭐라고 말했는지는 기억나지 않는다. 사실 그 시들도 다 잊어버렸다.

그렇지만 그녀가 시와 음운에 대해 말했던 것은 기억이 난다. 시인의 영혼에서부터 나오는 음성이 아니라, 다양한 단어들이 만들어내는 다른 음가에 대해서. 가령, 살랑거리는 소리는 속삭이는 단어이고, 귀에 거슬리는 소리는 끽끽 소리를 내는 단어이며, 으르렁거림이라는 단어는 깊고 두터운 소리이며, 음조라는 단어는 섬세한 소리이고, 소음이라는 단어는 그 자체로 시끄러운 것이다. 그 외 등등, 그녀는 단어와 그 음가에 대한 레퍼토리를 전부 가지고 있었고, 나는 이제 직접 산출해낼 수 있는 것보다 기억에 물어보는 게 더 많다.

나는 이 말을 선생님 젤다로부터 우리가 가까워진 여름에 들었던 것 같다. 나무 한 그루를 그리고 싶다면, 그저 나뭇잎 몇 개를 그려라. 나뭇잎을 전부 다 그릴 필요는 없다. 사람 한 명을 그린다면 머리카락을 전부 다 그릴 필요는 없다. 그러나 이에 관해서 그녀는 일관성이 없었다. 한번은 내가 너무 많이 썼다고 했고, 또 한번은 사실 내가 좀더 써야 했다고 말했다. 그렇지만 어떻게 알 수 있겠는가? 나는 오늘날에도 여전히 답을 찾고 있다.

*

선생님 젤다는 또한 내게, 이전까지는 내가 결코 마주한 적 없던, 클라우스너 교수님 댁에서나 집에서, 혹은 거리에서나, 아니면 내가 이제껏 읽었던 책에서도 본 적 없는 히브리어, 기묘하고 무정부주의적인 히브리어를, 성인들의 이야기 속 히브리어, 하시딤 설화, 민간전승, 이디시어가 스며든 히브리어를, 모든 규칙을 깨고, 어휘의 성性, 과거와 현재형, 대명사와 형용사를 혼란케 하며 질척거리고 심지어 지리멸렬한 히브리어까지 드러내 보여주었다. 하지만 그 이야기들이 얼마나 생명력이 있었는지! 눈에 관한 이야기 속에서, 글은 그 자체가 얼음으로 된 단어들로 형성된 것처럼 보였다. 불에 관한 이야기 속에 있는 단어들은 스스로 타올랐다. 온갖 기적적인 행위에 대한 그녀의 이야기 속에는 얼마나 기묘하고 최면적인 달콤함이 있었는지! 마치 작가가 그의 펜을 와인에 담근 것처럼. 단어들은 입안에서 갈지자로 비틀거렸다.

그 여름 선생님 젤다는 또한 내게 정말로, 그야말로 정말, 내 나이 또래에 적합하지 않은 그런 시집을 펼쳐주었다. 레아 골드베르그의 시들. 우리 츠비 그린베르그. 바트 미리얌과 에스더 라압. Y. Z. 리몬의 시집.

마치 걸어두면 주변 그림들을 견디지 못하게 하는 어떤 그림처럼, 그 주변에서는 완전히 침묵할 필요가 있고, 충분한 공간을 줄 필요가 있는 어떤 단어들이 있다는 사실을 배운 것은 바로 그녀로부터였다.

나는 선생님 젤다로부터 수업 시간과 그녀 집 마당을 가릴 것 없이 엄청난 양을 배웠다. 분명 그녀는 자신의 비밀을 나와 공유하는 것을 괘념치 않았다.

그러나 비밀 중 몇 가지뿐이었다. 가령, 나는 그녀에 대한 어떤 사실도 거의 알지 못했고 그녀 역시 선생, 나의 사랑하는 이라는 것 말고는 어떤 희미한 힌트도 주지 않았는데, 실은 그녀는 시인 젤다이기도 해서, 시 중 몇 편은『문예증보』에, 한두 편은 무명 잡지에 출판되었다. 나는, 나처럼, 그녀도 그저 어린아이일 뿐이라는 사실을 알지 못했다. 나는 그녀가 유명한 하시딤 랍비 왕가의 일가라는 것도 몰랐고, 루바비치의 랍비 메나헴 멘델 슈니어손(그들의 아버지는 형제였다)의 사촌이었다는 것도 몰랐다. 그리고 그녀가 회화도 배웠다거나 한 극단에 속해 있었다거나, 심지어 그때 작은 시 애호가 모임 가운데서 소소한 명성을 누리고 있었다는 것조차 알지 못했다. 나는 나의 라이벌인, 그녀의 다른 구혼자가 랍비 하임 미슈콥스키였다는 사실도 몰랐고, 그녀의 것이자 나의 것이었던 우리의 여름이 지난 2년 뒤, 그가 그녀와 결혼하게 되리라고는 상상도 하지 못했다. 나는 그녀에 대해 아는 것이 아무것도 없었다.

1947년 가을 초, 나는 타흐케모니 종교 초등학교 3학년으로 입학했다. 새로운 스릴이 내 삶을 채웠다. 그리고 어쨌든 간에, 초등학교 수업을 들으면서도 계속 선생님 치맛자락에 아이처럼 매달리는 것은 내게 어울리지 않았다. 이웃들은 놀라 눈썹을 치켜뜨고 있었고, 그들의 아이들은 나를 놀림감으로 삼기 시작했고, 심지어 나조차 나를 놀림감으로 취급했다. 매일 아침 그녀에게 계속 달려가다니 대체 무슨 짓이람? 온 이웃이 그녀의 빨래를 걷어주고 그녀의 뜰을 청소해주고 아마도 별이 빛나는 한밤중엔 그녀와 결혼까지 하는 꿈을 꾸던 정신 나간 꼬마 남자아이에 대해 말하기 시작할 때 어떻게 보였겠는가?

*

그후로 몇 주 뒤, 예루살렘에서 격렬한 충돌이 발발했고, 이후 전쟁, 포격, 포위와 기아가 도래했다.* 나는 선생님 젤다로부터 줄행랑을 쳤다. 더이상 아침 일곱시 정각에 뛰어다니거나 그녀의 집 마당에 같이 앉아 있으려 발라 붙인 머리를 닦거나 문지르지 않았다. 나는 더이상 전날 밤 쓴 시들을 그녀에게 가져가지 않았다. 거리에서 우리가 만났다면 나는 허둥지둥, "안녕하세요-잘 지내시죠-선생님-젤다"라고, 물음표도 찍지 않고 웅얼거리고는, 대답은 기다리지도 않고 도망쳤을 것이다. 나는 벌어진 모든 일이 다 부끄러웠다. 심지어 그녀에게 내가 꽁무니를 빼도 되겠느냐고 정중히 말하기는커녕 한마디 설명도 없이 그렇게 갑자기 그녀에게서 내뺀 방식이 부끄러웠다. 그리고 내 생각에 그녀는 필시 여태껏 내가 그녀를 두고 꽁무니를 뺐다고 여기지는 않을 것이기에, 나는 그녀의 생각들이 부끄러웠다.

우리는 마침내 케렘 아브라함에서 벗어나 아버지가 꿈꾸던 곳 르하비아로 이사했다. 그후 어머니가 돌아가셨고 나는 키부츠에 일하며 살러 갔다. 내 뒤에 남겨진 예루살렘을 단호하게 떠나고 싶었다. 모든 연결 고리들이 가혹했다. 가끔 나는 한 권의 잡지에서 젤다가 지은 시 한 편을 뜻밖에 발견하곤 했고, 그래서 그녀가 여전히 살아 있다는 것과

* 1947년 말부터 시작된 제1차 중동전쟁. 이스라엘 독립전쟁이라고도 부른다.

여전히 감정을 지닌 한 사람이라는 것을 알았다. 그러나 어머니의 죽음 후로 나는 모든 감정에 주춤하게 되었고 특히 나 자신과 엮인 감정을 지닌 여자들과는 거리를 두고 싶었다. 대체로는.

내 이웃에서 벌어진 사건들을 다소 담은, 내 세번째 책 『나의 미카엘』이 출간되었을 때, 젤다의 첫 시선집 『여가』 역시 출간되었다. 나는 그녀에게 축하의 말 몇 마디를 바칠까 생각했지만, 그러지 않았다. 그녀에게 내 책을 보낼까도 생각했지만, 그러지 않았다. 그녀가 여전히 스바냐 거리에 살고 있을지 어딘가 다른 곳으로 이사를 했을지 어떻게 알 수 있겠는가? 어쨌든, 나는 나 자신과 예루살렘 사이에 선을 긋고, 그녀와 다시 연결되지 않도록 『나의 미카엘』을 썼다. 『여가』에 나오는 시 가운데서 나는 선생님 젤다의 가족을 발견했고, 우리 이웃 중 몇몇도 만났다. 이후 『보이지 않는 카르멜』과 『산도 불도 아닌』이라는 두 권의 시집이 더 나왔는데, 그 시집들은 수천 독자의 사랑을 불러일으켰고, 그녀가 저명한 문학상들을 받게 해주었고, 고독한 여성인 선생님 젤다가 교묘히 피하며 무심하게 대하는 것 같던 갈채의 포격도 얻게 해주었다.

*

내 어린 시절, 영국 통치 마지막 해에는 예루살렘 전체가 집에 앉아 글을 썼다. 그 시절엔 사람들은 라디오를 거의 가지고 있지 않았고, 텔레비전이니 비디오니 CD 플레이어니 인터넷이니 이메일이니 하는 것은 물론 심지어 전화기도 없었다. 그러나 누구나 연필과 공책은 가지고 있었다.

전체 도시가 저녁 여덟시 정각이면, 영국의 소등령 때문에 집안으로 들어가 닫혔고, 소등령이 없어지고 난 후에도 저녁이면 예루살렘은 자발적으로 그 자신을 닫았으며, 바람과 길고양이와 가로등에 비친 빛 웅덩이를 빼고는 밖에서는 아무것도 움직이지 않았다. 그리고 심지어 이런 것들조차 언제든 탐조등과 총을 들고 거리를 순찰하는 영국 지프차가 지나쳐갈 때마다 그늘 속에 몸을 숨겼다. 저녁은 태양과 달이 더 천천히 움직였기에 더 길어졌고, 모두가 가난했기에 전깃불은 희미했다. 그들은 전구를 아꼈고 조명을 아꼈다. 그리고 때로는 전기가 몇 시간이나 며칠 동안 끊겼고, 숯 검댕 이는 파라핀 램프나 촛불로 삶을 연명했다. 겨울비도 지금보다 훨씬 더 거셌고, 주먹을 쥔 바람과 천둥과 번개의 메아리 역시 비와 함께 빗장 지른 덧문을 두드렸다.

우리는 밤마다 잠그는 의식을 가졌다. 아버지는 셔터를 닫기 위해 밖으로 나가곤 했는데(셔터는 밖에서만 닫혔다), 음식을 찾거나 자기 여자와 아이들을 지키기 위해 따뜻한 동굴에서 대담하게 나오곤 했던 덥수룩한 석기시대 남자처럼, 혹은 『노인과 바다』에 나오는 어부처럼, 그는 용감하게 비와 어둠과 알려지지 않은 밤의 위험이라는 아가리 속으로 나가서, 스스로의 힘으로 그 흉포한 요건들과 용감하게 맞서기 위해, 빈 가방을 머리에 둘러쓰고 알려지지 않은 밤의 위험과 마주칠지도 모르는 밖으로 나갔다.

저녁마다 그는 셔터를 닫고 돌아올 때, 안쪽에서 앞문을 잠그고 빗장을 제자리에 올려두었다(약탈자나 침략자를 막는 문을 수호해주는 공동주택의 쇠 빗장을 고정시키도록 쇠로 된 까치발이 양쪽 문설주에 설치되어 있었다). 두터운 돌벽은 쇠로 된 셔터를 따라 우리를 악에게서 지켜주고 있었고, 우리집 뒷벽의 다른 편 위로 그저 거대하게 서 있는 어두운 산은 거구의 과묵한 레슬링 선수처럼 우리를 지키며 서 있었다. 온 바깥세상이 닫혀 있었고, 우리의 무장된 선실 안쪽에는 딱 우리 셋, 난로, 그리고 바닥부터 천장까지 책 위에 책으로 뒤덮인 벽이 있을 뿐이었다. 그렇게 아파트 전체는 매일 저녁 밀봉되었고 천천히, 잠수함처럼, 겨울의 표면 아래로 가라앉았다. 우리 바로 옆에서 세계가 갑자기 끝나버렸기에. 바깥 앞뜰을 끼고 왼편으로 돌고, 아모스 거리 끝에서 2백 미터쯤 더 앞으로 나아가서, 다시 왼쪽으로 돌고, 스바냐 거리 마지막 집까지 3백 미터쯤 걸으면, 거기가 길의 끝이고 도시의 끝이고 세계의 끝이었다. 거기를 넘어서면, 그저 빽빽한 어둠 속에 인적 없는 층암절벽과 좁은 골짜기, 동굴, 민둥산, 계곡과 암흑의 비가 쓸고 지나간 석조 마을 들이 있었다. 리프타, 슈아팟, 베이트 이크사, 베이트 하니나, 나비 슈무엘.

저녁마다 예루살렘에 사는 모든 거주민은 우리처럼 자기 집에 자신을 가두고 글을 썼다. 르하비아와 탈피옷, 베이트 하케렘과 키리얏 슈무엘의 교수와 학자, 시인과 작가, 이론가와 랍비, 혁명론자와 묵시적 예언가와 지식인 들이. 책을 쓰지 않으면 논설을 썼다. 논설을 쓰지 않으면, 운문을 쓰거나 온갖 종류의 팸플릿이나 낱장 전단문을 작성했다. 영국에 대항하는 불법 벽보를 쓰지 않으면 신문에 투고할 원고를 썼다. 아니면 서로에게 보낼 편지를. 예루살렘 전체가 저녁이면 종이 한 장에 몸을 굽히고, 고치고, 지우고, 쓰고, 다듬으며 앉아 있었다. 요셉 큰할아버지와 아그논 씨도, 탈피옷에 있던 그들의 작은 거리 어느 쪽에서나. 알렉산더 할아버지와 선생님 젤다. 자르키 씨와 아브람스키 씨와 부버 교수와 숄렘 교수와 베르그만 교수와 토렌 씨와 네타냐후 씨와 비슬랍스키 씨와 그리고 심지어 우리 어머니까지도. 아버지는 리투아니아 민족 서사시에 슬며시 들어가 있는 산스크리트어, 혹은 호메로스가 백러시아 시에 미친 영향을 연구하고 밝혔다. 밤이면 그는 우리의 작은 잠수함에서 잠망경을 올려 단치히나 슬로바키아를 향했다. 우리 왼편에 살던 이웃 비홉스키 씨 가족도 아마 매 저녁마다 역시 집필을 했고, 로젠도르프 씨 일가도 위층에서, 길 건너편 슈티크 씨 일가도 집필을 하는 동안, 오른편에 있는 우리 이웃, 렘베르그 씨는 앉아서 이디시어로 자신의 회고록을 썼다. 오로지, 우리집 뒷담 너머에 있는 이웃인 산山만이 침묵을 지키며 한 줄도 쓰지 않았다.

책은 우리 잠수함에 바깥세상을 향해 붙어 있는 가냘픈 구명줄이었다. 우리는 사면이 산과 동굴과 사막, 영국인과 아랍인과 지하조직 투사, 한밤중에 들리는 기관총의 일제사격, 폭발, 기습, 체포, 가택수색, 여전히 다가올 날들에서 우리를 기다리던 숨막히는 두려움에 둘러싸여 있었다. 이 모든 것들 가운데 그 가냘픈 구명줄만이 실제 세상으로 굽이치며 나아가고 있었다. 실제 세계 속에는 호수와 숲과 오두막과 평야와 목초지가 있었고, 탑과 돌림띠 장식과 박공이 갖춰진 성도 있었다. 거기엔 금과 벨벳, 크리스털로 치장된 로비가, 일곱 천국처럼 빛덩어리들로 된 샹들리에로 빛나고 있었다.

*

그 시절에, 말했듯이, 나는 자라면서 한 권의 책이 되기를 바랐다.

작가가 아니라 한 권의 책 말이다. 이는 커다란 공포에서 비롯된 꿈이었다.

독일인에게 모두 죽임당해 이스라엘에 아직 도착하지 못한 그 가족들 위로 천천히 여명이 밝아왔기 때문이다. 예루살렘에는 공포가 있었지만, 사람들은 가슴 깊숙이 그걸 묻을 수 있을 만큼 단단해지려 애썼다. 로멜의 탱크들이 거의 이스라엘 땅 관문까지 이르렀다. 이탈리아 항공기들이 전쟁 동안 텔아비브와 하이파에 폭탄을 투하했다. 영국인들이 떠나기 전에 우리에게 자행할지도 모를 일을 그 누가 알겠는가. 그리고 그들이 떠난 후, 피에 굶주린 아랍인 약탈자 무리와 광기 어린 수백만의 무슬림이 수일 안에 우리 중 꽤 많은 이들을 살육하고 말 것이었다. 그들은 단 한 명의 어린아이도 살려두지 않으리라.

자연히 어른들은 아이들 면전에서 이러한 공포에 대해 말하지 않으려 단단히 애썼다. 적어도, 히브리어로는. 그러나 때때로 한마디가 새어나가거나, 누군가 자다 말고 절규했다. 우리 공동주택 전체가 새장만큼이나 비좁고 갑갑했다. 저녁에 불이 꺼지고 난 뒤 나는 어른들이 부엌에서, 프로민 비스킷과 함께 마시는 차 한 잔 너머로 소곤거리는 소리를 들을 수 있었고, 헬름노, 나치, 빌나, 게릴라들, 악티오넨*, 죽음의 수용소, 죽음의 열차, 다비드 삼촌과 말카 고모와 나와 같은 나이의

* 독일어로 활동, 조처라는 뜻. 빌나를 비롯해 리투아니아에 있던 유대인 게토에서 벌어진 학살을 가리킨다.

어린 사촌 다니엘에 대해서도 눈치챘다.

어느 정도는 내게 공포가 스며들었다. 그 나잇대의 아이들은 언제나 자라날 수 있는 건 아니다. 때때로 나쁜 사람들이 와서 요람이나 유치원에 있는 아이들을 죽인다. 한번은 느헤미야 거리에 사는 신경쇠약에 걸린 한 제책소 직공이, 발코니로 나와, 유대인들, 도와줘요, 서둘러요, 그들이 우리 모두를 불태울 거예요, 라고 소리질렀다. 공포를 품은 공기는 무거웠다. 나는 사람을 죽인다는 것이 얼마나 쉬운 일인지 이미 헤아리고 있었는지도 모른다.

책을 태우는 것도 어려운 일이 아니고, 참으로 그러했지만, 내가 한 권의 책으로 자라났다면, 그때 그곳이 아니라 어떤 다른 나라에, 다른 도시에, 멀리 있는 어떤 도서관에, 어떤 외딴 서재 한편에 있었다면, 최소한 한 권의 사본은 간신히 살아남을 좋은 기회를 얻었을 터였다. 결국, 나는 내 두 눈으로 혼잡한 소동 가운데 먼지 낀 어둠 속에서 책들이 발췌물과 잡지 더미 아래, 어떻게 가까스로 숨는지, 혹은 어떻게 다른 책들 뒤로 숨을 자리를 찾는지 보았던 것이다.

39

30년쯤 지난 1976년에, 나는 예루살렘에 와 한두 달 정도 시간을 보내며 히브리 대학에서 강의를 해달라고 초대받았다. 나는 마운트 스코푸스의 캠퍼스에 있는 연구실을 제공받았고, 매일 아침 『악한 음모의 언덕』에 들어간 「레비 씨」라는 소설을 썼다. 그 이야기는 영국 위임통치 시절 말 스바냐 거리에서 벌어지기에, 그 시절과 뭐가 달라졌는지 보려고 스바냐와 인접 거리들을 산책했다. '아동의 집'은 오래전에 폐교되었다. 뜰은 고철로 가득했다. 과일나무는 죽어 있었다. 선생님, 점원, 번역가, 출납원, 제책소 직공, 지역 지식인과 신문의 투고가 대부분이 사라졌고, 그 지역은 수년에 걸쳐 가난한 초정통파 유대인으로 가득찼다. 우리 이웃의 이름 거의 전부가 우편함에서 사라졌다. 내가 본 유일한 낯익은 사람은, 우리가 땅딸보 네무칼라라 부르던 곱사등 소녀, 메누할라 슈티크의 지체장애인 어머니인 슈티크 부인이었다. 나는 멀리서 쓰레기통에서 멀지 않은, 한 외딴 뜰에 있는 걸상에 앉아 졸고 있는 그녀를 언뜻 보았다. 모든 벽에는 공중에서 보잘것없는 주먹을 흔들며 다양한 비명횡사의 형상으로 죄수들을 위협하는 거슬리는 전단지들이 주렁주렁 매달려 있었다. "적당한 선을 넘어섰다." "우리는 엄청나게 고통받아왔다." "우리의 메시아를 건들지 마라." "사악한 계율 때문에 벽에 있는 돌들이 울부짖는다." "하늘은 이스라엘에서 결코 본 적 없던 것 같은 무시무시한 증오를 주시하고 있다." 이런 것들이었다.

30년 동안 나는 '아동의 집' 2학년 때의 담임선생님을 보지 못했는데, 돌연 여기 그녀 집 현관 계단 위에 서 있다. 그 건물 앞은 무겁고 둥근 주철 우유통에서 우리에게 우유를 팔던, 랑거만 씨 것이던 유제품 가게 대신에, 이제 잡화, 옷, 단추, 조임쇠, 지퍼, 커튼 고리 등을 파는 초정통파 가게가 점하고 있었다. 선생님 젤다는 더이상 여기 살지 않는 걸까?

그러나 거기에는 내가 어릴 때 자물쇠가 녹슬어 열 수 없던, 그녀에게 편지를 낚아다주던 그녀의 우편함이 있었다. 지금 그 문은 열려 있었다. 누군가, 분명히 어떤 남자가 선생님 젤다와 나보다 더 참을성이 없어서, 단번에 자물쇠를 부숴버렸으리라. 글자도 역시 바뀌어 있었다. 이제는 '젤다 슈니어손' 대신에 '슈니어손 미슈콥스키'였다. 더이상 젤다도 아니고, 하이픈도 '젤다와'도 없었다. 그러니 내게 그 문을 열어주는 사람이 바로 그녀의 남편이라면 내가 무엇을 할 수 있었겠는가? 내가 그에게 뭐라 말할 수 있겠는가? 아니면 그녀에게?

나는 코미디 영화에 나오는 놀란 구혼자처럼 꽁무니를 빼고 달아났다. (나는 그녀가 결혼한 것도, 과부가 된 것도 알지 못했고, 내가 그녀의 아파트를 떠났을 때 내 나이 여덟 살이었고, 이제 내가 그녀를 떠났을 당시의 그녀 나이보다 더 많은 서른일곱이라는 사실을 생각하지 못했다.)

*

이번에도 그때처럼 아주 이른 아침이었다.

정말이지 그녀를 보러 가기 전에 전화라도 했어야 했다. 아니면 그녀에게 메모라도 남겼어야 했다. 어쩌면 그녀가 내게 화가 났는지도 모르잖아? 어쩌면 내가 그녀를 버린 것을 용서하지 않았을지도 모르고? 오래도록 침묵 속에 연락을 끊은 걸 용서하지 않았는지도? 그녀의 책이 출간된 것을 축하하거나 그녀가 문학상을 받은 것을 축하하지 않았기 때문에 용서하지 않았을지도 모르는데? 어쩌면, 다른 몇몇 예루살렘 사람들처럼, 『나의 미카엘』에서 내가 우물에 침을 뱉었다고 분개했을지도 모른다. 옛 모습을 찾아볼 수 없을 정도로 그녀가 변했다면? 그녀가 29년이 지난 지금 전혀 다른 여자가 되어 있다면 어쩌지?

나는 나의 달콤함을 잃었다

나는 나의 달콤함을 잃었다. 그러나 지식의 꿀을 향해
급히 떠나지는 않으리라.

나는 나의 달콤함을 잃었다. 그리고 나의 집은 다르고 다르다.
그러나 지금
그 안에서는 말소리가 들려오고,
그 안에서는 연회가 펼쳐졌다
내 앞에서, 면전에서.
나는 그 방안에서 피리 소리를 내며 부는 바람을 흔들지는 않았다.
그리하여 연약한 꽃에
물을 주기 위해 간다.
심장은 어두운 길에서 선회하여
신에게로 되돌아오니.

*

나는 십여 분 동안 그 집 문 앞에 서 있다가, 뜰 밖으로 나갔다가, 담배를 한두 대인가 피우고, 내가 그녀의 정숙한 갈색이나 회색 스커트를 걸어주곤 했던 빨랫줄을 한 번씩 만져보았다. 나는 내가 한때 아몬드를 깨먹으려다 금이 가게 했던 포장용 돌을 알아보았다. 나는 부카리안 지구의 빨간 지붕들 너머 북쪽을 향해 있던 황량한 언덕들 쪽을 바라보았다. 그러나 이제 그 언덕들은 더이상 황량하지 않았고, 개발된 택지로 뒤덮여 있었다. 라마트 에쉬콜, 마알롯 다프나, 기바트 하미브타르, 그리고 프랑스 언덕과 탄약 언덕.

그러나 그녀에게 뭐라 말해야 하나? 안녕하세요, 친애하는 선생님 젤다? 방해되지 않기를 바랍니다? 제 이름은, 으흠, 이러이러합니다?

좋은 아침입니다, 슈니어손-미슈콥스키 부인? 기억하실지 모르겠습니다만, 저는 한때 당신의 제자였습니다? 실례합니다만, 몇 분쯤 시간 좀 내주실 수 있으십니까? 제가 당신의 시를 좋아하는데요? 여전히 경탄할 만한 모습이십니다? 아뇨, 당신을 인터뷰하러 온 것이 아닌데요?

*

나는 예루살렘의 작은 아파트 일층이 심지어 여름날 아침에도 얼마나 어두웠는지 잊어버렸던 것이 분명하다. 어둠이 내게 그 문을 열었다. 갈색 냄새로 가득한 어둠. 그리고 그 어둠 밖에서 내가 기억하는 신선한 음성이, 단어들을 사랑했던 자신만만한 소녀의 그 음성이 내게 말했다.

"어서 와, 아모스, 들어오렴."

그리고 바로 그다음에.

"아마 우리가 뜰 밖에 앉길 바라겠지?"

그러고는

"널 위해 준비했는데, 너 묽게 탄 차가운 레모네이드를 좋아하지."

그러고는

"정정해야겠네. 너는 묽게 탄 레모네이드를 좋아했었지, 아마 그 이후로 변했을지도 모르겠지만?"

자연스레 나는 기억으로부터 그날 아침과 우리의 대화를 재현해내고 있었다. 여전히 세워진 채 남아 있는 예닐곱 개의 돌에 기반하여 파괴된 고대 건물을 복원하려 애쓰듯이. 그러나 그 건물은 재건되지도 창조되지도 않은 채, 그저 남겨져 서 있는 몇 안 되는 돌들이 이 단어들이었던 것처럼. "정정해야겠네…… 아마 그 이후로 변했을지도 모르겠지만?" 이것이 정확히 젤다가 1976년 6월 말 그 여름 아침에 내게 했던 말이다. 우리의 달콤한 여름이 지나가고 29년 뒤. 그리고 내가 이 페이지를 쓰고 있는 여름날 아침이 되기 25년 전(아라드에 있는 내 서재에서, 2001년 7월 30일. 줄 그어 지운 자국으로 가득한 연습장에. 이것은 고로, 그날에, 또한 기억을 불러일으키기로 되어 있거나, 묵은 상처를 긁어내기로 되어 있던 방문의 기억이다. 이 모든 기억 속에서, 내가 한 일 또한, 그날에, 폐허에서 나온 돌로 지어진 무언가의 잔재들을 파내면서 다소 오래된 돌로 무언가를 지으려 애쓰는 어떤 이의 행위와 같다).

"정정해야겠네," 선생님 젤다가 말했다. "아마 그 이후로 변했을지도 모르겠지만?"

그녀는 그 말을 여러 다른 방식으로 할 수도 있었다. 가령 이렇게 말했을 수도 있다. 혹시 더는 레모네이드를 좋아하지 않니? 혹은 어쩌면 지금은 더 진하게 탄 걸 좋아할지도 모르겠네? 혹은 퍽 간단하게 이렇게 물을 수도 있고. 뭐 마시겠니?

그녀는 치밀한 사람이었다. 의도적으로 지체 없이, 쓰디쓴 힌트 없이, 행복하게, 현재를 과거에 종속시키지 않으면서도, 그녀와 나의 것이던, 우리의 개인적인 과거(레모네이드, 너무 진하지 않게)를 넌지시 말했던 것이다("아마 그 이후로 변했을지도 모르겠지만?"—물음표로 끝나는—그래서 내게 선택의 기회를 주고, 방문 내내, 계속되는 책임감을 내 어깨에 지우면서. 내가 시작한 방문 내내).

나는 말했다(분명 웃지도 않고).

"감사합니다. 전처럼 레모네이드를 마시고 싶습니다."

그녀가 말했다.

"나도 그럴 거라 생각하고 있었지만, 물어봐야 할 것 같았어."

그러고 나서 우리는 둘 다 얼음이 든 찬 레모네이드를 마셨다(거기엔 아이스박스 대신에 연식이 적힌 옛날 모델인 작은 냉장고가 있었다). 우리는 추억에 잠겼다. 그녀는 정말로 내 책을 읽고 있었고, 나 역시 그녀의 책들을 읽어왔지만, 우리는 그 모든 것을 마치 안전하지 않은 도로 구간을 서둘러 지나치듯이 대여섯 문장으로 생략했다.

우리는 이사벨라 부부의 자녀들과 게첼 나할리엘리에게 벌어진 일에 대해 이야기했다. 서로 면식 있는 사람들에 대해서도. 케렘 아브라함에 일어난 변화에 대해서도. 나의 부모님과, 내가 방문하기 5년 전에 작고한 그녀의 남편에 대해서도 한달음에 언급한 다음 넘어가고, 그다음으론 아그논에 대해서도. 그리고 아마 토머스 울프(비록 우리 둘 다 『천사여, 고향을 보라』를 영어로 읽었지만, 그 시기에는 히브리어로도 번역되어 있었다)에 대해 돌아가 걷는 속도로 이야기했다. 눈이 어둠에 익숙해지면서 나는 그 작은 아파트가 얼마나 변했는지 보고 놀랐다. 두껍게 니스칠을 한 쓸쓸한 갈색 화장대가 늙은 개처럼 평범한 구석에 여전히 웅크리고 있었다. 중국차 세트는 유리창 뒤에서 졸고 있었다. 화장대 위에는, 사진상으로는 그녀보다 어려 보이는 젤다의 부모님 사진과, 분명 그녀의 남편일 거라 생각했으나 누구냐고 결국 묻지 못한 한 남자의 사진이 있었다. 그녀의 눈이 갑자기 반짝이면서 장난기 어린 불꽃이 일었다. 그녀는 내게 마치 우리 둘이 함께 짓궂은 장난이라도 막 저지른 것처럼 싱긋 웃고는, 정신을 가다듬고 간단하게 말했다.

"그게 삶이야."

그 둥근 갈색 탁자는 수년간 쭈그러든 것처럼 보였다. 책꽂이에는 시르만의 『스페인과 프로방스 히브리 시의 역사』와, 수많은 시집과 현대 히브리 소설들과, 한 줄로 꽂힌 종이 표지로 된 책들은 물론 검은 표지가 닳아버린 오래된 기도서들과, 형압에 금박을 입힌 화려한 가죽 장정으로 된 몇 권의 신간 종교 서적이 꽂혀 있었다. 내가 어린아이였을 때 이 책장은 아주 아주 커 보였다. 그런데 이제는 그저 어깨 높이로밖에 보이지 않았다. 화장대와 여러 선반 위에는 은으로 된 안식일용 촛대와 여러 개의 하누카 램프와 올리브 나무인지 구리인지로 만들어진 작은 장식품들이 놓여 있었고, 옷장 위에는 화분에 담긴 슬픈 식물 한 개, 그리고 창틀에도 그런 것이 두어 개 더 있었다. 전체 풍경이 갈색 냄새에 흠뻑 젖은 흐린 불빛에 지배되고 있었다. 이곳은 분명 종교적인 여자의 방이었다. 수도자의 장소는 아니지만, 움츠러들고 삼가게 되고, 또 다소는 침울해지는 곳. 그곳엔 정말로, 그녀가 만든 변화가 있었다. 그녀가 나이들어서가 아니라, 혹은 사랑받고 유명해져서가 아니라, 아마도 그녀가 더 진지해졌기 때문에.

여전히 그녀는 언제나 치밀하고, 진지하고, 내적인 진중함이 있는 사람이었다. 설명하기 어려운.

*

나는 그날 아침 이후 결코 다시는 그녀를 보지 않았다. 나는 그녀가 마침내 새로운 지역으로 이사 갔다는 소식을 들었다. 나는 수년에 걸쳐 그녀에게 자신보다 어리고 나보다도 어린 가까운 여자친구들이 많다는 이야기를 들었다. 나는 그녀가 암에 걸렸다는 소식을 들었고, 1984년 어느 금요일 밤 그녀가 끔찍한 고통 속에 죽었다는 소식을 들었다. 그러나 나는 결코 그녀를 다시 보러 가지 않았고, 그녀에 대해 쓰지도 않았고, 그녀에게 내 책 중 어떤 것도 보낸 적이 없으며, 문학 잡지 부록에서 몇 번, 그리고 한 번, 그녀가 죽은 날, 텔레비전 뉴스 끝자락에 30초도 안 되는 시간 동안 나왔을 때를 빼고는 다시는 그녀에게 눈길을 두지 않았다.

내가 가려고 일어났을 때, 천장이 수년 동안 점점 낮아졌다는 사실이 밝혀졌다. 천장은 거의 내 머리에 닿았다.

세월은 그녀를 많이 변화시키지는 않았다. 그녀는 추해지거나, 뚱뚱해지거나, 주름지지 않았고, 그녀의 눈빛은 우리가 말하는 동안 여전히, 내 마음속 숨겨진 구석구석을 탐색하기 위해 보내진 한줄기 광선처럼 이따금 번쩍였다. 그래도 무언가는 변했다. 마치 내가 보지 못했던 수십 년에 걸쳐, 선생님 젤다가 그녀의 구식 아파트와 닮은 모습으로 늙어간 것처럼.

그녀는 은촛대, 어두운 공허 속에 희미하게 빛나고 있는 촛대 같았다. 그리고 나는 여기서 가능한 한 매우 정밀해지고 싶다. 그 마지막 만남에서 젤다는 내게 촛불, 촛대, 그리고 어두운 공허처럼 보였다. 그리고 나는 『같은 바다』에 그녀와 그녀의 방에 대해 썼다.

내가 원했던 것, 내가 알았던 것

그녀의 방을 기억하고 있다.
스바냐 거리. 뒷문.
흥분한 아이, 여덟 살하고 3개월이 된.
단어-아이. 연애중인.

그녀는 이렇게 썼다.
"아니, 내 방엔 일출이나 일몰이 필요 없단다.
태양이 쟁반 가득 금을 가져오고
달이 쟁반 가득 은을 가져오는 걸로 충분해." 나는 기억한다.

그녀는 내게 포도와 사과를 주었다,
1947년 여름방학.
나는 매트 위에 드러누워 있었다.
떠버리-아이. 사랑에 빠진.

나는 그녀에게 종이로
꽃과 옷술을 오려주었다.
그녀는 꼭 그녀 같은 치마, 재스민 향기가 나는
종 모양의 갈색 치마를 갖고 있었다.

나지막한 목소리의 여인.

내 손이 그녀의 원피스 장식을 스쳤다. 전적인 우연.

나는 내가 원했던 것이 뭔지 몰랐고,

알고 있던 것은 지금까지도 나를 아프게 한다.

40

매일 아침, 해 뜨기 직전이나 직후에, 나는 습관적으로 사막에 새로운 것이 있나 보러 나간다. 사막은 이곳 아라드, 우리집 길 끝에서 시작된다. 동쪽에서 불어오는 아침 미풍이 여기저기 땅에서 일어나려다 성공하지 못하고 작은 모래 소용돌이를 일으키며, 에돔 산 방향에서 불어온다. 각각의 모래 소용돌이는 서로 싸우며, 자신의 모양새를 잃다가 소멸된다. 언덕은 여전히 사해에서 올라와 떠오르는 태양과 잿빛 베일로 덮인 고지를 마치 여름이 아니라 벌써 가을인 듯 뒤덮고 있는 안개 속에 숨어 있다. 그러나 그것은 가짜 가을이다. 또다시 두어 시간이 지나고 나면 이곳은 다시금 건조하고 뜨거워질 것이다. 어제처럼. 엊그제처럼 그리고 한 주 전처럼 그리고 한 달 전처럼.

그러는 사이 밤의 한기도 묵묵히 자기 자리를 지킨다. 가벼운 유황 냄새와 염소 똥 냄새, 엉겅퀴와 꺼진 모닥불의 희미한 냄새가 뒤섞여 있고, 이슬을 잔뜩 빨아들인 유쾌한 먼지 냄새가 있다. 이것이 태곳적부터 있어온 이스라엘 대지의 냄새다. 나는 여기서 25킬로미터 떨어진 사해의 풍경이 보이는 와디 안으로 내려가, 거의 9백 미터 아래 낭떠러지 끝으로 이어지는 구불구불한 길을 따라 앞으로 나아간다. 동쪽을 향하고 있는 언덕 그림자가 그 물위로 떨어져 낡은 구리색을 만들어낸다. 여기저기 날카로운 바늘 같은 빛이 간신히 구름을 뚫고 잠시 바다를 만진다. 바다는 마치 수면 아래 격렬한 뇌우라도 숨긴 것처럼 눈부신 반짝임으로 응수한다.

여기부터 저기까지 검은 바위로 얼룩덜룩한 인적 없는 석회 절벽이 펼쳐져 있다. 이 바위들 가운데 정확하게 나를 마주하고 있는 언덕 꼭대기 위 지평선에, 문득 세 마리 검은색 염소가 보이고, 그 사이에 머리부터 발끝까지 검은색으로 감싸고 미동 없이 서 있는 사람으로 보이는 형체 하나가 있다. 베두인 여자인가? 그리고 그 여자 옆에 서 있는 건 개인가? 그러더니 갑자기 그들 모두가, 여자도, 염소들도, 개도 언덕 너머로 사라졌다. 잿빛은 모든 움직임에 의혹을 던진다. 그러는 사이 다른 개들이 멀리서 소리를 낸다. 좀더 가니, 길 옆 바위들 가운데 빛바랜 조개껍데기 하나가 놓여 있다. 어떻게 그게 여기까지 오게 되었을까? 어쩌면 어느 날 밤 낙타 밀수입자들이 시나이에서 헤브론 산 남부로 가는 길에 여길 지나쳤는데, 밀수입자 중 한 명이 이 조개껍데기를 잃어버렸거나, 이걸로 뭘 할까 생각하다가 그냥 던져버렸는지도 모른다.

이제 고요로 가득한 사막의 깊이를 들을 수 있다. 그것은 태풍 전의 고요도, 세계 끝의 고요도 아닌, 단지 또다른, 심지어 더 깊은 고요를 뒤덮는 침묵이다. 나는 거기서 냄새처럼 고요를 들이마시며 삼사 분간 서 있다. 그러고는 돌아선다. 나는 와디에서부터 내 집 앞길 끝까지, 모든 정원에서 나를 향해 짖기 시작하는 성난 개들의 합창 소리와 논쟁을 벌이며 걸어 올라온다. 아마도 개들은 내가 사막이 마을을 침략하는 걸 돕는 위협적인 존재라 상상하나보다.

첫번째 집 정원에 있는 첫번째 나무의 가지들 속에서, 모든 참새들의 의회가 새소리로 서로의 귀를 먹먹하게 만들며 전부 끼어들어 시끄러운 논쟁에 깊이 빠져 있다. 새들은 짹짹거린다기보다 오히려 울부짖고 있는 것같이 보인다. 마치 밤의 출발과 아침의 단절이 긴급 소집을 정당화하는 전례 없는 사건이라도 되는 것처럼.

*

길을 따라 낡은 차 한 대가 골초처럼 목이 쉬어 콜록거리며 출발하고 있다. 신문배달 소년이 타협을 모르는 개와 친해지려는 헛된 노력을 기울인다. 가슴에 잿빛 털이 무성한, 땅딸막하고, 볕에 그은 이웃 한 명은 퇴역 장교인데, 정사각형 몸이 주석으로 된 트렁크를 연상시키는 그는 파란색 러닝셔츠 차림으로 반쯤 벗고 서서, 자기 집 앞 장미 화단에 물을 주고 있다.

"장미가 멋져 보이네요. 좋은 아침입니다, 슈뮬레비치 씨."

"이 아침에 그렇게 좋을 게 뭐 있나요?" 그가 나를 급습한다. "뭐, 시몬 페레스*가 드디어 온 나라를 아라파트**에게 팔아치우는 일을 그만두기라도 했나요?"

그리고 어떤 사람들은 그걸 다르게 본다고 말하자 그는 쓰디쓰게 덧붙인다.

"홀로코스트 한 번으로 우리에게 교훈을 가르쳐주기에는 충분치 않은 모양이군요. 당신은 정말 이 재앙을 평화라고 부르십니까? 수데테란트에 대해서 한 번이라도 들어보신 적이 있습니까? 뮌헨은요? 아님 체임벌린에 대해서는요? 네?"***

나는 정말이지 이에 대해 자세하고 사리에 맞는 대답을 가지고 있지만, 내가 와디에서, 일찍이 쌓아 올린 비축된 평온 덕분에 말을 돌리기로 한다.

"지난밤 여덟시경에 누군가 당신 집에서 〈월광〉 소나타를 연주하고 있었지요. 저는 걸어가다가 그걸 들으려고 심지어 몇 분 동안 멈춰 서기까지 했답니다. 따님이셨나요? 아름답게 치더군요. 그렇게 전해주세요."

그는 호스를 다음 화단으로 옮기고 갑자기 비밀투표로 학급 반장으로 선택된 수줍은 남학생처럼 나를 향해 웃더니 이렇게 말한다. "그건 제 딸이 아니에요. 그 아이는 프라하로 떠났거든요. 그건 그애의 딸애

---

* 이스라엘의 제9대 대통령. 외무장관 당시 오슬로협정을 체결한 장본인으로, 라빈 총리, 야세르 아라파트와 함께 1994년 노벨평화상을 수상했다.

** 팔레스타인의 정치인. 2004년 사망할 때까지 팔레스타인해방기구의 초대 의장을 지냈다.

*** 1938년, 당시 영국 총리 아서 체임벌린은 뮌헨회담에서 히틀러의 요구를 받아들여 독일이 체코슬로바키아의 수데테란트를 합병하는 것을 승인했다. 나치 독일 지배하에서 이 지역에 거주하던 많은 유대인들이 처형당했다.

였답니다. 제 손녀. 다니엘라. 그 아이는 청소년 재능 경연에서 남부 지역 통틀어 3등을 차지했어요. 모두 예외 없이 그 아이가 2등을 했어야 했다고 말하지만요. 그애는 아름다운 시도 쓴답니다. 아주 예민하죠. 그 시들을 한번 읽어봐주실 시간이 좀 있으세요? 혹시 그애에게 격려라도 해주실 수 있을까요? 아니면 그것들을 신문이나 출판사에 보내주실 수도? 그러면 그들이 출판해주지 않을까요?"

나는 슈뮬레비치 씨에게 기회가 되면 다니엘라의 시를 읽어보겠노라고 약속한다. 기꺼이. 반드시. 안 될 게 뭐 있나. 당연한 말씀이다.

맘속으로 나는 이 약속을 통해 내가 평화를 증진하는 데 기여했다고 여겼다. 내 서재로 돌아와, 손에는 커피가 담긴 머그잔을 들고, 소파에는 조간신문을 펼쳐두고, 또 십 분 동안 창가에 서 있다. 나는 베들레헴 외곽 바리케이드에서 칼로 이스라엘 군인을 찌르려다가 총에 맞아 심각하게 다친 열일곱 살짜리 아랍 소녀에 대한 뉴스를 듣는다. 잿빛 안개와 뒤섞인 이른 아침의 빛은 새빨갛게 작열하기 시작하다가 가혹하고 양보 없는 푸른색으로 변했다.

*

내 창문에서는 작은 정원과 몇 그루 관목과, 덩굴식물, 병약한 레몬나무 한 그루가 보인다. 그 레몬 나무가 살지 죽을지는 아직 모르는데, 잎사귀는 창백하고, 줄기는 누군가 강제로 뒤쪽으로 꺾은 팔 한 짝처럼 구부러져 있다. 히브리어로 '구부러진עקומה'이라는 단어는 아인ע과 코프ק라는 두 글자로 시작되는데, 아버지가 내게 해준 말 중에서,

아인과 코프로 시작되는 모든 단어는 예외 없이 뭔가 나쁜 것을 의미한다고 한 말을 떠오르게 한다. "눈치채셨겠지만, 전하, 전하의 이름 머리글자도 우연인지 필연인지, 역시나 아인과 코프로 시작합니다요."*

어쩌면 나는 오늘 일간지 〈이디옷 아하로놋〉에, 정복한 영토를 반환하는 것이 이스라엘을 약화시키는 게 아니라, 사실은 우리를 더 강하게 할 것이라는 점을 슈뮬레비치 씨에게 설명해주기 위해 논고를 써야 할지도 모른다. 그리고 홀로코스트와 히틀러와 뮌헨을 도처에서 보게 되리라 생각하는 것이 실수라는 것도?

한번은 저녁 빛이 결코 사라지지 않을 것 같던 기나긴 여름 저녁 어느 날 슈뮬레비치 씨가 내게, 우리 둘이 그의 정원 우물에서 조끼와 샌들 차림으로 앉아 있을 때, 자신이 열두 살쯤에 부모님과 세 명의 누이와 조부모님과 함께 마이다네크 죽음의 수용소에 갇혔고 자신만 유일하게 살아남았다고 이야기해준 적이 있다. 그는 자신이 어떻게 살아남았는지는 말하고 싶어하지 않았다. 대신 언젠가 다른 때 말해주겠노라고 약속했다. 그러나 그는 매번 만날 때마다 내 눈을 뜨게 만드는 쪽을 택하여, 나에게 순진하게 평화를 믿지 말라고 종용했고, 내가 그들의 유일한 목표는 우리 모두를 살육하는 것이고, 그들이 하는 모든 이야기는 함정이며, 전 세계가 그들을 도와 우리로 하여금 조용히 잠들도록 만드는 것이 기본적인 밑그림이라고 생각하도록 만들고 싶어했다. 그때처럼.

---

* 아모스 오즈의 본명 아모스 클라우스너의 히브리어 표기는 각각 아인과 코프로 시작한다.

*

나는 그 논고 쓰는 일을 미루기로 결정했다. 이 책의 마무리되지 않은 장이 책상 위에서 휘갈겨 쓴 초고들과, 쭈글쭈글해진 노트들과, 밑줄로 가득한 반쪽짜리 종이 더미 속에서 나를 기다리고 있다. 그 장은 '아동의 집' 이사벨라 나할리엘리 선생님과 그녀의 고양이 군단에 대한 것이다. 여기서 나는 조금 양보해서 고양이들과 출납원 게첼 나할리엘리에 대한 몇몇 사건을 삭제해야 할 것이다. 그건 꽤 유쾌한 사건들이지만, 이야기의 전개에 전혀 기여하는 것이 없다. 기여? 전개? 나는 이야기의 전개에 무엇이 어떻게 기여할 수 있는지 모르겠는데, 내가 아직 이 이야기가 어디로 가고 싶어하는지 전혀 모르고, 사실 왜 거기에 기여가 필요한지도 전혀 모르기 때문이다. 기여가? 혹은 전개가? 왜 필요한지.

그러는 사이 열시 뉴스가 끝나고 나는 두번째 커피가 담긴 머그잔을 들고 여전히 창문 밖을 바라보고 있다. 예쁘고 작은 터키옥색 새 한 마리가 레몬 나무에서 나를 잠시 들여다본다. 새는 이리저리 흔덕거리다가, 큰 가지에서 잔가지로 깡충 뛰더니, 얼룩진 빛과 그늘 속에서 자기 깃털의 광택을 자랑한다. 머리는 거의 보라색이고, 목은 반짝이는 어두운 파란색이며 섬세한 노란색 조끼를 입고 있다. 돌아와서 반갑다. 이 아침에 내게 뭘 상기시켜주려 왔니? 이사벨라와 게첼 나할리엘리 부부를? "가지 하나가 우물에 떨어지더니 꾸벅꾸벅 존다"라는 비알리크의 시를? 창가에서, 차가워지는 차 한 잔을 손에 들고서, 석류 관목을 바라보면서 방을 등진 채 시간을 보내곤 하던 어머니를? 됐다. 일을 시작해야겠다. 이제 나는 오늘 아침 해 뜨기 전 와디에서 비축했던 나머지 고요를 사용해야 한다.

*

열한시에 나는 시내에 있는 우체국, 은행, 보건소와 문구점에서 한두 가지 일을 처리하러 차를 몰고 간다. 열대의 태양이 먼지 끼고 가늘어 보이는 나무가 있는 거리를 그을리고 있다. 사막의 빛은 이제 뜨거운 백색이고, 눈에는 너무 잔혹해서 절로 눈살을 찌푸리게 한다.

현금자동지급기에는 짧은 줄이 있고 바아크닌의 신문 가판대 앞에도 줄이 늘어서 있다. 텔아비브에서, 1950년인가 1951년 여름방학에 벤예후다 거리 북쪽 끝에 있는 하야 이모와 츠비 이모부의 아파트에서, 사촌 이갈이 내게 다비드 벤구리온의 동생이 한다는 신문 간이 판매대를 가리키면서, 누구든지 원하는 이는 올라가서 그와, 그러니까 벤구리온하고 정말 많이 닮은 벤구리온의 동생과 이야기할 수 있다고 말했다. 심지어 그에게 질문도 할 수 있었다. 잘 지내시죠, 그륀 씨? 초콜릿 와플 하나에 얼마인가요, 그륀 씨? 곧 또다른 전쟁이 있을까요, 그륀 씨? 같은 말. 해서는 안 되는 유일한 말 한 가지는 그의 형에 대한 질문이다. 그게 세상 돌아가는 이치다. 그는 그저 자기 형에 대해 질문받는 것을 좋아하지 않았다.

나는 텔아비브의 사람들에게 심한 질투를 느꼈다. 케렘 아브라함에는 어떤 유명인은커녕 심지어 유명인의 형제도 없었다. 우리 도시 거리의 이름 속엔 소小예언자들밖에 없었다. 아모스 거리, 오바댜 거리,

스바냐 거리, 학개, 스가랴, 나훔, 말라기, 요엘, 하박국, 호세아, 미가, 요나. 그게 전부다.

러시아 이민자 한 사람이 아라드 중앙 광장 구석에 서 있다. 바이올린 케이스가 그의 앞 보도 위에 동전을 받기 위해 펼쳐진 채 놓여 있다. 음조는 조용하고 마음에 사무치며, 전나무숲과 시내, 목초지를 회상하게 만들어, 어머니와 내가 숯검정 같은 작은 부엌에서 함께 렌틸콩이나 깍지콩을 골라내며 앉아 있곤 할 때 그녀가 해주던 이야기 속으로 나를 되돌린다.

그러나 이곳 아라드 중앙 광장에 있는 사막의 빛은 유령을 추방하고 전나무숲과 안개 낀 가을의 어떤 기억도 쫓아버린다. 그 음악가는, 흐트러진 잿빛 머리채에 무성한 흰색 콧수염이 나 있어서, 조금은 알베르트 아인슈타인을 연상시켰고, 조금은 마운트 스코푸스에서 어머니에게 철학을 가르친 사무엘 휴고 베르그만 교수도 연상시켰다. 사실 1961년 나는 기바트 람 캠퍼스에서, 키르케고르에서부터 마르틴 부버에 이르는 그의 대화철학사 강의를 수강했는데, 잊을 수 없는 강의였다.

북아프리카 혈통인 듯한 젊은 여자 두 명이 있는데, 한 명은 아주 마른데다 반투명한 상의에 빨간 치마 차림이고, 다른 한 명은 벨트와 버클이 가득한 스리피스 정장을 입고 있다. 두 사람은 그 음악가 앞에 서더니, 일이 분 동안 그의 연주를 듣는다. 그는 눈을 감은 채 연주를 하고 있고, 눈을 뜨지 않는다. 여자들은 서로 속삭이다가, 핸드백을 열어, 각각 케이스에 1세겔씩 넣는다.

윗입술이 약간 코 쪽으로 들려 있는 마른 여자가 말한다.

"하지만 그들이 정말 유대인이라는 걸 어떻게 알 수 있어? 여기 오는 사람 절반은 러시아인인데, 그들은 러시아에서 쉽게 빠져나와 무상원조 때문에 여기 오려고 그저 우리를 이용한 이교도라고 들었다고."

그녀의 친구가 말한다.

"우리가 신경쓸 문제는, 그들 모두 오게 해서, 거리에서 연주하게 하는 거야. 유대인, 러시아인, 드루즈파, 그루지야인, 너한테 무슨 차이가 있는데? 그들의 아이들은 이스라엘인이 되어서 모두 군대에 갈 거고, 피클과 피타 빵에 미트볼을 먹을 거고, 주택담보 대출을 받고 온종일 끙끙거리게 될걸."

빨간 치마가 한마디 한다.

"무슨 말을 하는 거야, 사리트, 만일 외국인 노동자와 가자 출신 아랍인과 테러리스트들까지, 무슨 일을 저지를 게 분명한 이들까지 포함해서 무상으로 오고 싶어하는 누구든, 누군들—"

*

그러나 논의의 나머지 부분은 쇼핑몰 주차장으로 향하는 내게서 떠나버린다. 나는 오늘날까지 내가 어떤 진보도 일궈내지 못했다는 것과 아침이 더이상 젊지 않다는 것을 스스로에게 상기시킨다. 서재로 돌아온다. 열기는 더 심해지고 먼지를 머금은 바람은 사막을 실내로 들여온다. 나는 창문과 셔터를 닫고 커튼을 친 다음, 내 보모이자 피아노 선생이었고, 늘 자신의 아파트 틈새를 막아 잠수함으로 변모시키곤 하던 그레타 갓처럼 모든 틈새를 막는다.

이 서재는 아랍인 노동자에 의해 수년 전에 지어졌다. 그들이 마루를 놓았고 수평을 맞췄다. 그들이 문과 창틀을 세웠다. 그들이 배관과 전깃줄을 벽 뒤로 감추고 지점에 전화 개설을 신청했다. 오페라 애호가이던 거구의 목수가 찬장을 만들고 책장을 세웠다. 50년대에 루마니아에서 이민온 하도급자는 어딘가의 정원에서 퍼온 비옥한 표토를 트럭으로 보내서, 상처에 고약을 바르듯이, 이 언덕에 늘 놓여 있던 석회와 백악과 수석과 소금 위에 깔았다. 이전의 점유자들은 이 정원이 내 아버지와 내가 좋은 의도로 만들었던 정원과 같은 운명으로 고통받지 않도록 하기 위해, 이 좋은 표토 속에 관목과 나무와, 내가 지나침 없는 애정으로 최선을 다해 돌보고 있는 잔디를 심었다.

사막을 사랑했거나 고독을 찾아 헤매던 사람들과 몇몇 젊은 커플도 포함한 몇십 명의 개척자들이 60년대 초반 이곳에 와서 정착했다. 광부, 채석장 노동자, 상비군, 산업 노동자. 로바 엘리압이 시온주의의 열정에 사로잡힌 소수의 도시 계획가들과 함께 이 도시를 계획하고, 전체적인 스케치를 그리고, 그 시절, 1960년대 초반에는 외딴 시골구석이었던지라 어떤 주요 도로도, 송수관도, 전력 공급 장치도 없고, 나무도 길도 건물도 없고, 천막도 어떠한 삶의 기색도 없던 사해에서 멀지 않은 그곳에, 즉각 거리와, 광장과, 도로와 정원이 있는 도시를 건설했다. 그 지역 베두인 정착민들조차 대개는 그 도시가 건설되고 난 후 생겨났다. 아라드의 기초를 세웠던 개척자들은 열정적이고, 참을성이 없고, 수다스럽고, 바빴다. 재고해볼 것도 없이, 그들은 "광야를 정복하고 사막을 길들이겠노라"고 맹세했다.

(마치 내 아버지가 전에 그랬던 것처럼, 나 역시 히브리어 전체에서 동일한 어근을 갖는 낱말들 사이에 어떤 관계가 있는지 찾아보기 위해

곧바로 사전을 뒤지고 싶다는 유혹을 이기지 못했다. 애초에 무엇이 '정복하다〔레하드비르〕'와 '광야〔미드바르〕'를 결합시켰는가? 무엇이 둘 사이를 결합시켰는가? '연설〔디보르〕'은? '양탄자〔미르바드〕'는? '꿀벌〔드보림〕'은?)

*

누군가 빨간색 소형 밴을 타고 집을 지나쳐간다. 그는 구석에 있는 우편함에 들러 내가 어제 부친 편지들을 뽑아낸다. 다른 누군가는 반대편 보도의 깨진 연석을 교체하러 왔다. 나는 그들 모두에게 바르 미츠바의 소년이 여기까지 자신이 다다를 수 있도록 도와준 모든 이들에게 공적으로 감사하는 방식처럼, 감사할 방도를 찾아야만 한다. 소니아 이모와 알렉산더 할아버지에게, 그레타 갓과 선생님 젤다에게, 옷가게에서 덫에 걸린 채 어두운 방에 있던 나를 바로 눈앞에서 구해주었던 가방을 든 아랍 남자에게, 내 부모님에게, 자르키 씨에게, 옆집의 렘베르그 씨에게, 이탈리아 전쟁 포로들에게, 세균과의 전쟁을 펼치던 슐로밋 할머니에게, 선생님 이사벨라와 그녀의 고양이들에게, 아그논 씨에게, 루드니츠키 일가에게, 키리얏 모츠킨에서 짐마차를 끌던 할아버지에게, 사울 체르니콥스키와 릴렌카 바르 삼카 아주머니에게, 내 아내와 내 아이들에게, 내 손주들에게, 그리고 이 집을 만든 건축가들과 전기 기사들, 목수, 신문 배달 소년, 빨간 우편 밴에 타고 있던 남자에게, 내게 아인슈타인과 베르그만을 연상시켜주었던 광장 구석의 바이올린을 켜던 음악가에게도, 내가 오늘 아침 미명에 보았거나 그저 상상했던 것일 수도 있는 베두인 여자와 세 마리의 염소들에게도, 『유대주의와 휴머니즘』을 저술한 요셉 큰할아버지에게, 또다른 홀로코스트가 있을까 두려워하는 내 이웃 슈뮬레비치 씨에게, 어제 〈월광〉 소나타를 연주했던 그의 손녀 다니엘라에게, 모든 것에도 불구하고 어떤 절충안이라도 찾고자 하는 희망으로 어제 아라파트와 다시 대화하러 간 시몬 페레스에게, 이따금 우리집 레몬 나무를 방문해주는 터키옥색의 새 한 마리에게. 그리고 그 레몬 나무에게도. 그리고 특히 막 해가 뜨기 전에 고요에 싸여 있는, 점점 더해지는 고요를 지닌 사막의 고요에게도. 이것이 오늘 아침 내 세번째 커피였다. 충분하다. 나는 아직 사라지지 않은 그 고요를 상처 입히는 아주 작은 소음도 나지 않도록 특별히 주의를 기울여 테이블 끄트머리에 빈 머그잔을 내려놓는다. 이제 앉아서 글을 쓸 것이다.

41

나는 그날 아침까지는 내 삶에서 그런 집을 본 적이 없었다.

그 집은 포도나무와 과일 나무들이 있는 과수원 그늘을 감추는 두꺼운 돌벽으로 둘러싸여 있었다. 내 놀란 눈은 본능적으로 생명나무와 (선악을 알게 하는) 지식나무를 찾아냈다. 섬세한 푸른 정맥이 보이는 매끄러운 분홍빛 벽돌 더미로 포장된 넓은 테라스가 갖춰진 집 앞에는 우물이 하나 있었다. 이 테라스 한구석에는 빽빽한 포도잎이 그늘을 드리운 나무 정자가 있었다. 석조 의자들 몇 개와 낮고 넓은 석조 탁자가 이 정자에 머물며 편히 쉬다 가라고, 포도나무 그늘 아래서 휴식을 취하다가 가라고, 여름 벌의 윙윙 소리와 과수원에서 들려오는 새의 노랫소리와 샘에서—정자 끝에는 꼭짓점이 다섯 개인 별 모양에 아랍 글자를 장식한 파란 타일로 띠를 둘러놓은 작은 연못이 있었다—똑똑

물 떨어지는 소리를 듣다 가라고 유혹했다. 연못 중앙에는 샘이 조용히 보글보글 솟아나고 있었다. 금붕어떼가 수련 사이로 이리저리 헤엄쳤다.

테라스에서 우리 셋은, 흥분해서, 정중하고 겸손하게, 뒤쪽으로는 첨탑과 돔이 있는 구도시의 북쪽 벽 경치가 보이는 넓은 베란다 쪽으로 난 돌계단을 걸어 올라갔다. 쿠션과 발판이 있는 나무 의자와 모자이크 무늬의 테이블 몇 개가 베란다 주위로 흩어져 있다. 여기서도 역시, 정자에서와 마찬가지로, 성벽과 산의 경치를 마주하며 앉아 있거나 잎새 그늘 속에서 꾸벅꾸벅 졸거나 평온히 그 언덕과 돌의 고요를 들이마시고픈 충동을 느꼈다.

그러나 우리는 그 과수원이나 정자나 베란다에서 지체하지 않았고, 대신 마호가니 색으로 칠해진, 눈에 띄는 온갖 종류의 석류, 포도, 구불구불한 덩굴손과 대칭을 이루는 꽃들이 정교하게 새겨진 이중 철문 옆 벨 울리는 줄을 당겼다. 문이 열리기를 기다리는 동안, 슈타체크 아저씨가 우리 쪽으로 머리를 돌려, 마치 말라 아주머니와 내게 마지막 경고라도 하듯 다시 한번 자기 손가락을 입술에 갖다댔다. 예의! 침착! 외교술!

*

훤히 트인 응접실의 네 벽 모두를 따라 부드러운 소파들이, 조각된 나무 등판을 서로 맞대고 늘어서 있었다. 가구는 마치 집 바깥쪽을 향해, 집을 둘러싸고 있는 정원과 과수원을 안에서 표현해내듯, 나뭇잎과 봉오리, 꽃으로 조각되어 있었다. 소파들은 빨간색과 하늘색으로 된 다양한 세로줄 직물을 덧씌워두었다. 각 소파 위에는 형형색색으로 수놓인 쿠션들이 잔뜩 놓여 있었다. 바닥에는 풍성하게 카펫이 깔려 있었는데, 그중 하나는 에덴동산에 있는 새들의 장면으로 짜여 있었다. 각 소파 앞에는 낮은 테이블이 있었는데, 그 위에는 넓고 둥근 금속 트레이가 놓여 있었으며, 각 트레이에는 아랍 글자를 연상시키는, 실제로도 틀에 박힌 아랍어 비문이었을지도 모를, 추상적인 디자인의 문양이 풍성하게 새겨져 있었다.

방의 각 면에는 여섯 개인지 여덟 개인지 문이 열려 있었다. 벽은 융단으로 덮여 있었고, 융단들 사이로는 석고 벽이 보였는데, 그 역시 꽃무늬에, 분홍색, 라일락색과 연두색으로 칠해져 있었다. 여기저기, 높은 천장 아래 고대 무기들이 장식품처럼 걸려 있었다. 다마스쿠스 검, 언월도, 단검과 창, 권총, 장발식 머스킷 총, 2연발식 라이플총 등. 입구를 마주하고, 한쪽에는 분홍빛 커버의 소파, 다른 쪽에는 레몬색의 소파가 측면에 놓여 있고, 자기로 된 컵, 유리로 된 굽 달린 잔, 은과 놋쇠로 된 굽 달린 잔, 헤브론산産인지 시돈산産인지 하는 유리로 만든 수많은 장식품을 넣어둔, 앞면이 유리로 되어 있는 여러 칸막이로 된, 바로크 스타일에, 작은 궁전처럼 보이는 거대하고 육중하게 장식된 갈색 진열장이 서 있었다.

두 개의 창문 사이에 있는 벽 안쪽 우묵한 벽감 안에는 몇 마리 공작새의 꼬리 무늬가 진주로 아로새겨진 녹색 화병이 기분좋게 자리하고 있었다. 다른 벽감에는 커다란 놋쇠 물주전자와 유리인지 질그릇인지로 된 굽 달린 커다란 컵이 놓여 있었다. 천장에는 네 개의 환풍기가, 말벌 같은 윙윙 소리를 끊임없이 내며, 연기 자욱한 공기를 휘저으며 매달려 있었다. 환풍기 사이로 거대하고 화려한 황동 샹들리에가, 여름 아침빛이 열린 창문을 통해 흘러내리고 있음에도, 불 켜진 수십 개의 진주 모양 전구와 빛나는 크리스털 종유석으로 꽃을 피운 채, 덩굴손과 잔가지, 굵은 가지, 큰 줄기로 넘치는 커다란 나무 모양으로, 천장에서부터 뻗어나와 있었다. 창문의 아치들은 토끼풀 화관을 표상하는 스테인드글라스로 되어 있었고, 각각 일광을 다른 색으로 바꾸고 있었다. 빨강, 녹색, 금색, 보라색.

건너편 벽에 있는 까치발에는 새장 두 개가 걸려 있는데, 거기에는 오렌지색, 터키옥색, 노란색, 녹색, 파란색 등 다채로운 색 깃털을 지닌 엄숙한 앵무새 한 쌍이 있었다. 이따금 그중 한 마리가 골초처럼 쉰 목소리로 외쳤다. "타팟달! 실 부 플레! 인조이!(어서 오세요! 얼마든지! 즐기세요!)" 그리고 그 방의 다른 쪽 끝에 있는 다른 새장에서는, 구슬리는 듯한 소프라노 목소리가 곧바로 영어로 응수했다. "오, 얼마나, 얼마나 달콤한가! 얼마나 사랑스러운가!"

문과 창문의 상인방上引枋 너머, 꽃무늬 석고 벽엔 코란 운문인지 시 몇 행인지가 구불구불한 녹색 아랍 글자로 새겨져 있었고, 벽 융단들 사이에는 가족 초상화가 있었다. 몇몇은 풍채가 좋고, 포동포동한 얼굴에, 깔끔하게 면도한 샌님들로, 검정 술이 달린 빨간 터키모를 쓰고, 배를 가로질러 양복조끼 주머니 속으로 사라지는 금줄이 달린, 터질 듯한 파란색 정장을 입고 있었다. 그들의 조상은 권위적인 외양에 무뚝뚝한 풍채를 한, 콧수염을 기른 남자들로 당당한 위용에 책임감과 외경심을 불러일으키는 모습을 하고, 수놓은 예복에 검은 링으로 고정된 빛나는 하얀 아랍 두건 카피에를 두르고 있었다. 흉포한 모습에 수염을 기르고 웅장한 말들에 올라, 카피에를 펄럭이며 날듯이 맹렬하게 질주하여, 말갈기가 물결처럼 나부끼는 두세 명의 인물 그림도 있었다. 그들은 자신의 허리춤에 꿰어찬 긴 칼과 옆쪽에 묶어두거나 높이 휘두르는 곡선 모양의 언월도를 가지고 있었다.

이 움푹하게 들어간 응접실 창문들은 마운트 스코푸스와 올리브 산과 소나무숲, 암벽, 오펠과 아우구스타 빅토리아 병원을 향해 북쪽과 동쪽으로 마주하고 있는데, 병원의 탑은 황제의 투구처럼 경사진 프로이센식 잿빛 지붕으로 왕관을 쓴 모습이다. 아우구스타 빅토리아 병원의 조금 왼편으로, 꼭대기가 돔 모양이고 좁은 총안들이 있는 요새화되어 있는 건물이 서 있다. 이것이 국립도서관으로, 아버지가 일했던 곳이며, 그 주위로 히브리 대학과 하다사 병원의 다른 건물들이 줄지어 있다. 지평선 아래로 산허리에 흩어져 있는 몇 개의 석조 주택과 큰 표석들과 가시밭 가운데 작은 양떼들과 군데군데 살아 있는 세계로부터 유기된 후 무생물의 영역에 합류한 것처럼 보이는 오래된 올리브 나무들을 볼 수 있었다.

*

1947년 여름에 부모님은 슈타체크 아저씨, 말라 아주머니, 쇼팽과 쇼펜하우어 루드니츠키와 함께 한 주 동안 나를 두고 네타냐에 있는 몇몇 아는 분들 댁에 머물러 갔다. ("그저 너답게 행동해라! 나무랄 데 없이, 듣고 있니! 그리고 주방에서는 말라 아줌마를 도와드리고, 슈타체크 아저씨는 방해하지 말고, 바쁘게 지내도록 하고, 읽을 책 가져가고 어른들 하는 대로 따라하지 말고, 토요일 아침에는 두 분 쉬게 해드리고! 아주 착하고 얌전하게 굴어! 하려고 들면 할 수 있는 거야!")

작가 하임 하자즈가 한번은 슈타체크 아저씨에게 "유대인 대량학살의 냄새가 나는" 그의 폴란드식 이름을 없애버려야 한다고 판결하면서, 히브리어로 가을이라는 뜻의 스타브라는 이름이 슈타체크라는 이름과 소리는 비슷하지만 확실히 아가서書의 풍미가 있으니 그걸 쓰라고 강권했다. 그리고 그게 말라 아주머니가 자기들 공동주택 문간에 자필로 쓴 카드를 붙인 이유다.

말카와 스타브 루드니츠키
평상시 쉬고 있을 때는
노크하지 마세요.

슈타체크 아저씨는 강인한 어깨에, 동굴처럼 까맣고 털이 많은 콧구멍, 숱이 많은 눈썹을 가졌는데 그 눈썹 중 한쪽은 늘 뭔가 미심쩍다는 듯 치켜올리고 있는 땅딸막하고 탄탄한 체구의 남자였다. 그는 앞니 하나가 없었는데 그것이, 특히 웃을 때, 때로 그를 악당 같아 보이게 했다. 그는 예루살렘 중앙우체국 등기우편부에서 일했고, 여가 시간에는 로마의 중세 히브리 시인 임마누엘에 대한 독창적 연구의 일부분을 위해 작은 카드에다 자료를 수집하고 있었다.

우스타즈* 나지브 맘두하 알 실와니는, 도시 북동쪽 셰이크 자라흐

* 이슬람 법을 공부한 무슬림 학자.

거주자로, 부유한 사업가이자, 사업 영역이 알렉산드리아와 베이루트까지 미쳐 있고, 거기서부터 하이파와 나블루스, 예루살렘까지 분기한 몇몇 대형 프랑스 회사의 지역 중개인이었다. 상당 금액의 우편환이나 은행어음, 아니면 얼마만큼의 주권이었는지도 모르겠는데, 초여름에 그것들이 행방불명되는 일이 벌어졌다. '실와니 & 선스' 회사의 에드워드 알 실와니, 즉 우스타즈 나지브의 장남이자 그의 사업 파트너가 혐의를 받았다. 그 젊은 남자는, 우리가 듣기로, 수사부 차장에게 직접 신문당했고, 뒤이어 하이파에 있는 송환국으로 심층 질의를 받기 위해 소환되었다. 우스타즈 나지브는 팔방으로 자기 아들을 구하고자 시도했으나, 마침내 필사적으로 체신공사 총재인 케네스 오웰 크녹스 길포드에게, 맹세컨대, 자신이 작년 겨울에 직접 등기우편으로 보냈던 잃어버린 봉투 찾는 일을 재개해달라고 매달렸다.

유감스럽게도 그는 영수증을 잘못 둔 모양이다. 그것은 마치 악마가 삼키기라도 한 듯이 사라져버렸다.

케네스 오웰 크녹스 길포드 씨는, 자기 입장에서, 우스타즈 나지브가 안됐다고 확신했지만, 그에게 긍정적인 결과를 거둘 가능성은 높지 않다고 솔직하고도 서글프게 알려주고 난 후에, 슈타체크 루드니츠키에게 그 일을 조사하여 몇 달 전에 보내진 등기우편 한 장, 존재할 수도 있고 아닐 수도 있는 편지 한 장, 잘못 됐을 수도 아닐 수도 있는 편지 한 장, 보낸 이가 소유하고 있지도 않고, 집배원의 기록대장에도 자취가 없는 편지 한 장의 행방에 대해 가능하다면 무엇이든 발견하는 일을 위임했다.

슈타체크 아저씨는 때를 놓치지 않고 조사했고, 문제의 편지에 대한 기재 사항이 없을 뿐 아니라, 기록대장에서 전체 페이지가 조심스레 뜯겨져 나간 것을 발견했다. 흔적도 없었다. 슈타체크의 의혹은 곧바로 커졌다. 그는 그때 어떤 직원이 등기우편 당번이었는지 조사해서 찾아내고, 가장 최근에 기록대장에서 그 페이지를 본 게 언제인지 알아낼 때까지 다른 직원들도 심문했다. 그가 이 일에 착수해서 범인을 식별해내는 데는 그리 오래 걸리지 않았다(그 젊은이가 봉투를 불빛에 비추다가 어음을 보았는데, 유혹이 너무 컸던 것이다).

그리하여, 친애하는 스타브 씨는 그의 아내와 함께 셰이크 자라흐에 있는 실와니 빌라에서 토요일 아침에 커피를 함께 하자는 초대를 받았다. 그동안 그 잃어버린 자산은 주인에게 돌아갔고, 젊은 에드워드 알실와니는 구류에서 풀려났으며, 훌륭한 '실와니 & 선스' 회사의 명예는 다시 한번 회사 이름에 오점이나 얼룩을 남기지 않고 빛나게 되었다. 부부와 함께 머물고 있던 그들 친구의 아들이자, 그들이 토요일 아침에 어디도 맡길 데가 없던 사랑스러운 아이로 말하자면, 그 아들은, 당연히, 말할 것도 없이, 그들과 함께 갔고, 모든 실와니 가족은 스타브 씨의 능력과 고결함에 대해 감사를 표하기 위해 안달이 나 있었다.

*

토요일 아침식사 후, 우리가 막 출발하기 전, 나는 부모님이 말라 아주머니에게 특별히 다른 집에 찾아갈 때를 위해 남겨준 제일 좋은 옷을 입었다("아랍인은 겉으로 드러나는 외양에 대단한 의의를 둔다!"고 아버지가 강력히 주장했다). 갓 다림질한 빛이 나는 하얀 셔츠에, 셔츠

소매는 더할 나위 없이 정확하게 말아 올려져 있었다. 바짓단과 앞쪽으로 깔끔하게 내려가는 주름이 있는 진청색 바지, 그리고 무슨 까닭인지, 머리 두 개 달린 러시아제국의 독수리 상을 새긴 빛나는 금속 버클이 달린 진지해 보이는 검정색 가죽 벨트. 발에는 슈타체크 아저씨가 자기와 말라 아주머니의 제일 좋은 신발에 사용하던 검정색 광택제와 솔로 광을 내준 샌들을 신었다.

8월의 열기에도 불구하고 슈타체크 아저씨는 검정색 모직 정장과(유일한 정장이기도 했다) 15년 전 로데즈에 있는 그의 부모님 집에서부터 먼 여정을 떠나준 백설 실크 셔츠, 자기 결혼식 때 맸던 너무 화려하지 않은 파란색 실크 넥타이 차림을 하겠다고 고집했다. 말라 아주머니로 말하자면, 사십오 분 동안 거울 앞에서 괴로워하며, 이브닝드레스를 입어보았다가, 마음을 바꾸어 가벼운 면 블라우스에 검정색 주름 스커트를 입어보았다가, 또 마음을 바꾸어, 최근에 산 소녀풍의 여름용 원피스를 입어보았고, 거기에 브로치와 실크 스카프를 할지, 목걸이를 하고 브로치와 실크 스카프는 안 할지, 아니면 목걸이와 다른 브로치는 하고 스카프만 안 할지, 방울 귀걸이는 해야 하는지 안 해야 하는지 고민했다.

그러다 갑자기 그녀는 목 주변이 자수로 되어 있고 공기가 잘 통하는 여름 원피스가 특별한 약속에 입기에는 너무 천박하고 격의 없다고 결론짓더니, 처음 골랐던 이브닝드레스로 돌아갔다. 곤경에 빠진 말라 아주머니는 슈타체크 아저씨와 심지어 나에게까지 몸을 돌려, 진실만을, 아무리 고통스럽더라도 단지 진실만을 말할 것을 맹세케 했다. 이 옷차림이 너무 신경쓴 것 같지 않니? 더운 날 비공식적인 자리에는 너무 극적이지 않아? 머리 손질한 것은 잘못되지 않았어? 그리고 우리가 그녀의 머리를 보는 동안, 정말로 진짜로, 무슨 생각을 했니? 땋은 머리를 — 어느 방향으로 두는 것이 좋겠니 — 위로 올려야 할까? 아니면 풀어서 어깨 위로 늘어뜨릴까? 어떤 것이 낫겠니?

결국, 마지못해, 그녀는 평범한 갈색 스커트에, 터키옥 브로치가 달린 긴팔 블라우스와, 그녀의 아름다운 눈 색과 잘 어울리는 창백한 파란색 물방울 귀걸이 한 쌍을 골랐다. 그리고 머리는 풀어서, 양쪽 어깨 위로 자연스럽게 흘러내리도록 했다.

*

스타브 아저씨는 그의 땅딸막한 몸집을 정장에 불편하게 쑤셔넣은 채로 내게 문화 간의 역사적인 차이에서 비롯되는 삶의 진실들 가운데 몇 가지를 설명해주었다. 그의 말에 따르면, 실와니 일가는 일가 남자들이 베이루트와 리버풀에서 우수한 학교 교육을 받았고 모두 서구 언어를 잘할 수 있으며 대단히 높이 평가되는 유럽화된 가족이란다. 우리로 말하자면, 어쩌면 그 말이 외려 다른 의미인지는 몰라도, 우리도 분명 유럽인이었다. 가령, 우리는 겉으로 드러나는 외양에는 별 중요성을 두지 않고 단지 문화적이고 도덕적인 내적 가치에만 중점을 두었다. 톨스토이 같은 세계적인 천재조차도 농부처럼 차려입고 주변을 걸어다니는 일을 서슴지 않았고, 레닌과 같은 위대한 혁명가도 대개 부르주아지의 옷차림을 경멸하고, 가죽 재킷에 작업 모자를 쓰는 것을 더 좋아했다.

그러나 우리가 실와니 빌라를 방문하는 것은 노동자들을 방문한 레닌이나 단순한 민중 가운데 있던 톨스토이와 같지 않았다. 그것은 특별 행사였다. 대개 그 당시 좀더 유럽적인 문화를 채택한, 더 훌륭하고 개화된 아랍 이웃들의 눈에는, 슈타체크 아저씨의 설명에 의하면, 우리 현대 유대인은 예의범절 없고 문화적 세련됨의 가장 낮은 단계에 있기에도 적합하지 않은 거친 오합지졸 극빈자 부류로 묘사된다고 했다. 우리 지도자 가운데 몇몇 사람조차도 아랍 이웃 가운데서는 명백히 부정적인 관점에서 묘사되었는데, 그것은 그들이 아주 간소하게 옷을 입고 그들의 예절이 조야하며 격식에 맞지 않았기 때문이다. 그는 우체국에서 일할 때 몇 번인가, 공공 창구와 창구 뒤에서 모두, 걷어올린 소매와 파인 목선, 우리가 개척자 같고 민주적이고 평등주의자 같다고 생각했던 새로운 히브리 스타일, 샌들과 카키색 바지가, 영국인이나 특히 아랍인에게는 타인에 대한 존중이 부족하거나 공공사업에 대한 경멸을 드러내 보이는 차림새, 세련되지 않거나 상스러운 차림새로 보인다는 것을 알게 될 기회가 있었다. 물론 이러한 인상은 근본적으로 오해이기에, 우리가 단순한 삶을 추구하고, 절제를 신봉하며, 외양을 통해 경외감을 자아내려 하지는 않는다는 점을 반복 설명할 필요는 없다. 그러나 현재 상황처럼, 잘 알려지고 대단히 존경받는 가문의 저택에 방문하거나 그 비슷한 경우에는, 우리에게 마치 외교적인 임무가 맡겨진 양 행동하는 것이 적절하다. 결론적으로, 우리는 외모와 예의범절, 말하는 방식에 엄청나게 신경써야 한다는 얘기였다.

가령, 슈타체크 아저씨 말로는, 그런 모임에서 아이들은 물론 심지어 십대도 결단코 어른들의 대화에 끼어서는 안 된다고 했다. 단지, 만일 질문을 받는다면 공손히, 그리고 가능한 한 간결하게 답해야 한다. 다과가 제공되면, 아이는 흘리거나 부스러기를 떨어뜨리지 않을 수 있는 것만 택해야 한다. 만약 재차 다과를 제공받게 된다면, 심지어 막 집어먹고 싶어 죽을 것 같더라도, 아주 정중히 거절해야 한다. 그리고 방문 시간 동안 내내 아이는 얌전히 똑바로 앉아 있어야 하고, 어딘가를 응시해서도 안 되고, 무슨 일이 있어도 인상을 찌푸려서는 안 된다. 그가 보증하기로, 특히 극히 예민하고, 쉽게 상처받아 성내는 경향이 있기로(심지어 그는 복수까지 한다고 믿었다) 유명한 아랍 사회에서는 사소한 부적절한 행동도, 버릇없고 배임하는 행위일 뿐 아니라, 두 이웃사촌 간의 향후 상호 이해에 해를 끼칠지도 모르는 일인 것이다. 고로—그는 자기 주제에 열중했다—피의 전쟁의 위험에 대한 불안의 시기 동안 두 민족 간에 적개심을 격화시키는 셈이 된다.

요약하자면, 슈타체크 아저씨 왈, 여덟 살짜리 아이가 어깨에 짊어질 수 있는 것보다 훨씬 더 많은 일이, 이 아침에, 너에게, 네 지능과 행동에 달려 있다는 것이다. 그건 그렇고 사랑하는 말렌카, 당신도 역시 거기서는 아무 말도 하지 않는 편이 좋을 것이니, 그저 정중한 행동 외에는, 아무 말도 하지 마요. 잘 알려진 것처럼, 우리 아랍 이웃들 전통에서는, 우리 선조들도 마찬가지였지만, 여자가 남자들의 교제에 끼어들어 입을 여는 행위가 용납되는 것으로 사료되지 않았소. 결론적으로 여보, 이번 일에서 당신은 천성적으로 좋은 교양과 여성적인 매력으로 당신을 증명할 수 있을 거요.

*

그래서 이 작은 외교 사절단은 아침 열시에 출발해서, 단출하지만 눈부시게 빛나며, 꽃가게 '블룸스 정원' 바로 위쪽, 예언자 거리와 챈슬러 거리 구석에 있는 루드니츠키 가족의 한 개 반짜리 방이 딸린 공동주택 아파트를 떠나, 쇼팽과 쇼펜하우어, 절름발이 새 알마-미라벨과 뒤쪽의 색칠된 솔방울을 남겨두고, 셰이크 자라흐 북편에, 마운트 스코푸스로 이어지는 길 위 실와니 빌라로 향하는 동쪽 길로 나아가기 시작했다.

우리가 가는 길에 지나친 최초의 사물은 타보르 하우스라는 이름의 집 벽으로, 일찍이 예루살렘이라면 죽고 못 살던 콘라트 시크라는 독실한 크리스천이자 괴벽스러운 독일 건축가의 집이었다. 대문 위로 콘라트 시크는, 그 둘레로 내가 기사와 공주들이 사는 온갖 이야기들을 직조해내던 작은 탑 하나를 건축했다. 거기서부터 우리는 예언자 거리를 따라, 성 모양으로 구축된 탑과 타일로 된 돔으로 판단컨대, 피렌체 궁전을 모델로 삼은, 이탈리아 병원으로 걸어 내려갔다.

그 이탈리아 병원에서, 한마디 말도 없이, 우리는 사이프러스와 격자 창살과 코니스, 돌벽의 세계로 발걸음을 재촉하며, 메아 셰아림의 초정통파 유대인 지구를 켜켜이 둘러싸고 있는 성 조지 거리 쪽인 북쪽으로 방향을 틀었다. 이곳은 예루살렘의 반대편, 에티오피아인, 아랍인, 순례자, 오스만인(터키인), 선교사, 독일인, 그리스인, 생각에 잠긴 아르메니아인, 미국인, 수도사, 이탈리아인, 러시아인의 예루살렘, 소나무로 빽빽하고, 위협적이지만 매혹적이고, 이질적이고 적대적이어서 혹자에게는 금지된 날개 달린 고결한 매력과 위험한 비밀을 감추고 있는 베일에 덮인 도시, 십자가와 작은 탑들, 모스크와 신비로 가득 차 있고, 위엄 있고 조용한 도시, 그 거리들을 통해 어두운 그림자와 수도승과 수녀와 카디*와 무에진**과 명사와 순례자와 베일을 쓴 여자와 두건을 쓴 사제처럼 휙 지나치는 외국 종교의 성직자가 입은 검은 망토와 사제의 수의가 있는, 내가 거의 알지 못했던 그 예루살렘의 반대편이다.

피의 분쟁이 예루살렘에서 발발하기 몇 달 전이자, 영국인들이 떠나기까지 일 년이 채 남지 않은 시기였고, 포위 공격과 포격, 단수와 도시 구획이 있기 전이었던, 1947년 여름 토요일 아침이었다. 우리가 셰이크 자라흐에 있는 실와니 일가의 집으로 걸어갔던 토요일엔, 아직은 충만한 고요가 북동쪽 교외 전부를 뒤덮고 있었다. 그러나 이미 그 고요 속에서 교묘히 사라지는 담배 연기처럼 억눌린 적의, 조바심의 어렴풋한 조짐을 감지할 수 있었다. 세 명의 유대인, 남자와 여자와 아이 한 명이 여기서 무엇을 하고 있었으며, 그들은 어디서 갑자기 튀어나왔는가? 그리고 이제 여기, 도시의 이쪽 편에 있는 곳에는, 필요 이상으로 오래 머물지 않는 편이 좋다. 이 거리들을 통과해 재빨리 미끄러져 내려가라. 반면 그곳엔 여전히.

---

* 이슬람 법에 기초해 판결을 내리는 재판관.

** 이슬람 사원(모스크)에서 미나렛(사원의 첨탑)을 돌며 기도 시간을 알리려 하루 다섯 번씩 기도문을 낭독하는 사람. 좋은 성품과 목소리를 가진 사람이 전문적인 무에진으로 선택된다.

*

우리가 도착했을 때, 그 홀에는 이미 그 가족의 다른 손님들과 가족 구성원이 열다섯 명인가 스무 명쯤 있었는데, 마치 담배 연기 구름 위를 헤매듯, 그들 중 몇몇은 구석에서 작게 무리지어 서 있고, 대부분은 네 개의 벽을 따라 줄지어 있는 소파 위에 앉아 있었다. 그들 중에는 카디건 씨도 있었고, 몇몇 다른 신사들과 함께 서서 슈타체크 아저씨에게 자기 잔을 살짝 들어 인사를 표한, 체신공사 총재이자 슈타체크 아저씨의 상사인 케네스 오웰 크녹스 길포드 씨도 있었다. 내실로 통하는 문은 대부분 닫혀 있었으나, 조금 열린 문 한 개를 통해 나는 내 나이 또래에 긴 드레스를 입고, 작은 벤치에 서로 딱 붙어서, 손님들을 훑어보며, 자기들끼리 소곤거리는 세 명의 여자아이를 볼 수 있었다.

집주인인 우스타즈 나지브 맘두하 알 실와니가 회색 정장을 입은 중년의 영국 귀부인 두어 명과 나이 지긋한 프랑스인 학자, 예복을 입고 구불구불 각진 턱수염을 지닌 그리스 사제를 포함해서 일가의 몇몇 구성원과 다른 손님 몇 명, 여자, 남자 들을 소개해주었다. 모두에게 한결같이 주인은 자기 손님을 영어로 때로는 프랑스어로 칭송하고, 두어 문장으로 스타브 씨가 암흑의 몇 주 동안 실와니 일가의 머리에서 떠나지 않던 엄청난 문제를 어떻게 물리쳐주었는지 설명했다.

우리는 차례로 악수하고, 담소를 나누고, 미소 짓고, 가볍게 목례하고, "하우 나이스!" "앙샹테" 그리고 "굿 투 미트 유"라고 웅얼거렸다. 우리는 심지어 실와니 일가에게 수수하고 상징적인 선물을 하나 하기까지 했다. 공동 식당에서의 일상과 농장과 낙농 현장에 있는 개척자들, 스프링클러 아래에서 행복한 듯 알몸으로 물장구를 치고 있는 아이들, 트랙 위를 지나쳐가는 거대한 트랙터를 먼지구름 속에서 응시하면서 나귀의 고삐를 굳게 잡고 있는, 노년의 아랍인 농부 사진 등이 담긴 키부츠의 삶에 대한 화보집. 각각의 사진에는 히브리어와 영어로 된 몇 마디 설명이 곁들여 있었다.

우스타즈 알 실와니는 유쾌하게 미소를 지으며, 마치 사진작가가 사진을 통해 말하고자 한 바를 마침내 이해했다는 듯이 몇 번인가 고개를 끄덕이며, 화보집을 쭉 넘겨보았다. 그는 자신의 손님들에게 그 선물에 대해 감사를 표하고 벽에 있는 벽감 중 하나였는지 창틀이었는지에 그것을 내려놓았다. 높은 톤의 음성을 지닌 앵무새가 갑자기 새장에서 영어로 지저귀었다. "누가 나의 운명이 될까? 누가 나의 왕자님이 될까?" 그러자 그 방의 다른 쪽 구석에서 목이 쉰 앵무새가 응답했다. "칼라마트, 야 셰이크! 칼라마트, 야 셰이크! 칼라마트!(존귀하도다, 셰이크*여! 높으신 분, 셰이크여! 존귀하도다!)"

십자로 걸린 칼 두 개가 우리가 앉아 있던 구석, 머리 위 벽에 걸려 있었다. 나는 누가 손님이고 누가 가족인지 맞혀보고 있었지만 그리 성공적이지는 못했다. 남자들 대부분은 오십대나 육십대였고, 한 명은 소매 끝이 약간 해진 낡은 갈색 정장을 입고 있는 아주 늙은 남자였다. 그는 주름이 많은 노인으로, 볼은 움푹 패어 있었고, 은빛이 도는 콧수염은 주름진 미장이 손처럼 담배 연기로 누레져 있었다. 그는 벽에 걸린 금테 액자 초상화 속의 몇 명과 꼭 닮았다. 할아버지인가? 아니면

---

* 부족장이나 원로, 지체 높은 직위를 가진 사람을 칭하는 아랍어.

증조부? 왜냐하면 우스타즈 알 실와니 왼쪽으로, 혈관이 불거져 나오고, 키가 크고, 허리가 구부정하여 부러진 나무줄기 같아 보이고, 머리는 가시 같은 억센 갈색 머리칼로 뒤덮여 있는 또다른 노인이 나타났기 때문이다. 그는 단정치 못하게 옷을 입고 있었는데, 줄무늬 셔츠는 단추가 딱 반만 채워져 있고, 바지는 너무 커 보였다. 그 노인은 어머니의 이야기 속에 나오는, 자기보다 더 늙은 남자를 오두막에서 보살피기까지 했던 알렐루예브를 생각나게 했다.

하얀색 테니스복을 입은 젊은이 몇 명과 사십대 중반에 쌍둥이처럼 생긴, 배가 불뚝한 두 명의 남자도 있었다. 그들은 졸린 듯 눈을 반쯤 감은 채 나란히 앉아 있었는데, 그중 하나는 자기 형제가 공중에 걸린 회색 휘장에 기여하며 줄담배를 피우는 동안, 호박색 염주를 손으로 만지작거리고 있었다. 두 명의 영국 귀부인과는 별개로 소파에 앉아 있거나, 나비넥타이를 하고 찬 음료와 사탕과자, 찻잔과 아주 작은 커피잔들이 담긴 트레이를 나르고 있는 하인들과 부딪치지 않으려 신경 쓰면서, 방을 빙빙 도는 여자들도 몇 명 있었다. 그중 어떤 여자가 그 집의 안주인인지 말하기는 어려웠다. 그들 중 몇몇은 여기가 집인 것 같이 보였다. 공작새 깃털이 꽂혀 있는 화병과 같은 색깔의 꽃무늬 실크 드레스를 입은 풍채 좋은 여자는, 움직일 때마다 쨍그랑쨍그랑 소리가 나는 은팔찌와 장식고리를 살집 좋은 팔에 지나칠 정도로 잔뜩 두른 채, 테니스 바지를 입은 몇몇 젊은 남자들과 서서 열성적으로 이야기를 나누고 있었다. 또다른 귀부인은, 가슴과 허벅지의 둥글둥글한 모습을 두드러져 보이게 하는 과일 무늬가 인쇄된 순면 드레스를 입고 있었는데, 그녀의 남편이 키스하도록 자기 손을 뻗었고, 곧바로 그에게 보답하기 위해 그의 빰에, 오른쪽, 왼쪽, 다시 오른쪽으로 세 번 키스했다. 날씬한 엉덩이에, 빨간 손톱을 하고, 우아한 머리 모양에, 산뜻한 치마를 입은 채, 연신 속닥속닥하고 있는 몇 명의 매력적인 젊은 여자들뿐 아니라, 잿빛 콧수염에 코털이 너울거리고 있는 노년의 가정부장도 있었다. 로즈에서 15년 전에 이민온 성직자 같은 어두운 양복을 입은 슈타체크 루드니츠키와, 갈색 치마에 긴팔 블라우스를 입고 물방울 귀걸이를 한 그의 아내 말라는 그 방에서 가장 격식 있게 옷을 입은 것처럼 보였다(웨이터들은 제외하고). 체신공사 총재인 크녹스 길포드 씨조차 재킷도 타이도 없이 평범한 파란색 셔츠를 입고 있었다. 갑자기 골초 같은 목소리의 앵무새가 홀 한쪽 끝에 있는 새장에서 소리질렀다. "메 위, 메 위, 셰르 마드무아젤, 메 위, 압솔뤼망, 나튀렐망(그래요, 맞아요, 사랑하는 아가씨, 그래요, 절대적으로, 당연히)." 방의 다른 쪽 끝에서 어리광 섞인 소프라노가 즉시 대답했다. "바스! 바스, 야 에이니! 바스 민 파들라크! 우스꾸트! 바스 와할라스!(여보세요! 이봐요, 아가씨! 부탁이에요! 조용히 좀! 그만하세요!)"

이따금 하인들이 연기 구름 속에서 검정색과 하얀색, 빨간색으로 나타나, 아몬드와 호두, 땅콩, 호박씨와 멜론씨가 담겨 잇달아 나오는 그릇과, 따뜻한 페이스트리와 과일, 수박 썰어놓은 것, 더 작은 컵에 담긴 커피와 차가 담긴 잔, 각얼음과 함께 담긴 과일 주스와 석류 주스로 찬 서리가 낀 키 큰 유리잔, 맛있는 계피 냄새가 나고 아몬드 조각으로 장식되어 있는 우유 젤리가 담겨 있는 작은 그릇이 놓인 트레이로 우리를 유혹하려 했다. 그러나 나는 딸랑 비스킷 두 개와 과일 주스 한 잔으로 때우고 말았고, 내 행동을 의혹에 차 면밀히 주시하고 있는 중요한 권력의 환대를 받아들이는 하급 외교관으로서, 내 위치에서 파생된 의무를 잊지 않고, 뒤따라 나오는 모든 진미를 정중하지만 단호하게 거절했다.

알 실와니 씨는 우리 바로 곁에 멈춰서 말라 아주머니와 슈타체크 아저씨와 함께 웃으며, 아마도 말라 아주머니의 물방울 귀걸이를 칭찬하면서 영어로 몇 분간 담소를 나누었다. 그러고는 양해를 구하고 다른 손님들에게로 자리를 옮기려다가, 주저하더니, 갑자기 내게로 돌아서, 능숙치 않은 히브리어로 유쾌한 미소를 지으며 말을 건넸다.

"신사분께서 정원으로 나가고 싶으시면, 정원에 아이들이 몇 명 있습니다."

나를 전하라고 부르는 걸 좋아했던 아버지를 빼고, 이전에는 내게 신사라고 부른 사람은 아무도 없었다. 영광스러운 일순간 나는 스스로를 그 지위에 있어 바깥 정원에 있는 젊은 외국 신사들보다 고귀함이 조금도 덜하지 않은 젊은 히브리 신사라 느꼈다. 자유로운 히브리 국가가 마침내 세워지게 되면, "다른 사자들을 직면한 사자처럼" 우리나라도 국제 친교국에 가입할 수 있을 것이라며, 아버지는 열정적으로 블라디미르 야보틴스키를 인용하곤 했었다.

다른 사자들을 직면한 사자처럼 나는 연기로 가득한 방을 빠져나왔다. 넓은 베란다에서 나는 구도시의 성벽, 탑들과 돔의 광경을 살폈다. 그리고 천천히, 황제처럼, 강렬한 민족적 각성을 지닌 채, 한 줄로 늘어선 돌계단을 내려와 포도나무 잎으로 덮인 정자와 그 너머, 과수원 속으로 걸어갔다.

42

그곳 정자에는, 열다섯 살 남짓의 소녀 대여섯 명이 무리지어 있었다. 나는 그들을 멀찍이 피해 갔다. 그러고 나서 몇몇 난폭한 남자아이들이 나를 지나쳐 어슬렁거리며 걸어갔다. 한 젊은 커플이 속삭이는 대화에 깊이 빠져 있지만 서로 붙지는 않은 채 나무 아래서 한가로이 거닐고 있었다. 과수원 다른 쪽 끝, 벽 구석 근처, 잎이 무성한 뽕나무의 거친 줄기 둘레에, 누군가 다리 없는 의자 같은 것을 놓고 있었고, 여기 창백한 얼굴을 지닌 한 소녀가 무릎을 가지런히 하고 앉아 있었다. 그녀의 머리칼과 속눈썹은 검은색이었고, 목은 가늘었으며, 어깨는 유약했고, 그녀의 단발머리는, 내가 보기에 호기심과 기쁨의 빛에 의해 안쪽으로부터 빛나는 것처럼 보였던 이마 위로 흘러내렸다. 그녀는 넓은 허리띠를 두른 남청색 민소매 원피스 안에 크림색 블라우스를 입고 있었다. 블라우스의 접은 옷깃 위로, 슐로밋 할머니 것이었던 브로치를 생각나게 하는 아이보리색 브로치를 하고 있다.

이 소녀는 첫눈에 내 나이 또래처럼 보였지만, 블라우스에 나타난 약간의 굴곡과 어린아이 같지 않은 호기심 어린 표정과 내 눈과 마주친 순간 그녀의 눈에 나타난 경계의 표정으로 봤을 때(재빨리 힐끗 쳐다보고, 즉시 다른 쪽으로 눈길을 돌리는) 나보다 두세 살 더 많은, 아마 열두세 살이었을 것이 분명했다. 나는 그녀의 눈썹이, 그녀의 다른 섬세한 모습과는 반대로, 되레 무성하고 가운데로 모여 있는 것을 간신히 볼 수 있었다. 그녀의 발치에 남동생으로 보이는 세 살배기 곱슬머리 사내아이가 있었다. 그 아이는 바닥에 무릎을 꿇고 떨어져 있는 나무 이파리를 주워 동그랗게 재배치하는 놀이에 빠져 있었다.

대담하게 그리고 단숨에 나는 그 소녀에게, 어쩌면 다른 사자들을 직면한 한 마리 사자보다는 못하고, 위층 방에 있는 앵무새와 좀더 비슷하게, 내 전체 외국어 어휘 중 4분의 1을 제공했다. 무의식적으로 나는 교제를 시작해서 내 선입견을 쫓아버리고 우리 두 사람 사이를 화해로 나아가게 하려고 약간 고개를 숙여 절하기까지 했다.

"사바 알 헤르, 미스. 아나 이스미 아모스. 바 인티, 야 빈트? 보트르 농, 실 부 플레, 마드무아젤? 플리즈 유어 네임 카인들리?"

그녀는 미소도 짓지 않고 나를 바라보았다. 모인 눈썹이 그녀의 나이를 뛰어넘어 그녀에게 심각한 표정을 짓게 했다. 그녀는 마치 결단을 내리고, 자신에게 동의하고, 숙고를 마친 다음 조사 결과를 확정짓는 듯, 몇 차례 고개를 끄덕였다. 그녀의 남청색 원피스는 무릎까지 내려오는 것이었지만, 원피스와 나비 버클이 달린 그녀의 신발과 옷 사이의 간극 속에서 나는 언뜻, 그녀의 종아리 피부가 부드러운 갈색이고, 이미 여성스러운 어른의 것과 같음을 알았다. 나는 얼굴을 붉혔고, 내 눈길은 다시, 조용히, 의심 없이, 그러나 동시에 미소도 짓지 않고 나를 돌아보고 있는 그녀의 남동생에게로 도망쳤다. 까맣고 평온한 얼굴을 지닌 그는 갑자기 그녀와 아주 많이 닮아 보였다.

*

나는 모든 것을 내 부모, 내 이웃, 요셉 큰할아버지, 선생님들, 삼촌들, 이모들, 고모들과 그 시절 내게 실려오던 소문들로부터 들었다. 그들은 우리집 뒤뜰에서 토요일과 일요일 저녁마다 차를 몇 잔이나 마시며, 모든 것들, 아랍인과 유대인 사이에 상승하는 긴장, 불신과 적대, 영국이 꾸미는 음모의 썩은 열매와 우리를 싫어하는 아랍인들에게 격노하도록 공포의 빛으로 우리를 채색했던 무슬림 광신도의 유인에 대해 말했다. 우리의 임무는, 로젠도르프 씨가 전에 말한 바에 의하면, 의심을 쫓아내고, 그들에게 우리가 사실은 긍정적이고, 심지어 상냥하기까지 한 사람이라는 것을 설명해주는 일이었다. 간단히 말하자면, 그것이 내게 이 기묘한 소녀에게 말을 걸고 그녀와 대화를 해보고자 하는 용기를 준, 사명을 느끼게 된 감각이었다. 나는 그녀에게 설득력 있는 몇 마디 말로, 우리 의도가 얼마나 순순하고 우리 두 사람 사이에 대립을 일으키는 음모가 얼마나 끔찍한 것인지, 여덟 살하고 육 개월 된 나이로 똑부러지게 말할 수 있는 나라는 사람이 대변하는, 예의바르고 유쾌한 히브리 사람과 함께 시간을 보내는 것이 아랍 대중에게—입술이 우아한 소녀의 모습으로 나타난—얼마나 좋은 일인지 그녀에게 설명하고자 했다. 거의.

그러나 나는 이미 내 밑천의 대부분을 소진하여 서두 문장을 외국어로 말한 뒤에는 무엇을 어떻게 해야 할지 생각해두지 못했다. 어떻게 내가 이 정신 없이 몰두하고 있는 소녀를 교화하고 그녀에게 시온으로 돌아가려는 유대인의 정의를 단호하게 이해시킬 수 있을 것인가? 무언극으로? 손짓과 발짓과 춤으로? 그리고 어떻게 내가 말을 사용하지 않고도 우리 땅을 향한 우리의 권리를 그녀로 하여금 인식하게 할 수 있을까? 어떻게, 어떤 말도 없이, 그녀에게 체르니콥스키의 "오, 나의 땅, 나의 조국"을 번역해줄 수 있겠는가? 아니면 야보틴스키의 "그곳에 아랍인과 나사렛 사람과 우리는/ 요단강둑에서 둘 다 더럽혀지지 않은 깃발로 깨끗해질 때/ 행복하게 흘러넘치는 잔을 마시게 되리"를? 한마디로, 나는 폰을 두 칸 앞으로 움직이는 법을 배우고는, 어떠한 망설임도 없이 배운 대로 했는데, 그 외에는 체스 게임에 대해서 아무것도 몰라서, 어떻게 움직이는지, 어디로 왜 움직여야 하는지, 심지어 각 말의 이름이 뭔지도 모르는 바보와 같았다.

길을 잃었다.

그러나 그 소녀는 두 손은 벤치 위 자기 원피스 양쪽에 내어놓고 쉬면서, 눈은, 나뭇잎으로 만든 동그라미 중앙에 작은 돌을 올려두고 있는 자기 남동생에게 고정한 채로, 나를 살펴보지도 않고, 하필 히브리어로, 내게 대답했다.

"내 이름은 아이샤야. 저 어린애는 내 동생 아와드고."

그녀가 또 말했다.

"너는 우체국에서 온 손님들의 아들이지?"

그래서 나는 우체국에서 온 손님들의 아들이 아니라, 그들 친구의 아들이라고 그녀에게 분명히 설명했다. 그리고 내 아버지가 보다 중요한 학자, 우스타즈라는 것도, 나의 아버지의 큰아버지는 더 중요하고, 심지어 세계적으로 유명하기까지 한 학자라는 것도, 그리고 내가 정원에 나가 이 집의 아이들과 이야기하도록 개인적으로 제안해준 사람이 바로 영예로운 그녀의 아버지라는 것도.

아이샤가 내 말을 바로잡으며, 우스타즈 나지브는 자신의 아버지가 아니고 그녀 어머니의 삼촌이라고 말했다. 그녀와 그녀의 가족은 여기 셰이크 자라흐에 살지 않고 탈비예에 살며, 자신은 지난 3년간 르하비아에 있는 피아노 선생님에게 레슨을 받으러 다녔고, 그 선생님과 다른 학생들로부터 히브리어를 조금 배웠노라고 말했다. 히브리어는 아름다운 언어이고, 르하비아는 아름다운 지역이었단다. 손질이 잘되고. 조용한.

탈비예도 손질이 잘된 곳이고 조용하지, 하고 내가 받은 칭찬을 되돌려 갚으며 서둘러 답했다. 그녀가 기꺼이 우리와 대화를 좀 할까?

아니면 이미 우리가 대화중인 것은 아닌가. (약간의 미소가 잠시 동안 그녀 입가에서 깜박였다. 그녀는 원피스의 치맛자락을 양손으로 펴면서, 다리를 풀었다가 다시 꼬았다. 그리고 일순간, 이미 다 큰 성인 여자의 무릎이던 그녀의 무릎이 드러났고, 다음엔 자신의 원피스를 다시 정돈했다. 그녀는 이제, 살짝 내 왼편을 보았고, 거기에는 정원 벽이 나무 가운데서 우리를 응시하고 있었다.)

나는 대표처럼 격식 어린 표현을 차용해서, 함께 평화와 상호 존중

속에 살고자 하는 의향만 있다면 이 나라에는 두 민족을 위한 충분한 공간이 있다는 견해를 피력했다. 그럭저럭, 나는 당혹감이나 거만함을 벗어나서, 나 자신의 히브리어가 아니라 아버지와 그의 손님들이 쓰는 히브리어로 그녀에게 말하고 있었다. 공식적이고 세련된. 야회복과 하이힐로 성장한 당나귀처럼. 왠지 이것만이 아랍인과 소녀에게 말하는 적절한 방식이라는 확신에 차서. (나는 좀처럼 소녀나 아랍인과 말할 기회가 없었지만, 그 두 경우 모두 특별한 신중함을 요한다는 생각이 들었다. 말하자면, 살얼음 위를 걷듯, 말해야 했다.)

*

그녀의 히브리어에 대한 지식이 광대하지 않거나, 그녀의 견해가 아마 내 견해와 같지는 않을지도 모른다는 사실이 명백해졌다. 내 도전에 응하는 대신, 그녀는 회피하는 쪽을 선택한 것이다. 그녀가 말하길, 그녀의 오빠는 런던에 있는데, 말하자면 사무변호사와 법정변호사가 되려고 공부하는 중이란다. 그걸 히브리어로 말하면 변호사 같은 거라 할까?

변호사라고 대신 말해준 사실에 우쭐한 채, 나는 그녀에게 나이들어 무엇을 공부할지, 예컨대 어떤 분야, 어떤 직업을 가질지 생각해보았느냐고 물었다.

그녀는 내 눈을 뚫어지게 쳐다보았고 그 순간 나는 얼굴을 붉히는 대신 창백해졌다. 즉시 나는 눈길을 피했고, 뽕나무 밑동에서 나뭇잎으로 네 개의 정확한 원을 벌써 다 꾸며놓은 그녀의 진지한 남동생 아와드 쪽으로 눈을 내리깔았다.

넌?

음, 있잖아, 나는 여전히 그녀를 마주하고 선 채, 끈끈한 손바닥을 내 반바지 옆에 대고 말하기를, 음, 저기, 그게 그러니까—

너도 변호사가 될 거구나. 말하는 방식을 보니.

왜 그렇게 생각하는데?

난, 내 질문에 대한 대답 대신 그녀가 말했다, 나는 책을 쓸 거야.

네가? 어떤 책을 쓸 건데?

시.

시?

프랑스어와 영어로.

네가 시를 쓴다고?

그녀는 아랍어로도 시를 썼지만, 아직 누구에게도 보여주지 않았단다. 히브리어 역시 아름다운 언어라고도 했다. 히브리어로 시를 쓴 사람도 있니?

그녀의 질문에 경악하며, 분개와 사명감에 부풀어, 나는 거기서 바로 그녀에게 시 한 소절을 열정적으로 낭송하기 시작했다. 체르니콥스키. 레빈 키프니스. 라헬. 제에프 야보틴스키. 그리고 내 시 중에서도 하나. 생각나는 건 무엇이든. 맹렬하게, 손으로 허공에 원을 그리며, 목청을 높여, 몸짓과 표정에 감정을 담고 심지어 이따금 눈까지 감으면서. 그녀의 남동생 아와드마저 곱슬곱슬한 머리를 들고, 호기심과 약간의 두려움에 가득차서 내게 그 갈색의 순진한 양같이 생긴 눈을 고정시키더니, 갑자기 히브리어로 분명하게 읊었다. 잠쉬만요! 잠깐 멈춰봐요! 아이샤는 아무 말도 하지 않더니 갑자기 내게 나무를 기어오를 수 있는지 물었다.

완전히 흥분하여, 그녀에게 조금 반했지만 아직은 민족적 대의감이 주는 스릴에 몸을 떨면서, 그녀가 원하는 것이면 무엇이든 하고 싶어 몸이 달아, 나는 즉시 야보틴스키에서 타잔으로 변신했다. 슈타체크 아저씨가 나를 위해 그날 아침 가죽이 흑옥처럼 빛날 때까지 광을 내준 샌들을 벗고, 말쑥하게 다림질된 가장 좋은 옷을 입은 것도 잊어버린 채, 펄쩍 뛰어 낮은 가지에 매달린 다음, 맨발로 굵은 나뭇가지를 치고 몸부림치며, 한순간도 주저 없이 나무 위로 올라서, 한쪽 분기에서 옆쪽으로, 위쪽, 제일 높은 나뭇가지를 향해, 긁히는 것은 신경도 쓰지 않고, 멍이며, 찰과상이며, 뽕나무 얼룩 드는 것도 무시하고, 벽을 넘어 위로, 다른 나무 꼭대기를 넘고, 그늘을 넘어, 그 나무의 가장 높은 부분으로, 내 무게 때문에 용수철처럼 아래로 구부러지는 비스듬한 나뭇가지에 배가 달라붙을 때까지 더듬어 나아가다가 갑자기, 무엇에 쓰이는 건지, 그게 어떻게 뽕나무 꼭대기에 걸려 있는지는 악마만 알고 있을, 끝부분에 무거운 쇠공이 달린 녹슨 쇠사슬을 발견했다. 꼬맹이 아와드가 생각에 잠긴 채 나를 의심스럽게 살펴보더니, 다시 말했다. 잠쉬만요! 잠깐 멈춰봐요!

그게 그가 알고 있는 유일한 히브리어인 모양이다.

나는 산들거리는 나뭇가지에 한 손으로 매달린 채, 거친 함성을 내지르며 다른 손으로는 그 쇠사슬을 흔들었고, 마치 아래쪽에 있는 젊은 여자에게 진귀한 과일이라도 과시하듯이 쇠공을 빠르게 빙빙 돌렸다. 60대에 걸쳐서, 우리는, 그들이 우리를 밀치락달치락 모인 학생으로 된 비참한 국가, 사방에 깔린 그림자 속에서 공포에 휩싸이기 시작하는 보잘것없는 나방, 알와드-알-마우트, 죽음의 아들들로 여긴다고 배워왔는데, 마침내, 여기 무대에 오르고 있는 근육질의 유대주의, 찬란한 신新 히브리 젊은이가 자신의 힘의 절정에서, 그를 보는 누구든지 그의 포효에 떨게 하고 있었던 것이다. 사자 무리 가운데 있는 한 마리 사자처럼.

그러니 의기양양해하며 아이샤와 그녀의 남동생 앞에서 그 역할을 맡고 있던 굉장한 나무 사자는 파멸이 다가오는 줄도 모르고 있었다. 그는 눈멀고 귀먹은 어리석은 사자였다. 눈은 있으나 보지 못했고, 귀가 있어도 듣지 못했다. 그는 그저 흔들거리는 나뭇가지 위에서 두 발로 버티고 서서, 말을 타고 달리며 밧줄을 공중에 던져 올가미를 만드는, 영화에 나오는 영웅적인 카우보이처럼, 쇠 사과를 공기를 가를 정도로 더 강하고 강하게 회전시키며 쇠사슬만 빙빙 돌리고 있었다.

*

그는 이 열정적인 형제의 파수꾼, 이 날아오른 사자, 마치 정복할 수 없는 대상이 잘해내고 있다는 듯이, 보지도 듣지도 상상하지도 경계조차도 하지 않았고, 모든 것은 다가올 무시무시한 일을 위해 예비되었다. 녹슨 쇠사슬 끝에 매달려 있던 녹슨 쇠공은, 그의 어깨 관절에서부터 팔이 비틀릴 정도로 위협하며 허공에서 빙빙 돌고 있었다. 그의 거만. 그의 어리석음. 솟아나는 남자다움의 독. 자만심으로 찬 쇼비니즘에의 도취. 표명을 수행하기 위해 그가 납작 엎드려 있던 나뭇가지는 이미 그의 무게가 주는 압박에 시달리고 있었다. 그리고 짙고 검은 눈썹을 지닌, 섬세하고 사려 깊은 여류시인인 소녀는 동정 어린 미소를, 신 히브리 남성에 대한 경탄이나 경외심에서 짓는 미소가 아니라, 단지 희미하게 경멸하는 듯한 표정으로, 관대하게 즐기는 듯한 미소를 띠고, 마치 그건 대단한 것이 아니라고, 네가 기울이는 그 모든 노력은 아무것도 아니라고, 우리는 이미 그보다 훨씬 더한 것도 보았다고, 그런 걸로는 우리에게 감명을 줄 수 없다고, 언젠가 나를 정말 놀라게 하고 싶다면, 일곱 배는 더 열심히 노력해야만 할 것이라고 말하기라도 하듯, 그를 올려다보고 있었다.

(그리고 어떤 어두컴컴한 우물 깊숙한 곳에서부터, 여자옷가게의 빽빽한 숲, 한 차례 그가 태고의 정글을 헤치며 한 소녀를 쫓았고, 마침내 그녀를 따라잡았을 때 그녀가 공포로 변해버렸던 그 숲속에서의 희미한 기억이 그의 앞에 아주 짧은 시간 동안 반짝였는지도 모르겠다.)

그리고 그녀의 남동생은 여전히 그곳, 뽕나무 밑동에서, 낙엽들로 이루어진 정확하고 신비로운 원을 만드는 일을 막 마무리했고, 이제 흐트러뜨리고, 심각해지고, 진지해지고, 즐거워하다가, 갑자기 뽕나무 꼭대기에서부터 누군가 공포에 질려 아와드, 아와드 뛰어, 하고 고함치며 그의 이름을 불렀을 때는, 하얀 나비 뒤를 반바지에 빨간 신발 차림으로 아장아장 좇아가고 있었는데, 둥그런 눈으로 나무 위를 막 올려다볼 시간이 있었는지, 쇠사슬에서 풀려 부서진 녹슨 쇠 사과가 포탄처럼 점점 더 커지고 어두워지며 자신의 눈을 향해 곧장 날아드는 것을 볼 시간이 있었을지는 모르겠지만, 그게 2~3센티미터쯤 간격을 두고 그의 머리 곁으로 비껴가 곧바로 윙 하고 아이의 코를 스쳤고, 둔

탁한 쿵 소리와 함께 그의 자그마한, 인형 같은, 빨간 신발이 갑자기 붉게 물들더니 레이스 구멍을 통해 피가 분수처럼 뿜어져나와 솔기들과 신발 윗부분을 뒤덮기 시작했는데, 그의 작은 발을 부서뜨리면서 땅으로 떨어지지 않았다면, 분명 그 사과는 그의 두개골을 박살냈을 것이었다. 그리고 단 한 번의 길고 찌르는 듯한, 심장을 찢어내는 것 같은 고통의 쇳소리가 나무 꼭대기 위로 치솟았고 그다음엔 그의 온몸이 서릿발처럼 떨리는 것에 붙들렸으며, 주변의 모든 것은 눈 깜짝할 사이에 마치 빙산 안에 갇힌 것처럼 고요해졌다.

*

나는 그의 누나가 팔로 아이를 채갔을 때 그 아이의 의식 없는 얼굴이 기억나지 않는다 나는 그녀 역시 비명을 질렀는지 도와달라고 소리를 쳤는지 그녀가 내게 뭐라 말을 했는지 기억나지 않는다 그리고 나는 내가 언제 어떻게 그 나무에서 내려갔는지 혹은 아래로 무너져내린 나뭇가지와 함께 떨어졌는지조차도 기억나지 않는다 가장 좋은 셔츠 위로 피를 뚝뚝 떨어뜨리던 내 턱의 베인 상처를 누가 싸매주었는지도 기억나지 않는다(지금까지도 턱에는 그 상처 자국이 남아 있다) 그리고 슈타체크 아저씨와 말라 아주머니의 침대에서 빰에 몇 땀 꿰맨 자국을 하고 태아처럼 온통 웅크린 채 떨던 그날 저녁 다친 남자아이의 날카로운 비명소리와 하얀 시트 사이에 어떤 일이 벌어졌는지도 거의 기억할 수 없다

그러나 나는 지금까지도 분명하게, 가운데로 몰린 검은 눈썹, 사망

통지서의 검은 테두리 아래로 날카롭게 불타오르는 두 개의 석탄 같던 그녀의 눈을 기억하고 있다. 진저리쳐지는 혐오와 절망, 공포와 번뜩이는 증오가 그녀의 눈에서 뿜어져나왔고, 그 혐오스러움과 증오 아래로 일종의 우울한 끄덕임이 있었다. 마치 그녀가 자신에게 동의한다는 듯한, 단도직입적으로, 심지어 채 입을 떼기도 전에 자신이 알아차렸어야 했다, 자신이 지키고 서 있었어야 했다, 아득히 먼곳에서부터 그 냄새를 킁킁거리며 맡을 수 있었다, 악취처럼, 이라고 말하는 듯한 끄덕임.

그리고 나는 희미하게, 누군가, 털이 많고, 단신에 무성한 콧수염을 하고, 시곗줄이 아주 넓은 금시계를 차고 있던 한 남자, 아마 손님 중 하나이거나 집주인의 아들 중 하나였을 텐데, 나를 거기서 거칠게 질질 끌어내 거의 뛰다시피 해야 했던, 내 찢어진 셔츠를 잡아당기던 그 남자를 기억할 수 있다. 질질 끌려가던 그 길에, 나는 맹렬히 화가 난 한 남자가 길이 잘 닦인 테라스 중앙 우물 곁에 서서 아이샤를 때리고 있는 것을, 주먹으로 치거나 뺨을 때리지는 않았지만 반복해서, 손바닥으로, 얼굴을 가로질러, 천천히, 철저하게 그녀의 머리와 등과 어깨를 심하게 때리는 것을, 아이를 벌줄 때의 방식이 아닌 말 한 마리, 완고한 말에게 격노를 터뜨리는 식으로 때리는 것을 볼 수 있었다.

*

물론 내 부모님은, 그리고 슈타체크 아저씨와 말라 아주머니도 마찬가지로 연락해서 그 아이 아와드가 어떤지, 아이의 상처는 얼마나 깊은지 물어보고자 했다. 당연히 그들은 자신들의 슬픔과 수치를 표현할 방법을 강구하고자 했다. 적절한 배상을 하려고 생각하고 있었는지도 모르겠다. 그들로서는 자신을 초대한 집주인이 우리 쪽도 상처를 안 입은 것이 아니라, 뺨이 찢어져 두세 바늘을 꿰매야 했다는 것을 두 눈으로 보게 했다는 것이 중요한 일이었을 수도 있다. 내 부모님과 루드니츠키 씨 가족이 실와니 일가의 빌라로 가서 다친 어린애에게 선물을 가져다주고, 그러는 사이 내가 문지방에 부복하거나 삼베나 재를 뒤집어쓴 채 겸손하게 잘못을 회개하는 임무를 다함으로써, 전체 아랍 사람들과 특히 알 실와니 일가에게 우리가 얼마나 죄송스럽고 얼마나 수치스럽고 당황스러운지 고백하고, 동시에 매우 고매해서 핑곗거리를 찾거나 상황을 변명하려 하지 않는다는 점과 모든 수치, 양심의 가책과 죄의식의 짐을 짊어지려는 책임감이 충분히 있다는 점을 증명하려고 답방을 계획하기까지 한 것이었는지도 모른다.

그러나 그들은 서로 타이밍과 방식을 의논하고 상담하면서, 아마 슈타체크 아저씨가 그의 상관인 크녹스 길포드 씨에게 가서, 비공식적으로 우리를 대신해 약간 상황을 떠보고 그 영역에 실와니 가족의 책임도 있는지, 그들이 아직 얼마나 화가 나 있는지, 그들을 어떻게 달랠 수 있는지, 사적인 사과가 얼마나 도움이 될 것인지, 그리고 우리가 일을 잘 매듭짓겠다고 하는 요청을 어떤 맘으로 받아들일 것인지 알아봐 달라고 한 모양인데, 여전히 계획과 대책을 세우고 있었고, 그러는 동안 유대교 축제일이 돌아왔다. 그리고 그 축제일 전인 1947년 8월 말에 유엔 팔레스타인 특별위원회가 총회에 권고안을 제시했다.

그러자 예루살렘에서는, 그때까지 설령 어떤 폭력도 발생하지 않았어도, 마치 눈에 보이지 않는 근육이 갑자기 수축된 것처럼 느껴졌다. 그 지역으로 들어가는 것은 더이상 지각 있는 일이 아니었다.

그래서 아버지는 프린세스 메리 거리에 위치한 '실와니 & 선스' 회사의 사무실에 용감하게 전화를 해서, 영어와 프랑스어로 자신을 소개하고, 두 개 언어로 알 실와니 선생을 연결해주십사 요청했다. 젊은 남자 비서는 공손하지만 냉랭하게 응하면서, 그에게 유창한 영어와 프랑스어로 몇 분간 잠시 기다려주시면 감사하겠다 말하고, 다시 돌아와 실와니 씨에게 메시지를 전할 권한을 부여받았다고 했다. 그래서 아버지는 우리의 감정, 후회, 그 소중한 아이의 건강에 대한 우리의 염려를 전하고 싶고, 그리고 아이의 병원비를 부담할 만반의 준비가 되어 있으며, 우리가 이를 명백히 하고 잘못된 것을 바로잡기 위해 근간에 만남에 이르기를 성심으로 소망하고 있다는 내용의 간략한 메시지를 구술했다. (아버지는 영어와 프랑스어로 말할 때 러시아어 악센트가 두드러졌다. 그가 정관사 'the'를 발음할 때 그것은 꼭 'dzee'처럼 들렸고, 로코모티브[기관차]를 발음할 때는 로코모치프처럼 들렸다.)

우리는 실와니 일가에게서 직접이든, 슈타체크 루드니츠키의 상사인 크녹스 길포드 씨를 통해서든, 그 어느 쪽으로도 아무런 답신을 받지 못했다. 아버지는 어린 아와드가 얼마나 심하게 다쳤는지 어떻게 해서든 알아내려 노력했는가? 나에게 잠-쉬-만-요- 잠-깐-멈-춰-봐-요라고 말했던 아와드의 상태는 어땠는가? 설령 어떻게든 무엇이라도 알아냈다 하더라도, 그들은 내게 한마디도 하지 않았다. 어머니가 돌아가신 날까지 그리고 그후에도, 그가 죽는 날까지 아버지와 나는 결코 그 토요일에 대해 말하지 않았다. 심지어 우연이라도. 심지어 수년이 흐른 후, 심지어 6일전쟁이 끝나고 약 5년이 지난 뒤, 말라 루드니츠키 일가의 추도회 때, 가여운 슈타체크 씨가 휠체어에 앉아 거의 밤새도록 온갖 좋았던 시절과 나빴던 시절에 대해 추억할 때조차도, 그는 실와니 빌라에서의 그 토요일을 언급하지 않았다.

1967년에 동 예루살렘을 점령한 후, 한 번인가, 나는 그해 여름 토요일 꽤 이른 아침에, 우리가 오래전 토요일에 갔던 그 경로를 따라 혼자서 그곳에 갔다. 거기엔 새 철문이 있었고, 빛나는 검은색 독일제 차량이 회색 커튼이 쳐진 집 앞에 주차되어 있었다. 정원을 둘러싸고 있는 담벼락의 맨 꼭대기에는 내가 기억하지 못하던 깨진 유리가 있었다. 푸르른 나무 꼭대기가 담벼락 너머로 보였다. 중요한 영사관의 것이 분명한 깃발이 지붕 위로 펄럭이고 있었고, 새 철문 옆에는 아랍어와 라틴어로 된, 이름 모를 국가명과 문장을 새긴 번득이는 황동판이 있었다. 사복 차림의 보초가 와서 호기심 어린 눈길로 나를 응시했고, 나는 뭐라고 웅얼거리며 마운트 스코푸스 쪽으로 걸음을 옮겼다.

*

내 턱에 생긴 베인 상처는 며칠 만에 나았다. 아모스 거리에 있는 소아과 병원 의사인 홀란더 박사는 그 토요일 아침, 응급치료실에서 꿰맸던 실밥을 제거해주었다.

그날부터 꿰맨 자국은 전체 에피소드를 감추는 베일이 되었다. 말라 아주머니와 슈타체크 아저씨도 은폐에 협력했다. 단 한마디도 하지 않고. 셰이크 자라흐에 대해서든, 꼬맹이 아랍 어린이들에 대해서든, 쇠사슬이니 과수원이니 뽕나무에 대해서든, 턱에 난 상처에 대해서든, 그 어떤 것도. 금기였다. 없었던 일이었다. 오로지 어머니만이, 여느 때와 마찬가지로, 검열의 벽에 도전했다. 한 번인가, 우리만의 특별한 장소인 부엌 테이블에서, 우리만의 특별한 시간인, 아버지가 집밖으로 나가고 없을 때, 그녀는 내게 인도 우화를 이야기해주었다.

옛날 옛적에 수양을 위해 스스로 갖가지 고통을 가하는 두 수도사가 있었대. 그러다가 마침내, 그들은 전체 인도 대륙을 도보로 횡단하기로 결심했지. 또한 그들은 찍 소리도 하지 않고 여행을 하기로 결정했단다. 한마디도, 심지어 꿈에서도 말하지 않기로 한 거야. 그런데 한번은, 그들이 강둑을 걷고 있을 때, 물에 빠져 죽어가고 있는 여자가 도와달라고 외치는 소리를 들었단다. 둘 중 더 젊은 수도사가 말 한마디 없이 물로 뛰어들어서, 등에 여자를 업고 둑 쪽으로 메고 나왔고, 말없이 그녀를 모래 위에 눕혔어. 두 고행자는 침묵 속에 여정을 계속했지. 6개월인가 일 년이 지난 후에 갑자기 젊은 수도사가 동료에게 물었대. 이보오, 내가 그 젊은 여자를 등에 업은 것이 죄를 범한 것이라 생각하오? 그의 친구가 질문에 대답했지. 뭐야, 자네 아직도 그 여자를 업고 있는 거야?

*

아버지로 말하자면, 자신의 연구로 돌아갔다. 그 시절 그는 아카드와 수메르, 바빌로니아와 아시리아 등 고대 근동의 문학과, 텔 엘 아마르나와 하투샤의 초기 고문서 발견, 그리스인들이 사르다나팔루스라 명명했던, 아슈르바니팔 왕의 전설적인 장서와, 길가메시의 이야기들과 아다파의 짤막한 신화에 깊이 빠져 있었다. 전공 논문과 참고 서적이 그의 책상 위에 쌓여, 노트와 색인 카드로 이루어진 상비군에 둘러싸여 있었다. 그는 자신이 평소 쓰던 재치 있는 경구로 어머니와 나를 즐겁게 해주려 애썼다. 누군가가 책 한 권을 훔치면 표절자이고, 다섯 권을 훔치면 학자이며, 쉰 권을 훔치면 대가大家이다.

예루살렘의 표피 아래 보이지 않는 근육이 긴장하고 있던 나날. 기괴한 풍문이 우리 이웃에 돌았다. 그중 몇 가지는 소름 끼치는 것이었다. 어떤 소문에 의하면, 런던에 있는 영국 정부가 단지 영국의 팔이자 불모의 장막을 걸치고 있는 아랍연맹 국가들이 상비군을 두게 하기 위해 군대를 철수시키고, 유대인을 쳐부수고, 그 땅을 점령한 후에, 유대인이 사라지자마자, 비밀리에 영국인들을 유입하려는 듯하다는 것이었다. 예루살렘은, 오스터 씨 식료품점의 전략가들 중 몇몇이 언급하기를, 곧 압둘라 왕이 통치하는 트란스요르단의 수도가 되고, 우리 유대인 거주민들은 배에 실려 키프로스에 있는 난민 수용소로 가게 될 거라고 했다. 아니면 모리셔스나 세이셸에 있는 멸절滅絶 수용소로 쫓겨날지도 모른다는 것이다.

다른 사람들은 히브리 지하운동인 이르군, 무차별 폭력단과 '하가나' 지하조직이 영국에 대항해서 피의 보복으로, 특히, 우리에게 재앙을 가져다주었던, 킹 데이비드 호텔에 있는 영국 본부 폭파 같은 사건으로 응징해야 한다는 주장을 서슴지 않았다. 역사 속의 어떠한 제국도 이미 장님이 된 눈을 그러한 굴욕적인 도발 쪽으로 돌린 적이 없고,

영국은 이미 야만적인 피의 숙청으로 우리를 벌하기로 결정했다. 지나치게 성급했던 우리의 광신적 시오니스트 지도자들의 분노는 영국 대중이 우리를 너무나 증오하게끔 했고, 런던으로 하여금 아랍이 우리 중 다수를 살육하는 것을 간단하게 허용하게 만들고 말았다. 지금까지 영국군은 우리 사이에서 아랍 국가에 의한 전면 대량학살 문제에 개입하고 있었지만, 이제 그들은 한 발 뒤로 물러났고, 우리의 피는 우리 머리 위로 돌아오게 되었다.

어떤 사람들은 유력한 연줄이 있는 여러 유대인, 르하비아에서 온 부유한 인물들, 영국과 줄이 닿아 있는 도급업자들과 도매업자들, 위임통치하의 고위 공무원들은 가능한 한 빨리 해외로 뜨거나, 최소한 가족을 안전한 피신처로 보내는 편이 나을 것이라는 신호를 받았다고 전했다. 그들은 미국으로 떠나게 된 이러저러한 가족과 밤사이 예루살렘을 떠나 가족과 함께 텔아비브에 정착한 여러 유복한 사업가들에 대해 언급했다. 그들은 우리 나머지가 오직 상상만 할 수 있는 무언가에 대해 확실히 알고 있는 것이 분명하다. 혹은 바로 우리에게 악몽인 것을 상상할 수 있거나.

다른 이들은 밤이면 우리 거리를 샅샅이 휩쓸고 다니며, 페인트와 붓통으로 무장하고, 미리 할당량을 배정받아 유대인 집마다 표시를 하고 있는 아랍 청년 무리에 대해 이야기했다. 그들은 무장한 아랍 패거리로, 예루살렘의 이슬람 대大법학자의 명령하에 이미 도시 주변의 모든 언덕을 통제하고 있으며, 영국은 그들을 못 본 체하고 있다고 주장했다. 그들은 트란스요르단의 아랍군이, 유대인이 고개를 쳐들기도 전에 쳐부수려고, 영국 육군 준장 존 글럽, 글럽 파샤 경의 지휘 아래, 이미 전국에 걸쳐 다양한 중요 거점들에 배치되었다고 말했다. 그리고 '무슬림 형제단'* 투사들은 무장한 채 이집트에서 유입되어 예루살렘 주변 구릉에 요새화된 진지를 구축하도록 영국이 허락한 자들로, 키부츠 라마트 라헬에서부터 바로 가로질러 참호를 파고 있었다. 어떤 이들은 영국이 떠나면, 미국 대통령 트루먼이 어떤 상황하에서도 간섭할 것이라는 의견을 표했다. 트루먼은 재빨리 군대를 보낼 것이고, 두 대의 거대한 항공모함이 벌써 시칠리아 동쪽으로 항로를 떼었다고. 트루먼 대통령은 분명 이곳에서 적어도 6백만의 홀로코스트가 벌어진 지 3년도 안 되어 두번째 홀로코스트가 발생하는 사태를 허용하지 않을 것이다. 부유하고 영향력 있는 미국계 유대인들이 그에게 압력을 가할 테니까. 그들은 그저 빈둥대며 수수방관할 수는 없으리라.

어떤 이들은 문명화된 세계의 양심이나 진보 여론이나 혹은 국제 노동계급이나, 유대인 생존자들의 딱한 운명에 대해 널리 퍼져 있는 죄의식이 전부, '우리를 파멸시키려는 앵글로-아랍의 음모'를 방해하는 쪽으로 작용할 것이라고 믿었다. 최소한 우리 친구들과 이웃들 중 몇몇은 그 기이하고 위협적인 가을의 초입에서, 설령 아랍인들이 여기 우리를 원치 않는다고 할지라도 결국에는 유럽인들이 우리가 다시금 유럽으로 돌아가 넘쳐나기를 바랄 것이라는 위로의 마음가짐으로 자위했다. 그리고 유럽인이 아랍인보다 훨씬 더 강하기 때문에, 우리가 결국엔 이곳을 떠나게 될 기회가 틀림없이 있을 것이라고. 그들은 힘으로라도 유럽이 토해내려 하고 있는 것을 아랍인으로 하여금 삼키게

* 1928년 이슬람 사상가 하산 알 반나가 제창하여 이집트에서 창설된 범아랍 무슬림 단체로, 이슬람 정신을 일상(가족, 공동체, 국가 등)에서 구현하고자 했다.

할 것이었다.

이렇게든 저렇게든, 실질적으로 모두가 전쟁을 예견했다. 지하조직은 단파수신기로 격렬한 노래들을 내보냈다. 잔모래와 기름, 초, 설탕, 분유와 밀가루가 오스터 씨의 식료품점 선반에서 거의 다 사라졌다. 사람들은 다가올 일에 대비해 사재기를 시작하고 있었다. 어머니는 부엌 찬장을 밀가루와 유월절 무교병용 밀가루, 러스크 묶음, 퀘이커 오츠 시리얼, 기름, 보존식품, 통조림 음식, 올리브와 설탕으로 채웠다. 아버지는 파라핀 깡통을 두 개 사서 욕실 세면대 아래 비축해두었다.

아버지는 여전히, 평소와 마찬가지로, 매일 아침 일곱시 반이면, 게울라 거리에서 메아 셰아림을 따라가다가 실와니 저택에서 멀지 않은 셰이크 자라흐를 가로질러가는 9번 버스에 올라, 마운트 스코푸스에 있는 국립도서관으로 일하러 나갔다. 그는 다섯시 조금 전에, 책과 인쇄물을 낡은 서류가방 가득 담고 팔 아래에 그보다 더 많이 쑤셔넣은 채 들고 돌아왔다. 그러나 어머니는 아버지에게 몇 차례나 버스 창가에는 앉지 말라고 부탁했다. 그러고는 러시아어로 몇 마디 더 덧붙였다. 우리는 토요일 오후 정기적으로 요셉 큰할아버지와 치포라 큰할머니의 집에 가던 것을 당분간 유보했다.

*

나는 아홉 살짜리 독실한 신문 구독자였다. 뉴스의 탐욕스러운 소비자. 예리한 해설자이자 논객. 견해가 이웃 아이들 사이에서 높이 평가되던 정치 군사 전문가. 돗자리 위 성냥개비, 단추, 도미노를 가진 전략가. 나는 군대를 급파하고, 전술적으로 측면을 포위하는 움직임을 수행하고, 어떤 외세든 동맹 관계를 진척시키고, 돌같이 매우 딱딱한 영국의 심장을 포섭할 수 있는 신랄한 논거를 그러모으고, 아랍인들에게 이해와 화해를 가져다주어 그들이 우리에게 용서를 청하게 할 뿐 아니라, 심지어 우리의 고귀한 심성과 도덕적 고상함을 보고 깊게 경탄한 채, 우리의 고통에 대해 동정의 눈물까지 짓게 할 만한 연설의 초안을 작성하곤 했다.

나는 다우닝 가와 백악관, 로마 교황, 스탈린과 아랍 지도자들과 자랑스럽고도 실용적인 좌담을 수행했다. "유대국가! 자유 이주!" 지부 공동체 출신의 시위 운동가가 행렬과 공공 집회에서 외쳤고, 어머니는 아버지더러 그중 한두 군데에 나를 데리고 가라고 했다. 매주 금요일이면 아랍 군중이 모스크에서 나와, 성나서 행진하면서, "이드바흐 알-야후드!(유대인을 도살하라!)" "팔라스틴 히 아르두나 와 알-야후드-킬라부나!(팔레스타인은 우리 땅이고 유대인은 우리 개다!)"라고 노호했다. 기회만 있었다면, 나는 이성적으로 그들을 설득하여, 우리의 슬로건에는 그들을 상처 입힐 만한 어떤 것도 담겨 있지 않은 데 반해, 흥분한 폭도가 외치고 있는 그들의 슬로건은 아주 친절하거나 문명화된 것이 아니라는 점과, 실상 그 슬로건들은 외치고 있는 사람들에게 오히려 수치의 빛을 도드라지게 한다는 점을 쉽사리 납득시킬 수 있었을 것이다. 그 시절에 나는 아이라기보다 오히려 독선적인 논쟁덩어리이자, 평화애호가의 옷을 입은 작은 쇼비니스트이자, 독실한 체하면서 달변인 민족주의자이자, 아홉 살 난 시온주의의 전교자였다. 우리는 정의의 사도이자 정직한 자들이며, 순결한 희생양이자, 골리앗에 대항하는 다윗이고, 늑대들 무리 가운데 있는 양이자, 희생제물 양이고, 이에 반해 그들은—그들 모두는—영국인과 아랍인과 전 이방세계의 늑대들이고, 악이고, 언제나 우리의 피에 목말라하며, 자신들에겐 더 수치스러운 위선적인 세계였다.

*

영국 정부가 팔레스타인 통치를 마무리하고 유엔의 위임통치로 복귀하겠다는 계획을 공표하자, 유엔은 팔레스타인과 수천만 유대인 유민들, 2년 이상을 유럽의 죽음의 수용소에서 살았던 나치 대학살 생존자들의 실태를 조사하고자 팔레스타인 특별기구UNSCOP를 창설했다.

1947년 8월 말 영국 위임통치는 최대한 빨리 종결되는 것이 좋겠다는 권고가 담긴 보고서가 출간되었다. 대신, 팔레스타인 땅은 두 개의 독립 국가—하나는 아랍인, 하나는 유대인을 위한—로 분할되어야 했다. 두 국가로 배분된 지역은 규모 면에서 거의 동일했다. 두 나라를 나누고 있던 복잡하고 구불구불한 국경은 각 인구의 통계학적 분포를 따라 대략적으로 그어졌다. 두 국가는 단일 경제로, 통화나 기타 등등에서 연계될 것이었고, 예루살렘은, 위원회가 권고하기를, 유엔이 임명한 총독이 있는 신탁통치하의 중립적 분할 구역이 되어야 했다.

이러한 권고안이 총회로 제출되었고, 승인되기 위해서는 찬성 3분의 2 이상의 다수결을 요했다. 유대인은 이를 갈면서 분할 제안을 받아들였다. 그들에게 할당된 영토에는 예루살렘이나 북부와 서부 갈릴리가 포함되어 있지 않았고, 유대국가 지역으로 제안된 곳은 4분의 3이

경작되지 않은 불모지였다. 그러는 사이 팔레스타인 아랍 지도자들과 모든 아랍연맹 국가들은 곧바로, 자신들은 어떠한 절충안도 받아들일 수 없으며, "이러한 제안의 이행에 무력으로 저항할 것이며, 팔레스타인 땅 위 단 한 평에서라도 시오니스트 자주 독립체를 창건하려는 그 어떤 시도라도 한다면 피에 빠져 죽게 될 것"이라고 천명했다. 그들은, 영국이 들어와서 외국인 무리를 흩어놓아 구릉을 깎아내게 하고, 고대의 올리브숲을 뒤엎게 하고, 음모에 음모를 거듭하여, 부패한 지주를 협잡으로 속여 땅을 구매하게 하고, 수세대에 걸쳐 땅을 일궈온 소작농들을 내쫓게 하기 전까지는, 팔레스타인 전체가 수백 년간 아랍인의 땅이었다고 주장했다. 만약 그들이 끝내지 않는다면, 이 교활한 유대인 식민주의자들은 아랍인 삶의 모든 흔적을 박멸하고, 빨간 지붕의 유럽식 식민지로 대지를 뒤덮고, 거만하고 음탕한 방식으로 대지를 부패시키면서 나라 전체를 삼켜버리고, 빠른 시일 내에 이슬람 성지를 통제하고 인근 아랍 국가에까지 넘쳐나게 될 것이라고. 순식간에, 그들의 사악함과 기술적 우위, 그리고 영국 제국주의의 지원 덕택에, 그들은 백인들이 미국과 호주, 그리고 곳곳의 토착민에게 가했던 것과 한 치도 다를 바 없는 일을 이곳에서 자행하게 될 것이라고. 만약 그들로 하여금 여기에 국가를, 아주 작은 것이라도 세우도록 허락하면, 그들은 의심의 여지 없이 그것을 교두보로 사용할 것이고, 메뚜기떼처럼 수백만으로 넘쳐나, 모든 언덕과 골짜기마다 정착하고, 아랍의 특색 있는 고대의 풍경들을 약탈하고, 아랍인들이 자신의 선잠을 흔들어 깨울 새도 없이 모든 것을 삼키게 될 것이라고.

10월 중순 영국 고등 판무관이자 총사령관인 앨런 커닝엄 경은, 유대기구의 집행부 수뇌이던 다비드 벤구리온에 대해 베일에 감춰진 위협이 있다고 발언했다. "문제가 시작되면," 그는 서글프게 "나는 우리가 당신을 도울 수 없게 될 것이 두렵다. 우리는 당신을 지켜줄 수 없게 될 것이다"라고 표명했다.*

*

아버지가 말했다.

"헤르츨은 예언자였고, 알고 있었어. 1897년 1차 시온주의자 회의 시절에 그는 5년 이내, 혹은 늦어도 50년 안에는 이스라엘 땅에 유대국가가 생기게 될 것이라고 말했지. 이제 50년이 지났고 국가는 문자 그대로 문 앞에 서 있어."

어머니가 말했다.

"서 있는 게 아니에요. 문도 없고요. 깊은 어둠만 있을 뿐이죠."

아버지의 질책은 채찍 휘두르는 소리 같았다. 하지만 그는 러시아어로 말했다. 내가 알아듣지 못하도록.

그리고 나는 기쁨을 숨기지 못하며 말했다.

"예루살렘에 곧 전쟁이 날 거래요! 그리고 우리가 그들 모두를 때려 부수게 될 거예요!"

그러나 때때로, 해 질 무렵 혹은 부모님이나 이웃 모두가 여전히 잠들어 있는 이른 토요일 아침, 뜰에 혼자 있을 때면, 의식을 잃은 아이

---

* 도브 조셉, 『신실한 도시: 예루살렘 포위 공격, 1948』(런던, 1962), 31쪽. (원주)

를 안고, 조용히 두 팔로 아이를 옮기던 그 소녀 아이샤의 모습이 갑자기, 우리가 사원에 한 번인가 방문했을 때 아버지가 내게 보여주면서 속삭이며 설명해주던 성화처럼 떠올라서 나는 칼로 찌르는 듯한 공포로 몸이 얼어붙었다.

나는 그 집 창문에서 보았던, 살아 있는 시대의 세계에서 떠나 생명 없는 영역의 일부가 된 그 올리브 나무들을 기억하고 있다.

잠쉬만요 잠깐 멈춰봐요 잠시 잠쉬 멈춰봐요.

*

11월에는 이미 일종의 휘장이 예루살렘과 예루살렘 사이를 격리하기 시작했다. 버스는 여전히 그 사이를 왕복하며 달리고 있었고, 아랍 동네 근처 과일 판매상은 여전히 무화과, 아몬드, 까끌까끌한 배가 담긴 바구니를 들고 우리 거리에 돌아다녔지만, 몇몇 유대인 가정은 이미 아랍 이웃을 떠나 서부 지역으로 이사를 갔으며, 아랍 가정들은 서부 지역에서 남부와 동부로 떠나기 시작했다.

나는, 오로지 머릿속에서만 이따금 성 조지 거리 북동쪽의 경계선에 가서, 눈을 크게 뜨고 다른 쪽 예루살렘을 바라볼 수 있었다. 푸르기보다는 거뭇한 늙은 사이프러스 나무들의 도시, 돌담 거리, 여러 모양의 격자 창살, 돌림띠 장식, 그리고 검은 벽, 이질적이고 고요하며 수의로 덮인 예루살렘, 아비시니아인, 무슬림, 순례자, 오스만의 도시, 십자군 전사와 템플기사단원의 선교의 도시, 그리스와 아르메니아, 이탈리아와 음울한 영국 국교회, 그리스정교회의 도시, 수도사와 콥트 교회와,

가톨릭과 루터교와 스코틀랜드와 수니파와 시아파와 수피교와 알라위파의 도시, 종소리와 무에진의 통곡이 휩쓸어간 도시, 소나무로 빽빽하고, 위협하면서도 유혹하며, 그 모든 감춰진 매혹들, 우리에겐 금지되고 우리를 어둠 속에서 위협하는 좁은 거리의 토끼 사육장들, 뭔가 숨기는 듯한, 재앙을 잉태한 악의의 도시.

*

알 실와니 일가 전체가, 내가 듣기로 6일전쟁 후인, 50년대 후반에서 60년대 초반에 요르단 예루살렘을 떠났다. 몇몇은 스위스와 캐나다로 갔고, 나머지 사람들은 걸프 에미리트로, 소수는 런던으로, 어떤 이들은 라틴아메리카에 정착했다.

그리고 그들의 앵무새는 어떻게 되었을까? "후 윌 비 마이 데스티니, 후 윌 비 마이 프린스?(누가 내 운명이 될까? 누가 나의 왕자님이 될까?)"

그리고 아이샤는? 그녀의 절뚝발이 남동생은? 그녀가 여전히 피아노를 가지고 있다는 가정하에, 그녀가, 먼지 끼고 오물이 비포장도로를 따라 흐르는 어떤 열기로 시든 난민 수용소 가운데서 아직 늙고 지치지 않았다는 가정하에, 그녀는 이 세상 어느 곳에서 피아노를 치고 있을까?

그리고 탈비예에 있는, 돌 천장과 석재 아치로 된, 옅은 파란색과 분홍빛이 도는 석조로 지어진 이웃들 속에서 한때는 아이샤의 가족이 살던 집이던 곳에 지금 살고 있는 운좋은 유대인은 누구일까?

*

내가 1947년 그 가을날 갑자기 공포에 사로잡혀, 수치와 임박해온 처벌, 그리고 정의하기 어려운 어떤 고통까지 뒤섞인 열망의 쓰라린 격통을 느낀 것은, 다가오는 전쟁 때문이 아니라 어떤 다른, 더 깊은 이유 때문이다. 죄의식과 슬픔이 뒤섞여 있는, 금지된 갈망 같은 것. 그 과수원에 대해서. 종잇장 같은 녹색 금속으로 덮여 있던 그 우물에 대해서, 그리고 파란 타일이 깔려 있고, 안에서 금붕어가 수련 덤불 속으로 사라지기 전에 햇빛을 받아 일순 반짝이던 그 웅덩이에 대해서. 가장자리가 고운 레이스로 되어 있던 부드러운 쿠션들에 대해서. 호화롭게 짜인 융단 중 낙원의 나무들 사이 새들을 보여주던 융단에 대해서. 일광을 받아 각각 다른 색조로 빛나던, 여러 갈래 잎 모양으로 만들어진 스테인드글라스에 대해서. 빨간 잎, 푸른 잎, 황금색 잎, 보라색 잎.

그리고 "메 위, 메 위, 셰르 마드무아젤"이라며 골초 같은 소리를 내던 앵무새와 "타퐛달. 실 부 플레. 인조이"라며 은방울 같은 목소리로 응수하던 소프라노 상대역에 대해서.

나는 한때 그곳, 불명예를 안고 추방당했던, 내 손끝으로 직접 매만지고 맛보았던, 그 과수원에 있었다.

"바스. 바스. 야 에이니. 바스 민 파들라크. 우스꾸트." "그만. 됐어요. 제발 그만하세요. 조용히."

이른 아침 나는 동이 트는 냄새를 눈치채고 닫힌 셔터의 슬래트를 넘어 우리집 뜰에 있는 석류나무를 보곤 했다. 매일 아침 이 나무에 숨은 보이지 않는 새 한 마리가 기쁨에 차서 정확하게 〈엘리제를 위하여〉의 첫 다섯 음절을 반복하곤 했다.

그런 똑똑한 소리를 내는 바보라니, 그런 시끄럽고 작은 바보라니.

아랍인 귀족에게 접근하는 현대 히브리 청년이나, 사자들에게 다가서는 한 마리 사자처럼 그녀에게 접근하기보다, 여자아이에게 접근하는 남자아이처럼 다가갈 수도 있었을 텐데? 나는 그럴 수 없었을까?

43

"그 어린 전략가가 어떻게 공동주택 전체를 재점거했는지 한번 보라니까. 집짓기 나무토막으로 만든 요새랑 탑, 도미노로 만든 성이며, 코르크로 만든 탄광이랑, 잭스트로[*] 조각으로 만든 국경으로 너무 꽉 차서, 통로에서 움직일 수도 없어. 그애 방엔, 이쪽 벽에서 저쪽 벽까지 단추로 만든 전쟁터가 있고. 우리는 거기, 출입금지 구역에 들어가지도 못하게 해. 그게 명령이야. 그리고 심지어 우리 방에도 그애는 아마 마지노선으로 놓았거나 해군선단이나 기갑부대를 표시한 거지 싶은 칼이며 포크를 온 바닥에 다 흩어놓았다니까. 이대로 계속된다면 당신이랑 나는 마당으로 이사 가야 할 거야. 아니면 길바닥으로. 하지만 신

* 나무토막 등을 쌓아놓고 무너지지 않도록 하나씩 빼내는 놀이.

문이 도착하자마자, 당신 아이는 모든 걸 내팽개치고, 전면 휴전을 선포했는지, 소파에 등을 대고 누워서는 작은 광고들까지 다 포함해서 처음부터 마지막 장까지 신문을 읽더라고. 지금은 자기 옷장 뒤에 있는 사령본부부터 분명 욕조 위 끝자락쯤인 텔아비브의 공동주택 아파트까지 바로 통과하는 전화선을 놓고 있어. 내가 틀린 게 아니라면, 그 애는 벤구리온에게 얘기하려고 그걸 사용하는 것 같아. 어제처럼 말이야. 이 시점에서 우리가 해야 할 일과 조심해야 할 일이 무엇인지를 그에게 설명하려고. 그애가 벌써 벤구리온에게 명령을 하달하고 있는지도 모르겠네."

*

나는 간밤에, 여기 아라드 내 서재에 있는 서랍장 아래쪽 서랍에서 예전에 중편소설을 쓸 때 만들었던, 『악한 음모의 언덕』이라는 소설을 보완해주는, 여러 권의 노트가 담긴, 25년도 더 되어 낡아 뭉거진 나무 상자 하나를 발견했다. 그중에는 특히 1947년 9월 신문들을 정리해둔, 1974년이나 1975년경에 텔아비브의 도서관에서 만든 지저분한 노트도 몇 권 있었다. 아라드에서, 2001년 여름날 아침, 또다른 거울에 비친 거울 속의 상처럼, 27년 전의 노트들은 내게 그 '어린 전략가'가 1947년 9월 9일자 신문에서 읽은 것이 무엇인지 상기시켜주었다.

히브리 교통경찰은 텔아비브에서 영국 총독의 동의를 얻어 군사행동을 개시했다. 그들은 2교대로 일하는 여덟 명의 경찰로 이루어져 있다. 13세 아랍 소녀가 나블루스 지구, 하와라 마을에서 라이플 총을 소지한 혐의로 기소되어 군사재판을 받고 있다. 선박 '엑소더스' 호의 탑승자들은 그들의 의지에 반해 함부르크로 강제 소환되고 있으며, 그들은 이 같은 추방에 저항하기 위해 온 힘을 다해 싸울 거라고 밝혔다. 열네 명의 게슈타포가 뤼베크에서 사형을 언도받았다. 르호봇의 솔로몬 하멜닉은 과격분자 조직에 납치되어 심하게 구타당했으나, 안전하고 건강하게 돌아왔다. '예루살렘의 소리' 오케스트라는 하난 슐레진저가 지휘할 것이다. 마하트마 간디의 단식이 이틀째에 접어들었다. 가수 에디스 드 필리프는 금주 예루살렘에서 공연할 수 없게 되었고, 체임버 극장은 〈우리들의 낙원〉* 공연을 연기하지 않을 수 없게 되었다. 한편, 이틀 전 욥바 거리에 있는 여타 상점들 중에서도 미콜린스키, 프리드만 & 베인, 족병 전문의 슈롤 박사의 병원을 포함한 신규 콜로네이드 건물이 개장했다. 아랍 지도자 무사 알라미에 따르면, 아랍인은 결코 국가의 분할을 수용하지 않을 것이다. 결국 솔로몬 왕은 분할을 반대한 어머니가 진정한 어머니라고 판결했고, 유대인들은 그 우화가 주는 중요한 의미를 인지해야 한다. 그후 다시, 유대기구 집행부의 콤라드 골다 마이어슨(이후 골다 메이어가 된)은 이스라엘 국가와 예루살렘은 우리 가슴속에서 동의어이기에, 유대인들은 히브리 국가에 예루살렘을 포함시키기 위해 싸울 것이라 선언했다.

---

* 조지 S. 코프만과 모스 하르트의 코미디 연극. 1936년 부츠 극장에서 초연된 이래 837회 공연된 작품으로, 1937년 드라마 부문 퓰리처상을 수상하였다.

그리고 며칠 후 신문은 보도했다.

지난밤 늦은 시각, 한 아랍인이 베이트 하케렘과 베이트 바간 사이에 있는 베르나디야 카페 근처에서 유대인 소녀 두 명을 공격했다. 그중 한 소녀는 도망쳤고, 나머지 한 명은 도와달라고 소리쳤으며 그 지역 거주민 몇몇이 듣고 그 용의자가 탈주하는 것을 저지하는 데 성공했다. 오코너 경관이 조사하는 과정에서, 그 남자가 방송사 직원이라는 것과 영향력 있는 나샤쉬비 일가의 먼 친척임이 밝혀졌다. 그럼에도 불구하고 폭력 혐의의 죄질이 무거워 보석은 기각되었다. 용의자는 취한 채로 카페에서 나와 두 소녀가 어둠 속에서 벌거벗은 채 껑충거리고 있다는 인상을 받았다고 진술했다.

그리고 1947년 9월의 다른 일자.

애덜리 중령이 군사재판에서 정신이상으로 밝혀진 불법 전단지 배포자, 슐로모 만수르 샬롬 사건을 관장했다. 보호감찰관, 가데빅즈 씨는 죄수의 상태가 악화될 것을 우려해, 정신병원에 위탁되어서는 안 된다고 요청했으며, 대신 광신자들이 나약한 지성을 범죄에 이용하지 못하게 하기 위해서, 그를 사립 기관에 고립시켜야 한다고 재판관에게 청원했다. 애덜리 중령은 그것이 자신의 재량 밖의 일이므로 가데빅즈 씨의 요구에 응할 수 없다고 유감을 표했다. 그는 전권을 가진 고등판무관이 특별사면을 내리거나 온정을 베푼다는 명목으로 그 사건을 미결인 채로 남길 것을 우려하여 그 불운한 사내를 감금 수용할 수밖에 없었다고 밝혔다. 라디오에서는, 실라 레이보빅즈가 피아노 리사이틀을 하고 있었고, 뉴스가 끝난 뒤, 골더스 씨의 논평이 예고되었다. 저녁 시간을 마무리하기 위해, 브라챠 체리파가 엄선한 민요들을 연주할 것이다.

*

어느 날 저녁 아버지는 차 한 잔 마시러 훌쩍 방문한 자신의 친구들에게 18세기 중반 이후, 현대 시오니즘이 출현하기 오래전, 그것과는 상관없이, 유대인들이 분명하게 예루살렘 인구의 다수를 구성했다고 설명했다. 20세기 초, 시온주의자의 이주가 아직 시작되기 전, 오스만 제국 지배하의 예루살렘은, 이미 나라에서 가장 인구밀도가 높은 도시였다. 거주민이 5만 5천 명이었는데, 그중 약 3만 5천 명이 유대인이었다. 그리고 이제, 1947년 가을엔, 약 10만 명의 유대인들과, 무슬림과 기독교도 아랍인, 아르메니아인, 그리스인, 영국인과 여러 다른 국적을 지닌 약 6만 5천 명의 비유대인들이 예루살렘에 살고 있었다.

그러나 도시의 북쪽, 동쪽, 남쪽에는, 셰이크 자라흐와 미국인촌, 구도시에 있는 무슬림과 기독교도 지구, 독일인촌, 그리스인촌, 카타몬, 바카, 아부 토르를 포함하여 넓은 지역에 걸쳐 아랍 이웃이 있었다. 예루살렘, 라말라, 엘 비레, 베이트 잘라, 베들레헴 둘레 구릉에 아랍 도시도 있었고, 여러 아랍 마을도 있었다. 엘 아자리야, 실완, 아부 디스, 엣 투어, 이사비야, 칼란디아, 비어 나발라, 나비 슈무엘, 비투, 슈아팟, 리프타, 베이트 하니나, 베이트 이크사, 쿨로니아, 셰이크 바들, 데어

야신(여기서 1948년 4월 백 명 이상의 거주민이 이르군과 슈테른 폭력단*에 의해 도륙당했다), 수바, 에인 카렘, 베이트 마즈밀, 엘 말리하, 베이트 사파파, 움 투바, 수어 바히.

예루살렘의 동서남북으로 아랍인 지역이 있었고, 히브리 정착촌은 몇 개만이 도시 주위 여기저기에 흩어져 있었다. 북으로는 아타롯과 느베 야콥, 동으로는 사해 해안가에 칼야와 베이트 하 아라바, 남으로는 라마트 라헬과 구쉬 에치온, 서로는 못사, 키리얏 아나빔과 마알레 하 하미샤. 1948년 전쟁 때, 이들 히브리 정착촌의 대부분이 구도시 성벽 안쪽에 있는 유대지구와 함께 아랍군의 수중으로 넘어갔다. 독립전쟁 당시 아랍인에게 점령당한 모든 유대인 정착촌은 — 예외 없이 완전히 — 파괴되었고, 그곳 유대인 거주민들은 살해당하거나 포로가 되거나 도망쳤지만, 아랍군은 전쟁이 끝난 후 그 어떤 생존자도 돌아오는 것을 허락하지 않았다. 아랍인들은 그들이 정복한 영역에서는 유대인들이 한 것보다 더 완벽한 '인종 청소'를 수행했다. 전쟁 당시 수십만의 아랍인들이 달아났거나 이스라엘 국가 영토 밖으로 추방당했어도, 10만 명 정도는 남아 있었는데, 반면 요르단과 이집트 통치하에 웨스트뱅크나 가자 지구에는 한 명의 유대인도 없었다. 단 한 명의 유대인도. 정착촌은 말살되었고, 회당과 공동묘지는 완전히 파괴되었다.

---

* 레히('이스라엘 해방 전사')를 가리키는 말. 아브라함 슈테른이 창설한 시온주의자 군사집단으로 팔레스타인에 대한 영국의 위임통치에 맞서 싸운 이스라엘 해방 전사를 칭한다.

*

개인과 민족의 삶에서 역시 가장 극악한 대립은 종종 박해당한 사람들 사이에서 벌어지는 것들이다. 박해당한 자와 압제당한 자가 연대와 사람을 넘어서 무자비한 압제자에 대항하여 함께 행동할 거라는 상상은 순전히 희망적인 생각인 것이다. 현실에서는, 학대하는 같은 아버지 밑에서 난 두 아이가 자신들이 공유한 운명 탓에 가까이 붙어 있으면서도 꼭 공동 전선을 펴지는 않는 법이다. 종종 각자는 다른 쪽을 함께 불행을 겪는 동료가 아니라 공동 압제자의 모습으로 본다.

그것이 아랍인과 유대인 사이 백 년 된 대립의 사정인 것이다.

제국주의와 식민주의, 착취와 억압으로 아랍인을 학대하고, 굴욕감을 주고, 압제하던 유럽은 유대인을 압제하고 박해하고, 종국에는 독일인이 유대인을 대륙 온 구석구석에서 뿌리 뽑아 거의 전부를 살해하도록 허가하거나 심지어 돕기까지 했던 바로 그 유럽이다. 그러나 아랍인들은 우리를 볼 때, 좀 히스테리컬한 생존자 무리가 아니라 고도로 정교하게 자신들을 착취하는 식민주의자로서—이번에는 시온주의자의 외양을 하고—처음부터 다시 그들을 착취하고, 축출하고, 압제하기 위해 교묘하게 중동으로 돌아온 유럽의 새로운 곁가지로 본다. 반면 우리가 그들을 볼 때 우리는 그들을 동료 희생자나 역경 속의 형제 어느 쪽도 아니라, 웬일인지, 마치 우리의 유럽인 박해자들이 머리에 카피에를 쓰고 콧수염을 기른 채 이곳 이스라엘 땅에 다시 나타난 것처럼, 여전히 그저 재미로 유대인의 목을 따는 것에만 흥미를 느끼던 대량 학살을 일으킨 코사크인들, 피에 굶주린 반유대주의자, 변장한 나치로 본다.

*

1947년 9월, 10월과 11월에, 케렘 아브라함에 있는 그 누구도 유엔 총회가 팔레스타인 특별기구 다수파의 보고서를 승인하기를 기도해야 할지, 아니면 영국이 '아랍인들의 바다 속에 혼자 무방비 상태'로 있는 우리의 운명을 포기하지 않도록 바라야 할지 알지 못했다. 많은 이들이 자유 히브리 국가가 마침내 건설되기를, 영국이 부과한 이민 제한이 철폐되고, 히틀러의 몰락 이후 난민 캠프와 키프로스 감옥에서 허덕이던 수십만 유대인 생존자들이 마침내, 그들 태반이 유일하게 자신의 고향이라고 여기던 이스라엘 땅으로 들어올 수 있게 되기를 염원했다. 그러나 이러한 염원의 이면에서, 그들은, 다시 말해, 수백만의 지역 아랍인들이, 영국이 철수하는 순간, 아랍연맹 국가 상비군의 원조로 군사를 일으켜 60만 유대인을 살육할지도 모른다고 (속삭이며) 두려워했다.

식료품점에서, 거리에서, 약국에서, 사람들은 공공연히 임박한 구원에 대해 이야기했고, 하이파인지 텔아비브인지에 있는 벤구리온에 의해 설립된 히브리 정부 장관이 된 셰르토크와 카플란에 대해 이야기했으며, 영국이 떠나고 나면 창설될 히브리 군대를 지휘하도록 초청될, 해외와 공산군, 미 공군, 심지어 영국 해군에 있는 유명 유대인 장성들에 대해 (속삭이며) 이야기했다.

그러나 집에서, 불을 끄고, 이불 아래에서는, 비밀스럽게, 각자 어쩌면 영국이 여전히 철수를 취소할지 누가 알겠는가? 떠날 계획이 없는지도 모르고, 모든 일은, 임박한 전멸에도 불구하고 유대인이 스스로 영국 쪽으로 돌아서 그들에게 우리의 운명을 포기하지 말아달라고 애걸하도록 하려는, 그저 배반자 알비온의 교활한 책략일 뿐일지 누가 알겠는가? 하고 속삭였다. 그러고 나서 런던은 영국이 계속 보호한다는 조건으로 유대인들의 모든 테러리스트 활동 중단과, 불법 무기 비축 해지, 영국 수사과에 지하 군사 조직의 지도자들 출두 등을 요구할 수도 있다. 어쩌면 영국이 막판에 가서 마음을 바꿔 우리 모두를 아랍인의 자비로운 칼에 넘겨주지 않을지 누가 알겠는가? 어쩌면 최소한 이곳 예루살렘에서 그들은 우리를 아랍의 유대인 학살로부터 보호해주기 위해 상비군을 남겨두고 갈지도 모를 일이다. 혹은 어쩌면 벤구리온과 그의 친구들이 거기, 사방이 아랍인으로 둘러싸여 있지 않은 안락한 텔아비브에서 막판에 제정신이 들어, 아랍 세계와 이슬람 대중과의 원만한 타협에 찬성하여 히브리 국가의 이 모험을 포기할지도 모를 일이 아닌가? 혹은 유엔이 영국으로부터 인계받는 데 아직 시간이 있을 때 중립국 군대를 보내줄지 누가 알랴? 비록 거룩한 땅 전체는 아닐지라도, 최소한 거룩한 도시(예루살렘)는 피의 숙청의 위협으로부터 보호해줄지 어떻게 알겠는가?

*

아랍연맹 사무총장, 아잠 파샤는 유대인에게 "만일 유대인들이 아랍 땅에 단 한 평이라도 감히 시오니스트 독립체를 건설하려는 시도를 한다면, 아랍인들은 유대인들을 자기 피에 빠져 죽게 할 것"이며, 중동은 "몽골 정복이 하찮은 것으로 빛바랠 정도의 잔악무도한" 참사를 목격하게 될 것이라고 경고했다. 이라크 국무총리, 무자힘 알 바자지는 팔레스타인의 유대인에게, 아랍인들이 승리한 후, 1917년 이전에 팔레스타인에 살았던 소수의 유대인만 살려두고, 심지어 "이슬람의 날개 아래 피란할 수 있게끔 허락할 것이며, 단호하게 이번만 그들이 시오니즘의 독에서 깨어나, 이슬람의 보호 아래서 다시 한번 자기 자리를 아는 종교 공동체가 되어 이슬람의 법과 풍습에 따라 살겠다는 조건하에서만 관대하게 대하기로 맹세"했으니 "아직 시간이 있을 때 짐을 싸서 떠나라"고 요구했다. 유대인은, 욥바에 있는 대大 모스크에서 한 설교자가 덧붙이기를, 한 민족도 아니고, 심지어 한 종파도 아니었다. 측은히 여기는 자, 자비로운 자이신, 알라 자신이 그들을 몹시 혐오하고 있다는 것과 고로 그들이 영원히 모든 땅에 흩어져 저주받고 멸시받도록 판결 내리셨다는 것을 모두가 안다. 유대인은 목이 곧은 자들 중에서도 가장 목이 곧은 자들이다. 예언자(무함마드)는 그들에게 자신의 손을 내밀었고, 그들은 그에게 침을 뱉었다. 잇사(예수)는 그들에게 자신의 손을 내밀었고, 그들은 그를 살해했으며, 그들은 심지어 자기 신앙의 예언자들을 정식으로 돌로 쳐 죽이기까지 했다. 유럽의 전 국가가 단호하게 그들을 제거하기로 결심한 것은 헛된 일이 아니고, 이제 유럽은 그들 모두를 우리가 짊어지게 하려고 계획하고 있지만, 우리 아랍인은 유럽인이 그 쓰레기를 우리에게 내버리는 것을 허용하지 않을 것이다. 우리 아랍인은 거룩한 팔레스타인 땅을 세상의 모든 폐물 찌꺼기를 위한 쓰레기 더미로 변하게 하려는 이 사악한 계획을 우리의 칼로 좌절시킬 것이다.

그러면 그레타 아줌마의 옷가게에서 본 남자는 어떠할까? 내가 딱 네 살인가 다섯 살이었을 때 나를 그 어두운 지옥 구덩이에서 구조해 팔로 안아 데려가주었던 그 동정심 넘치던 아랍 남자는. 눈밑살이 다정하게 처지고, 최면을 거는 듯한 다갈색 냄새가 나고, 재단사가 쓰는 녹색과 흰색 줄자를 목에 둘러, 줄자 양끝이 가슴께 매달려 있던, 따스한 뺨과 짧게 깎은 유쾌한 잿빛 수염, 부드러운 잿빛 콧수염 아래로 잠시 동안 깜빡이다 사라진 그 수줍은 미소가 졸린 듯 보이던, 다정하던 그 남자는? 그의 네모진, 갈색 테의 돋보기를, 코 중간쯤에 걸친 채, 친절한 마음씨의 나이 지긋한 목수처럼, 제페토처럼, 피곤한 듯, 발을 질질 끌면서 여자옷 덤불 사이를 너무나 천천히 걸었던 그 남자, 그리고 나를 독방 감금에서 끌어내, 내가 언제나 동경으로 기억하게 된 그 쉰 목소리로, 내게 말했던 그 남자. "이제 됐어 아가 모든 게 다 괜찮아 아가 모든 게 다 괜찮아." 뭐, 그도? 그가 "구부러진 단검을 예리하게 하고, 날을 갈고, 우리 모두를 살육할 준비를 하고 있다"고? 그도 한밤중에 곡선 모양의 긴 장검을 가지고 이를 앙다물어 소리를 죽이고 내 목과 내 부모의 목을 따고 우리를 "우리 피에 빠져 죽게 하려고" 살며시 아모스 거리로 들어올 것이라고?

*

바람이 온데서 불듯,

가나안의 밤은 향유와 같다.

나일 강에서 하이에나들은
시리아 자칼의 부르짖음에 응답한다.
압바드 엘 카드르와 스피라스와 쿠리는
짙게 우린 담즙의 독을 휘젓는다.
……
폭풍우 치는 3월 바람은 하늘을 가로질러
구름을 휘 보내며 휙휙 거세게 불어친다.
젊고, 완전무장하여, 곤두선
텔아비브 오늘밤 날아오르자,
마나라는 높이 솟은 불침번으로 지키고 있으니,
홀레의 눈에는 방심이 없구나……*

그러나 유대 예루살렘은 젊지도 완전무장하지도 곤두서지도 않았고, 혼란스럽고, 공포에 싸여 가십과 거짓 풍문이 휩쓸며, 어찌할 바를 모르고, 혼란과 공포로 마비된 체호프의 도시였다. 1948년 4월 20일 다비드 벤구리온은 일기에, 자신의 유대 예루살렘에 대한 인상에 대하여, 예루살렘의 하가나 민병대 사령관, 다비드 셰알티엘과의 다음과 같은 대화를 기록했다.

예루살렘 구성비: 20% 보통 사람, 20% 특권층(대학 등등), 60% 불가사의(시골, 중세 등등)**

* 나탄 알터만, 「가나안의 밤」, 『일곱번째 기둥』(텔아비브, 1950), 364쪽. (원주)

(벤구리온이 자신의 일기에 이걸 기록할 때 웃었는지 어땠는지 말할 수는 없지만 어느 쪽이든, 케렘 아브라함은 첫번째 범주에도 심지어 두번째 범주에도 포함되지 않았다.)

우리 이웃인 렘베르그 부인은 청과상에서 이렇게 말했다.

"하지만 나는 진작부터 더이상 그들을 믿지 않아요. 그 누구도 믿지 않아. 그건 그저 거대한 음모라니까요."

로젠도르프 부인이 말했다.

"당신은 절대 이렇게 말씀하시면 안 돼요. 유감이네요. 제가 부인에게 이런 말을 해도 저를 용서해주셔야겠어요. 나라 전체의 사기를 간단하게 꺾는 그런 말이요. 무슨 생각을 하시는 거예요? 그게 전부 음모라고 말하면서, 우리 남자애들이 당신을 위해 자기 생명을 담보로, 가서 싸우는 데 동의해줄 거라고 생각해요?"

청과상이 말했다.

"나는 아랍인들이 하나도 안 무서워요. 미국엔 꽤 많은 유대인들이 있고, 그들이 곧 여기 우리에게 얼마간의 원자폭탄을 보내줄 거니까요."

어머니가 말했다.

"이 양파들은 그렇게 좋아 보이질 않네요. 오이도요."

그리고 (언제나 희미하게 달걀 완숙, 땀, 퀴퀴한 비누 냄새를 풍기던) 렘베르그 부인이 말했다.

"그건 그저 거대한 음모라고 내가 말했잖아요! 그들이 쇼를 하고 있

** 다비드 벤구리온, 『1948년 전쟁 일기』, G. 리블린 & E. 오렌 박사 공동편집, (텔아비브, 1983), 359쪽. (원주)

는 거예요. 코미디를! 벤구리온은 이미 비밀리에 예루살렘 전부를 이슬람 법률학자들과 아랍 폭력배들과 압둘라 왕에게 팔기로 동의했고, 이걸 위해서 영국인들과 아랍인들이 그에게 키부츠와 나하랄, 텔아비브 정도는 남겨줄 수도 있다고 합의를 봤다니까요. 그리고 그게 그들이 신경쓴 전부고요! 그리고 우리한테 일어날 일은, 그들이 우리 전부를 살해하거나, 태워 죽일 거라면, 그런 것들은 전혀 신경 안 쓸 걸요. 예루살렘은 파멸할 거라고요. 저들이 세우려는 나라에 소수의 혁명분자들, 정통파 유대인, 몇몇 인텔리겐치아만 남기고 말이에요."

다른 여자들이 허둥지둥 그녀의 말을 막았다. 대체 왜 그래요! 렘베르그 부인! 쉿! 미쳤어요? 여기 애가 있잖아요! 다 알아듣는 애가!

멍청한 할망구, 그 어린 전략가는 아버지인지 할아버지로부터 들었던 말을 읊었다.

"영국이 본국으로 돌아가면, '하가나'와 이르군, 슈테른 폭력단은 분명히 힘을 합쳐 적을 무찌를 거예요."

그러는 사이 석류나무 속에서 보이지 않던 새가 자신만의 전화선을 꼭 붙잡고 있다. 그것은 꿈쩍도 않는다. "티-다-디-다-다." 몇 번이고 다시. "티-다-디-다-다." 그리고 숙고하기 위해 잠시 멈춘다. "티-다-디-다-다!"

44

1947년 9월과 10월에 신문은 추측과 분석, 평가와 가설로 가득했다. 총회에서 분할안에 대한 투표가 있을 것인가? 아랍인들은 바뀐 권고안을 잘 받아들일 것인가? 투표를 했다면, 우리는 3분의 2를 어디서 얻나?

매일 저녁 아버지는 부엌 테이블에서 어머니와 나 사이에 앉아, 방수포를 말린 후에 카드들을 펼치고, 연필로, 활기 없는 노란 불빛 아래, 투표의 승률을 계산하기 시작했다. 밤이면 밤마다, 그는 의기소침해져갔다. 그의 계산 결과는 전부 분명하고 압도적인 패배를 가리키고 있었다.

"아랍과 이슬람권 국가 12개국 전부가 당연히 우리에 반대하는 투표를 할 거야. 그리고 가톨릭교회도, 유대국가가 교회의 근본 신앙에 위배되니까, 분명 가톨릭권 국가들에게 반대 투표를 하도록 압력을 가하겠지, 막후에서 배후 조종을 하는 데는 바티칸만한 존재도 없으니까. 그러니 우리는 아마 라틴아메리카 국가들의 투표권 스무 개도 전부 잃게 될 거야. 그리고 스탈린도 의심할 나위 없이 자신의 단호한 반시온주의 접근법에 따라 우리에 반하는 열두 표를 내려고 공산주의 진영 위성국가들에게 지시할 거고. 영국은 말할 것도 없이, 도처에, 특히 지배권이 미치는 캐나다나 호주, 뉴질랜드, 남아프리카에 우리를 반대하는 감정을 일으키고 있으니, 그들도 모두 히브리 국가 탄생의 어떤 가능성이든 훼방하는 데 얽혀들겠지. 프랑스는 어떨까, 프랑스를 따르는 국가들은? 프랑스는 결단코 감히 튀니지나 알제리, 모로코에 있는 수백만 무슬림의 화를 돋우는 위험을 감수하지 않을 거야. 그리스도 전체 아랍 세계와 교역으로 긴밀하게 연계되어 있고, 모든 아랍 국가 내부에는 거대 그리스 공동체가 있으니. 그럼 미국은 어떨까? 분할 계획에 미국의 지원이 결정적일까? 미 국무부 내부에서 우리 적들과 거대 석유 회사들이 상황을 좌지우지해서 트루먼 대통령의 양심을 능가하게 되면 어쩌지?"

몇 번이고 아버지는 총회 투표의 수치를 계산했다. 밤마다 그는 타격을 완화하고, 보통 미국을 따르는 국가들과, 아랍인을 험담할 나름의 이유가 있을지 모를 국가들, 덴마크나 네덜란드처럼 작고 존경할 만한 나라들이자, 유대인 대량 학살을 목격해서, 이제 마음을 가다듬고 이기심이나 석유 문제를 고려하기보다 자기 양심의 소리에 따라 행동할 국가들 간의 제휴 방안을 고안해내려 애썼다.

*

실와니 일가도, 셰이크 자라흐에 있는 (여기서부터 도보로 딱 사십 분밖에 안 걸리는) 자신의 저택에서, 지금 이 순간 부엌 테이블에서 신문 한 장을 두고 둘레에 모여앉아, 우리와는 반대되는 결과를 똑같이 계산해보고 있을까? 그들도, 바로 우리처럼, 연필 끝을 물어뜯으면서 그리스가 스칸디나비아반도 국가들의 최종 결정을 넘어, 어느 쪽으로 투표할지 걱정하고 있을까? 그들 내부에도 역시 낙관주의자와 염세주의자가 있고, 빈정대는 이와 그들의 파멸을 예언하는 예언자가 있을까? 그들도 밤마다 떨며, 우리가 음모를 꾸미고, 문제를 선동하며, 교활하게 배후를 조종할 거라고 상상할까? 그들도 모두 여기 무슨 일이 벌어질지, 무슨 일이 일어날지 물어보고 있을까? 그들도 우리가 바로 그들을 무서워하는 것만큼 우리가 무서울까?

그러면 탈피예에 있는 아이샤와 그의 부모는 어떨까? 그녀의 온 가족도 콧수염 있는 남자들과 보석으로 치장한 여자들로 가득찬 방에서, 성난 얼굴과 미간으로 몰린 성난 눈썹을 하고, 설탕 절임한 오렌지 껍질이 담긴 그릇 둘레에 둥글게 모여 앉아 속삭이며, 우리를 "우리 피에 빠져 죽게 할" 계획을 세우고 있을까? 아이샤는 여전히 이따금 유대인 피아노 선생님에게 배웠던 피아노 곡조들을 연주할까? 아니면 못 치게 금지당했을까?

그렇지 않으면, 자기네 어린 사내아이의 침상 주변에 둥글게 모여서 침묵 속에 서 있을지도? 아와드. 그 아이는 다리를 절단했다. 나 때문에. 아니면 그 아이는 피에 독이 퍼져 죽어가고 있다. 나 때문에. 그 아이의 호기심 많고 순수한 강아지 같던 눈은 감겼다. 고통으로 무겁게 짓눌려. 얼음처럼 창백하게 일그러진 얼굴. 극심한 고통이 임한 이마. 하얀 베개 위에 놓인 그 아이의 예쁜 머리칼. 잠쉬만요. 잠깐 멈춰봐요. 끙끙 신음하며 고통으로 몸을 떨며. 혹은 조용히 높은 쇳소리로, 아기같이 울면서. 그리고 그의 누나는 그의 침대 곁에 앉아 그게 내 잘못이기 때문에, 모든 게 내 잘못이기에, 그녀가 그렇게 잔혹하게 맞은 것도 내 잘못이고, 그렇게 철저하게, 몇 번이고, 등을, 머리를, 연약한 어깨를, 때로 나쁜 짓을 한 여자애가 맞는 방식이 아니라, 고집센 말 한 마리가 맞는 방식으로 맞은 것도 나 때문이기에, 나를 증오하면서. 내 잘못이었다.

*

알렉산더 할아버지와 슐로밋 할머니는 1947년 9월에 때때로 우리와 함께 앉아, 아버지의 개표 주식거래에 한몫 끼려고 훌쩍 방문하곤 했다. 한나와 하임 토렌도, 아니면 루드니츠키 가족, 말라 아주머니와 슈타체크 아저씨도, 아니면 아브람스키 가족이나, 우리 이웃이던 로젠도르프 가족, 그리고 토시아와 구스타브 크로츠말 씨도. 크로츠말 씨는 게울라 거리 아래편에 아주 작은 가게를 가지고 있었는데 거기서 하루 종일 앉아 가죽 앞치마를 두르고, 뿔테 안경을 쓴 채, 인형을 수리하며 지냈다.

단치히 출신 믿을 만한 치료사, 인형 전문 의사

한번은, 내가 다섯 살쯤 되었을 때, 구스타브 아저씨가 내 빨간 머리 발레리나 인형, 칠리를 나를 위해 자신의 작은 가게에서 공짜로 고쳐 주었다. 그녀의 주근깨 난 코가 깨져나갔었다. 솜씨 좋게, 특별 접착제로, 크로츠말 씨는 그녀를 너무 잘 수리해주어서 상처 흔적조차 볼 수 없었다.

크로츠말 씨는 우리 아랍 이웃들과의 대화를 신봉하고 있었다. 그의 관점에서는, 케렘 아브라함 거주민들이 대표를 몇몇 선정해서, 무크타르*와 셰이크, 아랍 고을의 최측근 고위층에게 가서 회담을 해야 한다는 것이다. 어쨌거나 우리는 언제나 좋은 이웃 관계로 지내왔고, 설령 나라의 나머지 부분이 정신 나간 쪽으로 흘러가고 있다 해도, 한번도 양측에 대립이나 적대감이라고는 없었던 곳인 여기 북서 예루살렘까지 그렇게 행동할 아무런 논리적 이유가 없다는 것이었다.

아랍어든 영어든 조금이라도 할 수만 있었다면, 수년간 아랍 인형과 유대 인형을 차별 없이, 똑같은 치유술을 발휘했던 구스타브 크로츠말 씨는, 스스로, 자신의 지팡이를 집어들고, 그들과 우리를 갈라놓은 빈 들을 건너, 그들에게, 간단한 용어로 설명했을 것이다. 그들 집 문을 가가호호 두드리면서.

하사관 윌크, 두덱 아저씨는 영화에 나오는 영국 대령처럼 잘생긴 남자로, 실제로도 그 시절 경찰로 영국에 봉사하고 있었고, 어느 날 저

---

* 아랍어로 '선택'이라는 뜻. 마을의 수장을 지칭한다. 보통 마을 주민의 참여나 동의로 뽑힌다.

녁 특별한 초콜릿 공장에서 나온 랑그 드 샤* 상자를 가지고는 불쑥 들러, 잠시 동안 머물렀다. 그는 커피와 치커리가 섞인 차 한 잔을 마시고, 비스킷 한두 개를 먹었는데, 일렬로 은장 단추가 달려 있던 그의 맵시 있는 검정 유니폼과, 대각선으로 그의 가슴을 가로지르던 가죽끈과 힘센 사자처럼 권총집에 담겨 엉덩이춤에서 빛나는 검정 피스톨은 나를 압도했다(오로지 총의 손잡이만 튀어나와 있어서, 그걸 볼 때마다 내 몸이 떨렸다). 두덱 아저씨는 이십여 분 정도 머물렀고, 그가 마침내, 자신들이 말하는 것을 누가 알겠느냐는 식이던 영국 고위층 경관 몇으로부터 베일에 싸인 힌트를 주워들은 것을 입 밖에 낸 것은 내 부모님과 손님들이 그에게 간곡히 청한 후였다.

"당신들 계산이나 추측은 다 안타까운 일이에요. 어떤 국가 분할도 없을 겁니다. 수에즈에 있는 자신들 기반을 보호하려고 네게브 전체를 영국 수중에 남길 것임을 감안하면(원문 그대로!), 영국은 그 항구와 마찬가지로 그 도시, 하이파도, 룻다에 있는 비행장, 에그론과 라마트 데이비드, 사라판드에 모여 있는 군부대도 붙잡고 늘어질 테니, 두 개 국가는 없을 거라고요. 미국은 아랍인들이 그 보상으로 유대인들이 텔아비브와 하데라 사이에 있는 고립 지대를 갖는 데 동의하기를 원하고 있고 그걸 감안하면, 예루살렘을 포함해서 나머지 모두를 아랍인들이 얻게 될 거예요. 유대인들은 이 고립 지대 내에서 유대 바티칸 시 같은 자치 구획을 건설하도록 허용될 거고, 우리는 DP 캠프**에서 구획 안으

---

* 길쭉한 모양의 프랑스 과자.

** 2차대전 이후 팔레스타인으로의 불법 이민을 꿈꾸던 유대인들을 임시로 수용한 유럽 막사.

로 10만이나 기껏해야 15만 명의 생존자를 차츰 들여오라고 허가받겠지요. 필요하다면, 유대지구는 미연방의 거대한 항공모함에서 온, 유대인들이 이러한 조건하에서 스스로를 방어할 수 없을 거라 믿는, 몇 천의 미연방 제6함대 해병대가 수비하게 될 거고요."

"하지만 그건 게토잖소!" 아브람스키 씨가 무시무시한 목소리로 소리쳤다. "정착촌 울타리고! 감옥이라고! 독방 감금이야!"

구스타브 크로츠말은 미소를 지으며 유쾌하게 제안했다.

"미국인들이 우리에게 주고 싶어하는 이 소인국을 가져가고, 대신에 간단하게 자기네들 항공모함 두 대를 우리에게 주는 게 더 낫겠구먼. 우리는 거기가 더 편안하고 안전하기도 할 거야. 그리고 좀 덜 북적댈 거고."

말라 루드니츠키는 마치 그에게 우리 생명을 애걸하듯, 그 경찰관에게 간청하고 애원했다.

"그럼 갈릴리는요? 갈릴리는요, 두덱 씨? 그리고 골짜기들은요? 우린 계곡조차 얻지 못할까요? 왜 그들은 최소한 우리에게 거기라도 남겨줄 수 없죠? 왜 그들은 가난한 사람의 최후 암양 한 마리마저 취해야 하는 거죠?"

아버지가 서글프게 한마디 했다.

"그런 건 없어요, 말라. 그 가난한 사람은 오로지 딱 한 마리 양만 있었는데, 그들이 와서 그걸 빼앗은 거예요."

짧은 침묵 뒤에 알렉산더 할아버지가 얼굴이 새빨개지며, 당장 끓어 넘치기라도 할 듯이 부풀어올라서는, 미친듯이 분을 터뜨렸다.

"딱 맞소, 욥바 모스크에서 온 그 악당, 그자의 말이 명답이오! 그가 딱 맞았소! 우린 정말 그저 똥거름이야! 그래, 뭐. 이게 끝이야! 끝장! 흐바티트! 됐어! 세상에 있는 모든 반유대주의자들이 딱 맞아. 하밀니츠키가 옳았어. 페틀류라*가 옳았어. 히틀러도 옳았고. 그래, 뭐. 우리 위엔 정말 저주가 임한 거야! 하느님은 정말 우리를 혐오해! 나로 말하면," 할아버지가 붉게 불붙어, 사방에 침을 튀기며, 유리잔에 들어 있던 티스푼이 덜그럭거릴 때까지 테이블을 내리치면서 불평했다. "난, 나는, 그래, 뭐, 티 스카잘, 신이 우리를 혐오한 방식 그대로, 나 역시 그를 경멸해! 나는 하느님을 혐오한다고! 나가 죽으라 그래! 베를린에서도 반유대주의자가 재가 됐지만, 저 높은 곳에는 또다른 히틀러가 앉아 있다고! 훨씬 더 나빠! 그래, 뭐! 그는 우리를 비웃으면서 앉아 있다고, 악당 같으니!"

슐로밋 할머니가 그의 팔을 붙잡고 명령했다.

"주시아! 됐어요! 치토 티 고보리시! 게누그! 이베르 게누그!"

그들은 아무튼 그를 진정시켰다. 그들은 그에게 브랜디 약간을 부어주었고 그의 앞에 비스킷을 조금 가져다두었다.

그러나 하사관 월크, 두덱 아저씨는, 할아버지가 그렇듯 절망적으로 고함친 그런 말들을 경찰의 면전에서 나와서는 안 되는 말로 여겼고, 그래서 일어났지만, 자신의 눈부시고 챙이 뾰족한 경찰 모자를 눌러쓰고, 왼쪽 엉덩이 위에 걸쳐진 권총집을 매만지고는, 마치 우리를 불쌍히 여겨, 최소한 어느 정도까지는 우리의 애원에 긍정적으로 응해주겠

---

* 우크라이나의 작가, 언론인, 정치인, 민족 지도자. 1917년 러시아혁명을 도와 우크라이나 독립투쟁을 이끈 영웅. 우크라이나 독립 기간 국가의 수장이었다. 1926년 파리에서 암살당했다.

다는 듯이, 문간에서 우리에게 실낱같은 빛인, 집행유예의 기회를 주었다.

"하지만 아일랜드 사람으로, 유대인들이 세상을 다 합쳐놓은 것보다 더 많은 두뇌를 지녔고 언제나 유대인들은 용케 운좋게 마무리된다는 말을 되풀이하는 버릇이 있는 또다른 경관이 있어요. 그게 그가 얘기하는 거죠. 문제는, 정확히 누가 용케 좋게 마무리되었느냐는 거지만요? 모두, 안녕히 주무십시오. 제가 여러분에게 말한, 내부 정보로 간주될 만한 것들 중 어떤 것도 누설하셔서는 안 된다는 것을 말씀드려야겠군요." (평생 동안, 60년간 예루살렘에서 산 후에, 두덱 아저씨는 심지어 노인이 되어서도, "……로 간주될 만한"이라는 말을 고집했고, 언어에 헌신한 고집스러운 사람들이 3대에 이르기까지도 그에게 다른 표현을 가르치는 데 실패했다. 그가 상급 경찰관으로 그리고 예루살렘 경찰서장으로, 그리고 후에 관광부 국장으로 복무하던 시절조차도 도움이 되지 않았다. 그는 언제나 "나는 바로 목이 곧은 유대인이다! 라고 간주될 만한" 사람인 채 남아 있었다.)

45

아버지는 어느 날 저녁식사 시간 내내 영국이 위임통치하는 영토에 하나는 유대인, 하나는 아랍인을 위한 두 개 국가 건설을 권장하는 팔레스타인 특별기구 보고서가 채택되려면 뉴욕 근처 레이크 석세스에서 11월 29일 열리는 유엔총회에서 최소 3분의 2의 찬성표가 충족되어야 한다고 설명했다. 이슬람권은 영국과 더불어, 그 다수표를 막는 데 총력을 기울일 것이다. 그들은 전체 영토가 사실상 영국의 보호 아래 있는 이집트와 트란스요르단, 이라크 등을 포함한 다른 몇몇 아랍 국가들과 마찬가지로, 영국 보호하의 아랍 국가가 되기를 원하고 있었다. 한편, 트루먼 대통령은 미 국무부와는 반대로 국가 분할 청원이 받아들여질 수 있도록 작업하고 있었다.

스탈린의 소비에트연방은 놀랍게도 미국과 손을 잡고 아랍 국가와 나란히 유대국가의 건설을 지지했다. 그는 분할안에 대한 찬성표가 그 지역에 수년간 피의 투쟁을 야기하게 될 것이며, 그것은 소비에트연방으로 하여금 유전과 수에즈 운하와 가까운 중동 내 영국의 영향이 미치는 지역에 발판을 마련하게 해주리라는 것을 예측했는지도 모른다. 초강대국들의 왜곡된 계산은 서로 맞아떨어졌으나 분명 종교적인 야심과는 어긋났다. 분할 계획하에서는 무슬림도 유대인도 모두 국제적인 통제하에 놓이지 않기에, 바티칸은 예루살렘에서 결정적인 영향력을 얻기를 바랐다. 양심과 연민에 대한 고려가 이기적이고 냉소적인 것과 뒤얽혀 있었다. (몇몇 유럽 정부들은 수세대에 걸쳐 일어난 박해와 독일 살인자들의 손에 전 인구의 3분의 1이 희생된 유대인에게 어떻게든 배상해줄 방법을 찾고 있었다. 그러나 바로 그 정부들은, 독일의 패배 후 그들 자신의 국토와 심지어 유럽에서조차 될 수 있는 대로 멀리 떨어져 있는 캠프에서 비참한 생을 살고 있던 수십만의 궁핍한 이산 동유럽 유대인들의 물결을 다른 곳으로 돌리는 데 반대하지도 않았다.)

실제 투표는 마지막 순간까지 결과를 예측하기 어려웠다. 압력과 유혹, 위협과 음모 심지어 뇌물까지 동원되어 라틴아메리카와 극동 지방의 서너 개국을 갈팡질팡하게 흔들어대고 있었다. 칠레 정부는 분할에 찬성해왔는데, 아랍의 압력에 굴복하여, 자신의 대표에게 유엔에서 반대표를 던지라고 지시했다. 아이티는 반대하겠다는 의사를 공표했다. 그리스 대표단은 기권 의사가 있었으나, 마지막 순간에 아랍 입장을 지지하기로 결정했다. 필리핀 대표는 참석을 거부했다. 파라과이는 주저했다. 파라과이측 유엔 사절, 세자르 아코스타 박사는 파라과이 정부로부터 확실한 훈령을 받지 못했다고 호소했다. 시암에서는 쿠데타가 있었는데, 신생 정부가 대표단을 소환하고, 새로운 대표를 아직 급파하지 않은 상황이었다. 라이베리아는 청원을 지지해주기로 약속했다. 아이티는 미국의 압력하에, 마음을 바꿔 찬성에 투표하기로 결정했다.* 그러는 사이, 아모스 거리, 오스터 씨의 식료품점이나 신문 판매업자이자 서적상이었던 칼레코 씨의 가게에서, 그들은 자기 매력을 작은 국가의 여성 대표에게 발산해서, 그녀가 속한 정부가 유대인들 지지를 약속해주었음에도 불구하고 분할안 반대에 표를 던지도록 만든 잘생긴 아랍 외교관에 대해 이야기했다. "그러나 동시에 곧," 콜로드니 인쇄기의 소유주인 콜로드니 씨는 킬킬 웃으며, "그들은 얼빠진 외교관의 남편에게 비밀을 누설할 영리한 유대인을, 외교관 돈 주앙의 아내에게 비밀을 누설할 영리한 유대인 여성을 보내고, 약발이 서지 않을 경우를 생각해서도, 준비하기를……" (여기서 대화는 이디시어로 바뀌어서, 내가 이해할 수 없게 되었다).

*

토요일 아침, 그들은, 총회가 레이크 석세스라는 곳에서 개최되고 거기서 그들이 우리 운명을 결정짓게 될 것이라고 말했다. "누가 살고 누가 죽을 것이냐!"라고 아브람스키 씨가 말했다. 그리고 토시아 크로츠말 부인은 렘베르그 씨 일가가 자신들의 묵직한 검정색 라디오 수신

---

* 호르헤 가르시아 그라나도스, 『이스라엘의 탄생: 한 편의 드라마』(뉴욕: 앨프리드 A. 크노프, 1948)를 볼 것. (원주)

기를 밖으로 가지고 나와 발코니에 있는 테이블 위에 설치할 수 있도록 자기 남편의 인형 병원에 있는 재봉틀에서 전기선을 가지고 왔다. (비록 케렘 아브라함 지역 전체에서는 아니더라도, 아모스 거리에서는 유일한 라디오였다.) 그들은 볼륨을 최대로 올렸고, 우리는 렘베르그 씨 공동주택 아파트에, 뜰에, 거리에, 그 아파트 위층 발코니에, 발코니 건너편에 모두 모여, 온 거리가 생방송을 듣고, 그 판결과 우리에게 펼쳐진 미래가 어떤 것인지 알 수 있게 되었다("이 토요일 이후에 미래라는 것이 정말 있기만 하다면").

"레이크 석세스라는 이름은," 아버지가 말하기를, "비알리크가 시에서 우리의 운명을 상징화했던 눈물의 바다와 반대되는 거지요, 전하," 하더니 계속해서, "께서는 독실한 신문 구독자로서의, 그리고 우리의 정치 군사 논평자로서의 새 역할에 어울리게, 이번 사건에 낄 수 있게 될 것입니다."

어머니가 말했다.

"그래, 그렇지만 풀오버 스웨터 입고. 바깥이 추워."

그러나 레이크 석세스에서 그날 오후에 개최될 예정이던 그 숙명적인 회의는 뉴욕과 예루살렘의 시차 때문에, 혹은 어쩌면 예루살렘이 상류사회이기는커녕 언덕 너머 저멀리, 너무 외딴곳이라, 저편에서 벌어지는 모든 일은, 희미하게만 우리에게 닿고, 언제나 한 발 늦기 때문인지, 여기서는 저녁에 시작하게 되었다. 그들이 산출해낸, 그 투표는 예루살렘에 느지막하게, 이 아이가 학교 때문에 아침에 일찍 일어나야 해서, 훨씬 전에 침대에 지쳐 늘어져야 하는 시간인 자정이 가까운 때에 전해졌다.

어머니와 아버지 사이에서 몇 가지 신속한 문장이 오고갔다. 슈티프제니트 폴란드어와 야니하츠이트 러시아어로 된 짤막한 대화 끝에, 어머니가 말했다.

"오늘밤 너는 평소대로 자러 가는 게 최선일 것 같구나. 물론 우리는 울타리 옆에 앉아서 렘베르그 씨 댁 발코니에서 나오는 라디오 방송을 들을 건데, 결과가 긍정적이면 한밤중이라도 너를 깨워서 말해줄게. 약속해."

*

자정이 지나, 투표가 끝을 향해 갈 무렵 나는 일어났다. 내 침대는 거리가 바라다보이는 창문 밑에 놓여 있었고, 그래서 내가 할 수 있는 일은 무릎을 짚고 일어나 셔터의 슬래트 조각을 통해 내다보는 것이 전부였다. 나는 떨고 있었다.

무시무시한 꿈처럼 숱한 그림자들이 한덩어리가 되어 침묵 속에, 가로등 노란 불빛 곁에, 우리집 뜰에, 이웃집 뜰에, 발코니에, 차도에, 거대한 유령 회합처럼 서 있었다. 한마디도 하지 않는 수백의 사람들, 이웃들, 아는 사람들과 낯선 사람들이, 몇몇은 잠옷 차림으로, 몇몇은 외투에 타이를 매고, 몇몇 남자들은 중절모나 모자를 쓰고, 몇몇 여자들은 모자를 쓰지 않고, 몇몇은 화장복 차림에 머리에는 스카프를 두르고, 그들 중 몇은 잠에 취한 아이들을 어깨에 떠메고 있었고, 거리 끝자락에는 여기저기 걸상에 앉아 있는 노부인들과 자기 의자를 거리로 들고 나온 아주 나이 많은 노인들이 있다는 것을 알아볼 수 있었다.

전체 무리가 무시무시한 밤의 침묵 때문에 마치 실제 사람이 아니라 그저 명멸하는 어둠이라는 캔버스 위에 그려진 수백의 캄캄한 실루엣들처럼, 돌로 변한 것처럼 보였다. 마치 급사한 것 같았다. 한마디도 들리지 않았고, 기침 소리 하나, 발걸음 소리 하나 들리지 않았다. 모기 한 마리 윙윙대지 않았다. 오직 최대 볼륨으로 고정되어 밤공기마저 떨게 하는 라디오에서 울려퍼지던 미국인 앵커의 깊고 거친 목소리만이 들렸다. 어쩌면 그 목소리는 그 총회의 의장인, 브라질 사람 오스왈두 아라냐의 목소리였는지도 모른다. 그는 차례대로 리스트에 있는 두 단어 이상으로 된 국가명 가운데 마지막 단어를 기준으로 한 국가명을 영어 알파벳 순서에 따라 호명했고, 각국 대표들의 응답이 즉각적으로 뒤이어졌다. 영국: 기권. 소비에트사회주의연방공화국: 찬성. 미국: 찬성. 우루과이: 찬성. 베네수엘라: 찬성. 예멘: 반대. 유고슬라비아: 기권.

그 목소리가 갑자기 멈췄을 때, 내세의 침묵이 내려와 모든 광경을 무시무시한 침묵으로, 등골이 오싹한 침묵으로, 수백의 사람들이 숨을 멈춘 그 침묵으로, 내 생애에서 그날 밤과 같은 때는 그전에도 그후에도 없었던 그런 침묵으로 온 광경을 얼어붙게 했다.

그후엔, 흥분으로 가득찬 거친 건조함으로 요약되는 깊고 약간 쉰 목소리가 공기마저 떨게 하면서 돌아왔다. 찬성 33표. 반대 13표. 기권 10표와 1개국 투표 불참. 결과는 청원 통과입니다.

그의 목소리는 라디오에서부터 터져나온, 레이크 석세스 홀 방청인들의 넘치는 고함소리에 묻혔고, 잠시 동안 경악과 불신이 더 있은 후에, 마치 갈증에 시달린 듯 입을 쩍 벌리고 눈은 동그랗게 뜬 채, 북 예루살렘 케렘 아브라함 끝자락에 있는 우리의 저멀리 있던 거리에서도 역시 한꺼번에 어둠과 건물들과 나무들을 찢는 최초의 함성이 터져나왔고, 그 자체로 꿰뚫는 듯, 기쁨의 함성이 아니라, 경기장의 관중이나 흥분한 폭도의 고함에 다를 바 없는, 아마도 공포와 당혹감의 비명에 더 가깝고, 대격동의 외침, 바위까지 움직일 수 있는 외침, 피를 얼리고, 마치 이곳에서 죽은 모든 자들과 여전히 죽어야 하는 자들이 소리지를 짧은 순간을 얻은 것 같은 외침이 터져나왔으며, 그러더니 다음 순간 그 공포의 고함은 기쁨의 고함소리와 목쉰 외침의 메들리와 〈유대인의 삶〉 〈하티크바〉*를 노래하려는 사람, 날카롭게 소리지르며 박수 치는 여자들, 〈우리 조상들이 사랑했던 이곳 땅에서〉로 바뀌었으며, 전체 군중이 마치 거대한 콘크리트 믹서 속에서 돌아가듯이 그 자리를 맴돌기 시작했고, 더는 참을 수 없어, 나는 셔츠나 풀오버 스웨터도 걸치지 않고 그저 내 바지로 뛰어들고는 쏜살같이 문을 열고 나갔고, 어떤 이웃인지 낯선 사람이 들어올려준 덕에 사람들 발에 짓밟히지 않은 채, 우리집 대문 근처에 있는 아버지 어깨에 오르기까지 이 사람 저 사람 손으로 건네졌다. 어머니와 아버지는 숲에서 길을 잃은 두 아이처럼, 내가 이전에도 이후에도 보지 못한 모습으로, 거기서 서로 부둥켜안고 서 있었고, 잠시 동안 나는 부모님의 포옹 사이에 끼어 있다가, 곧 아버지의 어깨 위로 돌아갔으며, 교양 있고 예절 바른 나의 아버지는 그곳에서, 말이나, 낱말 놀이, 시오니스트의 슬로건도 아니고, 심지어 기쁨의 외침도 아닌, 언어가 발명되기 이전의 꾸밈없이 벌거벗은

* 유대인의 국가(國歌). '희망'이라는 뜻의 히브리어.

긴 고함으로 목청껏 소리를 지르며 서 있었다.

다른 이들은 이제 노래를, 모두가 노래를 부르고 있었지만, 노래도 부를 수 없고, 유행가 가사도 몰랐던 아버지는, 그치지 않고 자기의 허파 끝에서 나오는 긴 고함인 "아아아아아아아"를 계속하고 있었으며, 숨이 가빠오자 물에 빠져 죽어가는 사람처럼 숨을 들이쉬며 고함을 계속 질렀으니, 유명한 교수가 되고 싶었고, 그런 교수가 될 자격이 있던 이 남자는 이제 그저 아아아아아아아였다. 나는 어머니 손이 아버지의 젖은 머리와 뒷목을 어루만지는 것을 보고 놀랐는데, 그다음엔 부지중에 내가 아버지가 고함을 치도록 일조하고 있었는지 내 머리와 내 등에서도 그녀의 손이 느껴졌으며, 어머니의 손은 우리 둘을 몇 번이고 쓰다듬었다. 아마도 우리를 진정시키려 그랬는지도 모르고, 아닐지도 모르고, 어쩌면 저 깊숙한 곳에서부터 그녀도 아버지와 나의 고함을, 온 거리 온 이웃 온 도시 온 나라와 나누려 했는지도, 슬픈 어머니는 이번만큼은 동참하고자 노력하고 있었는지도 모른다. 아니, 셰이크 자라흐와 카타몬, 바카와, 탈피예는 그날 밤 투표 결과가 공표되기 전의 유대 근경에 내려 덮인 공포스러운 침묵과 닮았을지 모를 침묵에 싸여 우리 소리를 들었을 것이 분명하기에, 정확히는 온 도시가 아니라 유대 구역만. 셰이크 자라흐의 실와니 가족의 집과 탈피예에 있는 아이샤의 집, 옷가게의 아랍 남자, 동정심에 찬 눈과 처진 눈밑살을 가진 사랑하는 남자 제페토의 집에서는, 오늘밤 축하연이 없었다. 그들은 유대 거리로부터 환희에 넘치는 소리를 들었을 것이 분명하고, 침묵 속에 입을 다문 채 어두운 밤하늘을 상처 입히는 기쁨에 넘친 불꽃놀이를 자기 집 창문에 서서 바라보았을지도 모른다. 그리고 그 정원에 있던 연못의 분수대도 침묵했다. 카타몬이나 탈피예, 바카는, 다섯 달 안에 텅 빈 채, 고스란히 자신들이 유대인들의 손에 떨어지게 될지 알지 못했고, 그때까지는 알 방도도 없었으며, 이제 새로운 사람들이 자신들의 분홍빛 석조로 된 둥근 지붕 집과 여러 개의 띠돌이 장식과 아치로 꾸며진 빌라에 와서 살게 될 것도 알 수 없었으리라.

*

이후 아모스 거리엔, 전체 케렘 아브라함엔, 모든 유대 이웃들엔, 춤과 흐느낌이 있었다. 깃발들이 나타나고, 헝겊 쪼가리에 쓰인 슬로건들, 울려퍼지는 차 경적 소리, 그리고 〈시온을 향해 기치를 드높이 올려라〉와 〈우리 조상들이 사랑했던 이곳 땅에서〉, 모든 회당에서 들려오는 양각 나팔소리, 그리고 토라 두루마리가 언약궤에서 나와 춤을 추며 들어올려졌고, 〈하느님이 갈릴리를 재건하시리〉와 "와서 보라/이날이 얼마나 대단한가", 그리고 후에는, 아주 이른 꼭두새벽부터, 오스터 씨가 갑자기 가게를 열자 스바냐 거리와 게울라 거리, 챈슬러 거리와 욥바 거리, 킹 조지 가에 있는 모든 간이 매대들도 문을 열었고 온 도시에 있는 바들도 모두 문을 열더니 새벽 동이 트기까지 청량음료와 스낵, 그리고 심지어 알코올을 건넸고, 과일주스 병, 맥주, 와인이 손에서 손으로, 입에서 입으로 전해졌으며, 거리마다 낯선 이들끼리 서로 끌어안고, 눈물을 흘리며 키스를 나누고, 깜짝 놀란 영국 경찰 역시 춤추는 이들의 둥근 대열 속으로 이끌려, 맥주 캔이며 달콤한 리큐어로 부드러워졌고, 주연에 취한 열광한 자들은 영국 장갑차에 기어올라가, 아직 건설되지는 않았지만, 오늘밤, 저멀리 레이크 석세스에서 건설될 권리가 있다고 결정된 그 국가의 깃발을 흔들었다. 그리고 그 국가는 167번의 낮과 밤이 지난 후인, 1948년 5월 14일 금요일에 건설되는데, 백 명의 남자, 여자, 노인네들, 아이들, 아기들, 춤추고 연회를 베풀며 기쁨에 넘쳐 마시고 울던 그 군중들 가운데 한 명, 즉 그날 밤 거리로 쏟아져 나온 흥분한 사람들 중 딱 1퍼센트는, 레이크 석세스에서 있던 총회의 결정이 난 지 일곱 시간 만에—영국이 떠나자, 폭격기로 남쪽과 동쪽, 북쪽에서부터 아랍연맹 상비군, 보병대, 기갑부대, 포병대, 전투기의 원조로, 성명서가 발표되고 하루이틀 내에 신생 국가를 끝장낼 목적으로 침공한 아랍 5개국 정규군에 의해—아랍인들이 시작한 전쟁으로 죽게 된다.

그러나 아버지는 1947년 11월 29일 밤, 거기서 나를 어깨에 태우고 춤추는 이들과 흥청거리는 이들 사이를 돌아다닐 때, 마치 나한테 물으려는 게 아니라, 자신은 알고 있고, 알고 있는 것을 못박으려는 듯이 내게, 그저 보렴, 아가, 꼭 잘 보렴, 아들아, 저것 모두를 잘 살피렴, 죽는 날까지 이날 밤을 잊지 못하게 될 거니까, 우리가 떠나 없어지고 나면, 네 아이들, 네 손자들, 네 증손들에게 오늘밤에 대해 말하게 될 거야, 라고 말했다.

*

그리고 아주 늦게, 이 아이는 빨리 가서 잠들지 않으면 안 된다는 말을 들은, 아마 세시인가 네시경에, 나는 어둠 속에서 옷을 다 입은 채

내 담요 아래로 기어들어갔다. 그리고 얼마 있다가 어둠 속에서 아버지 손이 내 담요를 들어올렸으니, 내가 옷을 입고 잠자리에 들었다고 화가 나서가 아니라, 들어와서 내 옆에 누우려고 했던 것이고, 그 역시, 나와 마찬가지로, 군중과 부대껴 땀으로 절어 있는 옷을 입은 상태였다(우리에겐 철의 법칙이 있었으니 무슨 일이 있어도, 어떤 일이 있어도, 외출복을 입은 채로 잠자리에 들어서는 안 된다는 것이었다). 아버지는 잠시 동안 내 곁에 누워 아무 말도 하지 않았다, 비록 평소에는 침묵을 싫어하고 그걸 서둘러 물리치려는 사람이었지만. 그러나 그는 이번에는 우리 사이에 놓여 있는 침묵을 건드리지 않았고 대신, 그저 가볍게 손으로 내 머리를 쓰다듬으면서 침묵 속에서 시간을 나누었다. 마치 어둠 속에서 아버지가 어머니로 변신한 것 같았다.

그러고 나서 그는 나를 각하나 전하라고 부르지도 않고, 내게 속삭이며 말했다. 어떤 모리배들이 오데사에서 자신과 그의 형제 다비드에게 한 일과 빌나에 있는 폴란드 학교에서 어떤 이교도 남자아이들이 자신에게 한 일, 그리고 여자아이들도 그 일에 가담했으며, 다음날 아버지의 아버지인 알렉산더 할아버지가 항의서를 제출하러 학교에 왔는데, 그 깡패들이 찢어진 바지를 돌려주기를 거부하고 대신에 그의 아버지인 할아버지를 아버지 눈앞에서 공격해서는, 힘으로 그를 돌바닥 위에 억지로 눕히고 운동장 한가운데서 그의 바지까지 벗겼고, 여자아이들은 웃으면서 유대인들은 모두 그렇고 그렇다느니 말을 하며, 야한 농담을 주고받았는데, 그러는 동안 선생들은 보면서 아무 말도 안 했고, 어쩌면 같이 웃고 있었을지도 모른다는, 그런 얘기들을 해주었다.

그리고 잠잠히 어둠의 목소리로, 손은 내 머리칼 속에서 여전히 길을 잃은 채(그는 나를 쓰다듬거나 한 적이 없었기 때문에), 아버지는 1947년 11월 30일 이른 아침 담요 아래서 내게 속삭였다. "깡패들이 거리나 학교에서 언젠가 너를 괴롭히는 건 당연해. 그들은 네가 나와 조금이라도 닮았으니까 그런 일을 똑같이 너에게도 할지 몰라. 하지만 이제부터는, 우리에게 나라가 생긴 지금부터는, 네가 유대인이라는 이유로 아니면 유대인들은 그렇고 그렇다는 이유로 너한테 나쁜 짓거리를 하지는 못할 거야. 그렇게는 안 되지. 다시는 안 돼. 오늘로 여기서 그런 일은 끝이야. 영원히."

나는 그의 얼굴, 넓은 이마 바로 아래를 만지려고 느릿하게 손을 뻗었는데, 뜻밖에, 내 손가락은 그의 안경 대신 눈물을 만났다. 내 생애에서 그날 밤 전에도 후에도, 심지어 어머니가 죽었을 때도 본 적 없는, 아버지의 울음을 그날 밤 나는 보았다. 사실 그날 밤에도 그가 우는 것을 실제로 보지는 못했다. 너무 캄캄했으니까. 내 왼손만이 보았을 뿐이다.

*

몇 시간 뒤인 일곱시 정각, 우리와 어쩌면 우리 이웃 모두가 잠들어 있는 동안, 셰이크 자라흐에 발포가 시작되었다. 도시 중앙에서 마운트 스코푸스에 있는 하다사 병원까지 가던 유대 앰뷸런스가 셰이크 자라흐에서 폭격을 당했다. 나라 전체에 걸쳐 아랍인들은 노상 버스를 공격하고, 승객들을 죽이거나 상처 입혔으며, 경장비와 기관총으로 외딴 교외와 고립된 정착촌에 발포했다. 자말 후세이니가 수장으로 있는 아랍고등위원회는 총파업을 선언하고, 군중을 거리와 모스크로 내보냈고, 그곳에서 종교 지도자들은 유대인에 대항한 목숨 건 지하드 공격을 요구했다. 이틀 뒤, 수백 명의 무장 아랍인들이 피에 굶주린 노래를 부르며, 코란에 나오는 시편들을 외치고, 이드바흐 알-야후드라고 울부짖으며, 일제히 허공에 사격을 가하면서 구도시에서 나왔다. 영국 경찰은 그들과 동행했고 영국 장갑차는, 보고된 대로, 마밀라 거리 동편 끝자락에 있는 유대인 쇼핑센터로 난입하여, 약탈하고 온데 불을 지른 군중들을 이끌었다. 40개 상점들이 전소되었다. 영국군과 경찰은 프린세스 메리 거리를 가로질러 방벽을 구축했고, 쇼핑센터 내에 잡혀 있던 유대인들을 구하기 위해 온 하가나의 방위대를 저지했으며, 심지어 그들의 무기를 압수하고 그들 중 열여섯 명을 체포하기까지 했다. 다음날 보복으로, 준 군사 조직 이르군은, 아랍 소유주의 것이 분명한 렉스 시네마를 전소시켰다.

문제의 첫 주에 약 20여 명의 유대인이 죽었다. 둘째 주 말에는 전국에 걸쳐 약 2백여 명의 유대인과 아랍인이 죽었다. 1947년 12월 초부터 1948년 3월에 이르기까지 기선은 아랍군의 수중에 있었다. 예루살렘과 다른 곳에 있던 유대인들은 활기 없는 방어에 만족해야 했으니, 이는 영국이 역습하려는 하가나의 시도를 방해하고 하가나 요원들을 체포하고 그들의 무기를 압수했기 때문이다. 지역의 비정규 아랍군은 근접 아랍 국가로부터 자원한 수백 명의 무장 군인들과 아랍 국가로 망명하여 그들 곁에서 싸우던 약 2백여 명의 영국군과 함께, 도로를 차단하고 포위된 정착촌과 식료품, 연료, 탄약을 수송으로만 공급받을 수 있는 정착 군락들을 부서진 모자이크로 만듦으로써 유대인의 존재를 산산조각냈다.

영국이 여전히 통치를 계속하고, 자신들의 권력을 주로 전쟁에서 아랍인을 돕고 유대인의 손을 결박하는 데 쓰는 동안에, 유대 예루살렘은 점차 나라의 나머지 부분에서 단절되어갔다. 텔아비브와 예루살렘을 연결하는 유일한 도로는 아랍군에 의해 차단되었고 식료품과 보급품을 전하는 호위대는 불규칙한 간격으로 막대한 손실을 감수하며 나아갈 수밖에 없었다. 1947년 12월 말, 예루살렘 유대지구는 사실상 포위되었다. 영국 내각이 로슈 하 아인에 위치한 양수장을 통제하도록 허용해준 이라크 정규군은 양수 설비를 폭파해버렸고, 유대 예루살렘은, 우물과 저수지는 별도로 하더라도, 단수 상태로 남겨졌다. 구도시, 예민 모세, 메코 하임, 라마트 라헬 장벽 안에 있는 유대지구처럼 고립된 유대 지역들은, 그 도시의 다른 유대 지역으로부터 차단되면서 포위에 포위를 경험했다. 유대기구가 세운 긴급대책위원회가 식료품 배급과 함께 이삼일마다 1인당 물 한 동이를 배분하며 포격이 한바탕 지나간 사이에 거리를 도는 유조차들을 관장했다. 빵과 야채, 설탕, 우유, 달걀과 다른 식료품들이 엄격하게 배급되었고, 보급품이 떨어져 이따금 빈약한 분유, 건조된 러스크 빵, 이상한 냄새가 나던 달걀가루를 대신 배급받기 전까지는, 식료품 쿠폰 체계로 가족들에게 배분되었다. 의약품과 의료 보급품은 거의 다 떨어져갔다. 부상자들은 때로 마취제 없이 수술을 받았다. 전기 공급이 끊어져 파라핀을 얻는 것이 실질적으로 불가능해진 이후로 우리는 어둠 속에서 혹은 촛불에 의지하여 몇 달간을 지냈다.

*

비좁은 지하실 같은 우리의 공동주택 아파트는 폭격과 총격으로부터 안전하다고 여겨져서, 우리 위층에 사는 거주자들을 위한 방공호로 변했다. 모든 유리창을 빼내고, 우리는 모래주머니로 창문에 바리케이드를 쳤다. 우리는 1948년 3월부터 8월과 9월에 이르기까지 밤이고 낮이고, 계속 동굴 같은 어둠 속에서 지냈다. 이 도망할 길 없는 짙은 어둠과 악취 나는 공기 속에서 우리는 띄엄띄엄 스무 명에서 스물다섯 명쯤 되는 사람들, 이웃들, 낯선 이들, 아는 사람들, 이웃 최전방에서 온 피란민들과 함께했고, 그들은 매트리스와 매트 위에서 잤다. 그들 중에는 복도 바닥에 하루종일 앉아 허공을 응시하는 나이 많은 두 여자도 있었고, 자신을 선지자 예레미야라 일컬으며 끊임없이 예루살렘의 파멸을 애도하고 우리, 알렉산더 할아버지와 슐로밋 할머니, 알렉산더 할아버지의 홀아비 형(치포라 큰할머니는 1946년에 돌아가셨다) 요셉 큰할아버지—클라우스너 교수—와 제수인 하야 엘리체데크뿐 아니라 모두에게, "이미 그들이 하루에 2100명의 유대인들을 가스 살해하기 시작한" 라말라 근처에 아랍 가스실을 예언하던 반쯤 정신 나간 노인도 있었다. 요셉 큰할아버지와 하야 작은할머니는 간신히, 실제로 마지막 순간에, 차단되고 포위된 탈피옷에서 간신히 탈출하여, 우리에게 왔다. 그들은—밤인지 낮인지 분간하기 어려운 어둠 때문에—옷을 다 갖춰 입고, 신발도 신은 채, 번갈아 꾸벅꾸벅 자다 깨다 하며, 아파트에서 가장 소음이 적은 장소로 여겨지던, 우리집 비좁은 부엌 바닥에 누워 있었다. (아그논 씨 역시, 우리가 듣기로, 자신의 부인과 함께 탈피옷을 떠나 르하비아에 있는 친구들과 머물고 있었다.)

요셉 큰할아버지는 피리 소리 같고 다소 울먹이는 음성으로, 끊임없이 자기 서재와 탈피옷에 남겨두고 와야만 했던 귀중한 원고들의 운명을 비통해했고 그걸 다시 볼 수나 있을는지 누가 알겠느냐며 탄식하고 있었다. 하야 엘리체데크의 외아들인 아리엘은 입대해서 탈피옷을 방어하기 위해 고전중이었고, 오랫동안 우리는 그가 살았는지 죽었는지, 부상을 입었는지, 포로가 되었는지조차 알지 못했다.*

미우도브닉 부부 일가는, 아들 그리샤가 팔마흐와 함께 어디에서인가 복무하고 있었는데, 베이트 이스라엘 최전방에 있는 자신들의 집에서 도망쳐 나와 역시 전쟁 전에 내 방이었던 작은 방에서 함께 북적대는 다른 여러 가족들과 같이 우리 아파트에 이르렀다. 나는 미우도브닉 씨를 무서워했는데, 그가 우리 모두가 타흐케모니 학교에서 쓰던 초록색 책을 쓴 바로 그 사람이라는 사실이 밝혀졌기 때문이다. 저자 마티티야후 미우도브닉, 『3학년 산수』. 미우도브닉 씨는 어느 날 아침에 나가서 저녁이 되도록 돌아오지 않았다. 그는 다음날도 돌아오지 않았다. 그래서 그의 아내가 시청 시체 안치소에 갔다가, 잘 살펴보고 와서는 밝은 표정으로 돌아와 자기 남편이 시체들 사이에 없었다며 안심했다.

미우도브닉 씨가 그다음날도 돌아오지 않자, 아버지는 침묵을 쫓아내거나 우울한 분위기를 없앨 때 보통 그러하듯이 농담을 하기 시작했다. 우리 친애하는 마티야는, 하고 그가 선언하기를, 분명히 카키색 셔

---

* 아버지의 사촌 아리엘 엘리체데크는 해방 전쟁중의 경험을 저서 『굶주린 칼』(예루살렘: 아히아사프 출판사, 1950)에 기록했다. (원주)

츠를 입고 전투중인 미녀가 있음을 알고서는, 이제 그녀의 동료를 껴안고 있을 거예요(이것은 말장난이자 그의 힘없는 시도였다).

그러나 이 애써 만든 유쾌함이 머무른 지 이십여 분도 채 지나지 않아 아버지는 갑자기 심각해지더니, 시체 안치소로 서둘러 갔고, 거기서 자신이 마티티야후 미우도브닉에게 빌려주었던 양말 한 켤레 덕분에 포탄에 박살난 그의 시체를 간신히 알아보았다. 얼굴이 완전히 날아갔기 때문에 미우도브닉 부인은 아마도 알아보지 못했던 것 같다.

*

포위되고 공격당하던 몇 개월 동안 어머니와 아버지와 나는 복도 끝 매트리스에서 잤고 밤새 사람들의 행렬이 화장실 가는 길에 우리를 타고 다녔고, 화장실은 변기 내릴 물이 없는데다, 창문까지 모래주머니로 막아두어 악취가 진동했다. 몇 분 간격으로 포탄이 떨어지고, 온 언덕이 흔들렸으며, 석조 가옥들도 몸서리쳤다. 나는 때로 우리 아파트에서 자는 이들 중 하나가 악몽을 꿀 때마다 내지르는 소름 끼치는 비명소리에 잠을 깼다.

2월 1일 차량 폭탄이 영자 신문사 〈팔레스타인 포스트〉 건물 밖에서 터졌다. 건물은 완전히 파괴되었고 혐의는 사건을 저지른 아랍인을 모른 체한 영국 경찰에게 떨어졌다. 2월 10일 예민 모세 지역 사수대가 비정규 아랍 군부대에 의한 거센 공격을 간신히 격퇴했다. 2월 22일 일요일 오전 여섯시 십분 '영국 파시스트군'으로 불리는 조직이 유대 예루살렘 중심 벤예후다 거리에서 다이너마이트를 실은 세 대의 화물차를 폭파했다. 6층짜리 건물들이 산산조각나 파괴되었고 거리의 대부분이 폐허가 되었다. 52명의 유대인 거주민이 집에 있다가 죽었고, 약 150여 명이 부상당했다.

근시이던 아버지는 그날, 스바냐 거리 좁은 길가에 설치된 방위군 본부로 가서 입대를 지원했다. 그는 지난날 자신의 군 경험이 영어로 불법 포스터를 작성하는 데 부적격하다는 사실을 시인해야 했다("배반자 알비온에게 수치가 있으리라!" "나치-영국의 억압을 타도하자!"와 같은 포스터들).

3월 11일 미국 총영사 일가의 차는 아랍인 운전수가 핸들을 잡고 있었는데, 유대기관들의 사무실이 모여 있는 유대기구 건물의 마당과 예루살렘과 국가 전체로 돌진했다. 건물 일부가 폭발로 파괴되었고 수십 명의 사람들이 죽거나 부상당했다. 3월 셋째 주에는 해안가로부터 식료품과 보급품 배급 시도가 좌절되었다. 포위 상황은 점점 더 악화되어 도시는 아사와 물 부족, 전염병의 위험 직전에 놓여 있었다.

*

우리 인근 지역의 학교들은 1947년 12월 중순부터 문을 닫았다. 타흐케모니 혹은 교육관의 3학년생과 4학년생 아이들은 어느 날 아침 말라기 거리에 있는 빈 공동주택 아파트에 집결했다. 캐주얼한 카키색 옷차림에 담배를 피우고 있던 별에 그을린 한 청년은, 우리에게는 자기 암호명인 가리발디라고만 소개했는데, 이십여 분간 아주 심각한 어조로, 우리가 전에 어른들한테서 마주했던 '사실은 이런 거다'는 뒤틀린 어조로 연설을 했다. 가리발디는 우리들에게 온 뜰과 창고를 뒤져 ("결국 우리가 모래로 채우게 될") 빈 포대와 ("적들이 아주 맛있다고 생각할 칵테일로 채우는 법을 누구든 알겠지") 빈병을 찾아내라는 임무를 주었다.

우리는 또한 황무지 밭뙈기나 버려진 뒷마당에, 아랍식 이름으로 쿠베이제라 부르던 야생 당아욱을 주워오라는 명령도 하달받았다. 쿠베이제는 굶주림의 고통을 다소 완화해주는 데 도움이 되었다. 어머니는 그것을 끓이거나 튀겨서 그걸로 리졸*이나 시금치처럼 푸르스름하지만 맛은 훨씬 안 좋은 퓌레를 만드는 데 썼다. 우리에겐 망보기 당번도 있었다. 낮 시간 동안 시간마다 우리 애들 중 두 명은, 오바댜 거리에 있는 적당한 건물 지붕 위에서 슈넬러 막사에 있는 영국군 병영을 감시해야 했고, 이따금 우리 중 하나가 영국군들이 무슨 짓을 꾸미고 있는지, 출발 태세의 기미는 있는지 없는지 등을 가리발디나 그의 부관 중 한 명에게 보고하기 위해, 말라기 거리에 있는 공동주택 아파트의 작전 지휘실로 달려갔다.

4, 5학년쯤 되는 좀더 큰 남자아이들은, 가리발디로부터 스바냐 거리 끝자락과 부카리안 지구 주변에 있는 여러 개의 하가나 초소들 사이에서 메시지를 전달하라는 임무를 하달받았다. 어머니는 내게 "그런 유치한 수작은 관두고 정말이지 성숙한 모습을 좀 보여달라"고 애걸했지만, 나는 어머니가 원하는 대로 할 수가 없었다. 나는 특히 병 모으는 일에 능숙했다. 단 한 주 안에 나는 146개의 빈병을 모아 박스와 포

---

* 밀가루로 피를 만들고 안에 고기나 생선살을 넣은 음식.

대에 담아 간신히 본부로 가져갔다. 가리발디는 내 등을 찰싹 치면서 나를 곁눈질로 노려보았다. 그가 벌어진 셔츠 사이로 가슴에 난 털을 긁적거리면서 내게 했던 말을 여기 정확히 기록한다. "아주 좋았어. 우리는 언젠가 너에 대해 더 많이 듣게 될지도 모르겠는데." 한마디 한마디. 53년이 흐른 지금까지도 나는 이 말을 잊지 않고 있다.

46

수년이 지난 후 내가 아이였을 때 알던 한 여자, 야콥 다비드 아브람스키의 아내인 체르타 아브람스키 부인(둘 다 우리집에 빈번하게 오던 손님이었다)이 그 시절 동안 일기를 썼다는 것을 발견했다. 나는 희미하게 기억한다. 어머니는 폭격 동안에는 가끔씩 무릎 위에 책을 받쳐 놓고 연습장 위에 쓰면서, 포탄이며 박격포가 떨어지는 소리와 기관총 발포 소리를 무시하고, 우리의 어두컴컴하고 냄새나는 잠수함에서 하루종일 말다툼해대는 입소자들의 시끄러운 소리에도 개의치 않고 자신의 연습장에 글을 쓰면서, 선지자 예레미야의 파멸을 담은 중얼거림과 요셉 큰할아버지의 애가에도, 노파의 벙어리 딸이 우리 모두 앞에서 노파의 젖은 기저귀를 바꿔줄 때 노파가 아기같이 찢어질 듯 우는 소리에도 신경쓰지 않으며 복도 구석 바닥에 앉아 있었다. 나는 어머니가 쓰고 있던 것이 무엇이었는지는 결코 알 수 없을 터이다. 그녀의 연습장은 아무것도 남아 있지 않다. 아마도 어머니는 자살하기 전에 그것들을 다 태워버렸는지도 모른다. 나는 어머니의 자필을 단 한 페이지도 가지고 있지 않다.

나는 체르타 아브람스키의 일기에 쓰인 것을 발견한다.

1948. 2. 24.

진저리가 난다…… 죽거나 다친 이들의 소지품들로 가득찬 창고…… 너무 진저리가 나…… 어느 누구도 이 물건들을 돌려달라고 찾아오지 않는다. 그것들을 달라고 올 만한 이가 아무도 없거나, 물건 주인들이 죽었거나, 다쳐서 병원에 누워 있다. 머리와 팔을 다친 한 남자가 왔지만 걸을 수가 없다. 그의 아내는 죽었다. 그는 그녀의 옷가지들과, 사진, 아마포 같은 것을 찾아냈다…… 그리고 사랑과 삶의 기쁨으로 샀을 이 물건들은 이 지하실에 쌓여 있다…… 그리고 한 젊은 남자 G가 자기 소지품을 찾으러 왔다. 그는 벤예후다 거리의 차량 폭탄 테러로 아버지와 어머니, 형제 둘과 누이를 잃었다. 당직이라서, 그날 밤 집에서 자지 않았기에 오직 그만 살아남은 것이다…… 우연히. 그는 사진 속의 대상들에게조차도 관심이 없었다. 살아남은…… 수백 장의 사진들 중에서 그는 얼마 안 되는 가족사진만을 찾느라 애쓰고 있었다.

*

1948. 4. 14.

오늘 아침 그들이…… (가족 대표에게 주어진) 파라핀 쿠폰으로 가구당 닭 4분의 1토막을 지정된 푸줏간에서 받을 수 있다고 공표했다. 내 이웃들 중 몇몇이 자신들은 일을 해야 해서 줄을 설 수 없으니, 혹시 내가 줄을 설 거면, 자기네 할당량을 가져다달라고 부탁했다. 내 아들 요니는, 학교 가기 전에 자신이 줄에서 내 자리를 맡아주겠다고 했지만, 내가 혼자 하겠다고 말했다. 나는 야일을 유치원에 보내고 푸줏간이 있는 게울라로 갔다. 여덟시 십오 분 전에 도착해서 약 6백여 명의 사람들이 서 있는 줄을 발견했다.

그들 중 어떤 사람들은 닭 배급이 해 뜨기 전에 시작된다는 소문 때문에 새벽 세시나 네시에 도착했다고 했다. 나는 줄을 서고 싶은 마음은 없었지만, 이웃들에게 그들의 배급량을 가져다준다고 약속했고, 그것이 없이는 집에 돌아가고 싶지 않았다. 나는 나머지 사람들처럼 '서 있기'로 결심했다. 어제까지 돌던 소문이 확인되었다는 말이 새어나왔다. 그래, 백 명의 유대인들이 어제 '셰이크 자라흐' 근처에서 산 채로 불태워졌다. 그들은 하다사와 그 대학으로 가는 호송대열에 있었다. 백 명의 사람들. 그들 중에는 저명한 과학자, 학자, 의사, 간호사, 노동자, 학생, 사무원, 환자 들이 포함되어 있었다.

믿기 어려운 일이다. 예루살렘에는 아주 많은 유대인이 있는데, 그들은 딱 1킬로미터 밖에서 죽음에 직면한 2백 명의 사람들을 구할 수 없었다…… 그들이 말하길 영국이 그렇게 하도록 두지 않았단다. 바로 눈앞에서 이같이 끔찍스러운 일이 벌어지는데, 닭 4분의 1토막이 무슨 소용이란 말인가? 아직도 사람들은 참을성 있게 줄을 지어 서 있었다. 그리고 시종 들리는 말은, "아이들이 야위어가고 있어요…… 아이들은 몇 달간 고기라고는 구경도 못했어요…… 우유도 없고, 야채도 없고……" 여섯 시간 동안 줄을 서 있는 건 힘들지만 가치 있는 일이다. 아이들에겐 수프가 될 테니까…… 셰이크 자라흐에서 벌어진 일은 끔찍하지만, 여기 예루살렘에서 우리 모두에게 무슨 일이 기다리고 있을지 누가 알겠는가…… 죽은 사람은 죽은 사람이고, 산 사람은 계속 살아야지…… 줄은 천천히 앞으로 나아가고 있었다. "운좋은 사람들은" 가구당 배당된 4분의 1토막의 닭고기를 끌어안고 집으로 간다…… 마침내 장례식 같은 고난의 시간이 지나갔다…… 오후 두시에 나는 나와 내 이웃의 배급량을 받아서 집으로 갔다.*

*

아버지는 1948년 4월 13일, 77명의 의사, 간호사, 교수, 학생이 살해되고, 그들 중 많은 수가 산 채로 불태워진 그 호송대열 속에 포함돼 마운트 스코푸스로 가기로 되어 있었다. 그는 방위군이나 혹은 국립도서관에 있는 자신의 상사로부터, 마운트 스코푸스가 나머지 도시의 부

---

* 체르타 아브람스키, 「1948 예루살렘 포위 당시 한 여성의 일기에서 발췌」, 『야콥 다비드 아브람스키의 서신 왕래: 슐라 아브람스키 편집 및 주석』(텔아비브: 시프리앗 포알림 출판사, 5751/1991), 288~289쪽. (원주)

분에서 고립되었으니, 도서관으로 가서 지하층 특정 구역을 폐쇄하라는 지시를 받았던 것 같다. 그러나 가야 했던 날 저녁이 되기 전에, 그는 열이 높이 올라서 의사가 누운 채 절대 자리를 뜨지 말라고 엄금했다. (그는 근시에다 허약해서, 열이 오를 때마다 번번이 거의 눈이 멀어 균형 감각을 잃을 정도가 될 때까지 눈이 흐려졌다.)

방위군과 무장활동 부대가 디르 야신의 아랍 마을들을 포위하고 거주민 중 많은 수를 살육했고, 무장한 아랍인들은 오전 아홉시 반 셰이크 자라흐를 가로질러 마운트 스코푸스로 가던 그 호송선을 공격했다. 식민지 담당 영국 국무장관, 아서 크리치 존스는 개인적으로 유대기구의 대표들에게 영국군이 예루살렘에 주둔하는 한, 병원과 대학을 지키고 있는 중요한 사람들을 정기적으로 호송하는 차량의 안전을 보장하겠다고 약속했다. (하다사 병원은 유대인만을 위해서가 아니라 예루살렘에 거주하는 모든 거주자들을 응대했다.)

그 호송 무리 안에는 두 대의 앰뷸런스와 저격수에 대한 공포 때문에 창문을 금속판으로 강화한 세 대의 버스, 의약품을 포함한 보급품을 운송하던 화물차 몇 대, 그리고 두 대의 작은 승용차가 있었다. 셰이크 자라흐에 다다르자, 평소대로, 길이 안전하고 개방되어 있다는 신호를 호송대에 보내는 영국 경찰 한 명이 서 있었다. 아랍 인근의 심장부, 그랜드 무프티 하즈 아민 알 후세이니* 빌라 거의 발치에, 추방당한 팔레스타인 아랍인들의 친나치 지도자들이 있었고, 실와니 저택에

* 예루살렘의 알 후세이니 가문의 일원으로 영국령 팔레스타인의 민족주의 무슬림 지도자이자 예루살렘의 무프티(이슬람의 대학자)였다. 독일의 나치와 직접 교류했으며, 이스라엘의 독립을 적극 반대한 인물이다.

서부터 약 50미터 거리에서, 선두에 가던 차량이 지뢰를 넘고 있었다. 즉시 수류탄과 화염병을 포함한 빗발치는 포격 세례가 길 양편에서 호송 차량을 맹공했다. 발포는 그날 아침 내내 계속되었다.

공격은 병원으로 가는 길을 보호하는 임무를 띤 영국 군부대에서 2백 미터도 채 떨어지지 않은 곳에서 일어났다. 몇 시간 동안 영국군은 서서 손가락 하나 까딱하지 않고 공격을 구경했다. 아홉시 사십오분 팔레스타인 주둔 영국군 최고사령관인, 고든 H. A. 맥밀런 장군은 멈추지도 않고 이 길을 지나쳐갔다. (후에 고든 장군은 눈 하나 깜짝하지 않고, 자신은 공격이 이미 끝난 것으로 생각했다고 주장했다.)

오후 한시, 그리고 또 한 시간 뒤, 몇 대의 영국 차가 멈추지 않고 지나쳐갔다. 유대기구 연락관이 영국군 본부와 접촉해서 부상자와 죽어가는 이들을 후송할 수 있도록 '하가나'를 보낼 수 있게 허가해달라고 요청했을 때, 그는 "군이 상황을 관리하고 있다"며 군은 '하가나'가 중간에 끼어드는 것을 금지한다는 통보를 받았다. '하가나' 구조군은 그럼에도 불구하고 도시와 마운트 스코푸스 모든 쪽으로부터 덫에 걸린 호송대를 원조하고자 시도했다. 그들의 접근은 저지되었다. 오후 한시 사십오분, 히브리 대학 총장, 유다 레온 마그네스 교수가 맥밀런 장관에게 전화해서 도움을 청했다. 답변은 "군이 현장에 도달하고자 애쓰고 있으나 큰 전투가 벌어졌다"는 것이었다.

전투는 전혀 없었다. 오후 세시, 버스 중 두 대가 화염에 휩싸였고 이미 태반이 부상당했거나 죽어가던 거의 모든 승객들이 산 채로 불태워졌다.

77명의 사망자 중에는 하다사 의료원장, 대학 내 의학부 설립자 중 하나였던 하임 야스키 교수, 레오니드 돌잔스키 교수와 모세 벤다비드 교수, 물리학자 권터 볼프존 박사, 심리학부 학장 엔초 보나벤투라 교수, 유대 법률 전문가 아브라함 하임 프레이만 박사와 언어학자 벤야민 클라어 박사가 포함되어 있었다.

얼마 후 아랍고등위원회는 그 학살을 "이라크 장교의 지휘하에" 수행된 영웅적 위업이라는 공식 성명을 발표했다. 그 성명은 영국이 막판에 개입했다고 비난하며 단언했다. "군의 간섭만 없었더라면, 단 한 명의 유대인 승객도 살아남지 못했을 것이다."* 아버지의 고열 때문에, 그리고 어쩌면 어머니가 아버지의 애국에 대한 열정에 재갈을 물리는 방법을 알고 있었기 때문에, 아버지는 오직 운명의 장난으로 그 호송 대열 속 불타 죽은 사람들 가운데 있지 않았다.

*

이 대량 학살이 있은 지 얼마 지나지 않아, '하가나'는 전국에 걸쳐 처음으로 대공세를 시작했고, 영국군이 감히 끼어들면 영국군에 대항하여 무기를 들고 위협했다. 해안 평야부터 예루살렘에 이르는 간선 도로는 대공세로 방해물이 제거되었다가, 다시 가로막혔고, 다시 제거되었지만, 아랍 상비군의 침공으로 히브리 예루살렘의 포위가 다시 시작되었다. 4월 전체와 5월 중순에 이르기까지 북쪽과 남쪽에 있는 수십 개의 아랍 도시들은 물론이고, 유대인과 아랍인이 섞여 사는 커다

* 도브 요셉, 『신실한 도시: 예루살렘 포위 공격, 1948』(런던, 1962), 78쪽을 비롯한 여러 가지 자료들에 기반함. (원주)

란 마을들—하이파와 욥바, 티베리아와 사페드—은 '하가나'에 의해 포획되었다. 수십만의 아랍인들이 그 주에 자신들의 집을 잃고 난민이 되었다. 그들 중 일부는 오늘날까지도 난민으로 남아 있다. 많은 이들이 도망쳤지만, 많은 이들이 강제로 쫓겨났다. 몇천 명이 죽었다.

그때 포위된 예루살렘에서 팔레스타인 난민들의 운명을 슬퍼하는 이는 아무도 없었는지도 모른다. 구도시의 유대지구는 수천 년간 끊임없이 유대인들이 거주하고 있던 곳이었는데(1099년 십자군에 의해 모두가 대량 학살되거나 쫓겨난 뒤 딱 한 번의 단절이 있던 것을 제외하면), 트란스요르단 아랍 군대에게로 넘어갔고, 모든 건물은 약탈당하고 남김없이 파괴되었으며, 거주민들은 죽거나 쫓겨나거나 포로가 되었다. 에치온 블록에 있던 정착촌들 역시 넘어가 파괴되었고, 그곳 거주민들은 죽거나 포로가 되었다. 아타롯과 느베 야콥, 칼리야와 베이트 하 아라바는 파괴되었고 사람들은 흩어졌다. 십만 명의 예루살렘 유대인 거주민들은 비슷한 운명이 자신들에게도 기다리고 있을까 두려워했다. 라디오 방송국이 탈피예와 카타몬에서 아랍 거주민들이 탈출하고 있다고 보도했을 때, 나는 아이샤와 그녀의 남동생에 대해 미안해하는 마음을 기억하고 있지 않았다. 나는 단지, 아버지와 함께, 예루살렘 지도 위에 우리의 성냥개비 국경을 넓히고 있었다. 폭격과 배고픔, 공포의 수개월은 내 심장을 딱딱하게 만들었다. 아이샤는 남동생과 함께 어디로 갔을까? 나블루스로? 다마스쿠스로? 런던으로? 아니면 데하이샤에 있는 난민 수용소로? 오늘날까지 그녀가 아직 살아있다면, 아이샤는 65세다. 그리고 내가 발을 뭉그러뜨렸을지도 모를 그녀의 남동생은 이제 거의 60세가 되었을 것이다. 어쩌면 나는 그들을 찾으러 갈 수 있을지도? 런던, 남미나 호주에 있는 실와니 일가의 모든 친지들에게 무슨 일이 일어났는지 알아보러?

그러나 내가 세계 어딘가에서 아이샤나 아니면, 한때는 사랑스럽던 작은 남자아이였던 사람을 찾았다고 가정해보라. 나를 어떻게 소개할 수 있겠는가? 무슨 말을 할 수 있겠는가? 정말이지 내가 뭘 설명할 수 있겠는가? 내가 뭘 제안할 수 있겠는가?

그들은 여전히 날 기억하고 있을까? 그렇다면, 그들이 기억하는 것은 무엇일까? 혹은 이후에 그들이 분명 경험했던 참사가 그들 둘로 하여금 그 나무 위의 어리석은 허풍선이를 잊게 했을까?

그건 전적으로 내 잘못이 아니었다. 조금도. 내가 한 일이라고는 이야기하고, 이야기하고, 이야기한 것이 전부다. 아이샤도 책임이 있다. 나한테, 자, 나무 오르는 걸 보여줄래요, 라고 말했던 것은 다름 아닌 아이샤였다. 그녀가 나를 부추기지만 않았어도, 내가 나무를 오르는 일 따위는 결코 일어나지 않았을 것이고, 그녀의 남동생 역시……

영원히 지난 일이다. 돌이킬 수 없다.

*

스바냐 거리에 있는 방위군 초소에서 아버지는 아주 오래된 라이플총을 받았고, 케렘 아브라함 거리 야경 당번을 맡게 되었다. 그것은 무거운, 검정색 라이플총으로, 온갖 외국어와 이니셜들이 낡은 개머리판 위에 새겨져 있었다. 아버지는 라이플총 자체에 대한 연구에 착수하기 전에, 거기 쓰인 것을 열심히 해독하려 했다. 그 라이플총은 1차세계대전 당시 쓴 이탈리아제이거나 오래된 미국제 카빈총인지도 모른다. 아버지는 그것을 샅샅이 만져보고, 이곳저곳 쑤셔보고, 별 소득 없이 밀었다 당겼다 하다가, 마룻바닥에 내려놓고 탄창을 점검하는 일에 착수했다. 여기서 그는 즉시 휘황찬란한 성공을 기록했다. 그는 총탄을 간신히 뽑아냈다. 그러고는 한 손으로는 총탄을 한 움큼 쥐고 다른 손으로는 탄창을 쥐고 휘두르며, 나폴레옹 보나파르트를 낙담시키려던 이들의 옹졸함에 대해 어떤 농담 같은 것을 지어내는 동안, 문가에 서 있는 내 조그마한 몸을 향해 의기양양하게 흔들어댔다.

그러나 그가 탄창에 총알들을 다시 밀어넣으려 할 때, 승리는 완전한 실패로 변해버렸다. 총알들은 자유의 냄새를 맡고 다시 투옥되는 것을 완고하게 거부했기 때문이다. 그의 책략과 유혹조차 아주 미약한 효과도 얻지 못했다. 아버지는 그것들을 정반대로 돌려 끼워 넣어보고 뒤가 앞으로 오도록 해보고, 부드럽게 다뤄도 보고, 자신의 섬세한 학자적 손가락으로 온 힘을 다해서도 애써보았으며, 심지어 총탄을 한쪽은 앞면이 위로 오게, 한쪽은 뒷면이 위로 오게 하는 등 번갈아 끼워 넣어보기도 했지만, 모두 헛수고였다.

아버지는 단념하지 않고, 총탄들을 향해 비애가 담긴 목소리로 시를 낭송해주면서 총탄을 홀려 탄창에 집어넣고자 애썼다. 그는 총탄들에게 오비디우스, 푸시킨 또는 레르몬토프, 중세 스페인에서 나온 히브리 애가뿐 아니라 폴란드 애국시선에 이르기까지 모두 러시아 악센트를 살려 원어로 들려주었으나 다 헛수고였다. 최후의 격노 속에 그는 기억을 더듬어 고대 그리스 호메로스를, 독일어로 니벨룽겐을, 중세 영어로는 초서와 내가 아는 모든 것들, 사울 체르니콥스키가 히브리어로 번역한 것들부터, 길가메시의 서사시에서, 가능한 모든 언어와 방언으로 작품들을 발췌해서 낭독해주었다. 다 헛수고였다.

낙심한 그는 한 손에 무거운 라이플총을 들고, 다른 손에는 원래 샌드위치를 넣는 게 목적인, 수놓인 가방에다 귀중한 총탄들을 담아 들고, 주머니에는(제발 거기 총탄을 집어넣은 것을 그가 잊지 않게 해주시길 하느님께 기도하자) 빈 탄창을 넣은 채, 스바냐 거리에 있는 방위군 초소로 돌아갔다.

방위군 초소에서 그들은 그를 불쌍히 여겨 재빨리 그에게 총탄을 탄창에 장전하는 것이 얼마나 쉬운지 보여주었지만, 아버지에게 무기나 탄약을 돌려주지 않았다. 그날도 그리고 그다음날도. 혹은 영영. 대신 그는 손전등과 호루라기, '방위군'의 로고가 찍혀 있는 인상적인 완장을 받았다. 아버지는 기쁨에 취해 제정신이 아닌 채 집에 돌아왔다. 그는 내게 '방위군'의 뜻을 설명해주고, 손전등을 깜빡깜빡 켰다 꺼보고, 어머니가 아버지의 어깨를 가볍게 만지며, 이제 됐어요, 아리에? 제발? 하고 말할 때까지, 호루라기를 삑삑 불고 또 불었다.

*

1948년 5월 14일 금요일에서 5월 15일 토요일로 넘어가는 한밤중에, 영국 위임통치 30년 만에, 다비드 벤구리온이 텔아비브에서 몇 시간 일찍 공표했던 그 국가가 탄생했다. 요셉 큰할아버지가 선언하기를, 약 1900여 년의 간극이 지난 후, 유대 통치가 다시 한번 이곳에 시작된 것이다.

그러나 자정이 되기 바로 직전, 선전포고도 없이 아랍 정규군의 보병부대와 포병대, 기갑부대가 이집트에서 남쪽으로, 트란스요르단과 이라크에서 동쪽으로, 레바논과 시리아에서 북쪽으로, 즉 나라 전체로 쏟아져 들어왔다. 토요일 아침에는 이집트 비행기들이 텔아비브에 폭탄을 투하했다. 영국은 몇 개 아랍 국가들로부터 무장 무슬림 자원병뿐 아니라, 아랍 군대와 트란스요르단 왕국의 절반이 영국군인 부대와 이라크군 상비 부대를, 영국 위임통치가 공식적으로 끝나기 전, 국가 전체의 중요 거점을 강탈하기 위해 초청했다.

올가미가 우리 목을 조여들고 있었다. 트란스요르단 군대는 구도시의 유대지구를 포위했고, 막대한 군사력으로 텔아비브와 해안 평야로 향하는 간선도로들을 차단했으며, 도시의 아랍 지구를 통제했고, 예루살렘 둘레 언덕 위에 포병대를 배치했으며, 민간인의 사망을 불러왔고, 정신을 파괴하고 항복을 이끌어내기 위해 대량 폭격을 시작했다. 런던의 후견을 받던 트란스요르단의 압둘라 왕은 이미 자신을 예루살렘의 왕으로 여기고 있었다. 그 군대의 총기 포병대는 영국 포병 장교가 통솔했다.

동시에 이집트군은 예루살렘의 남쪽 변두리에 도달해서, 소유주가 두 번이나 바뀌었던 라마트 라헬의 키부츠를 공격했다. 이집트 비행기는 예루살렘에 소이탄을 투하했고, 무엇보다, 우리와 멀지 않은 곳, 로메마에 있는 양로원을 파괴했다. 이집트 박격포는 민간인에게 폭탄을 투여하기 위해 트란스요르단 포병부대와 합류했다. 마르 리아스 수도원 근처 언덕에서부터 이집트인들은 4.2인치짜리 포탄들로 예루살렘을 두들겨댔다. 포탄은 이 분에 하나꼴로 유대인 지역으로 떨어졌고 거리는 끊임없는 라이플총 발포에 쫓겼다. 언제나 젖은 울 냄새와 세탁비누 냄새가 나던 그레타 갓, 나에게 피아노를 쳐주던 보모였던 그레타 아줌마, 나를 옷가게로 끌고 다니곤 했고 그녀를 위해 아버지가 바보 같은 운문을 지어주곤 했던 그녀는 어느 날 아침 빨래를 널러 베란다로 나갔다. 한 요르단 저격수의 총알이, 들리는 말로는, 그녀의 귀를 뚫고 눈을 통과해 나갔단다. 치포라 야나이, 피리는 스바냐 거리에 살던 어머니의 수줍음 많은 친구였는데, 대걸레와 양동이를 가지고 오려고 잠깐 뜰에 나갔다가 직격탄을 맞아 그 자리에서 사망했다.

*

그리고 나에겐 작은 거북이가 한 마리 있었다. 1947년 유월절 축제 기간 동안, 즉 전쟁이 발발하기 약 6개월 전쯤, 아버지는 히브리 대학에서 트란스요르단에 있는 제라시 지방으로 당일치기 여행을 위해 몇몇 사람들과 합류했다. 그는 샌드위치가 든 가방과 진짜 군대용 물통을 자랑스럽게 벨트 위에 차고 아침 일찍 출발했다. 그날 저녁, 그는 여행에 대한 행복한 이야기들과 커다란 로마 극장에 대한 경이로움으로 충만하여 돌아와서는, 그곳 '놀라운 로마 석조 아치의 발치'에서 발견한 작은 거북이 한 마리를 내게 선물로 주었다.

비록 유머 감각이 없었고, 어쩌면 유머 감각이 무엇인지에 대한 분명한 개념도 없었을지 모르지만, 아버지는 언제나 농담이나 재담, 말장난하는 것을 무척 좋아했고, 자신의 말로 누군가 웃을 때면 언제나 겸허한 자긍심으로 얼굴이 빛나곤 했다. 그런고로 그는 그 거북이를 트란스요르단과 제라시(히브리어로는 게라시)의 왕에게 경의를 표하자는 뜻으로, 압둘라 게르손이라는 우스꽝스런 이름으로 부르기로 결정했다. 그는 손님이 있을 때마다, 어떤 공작이나 사절단의 도착을 공표하는 사회자처럼, 경건하게 그 거북이를 성과 이름 전체로 호명했고, 그 자리에 있는 모두가 웃느라 배를 쥐고 구르지 않는 것을 언제나 놀라워했다. 결과적으로 그는 그런 이름을 붙인 이유에 대해 사람들을 계몽할 필요를 느꼈다. 어쩌면 그는, 그걸 설명하기 전에 재미난 농담을 찾아내고 싶었던 것이 아니라, 그 이름이 몹시 유쾌하고 재미난 것이라는 것을 그들이 알게 되길 바랐는지도 모르겠다.

나는 매일 아침 석류나무 아래 있는 은신처로 기어가 내 손바닥에서 상추 이파리와 즙이 많은 오이 껍질을 바로 먹어치우던 그 작은 거북이를 사랑했다. 그는 나를 무서워하지도 않았고, 머리를 등껍데기 속으로 숨기지도 않았으며, 자신의 음식을 게걸스럽게 먹어치우면서, 마치 뭘 말하는지 알아들었다고 고개를 끄덕이듯이, 머리로 재미난 움직임을 나타내곤 했다. 그는 상대의 말이 끝나기 전까지 열정적으로 고개를 끄덕이곤 했지만, 그다음엔 찬성이 조롱으로 바뀌면서, 상대의 견해를 산산조각으로 찢어버리는 동안에도 상대를 향해 고개를 연신 끄덕이는, 르하비아의 어떤 대머리 교수 같았다.

나는 그의 콧구멍과 귓구멍이 비슷하다는 점에 놀라면서, 그가 먹는 동안에, 손가락으로 내 거북이의 머리를 쓰다듬곤 했다. 마음속으로 몰래, 그리고 아버지 등뒤에서, 나는 그를 압둘라 게르손이라는 이름 대신 미미라고 불렀다. 비밀리에.

폭격이 있던 동안에는, 오이도 상추 이파리도 없었고 내가 뜰에 나가는 것도 금지되었지만, 나는 여전히 이따금 문을 열고 밖에 있는 미미에게 음식 쪼가리를 던져주곤 했다. 때로는 멀리 있는 그를 볼 수 있었고 때로 그는 며칠 동안이나 나타나지 않았다.

*

그레타 갓과 어머니의 친구인 피리 야나이 아줌마가 죽은 날, 내 거북이 미미도 죽었다. 그는 유산탄 파편에 맞아 반 토막이 났다. 내가 눈물이 그렁그렁해서 아버지에게 최소한 석류나무 덤불 아래 묻어주고 그를 기억할 수 있도록 묘비를 세워줄 수 있는지 물었을 때, 아버지는 내게 위생상의 이유로 그럴 수 없다고 설명하고, 이미 자신이 잔해를 치웠다고 말했다. 아버지는 그것들을 어디로 치워버렸는지 말하기를 거부했지만, 내게 그 아침에 아이러니한 작은 강의를 할 기회는 포착했다. 우리의 압둘라 게르손은 트란스요르단 왕국에서 온 이민자이고, 그래서 트란스요르단 압둘라 왕의 총구에서 발포되어 그를 죽인 유산탄 파편은 아이러니다.

그날 밤 나는 잠을 청할 수 없었다. 나는, 복도 저 끝 구석에, 코골이와 웅얼거림, 노인들의 간헐적인 신음 소리에 둘러싸인, 우리 매트리스 위에 등을 대고 누워 있었다. 나는 부모님 사이에 끼여 땀을 줄줄 흘리고 있었는데, 욕실에 있는 단 한 개의 양초의 희미하게 떨리는 촛불 곁에서, 구린내 나는 공기 속에, 갑자기, 내가 손가락으로 쓰다듬기를 좋아했던 미미가 아니라, 어떤 거북이 형상을 본 것 같았으니(고양이니 강아지라고는 말할 수 없다. 말도 안 된다!), 무섭게 거대한 괴물-거북이가 피를 뚝뚝 흘리면서 빼는 짓이겨져 곤죽이 돼서, 공기를 떠다니며, 복도에서 자고 있는 모든 사람들 위에서 자신의 날카로운 발톱 달린 발을 휘저으며 냉소적으로 나를 향해 킬킬 웃고 있었다. 그의 얼굴은, 눈을 관통해 들어갔다가 비록 실제 귀는 아닐지라도 거북이에게도 귓구멍 같은 것이 있는 그 자리로 빠져나간 총탄에 의해 뭉그러지고 찢어져 무시무시했다.

나는 아버지를 깨워보려고 했던 것 같다. 그는 일어나지 않았다. 움직이지도 않고 깊게 숨을 들이쉬며, 만족스러운 아가처럼 반듯이 누워 있었다. 그러나 어머니는 내 머리를 붙잡아 자기 가슴으로 가져다가 눌렀다. 다른 사람들처럼 어머니도 옷을 입은 채 자고 있었는데, 그녀의 블라우스 단추가 내 빰에 조금 상처를 냈다. 그녀는 나를 꽉 끌어안았지만 나를 달래려 들지는 않았다. 대신 그녀는 아무도 듣지 못하게 하려고 울음을 억누르며 흐느꼈고, 입술은 계속해서 속삭였다. 피리. 피로슈카. 피리이이이. 내가 할 수 있는 것이라곤, 그녀의 머리칼과, 빰을 쓰다듬어주고, 뽀뽀해주는 일이 전부였으며, 마치 내가 다 큰 어른 같고, 그녀가 내 아이인 것 같아서, 나는 어머니, 이것 봐요, 봐요, 내가 여기 있으니까 다 괜찮아, 하고 속삭였다.

그러고 나서 우리, 그녀와 나는 조금 더 속삭였다. 눈물이 그렁그렁한 채. 그리고 나중에, 복도 끝에 희미하게 깜박이고 있는 촛불이 꺼져버리고 오직 포격의 울부짖음만이 침묵과 우리 벽 저 너머 떨어지는 포탄으로 몸을 떨고 있는 언덕들을 부수고 난 뒤, 어머니는 자기 가슴에 내 머리를 가져다대는 대신, 내 가슴에 그녀의 젖은 머리를 기댔다. 그날 밤 나는 처음으로 나 역시 죽게 될 것이라는 걸 이해했다. 모두가 죽을 거라는 걸. 세상에 그 어느 것도, 심지어 어머니조차도 날 구할 수 없다는 걸. 그리고 나도 그녀를 구할 수 없다는 걸. 미미는 철갑 등껍데기가 있었고, 위험의 낌새가 있으면 팔, 다리, 머리를 등껍데기 속으로 쏙 집어넣을 수 있었다. 그런데 그것도 그를 구하지 못했다.

*

9월, 예루살렘에서 전투가 중단되었던 휴전 기간 동안, 우리는 토요일 아침에 손님들을 맞았다. 할아버지와 할머니와 아브람스키 씨 일가와 그리고 아마 다른 몇몇 분들. 그들은 뜰에서 차를 마셨고, 이스라엘군의 성공에 대해, 그리고 평화 계획이라는 끔찍한 위험을 유엔 중재인, 스웨덴 백작 베르나도트가 제안했는데, 이것은 의심의 여지 없이 영국이 뒤에 숨어 있는 음모이며, 그 음모는 우리 신생 국가를 박살내 끝장내려는 게 목적이라고 논의했다. 누군가 상당히 크고 못생긴 새 동전을 텔아비브에서 가지고 왔다. 그것은 최초로 제조된 히브리 동전이었고, 흥분에 싸여 손에서 손으로 넘겨졌다. 25프루토트 동전이었고, 포도 한 송이 그림이 있었는데, 아버지가 설명한 모티프는 제2차 성전시대의 유대 동전에서 차용된 것으로, 포도송이 위로는 명확한 히브리 명이 새겨져 있었다. 이스라엘. 안전을 위해, 그것은 히브리어뿐 아니라 영어와 아랍어로도 쓰여 있었다.

체르타 아브람스키 부인이 말했다.

"우리 사랑하는 바로 위 부모님 세대와, 그 위 세대, 그리고 모든 세대가 이 동전을 보고 쥐어보는 특권을 누릴 수 있었더라면. 유대 화폐를……"

그녀의 목소리가 메었다.

아브람스키 씨가 말했다.

"적절한 감사 기도를 드리는 것이 적합한 일이오. 축복받으시기에 합당하신 주님, 오 주 하느님, 만유의 왕이시여, 우리에게 삶을 주시고, 우리를 보호하신 주님, 우리를 이때에 이르게 허락하신 주님."

우아한 쾌락주의자이자 여성들로부터 사랑을 받던 알렉산더 할아버지는, 아무 말도 않고 특대 사이즈 니켈 동전을 그저 입술에 갖다대더니, 눈이 그렁그렁한 채, 두 번 부드럽게 키스했다. 그러고는 동전을 넘겨주었다. 그 순간 거리는, 스바냐 거리로 가는 앰뷸런스 소리에 놀라고 있었고, 십여 분 후 그 사이렌 소리는 돌아오는 길에 다시금 울려댔으며 아버지는 이것을 최후의 심판 나팔이나 뭐 그런 종류의 파리한 농담을 하려는 구실로 보았던 것 같다. 그들은 앉아서 수다를 떨었고 차 한 잔을 더 마셨던 것 같고, 삼십 분인가 뒤에 아브람스키 씨 부부가 잘 있으라고 작별 인사를 했고, 수사를 사랑하던 아브람스키 씨는 몇 마디 과장된 글귀들을 말했던 것 같다. 그들이 아직 현관에 서 있는 동안 이웃 한 명이 도착해 마당 구석에서 그들을 부드럽게 불렀고, 그들은 급히 그를 따라갔다. 서두르느라 체르타 아주머니는 그녀의 핸드백을 우리집에 두고 갔다. 십오 분쯤 후에 렘베르그 씨 부부가 놀라 어쩔 줄 모르며 우리에게 와서는 말하길, 요니의 부모가 우리를 방문한 동안에 열두 살 된 요니, 요나탄 아브람스키가 느헤미야 거리에서 놀고 있었는데, 요르단 저격수가 경찰훈련학교에서 그의 이마 정중앙에 총 한 발을 쏴서 요니가 오 분간 거기서 피를 뿜어내며 누워 죽어가다가 앰뷸런스가 도착하기 전에 목숨이 끊어졌다는 것이다.

*

내가 찾은 체르타 아브람스키의 일기에는 이렇게 적혀 있다.

1948. 9. 23.

9월 18일 토요일 오전 열시 십오분에 나의 요니, 내 아들 요니, 내 삶의 전부가 죽었다⋯⋯ 그 아이는 아랍인 저격수의 총에 맞았다. 내 천사, 그 아이는 쓰러지기 전에 몇 야드 달려오더니 간신히 "어머니" 하고 말했을 뿐이었다. (내 순수하고 장한 아들은 집 근처에 서 있었다⋯⋯) 나는 그 아이의 마지막 말도 듣지 못했고 그 아이가 내게 소리칠 때 대답도 해주지 못했다. 내가 돌아왔을 때, 내 사랑하는, 소중한 내 아이는 더이상 살아 있지 않았다. 시체 안치소에 있는 그애를 보았다. 그 아이는 너무나 경이롭게 아름다워 보였고, 잠든 것만 같았다. 나는 그를 끌어안고 키스했다. 그들은 그의 머리 밑에 돌을 받쳐두었다. 돌이 움직이자, 아이의 머리도, 천사 같은 이마도 조금 움직였다. 내 심장이 말했다. 그는 죽은 게 아니야, 내 아들은, 봐, 움직이고 있어⋯⋯ 그의 눈은 반쯤 감겨 있었다. 그리고 '그들'—시체 안치소 직원들—이 와서 나를 모욕하고 거칠게 질책하더니 나를 방해했다. 나는 그 아이를 끌어안고 키스할 권리가 없었다⋯⋯ 나는 떠났다.

하지만 몇 시간 뒤 나는 돌아왔다. '소등령'이 있었다. (그들은 베르나도트의 살인자들을 수색중이었다.) 모든 거리에서마다 경찰이 나를 멈춰 세웠다…… 그들은 야간 단속 중에 나다닐 수 있는 통행 허가증을 요구했다. 그 아이, 내 살해당한 아이가 내 유일한 통행 허가증이었다. 경찰이 나를 시체 안치소로 들여보냈다. 나는 쿠션 하나를 가지고 왔다. 돌을 치워 한 쪽에 두었다. 돌에 기대 누워 있는 그 아이의 사랑스럽고 훌륭한 머리를 차마 볼 수가 없었다. 그러고 나서 '그들'이 돌아와 나를 내보내려 했다. 그들은 내가 그 아이를 만져서는 안 된다고 했다. 나는 그들을 무시했다. 나는 계속 내 보물인 그 아이를 끌어안고 키스했다. 그들은 문을 잠가버리고, 내 모든 삶의 본질인 내 아이와 함께 나를 가둬버리겠다고 협박했다. 그거야말로 내가 원한 전부였다. 그러자 그들은 재고하고, 군인을 부르겠다고 위협했다. 나는 군인도 무섭지 않았다…… 나는 두번째로 시체 안치소를 떠났다. 떠나기 전 나는 그애를 끌어안고 키스했다. 다음날 아침 나는 다시 내 아이에게로 갔다…… 다시 한번 그 아이를 끌어안고 키스했다. 다시 한번 나는 하느님께 복수해달라고, 내 아이를 위해 복수해달라고 기도했고, 그들은 다시 한번 나를 내쫓았다…… 그리고 내가 다시 돌아왔을 때, 내 천사, 나의 훌륭한 아이는 밀폐된 관에 담겨 있었는데, 그런데도 나는 그 아이 얼굴을, 내가 기억할 수 있는 그애의 모든 것을, 그애 전부를 기억하고 있다.*

---

* 체르타 아브람스키, 「1948 예루살렘 포위 당시 한 여성의 일기에서 발췌」, 『야콥 다비드 아브람스키의 서신 왕래: 슐라 아브람스키 편집 및 주석』(텔아비브: 시프리앗 포알림 출판사, 5751/1991), 310~311쪽. (원주)

47

두 명의 핀란드 여자 선교사 아일리 압바스와 라우하 모이시오가 하투림 거리 끝에 있는 메코르 바루크의 작은 공동주택 아파트에 살고 있었다. 아일리 아줌마와 라우하 아줌마. 대화의 주제가 채소 부족으로 바뀌자 그들은 둘 다 과장된, 성서에 나오는 히브리어로 말했는데, 그것이 그들이 알고 있는 유일한 히브리어였기 때문이다. 내가 라그바 오메르 모닥불에 쓸 나무를 몇 개 구하러 그들 문을 두드리면, 아일리 아줌마는 부드러운 미소를 띠고, 낡은 오렌지 상자를 내게 건네면서 말했을 것이다. 그러면 밤에 불꽃이 빛나는 거야! 내가 내 간유와 싸우고 있는 동안, 그들이 차 한 잔이나 문학적인 대화를 나누려고 훌쩍 우리 아파트에 방문했다면, 라우하 아줌마는 말했을 것이다. 바다의 물고기들이 그 앞에서 벌벌 떨겠네!

때때로 부모님과 나는 그들의 금욕적인 방 한 칸짜리 아파트를 방문했는데, 그곳은 엄격한 19세기 풍의 여자 기숙학교와 비슷했다. 두 개의 평평한 쇠 침대가, 세 개의 평범한 나무의자들과 한 세트이며, 남청색 식탁보가 덮인, 직사각형 나무 탁자 양편에 서로 마주하고 놓여 있었다. 쌍을 이룬 침대 각각의 곁에, 독서등과 물 한 잔, 검은색 표지의 종교 서적이 놓여 있는 작은 침실용 탁자가 있었다. 두 쌍의 똑같은 침실용 슬리퍼가 침대 아래서 밖을 빠끔히 응시하고 있었다. 테이블 중앙에는 언제나 근처 들판에서 꺾은 떡쑥무리꽃 다발이 담겨 있는 화병이 놓여 있었다. 올리브 나무로 만든 십자가상이 두 침대 사이 벽 중앙에 걸려 있었다. 그리고 각각의 침대 발치에는 예루살렘에는 없는, 어머니 말로는 오크나무라고 하는 광택이 나는 두꺼운 재질로 된 서랍장이 있었는데, 어머니는 내게 그걸 손가락으로 만져보고 손으로 쭉 쓰다듬어보라고 독려했다. 어머니는 언제나 사물의 여러 가지 명칭만 아는 것으로는 충분치 않고, 냄새도 맡아보고, 혀끝으로 감촉도 느껴보고, 손가락으로 만져봐서, 물체의 따스함, 매끄러움, 냄새, 거칠기, 강도, 두드렸을 때 그것들이 만들어내는 소리, 그녀가 '반응'이나 '거부'라고 부르던 그 모든 것들을 겪어봐야만 한다고 주장했다. 그녀가 말하기를, 모든 재질, 모든 옷감, 가구, 모든 전기 기구, 모든 사물들이 다 다른 반응과 거부의 성질을 가지고 있는데, 그것들은 고정되어 있지는 않지만 어떤 계절이나 낮과 밤 시간에 따라, 만지고 냄새 맡는 사람에 따라, 빛과 그늘, 심지어 우리가 이해할 방법이 없는 막연한 성향에 따라 변할 수 있다는 것이었다. 그녀의 말에 의하면, 히브리어에서 무생물과 욕망을 같은 단어로 쓰는 것은 우연이 아니란다. 이것저것에 대한 욕망을 가지거나 가지고 있지 않은 것은 우리뿐만이 아니며, 무생물과 식물 역시 자신들만의 내적인 욕망을 가지고 있고, 탐욕스럽지 않은 방식으로 느끼고, 듣고, 맛보고, 냄새 맡는 법을 아는 자만이 이따금 그것을 분별할 수 있단다.

아버지가 장난스럽게 말했다.

"우리의 어머니는 솔로몬 왕보다 더 앞서가신다니까. 전설에 의하면 솔로몬 왕은 모든 동물은 물론이고 새의 언어도 이해했다는데, 우리 어머니는 심지어 수건이랑 소스 냄비랑, 브러시의 언어까지 마스터하셨잖니."

그리고 그는 개구쟁이처럼 희색이 만면해서는 이렇게 덧붙였다.

"어머니는 그걸 만져서 나무나 돌로 하여금 말도 하게 할 수 있어. 시편에 나오는 것처럼, 발이 닿기만 해도 산들이 연기를 뿜으리다."

라우하 아주머니가 말했다.

"아니면 요엘 선지자가 표현한 것처럼, 산들이 새 포도주를 내고, 언덕에는 우유가 흐르게 되죠. 그리고 시편 29편에도 쓰여 있죠. 야훼의 소리가 암사슴 새끼를 낳게 하시도다."

아버지가 말했다.

"하지만 시인이 아닌 사람에게서 나온 그런 것은 언제나 자칫, 어떻게 표현해야 될까, 좀 번지르르하게 들리기 쉽죠? 마치 그들이 아주 깊이 있게 들리도록 노력하듯이? 아주 신비하게? 아주 물활론적으로 말이죠? 암사슴으로 새끼를 낳게 하려고 애쓰는 것 같단 말이죠. 이 신비하고 물활론적이라는 어려운 단어들의 뜻을 내게 설명 좀 해줘봐요. 그 단어 둘 다, 뒤엔 현실을 흐리고, 이성의 빛을 희미하게 하며, 정의를 무디게 하고, 분명한 영역들을 어지럽히려는 확실한데다 다소 불건전하기까지 한 욕망이 놓여 있어요."

어머니가 말했다.

"아리에?"

그러자 아버지는 달래는 듯한 어조로 (비록 그녀를 골려주고, 몰아세우는 걸 즐기고, 이따금 그걸 고소해했지만, 바로 자신의 아버지인 알렉산더 할아버지처럼, 뉘우치고, 사과하고, 좋은 뜻으로 얼굴을 환하게 채우는 것을 더 즐거워했기 때문이다) 말했다.

"글쎄, 알았어. 파니츠카. 끝났어. 그냥 장난 좀 친 거야."

*

두 선교사는 포위 기간 동안 예루살렘을 떠나지 않았다. 그들은 강한 사명감을 가지고 있었다. 구세주께서 그들에게 포위된 자들의 영혼을 다독여주고 자원하여 샤르 체덱 병원에서 다친 사람들을 돌보며 돕는 임무를 부과한 것처럼 보였다. 그들은 히틀러가 유대인에게 자행했던 일에 대해, 모든 기독교도가 말보다는 행실로 속죄할 의무가 있다고 믿었다. 그들은 이스라엘 국가 건설을 신의 거룩한 손길로 간주했다. 라우하 아주머니가 그것을 자신의 성서 히브리어와 귀에 거슬리는 발음으로 표현한 것에 따르면, 그것은 비 오는 날 구름에 나타나는 무지개와도 같았다. 그리고 아일리 아주머니는, 입가를 약간 찌푸린 것처럼, 살짝 미소 지으며 "만유의 주님께 모든 크나큰 죄악을 뉘우치면 더이상 그들을 파멸시키지 않으실 거예요."

포격 사이로, 그들은 앵클부츠를 신고, 머리 두건을 쓴 채, 속이 깊은 잿빛 바구니를 들고, 오이와 양파 반절로 담근 피클 병과 비누, 울 양말 한 켤레와 무나 소량의 후춧가루를 받을 준비가 된 사람이면 누구에게든지 나누어주면서 돌아다녔다. 그들이 이 모든 귀한 보물들을 어떻게 입수했는지 누가 알겠나. 초정통파 중 일부에서는 이 선물을 넌더리내며 거부했고, 몇몇은 그 두 여자를 경멸하며 문전박대했으며, 나머지 사람들은 선물은 받았지만 선교사들이 돌아서는 순간 그들의 발이 밟았던 땅에 그것들을 뱉어냈다.

그들은 성내지 않았다. 그들은, 우리가 듣기에는 자갈 위를 터벅터벅 걷는 무거운 부츠 소리 같은 핀란드 악센트로 우리에겐 기괴한 듯한 위로의 구절을 예언서에서 끊임없이 인용하고 있었다. "내가 이 도시를 구하기 위해, 이 도시를 수호하리." "어떤 적군도 이 도시의 문을 넘어오지 못하리." "산을 넘어 평화의 좋은 소식을 가지고 오는 자의 발은 얼마나 아름다운고…… 악한 자가 더는 그대를 밟고 지나지 못하게 되리……" 그리고 "두려워 말라, 오 야곱 나의 종아, 주께서 말씀하신다. 내가 너와 함께 있어 내가 너를 쫓아냈던 곳에서 열국을 완전히 멸절시키리라……"

*

때때로 그들 중 한 명이, 우리 길거리에 유조차가 도착하기 전에 유산탄이 유조차를 관통해버리지 않았을 것이라는 가정하에, 유조차에서 화, 목, 일요일에만 가구당 반 양동이씩 나누어주는 급수를 기다리는 긴 줄에 우리 자리를 자청하여 맡아 서주었다. 아니면 그들 중 한 명이 많은 피수용자들에게 '종합 비타민' 정제 반 알씩을 건네주려고 우리의 바리케이드 쳐진 작은 공동주택 아파트에 잠시 들르곤 했다. 아이들은 한 알씩 받았다. 그 두 선교사는 어디서 이 굉장한 선물을 입수했을까? 어디서 그들은 자신들의 잿빛 바구니를 보충했을까? 혹자는 이럴 것이다, 누구는 저럴 것이다 추측해댔으며, 혹자는 내게, 그들의 유일한 목적은 "우리의 고난을 이용해서 그들의 예수교로 우리를 개종시키려는 것뿐"이니 그들이 주는 것을 아무거나 받지 말라고 주의를 주었다.

한번은 대답이 무엇일지 알면서도 내가 용기를 내어 아일리 아주머니에게 예수가 누구였느냐고 물었다. 그녀가 머뭇거리며, 그는 '과거의 인물'이 아니라 여전히 살아 있고, 우리 모두를 사랑하며, 특히 그를 조롱하고 멸시하던 자들을 특별히 사랑하고, 만약 내가 내 마음을 사랑으로 채우면 그가 오셔서 내 마음에 거하시고 내게 고통도 주겠지만 고통을 넘어 빛나는 엄청난 행복도 주신다고 대답할 때 그녀의 입술이 살짝 떨렸다.

이 말은 내게 너무나 이상하고 모순으로 가득찬 듯 여겨져서 나는 아버지에게도 물어볼 필요를 느꼈다. 그는 내 손을 잡더니 나를 부엌에 있는 요셉 큰할아버지의 피난처이던 매트리스로 데려가서는 『나사렛 예수』의 유명한 저자에게 예수가 누구이고 어떤 사람인지 설명해주기를 부탁했다.

요셉 큰할아버지는 지치고 우울하고 파리한 모습으로, 거뭇거뭇한 벽에 등을 대고 안경은 이마에 걸친 채 자기 매트리스 위에 누워 있었다. 그의 답은 아일리 아주머니의 대답과 사뭇 달랐다. 그가 보기에, 나사렛 예수는 “모든 유대인 중 전대미문의 가장 위대한 이스라엘 백성 중 하나이자, 할례받지 않은 마음을 지닌 자들을 혐오하고 유대교의 독창적인 소박함을 회복하고, 따지기 좋아하는 랍비들의 권력으로부터 그것을 잡아 떼내기 위해 분투했던 훌륭한 도덕가”였다.

나는 할례받지 않은 마음을 지닌 자들이나 따지기 좋아하는 랍비들이 누구인지 알지 못했다. 요셉 큰할아버지의 혐오하여 잡아 떼내기 위해 분투했던 예수와, 아일리 아주머니의 미워하지도 싸우지도 비틀지도 않고 정확히 그 반대편에 서 있는, 특히 죄인들과 자신을 경멸하는 자들을 사랑하는 예수를 일치시키는 법도 알지 못했다.

*

오래된 폴더 속에서 나는 1979년, 그들 두 명을 대표해, 라우하 아주머니가 헬싱키에서 써 보낸 편지를 우연히 발견했다. 그녀는 히브리어로 편지를 썼는데, 다른 무엇보다 그녀는 이렇게 말했다.

……이스라엘이 유로비전 송 콘테스트에서 상을 받았다니 우리도 기쁘구나. 그런데 그 노래는 어떤 거였니?

이곳의 신자들은, 그들이 이스라엘에 대해 노래했다는 것에 아주 반가워했단다. 할렐루야! 그보다 더 적당한 노래는 없지…… 나도 〈홀로코스트〉라는 영화를 볼 수 있었는데, 그 영화는 눈물이 날 정도였고, 그저 끝도, 지각도 없는 박해를 가했던 국가들에게도 양심의 고통을 가져다주게 했단다. 기독교 국가들은 유대인에게 용서를 구해야 한다. 네 아버지가 한 번은 왜 주님께서 그런 끔찍한 일들을 허락하셨는지 이해할 수 없다고 말씀하셨지…… 나는 언제나 네 아버지께 주님의 비밀스러운 뜻은 하늘만 아신다고 말했고. 예수님은 모든 고통 속에서도 이스라엘 사람들과 고통을 함께하고 계신단다. 그러니 신자들 역시 그분이 허락하신 예수님의 고통을 나누어 감내해야 한다. 그럼에도 불구하고 십자가를 통한 그리스도의 속죄는 세상의 모든 죄, 인류의 모든 죄를 덮으시지. 하지만, 넌 이걸 절대 머리로 이해할 수는 없을 거야…… 양심의 가책을 받고 죽기 전에 회개했던 나치들이 있단다. 하지만 그들의 회개는 죽은 유대인들을 삶으로 돌아오게는 하지 못했어. 우리 모두 매일 속죄와 은혜가 필요하단다. 예수님이 말씀하셨지. 육신은 죽여도 영혼은 죽이지 못하는 사람들을 두려워하지 말라. 이 편지는 나랑 아일리 아줌마가 함께 쓴 거야. 나는 6주 전에 버스 안에서 넘어져 등을 된통 다쳤고 아일리 아줌마는 이제는 그다지 잘 보지를 못한단다. 사랑을 담아, 라우하 모이시오.

그리고 한번은 내 저서 중 한 권이 핀란드어로 번역되어 내가 헬싱키에 갔을 때, 그들 둘 다 한 쌍의 소작농 여자처럼, 머리와 어깨에 어두운색 숄을 두른 채 갑자기 내가 있는 호텔 카페에 나타났다. 라우하 아주머니는 지팡이에 의지하고 있었고, 온화하게, 이제 거의 눈이 먼 듯 보이는 아일리 아주머니의 손을 붙잡고 있었다. 라우하 아주머니는 아일리 아주머니를 도와 구석 자리로 데려갔다. 그들 둘 모두 내게 키스하고 나를 축복해주기를 원했다. 그들은 극구 사양하며 "정말 아무 것도 필요 없어!"라고 해서, 내가 그들에게 차 한 잔을 대접하는 것조차 쉬운 일이 아니었다.

아일리 아주머니는 살며시 미소 지었다. 사실 미소라기보다는 입술이 희미하게 떨린 것에 가까웠다. 그녀는 무언가 말하려다가, 마음을 바꾸더니, 마치 기저귀를 아기에게 채우듯이, 왼손으로 오른주먹을 감싸쥐고, 애도라도 하듯이 머리를 한두 번 숙이더니, 마침내 말했다.

"여기 우리 나라 땅에서 널 볼 수 있게 해주신 하느님께 찬양드려야 되겠지만, 난 네 소중한 부모님께서 왜 산 사람들 가운데 계시지 못하는지 이해가 안 되는구나. 하지만 내가 무엇인데 그걸 이해할 수 있겠니? 주님께 답이 있겠지. 우리는 그저 궁금해할 뿐이고. 미안한데, 부디, 네 얼굴을 만져보도록 허락해줄래? 내가 눈이 안 보여서 그래."

라우하 아주머니가 아버지에 대해 말했다. "정말 사랑스러운 분이었던 그에 대한 기억이 있는 것은 정말 복된 일이지! 참 고귀한 정신의 소유자였어! 고귀한 인간 정신 말이야!" 그리고 어머니에 대해서도 말했다. "그렇게 고통받은 영혼이라니, 네 어머니께 평안이 있기를. 네 어머니는 사람들의 마음을 간파하는 비상한 통찰력이 있었고, 그녀가 간파한 것은 그리 견디기 쉬운 일이 아닌지라, 그녀에겐 고통이 많았지. 예레미야 선지자가 말씀하신 것처럼. 마음은 그 무엇보다 속이기 쉬운데다, 지독하게 사악하니, 누가 알 수 있겠니?"

*

헬싱키에는 진눈깨비가 내리고 있었다. 일조는 낮고 음울했고, 잿빛 눈송이는 쌓이지 않고 휘날렸다. 두 노인은 둘 다 훌륭한 기숙학교의 소녀처럼, 쌍둥이같이 어두운색 드레스를 입고 두터운 갈색 양말을 신고 있었다. 내가 그들에게 키스했을 때, 둘에게서 세탁비누 냄새와, 흑빵 냄새, 그리고 짚 냄새가 났다. 작업복 주머니에 연필이며 펜을 꽂은 자그마한 관리인이 서둘러 우리를 지나쳐갔다. 라우하 아주머니는 테이블 아래 두었던 커다란 바구니에서 갈색 종이 꾸러미를 꺼내더니 내게 건넸다. 불현듯 나는 그 바구니를 알아보았다. 바로 그들이 30년 전 예루살렘이 포위된 기간 동안, 작은 비누, 울 양말, 러스크 빵, 성냥, 초, 무나 귀한 분유를 꺼내주곤 하던 잿빛 바구니였다.

"우리는 모두" 하고 아일리 아주머니가 그 보이지 않는 눈으로 내 눈을 찾아 헤매며 말했다. "네 소중한 부모님을 좋아했었지. 이 세상에서 네 부모님의 삶은 쉽지 않았고, 그들이 항상 서로에게 은혜를 나눠준 것은 아니었어. 때로는 그들 사이에 그늘이 많이 있었단다. 하지만 마침내 그들이 주의 날개 그늘이 주는 피난처에서 전능자의 비밀 가운데 거하게 된 이상, 이제는 분명 불의한 생각이 없는 두 어린애처럼, 너희 부모님 사이에, 은혜와 진리만이 있을 거고, 오직 빛과 사랑, 자비만이 그들 사이에서 영원히 거하고, 아버지의 왼손이 어머니의 머리 베개를 해주고, 어머니는 오른손으로 그를 끌어안고 있고, 모든 그늘진 것은 오래전에 그들을 떠나갔을 거야."

나는 두 분에게 내 책의 핀란드어 번역본 두 권을 선물하고자 했으나, 라우하 아주머니가 거절했다. 그녀는 말했다. 히브리인의 책, 예루살렘 도시에서 쓰인 예루살렘에 대한 책은 다른 어떤 언어도 아닌, 히브리어로 읽는 것이 좋지! 그리고, 그녀는 미안한 듯 미소를 지으며, 사실, 주님께서 아일리 아줌마의 눈에 마지막 남은 빛을 거둬 가셨기에, 우리는 더이상 아무것도 읽을 수가 없단다. 비록 내 눈도 흐릿해져 가고, 우리 둘 다 장님이 되겠지만 내가 그녀에게 아침저녁으로, 기도서에 있는 신구약성서와 성인들의 책을 읽어주고 있지.

그리고 내가 그녀에게 책을 읽어주지 않을 때나 아일리 아줌마가 내 말을 듣고 있지 않을 때면 우리는 둘 다 창가에 앉아 밖에 있는 나무와 새, 눈과 바람, 아침과 저녁, 낮의 해와 밤의 달을 바라보며, 둘 다 주님이 모든 인류에게 주신 그 모든 자비와 경이에 감사를 드리지. 주님의 뜻은 하늘에서처럼 땅에서도 이루어질 거야. 너도 이따금, 쉬고 있을 때만은 하늘과 땅, 나무와 돌, 들판과 숲이 얼마나 대단한 경이로 가득 차 있는지 보지 않니? 그것들 모두가 밝고 빛나며 다 같이 수천의 증인처럼 은혜가 주는 기적의 위대함을 입증하잖아?

48

1948년에서 1949년으로 넘어가는 겨울 동안 전쟁은 끝났다. 이스라엘은 처음엔 이집트, 그다음으로는 트란스요르단, 그리고 마지막으로 시리아와 레바논 등 인접 국가들과 휴전협정에 서명했다. 이라크는 어떤 서류에도 서명하지 않은 채 원정군을 철수시켰다. 이 모든 협정에도 불구하고, 모든 아랍 국가들은 언젠가는 자신들이 인정하기를 거부한 이 국가를 끝장내기 위해 2차전에 착수할 것이라고 계속 선포했다. 그들은 끊임없는 침략 행위에 사활이 달려 있다고 단언하면서, 이스라엘을 '알 다울라 알 마주마', 즉 '부자연스러운 국가'라고 명명했다.

예루살렘에서 트란스요르단 사령관 압둘라 알 탈 중령과 이스라엘 사령관 모세 다얀은 도시를 반분하는 구획 경계선을 긋고, 마운트 스코푸스에 있는 대학 캠퍼스로 가는 호송선의 통행로와, 트란스요르단 군대의 통제하에 있는 지역 내 이스라엘 군락을 내버려둔다는 합의점에 도달하기 위해 몇 번 만났다. 절반은 이스라엘 예루살렘, 절반은 아랍 예루살렘이던 거리들을 차단하기 위해, 경계선을 따라 높은 콘크리트 벽이 세워졌다. 서 예루살렘에서는 저격수들의 시야로부터 통행자들을 가려주기 위해 도시의 동쪽 지역에 있는 지붕 등지에 여기저기 골함석 방벽이 세워졌다. 요새화된 철책로와 지뢰밭들, 사격 지점과 감시 초소들이 북쪽과 동쪽, 남쪽으로 이스라엘 구역을 에워싸면서 전체 도시를 가로질렀다. 오로지 서쪽만이 개방된 채 남겨져 있었고, 단 한 개의 구불구불한 길만이 예루살렘을 텔아비브 그리고 신생 국가의 나머지 부분과 연결해주었다. 그러나 이 길의 일부는 여전히 아랍 군대의 수중에 있었기에 우회로를 짓고, 영국이 놓았지만 일부는 파괴된 수도관을 대신할 신설 수도관을 우회로를 따라 놓고, 아랍의 통제하에 남겨진 양수장을 교체하는 일도 필수적이었다. 신설된 도로는 '버마로路'라 명명되었다. 1년인가 2년 뒤 아스팔트로 포장된 새로운 우회로가 놓였다. '용사의 길'이라는 이름이 붙었다.

그 시절 신생 국가 내에서는 거의 모든 것이 전투중에 죽은 자들의 이름을 따 지어지거나, 무용담과 투쟁, 불법 이주와 시온주의자들의 꿈의 실현을 따라 지어졌다. 이스라엘인들은 자신들의 승리를 자랑스러워했고 도덕적 우월성에 대한 자신들의 주장과 감정의 정당성에 에워싸여 있었다. 사람들은 수십만의 팔레스타인 난민과 유민들의 운명, 그들 중 상당수가 도망쳤고, 또다른 상당수가 이스라엘군에 의해 정복된 도시와 마을에서 추방당한 것에 대해서는 깊이 생각하지 않았다.

전쟁은 물론 참혹한 것, 고통으로 가득찬 것이지만, 사람들은 누가 아랍인더러 그걸 시작해달랬느냐고 했다. 어쨌거나 우리는 유엔에서 통과된 분할 절충안을 받아들였고, 어떤 절충안도 거부하며 우리 모두를 살육하려 들었던 것은 아랍인들이었다. 어떤 경우에나 전쟁은 희생자를 요구하니, 2차대전 당시 수백만의 난민들은 여전히 유럽 주위를 떠돌고 있고, 전체 인구가 뿌리째 뽑혀나가고 어떤 이들은 다른 곳에 정착을 하고, 파키스탄과 인도 등 신생 국가는 수백만의 사람들을 맞교환했으며, 그리스와 터키도 마찬가지였다는 것은 잘 알려진 일이다. 그리고 어쨌거나, 그들이 욥바와 람레와 리프타와 엘 말카와 에인 카렘을 잃은 것처럼, 우리도 예루살렘 구도시 내의 유대지구를 잃었고, 에치온 블록, 크파르 다롬, 아타롯, 칼리야와 느베 야콥을 잃었다. 수십만의 아랍 유민 대신, 아랍 국가에서 쫓겨난 유대 난민이 이곳에 다다랐다. 사람들은 '추방'이라는 단어를 쓰지 않으려 조심했다. 디르 야신에서 벌어진 대학살은 '무책임한 과격론자들' 탓이었다.

콘크리트 커튼이 내려와 우리를 셰이크 자라흐와 예루살렘의 다른 아랍 지역으로부터 갈라놓았다.

우리 지붕에서 나는, 슈아팟과 비두와 라말라의 첨탑들과, 나비 슈무엘 꼭대기에 있는 고립된 탑과, 경찰훈련학교(요르단 저격수가 요니 아브람스키가 자기 집 밖 뜰에서 놀고 있을 때 그를 쏴 죽였던)와, 포위 공격을 당하다가 지금은 아랍군에 넘어간 마운트 스코푸스와 올리브 산, 그리고 셰이크 자라흐의 집 지붕과 미국인촌을 볼 수 있었다.

때로 나는 내가 빽빽한 나무 꼭대기들 사이로, 실와니 저택의 지붕 끝자락을 알아볼 수 있다고 생각했다. 나는 그들이 우리보다는 훨씬 형편이 낫다고 믿었다. 그들은 수개월 동안 폭격을 당하지도 않았고,

굶주림과 목마름에 시달리지도 않았으며, 악취 나는 지하실 매트리스 위에서 자지도 않았다. 그렇다 하더라도 나는 종종 그들에게 마음속으로 말했다. 바로 게울라 거리의 인형 수선가 구스타브 크로츠말 씨처럼, 나도 제일 좋은 옷을 입고 평화와 화해를 위한 대표 사절단의 선두로 그들에게 가서, 우리가 공정하다는 것을 입증하고, 우리도 사과하고 그들의 사과도 받으며, 비스킷과 설탕 절임 오렌지 껍질을 대접받고, 우리의 용서와 아량을 증명하며, 평화와 우정, 상호 존중을 위한 협정서에 서명하고, 그리고 어쩌면 아이샤와 그 남동생, 그리고 모든 실와니 일가에게도 그 사고는 전적으로 내 잘못은 아니었음을, 혹은 내 잘못만은 아니었음을 납득시키는 일을 하고 싶었다.

때때로, 우리는 새벽 이른 시간, 우리가 살던 곳에서 1.5킬로미터가량 떨어진 휴전선 방향에서 나는 기관총 일제사격 소리에 깨거나, 새로운 국경선의 다른 편에서 무에진이 곡하는 소리에 깼다. 머리털을 곤두서게 하는 곡소리처럼, 그의 울부짖는 기도 소리는 우리의 잠을 꿰뚫고 들어왔다.

*

우리의 공동주택 아파트에서 피난처를 찾던 방문객들은 모두 사라졌다. 로젠도르프 씨 가족은 다른 층에 있는 자기 아파트로 돌아갔다. 멍하니 얼이 빠진 노부인과 그녀의 딸은 자신들의 침구를 부대에 집어넣더니 사라졌다. 몸이 산산조각난, 아버지가 자신이 빌려준 양말로 알아본, 그 산수 교과서를 쓴 남자의 아내, 과부가 된 기타 미우도브닉 역시 떠났다. 요셉 큰할아버지는 자신의 제수 하야 엘리체데크와 함께, 현관에 '유대주의와 휴머니즘'이라는 모토가 새겨진 황동판이 달린, 탈피옷의 클라우스너가로 돌아갔다. 그들은 집이 전쟁으로 손상되었기 때문에 일을 해야 했다. 몇 주간 그 노교수는 선반이 날아가 바닥에 내던져지거나 사격 지점이 된 집의 창문을 넘어 날아온 총알들을 막는 바리케이드와 방공호를 만드는 데 사용된 책들을 애도했다. 탕자이던 아리엘 엘리체데크는 전후 안전하고 건강하게 돌아왔지만 그는 계속해서, 귀중한 우리나라를 이끌었던 벤구리온과 그의 붉은 무리들이 사회주의적 평화주의와 톨스토이적 채식주의로 일그러졌다고 말하고, 구도시와 성전산을 해방시킬 수도 있었는데 그렇게 하지 않고, 모든 아랍인을 아랍 국가로 쫓아낼 수도 있었는데 그렇게 하지 않은 그 야비함에 대해 얘기하고 저주하는 것을 그치지 않았다. 이내, 그는 새로이 자랑스러운 국가 리더십이 일어나고, 우리 군사력이 마침내 아랍 정복자들의 멍에로부터 조국의 어떤 부분이든 자유케 하도록 군사적 속박이 풀릴 것이라 믿었다.

그러나 대다수의 예루살렘 사람들이, 더는 전쟁을 열망하지 않았고, 콘크리트 커튼과 지뢰밭 뒤로 사라져버린 통곡의 벽이나 라헬의 무덤의 운명에 연연하지 않았다. 산산이 부서진 도시는 그들의 상처를 달랬다. 그 겨울 내내 그리고 그다음 봄여름에 걸쳐 쭉, 긴 회색 줄이 식료품 장수와, 청과상, 그리고 푸줏간 주인 앞에 늘어섰다. 긴축 경제체제가 시작되었다. 긴 줄이 얼음장수의 수레 뒤로 늘어섰고, 파라핀 판매상의 수레 뒤로 늘어섰다. 식료품은 배급 쿠폰과 교환해야만 배급받을 수 있었다. 달걀과 약간의 닭고기는 아이들과 진단서가 있는 병자들만 살 수 있도록 제한되었다. 우유는 양을 제한해서 나눠줬다. 예루살렘에서 과일과 야채는 거의 보기 어려웠다. 기름과 설탕, 옥수숫가루와 밀가루는 간헐적으로, 한 달에 한 번, 격주에 한 번 나타났다. 간소한 옷이나 신발, 가구를 사고 싶다면, 점점 줄어드는 배급 수첩에 있는 귀중한 쿠폰을 써야 했다. 신발은 모조가죽으로 만들어졌고, 밑창은 마분지만큼이나 얇았다. 가구는 조잡했다. 사람들은 커피 대신 커피 대용품이나 치커리를 마셨고, 분말 달걀과 분유가 진짜 달걀과 우유를 대신했다. 그리고 우리 모두 신생 정부가 떨이 가격으로 사들인 노르웨이산 재고, 매일 먹어야 했던 냉동 대구 필레를 싫어하게 되었다.

전후 첫 몇 달은 예루살렘을 떠나 텔아비브와 국가의 다른 나머지 지역으로 가려면 특별 허가증까지 필요했다. 그러나 약삭빠르고 나서기 좋아하는 온갖 부류의 사람들, 암거래 방법을 알고 돈이 좀 있는 사람이나, 새 행정부와 줄이 닿아 있는 사람은 거의 결핍을 느끼지 않았다. 그리고 어떤 사람들은 거주자가 도망치거나 추방된 부유한 아랍 지역이나, 영국군과 공무원 가족이 전쟁 전에 살았던 폐쇄 구역의 아파트와 집을 어렵사리 잡을 수 있었다. 카타몬과 탈비예, 바카와 아부토르와 독일인촌, 무스라라, 리프타와 말카에서 빈곤한 아랍인들이, 아랍 국가에서 내쳐져 도망쳤던 수백만의 가난한 유대인 가족들과 교환되었다. 거대한 난민 임시 거주지가 탈피옷과 앨런비 병영, 베이트마즈밀에 세워졌는데, 전기도 수도도 하수시설도 없는 줄지은 골함석 판잣집촌이었다. 겨울에는 오두막 사이로 난 좁은 길들이 끈끈한 오트밀 죽이 되고, 추위는 뼈를 깎는 듯했다. 이라크에서 온 회계원, 예멘에서 온 금세공인, 모로코에서 온 상인과 소매상, 부쿠레슈티에서 온

시계제조상이 이런 오두막집에 우글우글했는데, 예루살렘 구릉의 암반 제거와 산림녹화 사업 같은 정부 추진 공공근로 작업에 약간의 수당을 받고 고용되었다.

2차대전, 유럽인의 유대인 대량 학살, 열혈당원들의 영국군 대량 입대와 영국이 나치즘에 대항한 전쟁을 위해 설립한 유대 여단, 영국에 대항했던 투쟁의 세월, 지하조직, 불법 이주, 새로운 장벽과 방책으로 둘러싼 정착촌들, 팔레스타인과 아랍 5개국 정규군에 대항하여 최후의 순간까지 싸우던 전쟁의 영웅적 시대는 모두 지나갔다.

이제 '도취감'의 시절은 지나가고, 우리는 갑자기 '숙취' 속에 살아가고 있었다. 잿빛의, 우울하고, 축축하며, 저열하고, 저급한. (나는 후에 그 '숙취'의 풍미를 내 소설 『나의 미카엘』에서 포착해보고자 애썼다.) 이것들은 무뎌진 오카바 면도날들의 시절, 아무 맛없는 상아색 치약과 냄새나는 크네세트 담배, '이스라엘의 소리' 방송의 시끌벅적한 스포츠 해설가 느헤미야 벤 아브라함과 알렉산더 알렉산드로니, 간유, 배급 수첩, 슈뮬릭 로젠과 그의 퀴즈 프로그램, 정치평론가 모세 메드지니, 히브리풍의 별칭, 식료품 배급, 정부 공공근로 계획, 식료품상 앞에 늘어선 줄들, 주방 벽의 붙박이 찬장, 값싼 정어리, 인코다 통조림 고기, 이스라엘-요르단 합동 휴전 위원회, 휴전선 건너편에서 온 아랍 침입자들, 영화사 오헬과 하비마와 도-레-미와 치스바트론, 코미디언 지간과 슈마허와 만델바움과 출입문 교차로, 보복성 급습, 머릿니를 없애기 위해 파라핀으로 아이들 머리 감기기, "난민 임시 거주지를 위한 조력" "버려진 재산들" 방어 기금, 임자-없는-땅과 "우리의 피가 벌도 받지 않고 더는 흘려지지 않으리"의 시절이었다.

*

그리고 다시 한번 나는 매일 아침 타흐케모니 거리에 있는 타흐케모니 소년 학교로 갔다. 학생들은 가난한 아이들로, 배운 거라곤 폭력뿐이었고, 그들 부모는 기능공이나 육체노동자, 소상인이었다. 그들은 보통 여덟 식구나 열 식구 틈에서 살았고, 그들 중 일부는 언제나 내 샌드위치에 눈독을 들였다. 몇몇은 까까머리였고, 우리는 모두 검정색 베레모를 비스듬히 썼다. 그들은 내가 유일하게 외동아들에, 그들 중 가장 약하고, 쉽사리 성내며 당황해한다는 것을 잽싸게 간파한 후, 모두 단결하여 나를 적대시해서 운동장에서 받은 수돗물을 나에게 들이붓곤 했다. 그들이 내게 새로운 굴욕을 주려 비상한 노력을 할 때면, 나는 때때로 나를 비웃고 괴롭히는 아이들의 무리 한가운데서 두드려 맞은 채, 먼지를 뒤집어쓰고, 헐떡이며, 늑대 가운데의 양 한 마리처럼 서 있다가, 갑자기 내 적들을 경악하게 하려고 스스로를 때리고, 신경질적으로 내 몸을 할퀴고, 내 팔을 심하게 물어뜯어서 피가 철철 나는 시계 모양을 만들었다. 바로 어머니가 악에 받쳤을 때 두세 번인가 내 눈앞에서 그랬던 것처럼.

그러나 때로 나는 그들을 위해, 에디슨 영화관에서 우리가 보던 액션 영화 식의 숨가쁘고, 서스펜스 넘치는 이야기 1회분을 지어냈다. 이런 이야기 속에서 나는 타잔에서 플래시 고든*, 닉 카터**에서 셜록 홈스

* 1930년대 미국 SF 만화의 히어로.

** 19세기 말 미국의 여러 소설에 등장한 탐정.

까지 소개하거나, 카를 마이*의 카우보이와 인디언의 세계를 메인 레이드**의 벤허 이야기와 섞고, 뉴욕 교외의 깡패 부랑아나 우주 공간의 신비한 이야기를 뒤섞어 말하는 것도 주저하지 않았다. 나는 그들에게 휴식시간마다 이야기로 자신의 죽을지 모를 운명을 지연시키는 셰에라자드처럼, 마치 주인공이 파멸하고 희망도 보이지 않을 때, 언제나 가장 극적인 순간에 멈추면서, 무자비하게 다음날로 (사실 내가 아직 지어내지 못한) 후속편을 미루면서 1회분의 이야기만 들려주었다.

그래서 나는, 가르침을 열정적으로 빨아들이는 한 무리의 학생떼를 달고 다닌 랍비 나만처럼, 쉬는 시간에 운동장을 이리저리 돌아다니곤 했다. 나는 한 글자라도 놓칠까 조마조마해하며 단단히 뭉친 청중의 무리에 둘러싸여 갈팡질팡하며 이리저리 움직였는데, 그들 중에는 나를 주도적으로 박해하던 무리들도 있었으니, 나는 일부러 모임의 가장 깊숙한 중심으로 그들을 초대하고, 플롯에서 급진전되는 부분이나 다음 회에 나올 머리털이 쭈뼛 서는 사건에 대한 귀중한 단서를 호기롭게 베풀어줌으로써, 그들을 마음대로 귀중한 정보를 발설하거나 숨길 권력을 가진 영향력 있는 인물로 승진시키곤 했다.

내 최초의 이야기들은 동굴과 미로, 지하묘지와 숲, 심해와 지하 감옥, 전쟁터, 괴물과 용감한 경찰, 두려움을 모르는 용사가 사는 은하계, 음모, 훌륭한 기사도 정신의 발현과 관대함이 동반된 끔찍한 배신, 바로크적 뒤틀기, 믿기 어려운 자기희생, 자기 부정과 용서의 고매한 감정적 제스처로 가득했다. 내가 기억하는 한, 내 초기 작품 속의 인물

---

* 북미 인디언 이야기를 주로 쓴 독일 소설가.

** 19세기 북미를 배경으로 서부극 이야기를 주로 쓴 영국계 미국 소설가.

들은 영웅과 악당이 다 있었다. 그리고 죄를 회개하고 자기 죄를 자기 희생이나 영웅적인 죽음으로 속죄한 악당도 숱하게 많았다. 자신의 삶을 웃으며 희생하는 겸허한 인물뿐 아니라, 피에 굶주린 사디스트, 온갖 종류의 악당과 비열한 협잡꾼도 나왔다. 반면, 여성 인물들은 모두 예외 없이 고귀했다. 착취당하면서도 사랑하고, 고통당하면서도 인정 많고, 괴롭힘당하고 심지어 굴욕까지 당하면서도 언제나 자부심이 있고 순수하며, 남자들의 광기에 대한 대가를 치르면서도 관대하게 용서하는.

그러나 내가 줄을 너무 꽉 죄거나, 충분히 조이지 않거나, 그다음 몇 편의 에피소드 다음이나 이야기 끝에서, 악당이 혼란에 빠지고 관대한 행위가 마침내 보상받는 순간 이 가여운 셰에라자드는 사자굴에 던져져 그의 조상을 욕보이고 주먹세례를 받았다. 왜 그는 입을 다물 수가 없었을까?

*

타흐케모니 학교는 남학교였다. 심지어 선생님조차 다 남자였다. 양호 선생님은 별개로 하고, 거기엔 여자라고는 보이질 않았다. 좀더 대담한 남자아이들은 철의 장막 반대편의 삶을 얼핏이라도 보고자, 이따금 나에멜 여학교 담장을 기어올라갔다. 파란색 긴 치마와 짧은 소매가 봉긋 솟은 블라우스를 입은 여자애들이, 풍문으로 듣건대, 쉬는 시간이면 쌍쌍이 운동장을 돌아다니고, 돌차기 놀이를 하며, 서로 머리를 땋아주고, 가끔은 우리처럼 수도꼭지 물을 틀어 서로 물장난을 한다고 했다.

나 빼고, 타흐케모니 학교의 거의 모든 남자애들은 누이나 형수, 여자 사촌이 있었고, 그래서 나는 여자애들이 가진 것과 우리가 가지지 못한 것이 무엇인지, 또 그 반대는 무엇인지, 그리고 오빠들이 어둠 속에서 자기 여동생에게 무슨 짓을 하는지에 대한 수군거림을 듣는 제일 마지막 사람이었다.

집에서는 그 주제에 대해 단 한마디도 들을 수 없었다. 한 번도. 설혹, 이례적으로, 어떤 방문객이 흥분해서 방랑생활에 대한 농담이나 다산이나 번식하라는 계명을 지키는 데 대해 너무나 성실했던 바르-이츠하르-이츠레비치 가족에 대해 농담이라도 하면, 그는 즉시 다른 사람들에게 꾸지람을 들어 조용해졌을 것이다. 치토 세 타보이?! 비디시 말치크 리아돔 세 나미!! 대체 무슨 짓이에요, 여기 애 있는 거 안 보여요!

그 남자아이는 그 자리에 있었는지는 모르지만, 아무것도 이해할 수 없었다. 가끔 반 아이들이 아랍어로 여자애들을 놀리는 말을 내뱉었다거나, 그들이 함께 서로 붙어서, 옷을 거의 안 입은 여자 사진을 손에서 손으로 건넸다거나, 누군가 안쪽에 테니스 복을 입은 여자애 그림이 있는데 뒤집으면 옷이 벗겨지는 볼펜을 가지고 오면, 그들 모두 옆구리를 쿡쿡 찌르고, 자기 형들 같은 소리를 내려 애쓰며, 목이 쉬도록 깔깔거렸는데, 오직 나만, 마치 어떤 모호한 재앙이 지평선 저멀리서부터 서서히 형체를 갖추며 나타나기라도 하는 듯한 끔찍한 공포를 느꼈다. 그 재앙은 아직 여기 없고, 아직 내게 닿지도 않았지만, 여기저기 언덕 멀리서부터 난 산불처럼, 이미 소름 끼치도록 무시무시한 것이었다. 아무도 거기서 다치지 않고 도망칠 순 없었다. 아무것도 이전과 같은 것은 없었다.

그들이 쉬는 시간에 숨을 죽이고, 텔아즈라 숲 주변을 어슬렁거리면서 손에 동전 반 리라만 쥐여주면 아무한테나 해주는, 샛길 아래쪽에 사는 정신박약아 탈리에 관한 이야기나 5학년 아이 몇 명을 자기 가게 뒤에 있는 창고로 데려가서 애들이 자위하는 것을 보여주면 대가로 자기가 하는 것도 보여준다는 주방용품점의 뚱뚱한 과부에 대해 소곤거릴 때면, 나는 마치 엄청난 공포, 잔혹하고 끈질긴 공포, 보이지 않는 끈끈한 거미줄을 천천히 치는데 어쩌면 이미 부지중에 걸려들었는지도 모를 공포에 휩싸이면서, 남자나 여자 할 것 없이, 우리 모두를 기다리며 잠복하고 있는 듯, 가슴을 찌르는 격한 슬픔을 느꼈다.

6학년이나 7학년에는, 우락부락한 여군이던 양호 선생님이 갑자기 우리 교실로 들어와, 얼빠져 멍해진 서른여덟 명의 남자애들 앞에서, 인생의 현실을 우리 모두에게 폭로하며, 우리에겐 아무것도 시키지 않은 채, 홀로 두 시간 내리 서서 강의를 했다. 대담무쌍하게 그녀는 장기와 기능에 대해 설명하고, 흑판에 색분필로 기관을 그렸다. 정자와 난자, 분비 기관과 콘돔과 튜브를. 그러고 나서 그녀는 호러 쇼로 옮겨가서, 우리에게 출입구에 숨어 있는 두 마리 괴물, 성性의 세계의 프랑켄슈타인의 괴물과 늑대인간, 임신과 감염이라는 쌍둥이 재앙에 대한 끔찍한 묘사를 한바탕 쏘았다.

얼이 빠진 채 부끄러운 얼굴로 우리는 강의실을 빠져나와, 이제 거대한 지뢰밭이나 전염병이 득실거리는 행성으로 보이는 세계로 나갔다. 나는 이후 얼마간, 무엇 안으로 밀어넣기로 되어 있는 것, 무엇을 받기로 되어 있는 것에 붙잡혀 있었지만, 나로서는 아무리 해도 제정신 가진 남자나 여자가 왜 그런 미로 같은 용의 굴로 들어가고 싶어하는지 이해할 수 없었다. 우리에게, 호르몬부터 위생의 법칙에 이르기까지 뭐든지 발가벗겨놓기를 주저하지 않았던 그 대담한 양호 선생님은, 우리의 순결을 보호해주고 싶어서였는지 아니면, 단순히 정말 그런 쾌락을 몰라서였는지는 몰라도, 그 모든 복잡하고 위험한 과정에서 어떤 쾌락이 있을지에 대해서는 완곡하게라도 언급하기를 잊었다.

*

타호케모니에 있는 우리 선생님들은 대개 약간 너덜너덜한 짙은 회색 혹은 갈색 정장이나 고릿적 재킷을 입고 있었고, 끊임없이 우리에게 존경과 경외를 요구했다. 몬존 선생님과 아비사르 선생님, 나이만 선생님과 나이만 2세 선생님, 알카라이 선생님과 두부샤니 선생님과 오피어 선생님과 미카엘리 선생님, 언제나 스리피스 정장 차림으로 나타나던 거만한 교장 일란 선생님과, 역시나 투피스 정장으로 나타나던 그의 동생 일란 선생님.

우리는 이 남자들이 교실로 들어올 때면 일어서야 했고, 그가 우리의 행동에 우아하게 만족을 표할 때까지 앉을 수 없었다. 우리는 그들을 "저희 선생님"이라 불렀고, 늘 3인칭으로 불렀다. "저희 선생님께서 제게 부모님에게 편지를 받아 가지고 오라고 하셨는데, 부모님이 하이파에 가셨습니다. 대신 제가 일요일에 편지를 가지고 올 수 있도록 그분은 허락해주실 수 있을까요?" 아니면 "혹시, 저희 선생님, 그는 여기서 과장하는 거라고 그분이 생각하시는 것 아닙니까?" (이 문장에서 첫번째 나오는 '그'는 물론 선생님을 가리키는 것이 아니라—우리 중 누구도 감히 과장한다고 고발한 적이 없다—단지 우리가 그 시절 공부했던 선지자 예레미야나, 타는 듯한 분노의 시인 비알리크를 가리킨다.)

우리 학생들로 말하자면, 학교 문지방을 넘은 순간부터 완전히 이름을 상실했다. 우리 선생님들은 우리를 보조, 사라고스티, 발레로, 리바츠키, 알파시, 클라우스너, 하자즈, 슐레이퍼, 드 라 마, 다논, 벤나임, 콜도베로와 악셀로드라고만 불렀다.

타흐케모니 학교에 있는 선생님들은 과도하게 벌을 주었다. 얼굴 찰싹 때리기, 쫙 펼친 손 전체로 지배자의 강타를 날리기, 우리 목덜미 잡고 흔들기, 운동장으로 유배 보내기, 부모님 호출하기, 학생 기록부에 벌점 주기, 성경 한 장 스무 번 베껴 쓰기, "수업중에는 떠들지 않겠습니다"나 "숙제는 제때 하겠습니다" 5백 줄 쓰기. 글씨가 충분히 말끔하지 못한 애는 누구든 집에서 정자로 "산속 시내만큼이나 맑은"이라고 몇십 장이나 써야 했다. 손톱을 잘 다듬지 않은 학생이나 귓속이 청결하지 않거나, 셔츠 칼라에 조금이라도 때가 타 있는 학생은 누구든, 망신살이 뻗친 채 집으로 돌아가거나, 겨우 교실 앞에 서 있거나, 큰 소리로 또박또박 복창을 해야 했다. "나는 더러운 아이입니다/ 더러운 것은 죄입니다/ 내가 안 씻으면/ 결국 정신병원에 가게 될 것입니다!"

매일 아침 타흐케모니에서 첫째 시간은 〈모데 아니 레파네카(당신께 감사드리리)〉를 부르는 것으로 시작되었다.

당신께 감사드리리/ 오 살아 계신 영원하신 왕이시여
내 영혼에 자비를 회복시켜주신 분/ 위대하시다 당신의 신실하심

우리가 새된 소리로 그러나 신나게 지저귀고 나면,

오 만유의 주/ 아직 어떤 창조물도 있기 전 통치하시며……
모든 것이 완성된 후/ 경외로우신 당신만이 홀로 다스리시리……

그 모든 노래와 (축약된) 아침 기도가 완성되고 나서야 우리 선생님들은 우리에게 교과서와 연습장을 펼치고, 연필을 준비하라고 명했고, 대개 간단하게, 자유의 종이 울리거나 때로는 그 시간을 넘어 끝날 때까지 지루한 받아쓰기에 곧장 착수했다. 집에서는 암기를 해야 했다. 성경 뭉텅이, 시 한 편 전체, 그리고 랍비들의 명언. 오늘날까지도 한밤중에 나를 깨워 아시리아 왕의 관리인 랍사게에 대한 예언자의 응답을 암송하라고 하면 나는 할 수 있다. "처녀 딸 시온이/ 너를 멸시하며 조소하였고/ 딸 예루살렘이/ 너를 향하여 머리를 흔들었느니라/ 네가 훼방하며 능욕한 것은 누구에게냐/ 네가 소리를 높인 것은 누구에게냐?…… 내가 갈고리로 네 코를 꿰며/ 자갈을 네 입에 먹여/ 너를 오던 길로 돌아가게 하리라." 아니면 미슈나의 아버지 되기 윤리 부분, "세계를 지탱하는 세 가지 것이 있으니…… 말은 적게 하고 행동을 많이 하라…… 육신에 침묵보다 더 좋은 것은 아무것도 없다…… 그대 위에 있는 것을 알라…… 그대 자신을 회중에서 분리시키지 말고 죽

음의 날까지 자신을 신뢰하지도 말며, 그의 자리에 있어보기 전에는 그대의 동료를 판단치 말라…… 사람이 되려고 애쓰는 사람이 없는 곳에서는."

*

타호케모니 학교에서 나는 히브리어를 배웠다. 그것은 마치 드릴로, 내가 선생님 젤다의 수업중에 그리고 그녀의 집 뜰에서 생애 최초로 만져보았던, 풍성한 광맥을 뚫는 것과 같았다. 나는 장엄한 관용구들과, 거의 잊힌 단어들, 이국적인 구문론과 인간의 발길이 수세기 동안 닿지 않은 언어학의 샛길에, 그리고 히브리어의 사무치는 아름다움에 강력하게 이끌렸다. "그리고 그날 아침—일이 벌어졌다, 보라, 그것은 레아였다" 혹은 "아직 어떤 창조물도 창조되기 전" "할례받지 않은 마음" "고통의 저울" 그리고 또한 "현자의 불로 그대 자신을 덥히라. 허나 그대가 타지 않도록 작열하는 석탄을 조심할지니, 그것이 무는 상처는 여우가 무는 것과 같으며 그것의 찌름은 전갈의 찌름 같으니…… 그 모든 말들이 불을 내는 석탄과 같도다."

이곳 타호케모니에서, 나는 현자의 위트가 넘치고, 가벼운 날개를 단 논평이 가미된 모세 오경을 배우고, 이곳에서 현자들의 지혜, 가르침과 율법, 기도와 찬양, 논평과 주석, 안식일과 절기 기도서, 절기 식탁 예절법을 빨아들이듯 배웠다. 또한 집에서는 마카비 전쟁, 바르 코크바 혁명, 디아스포라 유대 공동체의 역사, 위대한 랍비들의 삶, 윤리가 가미된 하시딤 설화 같은 것들을 익숙한 친구처럼 만났다. 랍비 법학자들과 스페인의 중세 시대 히브리어 시, 비알리크의 히브리 시의 그 무언가도, 그리고 이따금, 시베리아 설원 속에서 발견한 낙타만큼이나 타흐케모니에는 어울리지 않는 오빌의 음악적 교훈과 갈릴리와 골짜기의 개척자들의 노래도.

아비사르 선생님은 지리학 선생님이었는데, 벽에 붙은 지도와 때로 낡고 초라한 마술 손전등의 도움을 얻어 갈릴리와 네게브, 트란스요르단, 메소포타미아와 바빌론의 지구라트와 공중정원으로 가는 모험 가득한 여행으로 우리를 이끌곤 했다. 나이만 2세 선생님은 우리에게 선지자들의 분노에 대해, 우레 같은 폭포 소리로, 동시에, 부드러운 위로와 위안의 개울로 이어지는 소리로 열변을 토했다. 몬존 선생님은 영어 선생님이었는데, 우리에게 I do와 I did, I have done, I have been doing, I would have done, I should have done과 I should have been doing 간의 영속적인 차이에 대해 주입시켰다. "심지어 영국 왕도 따라야 해!"라며 시나이 산의 주님처럼 그는 우레와 같은 소리로 소리쳤다. "심지어 처칠도! 셰익스피어! 개리 쿠퍼! 모두 예외 없이 이 언어 법칙에 따라야 하며, 그리고 너 또한?! 영예로운 분?! 아불라피아* 경?! 뭐, 네가 그 법칙을 넘어선다고?! 네가 처칠보다 위에 있냐?! 네가 셰익스피어보다 위에 있어?! 네가 영국 왕보다도 위에 있냐?! 부끄러운 줄 알아라! 쪽팔린 줄 알아! 이제 이걸 주의하고, 주목해라, 학생들, 노트에 똑바로 받아적어라, 알아들으란 말이야. 그건 수치다, 너, 정의롭고 영예로운 아불라피아 경, 쪽팔린 거야!!!"

---

* 13세기 스페인 사라고사에서 태어난 '예언자 카발라' 학교의 창설자.

*

그러나 그중에서 내가 제일 좋아하던 선생님은 미카엘리, 모르드개 미카엘리 선생님이었는데, 그분의 부드러운 손에서는 언제나 무용수의 손에서 나는 듯한 향기가 났고, 얼굴은 양 같아서, 마치 계속해서 뭔가를 부끄러워하는 것처럼 보였다. 그는 앉아서 모자를 벗고, 자신의 앞에 있는 책상 위에 올려두곤, 자신의 작은 머리통을 매만지며, 우리에게 지식의 폭탄을 쏘는 대신, 이야기를 들려주면서 시간을 보냈다. 탈무드에서 시작해서 우크라이나 민간 설화로 옮겨가다가, 그다음엔 갑자기 그리스신화와 베두인 이야기, 이디시어 익살극으로 뛰어들었고, 그림 형제와 한스 크리스티안 안데르센의 이야기와 나처럼 자기가 말하는 동안에 이야기를 직접 지어서 자신의 이야기를 하게 될 때까지 계속하곤 했다.

우리 반 남자아이들 대부분이 미카엘리 선생님의 사랑스럽고 좋은 마음씨와 얼빠진 성격을 이용해서, 그의 수업 시간 내내 책상에 팔을 올리고는 그 위에 머리를 대고 졸았다. 아니면 때때로 쪽지를 주고받거나, 책상 아래로 공처럼 구긴 종이를 이리저리 던졌다. 미카엘리 선생님은 눈치채지 못했거나, 어쩌면 아예 신경쓰지 않았다.

나도 신경쓰지 않았다. 그의 지친 듯 다정한 눈은 내게 고정되었고 자신이 만든 이야기를 내게만 말했다. 아니면 우리 눈앞에 전 세계가 창조되고 있는 것 같아, 그의 입술에서 눈을 떼지 못하던, 우리 교실의 두서넛에게만.

49

이웃들과 친구들은 여름 저녁이 되면, 차 한 잔에 케이크를 들며 정치적인 사건이나 문화적 사건에 대해 이야기하려고 다시금 우리집 작은 뜰에 등장하기 시작했다. 말라와 슈타체크 루드니츠키, 하임과 한나 토렌, 게울라 거리에 자신들의 조그만 가게를 다시 열고, 한번 더 인형을 수선하고 머리가 벗어진 테디 베어의 머리를 심어주던 크로츠말 가족, 그리고 야콥 다비드와 체르타 아브람스키도 정기적인 손님이었다. (그들 둘 다 아들 요니가 죽은 후 머리털이 하얗게 세어버렸다. 체르타 씨가 더 조용해진 반면, 아브람스키 씨는 심지어 전보다 더 수다스러워졌다.) 아버지의 부모님인 알렉산더 할아버지와 슐로밋 할머니도, 이따금 오데사산 자존감을 두르고 아주 우아하게 방문했다. 알렉산더 할아버지는 자기 아들이 말한 것은 뭐든지 "그래서, 뭐"라고 경멸하듯 손사래를 치며 거침없이 내쳤지만, 슐로밋 할머니의 말이라면 어떤 것이라도 결코 의견을 달리하지 못했다. 할머니는 내 뺨에 축축한 두 번의 키스를 하고는, 즉시 자기 입을 종이 냅킨으로 닦아내고, 내 뺨도 다른 냅킨으로 닦아주고는, 어머니가 준비한 다과상 앞에서나, 제대로 접히지 않은 냅킨을 볼 때나, 그녀가 보기에 자기 아들의 재킷이 너무 화려하거나 너무 동양적이라 취향이 형편없어 보이면 콧날을 찌푸렸다.

"하지만 정말이지, 그건 너무 싸구려구나, 로니아! 그런 넝마 쪼가리를 어디서 찾았니? 욥바에서? 아랍 상점에서?" 그러고는 어머니에게 시선 한 번조차 주지 않고 서글프게 덧붙인다. "문화라고는 들리는 풍문 말고는 거의 없는, 아주 눈곱만한 유대인 슈테틀 마을에서도 그렇게 입은 사람은 찾아볼 수가 없을 게다!"

그들은 정원용 테이블로 쓰려고 밖으로 끌고 나온 검정색 홍차 수레에 둘러앉아, 이구동성으로 저녁 찬바람에 감사하며, 차와 케이크를 들면서 스탈린의 사악한 최근 행보나 트루먼 대통령의 결정에 대해 분석하고, 대영제국의 쇠퇴나 인도의 분할에 대해 논쟁했고, 거리에서 대화는 신생 국가의 정치로 옮겨져 더 생기를 띠게 된다. 슈타체크 루드니츠키 씨는 자신이 사방으로 휘저으며 과장되게 손짓하고 성서 히브리어를 쓰는 것에 대해 아브람스키 씨가 비웃자 언성을 높였다. 슈타체크 씨는 정부가 모든 새 이민자들을, 그들이 가고 싶어하든 아니든 간에, 그곳, 키부츠와 신생 집단농장으로 보내서, 그들의 디아스포라 심리 상태와 박해 콤플렉스가 한 번은 치료돼야 한다고 굳건하게 믿으며 단언했다. 그곳이란, 바로 들판에서의 고된 노동을 통해, 신 히브리 인류가 주조될 곳이었다.

아버지는 이민 허가증을 갖고 있지 않은 이들에게 노동 허가를 내주지 않는 히스타드룻 지도부의 볼셰비키식 전제 정치에 대하여 분노를 표출했다. 구스타브 크로츠말 씨는 소심하게 벤구리온에 대해, 그의 잘못에도 불구하고, 그는 시대의 영웅이라는 견해를 피력했다. 벤구리온은 마음씨 착한 정치가로서 악독한 지배자(영국)의 방해로 국가 건설의 기회를 놓칠 뻔했을 때 신의 섭리로 우리에게 보내졌단다. "우리 젊은이들이야!" 알렉산더 할아버지가 목청을 높여 말했다. "우리에게 승리와 기적을 갖다준 건 우리의 훌륭한 젊음이라고! 벤구리온도 없지 않았지만! 젊음이라고!" 거기서 할아버지는 내게 몸을 기울인 채 멍하니 몇 분 동안, 마치 전쟁에 승리한 젊은 세대에게 보상이라도 해주듯이 나를 토닥였다.

여자들은 거의 대화에 끼어들지도 않았다. 그 시절 여자들에게는, 케이크와 비스킷이 있고, 유쾌한 분위기 속에서, "참으로 훌륭한 청중이시네요"라는 칭찬이 의례적이던 때지, 대화에 기여했다는 칭찬은 관례가 아니었다. 가령, 말라 루드니츠키는 언제라도 슈타체크가 말을 할 때면 적절히 고개를 끄덕였고, 누구라도 그의 말을 방해하면 고개를 가로저었다. 체르타 아브람스키는 춥다는 듯 양손으로 자신의 어깨를 감싸 안았다. 요니가 죽은 후 줄곧, 그녀는, 심지어 따뜻한 날 저녁에도, 마치 옆집 정원의 사이프러스 나무 꼭대기를 살피듯 고개를 기울이고, 손으로 어깨를 끌어안은 채 앉아 있었다. 남자 못지않게 결연하고, 고집이 있는 여자이던 슐로밋 할머니는, 이따금 알토 목소리로 끼어들곤 했다. "진짜 정말 맞아요!" 혹은 "그건 당신이 말한 것보다 훨씬 더 나쁘네요, 슈타체크, 훨씬 훨씬 나빠요!" 그것도 아니면 이렇게. "아-뇨! 대체 무슨 말이에요, 아브람스키 씨! 그건 단지 불가능하다고요!"

*

오직 어머니만 때로 이 규칙을 전복시켰다. 일순간 침묵이 흐르면 그녀는 주제를 바꾸거나 전에 말한 사람을 부인하지 않으면서도 오히려 마치 그때까지 뒤에 현관이 없어 보였던 대화의 뒤쪽 벽에서 문을 열듯이, 처음엔 관련 없는 듯하다가 부드럽게 중심을 완전히 이동했다고 보일 만한 어떤 것을 말하곤 했다.

한번은, 자기 의견을 말하자마자 기분좋게 미소 지으며 의기양양하게, 손님들도 아버지도 아닌 나를 살피며 그녀는 입을 다물었다. 어머니가 말을 마치자, 전체 대화가 무게중심을 다른 쪽 발로 옮기는 것처럼 보였다. 그러고 나서 곧, 뭔가 의심쩍어하는 것 같으면서도 동시에 뭔가 다른 것을 해독하는 듯, 여전히 섬세한 미소를 지으며, 그녀는 자리에서 일어나 자신의 손님들에게 차 한 잔을 더 권했다. 차 드릴까요? 얼마나 진하게 해드릴까요? 케이크도 한 조각 더 드실래요?

아이인 난 그때 어느 정도는 어머니의 개입 속에 있었고 남자들의 대화는 내게 다소 괴로운 것이었으니, 아마도 내가 화자들 가운데 있으면서, 마치, 자신들이 우연히 어떤 말을 했거나 혹은 어머니가 자신들을 향해 깔깔 웃게 만들 어떤 일을 했을지도 모른다는 막연한 두려움을 품는 순간이 있는데, 어느 누구도 그것이 무엇인지는 알지 못한 채, 은밀하게 빠져나갈 구멍을 찾는, 그들의 보이지 않는 당혹스러움의 물결을 감지했기 때문인지도 모른다. 그렇게 늘 내성적인 사람들을 당혹스럽게 하고, 그들로 하여금 그녀가 자신들을 좋아하지 않을지도 모른다거나, 자신들로부터 조금이라도 혐오스러운 것을 발견했을지 모른다는 두려움을 갖게 했던 것은, 아마 그녀의 수줍은 듯 숨어 있는 찬란한 아름다움이었을 것이다.

여자들에게는, 어머니의 개입은, 언젠가 그녀가 결국 자기 발판을 잃게 될 것이라는 불안과 희망이 교차되며 그들을 흔들었을 것이고, 어쩌면 어머니 때문에 남자들이 쩔쩔매는 모습이 조금은 기쁨을 일으키기도 했을 것이다.

토렌 씨는 작가이자 작가 조합의 대변인이었는데, 예를 들면, 이런 말을 했던 것 같다.

"분명 모두들 자신이 식료품 가게를 운영하는 식으로 국가를 운영할 수는 없다는 사실을 깨달아야만 해요. 아니면 어딘가 외딴 유대인 슈테틀 마을 시의회 운영하듯 해서는 안 된다는 것을요."

아버지가 말했다.

"속단하기엔 너무 이른지도 몰라요, 친애하는 하임 씨, 하지만 머리에 눈이 달린 사람이면 누구나 이따금 우리 신생 국가에 대해 깊은 실망의 원인을 분별할 수 있죠."

인형 전문의, 크로츠말 씨가 수줍게 덧붙인다.

"그것과는 별개로, 그들은 심지어 포장도로를 수리하지도 않아요. 내가 시장에게 보낸 편지가 두 통인데, 난 단 한 줄의 답장도 못 받았으니까요. 클라우스너 씨가 말하고 있는 의견과 다른 내용이 아니라 그 연장선상에서 말하는 겁니다."

아버지가 과감히 자신의 말장난 중 하나를 시도했다.

"우리나라에서 진척되는 유일한 한 가지는 도로 공사다."

아브람스키 씨는 다음과 같이 인용했다.

"유혈 참극이 그치지 않으니, 호세아 선지자의 말에, 고로 땅이 메마르리라고 했죠. 이스라엘 민족의 남은 무리들이 다윗과 솔로몬의 왕국을 다시 건설하고, 제3성전의 기초를 놓기 위해 이곳에 왔고, 우리 모두, 믿음이 적은 온갖 오만한 키부츠 회계원들과 세상이 개미의 세상만큼이나 좁은, 할례받지 않은 마음에, 얼굴이 붉은 마부의 땀에 젖은 수중으로 떨어졌어요. 반항적인 왕자들과 도둑 패거리 중 다수가 국가들이 우리 손에 넘겨준 조국의 얼마 안 되는 땅덩어리를 한 뙈기 한 뙈기 자기네들끼리 나눠 먹고 있으니. 에스겔 선지자가 말한 게 다른 누구도 아닌 바로 그들에게 적용된다니까요. 근방이 충언자들의 통곡 소리로 흔들릴 것이라."

그러면 어머니가 거의 눈에 띄지도 않을 만큼 엷은 미소를 짓고 이렇게 말했다.

"어쩜 그들은 땅뙈기 분배를 마치고 나면 도로 수리를 시작하겠네요? 그다음엔 크로츠말 씨 가게 앞 도로도 수리해주고요."

*

이제 그녀가 죽은 지 50년이 지났고, 나는 이런 말, 혹은 저런 말 같은 어떤 말을 할 때의 그녀의 목소리, 절제와 회의, 날카롭고도 정제된 빈정거림, 그리고 항상 맴돌던 슬픔이 팽팽하게 혼재되어 있던 그 목소리를 들을 수 있다고 상상한다.

그 시절에 무엇인가가 그녀를 좀먹었다. 활기 없음이, 혹은 약간 얼빠진 상태와 비슷한 그 무언가가 그녀의 움직임에서 느껴지기 시작했다. 그녀는 역사와 문학 과외 교사 일을 그만두었다. 때때로, 얼마 안 되는 금액 때문에, 그녀는 교수들이 쓴 절름발이 독일계 히브리어 논고의 문법과 문체를 르하비아에 살 때부터 고쳐주곤 했고, 출판을 위해 그것들을 편집하곤 했다. 그녀는 여전히 혼자서 집안일을 유능하고 민첩하게 다 하고 있었다. 그녀는 매일 아침을 온 집안에 빛이 날 때까지, 요리, 볶기, 굽기, 장보기, 썰기, 섞기, 건조하기, 청소, 쓰레기 버리기, 설거지, 빨래 널기, 다림질, 개키기를 하며 시간을 보냈고, 점심시간 후에는 안락의자에 앉아 책을 읽었다.

그녀는 책을 읽을 때 이상한 방식으로 앉았다. 책을 언제나 무릎 위에 두고, 등과 목을 무릎 위 책 쪽으로 구부렸다. 그렇게 앉아서 책을 읽을 때면, 그녀는 수줍은 듯 눈을 무릎으로 내리깔고 있는 어린 소녀같이 보였다. 종종 그녀는 오래도록 우리의 고요한 거리를 바라다보며 창가에 서 있었다. 아니면 신발을 벗고 옷을 다 입고서, 눈을 천장의 특정 지점에 고정한 채, 침대 위에 누워 있었다. 때로 그녀는, 마치 뭔가 잃어버린 사람처럼, 갑자기 벌떡 일어나서 열에 들떠 외출복을 입고, 십오 분 안에 돌아오겠다고 약속하고는, 치맛단을 정돈하고는 거울도 보지 않고 머리칼을 쓸어내린 후, 그녀의 소박한 밀짚 핸드백을 어깨에 메고 거침없이 나갔다. 내가 그녀에게 데리고 가달라고 말하거나, 어디 갈 거냐고 물으면 어머니는 말했다.

"조금은 나 혼자여야 할 필요가 있어. 너도 너 혼자 있어보는 게 어떠니."

그러고는 다시, "십오 분 안에 돌아올게."

그녀는 언제나 약속을 지켰다. 그녀는 눈을 반짝이고, 볼에는 홍조를 띤 채 아주 빨리 돌아왔다. 마치 아주 찬 공기를 쐬다 온 것처럼. 마치 내내 달린 것처럼. 혹은 오는 길에 무언가 흥분되는 일이 그녀에게 벌어진 것처럼. 그녀는 집에서 나갈 때보다 돌아올 때가 더 예뻤다.

한번은 어머니가 알아차리지 못하게 집밖으로 어머니를 따라 나선 적이 있었다. 나는 거리를 좀 두고, 벽과 덤불에 달라붙어, 셜록 홈스나 그런 영화들에서 배운 대로 어머니를 뒤쫓았다. 바깥 공기는 그리 차지 않았고 어머니는 뛰지 않고, 마치 늦을까 걱정인 듯, 힘차게 걷고 있었다. 스바냐 거리 끝에서 그녀는 오른쪽으로 꺾더니 말라기 거리 아래쪽에 닿을 때까지 하얀 신발을 신고 명랑하게 걸음을 서둘렀다. 거기서 어머니는 우체국 옆에서 멈추더니 주저했다. 그녀를 뒤쫓던 어린 탐정은 비밀리에 그녀가 편지를 부치러 나갔다는 결론에 다다랐고, 나는 호기심과 막연한 걱정에 신경을 곤두세웠다. 그러나 어머니는 아무 편지도 부치지 않았다. 그녀는 우체통 옆에서 생각에 잠겨 잠시 서 있다가, 갑자기 이마에 손을 갖다대더니 집으로 돌아왔다. (몇 년 후 이 빨간 우체통에 조지 5세를 기리는 의미에서 GR이라는 글자가 새겨진 콘크리트 받침대가 세워졌다.) 그래서 나는 숨을 헐떡이며 나를 지름길로 이끌 뜰을 헤치고 지나갔고, 그녀는 꿰뚫는 듯한 갈색 눈에 장난기와 애정 어린 빛을 담은 채, 마치 눈 속에 있었던 것처럼, 뺨에 홍조를 띠고 돌아왔다. 그 순간만은 어머니는 그녀의 아버지인 외할아버지, 파파와 아주 똑같았다. 그녀는 내 머리를 잡고 가볍게 자기 배에 갖다대더니 내게 이렇게 말했다.

"모든 애들 중에서, 내가 제일로 사랑하는 건 너 하나야. 내가 너를 가장 사랑하게 만들어주는 게 뭔지 네가 한번 말해줄래?"

그리고 또,

"그건 바로 네 순수함이야. 나는 내 인생을 통틀어 네가 가진 것과 같은 순수를 마주해본 적이 없단다. 심지어 네가 수년 동안 살았고, 온갖 종류의 경험도 했지만, 네 순수함은 절대 널 떠나지 않을 거야. 결코. 너는 언제나 순수한 채로 남아 있게 될 거란다."

그리고 또,

"순수한 사람들을 전리품처럼 차지하려는 어떤 여자들이 있고, 반면에 순수한 사람을 사랑하고, 그들에게 보호의 날개를 펼쳐주고 싶은 내면의 충동을 느끼는 여자들도 있는데, 나도 그런 사람 중 하나란다."

그리고 또,

"나는 네가 네 아버지처럼 재잘대는 강아지 같은 사람이 될 것 같기도 하고, 그리고 조용하고 충만하고, 마을 주민들에게 버려진 마을의 우물처럼 닫힌 남자가 될 것 같은 생각도 들어. 나처럼. 너는 둘 다 될 수 있을 거야. 그래. 난 네가 그럴 수 있을 거라 믿어. 우리 이제 이야기 짓기 놀이 할까? 네가 한 장 그리고 내가 한 장? 내가 시작할까? 옛날에 모든 주민들이 다 버린 한 마을이 있었어. 고양이랑 개까지도 그 동네를 버렸지. 심지어 새들도 버렸고. 그래서 그 마을은 해가 지나도록 버려진 채 침묵 속에 놓여 있었어. 이엉으로 얽은 지붕은 비바람에 이리저리 흔들렸고, 오두막집의 벽은 우박과 눈으로 금이 갔고, 정원에는 나무랑 덤불만이 너무 무성하게 자랐는데, 채소가 튼실하게 자랄 수 있도록 가지를 쳐주는 사람은 아무도 없었단다. 어느 가을날 저녁에, 길을 잃은 한 여행객이 그 버려진 마을에 도착한 거야. 주저하면서 첫번째 오두막집 문을 두드렸는데…… 네가 여기서부터 이어갈래?"

*

1949년과 1950년 사이 겨울, 죽기 2년쯤 전인 그맘때, 그녀는 자주 두통에 시달리기 시작했다. 그녀는 자주 독감과 인후염에 걸렸고, 다 나았을 때조차 편두통은 사라지지 않았다. 그녀는 창가에 의자를 두고, 파란색 플란넬 화장복을 입은 채, 책은 무릎 위에 올려두고, 몇 시간씩 비를 응시하며 앉아서, 책을 읽는 대신 책 표지를 손가락으로 두드렸다. 그녀는 한두 시간 동안 꼿꼿하게, 비나 비에 흠뻑 젖은 새를 응시하며 앉아서, 열 손가락으로 책 표지 두드리는 것을 멈추지 않았다. 마치 계속해서 피아노 곡의 같은 부분만 반복하듯이.

점차 그녀는 집안일을 줄여가야 했다. 그녀는 여전히 간신히 접시를 치우고, 방을 정돈하고, 모든 신문 쪼가리와 빵 부스러기를 내다버렸다. 여전히 매일 아파트를 청소했고, 이삼일에 한 번씩 마루 걸레질을 했다. 그러나 더이상 복잡한 요리는 하지 않았다. 그녀는 간단한 요리만 만들었다. 삶은 감자, 계란 프라이, 익히지 않은 야채. 이따금 닭고기가 조금 떠다니던 닭고기 수프. 아니면 참치 캔을 넣고 끓인 밥. 그녀는 때로는 하루종일 지속되는 머리를 뚫는 듯한 두통에 대해서 거의 불평 한마디 하지 않았다. 그에 대해서 내게 얘기해준 것은 아버지였다. 그는, 그녀가 없는 데서, 다소 남자 대 남자의 대화 방식으로, 조용하게 내게 말했다. 그는 자기 팔을 내 어깨에 두르고, 지금부터 어머니가 집에 있을 때는 목소리를 낮춰서 얘기하겠다고 약속해달라고 부탁했다. 소리를 지르거나 떠들썩하게 하지 말라고. 그리고 특히 문이나 창문, 셔터를 쾅 소리 나지 않게 닫겠다고 약속해야 한다. 주전자나 냄비, 스튜 팬 뚜껑을 떨어뜨리지 않도록 조심해야 한다. 집안에서 손뼉을 치는 것도 안 되고.

나는 약속했고, 약속을 지켰다. 아버지는 나를 영리한 아이라고 불렀고, 한 번인가 두 번은 젊은이라고 부르기도 했다.

어머니는 나를 향해 애정 어린 미소를 지었지만, 그것은 미소 없는 미소였다. 그해 겨울 그녀 눈가에는 주름이 더 많이 생겼다.

우리에겐 소수의 방문객들이 있었다. 릴렌카, 릴리아 칼리슈, 아동심리에 대해 인기 있는 두 권의 책을 쓴 선생님, 레아 바르 삼카가 며칠 들렀다. 그녀는 어머니를 마주보고 앉았고 그들 둘은 러시아어나 폴란드어로 이야기를 나누었다. 나는 그들이 자신들의 고향인 로브노와 그들 친구들과 선생님들이 소센키 숲에서 독일인에게 총을 맞은 것에 대한 이야기를 하고 있다는 느낌을 받았다. 왜냐하면 그들이 이따금 타르붓에서 모든 여자애들이 사랑했던 카리스마 있는 교장 선생님 이사하르 레이스와 몇몇 다른 선생님들의 이름—부스리크, 베르콥스키, 판카 자이드만—및 그들 유년 시절의 거리며 공원 이름을 언급했기 때문이다.

슐로밋 할머니는 이따금 방문해서, 냉장고와 식료품실을 검사하고는, 얼굴을 찌푸리고는, 화장실이기도 했던 작은 욕실 문 밖, 복도 끝에서 아버지와 속삭이며 간단한 대화를 나누고는, 어머니가 쉬고 있는 방을 들여다보고는, 그녀에게 달콤한 목소리로 물었다.

"뭐 필요한 거 있니, 얘야?"

"아뇨, 감사합니다."

"그럼 왜 누워 있지 않고?"

"이렇게 있는 게 좋아요. 고맙습니다."

"약간 춥지 않니? 히터를 켜줄까?"

"아뇨, 감사해요. 춥지 않아요. 감사합니다."

"의사는? 언제 왔었니?"

"전 의사 필요 없어요."

"정말이야? 글쎄다, 그리고 네가 의사가 필요 없다는 걸 어떻게 그렇게 정확히 알아?"

아버지가 러시아어로 자신의 어머니에게 양같이 소심하게 뭐라 말하고는, 즉시 그 둘에게 사과했다. 할머니가 아버지를 야단쳤다.

"조용히 해, 로니아. 끼어들지 마라. 네가 아니라, 며늘아기에게 말하고 있잖니. 이게 무슨 경우야, 미안하다만, 넌 아이처럼 행동하고 있어."

그 아이는 비록, 어머니를 보고는 문가에서 아버지에게 할머니가 속삭이는 말을 들은 적이 있으면서도, 서둘러 자리를 피했다.

"그래. 연기하려무나. 며늘아기가 달빛을 받아 마땅한 것처럼 하라고. 나하고 논쟁하려 들지 마라. 너는 여기서 힘든 시간을 보내고 있는 것이 그 아이 하나뿐이라고 생각하지. 나머지 모든 사람들은 마음껏 사치하며 살고 있다고 생각하는구나. 넌 며늘아기 방 창문을 좀 열거

라. 거기 있다가는 말 그대로 사람이 숨막혀 죽겠다."

*

결국 의사가 호출되었다. 그후 오래지 않아 또 호출되었다. 어머니는 전체적으로 검사를 받기 위해 병원으로 갔고, 심지어 다비드카 광장의 임시 건물에 있는 하다사 병원에서 이틀간 시간을 보내기까지 했다. 검사 결과는 확실치 않음이었다. 병원에서 창백해지고 늘어져서 돌아온 지 2주 만에 의사가 다시 소환되었다. 한번은 한밤중에 호출되기까지 했는데, 나는 그의 아교같이 굵고 거칠고 친절한 목소리가 아버지와 복도에서 농담하는 소리에 깼다. 밤에는 2인용 침대로 펼쳐지는 그 좁은 소파 옆, 어머니 쪽에 온갖 종류의 꾸러미며 병이 나타났는데, 비타민 알약, 편두통 약, 아-페-체라는 약, 약병들이었다. 그녀는 침대에 누워 있기를 거부했다. 그녀는 몇 시간이고 내내 창가 옆에 있는 의자에 조용히 앉아 있었고, 때로는 기분이 아주 좋아 보였다. 어머니는 그해 겨울, 마치 아버지가 환자인 것처럼, 마치 아버지가 누군가가 목소리를 높이면 벌벌 떠는 사람인 것처럼, 아버지에게 온화하고 다정하게 말했다. 그녀는 아버지에게 마치 아이에게 하듯, 다정하고 애정을 담아 말하는 버릇이 생겼고, 때로 아기 말투로 말하기까지 했다. 반면 나에게는 절친한 친구에게 이야기하듯이 말했다.

"나한테 화내지 마, 아모스," 눈으로 내 영혼이라도 꿰뚫어 보듯 그녀는 말했다. "내게 화내지 말아줘, 나는 지금 약간 힘들거든. 너도 내가 모든 게 다 잘되게 하기 위해 얼마나 힘들게 애쓰고 있는지 볼 수 있을 거야."

나는 일찍 일어나서 학교 가기 전에 마룻바닥을 쓸었고, 일주일에 두 번은 비눗물로 바닥을 닦은 다음 마른걸레로 닦아냈다. 어머니가 대개 저녁때쯤 약간 아파서 고통스러워했기 때문에 나는 저녁식사로 샐러드용 야채 써는 법, 빵에 버터 바르는 법, 달걀 프라이 하는 법을 배웠다.

아버지는 그 시절 분명한 이유도 없이, 갑자기 쾌활한 티를 냈고, 가장하느라 온갖 애를 다 썼다. 그는 혼자 흥얼거리고, 이유도 없이 킬킬거렸는데, 한번은, 그가 내가 있는지 모르고서, 마치 뭐에 찔린 것처럼 뜰에서 껑충껑충 뛰고 있는 것을 발견하기도 했다. 그는 종종 저녁때면 밖에 나갔다가 내가 막 잠든 후에 돌아왔다. 그의 말로는, 내 방 불은 아홉시면 꺼지고 어머니는 전깃불을 못 견뎌하니까 자기는 방에서 나가야만 한다고 했다. 매일 저녁 어머니는 창문 곁 의자에서 어둠 속에 앉아 있곤 했다. 아버지는 그녀와 함께, 그녀 바로 옆에서, 침묵 속에, 마치 그녀의 고통을 나누고 있다는 듯이, 함께 앉아 있어보려 했지만, 그의 명랑하고 참을성 없는 성질이 삼사 분 이상 움직임 없이 앉아 있지 못하게 했다.

50

처음에 아버지는 저녁이면 부엌으로 물러나 있었다. 그는 책을 읽거나 책과 색인표를 닳아 해진 방수포 위에 펼쳐놓고 일을 좀 해보려 했다. 그러나 주방은 너무 작고 비좁아서, 그는 거기 갇혀 있는 것같이 느꼈다. 그는 교제하는 낙으로 살던 사람이고, 논쟁하고 농담하기를 좋아하고, 빛을 사랑하는 사람이라, 밤마다 혼자, 명민한 단어 놀이나 역사적 논쟁이나 정치적 논쟁도 없이, 울적한 부엌에 앉아 있게 되면, 눈가에 아이같이 샐쭉한 것이 어리면서 눈이 흐려졌다.

어머니는 갑자기 웃으며 그에게 말했다.

"나가요. 밖에 나가서 좀 놀다 와요."

그녀는 덧붙였다.

"꼭 조심하고요. 밖에는 별별 사람들이 다 있어요. 그들이 전부 당신처럼 좋은 마음씨를 가진 바른 사람은 아니니까요."

"치토 티 포니마예시?!" 하고는 아버지가 "티 니 노르말니? 비디시 말치크!!"라며 폭발했다.

어머니가 말한다.

"미안해요."

그는 언제나 나가기 전에 어머니 허락을 받았다. 그는 집안일을 모두 마치기 전에는 결코 밖에 나가지 않았다. 장 봐놓은 것 치우기, 설거지하기, 빨래 널기, 널어놓은 빨래 가져오기. 그다음엔 자기 신발을 닦고, 샤워를 하고, 직접 산 새 면도용 로션을 조금 바르고, 깨끗한 셔츠를 입고, 신중하게 적당한 넥타이를 고르고는, 가만히 자기 재킷을 붙들고서, 어머니에게 허리를 굽히곤 말했다.

"당신, 정말 내가 친구들 좀 만나러 나가는 거 괜찮겠어? 정치적인 상황에 대해 수다 떠는 거는? 혹 일에 대해 얘기하는 건? 솔직히 말해봐."

어머니는 결코 반대하지 않았다. 그러나 그가 어디 갈 건지 말하려고 하면 듣는 것 자체를 단호하게 거부했다.

"돌아올 때, 아리에, 너무 시끄럽게 하지 마요."

"조용히 들어올게."

"잘 가요. 어서 가요."

"당신, 정말 나 나가도 괜찮겠어? 너무 늦게까지 있지 말까?"

"정말 괜찮아요. 그리고 당신 좋을 때 들어와요."

"뭐 필요한 거 없어?"

"고마워요. 그런데, 아무것도 필요한 거 없어요. 아모스가 여기서 날

돌봐주고 있잖아요."

"늦지 않을게."

그리고 또다시 약간 주저하는 듯한 침묵.

"괜찮아? 그럼 이제 다 괜찮은 거지? 나 나간다? 이따 봐. 편히 있어. 침대에 가서 자려고 해봐, 의자에서 잠들지 말고."

"노력해볼게요."

"그럼 잘 자? 안녕? 들어올 때, 소리 내지 않도록 약속할게, 늦지 않을 거야."

"가요."

그는 옷매무새를 다듬고, 넥타이를 바로 하고는, 내 창문을 지나쳐 가면서, 따스한 음색이지만 음조가 맞지 않아 머리털을 곤두세우게 하는 노래를 흥얼거리며 떠났다. "길은 내게 너무 멀고/ 길은 너무 구불구불해/ 그대는 달보다 더 멀리에 있네……" 아니면 "그들은 뭐라 말하나, 그대 눈, 그대 눈, 단 한마디 말도 없구나?"

*

어머니의 불면증은 편두통에서 온 것이었다. 의사는 온갖 종류의 수면제니, 신경안정제를 처방해주었지만, 아무것도 도움이 되지 않았다. 그녀는 자러 가는 것을 두려워해서, 매일 밤 의자에 담요를 두른 채, 머리 뒤에 쿠션을 하나 대고, 다른 쿠션으로는 얼굴을 가리고 앉아 있었다. 아마도 그렇게 자려고 했던 것 같다. 아주 미세한 소란도 그녀를 동요하게 했다. 상사병 걸린 고양이들의 울음소리, 셰이크 자라흐나

이사위야에서 멀리 들리는 포격 소리, 국경 너머 아랍 예루살렘 이슬람 첨탑에서 새벽에 들리는 무에진의 소리. 아버지가 불을 다 끄면, 그녀는 어둠을 무서워했다. 그가 복도에 불을 하나 켜두면, 그녀의 편두통이 더 악화됐다. 분명 그는 자정이 되기 직전에, 기분이 좋아져 돌아왔지만, 어두운 창문을 메마른 눈으로 응시하며, 의자에 깨어 앉아 있는 그녀를 발견하고 다시 부끄러움에 가득찼다. 그는 그녀에게 차나 뜨거운 우유를 한 잔 하고픈지 물어보고, 침대에 가서 자보라고 간청하다가, 결국엔, 의자에 앉아 있는 것이 조금이라도 잠드는 데 도움이 되면, 대신 의자에 앉으라고 권했다. 때로 그는 너무나 죄책감을 느끼고, 어머니 발이 추워 보일 때면, 무릎을 꿇고 앉아 울 양말을 신겨주었다.

그는 한밤중에 집에 오면, 아마 유쾌하게 음정도 맞지 않는 노래를 부르며, 부끄럼도 모르고 “내게는 정원이 있네/ 그리고 나는 우물이 있네”를 부르며 샤워를 구석구석 하다가, 중간에 자제하고, 곧 조용해져서는, 죄책감 어린 침묵에 싸여 옷을 벗은 채, 줄무늬 파자마를 입고는, 차나 우유나 차가운 음료를 몇 번 더 부드럽게 권하다가, 아마 한 번 더 침대에 누우라고, 자기 옆에, 아님 자기 대신에 누우라고 권하며, 수치와 혼란스러움에 뒤덮였는지도 모른다. 그리고 그녀에게 나쁜 생각은 쫓아버리고, 대신 유쾌한 생각을 하라고 애걸하면서. 침대로 가 이불 아래 몸을 웅크리면서 그녀가 생각할 수 있을 만한 온갖 즐거운 생각을 말해주다가, 마침내 그런 즐거운 생각만 하는 아기처럼 잠에 빠져들었다. 그러나 나는 그가 책임감을 느끼고 일어나, 한밤중에도 두세 번씩 의자에 앉아 있는 환자를 살펴보고, 그녀에게 약과 물 한 잔을 가져다주고, 담요를 바로잡아주고, 다시 와서 잠들었던 것을 떠올려본다.

*

그해 겨울 말, 그녀는 식사를 거의 중단했다. 때로 마른 러스크 빵을 차 한 잔에 담그고 이거면 됐다고, 좀 욕지기가 나고 입맛이 전혀 없는 것 같다고 말했다. 내 걱정 하지 마요, 아리에, 내가 거의 밖엘 안 나가잖아요. 식사를 했으면 우리 어머니처럼 뚱뚱해졌을 거예요. 걱정하지 마요.

아버지가 서글프게 내게 말했다.

"어머니는 아프고 의사들은 어머니가 어디가 잘못된 건지 찾아내질 못해. 아버지는 다른 의사들을 좀 부르고 싶은데 어머니가 못하게 하는구나."

그리고 한번은 내게 이렇게 말했다.

"네 어머니는 자기 자신을 벌주고 있어. 바로 나한테 벌을 주기 위해서."

알렉산더 할아버지가 말했다.

"글쎄, 치토. 정신 문제라고. 우울증 말이야. 변덕이고. 마음이 아직 젊다는 증거지."

릴렌카 아줌마가 내게 말했다.

"너한테도 쉽지 않을 수 있어. 너는 영리하고 민감한 아이니까. 너는 언젠가 작가가 될 거야. 네 어머니는 네가 어머니 삶의 햇살이래. 너는 정말 한줄기 햇살이야. 유치한 이기심으로 이런 때 밖에 나가서 장미꽃 봉오리나 모으고, 자기가 일을 더 악화시키고 있다는 걸 깨닫지도 못하는 그런 사람하고 다르게 말이지. 신경쓰지 마. 너한테가 아니라, 그냥 나 혼자, 혼잣말한 거야. 너는 오히려 외로운 아이이고, 평소보다 바로 지금 더 외로울 수도 있어. 그러니 마음을 터놓고 내게 얘기할 필요가 있으면, 언제든 주저하지 말고. 릴리아는 그저 어머니 친구가 아니라, 너만 그렇게 해준다면, 너에게도 역시 좋은 친구라는 걸 꼭 기억해줬으면 해. 어른들이 아이를 보듯이 너를 보는 그런 친구가 아니라, 관심사가 같은 한 사람으로서 말이야."

나는, 비록 그녀가 생각한 장미꽃 봉오리라는 것이, 대머리 새와 솔방울 새, 그리고 찬장 유리문 뒤편에 라피아*로 만든 동물떼가 있던 루드니츠키 가족의 비좁은 공동주택 아파트에서, 혹은 간신히 구매했으나 아들의 상을 당한 후로는 청소와 정리 정돈도 거의 하지 않아 참혹해지고 다 무너져가는 아브람스키 씨 댁 아파트에서 피어난 것들을 가리킨다는 건 몰랐다 할지라도, 릴리아 아줌마가 밖에 나가서 장미꽃 봉오리나 모은다고 말할 때, 그것이 저녁에 친구들을 보러 가는 아버지의 습관을 가리킨다는 것은 이해했었는지도 모른다. 아니면 릴리아 아줌마가 말한 그 장미꽃 봉오리들 속에서 나는 불가능한 무언가를 짐작했는지도 모르겠다. 그리고 그것이 바로 내가 그걸 이해하기를 거부한, 혹은 그것을 아버지가 꼼꼼하게 광내던 신발이나 아버지의 새 면도용 로션과 관련짓기를 거부한 이유인지도 모른다.

---

* 마다가스카르의 야자수에서 뽑은 섬유.

*

기억은 나를 속인다. 나는 그 일이 벌어진 후 내가 완전히 잊고 있었던 무엇인가를 바로 기억해냈다. 열여섯 살 무렵에 나는 그것을 다시 기억해냈고, 그러고 나서 다시 잊었다. 그리고 오늘 아침 나는 그 사건이 아니라, 그 자체로 이미 40년도 더 된 일인, 그 이전 기억을, 마치 늙은 달이 호수를 비치고 있던 유리창에 비치듯이, 떠올리자, 기억은 호수에 비친 것 자체가 아니라, 더는 존재하지 않지만 그저 거기 비쳐 있는 앙상한 하얀 뼈만 가져다주었다.

여기 있다. 지금 이 순간, 나는 어느 가을날 아침 여섯시 반, 이곳 아라드에서, 시온 광장 근처 욥바 거리로 걸어 내려가던 나와 내 친구 룰리크의 이미지를 갑자기 뚜렷하게 그려볼 수 있다. 1950년인가 1951년 겨울 어느 흐린 날 점심시간, 룰리크는 가볍게 내 갈비뼈에 주먹을 날리며 속삭였다. 어이, 저기 봐, 저기 앉아 있는 사람 네 아버지 아냐? 우리가 아비사르 선생님 수업 시간 땡땡이친 거 네 아버지가 알아보시기 전에 도망치자! 그래서 우리는 도망쳤지만 나는 가면서 지칼 카페 전면 유리창을 통해 아버지가 안에 앉아서, 웃으면서, 창에 등을 보이고 앉아 있는 젊은 여자의 손을 잡아—그녀는 팔찌를 하고 있었는데—자기 입술에 갖다대는 걸 보았다. 그래서 나는 거기서 도망쳤고, 룰리크로부터도 도망쳤으며, 그후 도망치는 것을 멈추지 않았다.

알렉산더 할아버지는 늘 모든 숙녀들의 손에 입을 맞추었다. 아버지도 가끔 그랬지만, 여자 손을 잡고 그녀의 손목시계를 살피느라 허리를 굽히고 자기 시계와 비교해보곤 했는데, 언제나 거의 모든 사람에게 그렇게 했으니, 시계가 그의 관심사였기 때문이다. 그때가 내가 유일하게 수업을 빼먹은 때였고 난 그때 러시아 지구에 전시한, 전소된 이집트 탱크를 보러 갔었다. 나는 두 번 다시 수업을 땡땡이치지 않았다. 절대.

*

나는 아버지가 싫었다. 이삼일 동안. 수치심에서. 그리고 이삼일이 지나고 나서는, 편두통을 앓으며, 창문 곁 의자에 앉아 연기를 하고 있는 어머니를 미워하기 시작했는데, 어머니가 아버지로 하여금 활기를 찾아 헤매도록 밀어붙였으니 전부 다 어머니 책임이었다. 그다음엔 룰리크의 꼬임에 넘어가, 『피노키오』에 나오는 여우와 고양이처럼 아비사르 선생님의 수업을 빼먹은 나 자신이 너무 싫었다. 나는 왜 줏대라고는 눈곱만큼도 없었을까? 난 왜 그렇게 쉽게 휘둘릴까? 그리고 한 주가 지나자 그 일은 완전히 잊혔고 어느 안 좋은 밤, 열여섯 살에 키부츠 훌다에서 나는 내가 지칼 카페 창 너머로 봤던 것만을 기억했다. 나는 그 일을, 학교에서 일찍 집으로 돌아와, 파란색 플란넬 화장복을 입은 채 창문 곁 의자가 아니라 바깥쪽 뜰에 있는, 휑한 석류나무 아래 접이의자에 조용히 앉아, 웃고 있는 것처럼 보였지만 웃지는 않는 얼굴로 고요하게 앉아 있던 어머니를 발견한 그날 아침에 대한 모든 일을 잊은 것처럼, 그저 그렇게 잊었다. 어머니의 책은 평소대로 그녀의 무릎에 펼쳐진 채 엎어져 있었고, 맹렬한 비가 그녀 위로 한두 시간 계속 쏟아진 것이 분명해서, 내가 그녀를 일으켜 집안으로 끌고 들어갈 때 어머니는 다시는 날지 못하게 된 새처럼 흠뻑 젖은 채 얼어 있었다. 나는 그녀를 욕실로 데리고 간 다음 옷장에서 마른 옷을 꺼내 가져다 주고, 욕실 문에다 대고 어른처럼 잔소리하고 훈수했고, 어머니는 아무 대답도 없이, 전혀 웃음 같지 않은 웃음을 계속 지으며 내가 하라는 대로 전부 다 했다. 어머니의 눈이 내게 비밀로 해달라고 부탁하고 있었기에 나는 아버지에게 단 한마디도 하지 않았다. 그리고 릴리아 아주머니에게는 이렇게 말했다.

"아줌마가 완전히 틀렸어요, 릴리아 아줌마. 나는 작가나 시인이나 학자 그 어느 것도 되지 않을 거예요. 나는 감정이라고는 아무것도 가지지 않았으니까, 그렇게는 안 될 거예요. 감정이라면 구역질이 나요. 나는 농부가 될 거예요. 키부츠에서 살 거라고요. 아니면 언젠가 개장수가 될지도 모르죠. 비소가 가득찬 주사기를 들고요."

*

봄이 되었고 그녀는 훨씬 좋아졌다. 임시 최고 행정법원의 의장 하임 바이츠만이 최초의 이스라엘 국회가 된 제헌국회를 예루살렘에서 개최한 투 바셰바트* 봄 축제날 아침에, 어머니는 파란색 원피스를 입고 아버지와 내게 텔아즈라 숲으로 단출한 소풍을 갈 때 자신을 끼워 달라고 부탁했다. 나는 어머니가 원피스를 입고 잘 움직이는 모습이 예뻐 보인다고 생각했고, 우리가 마침내 책으로 가득한 지하 아파트를

---

* 식목 축제일.

떠나 봄 햇살을 맞으러 나갔을 때 어머니의 눈동자엔 따스한 애정의 불꽃이 서려 있었다. 아버지는 어머니에게 팔짱을 끼었고, 나는 두 분이 서로 말할 기회를 주기 위해, 혹은 그저 그냥 너무 기분이 좋아서, 강아지처럼, 부모님보다 약간 앞서 뛰어갔다.

어머니는 토마토와 삶은 달걀, 홍고추와 안초비가 들어간 치즈 샌드위치를 만들었고, 아버지는 미지근한 오렌지주스 한 병을 직접 짜서 만들었다. 우리는 숲에 닿자, 작은 돗자리를 깔고, 겨울비를 잔뜩 머금은 소나무 냄새를 맡으며, 돗자리 위에 대자로 누웠다. 짙푸른 잔털이 자라나 있는 층암절벽들이 나무들 틈새로 우리를 엿보았다. 우리는 국경선 너머 슈아파트 아랍 마을의 집들과 지평선에 뾰족하고 길쭉하게 솟은 나비 슈무엘의 이슬람 사원 첨탑을 볼 수 있었다. 아버지는 히브리어로 '숲'이라는 단어가 '귀먹은' '조용한' '근면'과 '쟁기질하는'이라는 단어들과 유사하다고 설명했고, 이것은 언어의 매력에 대한 짧은 강의로 이어졌다. 어머니는 기분이 좋은 상태였기 때문에, 유사한 단어들 목록을 아버지에게 말해주었다.

그러고 나서 어머니는 우리에게 민첩하고, 잘생긴 소년으로, 언제쯤이면 호밀 싹이 나올지, 근대 뿌리 새싹이 언제쯤 나타날지 정확히 예측하던 우크라이나인 이웃에 대해 이야기했다. 모든 이방 여자애들이 스테판, 스테파샤, 혹은 스티오파라고 부르던 이 소년에게 미쳐 있었지만, 그는 타르붓 김나지움의 유대인 선생님을 미친듯이 사랑했는데, 그 사랑이 너무 깊어 한번은 강가 소용돌이에 빠져 죽으려 했으나 수영을 너무 잘한 터라 빠져 죽을 수 없었고, 강둑으로 실려 갔다가 그 땅의 주인 여자가 그애를 유혹했고, 몇 달 후 그녀는 그를 위해 여인숙을 샀는데, 아마 그뒤 너무 많이 마시고 계집질을 한 탓인지 추하고 뚱뚱해졌고, 그는 그 모습으로 여전히 그곳에 있을지도 모른단다.

이번만은 아버지도 그녀가 "계집질"이라는 단어를 쓸 때, 어머니 말을 막거나 "비디시 말치크!"라고 소리를 지르는 일조차 잊어버렸다. 아버지는 어머니 무릎에 머리를 대고, 돗자리에 대자로 누워, 풀잎을 씹고 있었다. 나도 똑같이 했다. 돗자리에 누워, 어머니의 다른 쪽 무릎을 베고, 풀잎을 씹으며, 겨울바람과 비가 깨끗이 씻어내린 봄에 취한 곤충들의 윙윙 소리와 싱그러운 향으로 가득한 따스한 공기로 내 허파를 채웠다. 그녀가 죽기 2년 전인, 그 봄 축제 때 텔아즈라 숲에 우리 셋이 있던 장면에서 시간을 멈출 수만 있다면, 글쓰기도 여기서 멈출 수만 있다면 얼마나 좋을까. 봄기운으로 씻긴 소나무 머리 위로 지저귀는 새떼와, 파란색 원피스에 목에는 우아하게 빨간색 실크 스카프를 두르고, 똑바로 앉아 있던, 예뻐 보이던 어머니, 나무 기둥에 등을 기대고, 한쪽 무릎은 아버지 머리를 받쳐주고, 한쪽은 내게 무릎 베개를 해준 채, 우리 얼굴과 머리를 차가운 손으로 어루만져주던 어머니.

*

어머니는 그해 봄에 정말 아주 많이 좋아졌다. 더이상 창가를 바라보며 밤낮으로 의자에 앉아 있지도 않았고, 전깃불에 뒷걸음질 치지도 않았으며, 온갖 소리에 움찔하지도 않았다. 더이상 집안일이나 자신이 사랑하는 독서 시간을 무시하지도 않았다. 편두통도 거의 없어졌고 식욕도 거의 되찾았다. 그리고 다시 한번 거울 앞에서 오 분 정도 지체하면서, 파우더를 바르고, 립스틱과 아이섀도를 쓱싹 바르고, 머리를 쓱 빗고서는, 또 몇 분간 세심하게 열어놓은 옷장 문 앞에서, 우리 모두에게 신비롭고, 예쁘고, 빛이 나는 모습으로 나타나기 위해 옷을 고르는 일도 할 수 있게 됐다. 평소 방문객인, 바르 이츠하르(이츨레비치)와 노동당 정부를 혐오하던 열혈 수정주의자 아브람스키 부부, 그리고 한나와 하임 토렌, 루드니츠키 가족, 게울라 거리에서 '인형 병원'을 하던 토시아와 구스타브 크로츠말도 단치히에서 우리 아파트로 다시 나타났다. 그 사람들은 때로 당황스러워하는 시선을 어머니에게 황급히 던졌다가 서둘러 다시 눈길을 돌렸다.

그리고 우리는 안식일 저녁마다 슐로밋 할머니와 알렉산더 할아버지 댁에 가 원탁에서 촛불을 밝히고 생선 필레 요리나 바늘과 실로 닭목을 꿰매 만든 요리를 먹는 일을 다시 시작했다. 때로는 토요일 오전에 루드니츠키 씨 댁을 방문했고, 점심식사 후엔, 거의 매주 북에서 남으로 예루살렘을 가로질러 탈피옷에 있는 요셉 큰할아버지 댁으로 순례 여행을 했다.

한번은, 저녁을 마치고 어머니가 갑자기 우리에게 자신이 학생이었을 때 프라하에서 그녀가 세든 방의 안락의자 옆에 서 있던 전기스탠드에 대해 이야기를 했다. 아버지는 다음날 일을 마치고 집으로 돌아오는 길에 킹 조지 가에 있는 가구점 두 군데와 벤예후다 거리에 있는 전기제품점에 들렀다. 그는 두 곳을 비교해보고, 첫번째 가게로 돌아갔다가, 제일 아름다운 전기스탠드를 가지고 집으로 돌아왔다. 가격은 아버지의 한 달 월급의 거의 4분의 1에 해당하는 금액이었다. 어머니는 우리 둘 이마에 모두 입맞춰주고 우리에게 기묘한 미소를 지으며 그녀가 가도 그 램프는 오래도록 우리에게 빛을 선사해줄 것이라고 단언했다. 아버지는 승리에 취해, 그리고 원래 그가 남의 말을 잘 귀담아듣는 사람이 아니었기에, 혹은 유수 같은 말의 에너지가 이미 그를 덮쳐서, 빛을 뜻하는 원原 셈어의 어근, 노르가, 아람어 형태로는 메나르타, 아랍어 동의어로는 마나르라고 설명하며 그녀의 말을 귀담아듣지 않았다.

나는 들었지만 이해하지 못했다. 아니면 이해는 했지만 중요성을 포착하지 못했거나.

그후 다시 비가 내리기 시작했다. 나를 잠자리로 보낸 후, 아버지는 다시 한번, "나가서 사람들을 보려고" 허락을 받았다. 그는 너무 늦지 않게 돌아오겠다고, 소리도 내지 않겠다고 약속하고, 따뜻한 우유 한 잔을 어머니에게 가져다주고는, 광택 나는 구두를 신고, 자기 아버지처럼, 손수건을 삼각형으로 보이도록 꽂은 양복 재킷을 입고, 애프터셰이브 로션 향을 남긴 채 나갔다. 그가 내 방 창문을 지나쳐갈 때, 나는 그가 음정도 안 맞는 콧노래로, "그녀는 얼마나 섬세한 손을 지녔는지/ 그 누구도 감히 그녀를 만질 수 없네" 혹은 "그녀의 눈은 북향의 별 같아/ 그러나 그녀의 가슴은 사-막-보-다 뜨겁지"라고 흥얼거리며, 우산을 탁 하고 펴는 소리를 들었다.

*

그러나 어머니와 나는 아버지가 등을 돌리면 그를 속였다. 비록 그가 소등 시간에 너무 엄격해서, "아홉시 정각을 반 초도 넘기면 안 된다"고 말했어도, 그의 발소리가 젖은 거리로 희미하게 사라져가면 나는 곧장 침대에서 뛰어내려, 어머니로부터 더, 더, 더 많은 이야기를 들으려 달려갔다. 어머니는 벽에는 책 선반이 온통 줄지어 있고 바닥엔 더 많은 책이 쌓여 있는 방에서 의자에 앉아 있었고, 나는 파자마를 입은 채 그녀 발치에 무릎을 꿇고, 머리는 어머니의 따뜻한 허벅지에 기대고, 눈을 감은 채 이야기를 들으며 앉아 있었다. 의자 곁에 놓인 전기스탠드를 제외하고는, 이 아파트에는 불빛이라곤 없었다. 비바람이 셔터를 두드렸다. 빗발치는 저음의 천둥소리가 이따금 예루살렘을 가로질러 굴러갔다. 아버지는 떠나고 나와 어머니는 그녀의 이야기와 함께 남겨졌다. 한번은, 어머니가 학생이었을 때 프라하에서 세들었던 방 위층에 있던 빈집에 대해 내게 말한 적이 있다. 이웃 사람들이 소곤대며 말하기로는, 거기서 2년 동안 죽은 두 여자애 귀신 말고는 아무도 산 적이 없단다. 그 아파트에 큰 화재가 났는데, 에밀리아와 자나라는 두 여자아이를 구할 수 없었다. 그러한 비극적인 일이 일어난 후, 두 아이의 부모는 이민을 갔다. 검게 그을린 아파트는 잠기고 철문이 내려졌다. 그곳은 보수도 재임대도 이루어지지 않았다. 때때로 이웃 사람들은 웃음소리나 장난치는 소리, 혹은 울음소리가 한밤중에 아주 약하게 들렸다고 속닥댔다. 어머니가 말하길, 나는 한 번도 그런 소리를 들은 적은 없지만, 가끔 수도꼭지가 켜지고, 가구가 움직이는 일은 있었고, 이 방에서 저 방으로 가는 발소리가 난 것은 분명히 들었어. 아마도 누군가 그 빈 아파트를 자기네 비밀 애정 행각의 장소 같은 떳떳하지 못한 목적으로 쓰고 있었던 것 같아. 네가 어른이 되면, 네 귀가 밤에 듣는 모든 것이 대부분 여러 가지 방식으로 해석될 수 있다는 걸 알게 될 거야. 사실, 밤에만이 아니라, 네 귀와 눈이 심지어 백주 대낮에 보는 것 역시 거의 언제나 다양한 방식으로 이해될 수 있지.

또다른 날 밤에 어머니는 에우리디케와 하데스, 오르페우스에 대해 이야기해주었다. 전후 뉘른베르크에서 연합군에게 교수형당한 야만적 살인자였던 한 유명한 나치의 여덟 살배기 딸에 대해서도 이야기해주었다. 그의 어린 딸은 그저 아버지 사진을 꽃으로 장식하고 있다가 잡혔다는 이유로 소년원으로 보내졌다. 어느 겨울 폭풍우 치는 밤 로브노 근처 마을 중 한 곳의 숲에서 길을 잃고 사라진 젊은 목재상이 있었는데, 6년 후 누군가 몰래 한밤중에 그 목재상의 과부가 자는 침대 발치에 그 목재상의 닳아빠진 부츠를 두고 갔더라는 이야기도 해주었다. 그녀는 말년에 집을 떠나 아스타포보라는 머나먼 철도 환승역 역장의 숙사에서 숨을 거둔 늙은 톨스토이에 대해서도 이야기해주었다.

어머니와 나는 그 시절 겨울밤 페르 귄트와 그의 어머니 오세와도 같았다.

오, 어린 녀석과 나는 슬픔에 잠긴 동료였네/ …… 우리가 그곳 우리집에 앉아 있는 동안/ 나의 어린 페르와 나는/ 슬픔에서 위로와 복된 안도를 좇으며/ …… 고로 우리는 온갖 왕자들과 트롤과 모든 종류의 짐승들의/ 모험을 자아내기 시작했네/ 신부 강간에 대한 것도. 오, 허나, 그런 악마적인 이야기들이/ 머리에 깊숙이 박힌 사고를 누가 가졌겠는가!*

---

* 헨리크 입센, 레아 골드베르그 번역, 「페르 귄트」 2막 2장(텔아비브, 1953), 52쪽. (원주)

종종 우리는 그러한 밤에 번갈아 이야기 꾸며내기 게임을 했다. 어머니가 이야기를 시작하면, 내가 이어가고, 그 줄거리가 다시 그녀에게 건네지고, 다시 나에게 오는 식이었다. 아버지는 자정이 되기 직전이나 직후에 집에 돌아오곤 했고, 우리는 밖에서 그의 발소리가 들리면 즉시 램프를 끄고는, 두 개구쟁이 아이처럼 침대 속으로 뛰어들어 푹 잠들어 있는 척했다. 반쯤 잠든 채 나는 아버지가 작은 아파트 안을 여기저기 돌아다니는 소리를 듣는데, 그는 옷을 벗은 채, 냉장고에서 우유를 좀 꺼내 마시고, 욕실로 가서 수도꼭지를 틀었다 끄고 변기 물을 내리고, 수도꼭지를 다시 틀었다가 또 끄고, 속달거리며 오래된 사랑 노래를 흥얼대다가, 우유를 좀더 마시고, 맨발로 터덜터덜 서재로 그리고 2인용 침대로 펼치는 소파로 가서, 생각건대, 잠자는 척하고 있는 어머니 옆에 누워 흥얼거림을 속으로 삭이고, 또 몇 분간 속으로 흥얼흥얼한 후 곤드라져서, 아침 여섯시까지 아기처럼 자는 것이었다. 여섯시면 아버지는 먼저 일어나서, 면도를 하고, 옷을 입고는, 우리 둘에게 오렌지를 짜주기 위해, 앞치마를 두르고, 찬 주스는 몸을 오싹하게 한다면서, 언제나처럼 물을 끓인 냄비에 주스를 데워서, 침대에 있는 우리에게 각각 주스 한 잔씩 가져다주었다.

*

그런 밤들 중 어느 날 밤 어머니는 다시금 잠들 수가 없었다. 어머니는 소파 침대 위에서, 자기 옆 선반에 조용히 잠든 안경처럼 푹 잠들어 있는 아버지 옆에 눕고 싶지 않아서, 일어나 창가나 우울한 주방을 마주하고 앉는 대신, 내 침대로 들어와서는, 나를 꼭 껴안고, 내가 깰 때까지 계속 뽀뽀를 해댔다. 그러고는 바로 내 귀에다 대고, 나만 괜찮다면 오늘밤 같이 속닥대자고 속삭이며 부탁했다. 그렇게 우리 둘만. 깨워서 정말 미안하지만 오늘 너랑 정말 이야기하고 싶거든. 그리고 어둠 속에서 나는 그녀의 목소리 속에서 이번엔, 웃음의 그림자가 아니라, 정말 웃음이 들어 있는 웃음소리를 들었다.

제우스는 죽을 수밖에 없는 인간들에게 자신이 별로 허락지 않은 불꽃을 프로메테우스가 어찌어찌 훔쳐냈다는 것을 알고서는, 거세게 분노를 터뜨렸어. 여태 다른 신들은 자신의 왕이 그렇게까지 기분이 상해 화를 내는 것을 거의 본 적이 없었지. 매일같이 그는 천둥을 쳤고, 그 누구도 그에게 감히 다가가지 못했어. 분노 속에 사납게 날뛰던 이 신들의 아버지는 죽을 수밖에 없는 이 인류에게 훌륭한 선물로 가장한 거대한 재앙을 내리겠노라고 결심했단다. 그래서 그는 대장장이 신 헤파이스토스에게 명을 내려, 진흙으로 아름다운 여자를 빚으라고 했지. 아테나 여신은 그녀에게 실을 잣고 바느질하는 법을 가르치고 그녀에게 고운 옷을 지어 입혔어. 아프로디테 여신은 그녀에게 모든 남자를 기만하고 그들의 욕정에 불을 지필 만한 우아한 매력을 하사했지. 상업과 도둑질의 신이던 헤르메스는 그녀에게 눈 하나 깜짝하지 않고 거짓말을 하고, 사람 마음을 호리고 속이는 법을 가르쳤어. 이 아름다운 요부가 이름하여 판도라인데, 그 이름의 뜻은 '모든 선물을 소유한 여자'였지. 그러고 나서, 복수에 목마른 제우스는, 그녀에게 프로메테우스의 바보 같은 형제를 신랑으로 맞으라고 명을 내렸지. 프로메테우스는 자신의 형제에게 이 신들의 선물을 조심하라고 경고했지만 헛된 일이었어. 그 형제는 미인 중의 여왕, 올림포스에 있는 모든 신들에게 지참금으로 받은 선물로 가득한 작은 상자를 가져온 판도라로 인해 기뻐 껑충껑충 뛰었지. 어느 날 판도라가 그 선물 상자의 뚜껑을 열자, 그 안에서 질병과 고독과 불의와 잔혹과 죽음이 흘러나왔어. 그런 까닭에 주변에서 우리가 보는 이 모든 고통이 세상에 내려오게 된 거야. 아직 잠들지 않았으면, 내가 보기에는 그 문제들은 이미 존재하고 있었던 거라고 말해주고 싶구나. 프로메테우스와 제우스에게도 문제가 있었고, 판도라 자신에게도 문제가 있었고, 우리같이 보통 사람은 말할 것도 없고 말이야. 문제가 판도라의 상자에서 나온 게 아니라, 판도라의 상자가 문제 때문에 고안된 거지. 그 상자 역시 문제로 인해 열린 거고. 내일 학교 끝나고 가서 머리 자르지 않을래? 얼마나 많이 길었는지 좀 봐.

51

때때로 부모님은 '도심으로', 즉 킹 조지 가나 벤예후다 거리로, 양차 세계대전 사이 중부 유럽 도시의 카페를 연상시키는 카페 서너 군데에 나를 데리고 갔다. 이 카페들에는 여러 다른 언어로 된 주간지와 월간지 모음집뿐 아니라 히브리어와 외국어로 된 신문들이 긴 막대기에 고정되어, 손님 마음대로 볼 수 있도록 놓여 있었다. 황동과 크리스털 샹들리에 아래로, 낮게 가라앉은 목소리가 청회색 담배 연기와 다른 세상의 냄새와 뒤섞였는데, 이는 잔잔한 학업과 교제의 삶에서 평화로운 한 걸음을 내딛게 하는 것이었다.

차림새가 단정한 숙녀들과 눈에 띄는 모습의 신사들이 조용히 대화를 나누며 테이블에 앉아 있었다. 하얀색 재킷을 입고 접힌 티 타월을 팔에 단정하게 걸치고 있는 남녀 웨이터들이 순수하고 곱슬곱슬한 천사의 휘핑크림이 떠 있는 아주 뜨거운 커피와 작은 도자기 주전자에 정수만 뽑아내 담은 실론티, 리큐어가 들어간 페이스트리, 크루아상, 크림이 든 애플 슈트루델, 바닐라 아이스크림을 얹은 초콜릿 케이크, 겨울 저녁에 제공되는 향료를 넣어 데운 와인과 작은 브랜디와 체리브랜디 잔 등을 나르며 테이블 주변을 유유히 떠다녔다. (1949년과 1950년에도 아직까지 커피 대용품이 있었고, 아마 초콜릿과 크림 역시 대용품이었던 것 같다.)

이 카페들에서 내 부모님은 때때로 인형 수리사나 우체국 직원으로 이루어진 보통 모임과는 사뭇 다른, 안면 있는 이들과 모임을 가졌다. 여기서 우리는 도서관 신문 부서에서 아버지의 상관으로 있던 페퍼만 씨, 출판업자로 텔아비브에서 사업차 예루살렘을 이따금 방문하던 요슈아 차치크, 대학에서 이력을 쌓기 시작한 부모님 또래의 젊고 전도 유망한 문헌학자와 사학자, 그리고 미래가 보장된 대학 조교를 포함한 다른 젊은 학자들처럼 안면이 있는 가치 있는 자들과 회담을 가졌다. 때로 부모님은 아버지가 알게 되어 영광스럽게 생각했던 예루살렘 작가들의 소모임에서 그들을 만나기도 했다. 도브 킴히, 슈라가 카다리, 이츠하크 셴하르, 예후다 야아리. 오늘날은 거의 잊힌 사람들이고, 그들의 독자들 역시 흙으로 돌아갔지만, 그 시절에 그들은 매우 유명했고, 그들의 책도 널리 읽히고 있었다.

아버지는 이 모임들을 위해 머리를 감고, 구두가 흑옥처럼 빛날 때까지 닦아 광을 내고, 제일 좋아하는 흰색과 회색 줄무늬 넥타이를 준비해두고, 내게 한 번도 아니고 수차례 예의바른 행동 수칙과 어떤 질문에든 간결하고 센스 있게 대답할 의무에 대해 설명함으로써 준비를 시키곤 했다. 때로는 이미 아침에 면도를 다하고도, 집을 나서기 전에 특별 면도까지 했다. 어머니는 자신의 올리브빛 혈색을 완벽히 돋보이게 하고, 다소 수줍은 듯한 아름다움에 이국적인 느낌을 더해주어, 그녀를 이탈리아인이나 어쩌면 그리스인처럼 보이게 해주는 산호색 목걸이를 함으로써 이 행사의 중요성을 드러냈다.

*

저명한 학자들과 작가들은 아버지의 예리함과 박학다식함에 감동했다. 그들은 사전이나 참고문헌이 자신을 실망스럽게 할 때면 언제든 아버지의 해박한 지식에 기댈 수 있다는 것을 알게 되었다. 그러나 아버지와 아버지의 전문 지식을 자주 이용했음에도, 그들은 공공연히 어머니의 친구가 되는 것을 더 만족스러워했다. 그녀의 심오하고 영감을 불러일으키는 주의력은 그들이 지칠 줄 모르는 언어적 공적을 세우도록 북돋웠다. 어머니의 사려 깊은 존재 안에 있는 무언가, 즉 어머니의 예상치 못했던 질문, 그녀의 외모, 그녀의 언질은 논의중인 주제에 새롭고 놀랄 만한 빛을 던져주었고, 그들로 하여금 마치 약간 도취된 것처럼, 자기 업적에 대해, 자신의 독창적인 노력에 대해, 계획과 업적에 대해 계속해서 이야기하게끔 했다. 때때로 어머니는 화자의 글에서 톨스토이의 아이디어와 어떤 점이 유사하다고 지적하면서, 날카로운 질문을 던지거나, 들은 내용에서 스토아적 측면을 분별해내거나, 머리를 약간 갸우뚱했고—그런 때 그녀는 어둡고, 포도주 같은 질감의 목소리를 내곤 했다—여기서 그녀의 귀는 거기 있는 한 작가의 작품에서 함순이나 스트린드베리의 반향이나, 에마누엘 스베덴보리의 신비한 작품에 나타나는 것 중에서도 스칸디나비아적인 특색을 포착하는 것 같이 보였다. 그들이 마음에 걸리는 게 있거나 말거나, 홀린 듯이 그녀의 주의를 끌려고 경쟁하면서 아낌없이 수다를 늘어놓는 동안, 어머니는 거기서 잘 조율된 악기처럼, 침묵과 기민한 주의력을 계속해서 유지했다.

수년 후, 내가 그들 중 한둘을 우연히 마주치게 되었을 때, 그들은 내게 우리 어머니가 아주 매력적인 여자였으며 참으로 영감을 주는 독자, 즉 모든 작가가 서재에서 고독하게 힘든 글쓰기 작업을 할 때 만나길 꿈꾸는 그런 유의 독자였다고 알려주었다. 그녀가 자기 작품을 남기지 못하고 떠난 건 정말 얼마나 안타까운 일인지. 그녀의 때이른 죽음은, 히브리어로 글쓰는 여성이 다섯 손가락 안에 꼽히던 시절, 우리로부터 고도로 재능 있는 작가를 빼앗아 간 것인지도 모른다.

이 명사들이 도서관이나 거리에서 아버지를 만났다면, 그들은 그와 교육부장관 디너 씨가 대학 총장에게 보낸 서한이나, 잘만 슈너가 노년에 월트 휘트먼처럼 되려는 시도를 했다는 이야기나, 클라우스너 교수가 은퇴한 후 그 자리를 차지할 사람에 대해 간략하게 담소를 나누고는, 눈을 반짝이며 희색이 만면한 표정으로 그의 어깨를 두드리며 말했을 것이었다. 당신 공작부인께 내가 따뜻하게 안부를 묻더라고 전해주시오, 정말이지 얼마나 멋진 여자인지, 그렇게 교양 있고 통찰력 있는 여자라니! 정말 예술적인 사람이지!

그들은 아버지의 어깨를 애정 어린 손길로 토닥이면서도, 심중으로는 아버지가 가진 아내를 시기했는지도 모르고, 대체 그녀가, 설령 그가 비상하게 식견이 있고, 근면하며, 심지어, 비교해서 말하자면, 우리 사이에서는, 하찮은 학자도 아니긴 하지만, 오히려 좀 학자적이고, 창의력이라고는 없는 사람인 그의 안에서 무엇을 보았는지? 의아하게 여겼을지도 모른다.

*

나는 카페에서 벌어지는 이러한 대화에서 특정한 임무를 맡고 있었다. 첫번째로, 무엇보다 나는, 몇 살이냐? 몇 학년이냐? 우표는 모으며 스크랩북은 갖고 있느냐? 요즘은 지리 시간에 뭘 가르치냐? 그리고—히브리어 시간에는 뭘? 내가 착한 아이냐? 도브 킴히(아니면 야아리, 카다리, 에벤 자하브, 셴하르) 작품 중에 뭘 읽었느냐? 선생님들은—네게 친절하게 대하느냐? 그리고 이따금, 벌써 젊은 여자들에게 관심이 가기 시작했느냐? 아직은 아니냐? 그리고 크면 뭐가 되고 싶으냐—너도 교수? 아니면 개척자? 아니면 이스라엘군 육군 대장? 이와 같이 어려운 질문들에 대해 어른들처럼, 예절 바르면서 지적인 답을 해야 했다. (마음 깊은 곳에서 나는 그때 이미 작가들은 다소 허위적이고, 얼마간은 우스운 존재들이라는 결론을 내리고 있었다.)

내 두번째 임무는 방해가 되지 않는 것이었다.

나는 존재하지 않는, 보이지 않는 존재여야 했다.

그들의 카페 담화는 최소한 단번에 칠십 시간씩 계속되었고, 이 기나긴 영겁의 시간 동안 나는 천장에 붙어 부드럽게 윙윙 소리를 내며 돌아가는 환풍기보다 더 고요한 존재가 되어야 했다.

이 낯선 이들의 면전에서 신뢰를 깨면 그에 따른 벌칙으로, 2주 동안 매일 학교에서 집에 돌아오는 순간부터 완전히 집에 감금되거나, 친구들과 노는 특권을 잃거나, 다음 20일 동안 침대에서 책 읽을 수 있는 권리를 빼앗길지도 몰랐다.

백 시간의 고독에 대한 크나큰 상은 아이스크림이었다. 아니면 바로 옥수수.

나는 아이스크림이 목에 안 좋고 한기를 돌게 한다고 해서 아이스크림을 먹어도 된다는 허락을 받은 적이 없었다. 삶은 옥수수로 말하자면, 길가에서 프라이머스 스토브 위 끓는 물그릇에 담아두고, 면도도 하지 않은 남자가 파란 잎에 싸인 뜨겁고 향이 좋은 옥수수를 통째로 소금을 쳐서 파는 것이었는데, 면도도 하지 않은 그 남자는 분명 씻지 않은 걸로 보이고, 그가 끓이는 물도 아마 병균이 득실득실할 것이므로 먹어도 된다는 허락을 받은 적이 없었다. "그렇지만 전하께서 오늘 카페 아타라에서 나무랄 데 없이 행동하신다면, 집으로 오는 길에 임의로 둘 중 하나를 선택하는 게 허락될 것이오. 아이스크림이나 삶은 옥수수 중에서, 어느 쪽이든 더 좋은 걸로. 벌은 없지요!"

고로 내 부모님과 그 친구들 사이에서 벌어지는 정치, 역사, 철학, 문학, 그리고 교수들 사이에서 벌어지는 권력 다툼, 편집자들과 출판업자들의 음모에 대한 끝없는 대화를 배경으로 그 내용을 이해하면서, 내가 점차 작은 스파이가 되어갔던 곳이 바로 그 카페였다.

나는 몇 시간이고 계속 움직이지도 않고, 말도 하지 않고, 장난감도 없이, 심지어 연필이나 종이도 없이 할 수 있는 비밀스러운 작은 놀이를 개발해냈다. 카페에 앉아 낯선 사람들을 살피면서, 그들이 입은 옷이나 그들의 몸짓으로, 그들이 읽는 종이나 주문하는 음료를 통해, 나는 그들이 누구인지, 어디서 왔는지, 뭐하는 사람들인지, 여기 오기 직전에 뭘 했는지, 끝나고 나중에 어딜 갈 건지 등등을 맞혀보곤 했다. 저쪽에서 혼자 두 번이나 웃은 저 여자—나는 그녀가 무슨 생각을 하고 있는지 표정을 통해 추론해보려 했다. 문에서 눈길을 떼지 않고 누가 들어올 때마다 매번 실망하는 저 마르고 모자 쓴 젊은 남자. 그는 무슨 생각을 하고 있을까? 그가 기다리고 있는 사람은 어떻게 생겨먹은 사람일까? 나는 귀를 곤두세우고 공중을 떠도는 대화의 단편들을 슬쩍했다. 누가 뭘 읽든 그쪽으로 몸을 구부려 몰래 엿보고, 누가 급히 떠나는지 누가 자리잡고 앉아 있는지를 주시했다.

외부적으로 보이는 몇 가지 불확실한 표지들을 토대로, 나는 복잡하지만 흥분되는 그들 삶의 이야기를 지어냈다. 가령, 목둘레가 깊이 파인 원피스 차림에 입술은 부르트고, 짙은 담배 연기에 싸여 구석 자리에 앉아 있는 저 여자. 카운터 뒤쪽 벽에 걸린 큰 시계가 한 시간을 움직이는 동안 그녀는 세 번이나 자리에서 일어나, 화장실로 사라졌다가, 빈 잔만 있는 자기 자리 앞으로 돌아와 앉아, 모자걸이 근처 테이블에 앉은 양복 조끼 차림의 별에 그은 인물을 이따금 흘끔거리며 갈색 궐련용 파이프로 줄담배만 피워댔다. 한번은 자리에서 일어나 양복 조끼 차림의 그 남자에게 건너가, 몸을 숙이고, 단지 고개만 한 번 끄덕인 남자의 대답을 위해 몇 마디 하고는, 이제 다시 앉아 담배를 피웠다. 여기엔 얼마나 많은 가능성들이 있는지! 내가 이 조각들로 짤 수 있는 플롯과 이야기 만화경이란 현기증이 날만큼 얼마나 다채로운지! 아니, 어쩌면 그녀는 그저 그가 신문 〈하보케르〉를 다 읽고 나면 그걸

달라고 부탁한 것뿐인지도 모른다.

내 눈은 그 숙녀의 풍만한 가슴 윤곽에서 도망쳐보려 시도했지만 헛되게도, 눈을 감으면 그 모습은 더 가까워져서, 나는 그 온기를 느낄 수 있고, 그것은 거의 내 얼굴을 감싸안는다. 내 무릎이 떨리기 시작한다. 그 여자는, 돌아오겠다고 약속했으나 잊어버린 자신의 연인을 기다리는 중이고, 그것이 그녀가 거기 앉아 그렇게 절망적으로 줄담배를 피우고, 각설탕으로 목을 달래며, 잇따라 블랙커피를 마시는 까닭이다. 그녀는 때때로 얼굴에 분칠을 해서 눈물 자국을 없애러 화장실로 사라진다. 웨이터는 양복 조끼 차림의 남자에게, 아내가 자기보다 더 젊은 연인에게로 떠나버린 그의 슬픔을 익사시킬 리큐어가 담긴 고블릿을 가져다준다. 바로 이 순간 그 두 남녀는 유람선에 타고, 멋진 리조트—생모리츠, 산마리노, 샌프란시스코, 상파울루, 상수시—로 가는 동안, 바다에 비친 달빛을 배경으로 볼을 맞대고 선장이 주최한 무도회에서 그들 주위를 감도는 에디슨 극장의 몽환적 음악 소리와 함께 춤을 추고 있다.

나는 거미줄 짜는 일을 계속했다. 그 젊은 연인은, 네이비 컷 담뱃갑에 그려진 넬슨 같은,* 자부심 넘치고 남자다운 선원의 모습으로 내 눈앞에 그려지는데, 사실 그는 이 저녁에 여기서 줄담배를 피우고 있는 여자에게 만나러 나오겠노라고 약속하고는, 지금은 천 리도 넘게 떨어진 다른 곳에 있는 바로 그 사람이다. 그녀는 헛되이 기다리고 있다. "선생님, 당신도 운명에 의해 버림받았나요? 당신도, 나처럼, 홀로 남

* 네이비 컷은 영국에서 생산된 담배 브랜드. 로고에 선원의 그림이 있으며, 제품 중에 넬슨 제독의 초상화를 넣은 것도 있다.

겨졌나요?" 그것이, 낡고 로맨틱한 언어로, 그녀가 좀전에 그의 테이블로 가서 몸을 굽혀 양복 조끼 입은 남자에게 말을 걸고, 그가 끄덕임으로 대답을 한 이유다. 곧, 그 버림받은 커플은 함께 카페에서 바깥 거리로 나가, 한마디 말도 필요 없이 팔짱을 끼게 될 것이다.

그들은 함께 어디로 갈까?

내 상상력은 거리와 공원, 달빛 받은 벤치, 돌담 뒤의 작은 집으로 이어지는 좁은 길, 촛불, 닫힌 셔터들과 음악을 그리고, 그 이야기는 나 자신에게 이야기하거나 내가 품기에는 너무 달콤하면서도 끔찍해지기에 나는 서둘러 이야기에 작별을 고한다. 대신 나는 우리 테이블 근처 테이블에서 체스를 두면서 독일식 히브리어로 이야기하고 있는 두 중년 남자에게 눈을 고정시킨다. 그중 한 명은 불그스레한 나무로 된 차가운 파이프를 어루만지며 빨고 있고, 다른 한 명은 이따금 체크무늬 손수건으로 넓은 이마에서 눈에 안 보이는 땀을 닦아낸다. 웨이터가 파이프를 든 남자에게 가서 무어라 속삭이자, 그는 다른 사람에게 독일식 히브리어로 뭐라 양해를 구하고, 웨이터에게도 사과하더니, 카운터 바로 옆 전화기로 간다. 이야기가 끝나자 그는 수화기를 내려놓고, 버림받고 길 잃은 듯한 모습으로 잠시 서 있다가, 비틀거리며 자기 테이블로 돌아가 분명 그의 체스 파트너에게 다시 한번 실례한다고 양해를 구하고는, 이번에는 독일어로 무언가 설명하더니, 서둘러 테이블 위에 동전 몇 개를 내려놓고 떠나려 한다. 그의 친구는 성이 나서 억지로 자기 주머니에 동전을 집어넣지만, 다른 쪽이 말리자, 갑자기 동전들이 땡그랑거리며 테이블 아래 바닥으로 굴러떨어지고, 두 신사는 응수하던 것을 멈추고 그것을 주우려 무릎을 꿇고 앉는다.

너무 늦었다. 나는 이미 그들을 사촌간이자, 독일인에게 살해된 일가의 유일한 생존자들로 결정했다. 그리고 이미 그들의 이야기를 막대한 유산과, 체스 게임의 승자가 유산의 3분의 2를 받게 되고 패자는 3분의 1로 만족해야 한다는 괴벽스러운 유언 조항으로 풍성하게 해놓았다. 그러고 나서 나는 그 이야기에 내 나이 또래의 고아 소녀를 등장시킨다. 그 소녀는 유스 알리야*와 함께 유럽에서 키부츠나 교육기관으로 보내진 아이인데, 체스 경기자 말고 그녀가 정말로 법정 상속인이다. 이 시점에서 나는 이야기에서 나를 빛나는 갑옷 기사 역할로, 그 고아의 보호자로, 단지 사랑에 빠졌기 때문만은 아니고, 유산을 받을 자격이 없는 자들로부터 전설적인 유산을 구해내어 정당한 권리를 지닌 주인에게 되돌려줄 이로 등장한다. 그러나 사랑에 이르자 나는 눈을 다시 감고 그 이야기를 짧게 끝내야 할 필요를 시급히 느끼며 또다른 테이블을 염탐하기 시작한다. 아니면 깊고 검은 눈동자를 지닌 저 절뚝거리는 여자 웨이터를 염탐하기. 그리고 이것이, 분명 그런 것 같은데, 작가로서 내 삶의 시작이었다. 카페에서. 아이스크림 혹은 옥수수를 기다리며.

*

지금까지도 나는 이런 식으로 소매치기를 한다. 특히 낯선 사람들에게서. 특히 공공장소에서 분주할 때. 가령, 병원에서 기다리는 줄에서

---

* 청년 이민자들의 시온주의자 조직.

나. 대기실이나 기차역이나 공항에서. 심지어 때로 운전중에, 차가 막힐 때, 내 옆에 서 있는 차를 엿보면서. 엿보기와 이야기 만들어내기. 다시 엿보고, 더 많은 이야기 만들어내기. 그녀가 화장을 고치는 동안 그녀의 옷, 표정, 몸짓을 통해, 그녀는 어디 출신인가? 그녀의 집은 어떨까? 그녀의 남자는 어떤 사람일까? 아니면 저기 저쪽에 유행에 뒤떨어지게 구레나룻을 길게 기르고, 왼손에는 핸드폰을 들고, 다른 손으로 휘저어대며 느낌표, 구조 신호를 표하는 저 청년. 왜 그는 정확히 내일 런던으로 떠날 준비를 하고 있는 걸까? 그가 실패한 사업은 무엇일까? 거기서 그를 기다리고 있는 이는 누구일까? 그의 부모는 어떤 이들일까? 그들은 어디 출신일까? 아이였을 때는 어땠을까? 런던에 도착한 후, 저녁 시간, 밤 시간을 보내기 위해 어떤 계획을 세울까? (요즘 나는 침실 문 앞에서 깜짝 놀라 그만두지 않는다. 나는 눈에 보이지 않게 흘러들어간다.)

도중에 낯선 이들이 내 호기심 가득한 시선을 포착하면 나는 멍하니 그들을 향해 사과하는 양 미소를 지은 후 시선을 돌린다. 당황하게 할 의도는 없다. 나는 현장에서 잡혀 해명을 요구받는 일을 염려하며 살아간다. 그러나 어쨌든 일이 분만 지나면 내 격식 없는 이야기의 주인공들을 계속 엿볼 필요는 없어진다. 충분히 다 봤다. 삼십 초면, 그들은 내 보이지 않는 파파라치 카메라에 포착된다.

가령, 슈퍼마켓 계산대에서 기다리면서. 내 앞에 서 있는 여자는 키가 작고 포동포동한 사십대의 여자로, 자세나 표정에서 무언가 자신이 모든 것을 해봐서 이제 더 놀랄 것도 없고, 심지어 가장 이상야릇한 경험조차 그녀의 즐거운 호기심을 겨우 일으킬까 싶은 분위기가 엿보여

아주 매혹적이다. 내 뒤 탐욕스러운 시선의 젊은 군인은 고작 스무 살 정도인데, 굶주린 듯한 시선으로 이 영악한 여자를 바라보고 있다. 나는 그의 시야를 가리지 않으려고 반쯤 옆으로 물러서서, 그들을 위해 푹신한 카펫이 있는 공간을 준비하고, 셔터를 닫고, 문에 기대섰으며, 이제 수줍은 듯한 그의 열띤 모습에 대한 코믹한 접근과 그녀의 인정 많은 관대함에 대한 심금 울리는 접근을 포함한 광경이 세밀하게 넘친다. 계산대에서 목소리를 높이기 전까진. 다음이요! 정확히 러시아어도 아니고, 아마 중앙아시아 공화국 중 어느 나라 말쯤 되는 악센트로? 그래서 나는 이미 사마르칸트에, 아름다운 부하라에 와 있다. 쌍봉낙타와 분홍색 돌로 된 모스크와 관능적인 둥근 천장이 있는 기도 홀과 부드럽고 두터운 카펫이, 나와 쇼핑한 물품을 거리까지 전송했다.

*

군 복무를 마친 후, 1961년 키부츠 훌다 위원회는 나를 예루살렘 히브리 대학으로 연구차 2년간 보냈다. 키부츠 고등학교에서 '보습 학급'이라 불리는 문학 수업에 교사가 긴급히 필요했기에 나는 문학을 공부했고, 내 고집으로 철학을 공부했다. 매주 일요일 오후 네시부터 여섯시까지, 백 명의 학생들이 사무엘 휴고 베르그만 교수의 '대화철학: 키르케고르에서 마르틴 부버까지'에 대한 강의를 들으려고 메이어 빌딩 대강당에 모였다. 나의 어머니 파니아도 1930년대, 대학이 아직 마운트 스코푸스에 있던 시절에, 아버지와 결혼하기 전, 베르그만 교수에게 철학을 배워서, 그에 대해 좋은 기억을 가지고 있었다. 1961년 베르그만 교수는 이미 은퇴해서 명예교수였지만, 우리는 그의 명쾌하고 맹렬한 지혜에 매료되었다. 나는 우리 앞에 서 있는 남자가 프라하에서 카프카와 함께 있었던 사람이라는 데, 그리고 그가 우리에게 한 번 얘기했듯, 막스 브로트가 나타나 카프카 바로 옆 자리를 차지하기 전까지 2년 동안 실제로 카프카와 한 의자에 앉았던 사람이라는 생각에 전율을 느꼈다.

그해 겨울 베르그만 교수는 강의가 끝난 후 자신이 좋아하고 흥미를 가진 학생 대여섯을 자신의 집으로 초대했다. 매주 일요일 여덟시, 나는 기바트 람에 있는 신설 캠퍼스에서 5번 버스를 타고 르하비아에 있는 베르그만 교수의 그리 크지 않은 아파트로 갔다. 고서, 신선한 빵, 제라늄 화분의 희미하지만 유쾌한 냄새가 방을 채우고 있었다. 우리는 카프카와 마르틴 부버, 그리고 우리가 배운 인식론과 논리학 교재 저자들의 어린 시절 친구인 거장의 발치 바닥이나 소파에 앉았다. 그러고는 말없이 그가 진술하기를 기다렸다. 사무엘 휴고 베르그만은 노년임에도 풍채가 단단한 남자였다. 베르그만은 백발의 헝클어진 머리칼, 빈정대는 듯하면서도 즐기는 듯한 눈가 주름, 회의적이지만 호기심 많은 아이처럼 순수해 보이고 꿰뚫어 보는 시선을 지닌, 노년의 알베르트 아인슈타인의 사진과 현저하게 닮은 모습이었다. 그는 중부 유럽 악센트로, 마치 의기양양한 것처럼, 사랑하는 연인이 마침내 자신을 받아들여주어서 그녀가 자신을 택한 것이 실수가 아니라는 것을 증명해 보이겠노라 결심한 행복한 구혼자처럼, 자연스럽지 않지만 익숙한 걸음으로 히브리어 속을 걸어다녔다.

이런 만남의 자리에서 우리 선생님이 꺼내는 거의 유일한 주제는 영혼의 생존 내지는 만약 그런 게 정말 있다면, 죽음 후의 존재의 가능성이었다. 비는 맹렬히 창을 두드리고 바람은 정원에서 울부짖던 그해 겨울, 그것이 일요일 저녁마다 그가 우리에게 이야기했던 것이다. 때때로 그는 우리 견해를 묻고는, 학생들의 발자취를 안내하는 인내심 있는 선생의 모습이라기보다, 외려 복잡한 한 곡의 음악을 들으며 특별한 음률이 맞는지 틀리는지 판단하려는 사람처럼, 주의깊게 의견을 들었다.

"아무것도," 그가 어느 일요일 저녁 우리에게 "사라지지 않는다"고 말했고, 나는 그것을 전혀 잊지 않고 있기에, 그가 말한 것을 한마디 한마디 거의 그대로 따라할 수 있다고 자신한다. 바로 그 단어 "사라지다"는, 이를테면 우주가 유한하고, 거기서 떠날 수 있다는 의미를 함축한다. 그러나 "아-무것도(그는 일부러 발음을 길게 끌었다) 우주를 떠날 수 없지. 그리고 아무것도 들어올 수도 없고. 먼지 한 점조차 생기거나 사라지거나 할 수 없다. 물질은 에너지로 변하고, 에너지는 물질로 변하며, 원자는 조립하고, 분해되고, 모든 것은 변형시키고, 변형되지만, 아-무것도 존재를 비존재로 바꿀 수는 없어. 바이러스의 꼬리에서 자라는 미세한 털끝 하나조차 말이야. 무한이라는 개념은 사실, 무한대로 열려 있지만, 동시에 또한 닫혀 있고 밀폐되어 봉인되어 있어. 아무것도 나가지도 들어오지도 않는다."

휴식. 교활하면서 순수한 미소가 그의 풍성하고 매혹적인 얼굴의 주름진 경관을 가로질러 일출처럼 퍼져나간다. "어떤 경우든, 누군가 내게 설명해줄 수 있을지도 모르겠는데, 왜 법칙에서 유일무이한 예외, 파멸할 운명인 유일무이한 것, 아무것도 아닐 수 있는 것, 제거될 수조차 없는 이 넓은 전체 우주에서 중단될 유일무이한 것이 내 가련한 영혼이라고, 나한테 고집스럽게 말하는 거지? 먼지 한 점, 물 한 방울, 그 모든 것이—내 영혼만 제외하고, 비록 다른 형태로나마, 영원히 계속 존재할 거라고?"

"영혼은," 방구석에서 명민한 젊은 천재가 "아무도 본 적조차 없지요" 하고 중얼거렸다.

"그렇지," 베르그만 교수가 곧바로 동조했다. "카페에서는 물리학도 수학의 법칙도 마주할 일이 없지. 지혜로움이나 어리석음이나 욕망이나 두려움도. 그 누구도 시험관에 소소한 기쁨이나 열망의 표본을 받아 넣은 적조차 없어. 하지만, 젊은 친구, 바로 지금 자네에게 이야기하고 있는 건, 그건 누군가? 베르그만의 유머인가? 베르그만의 울분인가? 어쩌면 베르그만의 거대한 창자가 이야기하고 있는 것인지도 모르겠구먼? 내가 이렇게 표현해도 될지 모르겠네만, 자네들 얼굴에 있는 그 무엇도 기쁘지 않다는 듯한 그 미소는 누가 지었나, 그게 누군가? 그건 자네 영혼이 아닌가? 그게 자네 연골 조직인가? 위액인가?"

그리고 한번은 이렇게 말했다.

"우리가 죽고 난 뒤 우리를 위해 준비된 것은 무엇인가? 아-무도 모르지. 증명이나 입증의 여지가 있는 지식의 선에서는 적어도. 이 저녁에 가끔 내가 죽은 자들의 목소리를 듣는데 그게 내겐 산 자들 대부분의 목소리보다 훨씬 더 분명하고 훨씬 더 명료하다고 말한다면, 자네들은 이 늙은이가 노망이 났구먼 하고 말할 자격이 있지. 죽을 때가 임박해서 공포로 정신이 나갔다고. 그런고로 이 저녁에 그런 음성들에 대해서는 말하지 않고, 수학에 대해 말하겠네. 우리 죽음의 반대편에 무언가 있을지 아무것도 없을지는 아-무도 모르기 때문에, 우리는 이 완전한 무지에서부터 거기에 아무것도 없을 가능성과 정확히 같은 정도로 거기 뭔가 있을 가능성을 추론할 수가 있지. 살아남느냐 그냥 중단되느냐가 50 대 50이야. 나 같은 유대인, 그것도 나치의 홀로코스트를 겪은 세대의 중부 유럽 유대인으로서는, 살아남는 건 전혀 나쁘지 않지."

베르그만 교수의 친구이자 라이벌인 게르숌 숄렘 역시 죽음 이후의 삶의 문제에 매료되어 심지어 번민하고 있었는지도 모른다. 그의 죽음에 대한 뉴스가 방송된 아침에 나는 기록했다.

게르숌 숄렘은 간밤에 죽었다. 이제 그는 알리라.

베르그만 교수 역시 이제 알겠지. 고로 카프카도 알겠고. 고로 어머니 아버지도. 그리고 그들 친구들, 아는 사람들, 그 카페에 있던 대부분의 남자들, 여자들, 내가 내 이야기에 썼던 사람들, 완전히 잊힌 사람들 모두. 이제 그들 모두 알겠지. 언젠가는 우리도 알게 되겠지. 그리고 그러는 동안에 우리는 소소한 세부 사항들을 그러모으게 되겠지. 만일을 위해서.

52

나는 타흐케모니 학교 4학년과 5학년 때 지독하게 민족주의적인 아이였다. 「유다 왕국의 종말」이라는 역사소설을 연재하고, 알렉산더 할아버지의 애국시와 비슷하고 제에프 야보틴스키의 「베이타르 안템」 같은 민족주의적 행진가를 흉내낼 양이었던 정복과 민족적 위대성에 대한 몇 편의 시를 썼다. "……그대의 피를 흘리고 그대 영혼을 드리라!/ 불을 높이 들어라/ 안일함은 수렁과 같다/ 우리는 영광스런 목표를 위해 싸우노라!……" 폴란드에 있던 유대 동지들과 게토 반란군의 노래에도 영향을 받았다. "……우리의 피를 쏟으면 어떻게 될까/ 영웅적 행위가 담긴 우리 영혼은 반드시 번성하리라!……" 아버지가 떨리는 목소리에 정념을 담아 내게 읽어주곤 했던 사울 체르니콥스키의 시들도. "……피와 불의 가락이여!/ 그러니 눈에 보이는 무엇이든, 언덕을 오르고 골짜기를 쳐부수라—얻으라!" 무엇보다 나를 흥분시켰던 시는 슈테른 폭력단의 지도자인 아브라함 슈테른, 일명 야일의 「무명의 군사들」이었다. 나는 불을 끈 후 침대에서 그것을 속삭이면서, 그러나 비애를 담아 암송하곤 했다. "우리는 무명의 용사들, 자유를 얻을 때까지 우리는 싸워야 하리/ 도처에는 죽음의 그림자/ 우리는 전투와 투쟁을 하는 삶에 서명했으니/ 마지막 숨을 내쉴 때까지 싸워야 하리……/ 우리의 피가 떨어져 붉어진 날에/ 밤의 가장 캄캄한 절망 속에서/ 정의를 지키기 위해 싸웠기에/ 마을과 도시를 넘어 우리의 깃발은 휘날리리라!……"

나는 피와 흙, 불과 철의 격류에 도취되었다. 몇 번이고 나는 전장에 영웅적으로 떨어진 내 모습을 상상했고, 부모님의 슬픔과 자부심을 그렸으며, 동시에 모순 없이, 나의 영웅적인 죽음 후, 벤구리온과 베긴과 우리Uri 츠비가 낭독한 고무적인 추도 연설을 눈물겹게 즐긴 후, 나를 기념하며 만들어진 대리석 상과 찬미가를 목구멍에 차오르는 슬픔과 함께 바라본 후에, 언제나 일시적인 죽음에서 건강하고 강건하게 일어나, 자화자찬에 젖어, 스스로를 이스라엘군 최고사령관으로 임명하고, 나의 군대를 피와 불로, 디아스포라로 자란 벌레 같은 야곱*이 그 나약한 자들이 감히 적군의 손에서 빼앗지 못했던 그 모든 것을 해방시키도록 이끌었다.

* 「이사야」 41장 14절. "두려워하지 마라, 벌레 같은 야곱아! 구더기 같은 이스라엘아, 내가 너를 도와주리라. 야훼의 말이다."

*

메나헴 베긴은 전설적인 지하조직의 지휘관으로, 그 당시 내 유년시절 최고의 우상이었다. 좀더 이른 시기인 영국 위임통치 마지막 해에는 그 지하조직의 무명의 지휘관이 내 상상력에 불을 지폈다. 내 생각에 나는 그가 성서적 영광의 구름으로 감싸인 모습이리라 여겼던 것 같다. 나는 유다 광야 거친 골짜기에 있는 비밀 본부에서, 맨발에 가죽 허리띠를 하고선, 가르멜 산 언덕 사이에 있던 엘리야처럼 불꽃을 번쩍이며, 순수해 보이는 젊은이들을 통해 자신의 머나먼 동굴로부터 지령을 보내는 그를 상상했다. 밤마다 그의 긴 팔은 영국 주둔군의 심장부에 닿아, 다이너마이트로 본부와 군사 시설을 폭파하고, 담벼락을 돌파하고, 탄약 창고를 폭파하고, 그 격노를, 아버지가 지은 포스터 문구에서, 앵글로-나치 원수, 혹은 아말렉, 배반자 알비온이라 불리던 적군의 요새에 쏟아부었다. (어머니는 언젠가 영국에 대해 이렇게 말했다. "아말렉이든 아니든, 우리가 곧 그들을 그리워하지 않을지 어떨지 누가 알겠니.")

이스라엘 국가가 건설되자, 히브리 지하조직 군대의 최고사령관이 마침내 은둔처에서 나왔고, 어느 날인가 신문에 그의 이름과 사진이 실렸다. 아리 벤 삼손이나 이브리아후 벤 케두밈 같은 영웅적인 누군가가 아니라, 메나헴 베긴이었다. 나는 경악했다. 메나헴 베긴이라는 이름은 이디시어 발음을 볼 때 스바냐 거리의 잡화상이나 게울라 거리의 금니가 있는 코르셋 제조상과 어울렸다. 게다가 낙심천만하게도 내 어린 시절 영웅은 신문 속 사진에서 커다란 안경을 창백한 얼굴에 걸치고 있는 유약하고 마른 남자로 나타나 있었다. 오직 콧수염만이 그의 비밀스러운 힘을 증명하고 있었다. 그러나 몇 달 후 콧수염마저 사라졌다. 베긴 씨의 모습과 목소리, 악센트와 어법은 가나안이나 유다 마카비의 성서적 정복자가 아니라, 그저 타흐케모니에 있던 허약한 선생님을 상기시켰는데, 그분 역시 민족주의적 열정과 정의로운 분노가 흘러넘쳤지만, 그 영웅주의 뒤에서 신경질적인 독선과 잠재된 까다로움이 이따금 뚫고 나오는 사람이었다.

*

그리고 어느 날 메나헴 베긴 덕분에, 나는 돌연 "나의 피를 흘리고 나의 영혼을 드리고/ 영광스러운 목적을 위해 싸우리"라던 욕망을 상실했다. 나는 "안일함은 수렁과 같다"던 견해를 버렸고, 얼마 후 반대 견해로 방향을 바꾸었다.

몇 주간 예루살렘의 절반이 토요일 오전 열한시에, 이 도시에서 가장 큰 홀인 에디슨 대강당에서 열린 헤룻 운동 집회에서 메나헴 베긴의 불같은 연설을 듣고자 모였다. 그 건물 정면에는 포드하우스 벤치시의 지휘 아래 이제 곧 시작할 이스라엘 오페라의 출현을 알리는 포스터들이 붙어 있었다. 할아버지는 특별한 때면 격조 있는 검정색 정장을 입고 연푸른 새틴 넥타이를 갖추곤 했다. 삼각형으로 접힌 하얀 손수건이 가슴 주머니에 열기 속의 눈송이처럼 뾰족 나와 있었다. 우리가 대강당에 들어서자, 삼십 분 전에 모임이 시작되었기 때문에, 그는 모든 방향에 대고 인사로 모자를 들어 보였고, 자기 친구들에게까지 고개를 숙여 인사했다. 나는 할아버지 옆에서 하얀색 셔츠에 광낸 구두를 신고, 단정하게 빗은 머리를 하고 엄숙하게, 바로 두번째인가 세번째 줄에 서서 행진했는데, 거기는 상석으로, 알렉산더 할아버지같이 '헤룻 운동—이르군, 즉 민병대 조직이 설립한' 예루살렘 위원회 회원을 위해 지정된 자리였다. 우리는 요셉 요엘 리블린 교수와 엘리야후 메리더 씨인가와, 이스라엘 셰이프 엘다드 박사와 하녹 칼라이 씨인가와 헤룻 신문 편집자인 이삭 렘바 씨 사이에 앉았다.

그 홀은 이르군 지지자들과 전설적인 메나헴 베긴 숭배자들로 가득 차 있었는데, 거의 대부분이 남자로, 타흐케모니 우리 반 친구 아버지들이 많았다. 그러나 셋째 줄인가 넷째 줄 다음에는 보이지 않는 미세한 경계선이 있었으니, 거기는 인텔리겐치아의 걸출한 회원, 국민전선 캠페인의 베테랑, 수정주의 운동가, 대개 폴란드, 리투아니아, 백러시아와 우크라이나에서 온 이르군의 전임 사령관, 세파라딤, 부카리안, 예멘인, 쿠르드인, 그리고 홀의 나머지를 채우고 있는 알레포 유대인들의 지정석이었다. 이 흥분한 무리는 별석과 통로를 꽉 채우고, 벽 쪽에도 밀렸고, 대강당 앞의 휴게소와 광장으로 쏟아졌다. 그들은 앞줄에서 민족주의자와 영광스러운 승리의 기쁨이 가미된 혁명의 이야기를 했고, 니체와 마치니를 인용했지만, 거기엔 정중한 예법을 지닌 프티부르주아적인 공기가 있었다. 50년대 초, 그때조차, 곰팡이와 나프탈렌 냄새가 나던 중절모와 정장, 넥타이, 에티켓과 꽃무늬 응접실 관습.

이 권력 중추의 측근 그룹 뒤쪽으로 열혈 성실 신봉자들의 바다가 펼쳐져 있었는데, 그들은 충성스럽고 헌신적인 상인, 작은 소매상, 노동자 무리이자, 다수가 테두리 없는 모자로 치장하고, 초라하게 차려입은 자신들의 영웅인 지도자 베긴 씨의 연설을 듣기 위해 유대 회당에서 곧장 온 이들로, 이상주의에 벌벌 떨고 근면하고 인정 있고 불같은 기질에 흥분 잘하고 시끄러운 유대인들이었다.

회합이 시작되자 그들은 베이타르 노래들을 불렀고 말미에는 운동가요와 국가인 〈하티크바〉를 불렀다. 연단은 수많은 이스라엘 국기와 거대한 블라디미르 야보틴스키의 사진, 그리고 제복에 검정색 타이를 하고 두 줄로 선, 매우 예리하게 빛나는 베이타르 청년들—내가 좀더 나이가 들었을 때 거기에 얼마나 가입하고 싶었던지—과, "요트파트, 마사다, 베이타르!" "오 예루살렘 내가 그대를 잊거든—내 오른손으로 재간을 잃게 하소서!" 그리고 "피와 불 속에 유대는 무너지고—피와 불 속에 유대는 다시금 일어서리라!"처럼 고무적인 슬로건으로 장식되어 있었다.

*

예루살렘 지부 위원회 회원들의 '흥을 돋우는 연설'이 두어 개 지난 후, 갑자기 모두 무대에서 사라졌다. 베이타르 청년들마저도 행진해서 나갔다. 짙은 종교적 고요가 조용히 윙윙거리는 날갯짓처럼, 에디슨 대강당을 뒤덮었다. 모든 눈이 텅 빈 무대에 고정되었고, 모든 심장이 불붙을 준비가 되었다. 이 기대하는 듯한 고요는 오래도록 지속되었고, 갑자기 무언가 무대 뒤에서 움직이더니, 커튼 틈새가 갈라지고, 작고 마른 남자가 혼자 우아하게 마이크 앞으로 걸어나와, 마치 자신의 수줍음에 스스로 압도된 듯, 고개를 겸허히 숙이며 관객 앞에 섰다. 위압당한 침묵이 잠시 흐른 후, 베긴이 불을 내뿜는 거인이 아니라, 허약해 보이는 남자라는 것을 깨닫고서는, 군중 사이에서 자기 눈을 거의 믿을 수 없다는 듯이, 마치 어안이 벙벙하다는 듯이, 주저하는 박수 소리가 산발적으로 나왔다. 그러나 곧 그들은 박수갈채를 터뜨렸고, 뒤쪽에서 그 박수 소리는 순식간에 베긴의 연설 거의 처음부터 끝까지 동반된 애정의 고함소리로 바뀌었다.

잠시 동안 그 남자는 움직임 없이 머리를 숙이고, 어깨는 늘어뜨린 채, 이렇게 말하는 듯, 서 있었다. "저는 이러한 작위를 받을 자격이 없습니다" 내지는 "제 영혼은 여러분의 사랑의 무게 아래 진토까지 수그러듭니다". 그러더니 그는 군중들에게 축복을 내리듯이 자기 팔을 펼치고 수줍게 미소 지어서 좌중을 조용하게 만들고는, 꼭 무대 공포증이 있는 풋내기 영화배우처럼 주저하며 연설을 시작했다.

"형제자매 여러분. 유대 동지 여러분. 영원히 성스러운 우리의 도시 예루살렘의 자녀들. 좋은 안식일입니다."

그러고는 멈추었다. 갑자기 그는 조용히, 슬프게, 거의 애도하듯 말했다.

"형제자매 여러분. 요즘은 우리 사랑하는 신생국에 어려운 시기입니다. 유난히도 어려운 시기입니다. 우리 모두에게 무시무시한 시기이죠."

점차 그는 자신의 슬픔을 극복하고, 힘을 끌어모아, 마치 고요의 베일 뒤로 억제되어 있으나 아주 심각한 경고를 숨긴 듯, 여전히 조용하지만 절제된 힘을 실어 계속했다.

“또다시 우리 적들은 어둠 속에서 이를 갈면서 전장에서 그들이 맛본 수치스러운 패배에 대한 복수를 꾸미고 있습니다. 강대국들은 또다시 악행을 궁리하고 있습니다. 새로운 것은 아무것도 없습니다. 대대로 사람들은 우리를 전멸시키려고 일어났습니다. 그러나 우리, 나의 형제자매들이며, 우리는 다시금 그들에게 용감히 대항할 것입니다. 우리가 과거에 한두 번도 아니고 수차례 그들에게 대항했던 것처럼. 고개를 높이 치켜들고. 결단코, 결단코, 그들은 우리 나라가 무릎 꿇는 것을 보지 못할 것입니다. 영원히! 마지막 세대에 이르기까지!”

“영원히, 영원히!”라는 말에서 그는, 고통스러운 떨림으로 가득찬 채, 가슴에서 메아리치는 외침으로 목소리를 높였다. 그것은 분노와 고뇌의 포효였고, 이번에 청중들은 소리치지 않았다.

“이스라엘의 영원불변한 하느님은,” 그가 조용하면서도, 마치 이스라엘의 영원불변한 하느님의 본부에서 작전 회의를 마치고 나온 것처럼 권위 있는 음성으로 말을 이었다. “이스라엘의 반석은 다시 일어나 우리 적의 그 모든 책략들을 좌절시키고 산산조각낼 것입니다!”

이제 군중들은 감사와 애정으로 달아올라, “베긴! 베긴!” 하는 리드미컬한 외침으로 그 마음을 표현했다. 나 역시 황급히 일어나, 내 목소리가 낼 수 있는 만큼 온 힘을 다해, 그 순간이 부서져라 그의 이름을 소리쳐 불렀다.

그 연설가는 엄숙하고도 단호하게 손을 들면서, “이런 조건하에”라고 말하고는, 이 조건의 성질을 곰곰이 숙고해보고, 이것을 청중과 공유하는 것이 적절한 일인지 고민하듯 잠시 멈추었다. 죽음 같은 정적이 홀 전체를 뒤덮었다. “단 하나의 중대하고, 필요불가결하며, 숙명적인 조건하에." 그가 다시 멈췄다. 그리고 머리를 늘어뜨렸다. 마치 그 조건의 끔찍한 무게로 구부러진 듯이. 청중들이 너무나 열중해 듣고 있어서 나는 홀 천장에 높이 달린 환풍기가 윙윙거리는 소리까지 들을 수 있었다.

"형제자매 여러분, 만약 우리가 국가적 리더십을 지녔으며, 자기 그림자에 놀라 두려움에 떠는 게토 유대인 무더기가 아니라는 조건 아래 있다면! 만약 유약하고 쇠약하고 좌절한 패배주의자, 비열한 벤구리온 정부가 지체 없이, 바로 우리의 영광스러운 군의 이름과 같이, 자랑스럽고 용감한 히브리 정부, 우리 적을 공포로 떨게 할 방법을 아는 비상긴급 정부로 나아간다는 조건 아래 있다면, 이스라엘군은 이스라엘 적들이 있는 곳이 어디든, 그들의 심장을 위협할 수 있을 것입니다!"

이때 전 회중들은 끓어올라 둑에서 터져나올 것처럼 보였다. '비열한 벤구리온 정부'라는 언급에 사방에서 증오의 콧김이 일었다. 2층석 어딘가에서 누군가 쉰 목소리로 "반역자에게 죽음을!"이라고 소리쳤고, 홀의 다른 쪽 구석에서 "베긴, 베긴은 수상으로/ 벤구리온은 집으로 돌아가라!"는 거친 외침이 터져나왔다.

그러나 연설자는 청중들을 진정시키고는, 학생들을 꾸짖는 엄한 선생님처럼 침착하게 단언했다.

"아니요, 형제자매 여러분. 그건 길이 아닙니다. 고함소리와 폭력이 올바른 길이 아니라, 평화적이고 존중할 만하며 민주적인 선거가 바른 방법입니다. 그런 붉은 무리들의 방법이나 기만과 모리배주의가 아니라, 우리의 위대한 지주인 블라드미르 야보틴스키에게 배워온 바로 그 올바르고 고귀한 길 말입니다. 우리는 곧 그들을 내쫓되, 형제들 사이에서 증오나 폭력적인 격변으로가 아니라, 차가운 경멸로 쫓아낼 것입니다. 그렇습니다, 우리는 그들 모두를 내쫓게 될 것입니다. 우리 조국의 땅을 팔아넘긴 자들, 스탈린에게 자기 영혼을 팔아넘긴 자들을. 키부츠를 난도질한 자들, 볼셰비키 히스타드룻의 거만하고 짐짓 겸손을 떠는 폭군들, 프티즈다노프*들과 그 모든 도둑놈들도 같이. 그들을 처단할 것입니다! 그들은 언제나 우리에게 육체노동과 늪지에서 물을 빼내어 땅을 개간하는 일에 대해 점잔을 빼며 무책임하게 지껄이고 있지 않습니까? 그렇다면 좋습니다. 우리는 그들을, 아-주 공손하게 그 육체노동으로 쫓아낼 것입니다. 그들은 오래전에 노동이라는 말의 뜻도 잊어버렸습니다. 그들 중 누구든 잠잠히 삽을 들 수나 있는지 보면 흥미롭겠군요! 우리는, 나의 형제자매들이여, 늪지에 배수를 하는 위대한 작업을 하게 될 것입니다—빠른 시일 내에요, 형제자매 여러분, 빠른 시일입니다, 조금만 참으세요—우리는 이 노동 정부의 늪지에 단호하게 배수를 할 것입니다! 단호하게 말입니다, 형제자매 여러분! 우리는 뒤집을 수 없게, 돌이킬 수 없게 늪지에 배수로를 낼 것입니다! 이제 저를 따라하십시오, 여러분, 한 사람인 듯, 크고 명료하게, 이 엄숙한 서약을. 단호하게! 단호하게!! 단호하게!!! 회귀는 없다! 회귀는 없다!! 회귀는 없다!!!"

군중은 미쳐 있었다. 나도 그랬다. 마치 우리 모두가 거대한 한 몸의 세포들이 된 것처럼, 분노로 불타오르고, 분개로 끓어넘쳐서.

---

* 즈다노프는 소련 정치가로, 음악, 미술, 문학 등 문화 영역을 통제하며 스탈린 우상화에 큰 역할을 했다.

*

그리고 일이 벌어진 것은 그 지점이었다. 낙원에서 추방. 베긴 씨는 중동 전역에 임박해가는 전쟁과 군비 확장에 대한 이야기를 계속했다. 어쨌거나 베긴 씨는 자기 세대의 히브리어로 말했고, 아무래도 단어 사용이 바뀐 것을 알지 못하고 있는 듯했다. 스물다섯쯤을 경계로 이스라엘에서 자란 그 연령 아래 사람들과, 책으로 히브리어를 배운 그 연령 윗세대 사람들로 갈렸다. 베긴 씨와 그의 세대와 모든 관계자들에겐, 그 단어는 '무기'나 '무장'을 의미했으나, 나머지에게는 단지 '물건'*을 의미할 뿐이었다. 그리고 그가 쓴 동사 '무장하다'는 그에 상응하는 행위를 의미했다.

베긴 씨는 물을 두세 모금 홀짝이더니, 청중들을 뚫어지게 쳐다보고, 마치 스스로 동의한다는 듯이, 혹은 애도하듯이 고개를 서너 번 끄덕이고는 격하게, 꼭 검사가 일련의 반박할 수 없는 혐의를 가차없이 열거하듯이, 추궁하는 목소리로 열변을 시작했다.

"아이젠하워 대통령은 나세르 정권을 무장시키고 있습니다!

불가닌도 나세르를 무장시키고 있습니다!

기 몰레와 앤서니 이든도 나세르를 무장시키고 있습니다!!

전 세계가 밤낮으로 우리의 아랍 대적大賊을 무장시키고 있습니다!!!"

휴지休止. 그의 목소리는 혐오와 경멸로 가득차 있었다.

---

* 남자의 성기를 의미한다.

"허나 누가 벤구리온 정부를 무장시켜 주겠습니까?"

어안이 벙벙한 침묵이 홀을 내리덮었다. 그러나 베긴 씨는 알아차리지 못했다. 그는 목소리를 높였고 의기양양하게 소리쳤다.

"내가 오늘날 수상이라면 모두가, 모두가 우리 자신을 무장시키게 될 겁니다!! 모-두-가!!!"

희미한 박수 소리가 얼마간 앞줄의 나이 많은 아슈케나지 유대인 쪽에서 들려왔다. 그러나 광대한 나머지 군중들은 주저하면서, 분명 자기들 귀를 믿을 수 없어했거나, 어쩌면 경악했는지도 모른다. 그 당혹스러운 침묵의 순간에 바로 머리끝까지 정치적인 태도로 물든 열두 살짜리 한 민족주의적인 아이가, 하얀색 셔츠를 입고 엄청나게 윤을 낸 구두를 신은 그 베긴 지지자가 참지 못하고 웃음을 터뜨렸다.

그 아이는 온 힘을 다해 웃음을 참아보려 했고, 곤경에 빠져 수치심으로 죽고 싶었으나, 일그러지고 히스테리컬한 웃음은 제어할 수 없는 것이었다. 그건 거의 숨을 쉴 수 없고, 눈물까지 나오는 웃음, 귀에 거슬리는 소리가 섞인 목쉰 웃음, 흐느끼다못해 질식할 것 같은 웃음이었다.

공포와 경계의 시선이 사방에서 그 아이에게 꽂혔다. 온 데서, 그에게 쉬잇, 입 다물어, 하고 말하듯 수백 개의 손가락이 입에 가닿았다. 수치야! 수치이자 망신이야! 주변의 중요한 사람들이 책망하듯 공포에 흠씬 맞은 알렉산더 할아버지에게 노발대발했다. 아이는 자기 웃음소리에 이어 저 홀 뒤쪽 멀리서 제어하지 못한 웃음소리가 울려퍼지더니, 계속 뒤이어진다는 인상을 받았다. 그러나 그런 웃음이 터진다면, 그건 도심 저 먼 교외에서나 터뜨렸어야 했던 것인데, 아이는 이 웃음

폭발로 세번째 줄 중앙을 가격했고, 그 줄은 베이타르의 베테랑과 헤룻 고위층, 즉 유명하고 존경받는 인사들로 가득 채워진 곳이었다.

그리고 이제 연설자는 그 아이를 알아채고, 연설을 중단하고, 관대하고도 재치 있는 미소를 지으며 참을성 있게 기다렸고, 반면 알렉산더 할아버지는, 자기를 둘러싼 세상이 무너진 사람처럼 경악해서 얼굴이 벌게진 채 부글부글 끓어올라, 아이의 '귀를 잡아', 벌떡 일어나, 세번째 줄 앞에서, 예루살렘에서 조국을 사랑하는 허다한 이들 앞에서, 아이의 귀를 잡고 지독하게 호통치며 질질 끌고 나왔다. (그것은 분명 할아버지 자신이 할머니와 약혼한 상태로, 미국으로 가는 배 위에서 갑자기 다른 여자와 사랑에 빠졌을 때, 만만찮은 슐로밋 할머니에게 '귀를 잡혀' 뉴욕 랍비에게 질질 끌려갔던 일과 다소 비슷했을 것이 분명하다.)

그리고 분노로 끓어올라 질질 끌고 나온 쪽, 웃느라고 거의 질식해서 흐느끼다가 질질 끌려나온 쪽, 그리고 그때쯤 벌써 근대 뿌리만큼이나 시뻘게진 그 귀, 그렇게 그 셋이 에디슨 대강당 밖으로 빠져나오자마자, 할아버지는 오른손을 들어올려 내 오른뺨을 철썩 가격했고, 왼손을 들어 다시 내 다른 쪽 뺨을 좌파에 대한 혐오를 담아 온 힘을 다해 철썩 때렸는데, 그건 그가 좌파가 결정적인 발언을 하도록 두고 싶어하지 않는 우파였기 때문이며, 그는 벌레 같은 야곱의 유약하고 알랑거리는 디아스포라의 가격이 아닌, 대담하고 호전적이며 애국심에 찬, 긍지 있고 위용에 찬 맹렬한 가격으로, 또다시 내 오른뺨을 철썩 때렸다.

*

요트파트, 마사다, 그리고 포위당한 베이타르는 패배했고, 그들은 정말로 힘과 영광 속에 다시 일어섰는지도 모르지만, 나는 거기 없었다. 헤룻 운동과 리쿠드당으로 말하자면, 그들은 그날 아침 조만간 당의 작은 상속자나 불같은 웅변가가 될, 어쩌면 크네세트의 의원은 확실하고, 혹은 정무 차관까지 되었을지도 모를 누군가를 잃었다.

나는 결코 다시는 황홀경에 빠진 군중 속으로 행복하게 섞여들거나, 거대한 초인간체의 눈먼 분자가 되거나 하지 않았다. 반대로, 병적인 대중 공포증이 생겨났다. "침묵은 곧 수렁이다"라는 구절은 이제 내게 널리 창궐하는 위험한 질병을 선언하는 것같이 보인다. "피와 불"이라는 구에서는 사람 살 타는 냄새와 피맛을 알 수 있다. 6일전쟁 동안 북부 시나이 평원에서, 욤 키푸르 전쟁 때 골란 고원의 빛나는 전차들 가운데서 난 것처럼.

클라우스너 교수, 바로 요셉 큰할아버지의 자서전은, 내가 이 글에서 클라우스너 일가의 역사에 대해 쓴 것은 주로 이 책을 참고했는데, '부활과 구원으로 이르는 나의 길'이라는 표제가 붙어 있다. 그 토요일에, 요셉 큰할아버지의 동생인, 마음씨 고운 알렉산더 할아버지가 내 귀를 잡고 밖으로 끌어내어 공포와 광기의 흐느낌 같은 맹렬한 분노의 소리를 내는 동안, 나는 부활과 구원에서 달아나기 시작했던 것 같다. 나는 여전히 도망치고 있다.

그러나 내가 도망쳐나온 것은 그게 다가 아니었다. 그 숨막힐 듯한 지하실에서 아버지와 어머니 사이에서, 그리고 그 둘과 그 모든 책 사이에서, 질식할 것 같던 생활, 야심가들, 억압된 자들, 로브노와 빌나에 대해, 그리고 홍차 수레와 빛나는 하얀 냅킨으로 구현된 유럽에 대해 거부당한 향수, 아버지의 삶의 실패에 대한 부담, 어머니의 상처, 암묵적으로 때가 되면 내가 승리로 바꿔야 하는 임무로서 주어진 실패들, 이 모든 것들이 너무나 나를 압박해서 그것으로부터 도망치고 싶었다. 다른 경우 젊은이들은 자기 자신을 알기 위해—혹은 자기를 버리기 위해—부모의 집을 떠나 에일라트나 시나이 광야로 간다. 나중에는 뉴욕이나 파리로, 그다음엔 인도에 있는 힌두교 수행자들의 마을로 조용히 지내러, 아니면 남미 정글로, 아니면 히말라야로(그곳은 내 책 『같은 바다』에서 외동이던 리코가 자기 어머니가 죽자 도망치듯 갔던 곳이다). 그러나 50년대 초에 부모의 압제에 대한 '상극'은 키부츠였다. 거기, 예루살렘 저멀리, '악한 음모의 언덕 너머' 갈릴리나, 샤론, 네게브나 골짜기들에 있던 그곳에서—그래서 그 시절 우리는 예루살렘에서 머릿속으로 상상했다—새롭고 억센 개척자 종자는 강하고 진지하지만 복잡하지 않으면서, 말수 적고 비밀을 지킬 수 있고, 분별없이 춤의 분방함 속에 휩쓸릴 수 있으나, 또한 홀로 생각에 잠길 수 있어, 들판이나 텐트촌에서의 삶에 적합한 성질을 갖추고 있다고. 풍성한 문화적, 지적 삶과 예민하고 조심스러운 감정을 소유하고 있으면서도, 어떤 종류의 고된 일이든 할 준비가 되어 있는 강인한 젊은 남녀. 나는 아버지나 어머니, 혹은 유대계 예루살렘을 그득 채운 우울한 피란민 학자들 중 누구와도 닮지 않은, 그들처럼 되고 싶었다. 얼마 후 나는 그 시절 그 구성원들이, 학교를 마치고 난 다음 나할, 즉 국경을 따라 신설 키부츠를 창설하는 일에 특화된 군대에 입대해서, "일하고 싸우는 키부츠에" 계속 있을 셈으로 들어가던 정찰병 운동에 등록했다. 아버지는 좋아하지 않았지만, 참된 자유주의자가 되기를 열망하고 있었기에, 슬프게 몇 마디 하는 것으로 만족했다. "정찰병 운동이라. 좋지. 그래. 그렇게 하자. 왜 안 되겠니. 하지만 하필 키부츠인 거냐? 키부츠는 단순하고 강인한 사람들을 위한 곳인데, 너는 그 둘 다 아니야. 너는 재능이 많은 아이다. 개인주의자고. 분명 너는 우리 사랑하는 조국에 근육으로 하는 일 말고, 네 재능과 관련된 일로 봉사하기 위해 크는 편이 더 나아. 근육이 그렇게 발달하지도 않을 거고."

어머니는 그때 저멀리에 있었다. 그녀는 우리를 저버렸다.

그리고 나는 아버지의 의견에 동의했다. 그게 내가 억지로라도 두 번 이상 먹고 달리기와 운동을 통해 허약한 근육을 강화시키려 한 까닭이었다.

*

어머니가 죽고 아버지가 재혼한 후 3~4년이 흐른 뒤, 키부츠 훌다에서, 어느 토요일 새벽 네시 반에, 나는 에브라임 아브네리에게 베긴의 무장 활동에 대해 이야기해주었다. 우리는 사과 따는 임무에 파견되어 일찍 일어났다. 나는 열다섯인가 열여섯이었다. 에브라임 아브네리는 훌다의 다른 창립 회원들과 마찬가지로, 사십대 중반이었으나, 그와 그의 친구들은—그리고 그들 스스로도—'구닥다리들'이라 불렸다.

에브라임은 그 이야기를 듣고 미소 지었지만, 그 역시 무장을 탱크와 총의 문제로 인식하는 세대에 속해 있었기에, 잠시 동안 요점이 무엇인지 이해하는 데 문제를 느끼는 것처럼 보였다. 잠시 후 그가 말했다. "아, 그래, 알겠다, 베긴이 무기로 무장한다고 말하고 있었는데 너는 그걸 속어로 받아들였구나. 그거 좀 재미있는걸. 그런데 이봐, 젊은 친구. (우리는 같은 나무의 반대편 사다리에 올랐고 사과를 따는 동안 이야기하면서 서 있었으나, 잎에 가려 서로 볼 수가 없었다) 내 보기엔 네가 골자를 놓친 것 같아 보이는데, 베긴과 그의 일당 얘기에서 정말 재미있는 것은, '무장'이라는 단어를 사용한 일이 아니라, 전반적으로 그들이 사용한 어휘야. 그들은 한편에 '알랑거리는 디아스포라-유대인들'을 두고 다른 쪽엔 '남자다운 히브리인'을 두어 서로 나누었지. 그들은 디아스포라-유대인이 어떻게 경계 그 자체인가를 알아채지 못해. 유치한 군대 행렬과 속 빈 남자다움이나 무기에 대한 강박증은 바로 게토에서 나온 거야."

그러고는 놀랍게도 이렇게 덧붙였다.

"기본적으로, 베긴, 그는 좋은 사람이야. 정치 선동가고, 그건 사실이지만, 그가 파시스트나 전쟁광인 건 아니거든. 절대적으로 아니지. 반대로, 오히려 부드러운 사람이야. 벤구리온보다 천 배는 더 부드러운 사람이지. 벤구리온은 바위만큼이나 단단하지만, 메나헴 베긴, 그는 마분지로 된 사람이야. 그리고 베긴, 그는 너무나 구식이야. 너무 시대착오적이고. 우리 유대인들이 여태 지낸 방식과 다르게 목청이 터져라 소리치기 시작하면, 살육당하는 양들도 아니고 창백한 약골도 아니라 반대로, 이제 위험한 존재들이 되어, 늑대들을 무섭게 하고, 그다음엔 모든 육식동물이 겁을 집어먹고 우리가 원하는 모든 것을 줄 거라고, 우리로 하여금 땅 전체를 얻도록 해주고, 그 모든 성지를 얻게 해줄 거라고, 트란스요르단을 삼키고, 그리고 문명화된 전 세계도 존중과 감탄으로 우릴 대접해줄 거라고 믿은 쇠락한 개척자랄까. 베긴과 그의 동료들, 그들은 아침부터 저녁까지 힘, 즉 권력에 대해 말하지만, 그들은 힘의 첫째 개념이 무엇인지도 모르고, 그게 어떤 것들로 되어 있는지, 힘이라는 것의 약점은 무엇인지에 대한 개념도 없어. 결국, 권력도 그걸 휘두르는 자들에게는 무시무시한 위험 요소거든. 스탈린, 그 호래자식이 일찍이 종교는 인민의 아편이라는 말을 하지 않았나? 글씨, 좀더 나이든 내 말을 들어봐. 정말이지, 권력은 지배계급의 아편이야. 그리고 지배계급뿐 아니라. 권력은 온 인류에게 아편이야. 권력은, 내 보기에, 내가 악마를 믿는다고 한다면, 악마의 유혹이야. 사실, 나는 악마를 조금은 믿거든. 글씨, 우리 어디까지 했지? (에브라임과 그의 갈리치아인 동료 중 몇몇은 언제나 '글쎄'를 '글씨'라고 발음했다.) 우리, 베긴과 네가 포복절도했던 일에 대해 이야기하고 있었지. 너는 그러니까 그날 잘못된 걸 가지고 그를 비웃은 거야. '무장'이라는 단어가 여러 가지 방식으로 받아들여질 수 있다는 것 때문에 그를 비웃었지. 글씨, 그럼 그렇다 치고. 네가 뭐에 그렇게 웃었어야 했는지 알아? 바닥이 꺼질 때까지 뭘 가지고 웃었어야 했는지? 뭔지 말해줄게. 너는 '무장'이라는 단어에 웃었어야 했던 게 아니라, 메나헴 베긴이 참말로 자기가 수상이 되면, 모두가, 전 세계가 즉시 아랍 편에서 떠나 자기편으로 넘어올 거라고 명백히 믿고 있다는 것에 웃었어야 했어. 왜냐고? 왜 그들이 그렇게 하겠어? 뭐 때문에? 베긴의 아름다운 눈 때문에? 그의 세련된 언어 때문에? 혹은 어쩌면 야보틴스키에 대한 추억으로? 그게 바로 작은 유대 마을에서 그 모든 게으름뱅이들이 좋아했던 정치학이었고, 너는 그를 향해 그것 때문에 낄낄거리며 웃어야 했어. 하루종일 그들은 성직자 연수원 난로 뒤에 앉아서 그런 종류의 정치학에 대해 논하곤 했지. 탈무드 교사들처럼 주변에 엄지손가락을 치켜들고 흔들면서 말했어. '제일 먼저 우리는 차르 니콜라이에게 대표 사절을, 즉 그에게 훌륭하게 말을 전하고, 러시아가 제일로 원하는 것, 즉 지중해로 빠져나갈 길을 그에게 내주겠다고 약속할 중요한 대표 사절을 파견할 게야. 그다음에, 우리는 차르에게 이에 대한 대가로 우리를 위해 그의 친구인 카이저 빌헬름에게 말 좀 잘해달라고 요구할 것이고, 그러면 우리의 차르에게 이야기를 들은 카이저는 그의 좋은 친구인 터키의 술탄에게 가서 유프라테스에서 나일에 이르는 팔레스타인 땅 전부를 유대인들에게 곧장 따지지 말고 주라고 말하겠지. 그러고 나서, 우리가 단호하게 그 모든 보상물을 가려내면, 그다음에 우리가 폰야(그게 우리가 차르 니콜라이를 부르던 이름이다)에게 약속을 지켜 지중해로 나갈 길을 줄지 말지는 그가 받을 자격이 있는지 우리가 느끼는 여하에 따라 결정할 수 있지.' 혹시 너 거기 다 끝냈으면, 글씨, 가서 상자에다 우리 바구니를 비우고 다음 나무로 옮겨가자. 가는 길에 알렉이나 알료슈카에게 물 한 병 갖다달라고 부탁해도 될지, 아님 우리가 차르 니콜라이에게 가서 항의를 해야 할지 아닐지 확인해볼 수 있을 거야."

*

1년인가 2년 뒤 우리 반은 훌다에서 벌써 야간 경계 임무에 관여하고 있었다. 우리는 준 군사 조직 훈련에서 총기 사용법을 배웠다. 이때는 1956년 시나이 전투 전 페다이온(아랍 무장 게릴라)의 보복 급습이 있던 밤이었다. 거의 매일 밤 페다이온은 인가를 폭파하고, 사람이 있는 집 창문으로 수류탄을 던지거나 총격을 벌이고, 그 뒤쪽에 지뢰를 설치하면서 모샤브나 키부츠 혹은 도시 외곽을 공격했다.

열흘마다 이스라엘-요르단 휴전선에서 딱 5킬로미터쯤 되는, 라투룬에서 키부츠의 방어 경계망을 따라 감시하는 일에서 내 차례가 돌아왔다. 매 시간 나는 규칙을 어기고, 라디오에서 나오는 뉴스를 들으러 빈 클럽 회관으로 숨어들어가곤 했다. 포위된 사회의 독선적이고 영웅적인 수사학이 키부츠 교육을 지배하듯 그 방송들을 지배했다. 그 시절엔 그 누구도 '팔레스타인 사람들'이라는 단어를 사용하지 않았다. 그들은 '테러리스트' '페다이온' '적군' 혹은 '복수에 굶주린 아랍 난민들'이라 불렸다.

어느 겨울 저녁 나는 에브라임 아브네리와 함께 야간 근무를 서게 되었다. 우리는 부츠를 신고 있었고, 해진 군용 작업복에 까칠까칠한 울 모자 차림이었다. 우리는 창고와 우사 뒤편에 있는 담장을 따라 진창길을 터덜터덜 걷고 있었다. 목초를 만드는 데 사용되는 오렌지 껍질을 발효시키는 악취가 다른 고향의 냄새와 뒤섞여 있었다. 비료, 밀짚 썩는 냄새, 양 우리에서 나는 후덥지근한 증기, 닭장에서 날리는 깃털 먼지. 나는 에브라임에게 독립전쟁 때나 30년대 문제의 시기 동안에, 살인자들을 하나라도 쏴 죽여본 적이 있는지 물어보았다.

어둠 속에서 에브라임의 얼굴은 볼 수 없었지만, 잠시 동안 시름에 젖은 침묵이 흐른 후, 입을 연 그의 음성에는 어떤 전복적인 아이러니,

기묘하게 냉소적인 슬픔이 담겨 있었다.

"살인자들? 넌 그들에게 무슨 기대를 하는데? 그들 관점에서는, 우리가 자기네 땅에 침입해서 안착하더니, 조금씩 자기네 땅을 접수한 외계 이교도들인데, 우리는 그들에게 우리가 가서 온갖 맛난 것들을 아낌없이 주겠노라고—버짐이나 트라코마를 낫게 해주고, 후진성과 무지와 봉건적 압제에서 그들을 자유롭게 해주겠노라고—약속하면서, 그들의 땅을 점점 더 교활하게 움켜잡은 거야. 글쎄, 너는 어떻게 생각했는데? 그들이 우리한테 감사해야 한다고? 북과 심벌즈를 치며 나와 우리를 환영해야 한다고? 우리 조상들이 여기 한 번 산 적이 있으니까, 그 땅 전부로 가는 열쇠를 공손히 넘겨줘야 한다고? 그들이 우리에 대항해 무기를 들고 개전한 게 이상한 일이야? 게다가 이제 우리는 그들을 박살내고 그들에게 패배를 안겨주었고 그들 중 수십만 명이 난민 수용소에서 살고 있는데—뭐, 그들이 우리를 축하해주고 행운이라도 빌어주길 기대하는 거야?"

나는 충격을 받았다. 비록 헤룻의 사상과 클라우스너 가문에 거리를 두고 있다고는 해도, 나는 여전히 시오니스트 훈육에서 나온 순응주의의 산물이었다. 에브라임이 밤에 한 말은 나를 놀라게 했고 심지어 분노하게까지 했다. 그 시절에 그런 식의 사고는 배역 행위로 간주되었다. 나는 너무나 아연실색하여 빈정대며 물었다.

"그런 거라면, 뭐하러 총을 들고 여기 서 있어요? 이민을 가지그래요? 아니면 총 들고 그쪽 편에 가서 싸우든가?"

나는 어둠 속에서 그의 슬픈 웃음소리를 들을 수 있었다.

"그쪽 편? 허나 그쪽 편은 날 원치 않아. 세상 그 어느 곳도 날 원하지 않지. 세상 그 누구도 날 원하지 않고. 그게 핵심이야. 모든 나라마다 나 같은 종자가 너무 많은 것 같아. 그게 내가 여기 와 있는 유일한 이유야. 그게 내가 총을 들고 있는 유일한 이유고, 그러니 그들이 어디서나 나를 발로 쫓아낸 방식으로 나를 여기서 쫓아내지는 못해. 하지만 넌 자기 마을 터전을 잃어버린 아랍인에 대해 내가 '살인자들'이라는 단어를 쓰는 걸 볼 수 없을 거야. 최소한 쉽지는 않을걸. 나치에 대해서, 그래. 스탈린에 대해서도, 그래. 다른 사람들의 땅을 훔친 그 누구에 대해서든."

"아저씨 말에 따르면 우리도 다른 사람들 땅을 훔쳤다는 말 아니에요? 하지만 우린 2천 년 전에 여기 살지 않았나요? 강제로 쫓겨나지 않았어요?"

"그건 이런 거야," 에브라임이 말했다. "정말 단순하지. 여기가 아니라면 유대인의 땅은 대체 어디니? 바다 밑에? 달나라에? 아니면 유대인은 자기 고향 땅을 조금이라도 가질 자격이 없는 세상에서 유일한 종자야?"

"그럼 그들에게서 우리가 얻은 건 뭐예요?"

"글쎄다, 아마 너는 48년에 그들이 우리 모두를 한번 다 죽여보자고 한 일을 잊어버린 모양이구나? 그때 48년에 끔찍한 전쟁이 있었고, 그들 스스로가 그 문제를 그들 아니면 우리라는 이분법적인 양자택일의 문제로 단순하게 만들었고, 우리가 이겨서 그들로부터 그 땅을 얻은 거지. 그건 자랑할 일이 아니야! 허나 48년에 그들이 우리를 만신창이로 두들겨 팼으니, 거기도 자랑할 일이 없는 거야. 그들은 단 한 명의 유대인도 살아남게 두지 않으려 했으니까. 그리고 오늘날도 그들의 지구 전체에는 살아 있는 유대인이 단 한 명도 없는 게 사실이야. 허나 그게 중요한 점이야. 우리가 지금 가지고 있는 것은 48년에 우리가 한 일로 그들에게서 얻은 것이기 때문이야. 그리고 이제 우리가 무언가 가지고 있기 때문에, 우리는 그들로부터 그 어떤 것도 취해서는 안 된다는 것. 바로 그거야. 그리고 그게 베긴 씨와 나 사이의 커다란 차이점이고. 우리가 만일, 이미 이제 우리가 뭔가 가지고 있는데, 어느 날인가 그들로부터 좀더 받아내려 한다면, 그건 아주 큰 죄가 될 거야."

"페다이온이 지금 여기 나타나면 어떻게 되는데요?"

"그들이 그런다면," 에브라임이 한숨을 쉬면서 말했다. "글씨, 우리는 진창에 엎어져서 총을 쏴야만 하겠지. 그리고 그들보다 더 잘, 더 빨리 총질을 하려고 최선을 다할 거고. 허나 그들이 살인자의 민족이어서 우리가 그들에게 총질을 하는 게 아니라, 우리 역시 살 권리가 있다는 단순한 이유에서, 그리고 우리 역시 우리 땅을 가질 권리가 있다는 단순한 이유에서야. 그냥 그들 때문이 아니라. 그리고 이제 네 덕분에 나는 벤구리온처럼 계속할 거야. 이제 너만 괜찮으면, 우사에 들어가서 조용히 담배나 한 대 피우려는데, 내가 간 사이에 여기 망 잘 보고 있어. 우리 둘 다를 위해 망 잘 보라고."

53

이 밤의 대화가 있은 지 몇 년 후, 그리고 메나헴 베긴과 그의 진영이 에디슨 대강당에서 나를 잃은 그날 아침으로부터 8~9년 뒤, 나는 다비드 벤구리온을 만났다. 그 시절 그는 수상이자 국방장관이었으나, 많은 이들이 그를 '당대 최고의 인물'이자 국가의 설립자, 독립전쟁과 시나이 전쟁의 위대한 정복자로 생각했다. 그의 적들이 질색하며 그를 둘러싼 개인숭배를 조롱했으나, 반면 그의 숭배자들은 이미 그를 '국부國父', 다윗 왕과 유다 마카비를 합쳐놓은 존재, 조지 워싱턴, 가리발디, 유대인 처칠, 그리고 심지어 전능하신 하느님의 메시아로까지 보고 있었다.

벤구리온은 자신을 정치가만이 아니라—아마도 주로는—독창적인 사상가와 영적인 안내자로 보았다. 그는 원어로 플라톤을 읽기 위해 고전 그리스어를 독학했고, 헤겔과 마르크스를 섭렵했으며, 불교와 극동 사상에 관심을 가졌고, 스피노자를 철저히 연구하여 스스로를 스피노자주의자로 여겼다. (예리한 사고의 소유자인 철학자 이사야 벌린* 은 벤구리온이 철학서를 찾아 옥스퍼드의 대형 서점을 급습할 때마다 동료로 함께했던 인물인데, 벤구리온이 이미 수상이던 시절 한번은 내게 이렇게 말했다. "벤구리온이 자신을 지식인으로 묘사한다는 점에서 상궤를 벗어났습니다. 이는 두 가지 실수에 기인하지요. 첫째, 그는 하임 바이츠만을 지식인이라고 잘못 믿고 있습니다. 둘째, 그는 야보틴스키도 지식인이라고 역시나 잘못 믿고 있습니다." 이런 식으로 벌린은 한 개의 기민한 돌로 세 마리의 걸출한 새를 가차없이 잡았다.)

때때로 수상 벤구리온은 철학적 질문에 대한 장황한 이론적 고찰로 신문 〈다바르〉 주말판 부록을 채웠다. 1961년 1월에 그는, 인간들이 비록 형제애를 성취할 수는 있어도 기실 그들 간의 평등이란 불가하다고 주장한 에세이를 한 편 발표한 적이 있다.

나 자신은 키부츠 가치의 옹호자이므로, 펜을 들어 겸손하게 존중을 표하며 내가 주장하는 바에 대하여, 벤구리온 동무께서 잘못 생각하고 있다는 짧은 답글을 썼다.** 내 논고가 나왔을 때 키부츠 훌다에서 많은

---

* 러시아계 유대인으로, 영국 사회·정치학자, 철학자, 역사가. 20세기 최고의 진보주의 철학자로 꼽힌다. 전쟁 당시 영국 외교관으로 일하면서 이반 투르게네프의 작품을 러시아에서 영어로 번역했으며, 옥스퍼드 대학교 교수, 옥스퍼드 울프슨 칼리지 설립자, 영국 학술원 의장으로 활동하였다. 1979년에는 개인의 자유를 증진시킨 업적으로 예루살렘상을 수상하였다.

** 다비드 벤구리온, 「성찰」, 〈다바르〉 1961년 1월 27일자; 아모스 오즈, 「형제애는 평등의 대용품이 아니다」, 〈다바르〉 1961년 2월 20일자. (원주)

분노가 일었다. 회원들은 내 건방짐에 격노했다. "네가 어떻게 감히 벤구리온에게 이의를 표하느냐?"

꼭 나흘 후, 어쨌거나 나를 향해 천국 문이 열렸다. 그 국부께서 높으신 곳에서 내려와 황송하게도 내 일견에 대해 길고 정중한 답신을 발표해주셨던 것이다. 몇 장의 훌륭한 칼럼을 통해, '당대 최고'의 사상가는 낮은 자 중의 낮은 자가 쓴 비평을 옹호해주었다.* 내가 건방지다는 이유로 그저께만 해도 나를 재교육기관으로 보내버리고 싶어했던 키부츠의 회원들이 기쁨으로 충만하여 서둘러 나와 악수하거나 내 등을 두드려주었다. "글쎄, 자네가 해냈어! 자네는 불후의 명작가야! 자네 이름이 어느 날엔가 벤구리온의 작품집 색인에 올라 있을 거라니까! 그리고 키부츠 훌다의 이름도, 자네 덕분으로, 거기 있을 거고!"

*

그러나 기적의 시대는 겨우 시작됐을 뿐이었다.

이틀 후 전화가 왔다.

전화는 나한테 직접 오지 않았다—우리 작은 방에는 아직 전화가 없었다—그 전화는 그 시간에 우연히 키부츠 사무실에 있던 벨라 P라는 베테랑 회원이 받았고, 그는 백지장처럼 하얘져서 마치 화염에 휩싸인 신들의 이륜 전차를 방금 보기라도 한 것처럼 벌벌 떨면서 나에게 달려와, 마치 그 말이 그녀 임종의 한마디라도 되는 것처럼 수-상-

* 다비드 벤구리온, 「더 나아간 성찰」, 〈다바르〉 1961년 2월 24일자. (원주)

겸-국-방-장관 비서가 내일 아침 일찍, 정확히 여섯시 반에, 텔아비브에 있는 국방장관실로, 수-상-겸-국-방-장관과의 개인 면담을 위해, 다비드 벤구리온의 개별 초청으로 나를 소환했다고 말했다. 벨라 P는 '수-상-겸-국-방-장관'이라는 단어를 마치 거룩하신-야훼-하느님이라는 단어를 말하듯이 발음했다.

이제 내가 하얗게 질릴 차례였다. 첫째로, 나는 여전히 군복 차림에, 정규군이자, 육군 하사였으니, 내가 신문 칼럼으로 나의 최고 사령관과 이념 논쟁을 벌여서 규칙이나 법규를 위반한 데 대해 반쯤 겁에 질렸다. 두번째로, 나는 무겁고 끈이 잔뜩 달린 군용 부츠 말고는, 단 한 켤레의 신발도 없었다. 내가 어떻게 수-상-겸-국-방-장관 앞에 나타날 수가 있겠는가? 샌들을 신고? 세번째로, 죽었다 깨도 아침 여섯시 반까지 텔아비브에 도착할 방법이 없었다. 키부츠 훌다에서 출발하는 첫차는 일곱시 전에는 떠나지도 않았고, 운이 좋아도, 텔아비브 중앙 버스 터미널까지 여덟시 반 전에 도착하지 못했다.

그래서 나는 조용히 이 재앙에 대해 기도로 밤을 새웠다. 전쟁, 지진, 심장마비, 그든 나든 둘 중 하나는 그렇게 되게 해달라고.

그리고 네시 반, 나는 끈 달린 군용 부츠에 세번째로 광을 내고 신은 다음, 신발끈을 단단히 묶었다. 나는 잘 다림질된 카키색 민간인 바지에, 하얀색 셔츠에 풀오버 스웨터에, 스포츠 점퍼를 입었다. 나는 큰길로 걸어나갔고, 어떤 기적에 힘입어 간신히 차를 얻어 타고, 국방장관실에 반쯤 사색이 되어 도착했다. 이곳은 안테나가 솟아 있는 극악무도한 국방부 건물이 아니라, 뒤쪽 뜰에 있는, 매혹적이고, 전원적인 바이에른 스타일의 작은 2층짜리 오두막으로, 빨간 지붕에, 녹색 덩굴이 덮여 있고, 19세기, 욥바 북쪽 백사장에 고요한 농경 식민지를 만들었다가 2차세계대전이 발발하면서 영국에 의해 나라 밖으로 내쳐진 독일인 템플기사단이 지은 오두막집이었다.

*

행동거지가 점잖은 비서가 부들부들 떨고 있는 내 몸과 거의 질식해 있는 목소리를 모른 체했다. 그는 내게, 마치 옆방에 있는 신의 등뒤에서 나와 뭔가를 공모하는 듯한 친밀한 온화함으로 간단하게 알렸다.

"영감님께서는," 그는 벤구리온이 오십대가 된 후 흔히 쓰이던 애정 어린 별칭을 쓰면서, "영감님께서는, 당신도 아시겠지만, 그는, 어떻게 말해야 할지, 요즘은 긴 철학적 대화에 넋을 잃는 경향이 있으십니다. 허나 그분의 시간은, 분명 짐작하시겠지만, 황금과도 같죠. 그분은 여전히 실제적으로 전쟁 준비나 열강과의 관계에서부터 우체국 공무원 파업에 이르기까지 국가의 모든 일들을 혼자서 처리하십니다. 물론, 이십 분이 지나면, 그분의 남은 하루 일정을 우리가 다소간 구조할 수 있도록, 귀하는 재치 있게 물러나시게 될 겁니다"라고 운을 뗐다.

이십 분 후가 아니라, 지금 당장 "재치 있게 물러나는 일"보다 내가 더 원하는 일은 이 세상에서 아무것도 없었다. 지체 없이. 전능자 하느님 당신이 바로 여기, 저 회색 문 뒤에 있고, 잠시 후 내가 그의 수중에 놓이게 된다는 바로 그 생각은, 나를 공포와 두려움으로 어질어질하게 만들었다.

비서는 다른 방도가 전혀 없기에 내 등을 부드럽게 지성소 안으로 떠밀었다.

내 뒤로 문이 닫혔고 나는 거기, 조용히, 내가 방금 들어온 문에 등을 돌린 채 서 있었고, 내 무릎은 덜덜 떨리고 있었다. 다윗 왕의 사무실은 드문드문하게 가구가 딸린 평범한 방으로, 우리의 수수한 키부츠 거실 하나보다도 크지 않았다. 나를 마주하고 있는, 순박한 커튼이 덮인, 전깃불에 일광을 약간 더해주는 창문이 하나 있었다. 창문 양옆으로 철제 파일 캐비닛이 있었다. 공간의 4분의 1 정도를 차지하는, 유리로 덮인 커다란 책상이 방 한가운데 놓여 있었다. 그 위에는 서너 개의 책더미, 잡지와 신문, 다양한 종이와 폴더 들이 어떤 것은 펼쳐진 채로, 또 어떤 것은 덮인 채로 놓여 있었다. 책상 양편에는, 그 시절 어떤 행정 관청이나 군사무실에서든 볼 수 있던 종류의, 아래쪽 바닥에 '이스라엘 국가 기물'이란 단어가 새겨져 있는, 관료적인 회색 철제 의자가 있었다. 그 방에 다른 의자는 없었다. 벽 전체에는 천장부터 바닥, 이 구석에서 저 구석까지 전 지중해 유역과 중동이, 지브롤터해협부터 페르시아 만까지 나타나 있는 거대 지도가 차지하고 있었다. 이스라엘은 우표만한 크기로, 굵은 선으로 표시되어 있었다. 마치 누군가 독서광을 긴급 체포하여 벽에 세워놓은 것처럼, 다른 쪽 벽에는 책이 쌓인 선반 세 개가 붙어 있었다.

이 스파르타식 방에는 종종거리는 빠른 걸음으로 이리저리 걸어다니는 한 남자가 있었는데, 손은 뒤로 해서 짝짝 치고 있었고, 눈은 바닥을 바라본 채, 머리는 마치 무엇을 들이받기라도 하려는 듯 앞으로 튀어나와 있었다. 그 남자가 벤구리온인 것처럼 보였고, 그가 벤구리온이 아닐 수 있는 길은 없었다. 그 시절, 이스라엘의 모든 어린이들은, 유치원에 다니는 아이라도, 벤구리온이 어떻게 생겼는지를 꿈에서도 볼 수 있었다. 텔레비전이 아직 없었기 때문에, 내게 국부는 머리가 구름에 닿는 거인의 모습이었는데, 그에 반해 벤구리온을 사칭하는 듯한 이 남자는 키가 160센티미터에도 못 미치는 땅딸막한 단신이었다.

나는 놀랐다. 거의 기분이 상할 뻔했다.

그럼에도 불구하고, 이삼 분간 지속된 영원처럼 느껴진 침묵의 시간 동안, 나는 공포에 절어 여전히 등으로 문을 기대어 누른 채, 단단하고 튼실하게 지어진 작은 남자, 거칠고 가부장적인 고지인과 고대의 활기찬 난쟁이 사이의 어떤 기묘하고 최면에 빠진 형체, 쉼 없이 등뒤로 손뼉을 치며 이리저리 걸어다니고 있는 남자를 구경하고 있었는데, 그의 머리는 성문을 파괴하는 데 쓰이는 망치처럼 돌출되어 있었고, 누구든 무엇이든 떠다니는 먼지 한 점이든 갑자기 사무실에 내려앉은 가장 희미한 조짐에도 방해받지 않은 채 저멀리 생각에 잠겨 있었다. 벤구리온은 그때 75세였고, 나는 고작 스물이었다.

*

그의 머리는 예언자 같은 은빛 머릿단이 대머리 부분을 원형극장처럼 둘러싸고 있었다. 넓은 이마 가장자리 아래로 두 개의 짙고 우거진 잿빛 눈썹이 있었고, 그 아래로 예리한 청회색 눈이 공기를 가르고 있었다. 그는 꼭 반유대주의 캐리커처에 나오는 것 같은 넓적하고 거칠고 추잡하고 수치스럽게 못생기고 도색적인 코를 가지고 있었다. 반대로 입술은 얇고 내성적이었으나, 턱은 내가 보기엔 늙은 수부의 두드러지고 반항적인 턱 같아 보였다. 그의 피부는 날고기처럼 붉고 거칠었다. 짧은 목 아래로 보이는 어깨는 넓고 강인했다. 가슴은 광대했다. 타이를 메지 않은 셔츠 사이로 한 뼘은 돼 보이는 가슴털이 내비쳤다. 고래등같이 수치를 모르고 튀어나온 배는 콘크리트로 만들어진 것만큼이나 단단해 보였다. 그러나 이 모든 장엄함이 끝나고, 당황스럽게도, 난쟁이 같은 한 쌍의 다리는, 이런 말이 불경죄가 아니라면, 혹자는 큰 소리로 우스꽝스럽다고 말하고 싶을 것이었다.

나는 할 수 있는 한 숨을 조금씩 들이쉬려고 애썼다. 나는 카프카의 「변신」에 나오는, 벌레 속으로 간신히 몸을 웅크린 그레고르 잠자가 부러웠는지도 모르겠다. 피는 사지에서 도망쳐 간으로 모여들고 있었다.

침묵을 깬 첫 마디가 우리 모두가 매일 라디오에서, 그리고 심지어 꿈속에서도 들어왔던 꿰뚫는 듯한 금속성의 목소리로 튀어나왔다. 전능자께서는 화난 표정으로 나를 쏘아보시며 말씀하셨다.

"자! 왜 앉지 않고서! 앉게!"

나는 눈 깜짝할 새 책상을 마주하고 의자에 앉았다. 나사처럼 꼿꼿이, 그저 의자 끝에 걸터앉아 있었다. 기대앉을 여유가 없었다.

침묵. 국부는 서두르는 듯한 종종걸음으로, 마치 우리에 갇힌 사자나 늦어서는 안 되는 사람처럼 이리저리 계속 걷고 있었다. 그렇게 영겁의 시간이 절반쯤 지난 후에 그가 갑자기 말했다.

"스피노자!"

그러더니 멈추었다. 창문까지 멀리 걸어갔을 때 그는 자리를 맴돌며 말했다.

"자네 스피노자를 읽어봤나? 읽었다고. 그럼 아마도 이해를 못한 건지도 모르겠구먼? 소수의 사람만이 스피노자를 이해하지. 아주 소수의 사람만."

그러고는 여전히 앞뒤로, 이리저리 창과 문 사이를 걸어다니며, 갑자기 스피노자의 사상에 대해 기나긴 새벽 강의를 하기 시작했다.

강의 중간에, 주저하듯이 문틈이 열리고, 비서가 머리를 삐죽 내밀고 온화하게 웃으며, 뭔가 웅얼거리려 했으나, 상처 입은 사자의 불호령이 떨어졌다.

"여기서 나가! 가! 방해하지 말고! 내가 오랫동안 해왔던 가장 흥미로운 대화 중 하나를 지금 하고 있는 거 안 보이나? 나가라고!"

그 불쌍한 남자는 번개처럼 사라졌다.

그때까지 난 단 한마디도 하지 않고 있었다. 작은 소리 한 번 내지 않았다.

그러나 벤구리온이 아침 일곱시 전에 하는 스피노자 강의를 즐기고 있다는 것이 밝혀졌다. 그리고 그는 실제로 몇 분간 계속해서 강의를 했다.

갑자기 그가 문장 중간에서 말을 멈추었다. 나는 돌처럼 굳어진 목 뒤로 그의 숨결까지 느낄 수 있었지만, 감히 돌아보지 않았다. 나는 경직된 채 앉아 있었고, 딱 붙인 무릎은 직각을 이루고, 허벅지와 긴장한 등 역시 직각을 이루고 있었다. 벤구리온은 음성에 어떠한 물음표를 제시할 기미도 없이 내게 퍼부었다.

"자네 아침을 안 먹었구먼!"

그는 대답을 기다리지도 않았다. 나는 아무 소리도 내지 않았다.

돌연 벤구리온이 물속의 거대한 돌처럼 안 보이게 가라앉았다. 그의 은빛 머리털마저 시야에서 사라졌다.

잠시 후 그가 한손에는 잔 두 개, 다른 손에는 싸구려 과일 주스 병을 들고, 다시 표면 위로 떠올랐다. 그는 활기차게 하나는 자기를 위해, 또하나는 나를 위해 주스를 따르더니 포고했다.

"마시게!"

나는 그것을 전부 단숨에 꿀꺽 들이켰다. 밑바닥에 남은 마지막 한 방울까지.

다비드 벤구리온은 그사이 목마른 농부처럼, 꿀꺽꿀꺽 요란하게 두세 번 나눠 마시더니, 스피노자에 대한 강의를 다시 시작했다.

"스피노자주의자로서 나는 자네에게 의심의 여지 없이 스피노자 전 사상의 정수는 다음과 같이 요약될 수 있다고 말하겠네. 인간은 언제나 침착한 상태를 유지해야만 하네! 결코 평정을 잃어서는 안 돼! 그 외 나머지 것들은 전부 사소한 일을 따지거나 말을 바꿔쓴 거야. 평온! 어떠한 상황 속에서도 평정! 그리고 나머지는 다 번지르르한 것들이라고!" (벤구리온의 억양은 특이했는데, 각 단어의 마지막 음절에 약간 무언가 작게 호통치듯이 강세를 주었다.)

그쯤 되자, 나는 더이상 스피노자의 명예를 간과할 수가 없었다. 내가 가장 좋아하는 철학자의 비밀을 누설하지 않고 침묵 속에 남아 있을 수는 없었다. 그래서 나는 있는 모든 용기를 다하여, 눈을 깜빡이며, 기적에 힘입어 감히 창조주의 현존 앞에서, 비록 찍찍거리는 작은 목소리로라도, 입을 열었다.

"스피노자 속에 평정이나 평온이 있는 것은 사실입니다만, 그게 스피노자 사상 전체의 정수라고 말하는 것은 옳지 않은 것 같은데요? 분명 거기엔 또—"

그 화산의 입에서 불과 유황과 흘러내리는 용암이 나를 향해 쏟아져 나왔다.

"나는 일생에 걸쳐 스피노자주의자였어! 젊은 시절부터 그랬다고! 평정! 평온! 그게 스피노자 전체 사상의 정수일세! 그게 핵심이라고! 평온! 선이건 악이건, 승리에서든, 패배에서든, 인간은 자신의 마음의 평화를 결코 잃어서는 안 되네! 결코!"

그의 강인한 벌목꾼 같은 두 주먹이 갑자기 책상 유리 위를 맹렬히 내리치는 바람에, 우리 둘의 유리잔이 공포로 펄쩍 뛰어오르며 덜그럭거렸다.

"인간은 결코 평정을 잃어서는 안 돼!" 그 말은 내게 최후의 심판 날의 뇌성처럼 쏟아졌다. "결코! 그리고 자네가 그걸 알 수 없다면, 자네는 스피노자주의자라 불릴 자격이 없네!"

*

이쯤 되니까 그가 흥분을 가라앉혔다. 그가 환해졌다.

그는 내 반대편에 앉더니 가슴으로 모든 것을 끌어안으려는 듯이 책상 위로 손을 넓게 펼쳤다. 그가 돌연 단순하고 행복한 미소를 짓자, 그에게서 유쾌하고 마음을 녹이는 빛이 나왔고, 마치 웃고 있는 그의 얼굴과 눈뿐 아니라 주먹 같은 몸 전체가 느슨해지면서 그와 함께 웃는 것 같았고, 그리고 방 전체와 심지어 스피노자까지도 웃고 있는 것 같았다. 벤구리온의 눈은 흐린 잿빛에서 밝은 파란색으로 변했는데,

훌륭한 예법 같은 것은 생각지 않고, 손가락으로 만져서 느끼듯, 나를 뚫어지게 쳐다보았다. 그에게는 경박한 무언가가, 어딘가 불안하고 사나운 무언가가 있었다. 그의 논증은 주먹질과도 같았다. 그렇지만 경고 없이 갑자기 환해지자 그는 복수심으로 타오르는 신에서 건강과 만족함으로 빛나는 유쾌한 노년의 할아버지 모습으로 바뀌었다. 매혹적인 온기가 용솟음쳐 나왔고, 순간 그는 만족할 줄 모르는 호기심을 지닌 뻔뻔스러운 아이처럼 유혹적인 기질을 발휘했다.

"자네는 어떤가? 시를 쓰지? 그렇지?"

그는 개구쟁이처럼 윙크했다. 마치 나를 위해 재미난 작은 덫이라도 놨다는 듯이. 그리고 이미 게임에서 이겼다는 듯이.

나는 다시 깜짝 놀랐다. 그 시절에 내가 출판한 것이라고는 전부, 키부츠 운동에서 나온 시골 구석 계간지에 실린 두세 편의 보잘것없는 시(지금쯤은 시에 대한 내 가련한 시도와 함께 바스러져 가루가 되었을)뿐이었다. 그러나 벤구리온은 그것들을 본 것이 틀림없었다. 소문에 의하면 그는 출판된 모든 것을 탐독하는 습관이 있었다. 원예 월간지, 자연 애호가나 체스 애호가 잡지, 농업 기술에 대한 연구서, 통계학 저널까지. 그의 호기심은 끝이 없었다.

그는 또한 분명 사진처럼 정확한 기억력을 가지고 있었다. 무엇인가를 한 번 보면, 결코 잊지 않았다.

나는 뭐라고 웅얼거렸다.

그러나 수상 겸 국방장관은 더이상 나와 함께 있지 않았다. 그의 쉼 없는 정신은 이미 다른 곳으로 옮겨갔다. 단호하게 그가 설명했던 것은 결정적인 한 차례 일격으로 끝났고, 이제 스피노자의 사상에서 설명하지 않고 남겨진 모든 부분에 대해, 그리고 다른 문제들에 대해서도 그는 열정을 가지고 내게 강의하기 시작했다. 시온주의적인 열정을 상실한 젊음, 혹은 눈을 열어 이곳에서 매일 우리 눈앞에 벌어지는 기적을 축하하는 대신 온갖 종류의 기괴한 실험 속에서 허우적거리고 있는 근대 히브리 시학에 대해. 국가의 재탄생, 히브리어의 재탄생, 네게브 사막의 재탄생!

*

그러더니 갑자기, 또다시 어떤 예고도 없이, 문장 도중에, 독백의 충만한 흐름 속에서 그는 다 마쳐버렸다.

그는 총알처럼 쏜살같이 의자에서 벌떡 일어났고, 나 역시 놀라 일어나게 했으며, 그러더니 나를 문 쪽으로 밀면서—말 그대로, 그의 비서가 약 사십오 분 전에 나를 밀어넣었듯이, 물리적으로 나를 밀면서—온화하게 말했다.

"수다 좋지. 아주 좋아. 최근에는 뭘 읽고 있나? 젊은이들은 요새 뭘 읽지? 언제든 시내에 나오면 내게 오게. 그냥 들러, 들르라고, 무서워하지 말고!"

그리고 끈 달린 군용 부츠와 안식일용 최상급 흰색 셔츠 차림의 나를 문밖으로 밀어내면서, 그는 계속해서 명랑하게 소리쳤다.

"들르라고! 언제든지! 내 문은 언제나 열려 있으니!"

*

벤구리온의 스파르타식 집무실에서 보낸 스피노자의 아침 이후 40여 년 이상의 시간이 흘렀다. 그때 이후 난 정치 지도자들, 매혹적인 명사들을 포함한 많은 유명인을 만났고, 그들 중 몇몇은 대단한 개인적 매력을 발산하기도 했지만, 그 누구도 자기 육체의 존재감으로 혹은 감전시키는 듯한 의지력으로 예리한 인상을 남긴 적은 없었다. 벤구리온은, 최소한 그날 아침에는, 최면적인 에너지를 가지고 있었다.

이사야 벌린의 무자비한 관찰이 옳았다. 벤구리온은 플라톤과 스피노자에도 불구하고 지식인이 아니었다. 그런 것과는 거리가 멀었다. 내가 본 바로, 그는 공상에 젖은 농부였다. 그에겐 뭔가 원시적인, 동시대적인 것이 아닌 무언가가 있었다. 그의 정신의 단순성은 거의 성서적이었다. 그의 의지력은 레이저 광선과 닮은 데가 있다. 그는 북부 폴란드 플론스크의 작은 유대 마을의 젊은 청년으로서, 겉으로 보기에는 단순한 두 가지 관념을 가지고 있었다. 유대인이 이스라엘 땅에 조국을 재건해야 한다는 것과, 자신이 그들을 인도하기에 적합한 인물이라는 것. 젊은 시절부터 그의 삶 전체에 걸쳐 이 두 가지 결정 사항은 한 치도 움직이지 않았다. 그 외의 다른 것들은 모두 그 두 가지에 종속되었다.

그는 정직하고 무자비한 사람이었다. 대부분의 공상가처럼, 그도 이것저것 계산해보는 일을 멈추지 않았다. 혹은 잠시 멈추고 결정을 내렸는지도 모른다. 값이 무엇이든 치르자고.

클라우스너 가문과 케렘 아브라함의 반反좌파 가운데서 자란 어린애로서 나는 이미 벤구리온이 유대인의 모든 고통에 책임이 있다고 배웠다. 내가 자란 곳에서 그는 악한이었고, 좌파 체제라는 모든 전염병의 구현체였다.

다 커서, 어쨌든, 나는 다른 각도에서, 즉 좌파의 입장에서 그를 반대했다. 당대 많은 이스라엘 인텔리겐치아들처럼, 나도 그를 거의 독재 인사로 보았고, 그가 독립전쟁 당시 아랍인들을 다룬 거친 방식과 보복 기습에 움찔했다. 그에 대한 자료들을 읽고 내 생각이 옳은지 궁금해하기 시작한 것은 최근의 일이었다.

그를 요약할 간단한 방법은 없다.

그리고 불현듯, '거친 방식'이라는 단어를 쓰면서, 나는 벤구리온이 싸구려 과일 주스가 담긴 유리잔을 잡고 있던 방식과 자신을 위해 먼저 음료를 따르던 모습을 완벽히 투명하게 다시 볼 수 있었다. 그 유리잔 역시 싸구려였고, 두꺼운 유리로 만들어진 것이었으며, 수류탄처럼 유리잔을 감싸쥐던 그의 거친 손가락은 두껍고 짤막했다. 나는 놀랐다. 내가 말실수라도 했거나, 무언가 그의 분노를 촉발할 말이라도 했다면, 벤구리온이 내 얼굴에 유리잔 안에 든 것을 내던지거나 벽에 잔을 집어던졌다 해도 무리는 아니었을 것이다. 혹은 잔을 너무 세게 움켜쥐다가 박살을 냈을지도 모를 일이었다. 그는 그렇게 무시무시하게 유리잔을 잡고 있었다. 갑자기 환해져서 시를 쓴 내 의도에 대해 모두 알고 있었던 것을 내게 알리기 전까지, 그리고 내 쩔쩔매는 모습을 보고 유쾌하게 웃기 전까지. 그리고 짧은 시간 동안 그가 작은 속임수를 쓴 재미난 익살꾼처럼 보이면서 스스로 되묻기 전까지. 그것들은 다 무엇이었을까?

54

1951년 끝을 향해 달리던 가을쯤, 어머니의 상황은 또다시 악화 일로를 달리기 시작했다. 편두통이 재발했고, 불면증도 마찬가지였다. 그녀는 다시 하루종일 새나 구름을 세며 창가에 앉아 있었다. 밤에도 눈을 크게 뜨고 그곳에 앉아 있었다.

아버지와 나는 집안일을 분담했다. 괜찮은 샐러드를 만들기 위해 나는 야채 껍질을 벗겼고 아버지는 그걸 썰어 넣었다. 그는 빵을 얇게 저미고 나는 거기에 마가린과 치즈, 아니면 마가린과 잼을 발랐다. 나는 마루를 쓸고 닦고 모든 표면의 먼지를 털었고, 아버지는 휴지통을 비우고, 이삼일마다 아이스박스에 넣을 얼음 3분의 1 토막을 샀다. 아버지가 정육점과 약국을 담당하는 동안 나는 식료품점과 청과상에서 장을 봤다. 우리 둘 다 아버지가 사용하던 색인 카드에 쇼핑 목록에 필요한 품목을 추가하여 부엌문에 핀으로 꽂아두었다. 물건을 사면 구매한 품목엔 X표를 했다. 매주 토요일 저녁이면 우리는 새 목록을 짰다.

토마토. 오이. 양파. 감자. 무.

빵. 달걀. 치즈. 잼. 설탕.

그리고 클레멘타인 오렌지가 아직 있는지, 오렌지가 나오기 시작했는지 찾아보기.

성냥. 기름. 정전 대비용 양초.

주방용 세제. 세탁비누. 아이보리 치약.

파라핀.

40와트 전구. 다리미 수리하기. 배터리.

욕실 세면대용 수도꼭지 나사받이 새것. 완전히 잠기지 않으니까 수도꼭지 고치기.

요구르트. 마가린. 올리브.

어머니 울 양말 몇 켤레 사기.

그 시점에서 내 글씨는 점점 더 아버지 글씨와 비슷해져서, 우리 중 누가 '파라핀'이라는 글자를 썼는지, 혹은 '새 마루 걸레가 필요함'이라고 첨가했는지 구별하기 거의 불가능했다. 오늘날까지도 내 글씨는 아버지 글씨와 같다. 차분하고, 둥글둥글하며, 진주 같은 글자들, 약간 뒤쪽으로 기울어 있고, 정확하면서도, 유쾌해 보이며, 가볍고, 잘 훈련된 손으로 쓰였으며, 이만큼이나 완벽하고 잘 정돈된 어머니의 글자들과는 달리, 박력 있고, 언제나 알아보기 쉽지는 않지만, 늘 힘이 넘치고, 날카로우며, 펜으로 꾹꾹 눌러쓴 듯한 글자.

아버지와 나, 우리는 그 당시 서로 매우 친밀했다. 가파른 경사면에서 부상당한 환자를 들것으로 옮겨 나르는 한 조처럼. 우리는 그녀에게 물을 가져다주고 두 명의 다른 의사가 처방해준 진정제를 먹였다. 우리는 그 일을 위해 아버지의 작은 카드 중 하나도 가지고 있었다. 거기에 각각의 약 이름과 어머니가 약을 먹은 횟수를 적었고, 어머니가 먹은 약마다 표시를 하고, 그녀가 삼키는 걸 거부하거나 토해낸 약들엔 X표를 했다. 대부분 어머니는 순종적이어서 욕지기가 나도 약을 먹었다. 때로 그녀는 마치 자신과는 아무 상관이 없다는 듯한 텅 빈 웃음으로 그녀의 창백한 얼굴이나 눈 아래 진 검은 반달보다 더 고통스러운 희미한 미소를 우리에게 억지로 지어 보였다. 그리고 때로는 우리에게 몸을 기울이라는 몸짓을 하고는 우리 둘의 머리를 일정하게 원운동을 하듯 쓰다듬었다. 그녀는 우리 둘을, 아버지가 부드럽게 그녀의 손을 잡아 그녀의 가슴에 올려둘 때까지, 오래도록 쓰다듬었다. 그리고 나도 아버지를 똑같이 따라했다.

*

매일 저녁식사 시간이면, 아버지와 나는 주방에서 일일 부서 회의 같은 것을 했다. 나는 학교생활에 대해 그에게 알려주었고, 그 역시 내게 국립도서관에서 업무중에 있었던 일에 대해 무언가 이야기해주거나, 〈타르비츠〉나 〈메츠다〉 다음호에 맞춰 끝내려 애쓰고 있는 논고에 대해 설명했다.

우리는 정치에 대해, 압둘라 왕의 암살에 대해, 혹은 베긴과 벤구리온에 대해 이야기했다. 그렇게 동년배처럼 이야기를 나누었다. 아버지가 근엄하게 결론을 내릴 때면 내 가슴은 이 지친 남자에 대한 사랑으로 가득찼다.

"우리 사이엔 불일치의 영역이 상당히 남아 있는 것 같구나. 그러니 당분간 우리 서로 다른 것에 대해서는 서로 동의를 하는 게 좋겠다."

그러고 나서 우리는 집안일에 대해 이야기를 하곤 했다. 우리는 아버지의 작은 색인 카드 중 하나에 앞으로 해야 하는 일을 몇 가지 적어 내려갔고, 이미 끝낸 일에는 줄을 그었다. 아버지는 때로 돈 문제까지도 나와 의논했다. 월급날까지 아직 2주나 남았는데, 우린 벌써 여차여차한 금액을 썼구나. 매일 저녁 그는 내 숙제에 대해 물었고, 나는 그에게 비교해보라고, 학교 숙제 목록과 내게 할당된 과업을 완수한 연습장을 건네주었다. 때때로 그는 내가 한 것을 훑어보고는 적절한 조언을 했다. 그는 실제로 우리 선생님이나 심지어 교과서 저자보다도 모든 과목에 대해 더 많이 알고 있었다. 하지만 대개 그는 이렇게 말하곤 했다.

"확인할 필요가 없구나. 난 널 전적으로 의지하고 신뢰할 수 있다는 걸 알아."

이런 말을 들을 때면 비밀스러운 자부심과 감사가 나를 꿰뚫고 흘러넘쳤다. 때로는 격한 연민도 느꼈다.

어머니가 아니라, 아버지에게. 그 시절 나는 어머니에 대한 연민의 마음이 없었다. 그녀는 그저 줄줄이 길게 이어지는 매일의 의무와 요구일 뿐이었다. 그리고 일종의 당혹스러움과 수치스러움의 원천이기도 했는데, 그건 어떻게든 친구들에게 왜 그네들이 우리집에 올 수 없는지 설명해야 하고, 식료품점에서 왜 어머니를 근래 본 적이 없는지 부드럽게 물어보는 이웃들에게 대답해야 했던 까닭이다. 어머니한테 무슨 일이 일어났니? 삼촌들과 이모들에게조차, 할아버지와 할머니에게까지도, 아버지와 나는 진실 전부를 말하지 않았다. 우리는 별일 아니라는 듯이 말했다. 어머니가 감기에 걸리지 않았는데도 그녀가 독감에 걸렸다고 했다. 우리는 이렇게 말했다. 편두통이에요. 이렇게도 말했다. 햇빛에 특히 예민해서요. 때로는 이렇게 말했다. 많이 피곤해해요. 우리는 진실을 이야기하려고 애썼지만 진실의 전부를 말하려 들진 않았다.

우리는 진실의 전부를 알지 못했다. 그러나 우리는, 짤막한 메모조차 주고받지 않아도, 우리 둘 다 알고 있는 전부를 누구에게든 말하지 않는다는 것을 알고 있었다. 우리는 외부 세계와 얽힌 몇 가지 사실만을 나누었다. 우리 둘은 절대 어머니의 상태에 대해서는 논의하지 않았다. 이야기한 것이라고는 내일 해야 할 일, 일상적인 집안일의 분담, 가족이 필요로 하는 것에 대한 게 전부였다. 아버지의 되풀이되는 후렴구와는 별개로, 우리는 한 번도 그녀의 어디가 잘못된 것인지 이야기한 적이 없었다. "의사들은 아무것도 몰라. 정말이지 아무것도." 우리는 어머니의 죽음 이후에도 그에 대해 이야기하지 않았다. 어머니가 죽은 날부터 아버지가 죽은 날까지, 20년의 세월 동안 우리는 그녀에 대해 단 한 번도 이야기하지 않았다. 단 한마디도. 마치 그녀가 살아 있던 적도 없었던 것처럼. 마치 그녀의 삶이 소비에트 백과사전에서 찢겨나간 검열당한 페이지나 되는 듯이. 아니면 마치, 내가 아테나 여신처럼, 제우스의 머리에서 곧장 태어나기라도 한 것처럼. 나는 거꾸로 뒤집힌 예수와도 같았다. 보이지 않는 성령에 의해 동정녀에게서 태어난. 그리고 매일 아침 새벽녘에, 나는 뜰에 있는 석류나무 가지 위에서, 베토벤의 〈엘리제를 위하여〉의 첫 다섯 음으로 하루 인사를 시작하는 새소리에 깼다. "티-다-디-다-디!" 그리고 다시, 더 흥분하여. "……다-디-다-다!" 맘속으로 나는 그 새를 엘리제라 불렀다.

*

나는 그때 아버지가 안쓰러웠다. 마치, 그가 잘못도 없이, 오래 이어진 학대 행위의 희생자가 된 것처럼. 마치 어머니가 고의로 아버지를 학대하고 있던 것처럼. 그는 평소대로 시종 명랑하고 수다스러워지려 애쓰고 있었음에도 불구하고, 매우 지치고 슬픔에 빠져 있었다. 그는 언제나 침묵을 싫어했고, 침묵의 상황이 발생하면 그것을 자기 탓으로 돌렸다. 그의 눈 아래에는, 어머니의 눈가처럼, 검은 반달이 있었다.

때때로 그는 어머니를 데리고 몇 가지 검사를 받게 하려고 하루종일 직무를 팽개쳤다. 그들이 그 몇 개월간 받지 않았던 검사가 무엇일까. 심장과 폐와 뇌파, 소화기능과 호르몬, 그리고 신경과 여성질환과 순환기계. 아무 소용도 없는. 그는 비용을 아끼지 않고 여러 명의 의사를 불렀고, 어머니를 개인 전문의에게 데려가 진찰받게 했다. 그는 빚지는 걸 싫어했으며, 자신의 어머니인 슐로밋 할머니가 그의 결혼생활에 대해 '자세한 사정'을 캐묻거나 그의 결혼생활에서 일어나는 문제를 해결하려 드는 것을 몹시 싫어했음에도, 자신의 부모님에게까지 돈을 좀 빌렸던 것 같다.

아버지는 매일 새벽이 오기 전에 부엌을 치우고 세탁물을 분리하고, 우리를 더 튼튼하게 하기 위해 과즙을 짜서 실내 온도에 맞게 데운 다음, 어머니와 내게 주스를 가져다주려고 일찍 일어났고, 일하러 가기 전에 편집자들과 학자들로부터 온 몇 통의 급한 편지에 대한 답장을 간신히 쓰기도 했다. 그러고 나서 그는 낡아 너덜너덜한 서류 가방 속에 장바구니를 접어넣은 채, 마운트 스코푸스 캠퍼스가 독립전쟁 당시 도시의 나머지 부분과 단절되어 국립도서관 신문 부서가 이전한, 테라 상타 건물에 있는 일터로 제시간에 도착하기 위해 버스 정류장으로 돌진했다.

그는 오는 길에 정육점이나 전파상, 약국에 들렀다가, 다섯시면 집에 와서 곧장 어머니 기분이 좀 나아졌는지, 그가 없는 동안에 그녀가 조금이나마 꾸벅꾸벅 졸기라도 하지 않았을지 기대하면서 서둘러 보러 들어가곤 했다. 그는 그와 내가 어떻게든 배워서 요리한 약간의 감자 퓌레나 죽을 그녀에게 수저로 떠먹여주려 애썼다. 그러고 나서 그는 안쪽에서 문을 걸어 잠그고, 그녀가 옷을 갈아입도록 도와주고, 그녀와 이야기를 해보려 애썼다. 심지어 자신이 신문에서 읽었거나 도서관에서 가져온 농담으로 그녀를 재미있게 해주려고 시도했는지도 모른다. 어두워지기 전 그는 서둘러 다시 가게에 나가, 여러 가지를 해결하고, 쉬지도 않고, 심지어 앉지도 않은 채, 새 약에 들어 있는 설명서를 유심히 들여다보고, 어머니를 발칸반도의 미래에 대한 대화 속으로 끌어들이려 애썼다.

*

해가 진 후 우리는 때때로 어머니의 가장 친한 친구이자, 어머니처럼 로브노 출신이고, 타르붓 김나지움에서 어머니와 같은 반이었으며, 아동 심리학에 대해 두 권의 책을 썼던 릴렌카 아주머니, 릴리아 아주머니, 레아 칼리슈 바르 삼카 아주머니의 방문을 받았다.

릴리아 아주머니는 과일 몇 개와 건포도 케이크를 가져왔다. 아버지는 차와 비스킷, 그리고 그녀가 가져온 건포도 케이크를 대접했고, 나는 그사이 과일을 닦아서 칼과 접시와 함께 내놓았고, 그러고 나서 우리는 그들 둘을 남겨두고 나왔다. 릴리아 아주머니는 어머니와 함께 한두 시간 동안 입을 다문 채 앉아 있었는데, 그럴 때면 그녀의 눈은 붉어져 있었다. 사실 어머니가 언제나처럼 평온하고 고요하게 있었던 데 반해서. 아버지는 저녁식사 시간에 같이 있어달라고 그녀를 정중하게 초대할 만큼 이 숙녀분에 대한 혐오를 충분히 극복했다. 우리가 당신을 좀 귀찮게 하도록 기회를 주시는 게 어때요? 안 그러실래요? 그럼 파니아도 무척 행복해할 텐데요? 그러나 그녀는 언제나 마치 점잖지 못한 행동이라도 부탁받은 듯이 당혹스러워하며 사과했다. 그녀는 방해가 되고 싶지 않아했고, 거참, 그리고 어쨌거나 그녀는 자기 집에 있어야 하고, 가족들이 곧 그녀를 걱정하기 시작할 것이었다.

때때로 할아버지와 할머니는 꼭 무도회장에 어울리는 차림으로 차려입고 오셨다. 할머니는 하이힐에 검은 벨벳 드레스, 그리고 하얀 목걸이를 하고서, 어머니 바로 옆에 앉기 전에 부엌 순회 일주를 했다. 그러고는 약봉지들과 작은 약병들을 검사하고, 아버지를 자기 앞으로 끌고 와서는 셔츠 칼라 안쪽을 들여다보고, 내 손톱 상태를 검사할 때처럼 넌더리나는 표정으로 얼굴을 찌푸렸다. 그녀는 유감스럽지만, 현대 의학에서 대부분의 질병은 몸보다는 마음에 그 근원이 있다는 걸 알게 됐다는 사실을 언급하는 것이 타당하다고 생각했다. 그사이 알렉산더 할아버지는, 언제나 뛰어다니기 좋아하는 강아지처럼 쉼 없이 매혹적으로, 어머니 손에 키스하며, "병중에도 이렇게 예쁘니, 그러니 더욱더—꼭 오늘 저녁이 아니라도, 내일이라도, 건강이 회복되면. 글쎄, 치토! 아가, 너는 이미 활짝 폈어! 완벽하게 매력적이야! 크라사비차!"라며 어머니의 미모를 칭송했다.

*

아버지는 여전히 확고하게 매일 저녁 정확히 아홉시면 조명을 꺼야 한다고 고집했다. 그는 발끝으로 걸어 다른 방인 서재, 즉 거실 겸-연구실 겸-침실로 조용히 걸어 들어가서는, 가을이 오고 있고 밤은 점점 추워진다며 어머니 어깨에 숄을 둘러주고, 옆에 앉아, 그녀의 차가운 손을 언제나 따뜻한 자기 손으로 감싸쥐고, 간단한 대화라도 해보려 애썼다. 동화 속의 왕자님처럼, 그는 잠자는 숲속의 공주를 깨우려 애썼다. 그러나 키스를 해도, 그는 그녀를 깨울 수가 없었다. 사과의 주문은 깨질 수 없었다. 어쩌면 그는 그녀에게 제대로 키스를 하지 않았는지도 모르고, 아니면 그녀가 꿈속에서 농담을 그치지 않고 발칸반도의 미래를 염려하는 모든 지식 분야의 전문가인 안경 쓴 수다쟁이가 아니라 전적으로 다른 종류의 왕자를 기다리고 있었는지도 모른다.

그 당시 그녀는 빛을 견디지 못했기 때문에, 그는 어둠 속에서 그녀 바로 곁에 앉아 있었다. 매일 아침, 그가 회사에 가기 전이나 내가 학교에 가기 전, 우리는 어머니가 『제인 에어』에 나오는, 다락방의 무시무시하고 가엾은 여자이기라도 한 것처럼, 집의 모든 셔터를 닫고 커튼을 쳐야 했다. 그는 어둠 속에 조용히 그녀의 손을 잡고, 움직이지도 않고 앉아 있었다. 아니면, 자기 손으로 그녀의 두 손을 모두 붙잡고 있었는지도 모른다.

그러나 그는 삼사 분 이상 움직이지 않고, 아픈 어머니 곁이든 그의 작은 카드들이 놓인 자기 책상과 떨어진 그 어떤 곳이든 가만히 앉아 있을 수가 없었다. 그는 언제나 부산스럽고, 뭔가를 정돈하고, 쉼 없이 이야기를 하는 활동적이고 분주한 사람이었다.

그는 어둠과 침묵을 더 참을 수 없을 때면 책과 셀 수 없이 많은 색인 카드들을 부엌으로 가지고 나와, 식탁 방수포 위에 빈자리를 만들고, 걸상에 앉아 일을 했다. 그러나 그는 이내 그을음으로 시커메진 부엌에 홀로 감금되어 있다는 것에 풀이 죽었다. 그래서 한 주에 한두 번은 일어나, 한숨을 쉬고는, 정장으로 바꿔 입고, 머리를 빗고, 이를 잘 닦고, 면도 후 로션을 찰싹찰싹 바른 후, 내가 단단히 잠들었는지 보려고 내 방을 조용히 들여다보았다(그를 위해 난 언제나 잠든 척하곤 했다). 그러고 나면 그는 어머니에게 가서, 늘 하던 말을 했고, 늘 하던 약속을 했으며, 그러면 그녀는 말리지 않고, 오히려 그의 머리를 쓰다듬으며, 가요, 아리에, 밖에 가서 놀아요, 라고 말하곤 했으니, 그들은 나만큼이나 졸리지 않았다.

머리엔 험프리 보가트 모자를 쓰고 만약을 대비한 우산을 팔에 걸치고 나면, 아버지는 뚜렷한 아슈케나지 악센트로, 끔찍하게 음정이 맞지 않는 콧노래를 부르며 내 방 창문을 지나쳐 걸어갔다. "……내 머리는 그대 가슴에 기대 쉴 곳 찾았네/ 내 아득한 기도는 둥지를 얻었네," 아니면 "한 쌍의 비둘기같이 사랑스러운 그대 두 눈/ 그리고 벨-소-리 같은 그대 목소리!"

나는 그가 어디로 가는지 알지 못했는데도, 알지 못하면서 알았고, 그런데도 알고 싶어하지 않았으며, 그런데도 아버지를 용서했다. 나는 그가 거기서 조금이라도 재미를 보기를 바랐다. 거기, 그의 '거기'서 벌어질 일들을 상상하고픈 욕망은 결코 없었지만, 내가 상상하고 싶지 않았던 것은 그 밤에 내게로 찾아와 나를 핑핑 도는 혼란 속에 집어던지고 잠들지 못하게 했다. 나는 열두 살짜리 남자아이였다. 내 육체는 나의 무자비한 적이 되기 시작했다.

*

때때로 나는 매일 아침 집이 비면 사실은 어머니가 침대 속으로 들어가 낮 시간 동안 잔다는 느낌이 들었다. 그리고 때로 그녀는 아버지의 애원과 그가 가져다준 슬리퍼에도 불구하고, 일어나서 언제나 맨발로 집 주위를 걸어다녔다. 이리저리 왔다갔다하며, 어머니는 전쟁중엔 우리의 피난처였다가 지금은 책이 쌓여 있고 벽에는 지도들이 붙어 있어, 아버지와 내가 이스라엘 안보와 자유 진영 방어를 지휘 감독했던 작업실로 사용한 복도를 따라 항해했다.

심지어 낮 시간에도 복도는 전깃불 스위치를 켜지 않는 한 칠흑같이 새까맸다. 암흑 속에서 어머니는 삼십 분 내지 한 시간 정도, 일정하게, 교도소 뜰을 거니는 죄수처럼 이리저리 떠다녔다. 그리고 때로 그녀는 마치 아버지와 경쟁이라도 하듯, 그러나 아버지보다 음정을 훨씬 덜 틀리면서 노래를 부르기 시작했다. 노래를 부르는 그녀의 목소리는, 겨울밤 알큰하게 데운 포도주 맛처럼 칼칼하고 따스했다. 그녀는 눈물로 목이 멘 소리로 히브리어가 아니라, 달콤하게 들리는 러시아어나, 꿈꾸는 듯한 폴란드어로, 아니면 이따금 이디시어로 노래를 불렀다.

아버지는 밖에 나갔다 오는 밤이면 언제나 약속한 대로 자정 전에 돌아왔다. 나는 그가 속옷만 남기고 옷을 벗고는, 차 한 잔을 만들어서, 부엌 의자에 앉아 달콤한 차에 비스킷을 적셔 먹으며 조용히 콧노래를 부르는 소리를 들을 수 있었다. 그러고 나면 그는 냉수로 샤워를 했다(더운물을 얻으려면 먼저 파라핀을 나무에 뿌리고 보일러에 넣어 사십오 분간 때야 했다). 그후 그는 내가 잠들었는지 확인하고 이불을 잘 덮어주려 발끝을 들고 살금살금 내 방으로 들어오곤 했다. 그런 다음에야 비로소 발끝을 들고 자기 방으로 들어갔다. 때로 나는 마침내 잠들기 전까지 그들이 낮은 목소리로 이야기하는 소리를 들을 수 있었다. 그리고 때로는 거기 살아 있는 것이라고는 아무것도 없는 것처럼 완전한 침묵이 흘렀다.

아버지는 자신이 큰 침대에 들기 때문에, 어머니의 불면증이 자기 책임이라는 두려움에 사로잡히기 시작했다. 때때로 그는 매일 밤 침대로 바뀌는 그 소파 침대로 그녀가 들어가라고 우겼고(내가 어렸을 때 그 소파 침대는 펼쳐놓으면 꼭 화난 개의 턱같이 보여서 우리는 그것을 '짖는 소파'라고 불렀다), 그는 그녀의 의자에서 잤다. 자신은 '과자 굽는 뜨거운 번철'에서조차 통나무처럼 잘 자기 때문에, 그가 의자에서 자고 그녀가 침대에서 자는 것이 모두에게 더 이로울 것이라고 말했다. 사실, 그는 그녀가 몇 시간 동안이나 의자에서 깨어 있다는 것을 알면서 침대에 있을 때보다는, 그녀가 침대에서 자고 있다는 걸 알고 의자에서 잘 때 훨씬 더 잘 자곤 했다.

*

그리고 자정으로 향해 가던 어느 날 밤, 내 방문이 조용히 열리더니 어둠 속에서 아버지의 실루엣이 내게 몸을 기울였다. 보통 때처럼 나는 허둥지둥 잠든 척했다. 내 이불을 바로 해주는 대신 그는 이불을 들고 내 침대로 들어왔다. 그때처럼. 11월 29일, 국가 탄생을 위한 투표가 끝난 뒤, 내 손이 그의 눈물을 느꼈던 그때처럼. 나는 겁이 나서 잠들려는 나를 멈춘 게 무엇인지 그가 알아채지 못하기를 바라고 기도하며 서둘러 무릎을 세워 내 배를 꾹 눌렀다. 만일 그가 알아차렸다면 나는 그 자리에서 죽을 것이었다. 아버지가 내 침대에 들자 내 피는 얼어붙었고 나는 음탕한 짓을 들키지 않으려고 제정신이 아니어서, 마치 악몽처럼, 내 침대로 미끄러져 들어온 실루엣이 아버지가 아니었다는 것을 깨닫기까지 꽤 오랜 시간이 걸렸다.

그녀는 이불을 우리 둘 머리까지 끌어올리고는 나를 꼭 끌어안더니, 일어나지 마, 하고 속삭였다.

그리고 아침에 그녀는 그 자리에 없었다. 다음날 밤도 그녀는 다시 내 방으로 들어왔지만, 이번엔 '짖는 소파' 매트리스 두 개 중 하나를 가지고 와서, 내 침대 발치 바닥에서 잤다. 다음날 밤 나는 아버지의 권위적인 방식을 흉내내려 최선을 다하며, 어머니가 내 침대에서 자고 내가 그 발치 매트리스에서 자야 한다고 단호하게 주장했다.

그것은 우리가 마치 일명 침대 빼앗기 게임, 진일보한 의자 빼앗기 게임의 온갖 버전으로 게임을 하는 것 같았다. 1회전. 정상 버전—부모님 두 분은 본인들 침대인 2인용 침대에 그리고 나는 내 침대에. 그 다음 회전에서 어머니는 의자에서 자고, 아버지는 침대가 되는 소파에서, 그리고 나는 여전히 내 침대에. 3회전에서 아버지가 2인용 침대에 혼자 있는 동안 어머니와 나는 내 1인용 침대에. 4회전에서는 아버지한테는 변화가 없고, 나는 또다시 혼자 내 침대에, 어머니는 내 발치 매트리스에. 그다음엔 그녀와 내가 바꾸기, 그녀가 위로 올라가고, 내가 밑으로 내려가고, 아버지는 있던 곳에 계속 있고.

그러나 아직 끝나지 않았다.

왜냐하면 며칠 밤이 지난 후 내가 내 방 어머니 발치, 매트리스 위에서 자고 있을 때, 어머니가 한밤중에 기침 소리 같지 않은 찢어지는 기침 소리로 날 놀라게 했기 때문이다. 그러고 나서 그녀는 잠잠해졌고 나는 다시 잠들었다. 그러나 하루인가 이틀 뒤 나는 또다시 기침 소리 같지 않은 기침 소리에 깼다. 나는 거의 눈을 뜨지도 않은 채 일어나, 담요를 두르고 졸면서 복도로 내려가서, 아버지가 있는 2인용 침대로 기어올라갔다. 나는 곧 다시 잠이 들었다. 그리고 다음날 밤에도 거기서 잤다.

거의 마지막 무렵, 어머니는 내 방, 내 침대에서 잤고 나는 아버지와 함께 잤다. 이틀 뒤 그녀의 모든 알약이며 약병, 진정제, 편두통 약 등이 그녀의 새로운 자리로 옮겨졌다.

우리는 새로운 잠자리 배치에 대해 한마디도 하지 않았다. 그 누구도 그에 대해 언급하지 않았다. 꼭 저절로 일어난 일인 것처럼.

그리고 그건 정말 그랬다. 가족 간의 어떠한 결정도 없이. 한마디 말도 없이.

그러나 마지막 잠자리 배치가 일어나기 전 주에 어머니는 내 침대에서 밤을 보내지 않고, 우리—아버지와 나의—방에서 이제 그녀 방이 된 내 방으로 어머니 의자가 옮겨졌다는 사실만 빼고, 다시 예전과 똑같이 창가 곁 자기 의자로 돌아갔다.

모든 게 다 끝나고 난 뒤에도 나는 그 방으로 다시 돌아가고 싶지 않았다. 아버지와 함께 머물고 싶었다. 그리고 결국에 내 오래된 방으로 되돌아갔을 때, 나는 잠들 수 없었다. 꼭 그녀가 거기 여전히 있는 것만 같았다. 미소 아닌 미소를 지으며. 기침 소리 아닌 기침 소리를 내며. 혹은 그녀가 내게 유산으로, 끝까지 그녀를 쫓고 이제는 나를 쫓고 있는 그 불면증을 남기고 간 것 같았다. 내 방 침대로 되돌아간 그날 밤은 너무나 무서워서, 다음날 밤부터 아버지는 내 방으로 '짖는 소파' 매트리스 중 하나를 끌고 와서 나와 함께 자야 했다. 한 주인가 두 주쯤 아버지는 내 침대 발치에서 잤다. 그후 그는 자기 자리로 돌아갔고, 그녀는 혹은 그녀의 불면증은, 나를 따라다녔다.

마치 거대한 소용돌이가 우리를 휩쓸어, 우리 것이 아닌 어느 기슭에 우리가 각자 내쳐지기까지, 같이 내동댕이쳐서 떼어놓고, 우리를 빙글빙글 내던져 뒤범벅되게 하는 것 같았다. 그리고 우리는 너무 지쳐서 침묵 속에 그 움직임을 받아들이는 것이었다. 우리가 너무나 지쳤기 때문에. 눈 밑에 검은 반달이 있었던 것은 어머니와 아버지뿐이 아니었다. 그 몇 주간 나는 거울 속에서 내 눈 밑에도 검은 반달이 있는 것을 보았다.

우리는 그해 가을, 같은 독방을 쓰는 세 명의 사형수처럼 함께 묶여 들러붙어 있었다. 아직 우리는 각자였다. 무엇으로 그나 그녀가 내 밤의 더러움에 대해 알 수 있었을까? 내 잔혹한 몸의 더러움을? 내가 몇 번이고 수치스러움에 이빨을 꽉 깨문 채, 그만두지 않으면, 오늘밤 그 짓을 그만하지 않으면, 내가 목숨을 걸고 어머니 알약을 몽땅 다 먹을 것이고 그렇게 되면 그 짓도 끝날 거라고 맹세하며, 스스로에게 경고했는지 내 부모님이 어떻게 알 수 있었을까.

부모님은 아무것도 의심하지 않았다. 천 년의 빛의 세월이 우리를 갈라놓았다. 아니, 빛의 세월이 아니다. 어둠의 세월이.

그러나 그들이 겪고 있는 것에 대해 내가 뭘 알았을까?

그리고 그들 둘은 어땠을까? 아버지는 어머니의 시련에 대해 뭘 알았을까? 어머니는 그의 고통에 대해 뭘 이해했을까?

천 년의 어둠의 세월은 모두를 떼어놓았다. 한 독방에 갇혀 있던 세 명의 죄수까지도. 텔아르자에서의 그날, 어머니가 나무에 등을 기대앉아 있고, 나랑 아버지가 어머니 무릎 하나씩 차지하고 누워 있고, 어머니가 우리 둘을 쓰다듬던 그 토요일까지도, 그 순간조차도, 내 유년 시절 중 가장 소중한 순간이던 그때조차도, 천 년의 빛 없는 세월은 우리를 떼어놓았다.

55

야보틴스키의 시선집에서 「피와 땀으로 우리는 한 민족을 세우리」「두 개의 둑이 요르단을 가졌네」「그날부터 나는/ 베이타르의, 시온의, 시나이의 경이驚異라고 불렸네」가 발표된 이후, 에드거 앨런 포의 「갈가마귀」「애너벨 리」와 에드몽 로스탕의 「머나먼 곳의 공주」, 폴 베를렌의 가슴 찢어지는 「가을 노래」를 포함한 아름다운 선율의 세계시 번역본이 나왔다.

순식간에 나는 이 모든 시들을 외워서 하루종일 이 시를 둘러싼 로맨틱한 고뇌와 소름 끼치는 고통에 취해 걸어다녔다.

요셉 큰할아버지의 선물이었던 화려한 검은색 공책에 내가 지은 군국주의의 애국적 운문들과 나란히, 나는 폭풍과 숲, 바다로 가득한 비관적 세계관의 시들도 쓰기 시작했다. 그리고 사랑이 뭔지 알기도 전에, 사랑시 몇 편도. 혹은 내가 서부영화를 알기 전이지만, 가장 많은 인디언을 죽인 사람은 상으로 예쁜 소녀를 얻던 서양인들 간의 화해와 애너벨 리와 그녀의 파트너의 눈물겨운 맹세, 그리고 내세에서의 그들의 사랑에 대해 이해하려 애쓰고 있었다. 그것들을 조화시키는 것은 쉽지 않았다. 그리고 이 모든 것과 학교 양호 선생님의 '콘돔-난자-나팔관'이라는 미로 사이에서 일종의 화평을 이루는 것은 훨씬 더 어려웠다. 나를 고문하던 그 밤의 불결함은 너무 무자비해서 나는 죽고 싶었다. 아니면 나를 조롱하는 밤의 마녀들의 수중에 떨어지기 전의 모습으로 돌아가고 싶었다. 밤마다 나는 그것을 단호히 절멸시키리라 결심했지만, 밤마다 그 셰에라자드들은 내 놀란 시선 앞에서, 하루 종일 안절부절못하며 밤이 되어 침대에 들어갈 시간을 기다리게 하는 억제되지 않은 이야기들을 드러냈다. 때때로 나는 기다릴 수 없어서 타흐케모니 운동장에 있는 냄새나는 화장실이나 우리집 욕실에 틀어박혔고, 그러면 몇 분 후 내 다리 사이에서 넝마쪽만큼이나 불쾌한 내 꼬리가 나타났다.

소녀들을 향한 사랑과 그와 관련된 모든 것은 내게는 대재앙, 즉 빠져나갈 길 없는 끔찍한 덫과 같았다. 꿈에 매혹적인 크리스털 궁전으로 흘러들어갔는데, 더러운 똥구덩이에 푹 잠겨 깨어난다.

나는 거기서 도망쳐 미스터리와 모험과 전투가 있는 책이라는 제정신의 요새에서 피난처를 찾았다. 쥘 베른, 카를 마이, 페니모어 쿠퍼, 메인 레이드, 셜록 홈스, 『삼총사』『하테라스 선장의 모험』『몬테주마의 딸』『젠다 성의 포로』『불과 칼로써』, 데 아미치스의 『사랑의 학교』, 『보물섬』『해저 2만 리』『사막과 정글을 지나』『카자말카의 황금』

『신비의 섬』『몬테크리스토 백작』『모히칸족의 최후』『그랜트 선장의 아이들』, 아프리카 오지 가장 깊은 곳, 영국 근위병과 인디언, 범죄자, 기병, 소도둑, 강도, 카우보이, 해적, 군도, 깃털로 머리를 장식하고 얼굴엔 그림을 그린 피에 굶주린 원주민 무리, 머리가 쭈뼛해지는 승리의 함성, 마법의 주문, 용의 기사들과 둥근 칼을 가진 사라센 기수들, 괴물, 마법사, 황제, 악당들, 유령 출몰, 특히 자신의 불행을 어떻게든 극복하고 위대한 일을 행하도록 운명지어진 창백하고 작은 젊은이에 대한 이야기들. 나는 그들처럼 되고 싶었고 그런 것들을 쓴 사람처럼 글을 쓸 수 있길 바랐다. 어쩌면 나는 아직 쓰는 일과 승리하는 일을 구분하지 못했던 것 같다.

*

쥘 베른의 『황제의 밀사』는 오늘날까지도 내 가슴에 새겨져 있다. 러시아 황제 차르가 저 머나먼 시베리아에 있는 포위당한 러시아군에 결정적인 메시지를 보내는 비밀 사절로 미하일 스트로고프를 파송한다. 가는 길에 그는 타타르의 통제하에 있는 지역을 통과해야 했다. 미하일 스트로고프는 타타르의 호위병에게 붙들려 그들의 지도자, 대왕 칸에게 끌려가는데, 칸은 그가 시베리아로 그의 임무를 수행하러 갈 수 없도록 하기 위해 하얗게 달아오른 칼로 그의 눈을 뽑아내라고 명령한다. 그 중요한 메시지는 외우고 있었지만, 그가 어찌 타타르의 군대를 빠져나갈 것이며 눈도 보이지 않는데 어찌 시베리아에 이를 수 있겠는가? 달아오른 쇠가 그의 눈에 닿은 후에, 그 밀사는 눈이 먼 채 동쪽으로 더듬거리며 나아가, 플롯의 중대한 순간에 독자에게 그가 결국 시력을 잃지 않았다는 것을 드러내기 전까지, 계속 자기 길을 가게 된다. 그 뜨거운 칼이 눈에 닿는 동안, 그의 눈은 눈물로 차가워져 있었던 것이다! 중대한 순간에 미하일 스트로고프는 결코 다시 볼 수 없을 사랑하는 가족들을 생각했고, 그 생각은 그의 눈을 눈물로 가득 채웠는데, 그것이 칼날을 식혀 그의 중차대한 임무뿐 아니라 시력까지 구했고, 또 그 임무는 성공의 월계관이 되어 모든 적군에 맞서 국가를 승리로 이끌게 된다.

고로 그와 러시아 전체를 구한 것은 다름 아닌 스트로고프의 눈물이었다. 그러나 내가 살던 곳에서는 남자란 눈물을 흘려서는 안 되었다! 눈물은 부끄러운 것이니까! 오직 여자와 아이만이 울 수 있었다. 다섯 살이었을 때조차 나는 우는 것을 부끄럽게 여겼으며 여덟 살인가 아홉 살이 됐을 땐 남자 사회에서 인정받기 위해 눈물을 억제하는 법을 배웠다. 그것이 11월 29일 밤 내 왼손이 어둠 속에서 아버지의 젖은 뺨에 닿았을 때 내가 그렇게도 놀란 이유다. 그것이 내가 그 일에 대해 아버지에게도, 그리고 어떤 살아 있는 영혼에게도 결코 발설하지 않은 이유다. 그런데 여기 미하일 스트로고프는, 흠없는 영웅이자 어떠한 고난이나 고문도 견뎌낼 수 있었던 철의 사나이는, 사랑에 대해 생각하자 갑자기, 더는 억제하는 모습을 보이지 않는다. 그는 눈물을 흘린다. 미하일 스트로고프는 두렵거나 고통스러워서 운 것이 아니라, 감정의 격렬함 때문에 운 것이다.

더욱이 스트로고프의 울음은 그를 가련하고 비참한 자나 여자나 몰락한 남자의 대열로 떨어뜨리지 않는다. 그 울음은 작가 쥘 베른에게도, 그리고 독자에게도 모두 용인될 만한 것이다. 그리고 갑작스레 한 남자가 눈물을 흘린 것을 충분히 용인할 수 없다 하더라도, 그와 러시아 전체는 모두 그 눈물로 구원된 것이다. 그래서 남자 중의 남자는 모든 적을 그의 '여성스러운 면' 덕분에 무찔렀고, 그것은 중대한 순간에 그의 '남성적인 면'을(그 시절에 그들이 우리를 세뇌시켰던 그 말) 해치거나 약화시키는 일 없이, 그의 영혼 깊은 곳에서 나온 것이다. 오히려, 그것은 한쪽이 다른 쪽을 보충하고 강화하는 것이다. 고로 어쩌면 그 시절 나를 괴롭히던 선택, 즉 감정과 남자다움 사이의 선택을 넘어서는 영광스러운 방법이 있었는지도 모른다. (10여 년 후 『나의 미카엘』의 한나 역시 미하일 스트로고프라는 인물에 매료되었다.)

그다음으로 『해저 2만 리』에는 네모 선장이 나오는데, 그는 착취적인 체제와, 무자비한 패거리들과 제멋대로인 힘을 동원한 국가와 개인의 억압에 항거하는 자존심 강하고 용감한 인물이다. 그는 프란츠 파농까지는 아니고 에드워드 사이드를 연상시키는데, 북서부 국가들의 짐짓 생색내는 듯한 거만한 태도에 증오심을 품고 있어서, 그 모든 것과 관계를 끊고, 해저에 작은 유토피아를 창조하기로 결심한다.

이것은 내 안에 명백하게, 무엇보다 시온주의자적 민감성에 대해 두근거림을 일으켰다. 세계는 언제나 우리를 박해했고 우리를 부당하게 대했다. 그것이 박해자들의 잔혹함으로부터 멀리 떨어져 '청렴하고 자유가 있는 삶'을 살 수 있는, 우리만의 작은 독립 돔을 창조하려고 옆길로 후퇴한 이유였다. 그러나 우리는 네모 선장처럼 무력한 희생자로 계속 지낸 것이 아니라 우리의 창조적인 지력을 가지고 우리만의 '노틸러스호'를 정교한 살인 광선으로 무장했다. 감히 그 누구도 다시는 우리를 향해 음모를 꾸미지 않을 것이다. 우리의 긴 팔은 필요하다면 세계 끝까지 닿을 것이었다.

*

쥘 베른의 『신비의 섬』에는 난파선에서 살아남은 무리가 간신히 불모의 황무지 섬에 아주 조그만 문명의 땅을 창조하게 된다. 생존자들은 모두 유럽인 남자이며, 모두 이성적이고 관대한 마음씨에 선의를 지닌 사람들로, 모두 기술 친화적인 성향을 지녔으며, 대범하고 지식이 풍부하다. 그들은 19세기가 미래로 보고 싶어하던, 분별 있고 개화되고 활력이 넘치며 이성의 힘으로 어떤 문제든 해결할 수 있고 새로운 진보적 종교 교리에도 부합하는, 바로 그러한 이미지의 사람들이다. (잔혹함이나 보다 비열한 본능과 악은 이후에 나타나는 다른 섬으로 추방되었다. 윌리엄 골딩의 『파리 대왕』 속 섬으로.)

고된 작업과 상식, 개척자적인 열성으로 그 무리는 간신히 살아남아 황폐한 섬에 무에서 부유한 자작 농장을 맨손으로 건설해낸다. 이것은 아버지로부터 물려받은 시온주의의 개척자적 정신으로 고취되어 있던 나를 기쁘게 했다. 세속적이고 개화되었으며 합리주의적이고 이상주의적이며 호전적으로 낙관적이며 진보적인 정신.

그런데, 신비의 섬의 개척자들이 위대한 자연이 불러온 대재앙으로 위협받는 순간, 궁지에 몰려 그들의 지력도 더이상 쓸모없어진 순간, 신비로운 손이 끼어들어 몇 번이고 파멸로부터 그들을 구해냈던 기적적이고 전능한 신의 섭리 같은 숙명적인 순간들이 있었다. 비알리크는

"그곳에 정의가 있다면—즉시 빛나게 하라"고 썼다. 『신비의 섬』에는 정의가 존재하며, 희망이 사라질 때마다 번개만큼이나 빠르게 즉시 빛났다.

그러나 그것은 엄정하게 보자면, 다른 정신, 즉 아버지의 합리주의와 정반대인 것이었다. 그것은 어머니가 밤이면 내게 해주던 이야기들, 즉 마귀 이야기, 기적 이야기, 지붕 아래에 자신보다 더 고대의 사람을 머물게 해준 고대인의 이야기, 악과 미스터리와 은혜의 이야기, 종국에 모든 절망이 지나가고 여전히 희망은 남아 있더라는 판도라의 상자 이야기와 같은 논리였다. 그것은 또 젤다 선생님이 처음으로 내게 보여주었던 것, 그리고 타흐케모니에서 이야기 선생님인 모르드개 미카엘리가 수업을 중단한 지점에서 꺼내들었던 하시딤 설화의 기적이 담겨 있는 논리였다.

그것은 마치 여기 『신비의 섬』에, 서로 마주하고 있으면서, 내 삶의 첫 순간에 내게 세계를 드러내 보여주었던 두 개의 창문 사이에 마침내 조화가 온 것과 같았다. 아버지의 상식적이고 낙천적인 창과, 그와 대조되게 냉혹한 전망과 악하지만 동시에 동정과 연민을 일으키는 기묘한 초자연적 위력을 향해 열려 있는 어머니의 창.

『신비의 섬』 끝 부분에서, 그들이 파멸로 빠져들 때마다 몇 번이고 난파선 생존자들의 '시온주의자 기업체'를 구원하기 위해 끼어든 섭리적인 힘은 『해저 2만 리』의 음울한 눈, 네모 선장의 사려 깊은 개입으로 밝혀진다. 그러나 그것은 결코 내가 그 책에서 얻은 화해의 기쁨을 감소시키지 않았고, 오히려 시온주의에 대한 내 유치한 매혹과 마찬가지로 고딕풍에 대한 나의 유치한 매혹 사이의 모순을 제거해주었다.

그것은 마치 아버지와 어머니가 마침내 화친하고 완벽한 조화 속에 함께 살게 된 것과도 같았다. 인정하는 바와 같이 이곳 예루살렘에서가 아니라 어느 황무지 섬에서 말이다. 그러나 그래도 그들은 화친할 수 있었다.

*

친절한 마음씨를 지닌 마커스 씨는 게울라 거리 거의 끝자락, 요나 거리에서 신간과 중고 서적을 판매하고 대출 도서관도 운영하고 있었는데, 마침내 나에게 매일 책을 바꿔 봐도 된다고 허락했다. 때로는 하루에 두 번씩이나. 처음에 그는 내가 정말로 책 전체를 다 읽었다는 것을 믿지 않아서, 내가 책을 빌린 지 채 몇 시간이 지나지 않아 반납하러 가면 온갖 종류의 간교한 질문으로 나를 시험하곤 했다. 그의 의심은 놀라움으로 변하더니, 종국엔 헌신으로 바뀌었다. 그는 내 놀라운 기억력과 그렇게나 빨리 읽는 능력에 감탄했고, 특히 내가 주요 언어들까지 익혔다면, 언젠가는 우리의 위대한 지도자들 중 한 명의 이상적인 개인 비서가 될 수 있을 거라 확신했다. 내가 벤구리온이나 모셰 샤레트의 비서가 될지 누가 알겠느냐는 것이다. 그 결과로, 그는 내가 장기 투자할 만한 가치가 있으니, 자신이 음덕을 쌓아야 한다고 결심했다. 자신이 훗날 어떤 허가증이라도 필요하게 될지, 긴 줄을 생략해야 할지, 아니면 그가 뛰어들려고 계획중인 출판 사업이 원활히 진행되게 하는 데 필요하게 될지, 그리고 아주 유명한 이들 중 한 명의 개인 비서와 쌓은 우정의 끈이 확실히 천금의 가치가 있게 될지 누가 알겠나.

마커스 씨는 때때로 자기 투자의 결실에 침을 흘리듯 선별된 고객들에게 도장이 잔뜩 찍힌 나의 도서증을 자랑스럽게 보여주곤 했다. 여기 우리가 가진 이 물건을 좀 보라고! 책벌레야! 신동이라고! 매달 그냥 책이 아니라 아예 책장을 다 먹어치우는 아이라니까!

그래서 나는 마커스 씨로부터 자기 도서관을 집처럼 편하게 여기라는 특별 허락을 받았다. 나는 가게가 문을 닫는 휴일 동안 책에 굶주리지 말라고 한 번에 네 권의 책을 빌릴 수 있었다. 나는—조심스럽게!—대여용이 아니라 판매용으로 예정된, 갓 출판된 따끈따끈한 책들을 쭉 넘겨볼 수 있었다. 나는 내 또래 아이들 용이 아닌 서머싯 몸이나, 오 헨리, 슈테판 츠바이크, 심지어 모파상의 야한 소설 같은 책도 살펴볼 수 있었다.

겨울이면 나는 살을 에는 비와 휘몰아치는 바람을 뚫고, 마커스 씨의 책방이 문을 닫는 여섯시가 되기 전에 그곳에 닿으려고 어둠 속을 달려갔다. 그 시절, 예루살렘은 살을 에는 듯 알알하게 추웠고, 굶주린 북극곰이 시베리아에서 12월 말 밤중에 케렘 아브라함 거리를 어슬렁거리며 배회하려고 내려온 것 같았다. 나는 코트도 입지 않고 달렸고, 그래서 내 풀오버 스웨터는 흠뻑 젖어, 저녁 내내 젖은 울의 침울하고 근질근질한 냄새를 풍겼다.

이따금 내가 도서관에서 빌린 탄약을 모두 다 해치운 그 길고 공허하던 토요일 아침 열시경이면 읽을거리가 조금도 남지 않는 일이 벌어졌다. 나는 미친듯이 아버지 책장에서 손에 잡히는 건 뭐든 간에 잡아챘다. 슐론스키의 번역본 『틸 오일렌슈피겔』, 리블린의 번역본 『아라비안나이트』, 이스라엘 자르키의 책들, 그리고 멘델레와 숄렘 알레이헴, 카프카, 베르디쳅스키, 라헬의 시와 발자크, 함순, 이갈 모셴존, 파이어베르크, 나탄 샤함과 그네신과 브레너와 하자즈, 심지어 아그논 씨의 책까지. 사실은 아버지의 안경을 통해 내가 볼 수 있던 것, 즉 작은 유대 촌락에서의 삶은 비루하고 불쾌하며, 심지어 우스꽝스러웠다는 내용만 빼면, 나는 거의 이해하지 못했다. 내 어리석은 마음으로는 그런 끔찍한 결말이 완전히 놀랍지도 않았다.

아버지는 세계문학의 주요 작품들을 대부분 갖고 있었으나 원어로 되어 있어서, 나는 볼 수 없었다. 그러나 히브리어로 되어 있는 것이면 무엇이든지, 실제로 읽어보지는 않았다 하더라도, 최소한 냄새는 맡을 수 있었다. 내가 백방으로 훑지 않은 것은 없었다.

*

물론, 나는 〈다바르〉에 주간으로 실리는 어린이용 섹션도 읽었고, 모든 이의 디저트 메뉴이던 아동용 도서도 읽었다. 레아 골드베르그와 파니아 베르크슈타인의 시들과 미라 로베의 『아이들의 섬』, 그리고 나훔 구트만의 모든 책들. 로벤굴라의 줄루 왕국, 베아트리체의 파리, 모래 언덕과 과수원, 그리고 바다로 둘러싸인 텔아비브, 이 모든 것들이 나의 첫 쾌락주의적 세계 유람의 도착지였다. 예루살렘과 나머지-넓고-큰-세상과-연결되어-있는-텔아비브 간의 차이는 내게 황량하고 흑백뿐인 겨울의 삶과 빛과 색채로 가득한 여름의 삶 사이의 차이 같았다.

특별히 내 상상력을 붙들었던 책 하나는 츠비 리베르만 리브네의 『폐허를 넘어서』로, 나는 그것을 읽고 또 읽었다. 옛날 옛날에 제2차 성전시대에, 저멀리 언덕과 골짜기와 포도밭 사이에 평화로이 박혀 있던 유대인 마을이 하나 있었다. 어느 날 로마 군병들이 거기 도착하여 모든 거주민을, 남자고 여자고 노인이고 할 것 없이 전부 살육하고, 소유물을 약탈하고, 가옥에 불을 지른 뒤 갈 길을 갔다. 그러나 마을 사람들은 그 학살이 있기 전에 어렵사리 그들의 자녀들, 그러니까 아직 열두 살이 채 되지 않아 마을을 지키는 데 낄 수 없던 아이들을 언덕에 있던 한 동굴에 숨길 수 있었다.

그 큰 참사가 있은 후 아이들은 동굴에서 나와 그 참사를 보게 되었으나, 절망하는 대신 키부츠에 있는 총회와 비슷한 토론을 거쳐, 삶은 계속되어야 하며, 자신들이 폐허가 된 마을을 재건해야 한다고 결정했다. 그래서 그들은 위원회를 구성했는데, 거기엔 소녀들도 포함했으니, 이 아이들은 용감하고 성실할 뿐 아니라 굉장히 진보적이고 개화되어 있었기 때문이다. 그들은 개미처럼 일해서 차츰, 어렵사리 살아남은 가축들을 돌보고, 축사와 소 우리들을 수선했고, 불탄 집들을 재건했으며, 밭에서 다시 일하기 시작했고, 전원적인 키부츠처럼 아이들을 위한 공동체를 세웠다. 단 한 명의 프라이데이도 없는 로빈슨 크루소의 자치 공동체였다.

이 꿈의 아이들이 누리던 나눔과 평등의 삶에 단 한 점의 먹구름도 드리우지 못했다. 권력 투쟁이나 경쟁과 질시도, 음란한 성이나 죽은 부모의 유령조차도. 정확히 『파리 대왕』의 아이들에게 벌어진 일과 정반대였다. 츠비 리브네는 이스라엘의 아이들에게 시온주의자에 대한 영감을 일깨우는 알레고리를 선사하고자 했음이 틀림없다. 황무지의 세대는 모두 죽고, 그 자리에 용감하고 대담하며, 대재앙에서 영웅주의로, 어둠에서 위대한 빛으로 향하며, 자신들의 힘으로 나라를 일으키는 조국의 세대가 일어났다고. 내 머리에서 지어낸 속편, 예루살렘판 내 작품에서는, 그 아이들이 소젖을 짜고 올리브와 포도를 수확하는 일에 만족하지 못하고, 무기 저장고를 발견하거나, 더 잘된 경우 기관총과 박격포, 장갑차를 고안, 제조하게 된다. 또는 무기들을 백 세대 넘어 『폐허를 넘어서』에 나오는 아이들의 펼친 손에 어떻게든 제때에 밀수출한 것은 다름 아닌 팔마흐였다. 이 모든 무기로 무장한 츠비 리브네의 그리고 나의 아이들은 서둘러 마사다로 향하여 마지막 순간에 도착한다. 파괴적인 연발 사격으로, 후방에서부터 길고 정확한 일제 투하와 치사량의 박격포 발사로 그들은 로마 군병들—그들의 부모를 죽였고 마사다의 암벽 요새로 돌진하려고 진입로를 짓느라 바쁘던 바로 그 로마 군병들—을 불시에 쳤다. 그래서 엘리에제르 벤야이르가 잊을 수 없는 고별 연설을 마무리하려던 찰나, 그리고 마사다의 마지막 방어자들이 로마인의 포로가 되지 않으려 칼에 자신을 던지려는 순간, 나의 젊은이들과 나는 그 산으로 쳐들어가 그들을 죽음에서, 우리 민족을 패배의 수치에서 구한다.

그다음에 우리는 적의 영토까지 전쟁을 확대했다. 로마의 일곱 개 언덕에 우리 박격포를 포진하고, 티투스 장군을 산산조각 박살내서, 황제의 발 아래로 가지고 갔다.

*

여기 숨겨진 병들고 부정한 또다른 기쁨, 의심의 여지 없이 츠비 리브네가 그 책을 쓸 때는 결코 그에게 떠오르지 않은, 음침하고 오이디푸스적인 그런 기쁨이 있는 것은 당연하다. 왜냐하면 그 아이들은 여기에 자기 부모를 묻었으니까. 그들 모두를. 마을 전체에서 단 한 명의 어른도 살아남지 못했으니까. 부모님도, 선생님도, 이웃도, 삼촌도, 할아버지도, 할머니도, 크로츠말 씨도, 요셉 큰할아버지도, 말라와 슈타체크 루드니츠키 씨도, 아브람스키 일가도, 바르 이츠하르도, 릴리아 아주머니도, 베긴도, 벤구리온도. 그래서 억압된 시온주의자 정신의 욕망, 그리고 그 시절 아이였던 나의 욕망은 기적적으로 실현되었다. 그들이 죽어야만 한다는 점에서. 그들은 너무나 이질적이고 부담스러우니까. 그들은 디아스포라에 속해 있었다. 그들은 황무지의 세대였다. 그들은 언제나 요구와 명령에 차 있고, 결코 우리네 숨통을 틔워주지 않았다. 오직 그들이 죽어야만 우리는 우리가 마침내 어떻게 스스로 모든 것을 할 수 있는지를 보여줄 수 있을 것이었다. 그들이 우리로 하여금 했으면 하고 바랐던 것이 무엇이든, 그들이 우리에게 기대했던 것이 무엇이든, 전부 웅장하게 해낼 것이다. 새 히브리 국가는 그들에게서 도망칠 필요가 있기에, 우리는 오로지 그들 없이, 밭을 갈고 수확하고 집을 짓고 싸우고 이길 것이다. 여기 모든 것은 젊고 건강하며 거친데, 그들은 늙고 부서지고 복잡하며 불쾌하고, 게다가 좀 우스꽝스러우니까.

고로 『폐허를 넘어서』에 나오는 황무지의 모든 세대는, 맑고 푸른 하늘에 새떼만큼이나 자유롭고 행복하며 발걸음도 가벼운 고아들을 뒤에 남기고 증발해버렸다. 디아스포라식 악센트로 그들에게 잔소리를 해대고, 장황하게 연설하고, 케케묵은 예절을 강요하고, 모든 종류의 침체와 트라우마, 명령과 야심 같은 것으로 인생을 좀먹게 할 사람은 아무도 남아 있지 않다. 그들 중 누구도 살아남아 하루종일 도덕적 설교를 하지 못했다—이건 되는 거야, 이건 안 되는 거야, 저건 역겨운 거야. 오직 우리만이. 이 세계에 홀로.

모든 어른의 죽음엔 신비롭고 강력한 주문이 숨겨져 있다. 그래서 어머니가 죽고 2년 뒤인 열네 살하고도 6개월의 나이에, 나는 아버지와 온 예루살렘을 죽이고, 이름을 바꾼 후, 폐허를 넘어서 내 힘으로 살기 위해 그곳 키부츠 훌다로 갔다.

56

특히 나는 내 이름을 바꿔서 그를 죽였다. 오랜 세월 동안 아버지는 '세계적인 명성'(아버지가 고요한 어조로 경건하게 말하던 그 개념)이 있는, 박학한 큰아버지의 넓은 그늘 아래서 살았다. 오랜 세월 동안 예후다 아리에 클라우스너는 『나사렛 예수』 『예수부터 바울까지』 『제2차 성전시대사』 『히브리 문학사』와 『민족이 자유를 위해 싸울 때』의 저자인 요셉 게달리야 클라우스너 교수의 전철을 밟는 꿈을 꾸었다. 내심 아버지는 때가 되면 자식이 없는 그 교수의 뒤를 이을 꿈까지 꾸고 있었다. 그것이 그가 큰아버지가 익힌 것보다 적지 않은 수의 외국어를 익힌 이유였다. 그것이 그가 작은 카드들이 그를 에워싸고 첩첩이 쌓여 있던 책상에서 밤마다 그 일들을 해치우며 앉아 있던 이유였다. 그리고 언젠가 유명한 교수가 되려던 꿈에 절망을 느끼기 시작하자 그는 마음속으로 몰래 그 횃불이 나를 통과해가기를, 그래서 그가 그걸 볼 수 있게 되기를 기도하기 시작했는지도 모른다.

아버지는 때때로 농담삼아 자신을 시시한 멘델스존, 즉 유명한 철학자 모제스 멘델스존의 아들이자 위대한 작곡가 펠릭스 멘델스존 바르톨디의 아버지로 운명이 정해졌던 은행원 아브라함 멘델스존과 비교했다. (한번은 아브라함 멘델스존이 농담삼아, "처음에 나는 아버지의 아들이었고, 이제 나는 내 아들의 아버지가 되었지" 하고 말한 적이 있다.)

마치 장난처럼, 꼭 나를 놀리듯 유치한 애착의 감정을 드러내며, 아버지는 내가 아주 어릴 때부터, '전하'니 '각하'니 하는 말로 나를 부르기를 고집했다. 나는 이 고정되고 거슬리며 성가신 농담 너머에, 아버지의 숨겨진 소망—때가 되면 자신을 비켜간 이 목표를 내게 자기 이름으로 성취할 임무를 맡기고 싶어하던—뿐만 아니라 좌절된 야심과 자신을 스스로 범인凡人으로 받아들이려던 서글픈 불가피함이 숨어 있었다는 생각을, 수많은 세월이 흐른 뒤 아버지가 돌아가시던 날 밤에야 불현듯 하게 되었다.

어머니는 고독과 우울 속에서, 아마 과부 오세가 겨울밤 젊은 페르 귄트에게 해주었던 이야기와 별반 다르지 않을 경이와 공포와 유령 이야기들을 해주었다. 아버지는, 자신만의 방식으로, 어머니 오세와는 달리, '위대한 일들'을 소망하는 페르의 아버지, 욘 귄트였다.

페르 귄트, 너 위대한 아이야.
페르 귄트, 네가 자랄 어느 날!*

"키부츠는," 아버지는 서글프게, "시시한 곳이 아닐지도 모르지만, 보통 지능과 거친 육체노동을 요하지. 너도 지금쯤은 네가 분명 보통이 아니라는 걸 알고 있을 거다. 나는 키부츠 자체를, 키부츠가 국가의 존립에 기여한 점이 없다고 단정하고 싶지는 않으나, 네가 거기서 발전하지는 않을 거야. 그러니 나는 유감스럽게도 이 일에 찬성할 수가 없구나. 아무튼. 그것으로 끝이지. 논쟁 끝"이라고 언급했다.

*

어머니가 죽은 후 1년인가 2년인가 지나 아버지가 재혼하고 나서, 나는 그와 거의 일상의 삶, 정치, 새로운 과학 발견이나 가치, 윤리 이론 등 필수적인 것에 대해서만 이야기를 나누었다. (그때쯤 벌써 우리는 그가 수년간 살고 싶어하던 예루살렘 지구 르하비아, 벤마이몬 거리 28번가 새 아파트에 살고 있었다.) 내 사춘기 시절의 불안감, 그의 재혼, 그의 감정, 어머니 생의 마지막 나날들, 그녀의 죽음, 그녀의 부재, 이런 것들이야말로 우리가 결코 입에 담지 않았던 주제들이었다. 우리는 때로 정중하면서도 아주 팽팽한 적대감으로, 당시 나를 매료시키기 시작했던, 그리고 아버지에게는 '빨갱이 유행'으로 여겨지던 비알리크나 나폴레옹, 사회주의 문제에 대해 충돌했고, 한번은 카프카에 대해 무시무시한 말다툼을 벌이기도 했다. 그러나 대부분 우리는 작은

---

* 헨리크 입센, 레아 골드베르그 번역, 「페르 귄트」(텔아비브, 1953), 61쪽. (원주)

공동주택 아파트를 공유하는 두 명의 동거인처럼 행동했다. 욕실의 자유. 마가린이랑 화장실 휴지가 없구나. 다소 추워진 거 같다는 생각 안 드세요? 히터 켤까요?

내가 주말이나 명절 때 텔아비브에 있는 어머니의 자매들, 하야 이모와 소니아 이모나 키리얏 모츠킨에 있는 할아버지 댁에 가기 시작하자, 아버지는 교통비에 몇 푼 더 얹어주면서 "그러니까 거기 누구한테도 돈을 달라고 해서는 안 된다" "튀긴 건 먹으면 안 된다고 거기 누구한테든 말하는 거 잊지 마라" 아니면, "네가 다음번에 갈 때 그녀의 서랍에서 나온 물건을 봉투에 담아 같이 들고 가도 되는지 거기 누구한테든 물어보는 거 잊지 마라"고 덧붙였다.

'그녀의' 혹은 '그녀'라는 단어는 묘비명 없는 비석처럼 어머니에 대한 기억을 뒤덮었다. '거기 누구든'이나 '거기 그들'이라는 단어는 그와 어머니 가족 사이에 있는 모든 끈이 끊어졌으며, 결코 회복될 수 없음을 의미했다. 그들은 아버지를 탓했다. 텔아비브에 있는 어머니 자매들은 아버지의 여자 관계가 어머니의 삶을 흐린 구름 속으로 던져버렸다고 믿었다. 그에 더해 그가 어머니에게서 등을 돌리고, 책상에 앉아 온통 연구와 작은 카드들에 마음을 두고 있던 그 모든 밤들도. 아버지는 이런 비난에 충격을 받았고 골수 깊은 곳까지 상처 입었다. 그는 텔아비브와 하이파로의 내 여정을 다소는, 보이콧과 부인의 그 시절에, 이스라엘을 방문하는 중립적인 개인을 아랍 국가들이 바라보듯이 보았다. 우리가 네가 가는 걸 막을 수는 없으니, 너 좋은 데로 가되, 우리 앞에서 그곳 이름을 부르지 말고, 돌아와서도 아무것도 거기에 대해선 말하지 마라. 좋은 거든 나쁜 거든 뭐든. 그리고 우리에 대해서도 그들에게 말하지 마라. 우리는 듣고 싶지도 않고 알고 싶지도 않다. 그리고 그들이 네 여권에다 쓸모없는 도장을 찍지 않도록 분명히 처신해라.

어머니가 자살한 후 약 석 달 뒤, 나의 유대식 성인식 날이 돌아왔다. 파티는 없었다. 성인식은 타흐케모니 회당에서 토요일 오전 토라를 낭송하고 내 생각을 웅얼거리는 걸로 대충 때웠다. 무스만 일가 전체가 텔아비브와 키리얏 모츠킨에서 왔지만, 그들은 클라우스너 일가와 가능한 한 멀리 떨어진, 회당 구석 자리를 찾아 자리잡았다. 두 진영 간에는 단 한마디 말도 오고가지 않았다. 두 이모의 남편인, 츠비와 부마는 거의 눈에 띄지 않을 정도로 고개를 까딱했는지도 모르겠다. 나는 얼빠진 강아지처럼 행복한 어린 소년으로 보이려고 최선을 다하며, 언제나 침묵을 싫어하고 어떤 침묵이든 자기 탓으로 여기고 그걸 쫓아내려는 의무감을 느끼던 아버지를 따라하듯, 끊임없이 지껄이며 두 병영 사이를 이리저리 뛰어다니고 있었다.

오직 알렉산더 할아버지만이 주저 없이 철의 장막을 건너, 하이파에서 온 외할머니와 어머니의 두 자매의 양볼에 왼쪽, 오른쪽, 왼쪽, 러시아식으로 세 번 키스했고, 즐겁게 소리치며 나를 자기 쪽으로 끌어안으며 외쳤다. "누, 치토? 매력적인 젊은 청년이죠, 그렇지 않소? 몰로데츠, 젊은이라고! 그리고 아주 재능도 있고 말이야! 아주, 아주 재능이 많아! 아주!"

*

아버지가 재혼하고 얼마의 시간이 지난 후, 나는 학업 성적이 너무 심하게 떨어져서 학교에서 제적당할 위기에 놓였다. (어머니가 돌아가신 다음해 나는 타츠케모니 학교에서 르하비아 고등학교로 옮겨갔다.) 아버지는 그 일을 자신에 대한 모욕으로 받아들이고 격노했다. 그는 다양한 방식으로 나를 벌했다. 차츰 그는 이를, 내가 키부츠에 들어가는 것을 그가 허락할 때까지 멈추지 않을, 일종의 게릴라전으로 의심하기에 이르렀다. 그는 반격을 가했다. 내가 주방에 들어갈 때마다 그는 말 한마디 하지 않고 일어나 자리를 떴다. 그러더니 어느 금요일, 그는 일부러 욥바 거리 중턱에 있는 낡은 에게드 버스 정류장으로 나와 동행했다. 내가 텔아비브로 가는 버스에 오르기 전, 그는 갑자기 이렇게 말했다.

"네가 원한다면, 키부츠로 가겠다는 네 의견에 대해 어떻게 생각하는지 거기 사람들에게 물어보려무나. 말할 것도 없이 그들의 의견은 우리를 구속하지도 않을 거고, 그렇게 크게 우리 관심을 끌지도 않겠지만, 이번만은 그들이 저 너머 가능성에 대해 어떻게 생각하는지 듣는 일을 반대하지 않으마."

어머니가 죽기 오래전, 그녀의 병세가 시작되면서부터 아니면 그보다 더 일찍부터, 텔아비브 이모들은 아버지를 이기적이고 약간은 횡포한 남자로 여겼던 것 같다. 그들은 어머니가 죽은 이후 내가 그의 압제의 멍에 아래 신음하고 있으며, 아버지가 새어머니와 재혼한 후 나를 학대하고 있다고 확신했다. 몇 번이고 나는, 일부러 이모들을 약 올리려는 듯, 아버지와 그의 새 아내에 대해 좋은 점들, 그들이 얼마나 헌신적으로 나를 돌보는지, 내가 부족한 게 없는지 확인하려고 최선을 다한다는 점을 강조했다. 이모들은 그런 말은 듣기를 거부했다. 그들은 마치 내가 압둘 알 나세르와 그의 체제나 페다이온을 찬양하기라도 하는 것처럼, 경악하고 분노하고 불쾌해했다. 그들 모두 내가 아버지를 찬양하기 시작하면 입을 다물게 했다. 하야 이모가 말했다.

"됐어. 그만해줄래. 너는 우리에게 상처를 입히고 있어. 그들이 너를 아주 제대로 세뇌시키고 있는 것 같구나."

소니아 이모는 아버지나 새 부인에 관해 좋은 말을 할 때마다 나를 꾸짖지는 않았다. 그저 울음을 터뜨릴 뿐이었다.

그들의 꼬치꼬치 캐묻는 눈에서 진실은 절로 나타났다. 그들에게 나는 부지깽이처럼 마르고 파리하고 신경과민에 제대로 씻지도 않은 것처럼 보였다. 저 너머의 그들이 나를 무시하고 있는 게 분명하다고. 비록 그보다 더 안 좋은 일까지는 아니더라도. 그리고 네 뺨에 그 상처는 뭐니? 거기선 너를 의사한테 보내주지도 않니? 그리고 그 넝마쪽 같은 풀오버 스웨터는—그게 네가 가진 옷 전부야? 그들이 마지막으로 속옷을 사준 게 언제니? 그리고 돌아갈 차비는? 너한테 돈 주는 것도 잊어버렸니? 그래? 너 왜 그렇게 고집이야? 왜, 탈나지 않게 주머니에 몇 푼 넣어준다는데도 못하게 하니?

내가 텔아비브에 도착하자마자 이모들은 내가 주말 동안 싼 가방에 달려들어, 말없이 혀를 끌끌 차며, 세탁하고 삶아서 몇 시간이나 발코니에서 완전히 말린 것들에 통째로 유죄판결을 내리며, 마치 자신들이 전염병 위험 요소를 제거하거나, 내 모든 소지품을 재교육과정으로 보내버린다는 듯, 거친 다림질과 이따금 강경한 파괴를 선고하면서, 셔츠며 파자마, 양말, 속옷, 심지어 여분의 손수건까지 꺼냈다. 나는 언제나 제일 먼저 샤워실로 보내졌고, 두번째로 할 일은, 발코니에 삼십분간 햇빛을 받으며 앉아 있어라, 넌 그 벽 색깔만큼이나 허여멀겋구나, 그리고 포도 한 송이라도 먹지 않을래? 사과는? 날당근은? 그러면 우린 가서 네 새 속옷을 좀 사가지고 오마. 아님 말쑥한 셔츠라도. 아님 양말이라도 몇 켤레. 이모들은 둘 다 내게 닭간, 간유, 과일 주스, 생야채를 먹이려고 애썼다. 마치 내가 게토에서 막 나온 사람이라도 되는 것처럼.

내가 키부츠로 가겠다는 문제에 대해 하야 이모는 곧바로 선고했다.

"그래, 그렇고말고. 그들에게서 조금이라도 벗어나 있어야지. 키부츠에서는 더 잘 자라고 더 강해질 거고, 점차 더 건강한 삶을 이끌어갈 수 있게 될 거야."

소니아 이모는 내 어깨에 팔을 두르며 서글프게 의견을 말했다.

"그래, 키부츠에 한번 가보렴. 그리고 그럴 일이야 없어야겠지만, 혹시나 거기서도 비참하게 느껴진다면 여기 우리한테로 오렴?"

*

9학년 말에 다다랐을 즈음, 르하비아 학교에서는 '5학년', 나는 갑작스레 스카우트도 그만두고 학교에도 거의 나가지 않았다. 나는 속옷 차림으로 하루종일 방에서, 등을 대고 차례대로 책을 걸신들린 듯 읽어치우고, 그 당시에 내가 거의 유일하게 목으로 넘기던 먹을거리인

단것을 산더미처럼 쌓아두고 먹으며 누워 있었다. 나는 이미 조금의 가망도 없이, 눈물로 목이 멘 채, 우리 반 공주 중 한 명에게 감당 못할 만큼 빠져 있었다. 내가 읽고 있는 책 속에 나오는, 영혼이 사랑으로 고통스러우면서도 여전히 고조되고 풍요로워진다고 묘사되는, 씁쓸하면서도 달콤한 청춘의 사랑에 빠진 사람이 아니라, 쇠막대기로 머리라도 한 대 맞은 사람처럼. 그리고 설상가상으로 내 몸은, 그때, 밤이면 나를 고문하기를 멈추지 않았고, 심지어 낮 시간에도 만족을 모르는 더러움으로 나를 괴롭히고 있었다. 나는 이 육신과 영혼 두 적군으로부터, 단 한 번만이라도 해방되어 자유로워지고 싶었다. 나는 구름 한 조각이 되고 싶었다. 달 표면에 놓인 돌덩이가 되고 싶었다.

나는 매일 저녁 일어나 밖으로 나가, 두세 시간 동안 거리를 방황하거나 도심 밖의 빈 들판을 걸어다녔다. 때로 철조망과 도시를 나누고 있는 지뢰밭에 매료되었는데, 한번은 어둠 속에서, 완충지대 중 한 곳으로 샜는지, 뜻하지 않게 빈 캔을 밟았고, 산사태만큼이나 요란하게 큰 소리가 났으며, 그 즉시 두 발의 총성이 어둠 속 꽤 가까이서 울려 퍼져서 도망쳤다. 그럼에도 다음날 저녁, 그리고 그다음날 저녁도 나는 마치 그걸로 족하다는 듯이 완충지대 끝자락으로 돌아갔다. 심지어 빛도 보이지 않고, 오로지 언덕의 윤곽과 흩뿌려진 별들만 보이고, 무화과와 올리브 나무, 메마른 여름 대지 냄새만 날 때까지 나는 외딴 와디들로 내려갔다. 나는 열시나 열한시, 혹은 자정쯤 집으로 돌아가, 내가 어디 있었는지 말하기를 거부하고, 심지어 아버지가 내 취침 시간을 아홉시 정각에서 열시로 연장해주었음에도 불구하고 그것도 무시하고, 그의 모든 잔소리도 무시했으며, 우리 사이의 침묵을 돌파해보려 주저하듯 자신의 낡은 농담으로 기울이는 그의 노력에도 응하지 않았다.

"그러니 각하께서 묻도록 허하신다면, 대체 어디서, 자정이 거의 다 되도록, 이 저녁 시간을 보내고 오셨습니까? 랑데부라도 가지셨나? 젊고 아리따운 처자랑? 전하께서는 시바 여왕 궁전의 홍청망청 연회에라도 초대받으셨나이까?"

나의 침묵은 심지어 내 옷에 들러붙어 있는 까칠까칠한 금속 조각이나 내가 공부를 중단했다는 사실보다 더 그를 겁나게 했다. 자신의 분노와 처벌이 더이상 내게 먹혀들지 않는다는 것을 깨닫자 그는 시시한 빈정거림으로 대체했다. 그는 고개를 끄덕이며 투덜거렸다.

"그게 각하께서 원하시는 바인가요? 그리 되셔야지요." 내지는 "내가 네 나이였을 땐 나는 거의 김나지움까지 다 마쳤다. 너희 학교처럼 가벼운 오락거리 같은 곳이 아니라! 전통적인 김나지움 말이다! 강철 군대식 규율로! 고전 그리스어와 라틴어 수업으로 말이야! 나는 원어로 에우리피데스에 오비디우스에 세네카까지 읽었어! 그런데 넌 뭐하고 있는 게냐? 방바닥에 열두 시간 내내 들러붙어서 쓰레기나 읽고 있고? 만화책에? 지저분한 잡지까지? 구역질나는 넝마 쪼가리들이 허접한 휴머니티라도 된다고! 클라우스너 교수의 종손從孫께서 마침내 밥만 축내는 쓸모없는 인간이 되다니, 생각을 좀 해보라고! 이 모리배 같은 놈아?"

마침내 그의 빈정거림은 슬픔으로 무너졌다. 아침식사 자리에서 그는 슬픈, 갈색 강아지 같은 눈으로 잠시 나를 바라보곤 했고, 그러나 금세 그의 시선은 내 시선 앞에서 도망쳐 자기 신문 뒤로 파묻혔다. 마치 그 자신이 길을 잃고 타락한 자인 것처럼, 마치 자신이 부끄러워해야 할 사람인 것처럼.

결국, 무거운 심경으로, 아버지는 절충안을 제시했다. 북부 갈릴리에 있는, 키부츠 스데 느헤미야에 있는 몇몇 친구들이 여름 동안 기꺼이 나를 머물게 해줄 것이었다. 나는 농사일이나 다른 어떤 일이든 내게 맞는 공동 기숙사에서 지내면서 내 또래 젊은이들과 함께하는 삶을 알아볼 수 있었다. 그 여름의 경험으로 충분하다고 판단되면, 나는 학교로 돌아와 마땅히 갖춰야 하는 진중함으로 학업에 달려들겠노라고 약속했다. 그러나 내가 여름방학이 끝나도 여전히 정신을 차리지 못한다면, 우리 둘은 다시 함께 앉아 진짜 어른들의 대화를 나누어 우리 둘 모두 동의할 만한 해결책을 내기 위해 애써야 했다.

중앙당과 좌파에서 후보자로 내세운 하임 바이츠만 교수에 대항하여 헤룻당에서 당시 대통령 선거 후보로 천거했던 노교수 요셉 큰할아버지는, 키부츠에 가겠다는 내 골치 아픈 의견을 듣고 경악했다. 그는 키부츠를, 비록 스탈린의 확장판까지는 아니더라도, 민족적 기풍에 대한 한 위협으로 간주했다. 그래서 그는 우리의 안식일 순례중에 있던 대화가 아니라, 내 생애 최초로 심각한 개인적 대화, 즉 밀담을 나누기 위해 나를 주중에 자기 집으로 초대했다. 나는 뛰는 가슴으로 이 만남을 준비했고, 심지어 서너 개의 표제를 적어두기까지 했다. 나는 요셉 큰할아버지에게 당신께서 언제나 선포하시던 것을 상기시켜드릴 참이었다. 파도를 헤쳐 나갈 필요에 대해. 결연한 개인은, 가장 소중한 사람들로부터 강한 저항이 있다 하더라도, 자신이 믿는 바를 위해 언제나 양심적으로 거침없이 궐기해야만 한다는 것을. 그러나 요셉 큰할아버지는 그를 격분케 한 긴급 사안 때문에 마지막 순간에 초대를 철회하지 않을 수 없었다.

그래서 내가 여름방학 첫날 아침 새벽 다섯시에 욥바 거리에 있는 중앙 버스터미널로 가려고 일어났을 때, 그의 축복이나 다윗과 골리앗의 대면은 없었다. 아버지는 나보다 삼십 분 일찍 일어났다. 내 알람이 꺼질 때쯤 아버지는 이미 두툼한 치즈 토마토 샌드위치 두 개, 달걀 토마토 샌드위치 두 개, 껍질을 벗긴 오이, 사과, 슬라이스 햄을 만들어 놓고, 납지에 싸서, 여행중에 새지 않도록 아주 단단히 뚜껑을 돌려 닫은 물 한 병과 함께 포장했다. 그는 빵을 얇게 자르다가 손가락을 베어 피가 나고 있었고, 그래서 나는 떠나기 전에 그의 손가락에 붕대를 감아주었다. 문간에서 그는 주저하듯 나를 포옹하고는, 두번째로는 더 어려워하며, 고개를 한쪽으로 돌리고 이렇게 말했다.

"어떤 식으로든 내가 최근에 너에게 상처를 주었다면 사과하마. 나 역시 쉬운 시간을 보내진 않았다."

돌연 그는 맘을 바꿔, 서둘러 재킷을 입고 타이를 매더니 버스터미널까지 나와 함께 걸었다. 우리 둘은 내 모든 속세의 소유물이 들어 있는 여행 가방을 메고, 해 뜨기 전이라 인적이 끊긴 예루살렘 거리들을 지나갔다. 가는 내내 아버지는 낡은 농담과 말장난들을 뿜어냈다. 그는 키부츠라는 용어의 하시딕 기원이 '집회'라는 뜻이며, '공동의'라는 뜻의 그리스어 코이노스에서 나온 '공동체'라는 뜻의 코이노니아의 개념과 키부츠 이데올로기 간의 흥미로운 유사점에 대해서 이야기했다. 그는 코이노니아가 '공모'라는 뜻의 히브리 단어 케노니아와, 아마 음악 용어인 캐논의 어원이기도 할 거라고 지적했다. 그는 함께 하이파로 가는 버스에 올라 내가 어디에 앉아야 하는지 언쟁을 벌인 후, 다시 작별 인사를 했는데, 그는 이것이 내가 안식일마다 텔아비브 이모들에게 가는 그 방문 중 하나가 아니라는 사실을 잊어버린 것이 분명했으니, 그때가 월요일이었는데도 내게 좋은 안식일을 보내라고 인사한 것이다. 그는 버스에서 내리기 전에 운전기사와 농담을 하고, 그가 대단한 보물을 싣고 가니 특별히 조심해서 운전해달라고 부탁했다. 그러고 나서 신문을 사야 한다고 뛰어내리더니, 플랫폼에 서서 나를 찾다가, 다른 버스에 손을 흔들었다.

57

그해 여름 끝 무렵 나는 이름을 바꾸고 스데 느헤미야에서 훌다로 내 짐가방을 옮겼다. 처음에 나는 지역 중등학교의 (겸허하게 '보습 학급'이라 불리는) 외부 기숙생이었다. 학교를 마치고 나서 군 복무를 시작하기 바로 직전에, 나는 키부츠의 정회원이 되었다. 훌다는 1954년부터 1985년까지 내 고향이 되었다.

아버지는 어머니가 죽고 일 년쯤 지나 재혼했고, 내가 키부츠에 간 지 일 년 뒤 아내와 런던으로 갔다. 그는 그곳에서 약 5년간 살았다. 나의 이복누이 마르가니타와 이복형제 다비드가 태어난 곳이 런던이며, 그가 마침내—이루 헤아릴 수 없는 어려움 끝에—운전을 배운 곳도, 런던 대학에서 「I. L. 페레츠의 미발표 원고」라는 논문으로 박사 학위를 받은 곳도 런던이었다. 간헐적으로 우리는 엽서를 주고받았다. 이따금 그는 내게 자기 논고의 별쇄본을 보냈다. 때로는 내게 나의 참된 운명을 부드럽게 상기시킬 작정으로 책과 펜과 펜꽂이, 멋진 공책, 화려하게 장식된 페이퍼나이프 같은 작은 물건을 보냈다.

매해 여름 그는 키부츠 생활이 정말 내게 적합한지, 내가 어떻게 지내고 있는지 보는 동시에, 자기 아파트 상태와 그의 서재가 어떤지 점검하러 고향에 들르곤 했다. 상세한 편지에서 아버지는 내게 1956년 여름의 시작을 이렇게 알린다.

> 다음주 수요일, 너한테 크게 방해가 되지 않는다면, 훌다에 가서 너를 방문할 계획이다. 나는 텔아비브에 있는 중앙 버스터미널에서 낮 열두시에 출발해서 훌다에 대략 한시 이십분에 도착하는 완행버스가 있다는 걸 조사하고 확인했다. 이제 내 질문은 1. 버스 정류장에 나와 나를 만나줄 수 있겠니? (허나 너한테 문제가 된다면, 가령 네가 바쁘다거나 하면, 나는 네가 어디에 있고 어디서 너를 나 혼자 힘으로 찾을 수 있는지 물어보고 싶구나.) 2. 텔아비브에서 내가 버스 타기 전에 뭔가 먹어야 하니, 아님 키부츠에 도착하면 우리가 함께 밥을 먹을 수 있니? 당연히, 너한테 문제가 안 된다는 조건하에서. 3. 내가 조사한 바에 의하면 오후에 훌다에서 르호봇으로 가는 버스가 딱 하나 있고, 거기서 텔아비브로 가는 두번째 버스를 탈 수 있고, 그다음에 예루살렘으로 돌아가는 세번째 버스를 탈 수 있다. 단 우리가 두 시간 반 정도만 같이 보낼 텐데. 그걸로 충분할까? 4. 아님, 대신에, 내가 훌다에서 밤을 보낸 다음 아침 일곱시 버스를 타고 떠날 수 있을지도? 즉, 세 가지 조건만 맞는다면 A. 내가 머물

만한 장소를 찾는 게 네게 어렵지 않다는 전제하에(아주 간단한 침상이나 그냥 매트리스 한 장이라도 족하다) B. 이것이 키부츠에서 곁눈질거리가 되지 않는다는 전제하에 그리고 C. 상대적으로 길어진 방문에 네 마음이 불편하지 않다는 전제하에. 어느 쪽이든, 곧바로 알려다오. 5. 내가 개인 소지품 말고 뭘 더 가져가야 하니? (수건? 침대보? 내가 키부츠에서 한 번도 머물러본 적이 없어서!) 우리가 만나면 당연히 난 모든 소식을 네게 알려줄 게야(많지는 않지만). 그리고 너만 관심 있다면, 내 계획에 대해서도 말해주마. 그리고 너만 좋다면 너도 내게 네 계획은 뭐든 말해도 된다. 나는 네가 육체적으로나 정신적으로나 건강하길 바란다. (그 둘 사이에는 분명한 관계가 있지!) 그 밖의 것은 곧 만나서 직접 이야기하게 될 거야. 사랑을 담아, 아버지.

*

그주 수요일 나는 한시에 학교를 마치고, 점심식사 후 두 시간짜리 작업을 면제해달라고 요청했다(나는 그때 닭장에서 일을 하고 있었다). 그럼에도 불구하고, 마지막 수업이 끝나고 나는 먼지 낀 파란색 작업복과 무거운 작업용 부츠로 갈아입으러 서둘러 돌아갔고, 트랙터 차고로 달려가, 의자 쿠션 아래 숨겨둔 매시-퍼거슨 트랙터의 열쇠를 찾아서는 시동을 걸고, 텔아비브 버스가 도착한 몇 분 뒤, 먼지구름을 헤치고 버스 정류장으로 힘찬 소리를 내며 돌진했다. 근 일 년 이상 못 본 아버지는, 손으로 해를 가려 눈을 보호하면서 도움이 어디서 올지

초조하게 바라보며 기다리고 서 있었다. 그는—매우 놀랍게도—재킷이나 타이는 자취도 없이, 카키색 바지에 연하늘색 짧은 팔 셔츠에, 키부츠 타입의 모자 차림을 하고 있었다. 멀리서 본 그는 우리의 '구닥다리' 중 한 명처럼 보였다. 설령 이것이 사조나 그의 원칙과는 맞지 않는다 하더라도, 그가 높이 평가했던 교양을 존중하는 일종의 제스처로, 이런 식으로 옷을 입기 전에 그가 열심히 숙고했으리라는 생각이 들었다. 그는 한손에는 너덜너덜한 서류 가방을 들고, 다른 손엔 이마를 닦아낸 손수건을 들고 있었다. 나는 그를 향해 소리를 지르며, 거의 그의 코앞에서 브레이크를 밟았고, 한 손은 바퀴에 두고 다른 손은 한쪽 문짝에 기댄 채 아버지 쪽으로 바짝 붙어서 말했다. 샬롬. 그는 꼭 겁먹은 아이처럼 안경 너머로 눈이 동그래진 채, 나를 올려다보았고, 내가 누군지 전적으로 확신하지도 못한 채 서둘러 화답 인사를 했다. 나를 알아보자 깜짝 놀란 것 같았다.

잠시 후 그가 말했다.

"너냐?"

그리고 또 잠시 후.

"너 아주 많이 컸구나. 더 건강해진 것 같다."

그러고는 마침내, 평정을 찾았다.

"이거 너무 안전하지 않구나. 네가 좀 부주의하게 달려온 것에 대해 한마디 해야겠다. 나를 거의 차로 칠 뻔했잖니."

나는 그에게 거기서 햇빛을 피하며 기다리라고 부탁했고, 매시-퍼거슨을 차고로 돌려놓았다. 이 연극에서 그 차의 역할은 끝났다. 나는 아버지를 식당으로 데려갔고, 거기서 우리는 돌연 우리 키가 이제 똑

같아졌다는 것을 깨닫게 되었다. 우리 둘 다 당황했고 아버지는 그에 대해 농담을 지어냈다. 그는 마치 나를 살지 말지 고민하듯, 호기심 어린 눈으로 내 근육을 만져보더니, 자신의 창백한 피부와 비교되는 내 구릿빛 피부를 가지고 또 농담을 했다. "검둥이 삼보! 예멘 사람만큼이나 까맣구나!"

식당에 있는 테이블은 대부분 치워져 있었다. 딱 하나의 테이블만 펼쳐져 있었고, 난 아버지에게 당근과 감자를 넣은 삶은 닭 요리와 크루통이 떠 있는 닭고기 수프 한 그릇을 대접했다. 그는 꼼꼼한 식탁 예절을 갖춰, 내가 부러 농부들이 먹는 식으로 시끄럽게 먹는 소음을 내는 것을 무시하고 매우 조심스럽게 먹었다. 우리가 플라스틱 컵에다가 달콤한 차를 마시는 동안 아버지는 고참자 중 한 명으로, 우리 테이블에 앉아 있던, 츠비 부트닉과 공손한 대화를 나누기 시작했다. 아버지는 이념 논쟁으로 변질될 수 있을 법한 주제는 건드리지 않으려고 매우 조심하고 있었다. 아버지는 츠비가 어디 출신이냐고 물었고, 그가 루마니아에서 왔다고 하자, 얼굴이 밝아지더니 루마니아어로 말하기 시작했는데, 어쩐 일인지 츠비는 아버지의 루마니아어를 이해하기 어려워했다. 그러고 나서 그는 해안평야 경치의 아름다움이니, 성서에 나오는 여성 예언자 훌다와 성전에 있는 훌다문 같이 그가 보기에 의견 차이의 위험이 없을 것 같은 화제로 방향을 틀었다. 그러나 우리가 츠비와 헤어지기 전, 아버지는 그들이 여기서 자기 아들을 즐거운 마음으로 데리고 있는지 묻지 않고는 배길 수가 없었다. 어디, 이 아이는 잘 적응하고 있나요? 츠비 부트닉은, 내가 훌다에서 잘 적응하고 있는지에 대한 아주 희미한 정보도 없는 사람이었는데, 이렇게 말했다.

"지당하신 말씀이죠. 아주 잘 적응한 걸요!"

그러자 아버지가 대답했다.

"저, 제가 여기 계신 모든 분들께 무척 고마워하는 사람이라서요."

우리가 식당을 떠나면서, 그는 내 감정은 무시한 채 마치 개집에서 개를 끌고 나오는 사람처럼 츠비에게 말했다.

"아들이 여기 올 때, 여러 면에서 상태가 안 좋았는데, 지금은 최절정의 모양새를 하고 있는 것 같네요."

*

나는 훌다 곳곳을 돌아보기 위해 아버지를 끌고 나왔다. 나는 찬물 샤워를 그에게 제공한다거나 화장실을 보여준다거나 하는 성가신 일은 하지 않았다. 신병 훈련소의 특무상사처럼, 나는 얼굴이 붉어져서 숨을 헐떡이며 얼굴을 연신 닦아내는 불쌍한 아버지를 양 우리에서부터 닭장과 우사까지, 그다음엔 목공소부터 열쇳집, 언덕 위에 있는 올리브유 공장에 이르기까지 몰아치고, 키부츠의 원칙이니, 농업 경제, 사회주의의 강점, 이스라엘군의 승리에 키부츠가 기여한 바 등에 대해 연신 강의를 늘어놓았다. 아버지가 단 한 가지 세부 사항도 놓치게 하지 않았다. 나는 속에 담고 있기엔 너무나 강력한, 가르치고자 하는 악의적 열정 같은 것에 빠져 있었다. 나는 아버지가 한마디도 하지 못하게 했다. 질문하려는 그의 시도에 퇴짜를 놓았다. 나는 말하고 말하고 또 말했다.

나는, 힘이 얼마 남지 않은 아버지를, 아동 구역에서부터 베테랑 지구와 병원, 교실까지 보여주고, 마지막으로 우리가 문화 홀과 도서관에 닿을 때까지 끌고 갔는데, 거기서, 몇 년 뒤에 내 아내가 될 닐리의 아버지인 도서관 사서 셰프텔을 발견했다. 친절한 마음씨에, 얼굴에 미소를 띤 셰프텔은 파란색 작업복 차림으로, 소곤거리며 하시딕 멜로디를 흥얼거리고 앉아, 왁스 스텐실 종이 위에 두 손가락으로 타자를 치고 있었다. 죽어가고 있다가 마지막 순간 어떤 기적의 힘에 의해 물로 다시 내던져진 물고기처럼, 아버지는 열기와 먼지에 헐떡이며 퇴비 냄새에 질식해 있다가 부활했다. 책과 사서가 보이는 광경은 돌연 그를 소생시켰고, 곧 그는 의견을 쏟아내기 시작했다.

장래의 사돈이 될 그들은 십여 분 이상을, 사서들이 이야기할 수 있는 것이면 무엇이든 두고 수다를 떨었다. 그러고는 셰프텔의 수줍음이 아버지를 이기는 바람에, 아버지는 그를 떠나, 전문가의 눈으로 외국 군의 작전을 관찰하는 기민한 군 수행원처럼, 도서관과 그 모든 구석구석 틈새 배치를 면밀히 살피기 시작했다.

그러고 나서 우리, 즉 나와 아버지는 좀더 오래 주변을 걸어다녔다. 우리는 자원해서 나를 양자로 받아준 한카와 오제르 훌다이의 집에서 커피와 케이크를 먹었다. 여기서 아버지는 폴란드 문학에 대한 자신의 지식을 펼쳐 보였고, 잠시 그들의 책장을 연구한 후 그들과 폴란드어로 생기 넘치는 대화를 나누기까지 했다. 그는 율리안 투빔을 인용했고 한카는 답례로 스워바츠키를 인용했다. 그는 미츠키에비치를 언급했고 그들은 이바슈키에비치로 응수했으며, 그가 레이몬트를 언급하자 그들은 비스피안스키로 답했다. 아버지는 키부츠에 있는 사람들과 이야기하는 동안 마치 결과를 돌이킬 수 없게 될지도 모를 무언가를 끔찍하게 놓치지 않으려 아주 조심스럽게 발끝으로 살금살금 걷고 있는 것같이 보였다. 마치 그는 불행한 보균자가 자신의 상태가 얼마나 심각한지 깨닫지 못하는 불치병을 앓고 있는데, 그들의 사회주의가 그런 불치병이며, 그리고 외부 방문자인 자신이 그걸 보고 알고 있어서, 그들에게 상태의 심각성을 알아차리게 할지도 모를 무언가를 우연히라도 발설하지 않기 위해 주의하는 것처럼 정교하게 말했다.

그래서 그는 자신이 본 것에 대해 감탄을 표하는 데 주의를 기울였고, 정중한 관심을 나타냈으며, 몇 가지 질문도 하며("작물들은 잘 자라고 있나요?" "가축들은 잘 지내나요?"), 감탄을 되풀이했다. 그는 자신의 박학함을 전시해 그들을 허우적거리게 하지도, 어떤 말장난을 시도하지도 않았다. 그는 자제하고 있었다. 아마도 자신이 나에게 상처를 입힐지도 모른다고 염려했던 것 같다.

*

그러나 저녁 시간으로 향하면서 마치 재담이 다 떨어지고 이야기 샘이 말라버리기라도 한 듯, 일종의 우울감이 그를 덮쳤다. 그는 문화 홀 뒤에 있는 그늘진 벤치에 함께 앉아 해 지는 걸 기다리면 어떻겠냐고 말했다. 해가 저물기 시작하자 그는 이야기를 멈췄고 우리는 침묵 속에 나란히 함께 앉아 있었다. 벌써 황금빛 잔털을 자랑하던 내 다갈색 팔뚝은, 벤치 뒤쪽, 검은 털이 난 그의 창백한 팔과 멀지 않은 곳에 놓여 있었다. 이번에 아버지는 나를 각하니 전하니 하고 부르지 않았고, 마치 자신이 모든 침묵을 추방할 책임이 있는 듯 행동하지도 않았다.

그는 너무나 어색하고도 슬퍼 보여서 나는 그의 어깨를 어루만질 뻔했다. 그러나 그러지는 않았다. 나는 그가 내게 뭔가 중요하고 심지어 긴급하기까지 한 일을 말하려고 애쓰는데, 시작을 못하고 있다고 생각했다. 생애 처음으로, 아버지가 나를 두려워하는 것 같아 보였다. 나는 그를 돕고 싶기까지 했고, 아버지 대신 대화를 시작하고 싶기까지 했지만, 그만큼이나 나도 내성적이었다. 마침내 그가 갑자기 말했다.

"자, 그럼."

나도 그를 따라했다.

"그럼."

그리고 우리는 다시 침묵에 빠졌다. 돌연 우리가 케렘 아브라함의 집 뒤뜰 콘크리트같이 단단한 땅에 함께 만들어내려 애쓰던 야채밭이 생각났다. 그의 농기구이던 가정용 망치와 페이퍼나이프가 생각났다. 우리가 뿌린 씨가 실패한 것을 만회하려고 그가 나 모르게 개척자의 집인지 여성회관인지 여성 노동자 농장인지에서 가져와서 밤에 심었던 그 묘목들이.

*

아버지는 내게 그의 책 두 권을 선물로 가져다주었다. 『히브리 문학 중편소설』이라는 표제 위에 그는 이런 헌사를 썼다. "닭 기르는 내 아들에게, (전) 사서 아버지가." 반면 『세계문학사』에 쓴 헌사에는 자신의 실망감을 드러내는, 베일에 덮인 질책이 담겨 있었던 것 같다. "내 아들 아모스에게, 그가 혼자 힘으로 우리 문학에 자리매김하기를 소망하며."

우리는 아동용 침대 두 개와 옷장으로 쓰기 위해 커튼을 달아둔 나무상자 하나가 있는 빈 기숙사에서 잤다. 우리는 어둠 속에서 옷을 벗었고, 어둠 속에서 십여 분 동안 이야기를 나누었다. 나토 동맹과 냉전에 대해서. 그러고 나서 인사를 하고 각자 돌아누웠다. 어쩌면, 나처럼, 아버지도 잠들기 힘들었는지도 모른다. 우리 둘이 같은 방에서 잔 지 수년이 흐른 뒤였다. 그의 숨소리는, 꼭 공기가 충분치 않거나, 이를 악문 채 입으로만 숨을 쉬는 것처럼 힘겹게 들렸다. 우리는 어머니가 죽은 뒤로, 어머니가 내 방으로 옮겨오고 내가 도망쳐 더블베드의 아버지 옆에서 잤던, 어머니 생전의 마지막 나날 이후, 그리고 어머니가 죽은 후 첫 며칠 밤, 내가 너무나 무서워해서 아버지가 내 방에 와서 바닥에 매트리스를 깔고 자야 했던 그 이후 같은 방에서 자지 않았다.

이번에도 공포의 순간이 있었다. 나는 이른 시간, 달빛 아래 아버지 침대가 비어 있고, 그가 조용히 의자를 끌어 창문 곁에 앉더니, 고요하게, 움직이지도 않고, 눈은 뜬 채, 밤새 달을 응시하거나, 흘러가는 구름을 세며 앉아 있는 모습이 떠올라, 공포에 질려 잠에서 깼다. 피가 얼어붙었다.

그러나 사실 그는 깊고 평화롭게, 내가 그를 위해 만들어준 침대에서 잠들어 있었고, 의자에 눈을 크게 뜬 채 고요히 앉아 달을 응시하는 사람 같던 그것은 아버지나 귀신이 아니라, 그가 키부츠 구성원들보다 더 우월해 보이지 않으려고 사려 깊게 선택했던 바로 그 옷, 아버지의 카키색 바지와 수수한 파란색 셔츠였다. 맙소사, 그들 맘에 상처를 내지 않으려고 선택한.

*

1960년대 초반 아버지는 아내와 아이들과 함께 런던에서 예루살렘으로 돌아왔다. 그들은 베이트 하케렘이라는 교외에 정착했다. 다시 한번 아버지는 매일 국립도서관에, 신문 부서가 아니라, 그때 막 신설된 서지학 부서로 일하러 갔다. 이제 마침내 런던 대학에서 박사 학위를 받았고, 그 사실을 증명하는 멋지면서도 온당한 명함을 얻었으니, 그는 비록 예루살렘에, 그의 큰아버지가 총장으로 있던 히브리 대학은 아니더라도, 최소한 다른 신생 대학들? 텔아비브? 하이파? 브엘세바? 그중 한곳에서라도 교단에 서려고 또다시 시도했다. 그는 심지어, 스스로를 공공연한 교권 반대주의자라고 여기면서도, 어느 때인가는 바르 일란 같은 종교적인 대학에까지 자기의 운을 시험해보았다.

헛수고였다.

이제 오십대, 그는 강의 조교나 하급 강사가 되기엔 너무 나이가 많았고, 대학 내 상위 자리 경합에 참가하기에는 평판이 불충분했다. 어디서도 그를 원하지 않았다. (이 시기는 요셉 클라우스너 교수의 명성이 극적으로 쇠퇴 일로를 걷던 때이기도 했다. 히브리 문학에 대한 요셉 큰할아버지의 모든 업적이 1960년대 근처에는 시대에 뒤처지고 나이브하다고 평가받기 시작했다.) 아그논이 「영원히」라는 소설에서, 그의 특질 중 하나에 대해 쓴 바는 이렇다.

> 20년 동안 아디엘 암제는 위대한 도시이자, 고딕 유목민들이 몰려들어 잿더미로 만들고 거주민들을 영구 노예로 만들기 전까지 강대

국들의 자랑거리였던 그 도시 굼리다타의 비밀 연구를 수행했고, 연구하는 그 시절 내내 그는 대학 내 현자들은 물론이고 그네들의 여인네들과 아이들에게 얼굴조차 보이지 않았다.

이제 그가 그들에게 호의를 베풀어주길 요청하자 그들은 그를 이런 호칭으로 부르면서, 번쩍이는 안경 너머로 차가운 분노로 눈을 빛냈다. 누구신지요, 선생님, 우리는 댁을 모르겠소만. 그의 어깨는 처지고 그 실망한 남자는 그들을 떠났다. 그럼에도 불구하고, 얻은 것이 전혀 없는 건 아니었다. 사람들로부터 인정받고자 한다면 반드시 그들과 가까워져야 한다는 교훈을 얻었다. 그는 어쨌거나, 사람들과 가까워지는 법을 알지 못했던 사람이었다……*

아버지는 비록 농담이니 재치 있는 경구를 통해, 값을 따지지 않고 기꺼이 어떤 임무든 계속 짊어짐으로써, 박학을 뽐내고 말장난을 해서, 자신이 할 수 있는 가장 어려운 일을 해냈더라도, 결코 '사람들과 가까워지는 법'을 배운 적은 없었다. 아첨하는 법도 알지 못했고, 학계 권력 그룹과 음모에 붙는 기술도 익히지 못했다. 그는 누구에게 뻔질나게 들러붙어 일한 자도 아니었고, 오로지 사후에 사람들을 기리는 찬가만 줄곧 써댔다.

결국 그는 자신의 운명을 받아들이는 것 같았다. 그다음 10년인가 동안 그는 기바트 람에 세워진 신설 국립도서관 건물 서지학 부서의 창 없는 작은 방에 유순하게 앉아, 각주들을 모으며 시절을 보냈다. 직

---

* S. Y. 아그논, 「영원히」, 『S.Y.아그논 전집』 8권(예루살렘/텔아비브, 1962), 315~316쪽. (원주)

장에서 집으로 돌아오면 그는 자기 책상에 앉아 그 시절 구체화되고 있던 『히브리 백과사전』을 위해 표제어들을 편집했다. 주로 폴란드와 리투아니아 문학에 대해 기록했다. 천천히 그는 자신의 I. L. 페레츠에 대한 박사학위 논문의 몇 장을 히브리 저널에 출판할 논고로 전환했고, 한 번인가 두 번은 어렵사리 프랑스어로 출판하기까지 했다. 여기 아라드의 우리집에 가지고 있는 그의 발췌본 가운데서 나는 사울 체르니콥스키에 대한 논고(「고국에서의 시」), 로마의 임마누엘, 롱고스의 「다프니스와 클로에」에 대한 논고, 그리고 아버지가 몸바쳤던 「멘델레 연구」라는 제목의 논고들을 찾아냈다. 이 논고들에는 다음과 같은 헌사가 적혀 있었다.

5712년 테벳 월 8일*, 나를 떠나간, 타고난 판단력과 매력을 지녔던, 내 아내를 기억하며.

*

1960년 닐리와 내가 결혼하기 바로 며칠 전, 아버지는 첫 심장 발작을 일으켰다. 그것이 그를 네 개의 건초용 갈퀴 꼭대기에 얹은 캐노피** 아래서 열린 훌다에서의 결혼식에 참석하지 못하게 했다. (훌다에서는 결혼식 캐노피를 두 개의 라이플과 두 개의 건초용 갈퀴로 지지하여, 노동과 방어와 키부츠를 상징하는 것이 전통이었다. 닐리와 나는 라이

---

* 로마식 달력으로는 1952년 1월 6일.

** 결혼식 차양.

플의 그늘 아래 결혼하는 것을 거부해서 꽤 스캔들을 일으켰다. 키부츠 의회에서 잘만은 나를 '피 흘리는 심장'이라 불렀고, 츠비는 내가 복무하던 육군 부대는 건초용 갈퀴나 빗자루로 무장하고 순시를 돌도록 허락하더냐고 조롱하듯 질문했다.)

아버지는 결혼식 2~3주 뒤 회복되었지만, 얼굴은 이전 같지 않았다. 잿빛으로 변했고 지쳐 있었다. 육십대 중반부터, 그는 차츰 생기를 잃어갔다. 여전히 아침 일찍 일어나 열정적으로 열심히 업무를 했으나, 점심시간이 지나고 나면 그의 머리는 기진맥진하여 가슴팍으로 축 늘어지기 시작했고, 자리에 누워서 오후 시간 끝까지 쉬곤 했다. 그후 그의 정력은 정오가 되면 썰물처럼 빠져나가기 시작했다. 마침내 오로지 아침 첫 두세 시간만을 버틸 수 있었고, 그 시간 후에는 잿빛으로 변하여 시들어갔다.

그는 여전히 농담과 말장난을 좋아했고, 여전히 내게, 예를 들면, 꼭지라는 히브리 단어 베레즈는 그리스어로 봄이라는 뜻의 브리시에서 파생된 것이며, 창고라는 뜻의 히브리어 마흐산은 영어 단어 매거진처럼 저장고라는 뜻의 아랍어 마크잔에서 나왔는데, 그것은 아마도 강하다는 뜻의 셈어 어근 HSN에서 파생된 것 같다는 식으로 설명하면서 기쁨을 느꼈다. 난잡이나 혼란이라는 뜻의 발라간이라는 단어로 말하자면, 그가 말하기로는, 많은 이들이 러시아어로 잘못 알고 있는 것인데, 사실은, 쓸모없는 물건을 던져두는 비돌출형 베란다를 뜻하는 페르시아어 발라칸에서 나온 것으로, 거기서 영단어 발코니가 파생된 것이란다.

그는 점점 더 자주 같은 말을 되풀이했다. 일찍이 예리했던 기억력에도 불구하고, 이제 같은 대화중에 한 농담이나 설명을 두 번씩 되풀이했다. 그는 지쳐 집에 틀어박혀 있었고, 때로 집중하는 것이 어렵다는 것을 알았다. 1968년, 내 세번째 책인 『나의 미카엘』이 나왔을 때, 그는 며칠 만에 읽고 훌다에 있는 내게 "꽤 설득력 있는 몇 가지 묘사가 있지만, 결국 그 책은 어떤 영감을 주는 비전의 불꽃이 부족하다고, 중심 사상이 결핍되어 있다"고 말하려고 전화벨을 울렸다. 그리고 내가 「늦사랑」이라는 소설을 그에게 보냈을 때, 그는 자신의 기쁨을 표한 편지를 다음과 같이 써 보냈다.

……네 딸들은 너무나 잘 자랐더구나, 요는—우리가 곧 서로 보게 될 거라는 얘기다…… 이야기 자체로 말하자면, 나쁘지는 않다. 주인공은 별도로 하고, 어쨌거나, 내 짧은 소견으로 나머지는 단지 캐리커처화되어 있더구나. 그러나 주인공은 매력 없고 우스꽝스럽긴 하지만, 살아 있다. 몇 가지 관찰 결과들. 1. 3쪽에 "거대한 은하수들의 강"—'은하수'는 우유라는 뜻의 그리스어 갈라에서 나왔고 그래서 '우윳길(은하수)'이라는 뜻이 있어. 그러니 단수가 더 바람직하다! 내가 알고 있는 바로는 틀림없이 복수로 쓸 근거가 없다. 2. 3쪽(같은 쪽 다른 곳에서), "리우바 카가노브스카"—이건 폴란드어 어형이다. 러시아어로는—카가노브스키야가 돼야 한다! 3. 7쪽에서 비아즈흐마라고 썼던데 비아즈마라고 써야 한다. (즈흐가 아니다!)

기타 등등, 그런 관찰 결과는 23군데에 이르렀고, 빽빽해서 페이지 끝에 "우리 모두를 대신해서—아버지가"라고 끝을 맺을 공간이 얼마

안 남아 있을 정도였다.

그러나 몇 년 후 하임 토렌은 내게 이렇게 말했다. "네 아버지는 우리에게 게르숌 샤케드가 네 책 『자칼의 울음소리』에 대해 쓴 것이며, 아브라함 샤아난이 『다른 곳』을 호평한 글 등을 얼굴이 환해져서 보여주며, 국립도서관 이 방 저 방을 뛰어다니곤 했어. 한번은 그가, 안목 없는 쿠르츠바일 교수가 『나의 미카엘』을 비방했다고 내게 화를 내며 설명한 적도 있었단다. 나는 그가 일부러 쿠르츠바일의 서평에 대해 항의하려고 아그논에게 전화까지 했으리라 짐작해. 네 아버지는 자기 방식으로 널 무척 자랑스러워했어. 물론 그걸 네게 말하기에는 너무 수줍음이 많았고, 또 너를 교만하게 만들까 염려했는지는 몰라도."

*

아버지는 말년에 어깨가 구부정해졌다. 그는 주위에 있는 사람들에게 비난과 질책을 던질 때면, 험악하게 노기등등해서 문을 쾅 소리 나게 닫고, 서재에 틀어박혔다. 그러나 오 분이나 십 분 후면 나와서 자신이 폭발한 데 대해 자신의 형편없는 건강과, 피로, 신경과민을 책하고, 부당하고 불공평하게 말한 것에 대해 자기를 용서해달라고 양처럼 소심하게 청하며 사과하곤 했다.

그는 종종 '확실히' '참으로' '의심의 여지 없이' '명백히' 그리고 '몇 가지 관점에서 보자면'과 같은 말과 함께 '공정하고 공평한'이란 단어를 자주 썼다.

이맘때 아버지는 몸이 편치 않았는데, 그즈음 구십대였던 알렉산더 할아버지는 한창 육체적으로 절정에 이르러, 낭만적으로 만개중이었다. 아기처럼 발그레한 얼굴로, 젊은 신랑만큼이나 혈기 왕성해서, 하루종일 "누, 치토!"나, "그런 파스쿠드냐킴! 그런 악당 같으니! 줄리킴! 사기꾼 놈들!"이라거나 "누, 다바이! 전진! 호로쇼! 이미, 다 됐어!"라고 쏟아내고, 감탄하며 왔다갔다하곤 했다. 여자들이 그에게 몰려들었다. 심지어 아침에도, 빈번하게, 그는 '조그마한 코냑'을 홀짝이곤 했고, 그러면 그의 분홍빛 얼굴은 동틀녘만큼이나 붉어졌다. 아버지와 할아버지가 정원에서 이야기하며 서 있거나, 집 앞 보도를 논쟁하며 오르락내리락 걸어다니면, 최소한 말하는 모습으로 봐서는 알렉산더 할아버지가 자기 아들보다 훨씬 더 젊어 보였다. 그는 빌나에서 독일인에게 살해당한 큰아들 다비드와 첫 손자 다니엘 클라우스너보다 40년을 더 살았고, 그의 아내보다도 20년이나, 막내아들보다도 7년이나 더 오래 살게 된다.

*

1970년 10월 11일, 환갑이 지난 지 넉 달 후 어느 즈음에, 아버지는 평소처럼 나머지 가족들이 일어나기 훨씬 전에 일어나, 면도를 하고 화장수를 찰싹 바르고 머리에 물을 축여 뒤로 넘긴 후 버터 바른 롤빵과 두 잔의 차를 아침으로 들고, 신문을 읽으며 몇 번 한숨을 내쉬고, 늘 해야 하는 일들을 적어놓고 한 일에 X표를 하려고 책상에 펼쳐둔 일과표를 흘끔 본 후, 재킷을 걸치고 넥타이를 매고 조그마한 종이에 쇼핑 리스트를 적어서, 베이트 하케렘 거리가 헤르츨 거리와 만나는 지점인 덴마크 광장으로 향하는 거리로, 늘 책상에서 쓸 것들을 구매하던 조그만 지하상가에서 문구류 몇 개를 사기 위해 운전을 했다. 주차를 하고 차를 잠근 뒤, 예닐곱 걸음 가서 줄을 서고, 자기 자리를 노년의 여성에게 공손하게 양보하기까지 하고, 리스트에 있는 물건을 전부 산 뒤, 가게 주인과 '클립'이라는 단어가 동사와 명사 모두 될 수 있다는 점을 두고 농담을 나누고, 시의회의 태만에 대해 그녀에게 몇 마디 한 후, 값을 치르고 잔돈을 챙겨 쇼핑백을 들고 주인장에게 미소로 고맙다는 인사를 하고는, 주인장 남편에게 잊지 말고 인사를 전해달라고 말하고, 장사 잘되는 좋은 하루 보내라고 인사하고는, 자기 뒤에 줄서 있던 두 명의 낯선 이들에게도 인사를 하고 돌아서 문 쪽으로 걸어가다가, 심근경색으로 급사했다. 그는 자기 몸을 해부용으로 기증했고 나는 그의 책상을 물려받았다. 아버지는 근본적으로, 특히 남자는, 눈물을 흘려서는 안 된다고 했기에, 이 페이지들은 그의 책상에서 썼으나, 눈물에 젖어 쓴 것은 아니다.

나는 책상 일과표에서 그가 쓴 것을 발견했다. "문구류: 1. 편지지 2. 용수철 공책 3. 봉투 4. 클립 5. 마분지로 된 폴더 있는지 물어볼 것." 폴더를 포함해서 이 모든 품목은 그의 손가락에 걸려 있던 쇼핑백 안에 얌전히 들어 있었다. 그래서 나는 예루살렘의 아버지 집에 한 시간인가 한 시간 반이 지나 도착해서, 아버지의 연필을 들고 아버지가 물건을 사자마자 늘 X표를 하던 것처럼 리스트에 줄을 그었다.

58

열다섯 살에 집을 떠나 키부츠에 가서 살게 되었을 때, 나는 내가 절대 실패해서는 안 되는 시험을 스스로 부과하고 그 결심을 적었다. 만일 정말 완전히 새로운 삶을 시작할 거라면, 나는 그들 중 하나처럼 보이기 위해서 2주 안에 피부를 검게 그을리기 시작해야 한다. 나는 단호하게 백일몽을 그쳐야 한다. 나는 내 성을 바꾸어야 한다. 나는 매일 두세 번 찬물로 샤워를 해야 한다. 나는 밤마다 하던 그 불결한 짓을 억지로라도 반드시 그만두어야 한다. 더이상 시를 써서는 안 된다. 잡담을 그만둬야 한다. 그리고 수다를 떨어서는 안 된다. 내 새로운 고향에 조용한 남자로 등장해야 한다.

그러고 나서 나는 그 결심 리스트를 찢었다. 처음 사오일간, 사실 불결한 짓을 관두는 것도 수다를 떨지 않는 것도 성공했다. 담요 하나로 괜찮습니까, 내지는 창문 근처 교실 구석에 앉아도 괜찮겠습니까, 라는 질문을 들었을 때, 잠시 생각하고 군말 없이 대답했다. 정치에 관심 있습니까, 신문 읽기 동아리에 가입할 생각 있습니까, 라는 질문에는 으흠, 하고 대답했다. 예루살렘에서의 내 이전 삶에 대한 질문을 들으면, 나는 열 마디도 안 되는 말로 대답하고, 마치 깊이 생각에 잠긴 듯 일부러 잠시 주저했다. 그들로 하여금 내가 내적인 생활을 하는, 말수 적고 비밀스러운 부류의 사람이라는 것을 알려주려고. 비록 사내애들이 샤워하는 식으로 억지로 발가벗는 영웅주의의 행위를 취한 것이긴 하지만, 나는 심지어 찬물 샤워 문제도 성공했다. 첫 주에 글쓰기를 간신히 그만둘 수 있을 것처럼 보였다.

그러나 책 읽기는 멈출 수가 없었다.

매일 노동과 학교가 끝나고 나면, 외부 기숙생들이 클럽에서 쉬거나 야구를 하는 데 반해, 키부츠 아이들은 부모의 집으로 갔다. 저녁에는, 우스꽝스럽게 보이지 않으려고 내가 피했던 여러 활동—가령, 춤이나 즉석 합창회 같은—이 있었다. 모두가 사라지고 나면 나는 기숙사 앞 잔디에 반나체로 누워 어둑해질 때까지 일광욕을 하며 책을 읽었다. (빈방에서 침대에 홀로 누워 있는 것은 극도로 조심하며 피했으니, 그건 내 불결한 마음이 거기 누워 셰에라자드 같은 환상으로 우글거리며 나를 기다리고 있었기 때문이다.)

*

일주일에 한두 번, 밤 시간에 나는 셔츠를 입기 전에 거울 속 나의 그을린 모습에 진척이 있는지 확인하고 나서, 용기를 내어 베테랑 지구로 가서 내 키부츠 입양 가족인 한카와 오제르 훌다이와 함께 과일 주스를 마시고 케이크 한 조각을 먹곤 했다. 이 한 쌍의 선생님은 둘 다 폴란드 롯즈 출신으로, 매년 키부츠의 문화, 교육, 생활 전반을 통솔했다. 한카는 초등학교에서 가르치고 있었는데, 가슴이 풍만하고 활력이 넘치는 여자로, 늘 용수철처럼 팽팽하고, 헌신이라는 강력한 아우라와 담배 연기에 둘러싸여 있었다. 그녀는 유대 축제와 결혼식, 기념일을 조직하고, 생산량을 늘리고, 전원적인 프롤레타리아적 삶의 지역적 전통을 실현시키는 등 모든 짐을 어깨에 짊어지고 있었다. 한카가 그려내던 이 전통은, 성서에 나오는 새로운 토지 경작자들의 히브리적 풍미가 나는 올리브와 쥐엄나무를 소재로 삼은 아가서의 풍취와 동유럽의 하시딕 멜로디에, 폴란드 농부들과 순수하고 순결한 마음과 신비로운 삶의 기쁨에 끌리는 맨발 아래 크누트 함순의 『땅의 혜택』 같은 작품에서 바로 튀어나온 듯한, 자연의 아이들의 거칠고도 재빠른 방식이 함께 뒤섞인 것이었다.

오제르, 오제르 훌다이로 말할 것 같으면, 야간 보습 학급이던가 중등학교던가의 교장으로, 고난과 아이러니한 기민함으로 유대인 특유의 주름이 얼굴에 이랑을 남긴, 부지런하고 강인한 남자였다. 이따금 무정부 상태의 명랑하며 장난기 어린 불꽃이 이 고통의 주름 사이에서 잠시 반짝였다. 그는 야위고 앙상한 남자로, 몸집은 작았지만, 강철같이 매우 인상적인 눈을 지닌 최면적인 존재였다. 말재주가 있었고, 방사성의 빈정거림을 구사했다. 누구라도 녹일 수 있는 애정의 온기를 발산할 수 있었지만, 주변에 있는 이들에게 최후의 심판만큼이나 위협적인 분노를 화산처럼 격발하는 일도 서슴지 않았다.

오제르는 리투아니아 탈무드 학자의 지적인 혜안과, 갑자기 눈을 치켜뜨고 유형의 세계라는 속박에서 벗어나려 애쓰며 미친듯 기뻐 날뛰는 노래를 터뜨리게 하는 주신酒神 찬가적 하시딕의 황홀경을 결합시켰다. 다른 시간이나 다른 장소에서 오제르 홀다이는 숭배받는 랍비, 넋을 잃은 숭배자들의 빽빽한 무리에 둘러싸여 있는 카리스마 있는 기적을 행하는 사람이 될 수 있었을지도 모른다. 그가 평민들의 호민관 같은 정치인이 되는 쪽을 선택했더라면, 타인에게 내재한 본능적인 증오와 같은 정도의 본능적인 찬양의 거품을 자기 뒤로 오래도록 남길 수 있었을 것이다. 그러나 오제르 홀다이는 키부츠의 학교 교장으로 사는 쪽을 선택했다. 그는 싸움을 즐겼으며 횡포한데다 압제적이 될 수도 있는, 타협하지 않는 원칙을 지닌 냉엄한 사람이었다. 그는 세밀한 능숙함과 애욕적인 열정을 거의 같은 정도로 지니고, 작은 유대인 촌락의 방랑하는 설교자처럼, 성서, 생물학, 바로크 음악, 르네상스 예술, 랍비 사상, 사회주의 이데올로기 원칙, 조류학, 분류학, 리코더, '역사에 남긴 나폴레옹의 업적과 19세기 유럽 문학과 예술에 나타난 흔적' 같은 주제들을 가르쳤다.

*

사이프러스 나무 사이 오솔길 반대편, 베테랑 지구 끝자락의 북쪽 지구 작은-베란다가-딸린-방-한-개-반짜리-방갈로에 들어서자, 내 심장은 뛰기 시작했다. 벽은 모딜리아니와 파울 클레의 그림 복제

본과, 일본 작품 같은 정밀한 아몬드 꽃 그림으로 장식되어 있었다. 두 개의 소박한 안락의자 사이에 놓인 작은 커피 테이블에는, 거의 언제나 꽃이 아니라 아취 있는 잔가지들이 꽂힌 큰 화병이 놓여 있었다. 밝은 색상의 전원풍 커튼에는, 중동의 성서적 정신이나 매혹적인 아랍을 구현하고자 한 독일계 유대인 작곡가들이 쓴, 히브리 민요에 담긴 수정되고 순화된 오리엔탈리즘을 연상시키는 동양적인 문양이 손자수로 잔잔하게 수놓여 있었다.

오제르는 뒷짐을 지고 턱으로는 자기 앞에 있는 공기를 가르며 자기 집 앞길을 빠르게 오르락내리락 걷거나, 아니면 구석에 앉아 담배를 피우면서 흥얼거리며 책을 읽었다. 혹은 식물 편람을 쭉 훑으면서 돋보기 너머로 만발한 식물을 면밀히 살펴보거나. 그러는 동안 한카는 활기차게 군대식 보폭으로 성큼성큼 방 주위를 걸어다니며 매트를 바로잡고, 입술을 오므린 채 재떨이를 비우고 헹궈내며, 침구를 정돈하거나 색종이로 장식 모양을 잘라내고 있을 것이었다. 돌리는 오제르가 천둥 같은 꾸짖음으로 녀석을 화들짝 놀라게 하기 전까지, 내게 반가움의 표시로 두어 번 짖곤 했다. "부끄러운 줄 알아라, 돌리! 부끄럽고 창피하다! 누구한테 짖는 거야! 감히 누구한테 소리를 높이고 있는지 좀 봐?!" 아니면 때로는 이렇게. "정말! 돌리! 충격이다! 정말이지 너한테 충격받았어!! 어떻게 그럴 수가 있어?! 어떻게 목소리를 떨지도 않고 짖을 수가 있어?! 넌 이 부끄러운 짓거리로 자신을 격하시키고 있다고!"

그 암캐는 이 예언자의 억수 같은 분노에 기가 꺾인 채 바람 빠진 풍선처럼 움츠러들어서는, 어딘가 자신의 수치를 감출 곳이 있는지 절망적으로 살피다가, 마침내 침대 밑으로 기어들어갔다.

한카 홀다이는 내게 싱글벙글하며 보이지 않는 청중 한 명에게 말을 걸었다. "이봐! 여기 누가 있는지 좀 봐! 커피 한잔 할래? 케이크는? 아님 과일이라도 좀?" 이런 선택지가 그녀 입술에서 나오자마자, 마치 마술지팡이를 휘두른 것처럼, 커피와 케이크와 과일이 테이블에 상륙했다. 조용히 굶었지만 속으로는 따스하게 달아오르며 나는 공손히 커피를 마시고, 적당히 과일을 먹고, 한카와 오제르와 십오 분 정도 인간 본성이 날 때부터 참으로 선한지 아닌지, 사회에 의해서만 부패되는지, 아님 우리 본능이 천성적으로 사악한지 어떤지 그리고 교육만이 그런 것들을 어느 정도 특정 수준까지 개선할 수 있는지와 같은 긴급 문제에 대해 대화를 나누었다. '데카당스' '정제' '성격' '가치'와 '개선'이라는 단어들이, 하얀색 책꽂이로 꾸며져 사진과 입상, 화석 모음, 납작한 들꽃 콜라주, 잘 가꿔진 화분과 한구석에서 수많은 레코드판과 축음기로 책들을 분할하고 있는, 그래서 예루살렘에 있는 우리 부모님 집 책장과는 달라도 너무 다르던 그 방을 채웠다.

때로 순화, 부패, 가치, 자유와 억압에 대한 그 대화는 구슬픈 바이올린 소리나 조용한 리코더 소리를 동반했다. 곱슬머리 샤이는 우리에게 등을 돌린 채, 거기 서서 연주하며 서 있곤 했다. 혹은 론, 피골이 상접해서 언제나 어머니에게 '그 작은 놈'이라 불리던 로니, 잘-지내죠-별-일-없죠 정도의 말에도, 늘 미소를 띤 수줍음에 에워싸여 "괜찮아요" 같은 짧은 문장 내지는 좀더 긴 문장으로 "별 문제 없어요"라고 간신히 대답해주던 그 로니가 바이올린으로 속삭이고 있거나. 주인의 분노가 가라앉기까지 침대 밑에 숨어 있던 암캐 돌리처럼. (론 훌다이는

1998년 텔아비브의 시장이 되었다.)

때로 나는 훌다이 집안 남자인 오제르와 샤이와 로니, 이 세 명이 도시에서 온 클레즈머* 일당처럼, 잔디 위나 앞문 계단 위에 앉아서, 내 무가치함, 내 타자성에 대해 슬픔의 격통을 띤 기꺼운 갈망의 마음을 내게 불어넣는, 머리에서 떠나지 않는 늘어지는 리코더 선율로 밤공기를 가르는 것을 발견했는데, 그들의 테이블에서 나는 늘, 아무리 선탠을 해도 그들 중 하나와 같지 않다는 사실 때문에, 질 나쁜 사기꾼은 아니라 할지라도 그저 거지, 아웃사이더, 예루살렘에서 온 좌불안석하는 작은 꼬맹이였다. (나는 내 책 『완전한 평화』에서 아자리아 기틀린에게 이러한 감정의 자취를 부여했다.)

*

해질녘 나는 키부츠 끝자락에 있던 문화센터, 헤르츨 하우스로 책을 가지고 갔다. 거기엔 저녁 시간 언제라도 키부츠의 나이든 독신남들이 일간신문과 주간지를 야금야금 내리 갉아먹으며, 케렘 아브라함에서 슈타체크 루드니츠키와 아브람스키 씨, 크로츠말 씨와 바르 이츠하르 씨와 렘베르그 씨 사이에 벌어졌던 논쟁을 떠오르게 하는 맹렬한 정치적 논쟁으로 서로 바쁘게 보내던 신문 (읽는) 방이 있었다. (내가 키부츠에 들어갔을 때 그 '노총각들'은 사십대 중반이 좀 안 되는 나이였다.)

신문 (읽는) 방 뒤쪽으로 거의 버려져 있던, '연구실'이라 불리는 또

---

* 동유럽 아슈케나지 유대인들의 전통음악 연주자.

다른 공간이 있었는데, 때로 위원회 회의나 다양한 그룹 활동에 사용되기도 했지만, 대개는 비어 있었다. 앞면이 유리로 된 캐비닛 안에는 케케묵고 먼지 낀 〈젊은 노동자〉와 〈월간 노동 여성〉과 〈들판〉과 〈시계〉와 〈다바르 연감〉이 음울하게 켜켜이 쌓여 있었다.

이곳이 내가 매일 저녁부터 거의 자정까지, 눈꺼풀이 들러붙을 때까지, 책을 읽던 곳이었다. 그리고 이곳이, 내가 아무도 보지 않을 때 겸연쩍어하면서 스스로 저열하고 가치 없다고 느끼며 자기혐오로 가득 차, 다시 글쓰기를 시작한 곳이기도 했다. 분명 나는 온갖 시나 소설을 쓰러 예루살렘을 떠나 키부츠로 온 것이 아니라, 다시 태어나려고, 단어 무더기에서 등을 돌리려고, 뼛속까지 햇볕으로 그을리고, 농업 노동자가 되려고, 흙 파먹는 농부가 되려고 온 것이었다.

*

그러나 곧 나는 훌다에서, 농업 노동자 중 가장 농경적인 노동자도 밤이면 이곳에선 책을 읽고 그에 대해 하루종일 논의를 거듭한다는 것을 알게 되었다. 올리브를 따면서 그들은 톨스토이에 대해, 플레하노프와 바쿠닌에 대해, 일국의 영속적인 개혁 대 혁명에 대해, 구스타프 란다우어의 사회민주주의와 평등과 자유의 가치 간의 영원한 긴장, 그리고 이 둘과 사해동포주의 추구 사이의 긴장에 대해 맹렬히 논쟁했다. 닭장에서 달걀을 골라내면서 그들은 시골을 배경으로 낡은 유대 축제를 소생시킬 방법에 대해 논의했다. 포도나무 가지들을 치면서 현대 예술에 대해 이의를 제기했다.

농업에 헌신하고 육체노동에 전적으로 투신하면서도 그들 중 몇몇은 그리 길지 않은 논고까지 썼다. 그들은 대개 진종일 서로 토론했던 그 주제에 대해 썼지만, 2주마다 지역 신문에 싣는 기사와 그걸 쳐부수는 논쟁과 그것을 더 깨부수는 반박 논쟁 사이에서 그들 스스로 점점 서정적으로 변해갈 수 있었다.

바로 집에서처럼.

나는 이번만은 단호하게, 내가 나온 학문과 토론의 세계에서 등을 돌리려 애썼는데, '사자한테 도망치다가 곰을 만난' 것처럼, 프라이팬 위에서 나와 불로 떨어진 격이었다. 일반적으로, 이곳 토론자들은 요셉 큰할아버지와 치포라 큰할머니의 테이블에 둘러앉은 사람들보다는 더 볕에 그을렸고, 헝겊 모자와 근무복, 무거운 부츠 차림을 했으며, 러시아식 악센트가 담긴 과장된 히브리어 대신 갈리치아나 베사라비아 이디시어의 맛깔나는 풍미를 띤 유머러스한 히브리어로 말했다.

도서관 사서 셰프텔은 요나 거리의 서점이자 대출 도서관 소유주 마커스 씨처럼, 책에 대한 억제할 수 없는 나의 갈증을 긍휼히 여겼다. 그는 키부츠 타자기로 직접 쳐서 기록한 카드를 서가에 꽂아두고, 스스로 지켜왔던 도서관 규정을 한참 초과하는데도 내가 원하는 만큼 책을 빌리도록 허락해주었는데, 그 책들은 희미하게 먼지 낀 오래된 접착제와 해초 냄새가 났고 잼을 향해 달려드는 한 마리 벌처럼 나를 매혹했다.

그 시절 내가 훌다에서 읽지 않은 것이 무엇일까? 나는 카프카와 이갈 모센존, 카뮈와 톨스토이와 모셰 샤미르, 체호프와 나탄 샤함, 브레너와 포크너, 파블로 네루다와 하임 구리와 알터만과 아미르 길보아와 레아 골드베르그, 슐론스키와 힐렐, 이즈하르와 투르게네프, 토마스 만과 야코프 바서만과 헤밍웨이, 『나, 클라우디우스』, 윈스턴 처칠의 『2차세계대전』, 버나드 루이스의 아랍과 이슬람에 관한 저술들, 아이작 도이처의 소비에트연방에 관한 책, 펄 벅, 『뉘른베르크 재판』 『트로츠키의 생애』, 슈테판 츠바이크, 이스라엘의 시오니즘 정착의 역사와 스칸디나비아 영웅신화의 기원, 마크 트웨인과 크누트 함순과 그리스 신화와 『하드리아누스의 회상록』, 우리 아브네리 등을 게걸스레 해치웠다. 전부 다. 사서 셰프텔이 내 간절한 청에도 불구하고 읽도록 허락하지 않았던, 가령 『나자와 사자』 같은 책들은 빼고(심지어 내가 결혼한 후에도 셰프텔은 내게 노먼 메일러와 헨리 밀러를 읽어도 된다 말하기를 주저하는 듯하다).

*

1930년대를 배경으로 하는 에리히 마리아 레마르크의 반전反戰 소설 『개선문』은 어느 날 밤 다리 난간에 기대어 있는 한 외로운 여자에 대한 묘사로 시작되는데, 그녀는 강물에 뛰어들려 한다. 최후의 순간에 한 낯선 남자가 그녀를 막고는 그녀에게 말을 걸고, 그녀의 팔을 잡아 구하고, 그녀와 뜨거운 밤을 보낸다. 그것은 내 판타지였다. 또한 내가 사랑을 마주했던 방식이었다. 그녀는 어느 폭풍우 치는 밤 황폐한 다리 위에 홀로 서 있고, 나는 마지막 순간에 그녀를 구하러 등장해서 용을 해치운다. 내가 꼬맹이였을 때 수십 마리씩 죽이던 그 살과 피를 지닌 용이 아니라, 절망이라는 내면의 용을.

나는 사랑하는 여자를 위해 이 내면의 용을 죽일 것이고, 그녀에게서 보상을 받게 되며, 그래서 그 판타지는 내가 생각하기에 아주 달콤하고 멋진 방향으로 전개된다. 다리 위의 그 절망적인 여자, 내 죽은 어머니가 있는 그때, 그 일은 내게 몇 번이고 다시 일어나지 않았다. 그녀의 절망도. 그녀의 용도.

혹은 내가 그 시절 네댓 번이나 읽었던 헤밍웨이의 『누구를 위하여 종은 울리나』에 나오는 팜 파탈과 거친 외양 뒤로 시적인 영혼을 감춘 터프해 보이는 남자. 나는 언젠가 그들처럼 되리라 꿈꾸었다. 어쩌면 약간은 헤밍웨이의 사진처럼, 투우사의 몸과 경멸과 슬픔이 가득찬 얼굴을 지닌, 거칠고 남자가 느껴지는 남자. 그리고 언젠가 그들처럼 되지 못한다면, 최소한 그런 남자들에 대해 쓰는 법을 배우리라고. 조롱하고 질색하는 법, 혹은 어려운 상황이 일어났을 때 약자를 괴롭히는 골목대장에게 주먹질하는 법을 아는 용기 있는 남자들, 술집에서 제대로 된 것을 정확하게 주문할 줄 아는 남자들, 여자에게, 라이벌에게, 무장한 전우에게 무슨 말을 해야 할지 아는 남자들, 총 쏘는 법을 알고 최고로 멋지게 사랑할 줄도 아는 남자. 그리고 또 고귀한 여자들, 유약하면서도 쉽게 얻어지지 않는 요부들, 수수께끼 같은 신비로운 여자들, 조롱하고 경멸하는 법을 알고 위스키를 마시며 거센 주먹질 등을 할 줄 아는 선택된 남자들에게만 호의를 아낌없이 베푸는 그런 여자도.

매주 수요일 헤르츨 하우스 강당이나 식당 밖 잔디밭에 설치된 하얀 천에서 상영되던 영화들은 크고 넓은 세계가 주로 헤밍웨이나 크누트 함순의 책에서 튀어나온 남자들과 여자들로 가득차 있다는 확신을 주었다. 같은 그림이, 유명한 101부대의 보복 급습에서 곧바로 빠져나와 주말이면 집에 오는 붉은 베레모를 쓴 키부츠 군인들, 낙하병 제복을 입은 강하고 조용하며 찬란한 남자들, 우지 기관총으로 무장하고 작업복으로 차려입고 무거운 부츠를 신고 히브리 젊은이의 땀방울로 젖은 이 남자들이 하는 이야기에서도 나타났다.

*

나는 절망하여 거의 포기했다. 레마르크나 헤밍웨이처럼 쓰기 위해서는 필히 여기를 빠져나가 실제 세계로, 남자들이 주먹만큼이나 남자답고 여자들은 밤만큼 부드러운 그곳, 넓은 강에는 다리가 걸쳐 있고, 저녁은 바에서 나오는 불빛으로 빛나는, 실제 삶이 벌어지는 바로 그곳으로 가야 했다. 그런 세계에 대한 경험이 부족한 자는 이야기나 소설을 쓸 수 있는 반쪽짜리 임시 허가증조차 얻을 수 없었다. 실제 작가가 있을 곳은 여기가 아니라 바로 저 너머 바깥, 크고 넓은 세상이었다. 그런 곳으로 나가 살기 전까진 쓸거리라면 무엇이든 찾을 수 있다는 희망을 가질 수 없었다.

실제 장소. 파리. 마드리드. 뉴욕. 몬테카를로. 아프리카 사막이나 스칸디나비아의 숲. 급한 대로 러시아에 있는 시골 마을이나 갈리치아에 있는 작은 유대인 마을에 대해서라도 쓸 수 있다. 그러나 여기에는? 키부츠에는? 여기엔 뭐가 있는가? 닭장과 소 우리? 아이들 숙소? 위원회들? 의무 근무표? 작은 사무용품점? 매일 아침 일을 위해 일찍 일어나는 피곤한 남자들과 여자들은 논쟁하고, 샤워하고, 차 마시고, 침대에서 책을 조금 읽고, 열시 전에 완전히 지쳐서 곯아떨어졌다. 심지어 내가 태어난 곳인 케렘 아브라함에서조차 쓸 만한 가치가 있는 것은 아무것도 없는 것같이 보였다. 잿빛의 번지르르하고 천박한 삶을 영위해가는 단조로운 사람들은 제외하고, 거기엔 무엇이 있었나? 이곳 훌다와 같지 않나? 나는 독립전쟁이 그립기까지 했다. 형편없는 빵 쪼가리 몇 개를 갖고 모래로 포대를 채우고, 빈병을 모으고, 지역 민방위대 초소에서 슬로님스키의 지붕과 뒤뜰에 있는 감시 초소까지 메시지를 가지고 달렸던 것 이상의 일을 겪기에 나는 너무 늦게 태어났다.

실제로, 키부츠 도서관에서 나는 키부츠에서의 삶에 대해 거의 헤밍웨이 같은 이야기를 써낸 남성적인 소설가 두세 명을 발견했다. 나탄 샤함. 이갈 모센존. 모셰 샤미르. 그러나 그들은 몰래 무장하고 밀입국해서 영국 본부를 폭파하고 아랍군을 격퇴한 세대에 속해 있었다. 그들의 이야기는 브랜디와 담배 연기, 화약 냄새로 싸여 있는 듯했다. 그리고 그들 모두 텔아비브에 살지 않았는가, 그곳은 얼마쯤은 실제 세계, 즉 젊은 예술가들이 리큐어 잔을 기울이며 앉아 있는 카페가 있는 도시, 카바레와 스캔들, 영화관, 금지된 사랑과 속수무책인 열정으로 가득한 보헤미안적인 삶이 있는 도시와 연결되어 있었다. 예루살렘이나 훌다 같은 곳이 아니었다.

훌다에서는 코냑을 본 사람이 있던가? 여기서 대범한 여자들이나 숭고한 사랑에 대해 들어본 사람이 있던가?

그런 작가들처럼 쓰고 싶다면, 나는 우선 런던이나 밀라노로 가야 했다. 그러나 어떻게? 키부츠의 단순한 농부들은 갑자기 창조적 글쓰기를 위한 영감을 끌어낸답시고 런던이나 밀라노로 떠나버리지 않는

다. 파리나 로마로 갈 기회를 얻고 싶다면, 나는 우선 유명해져야 하고, 그런 유명 작가 중 한 명처럼 성공적인 책을 써야 했다. 그러나 성공적인 책을 쓸 수 있으려면 우선 런던이나 뉴욕에 살고 있어야 했다. 이 사악한 순환논법.

*

나를 그 사악한 순환논법에서 건져내, '내 글쓰는 손을 자유롭게 해준' 이는 바로 셔우드 앤더슨이었다. 그에게 늘 감사하고 있다.

1959년 9월 암 오베드 출판사의 대중문고에서 앤더슨의 『와인즈버그, 오하이오』가 아하론 아미르의 히브리어 번역으로 나왔다. 이 책을 읽기 전 나는 와인즈버그가 존재하는지도 몰랐고 오하이오라는 지명도 들어본 적이 없었다. 혹은 그곳이 『톰 소여의 모험』이나 『허클베리 핀의 모험』에 나온 이름이라는 것을 희미하게 떠올렸는지도 모른다. 그런데 이 수수한 책이 나타나 나를 뼛속까지 흥분시켰다. 여름밤 거의 내내 나는 새벽 세시 반까지 술 취한 사람처럼 혼잣말을 하며, 상사병 걸린 시골 청년처럼 떨며 노래하고 껑충거리며, 기쁨과 무아지경에 흐느끼면서 키부츠 골목을 걸어다녔다. 유레카!

새벽 세시 반 작업복과 부츠 차림을 하고, 목화를 따기 위해 만수라라는 밭으로 출발하던 트랙터 격납고로 달려가, 더미에서 괭이를 움켜쥐고, 마치 날개라도 돋은 듯 다른 이들을 앞서 질주하며, 행복감으로 어질어질해진 채 달리고 잡초를 제거하기 위해 괭이질하고 큰 소리로 포효하며 달리고 괭이질하고, 나 자신에게 언덕과 미풍들에게 훈수하며 괭이질하고 서원하고 달리고 흥분해서 눈물을 흘리며, 정오까지 그렇게 열을 따라 목화를 땄다.

『와인즈버그, 오하이오』 전체는 서로 다르게 생겨나 연관된 일련의 이야기와 에피소드로 되어 있었는데, 특히 그 이야기와 에피소드가 가난하고 버려진 누추한 한 시골 마을에서 벌어진 것들이기 때문이다. 그 이야기는 시시한 인물들로 채워져 있었다. 늙은 목수, 정신 나간 젊은 남자, 호텔 주인과 하녀. 그 이야기들은 또한 각 인물들이 이 이야기에서 저 이야기로 미끄러져 들어가면서 서로 관련되었다. 한 이야기에서 주요 인물이던 이들이 두번째 이야기에선 다시 배경 인물로 등장했다.

『와인즈버그, 오하이오』의 이야기들은 일련의 지역 가십이나 실현되지 못한 꿈을 토대로 해서, 매일의 사소한 사건을 중심으로 전개되었다. 늙은 목수와 늙은 작가가 침대를 높이는 일에 대해 논의한다. 지역 신문사의 풋내기 수습기자로 일하는 조지 윌러드라는 꿈 많은 젊은 남자가 어쩌다 그들의 대화를 듣고 생각에 빠져든다. 그리고 그곳에는 이름이 비들봄이며, 별명이 윙 비들봄인 한 괴짜 노인네가 있었다. 그리고 몇 가지 이유로 리피 박사와 결혼한, 가무잡잡하고 키가 큰 한 여자가 있었는데, 그녀는 일 년 뒤에 죽는다. 그다음엔 애브너 그로프라는 마을 제빵사와 노란 콧수염으로 뒤덮여 입이 축 늘어진 기골이 장대한 퍼시벌 박사가 있다. 그는 주머니 밖으로 검은색 시가 같은 것이 수십 개 튀어나와 있는 더러운 하얀색 조끼를 입고 있다. 그 외에도 다른 비슷한 인물들, 즉 내가 그 밤까지는, 독자들에게 단지 동정 섞인 냉소만 잠시 제공하는 배경 인물이 아니면 문학에서 차지할 자리가 없다고 여겼던 유형의 인물들이 나왔다. 게다가 『와인즈버그, 오하이오』에서는 내가 필연적이라 생각했던, 무대 중앙을 차지하고 있던 사건과 사람들은 문학의 존엄성 저 아래 밑바닥에, 용인될 수 있는 문지방 저 아래에 있었다. 셔우드 앤더슨의 여자들에게는 대담하다고 할 만한 점이 아무것도 없었고, 그들은 신비로운 요부들이 아니었다. 그리고 앤더슨의 남자들은 강하지도 않고, 담배 연기와 남성적인 슬픔에 싸인 과묵한 유형도 아니었다.

*

고로 셔우드 앤더슨의 이야기들은 내가 예루살렘을 떠날 때 뒤에 남겨두고 온 것들을 상기시켰고, 유년 시절 내내 내 발이 밟고 있던, 그리고 내가 몸을 굽혀 만져보지도 않았던 땅을 되돌려놓았다. 부모님의 삶의 천박함도. 부서진 장난감과 인형을 수선해주던 크로츠말 가족에게서 풍기던 밀가루와 물 반죽의 희미한 냄새와 절인 청어 냄새도. 껍질이 벗겨진 베니어합판으로 된 캐비닛이 있던 젤다 선생님의 거무죽죽한 갈색 공동주택 아파트. 심장병이 있던 작가 자르키 씨와 끊임없이 편두통으로 고통받던 그의 아내. 체르타 아브람스키 씨의 그을린 부엌과 슈타체크와 말라 루드니츠키가 새장에 넣어 기르던, 늙은 대머리 새와 솔방울로 만들어진 다른 새, 이 두 마리 새. 그리고 이사벨라 나할리엘리 선생님 집안에 가득하던 고양이들과 협동조합 매장에서 입을 헤벌리고 있던 나할리엘리 선생님의 남편 출납원 게첼. 그리고 어느 날 슐로밋 할머니가 더이상 원치 않아 낡은 신문지에 싸서 쓰레기통에 버리기 전까지 방충제를 가득 채워 넣고 먼지를 제거한답시고 잔인하게 두들겨 패던 할머니의 애처로운 노견, 단추로 된 우울한 눈을 가진 슈타크.

나는 내가 어디서 왔는지 알았다. 슬픔과 허위의 갈망과 모순, 열등감과 지역적인 거드름, 감성적인 교육과 시대착오적 이상, 억압된 정신적 외상, 체념과 무기력함이 음산하게 뒤얽혀 있는 곳에서. 보잘것없는 거짓말쟁이들이 위험한 테러리스트와 영웅적인 자유의 투사인 척하는 곳, 불행한 제본업자가 만인의 구원을 위한 공식을 발명한 곳, 치과 의사들이 이웃들에게 은밀하게 스탈린과 장기간 서신이 오갔던 것에 대해 속삭이는 곳, 피아노 선생님, 유치원 선생님과 가정주부들이 밤이면 눈물에 젖어 숨막히는 열망으로 예술적 삶을 위해 뒤척이는 곳, 강박적인 작가들이 끊임없이 〈다바르〉의 편집자에게 뿌루퉁한 편지를 쓰는 곳, 나이 지긋한 제빵업자들이 꿈에서 마이모니데스와 바알셈 토브를 보았던 곳, 기골이 장대하고 독선적인 노동조합 프락치들이 공산당 비밀 정보부원의 눈으로 나머지 지역 주민들을 집요하게 감시하던 곳, 그리고 영화관이나 협동조합 매점 출납 직원이 밤이면 시와 팸플릿을 작문하던 곳. 신랄하고 국수적인 다양한 무기력함.

여기 키부츠 훌다에도 러시아 아나키스트 운동 전문가이던 목축업자, 제2대 크네세트 선거의 노동당 후보 명단에 84번째로 이름이 오르기도 했던 선생님, 클래식 음악을 좋아하고 저녁 시간은 베사라비아에 있는 고향 마을이 파괴되기 전의 풍경을 기억나는 대로 그리던 미모의 침모가 살았다. 또, 저녁 선선한 때 어린 소녀들을 응시하며 벤치에 앉아 있기를 즐기던 나이든 미혼남, 남몰래 오페라 가수가 되는 것을 꿈꾸던 유쾌한 바리톤 음색의 트럭 운전수, 지난 25년 동안 서로에 대한 경멸과 멸시를 말로든 인쇄물로든 쌓아온 한 쌍의 불같은 논객들, 그리고 과거 폴란드에서 살 때는 자기 반 교실에서 가장 예뻤고 무성영화에도 출연했으나 지금은 얼룩진 앞치마를 두르고, 발갛고 아무것도 신경쓰지 않는 얼굴로 매일 어마어마한 야채 더미 껍질을 벗기며 이따금 얼굴을—눈물인지 땀인지, 아님 둘 다인지—앞치마로 닦아내던 여자도 한 명 있었다.

*

『와인즈버그, 오하이오』는 내게 체호프의 세상이 내가 체호프와 조우하기 전의 것과 같다는 사실을 가르쳐주었다. 더이상 도스토옙스키, 카프카와 크누트 함순의 세계도, 헤밍웨이나 이갈 모센존의 세계도 없다. 더는 다리 위의 신비로운 여자나 연기 자욱한 바에서 칼라를 세운 남자도 없다.

이 수수한 책은 코페르니쿠스 혁명처럼 내 뒤통수를 쳤다. 코페르니쿠스가 우리가 사는 세계가 우주의 중심이 아니라 태양계에 있는 다른 행성들 가운데 하나일 뿐이라는 것을 보여주었다면, 셔우드 앤더슨은 내가 내 주위에 있는 것들에 대해 쓸 수 있는 눈을 뜨게 해주었다. 그 덕분에 나는 글로 된 세계는 밀라노나 런던에 좌우되는 것이 아니라, 언제나 글쓰기가 벌어지고 있는 곳이면 어디든지 글을 쓰고 있는 손 주위를 운행한다는 것을 불현듯 깨달았다. 네가 있는 곳—그곳이 곧 우주의 중심이다. 수년 뒤 나는 어렵사리 내가 진 빚을 조금이나마 갚을 수 있었다. 미국 전역에 걸쳐 윌리엄 포크너의 친구이자 동시대인인 경이로운 셔우드 앤더슨은 거의 잊혔다. 여전히 삶을 비트는 그의 이야기는 오직 극소수의 영문학과에서만 다뤄지고 있었다. 그러던 어느 날 나는 그의 단편소설집 『숲에서의 죽음과 다른 이야기들』을 재발간하려는 출판사(노턴)에서 한 통의 편지를 받았는데, 그 편지는 내가 그의 숭배자라는 얘기를 들었다고 했다. 부디 셔우드 앤더슨의 책 뒤표지에 추천사 몇 줄을 써주시겠습니까? 나는 마치 바흐 음악을 부흥시키기 위해 이름을 쓰게 해달라고 갑자기 요청을 받은, 레스토랑에서 일하는 보잘것없는 깽깽이 연주자 같은 느낌이 들었다.

그래서 나는 버려진 연구실 구석 테이블에 있는 나를 택했고, 여기서 매일 저녁, '다용도' 그리고 '40장'이라고 인쇄된 갈색 연습장을 펼쳤다. 나는 그 옆에 글로부스라는 상호의 볼펜과 뒤에 고무지우개가 붙어 있고 노조 소매점 명칭이 인쇄되어 있는 연필과 수돗물을 담은 베이지색 플라스틱 컵을 놓았다.

그리고 이곳이 우주의 중심이었다.

*

신문 (읽는) 방 얇은 벽의 다른 쪽에서는, 모이슈 칼커, 알료슈카와 알렉이 모셰 다얀의 연설에 대해 맹렬한 논쟁을 벌이고 있었다. 중앙위원회가 모이는 곳이던, 노동조합 건물 '5층 창문 너머로 누군가 돌을 던진' 곳에서 이루어졌던 그 연설이었다. 탈무드 학교 학생들의 단조로운 톤으로 논쟁하고 있는 세 남자는 그리 잘생기지도, 더는 젊지도 않았다. 알렉은 혈기 왕성하고 정력적인 남자로, 소박하게 이야기하기를 좋아하고 늘 놀림감이 되곤 했다. 그의 아내 주슈카가 건강이 좋지 않았는데도, 그는 저녁 시간을 대개 그 독신남들과 보냈다. 그는 알료슈카와 모이슈 칼커의 이야기 사이에 끼어들려고 해보지만 허사였다. "잠깐만, 너희 둘 다 오해한 거야." 혹은 "잠깐만 너희들 논쟁을 해소할 수 있게 얘기할 시간 좀 줘."

알료슈카와 모이슈 칼커는 둘 다 독신남이었고, 저녁이면 떨어지지 않고 붙어 있었음에도 거의 모든 문제에 대해 반대 견해를 가지고 있었다. 그들은 늘 식당에서 함께 식사를 하고, 식사 후엔 함께 산책을 하고, 함께 신문 (읽는) 방으로 갔다. 알료슈카는 작은 소년만큼이나 수줍음이 많은 사람으로, 둥근 얼굴에 미소를 띤 겸손하고 마음씨 좋은 남자였지만, 당혹스러워하는 눈은 마치 자신의 삶 자체가 뭔가 수치스럽고 굴욕적이라는 듯 늘 아래를 향해 있었다. 그러나 논쟁을 벌일 때면, 때때로 격해져서 불꽃을 번뜩이다가 눈이 거의 눈구멍에서 튀어나오려 했다. 그러고 나면 그의 온화하고 아이 같은 얼굴은 자기 자신의 견해에 모욕당하기라도 한 양, 화가 났다기보다는 불안하고 창피해 보였다.

한편 모이슈 칼커는 전기 기사로, 마르고 삐딱하며 냉소적인 남자로, 논쟁을 벌일 때면 얼굴을 찡그려 외설스럽게 윙크를 날리고, 장난기 어린 자기만족적 분위기의 미소를 지으며, 속을 훤히 들여다보는 눈으로 상대가 늪 어디쯤에 위장하여 숨어 있는지 알고 있는 것처럼, 다시 윙크한다. 모두가 당신에 대해 합리적이고 존경할 만한 사람이라고, 그런 긍정적인 인물이라고 생각하지만, 이 두 눈은, 당신이 대부분의 시간 동안 그것을 77겹의 베일 아래 간신히 감추고 있다고 할지라도, 당신의 고약한 진실을 알고 있어. 나는 당신의 비열한 본성을 포함해서, 모든 걸 꿰뚫어 볼 수 있지, 친구, 모든 것이 내 시선 아래 드러나고, 나는 다만 그 속에서 재미를 볼 뿐이야.

알렉은 알료슈카와 모이슈 칼커 사이의 논쟁을 가라앉히려 애써보지만, 두 적대자는 자기들이 보기에는 논쟁이 무엇에 대한 것인지 알렉이 그 시작조차 이해하지 못하고 있기에 한패가 되어 그를 향해 소리지른다.

알료슈카가 말한다.

"미안하지만, 알렉, 자네는 우리와 같은 기도서로 기도도 하고 있지 않아."

모이슈 칼커가 말한다.

"알렉, 자네는, 세상 모든 이들이 보르슈트 수프를 먹고 있을 때 '애국가'를 부르고 있어. 세상 모두가 티샤 베 아브*로 금식중일 때 자네는 부림절을 기념하고 있다고."

알렉이 감정이 상해서 일어나 가려 하자, 두 독신남은 평소처럼 논쟁을 계속하면서 마지못해 그를 문까지 데려다주고, 그는 평소처럼 그들에게 뭐 어떠냐고, 주슈카도 기뻐할 거고 차도 마실 수 있다며 그들을 초대하지만, 그들은 정중히 거절한다. 그들은 늘 거절한다. 그는 그 둘에게 신문 (읽는) 방 일정 후에 자기 집에 차 마시러 오라고, 안으로 들어오라고, 잠시만 들렀다 가라고, 차 한 잔 마실 수 있다고, 뭐 어떠

---

* 유대인의 성전 멸망일.

냐고, 주슈카도 기뻐할 거라고, 지금껏 그들을 초대했지만, 매년 그들은 그의 초대를 정중히 거절했다. 어느 날 전까지는.

그런 까닭에 내가 이야기들을 쓰게 된 것이다.

그리고 밖은 밤이고 자칼들은 굶주려 경계선 울타리 아주 가까운 곳에서 울부짖고 있기에, 나는 그 이야기에 그들도 넣게 된 것이다. 안 될 건 뭔가. 창문 아래서 그들이 울도록 내버려두자. 그리고 보복 급습 때 아들을 잃은 야경꾼도. 그리고 뒤에서 독거미라 불리던 수다스럽던 그 과부도. 그리고 짖어대던 개들과, 어둠 속에서, 한 줄로 늘어서 나직하게 웅얼거리며 기도하는 사람들을 불현듯 생각나게 하던, 미풍에 살짝 몸을 떠는 사이프러스 나무들도.

59

그리고 키브츠 훌다에는 유치원인지 초등학교 1학년인지를 담당하며, 구舊 지구에 있는 집 한 채 끝방에 살던 삼십대 중반의 고용 교사가 한 명 있었는데, 나는 그녀를 오르나라고 불렀다. 매주 목요일마다 그녀는 자기 남편과 함께 있으려고 집으로 갔다가, 일요일 오전 일찍 돌아왔다. 어느 날 저녁 그녀는 우리 반에서 나와 두어 명의 여자아이들을, 나탄 알터만의 『바깥에는 별들이』라는 시집에 대해 이야기하고 멘델스존의 바이올린 협주곡과 슈베르트의 8중주곡을 들을 수 있도록 자기 방으로 초대했다. 축음기는 방의 한구석 버드나무 걸상에 놓여 있었는데, 그 방엔 침대와 테이블과 의자 두 개와 전기 커피포트와 꽃무늬 커튼이 달려 있는 옷장과 화병으로 쓰이는, 보라색 엉겅퀴가 꽂혀 있는 항아리도 있었다.

오르나는 포동포동하고 졸려 보이는 반라의 여인들을 그린, 고갱의 그림 복제본 두 개와 그녀 자신이 상상해서 그린 연필화들로 자기 방 벽을 장식해놓았다. 고갱의 영향 때문인지, 그녀는 누워 있거나 기대 있는 포즈의 뚱뚱한 여자들 나신을 그렸다. 고갱과 오르나의 그림에 나오는 모든 여자들은 꼭 방금 쾌락을 맛보고 나서 물려서 늘어져 있는 것처럼 보였다. 그러나 그들의 유혹적인 포즈는 그들이 아직 충분히 쾌락을 맛보지 않은 누구에게든 더 충분한 쾌락을 기꺼이 줄 것을 암시하는 듯했다.

나는 오르나의 침대 머리맡 책꽂이에서 오마르 하이얌의 『루바이야트』와 카뮈의 『페스트』, 『페르 귄트』와 헤밍웨이와 카프카, 알터만과 라헬과 슐론스키와 레아 골드베르그와 하임 구리와 나탄 요나탄과 제루바벨 길르아드의 시집들과 이스할의 단편들과 이갈 모센존의 『인간의 길』과 아미르 길보아의 『새벽 시선집』, O. 힐렐의 『정오의 나라』, 그리고 라빈드라나트 타고르의 책 두 권을 발견했다. (몇 주 뒤 나는 용돈으로 그녀에게 타고르의 『반딧불』을 사주었고, 책 앞면에는 '감동적인'이라는 단어가 들어간 정성스러운 헌사를 써 넣었다.)

오르나는 녹색 눈, 가느다란 목, 애무하듯 선율이 있는 음성, 그리고 작은 손과 섬세한 손가락을 지녔지만, 가슴은 풍만하고 탄탄했으며, 허벅지도 튼실했다. 평상시 그녀의 진지하고 침착한 얼굴은 웃을 때면 바뀌었다. 그녀는 마치, 마음 깊숙한 곳의 비밀을 들여다볼 수 있지만 모두 사해주겠다는 듯한, 매혹적이면서 도발적인 미소를 지녔다. 그녀의 겨드랑이는 면도가 되어 있었지만, 마치 그중 한 곳에 데생 연필로 음영을 넣은 듯 고르지는 않았다. 서 있을 때면 대개 무게중심을 왼발에 두어서 자기도 모르게 오른쪽 허벅지를 아치형으로 만들었다. 그녀는 예술과 영감에 대해 견해를 표명하는 것을 좋아했고, 내가 헌신적인 청자라는 것을 발견했다.

*

며칠 후 나는 용기를 내어 할킨이 번역한 월트 휘트먼의 시집 『풀잎』(첫날 저녁에 내가 그녀에게 이야기했던)으로 무장하고, 저녁 시간—이번엔 혼자서—그녀의 방문을 두드렸다. 그것은 10년 전 스바냐 거리에 있는 젤다 선생님의 공동주택 아파트를 서성이던 것과 같은 방식이었다. 오르나는 큼직한 단추가 앞면에 일렬로 달려 있는 드레스의 단추를 푼 채 입고 있었다. 그 드레스는 크림색이었지만, 라피아 섬유에 오렌지빛 전깃불이 비쳐 불그레한 색조를 띠었다. 그녀가 나와 램프 사이에 서 있을 때 그녀의 허벅지와 속옷 윤곽이 드레스 천 아래에 비쳤다. 이번에는 축음기에 그리그의 〈페르 귄트〉를 틀어놓고 있었다. 그녀는 동양풍 침대보가 깔린 침대 위 바로 내 옆에 앉아 내게 각 악장이 일깨우는 느낌을 설명했다. 나로 말하자면, 『풀잎』을 그녀에게 읽어주고, O. 힐렐의 시에 월트 휘트먼이 끼친 영향에 대한 추측을 늘어놓기 시작했다. 오르나는 탕헤르 오렌지 껍질을 벗겨주고, 모슬린 천으로 싸인 질그릇 주전자에서 찬물을 따라주고는, 내가 잠시 말을 멈춰야 한다고 은연중 암시하듯, 자기 손을 내 무릎 위에 올려두고는, 아버지가 암송하기를 좋아하던 시선집 『그 강의 거리들』에서가 아니라, 내게는 익숙지 않은 『슬픔의 극에 있는 아나크레온』이라는 얇은 시선집에서, 츠비 그린베르그의 병적인 시편을 내게 읽어주었다. 그러더니 그녀는 나에 대해 이야기해달라고 청했고 나는 뭘 몰라서, 오르나가 자기 손을 내 목 뒤에 대고, 이제 됐어요, 우리 잠시 조용히 앉아 있을까요? 라고 말하기 전까지, 미의 관념에 대한 온갖 이야기들을 뒤죽박죽 늘어놓았다. 열시 반 자리에서 일어나, 잘 자라고 인사하고, 오르나가 내일모레, 그 글피도 저녁에 오라고 초대해주었다는 것 때문에 행복감으로 가득차서, 별빛 아래 가축 우리와 닭장 사이를 걸어갔다.

한 주인가 두 주 만에 키부츠에 말이 돌았고 나는 '오르나의 새 얼빠진 놈'이라 알려지게 되었다. 그녀에게는 키부츠 내에 많은 수의 구애자나 대화 상대가 있었지만, 그들 중 겨우 열여섯 짜리는 아무도 없었으며, 나처럼 나탄 알터만과 레아 골드베르그의 시를 암송할 수 있었던 이도 없었다. 이따금 그들 중 하나가 어둠 속에 그녀 집 앞 상록수 나무들 사이에서 내가 떠나기를 기다리며 숨어 있곤 했다. 질투심에 나는 울타리를 따라 배회하곤 했고, 그녀가 나를 위해 진한 아랍 커피를 타주고는 내게 "비범하다"고 말해주고 여전히 유일한 11학년의 어린 수다쟁이였음에도 그녀와 함께 담배를 태우게 해주던 그 방으로 들어가는 남자를 어렵사리 볼 수 있었다. 어스름 속에서 나는 그들이 불을 끌 때까지 어스름한 형체로 이십여 분 이상 서 있었다.

*

그해 가을, 한번은 여덟시 정각에 오르나의 방에 갔는데 그녀가 없었다. 희미한 오렌지색 램프 불빛이 닫힌 커튼 너머로 쏟아지고 있었고, 방문이 잠겨 있지 않았기에, 나는 안으로 들어가 그녀를 기다리며 바닥 깔개 위에 누워 있었다. 나는 현관에서 남자들과 여자들의 목소리가 사라지고, 자칼의 울음소리, 개 짖는 소리, 멀리서 들려오는 소의 울음소리, 스프링클러의 소리, 개구리와 귀뚜라미의 합창 소리 같은 밤의 소리로 바뀔 때까지 오랜 시간을 기다렸다. 나방 두 마리가 전구와 주황색 전등갓 사이에서 몸부림치고 있었다. 항아리 화병에 담긴 엉겅퀴는 마루 타일과 바닥 깔개 위에 산산이 부서진 그림자를 던지고 있었다. 벽에 걸린 고갱의 여자들과 오르나가 그린 누드 연필화는 갑자기 나로 하여금, 그녀가 샤워할 때 혹은 내가 떠나고 밤에 침대 위에 있을 때 벗은 몸은 어떻게 생겼을까 상상하게 하고, 상비군 육군 장교인 남편이 어딘가에 있음에도 불구하고 그녀는 혼자가 아니라 어쩌면 요압이나 멘디와 함께 있었을지도 모른다는 막연한 생각이 들게 했다.

바닥 깔개에서 일어나지 않은 채 나는 그녀 옷장 앞쪽 커튼을 열고 흰색과 색깔 있는 속옷들, 그리고 다 비치는 복숭아색 잠옷을 보았다. 바닥 깔개에 등을 대고 누운 채로 내 손가락은 그녀의 복숭아색 잠옷을 더듬어 만지고 있었고, 다른 손은 바지 속 봉분으로 뻗어야 했는데, 나는 눈을 감은 채 그만둬야 한다는 걸, 바로 지금 당장은 말고 조금만 더 하다가 이 짓을 멈춰야 한다는 걸 알고 있었다. 마침내, 마지막 순간에 나는 멈추었고, 내 손가락을 복숭아색 잠옷에서 떼지 않은 채 혹은 내 손을 바지 속 봉분에서 떼지 않은 채 눈을 떴고, 내가 알아차리지 못한 사이 오르나가 돌아와 바닥 깔개 끝자락에서 왼발에 무게중심을 실어서 오른쪽 엉덩이를 약간 든 자세로, 한손은 그 엉덩이에 두고 다른 손으로는 풀어 헤친 머리칼 아래 어깨를 가볍게 어루만지면서,

나를 보며 서 있는 것을 보았다. 그리하여 그녀는 따스하고 장난스러운 미소를 입가에 띠고 녹색 눈으로, 알아요, 당신이 바로 그 자리에서 죽고 싶어한다는 걸 알아요, 여기 한 강도가 당신에게 기관총을 겨누고 서 있는 게 차라리 덜 충격적인 일이라는 걸 알아요, 당신이 나 때문에 지금 더할 나위 없이 끔찍해한다는 걸 알지만, 왜 그렇게 끔찍해해야 하죠? 나를 봐요, 나는 전혀 놀라지 않았으니, 그렇게 끔찍해하는 걸 그만둬요, 라고 말하듯 서서 나를 바라보고 있었다.

나는 너무나 겁에 질리고 어찌할 바를 몰라, 오르나가 아무 일도 일어난 적이 없다고 생각할 수 있도록, 그저 꿈에서 벌어진 일인지도 모르고, 내가 실제로 그 죄를 짓고 역겨운 짓을 했다 하더라도 깨어서 그 짓을 한 것보다는 훨씬 대수롭지 않은 일로 오르나가 생각할 수 있도록 눈을 감고 잠든 척했다.

오르나가 말했다. 방해했군요. 그 말을 할 때 그녀는 웃고 있지 않았지만 계속해서 미안해요, 라고 말하더니, 엉덩이로 어떤 춤 같은 것을 추며 명랑하게 말했는데, 아니 사실 정확하게는 내 얼굴이 고통스럽게 일그러지고 동시에 발갛게 타오르고 있었기에, 미안해한 게 아니라, 나를 살피는 걸 즐기고 있었다. 그러다가 그녀는 아무 말 없이 드레스의 단추를 위에서부터 허리까지 풀기 시작하더니, 그걸 보고 내가 계속하도록 내 앞에 섰다. 하지만 내가 어떻게? 나는 눈을 질끈 감았다가 깜빡거렸고 그러고는 그녀를 엿보았는데, 그녀의 행복한 미소는 내게 무서워하지 말라고, 뭐가 문제냐고, 다 괜찮다고 청하고 있었고 그녀의 단단한 가슴도 나를 청하는 것만 같았다. 그러더니 그녀는 내 오른편 바닥 깔개에 무릎을 꿇고 바지 속 봉분에 있던 내 손을 꺼내고 대신

자기 손을 거기에 넣고 그다음엔 그걸 열어 꺼내놓았고 그러자 빗발치는 유성우 같은 맹렬한 불꽃의 흔적이 내 온몸에 퍼져서 나는 다시 눈을 감았다가 떴는데 그녀가 몸을 들어 내 쪽으로 구부리는 모습이 보였고 그다음에 그녀는 내 위로 오르다가 눕더니, 몸을 굽히고 내 손을 잡아끌어 거기, 거기예요 라며 내 손을 이끌고, 입술로는 내 이마를, 내 감은 눈을 더듬더니 몸을 아래로 뻗어 내 전부를 삽입했고 그러자 곧바로 몇 차례의 부드러운 뇌성이 날카로운 번개로 연달아 차례로 나를 통과했으며 그러는 사이 그녀는 하드보드로 된 파티션이 너무 얇아서 손으로 내 입을 막아야 했고 다 끝났다고 생각하고 내가 숨을 쉬게 하려 손을 내 입에서 떼었다가 아직 내가 끝이 아니라 다시 내 입을 틀어막아야 했다. 그러고 나서 그녀는 웃더니 나를 어린아이처럼 쓰다듬고 다시 내 이마에 키스하고 자기 머리칼로 내 머리를 감쌌고, 나는 눈에 눈물이 고인 채 그녀의 얼굴에 그녀의 머리칼에 그녀의 손바닥에 수줍은 키스를 하고는 무언가 말하려 했으나 그녀는 말하지 못하도록 내가 포기할 때까지 내 입을 자기 손으로 다시 덮었다.

한 시간인가 두 시간쯤 후 그녀가 나를 깨웠는데 내 몸은 그녀를 더 원하고 있어서 나는 수치와 당혹감으로 가득찼고, 그런데도 그녀는 나를 벌하지 않고, 마치 웃으며, 이리 와요, 가져요, 하고 말하듯, 이런 꼬마 야만인이 다 있나, 하고 속삭였으며, 그녀 다리는 다갈색으로, 허벅지에는 거의 창백하게 보이지 않는 황금빛 솜털이 나 있었는데, 그녀는 손으로 내 용솟음치는 샘을 억눌러준 뒤 나를 일으켜세워 옷 입는 것을 도와주고 하얀색 모슬린 천으로 싸인 질그릇 주전자에서 찬물을 내게 약간 따라주고, 내 머리를 쓰다듬더니 자기 가슴에 대고 마지막으로 내 코끝에 키스하고는 그 가을 새벽 세시 두터운 침묵의 한기 속으로 나를 내보냈다. 그러나 다음날 내가 미안했다고 말하기 위해, 아니면 그 기적이 다시 한번 반복되기를 기도하며 그녀에게 돌아갔을 때, 그녀는 말했다. 자기 모습을 봐요, 분필만큼이나 하얗죠. 당신을 덮친 게 뭐죠, 여기, 물 한 잔 들이켜요. 그리고 나에게 의자에 앉으라고 한 다음 말했다. 봐요, 나쁜 일은 아무것도 벌어지지 않았지만, 지금부터 나는 모든 게 어제 이전과 같은 식이길 바라요, 알았죠?

그녀가 원한 일은 내게 힘든 일이었고, 오르나 역시 그걸 느끼고 있었음이 분명해서, 축음기에서 흘러나오는 슈베르트와 그리그, 브람스 선율이 동반되던 우리의 시 읽는 저녁 시간은 사라졌고, 몇 번의 방문 이후 우리의 만남이 중단되자 우리가 서로 지나쳐갈 때 그녀의 미소만이 그저 멀리서 내게 내려앉았는데, 그 미소는 기쁨과 자부심과 애정으로 빛나는 미소로, 뭔가를 하사한 누군가에게 짓는 기부자의 미소 같은 것이 아니라 오히려 자신이 그린 그림을 살펴보는 예술가처럼, 그녀가 다른 그림들로 넘어갔음에도 불구하고 여전히 자기 작품에 만족스러워하고, 그걸 상기하고 자랑스러워하며, 멀리서 다시 보면서 행복해하는 예술가의 미소 같은 것이었다.

*

그 일 이후 나는 여자 동료들 사이에서 쾌감을 느꼈다. 내 친할아버지 알렉산더처럼. 해가 거듭되면서 내가 한두 가지를 더 배우고 이따금 혼쭐이 난 적이 있었다 해도, 나는 여전히 여자는 환희의 열쇠를 갖고 있다는 느낌을—오르나 방에서 보낸 바로 그 저녁과 같은—가지고 있다. '그녀가 그에게 호의를 베풀었다'는 표현이 더 정확하고, 다른 표현보다 정곡을 찌르는 것 같다. 여자들의 호의는 내 안에 욕망과 경이를 불러일으켰을 뿐 아니라, 아이 같은 감사와 경외감에 절하고 싶은 마음도 일으켰다. 나는 이 모든 경이를 받을 가치가 없다. 거대한 대양은 말할 것도 없고, 단 한 방울이라도 감사할 것이다. 그리고 언제나 나는 나를 대문 앞의 거지처럼 느낀다. 단 한 명의 여자만이 베풀지 말지 결정할 권력을 가지고 있다.

아울러 여성의 성性에 대한 막연한 질투도 있을지 모른다. 여자는 바이올린과 드럼 간의 차이처럼, 무한대로 더 부유하고, 더 부드럽고, 더 정교하다. 아니면 내 삶이 바로 시작되는 그 지점에서 기억의 메아리가 있는 건지도 모른다. 칼 대 가슴. 세상에 태어나자마자 나를 기다리던 여자가 있었고, 비록 내가 그녀에게 끔찍한 고통의 원인이 되었음에도, 그녀는 내게 온화함으로 보답해주고, 자기 젖을 주었다. 반면, 남성의 성에서는 벌써 할례 칼이 쨍그랑거리며 숨어 나를 기다리고 있었다.

*

오르나는 그 밤 삼십대 중반으로, 내 나이의 두 배쯤이었다. 그녀는 보랏빛, 진홍빛, 푸른빛의 온 강물과 진주 더미를 쥐어서, 씹지도 않고 삼키는 것 외에는 그걸로 뭘 해야 할지도 모르고, 넘치는 보물에 거의 질식할 뻔한 어린 돼지 앞에 흩뿌려놓았다. 몇 달 후 그녀는 키부츠 일을 그만두었다. 그녀가 어디로 갔는지 알지 못했다. 몇 년 후 나는 그녀가 이혼하고 재혼했으며, 한동안 여성 잡지에 고정적으로 칼럼을 쓰고 있다는 소식을 들었다. 얼마 전 미국에서 강연이 끝나고 리셉션을 시작하기 전, 질문하고 논쟁을 벌이던 인파 속에서 갑자기 오르나가 타오르는 녹색 눈을 하고, 내가 십대이던 시절보다 그저 아주 조금 나이가 든 모습으로, 단추가 달린 밝은 색상 드레스를 입은 채, 이미 알고 있다는 눈으로 유혹적이고 측은히 여기는 미소, 그날 밤의 그 미소를 띤 채 나를 향해 빛나고 있었고, 나는 마치 주술에 걸린 사람처럼 문장을 미처 끝마치지 못하고 말문이 막힌 채 그녀를 향해 군중을 비집고 나가, 길을 막고 있는 모두를 밀어내고, 심지어 오르나가 밀고 있던 휠체어에 탄 멍한 얼굴의 노파까지 제치고, 오르나를 붙잡고 끌어안고는, 그녀의 이름을 두 번이나 부르고, 그녀의 입술에 따스하게 키스했다. 그녀는 부드럽게 나를 떼어놓더니, 호의를 베푸는 듯한 미소, 나를 십대처럼 얼굴 붉히게 한 그 미소를 잃지 않은 채, 휠체어를 가리키며 영어로 말했다. 저분이 오르나예요. 저는 딸이고요. 슬프게도, 어머니는 더이상 말씀을 하실 수 없답니다. 사람도 거의 알아보지 못하세요.

60

돌아가시기 일주일 전쯤 어머니는 갑자기 확실히 호전되었다. 새 의사가 처방해준 새 수면제가 밤마다 기적을 일구었다. 그녀는 저녁에 두 알을 먹었고, 자기 침대가 된 내 침대에서 일곱시 반경 옷을 다 입은 채 잠들어서, 다음날 오후 다섯시에 일어날 때까지 거의 스물네 시간을 내리 자고, 일어나서 샤워를 하고, 차를 마시고, 분명 수면제 한두 알을 또 먹었을 텐데, 일곱시 반에 다시 잠들어서 아침까지 쭉 자야 했기 때문이고, 아버지가 일어나 면도를 하고, 오렌지를 짜서 주스 두 잔을 만들어 실내 온도에 맞게 주스를 데우면, 어머니도 일어나 실내복을 입고 앞치마를 하고 머리를 빗은 후, 우리 둘에게 아프기 전처럼, 앞뒤로 완숙인 계란 프라이와 샐러드, 요구르트, 어머니가 애정을 담아 '나무판자'라고 부르던, 아버지가 썬 빵보다 훨씬 곱게 잘라낸 빵

조각으로 진짜 아침식사를 만들어주었다.

그래서 우리는 아침 일곱시에 다시 한번 거기 꽃무늬 방수포가 덮인 부엌 테이블에 딸린 버드나무 걸상 세 개에 앉았고, 어머니는 우리에게 자신의 고향인 로브노에 살던 부유한 모피상, 즉 달빛이 비치는 밤 서리만큼이나 빛나던, 그가 가진 희귀한 여우털 때문에 파리나 로마같이 먼곳에서부터 구매자들의 방문을 받던 세련된 유대인에 대한 이야기를 해주었다.

어느 날 이 모피상은 맹세하더니 육식을 그만두고 채식주의자가 되었단다. 그는 사업 전체를, 모든 지점까지 다 장인과 동료의 손에 넘겼다. 얼마 후 그는 자신을 대신하여 자기 덫이 죽인 수천 마리의 여우에게 미안한 마음을 담아, 혼자 숲에다가 작은 오두막을 짓고 그리로 가서 살았다. 결국에 그 남자는 사라져 다시는 보이지 않았단다. 그리고 어머니가 말하길, 언니들과 나는 서로 놀라게 하고 싶을 때 어둠 속에서 바닥에 누워 있다가 차례대로 그 예전 부유한 모피상이 이제 발가벗은 채, 어쩌면 광견병에 걸린 채로, 덤불에서 등골 오싹해지는 여우 울음소리를 내면서 숲을 어떻게 배회하는지 이야기했고, 누구라도 오지게 재수없게도 숲에서 그 여우 인간을 마주치게 되면, 공포로 머리칼이 곧장 새하얘질 거라고 이야기하곤 했어.

이런 종류의 이야기를 질색하던 아버지는 인상을 쓰며 말했다. 미안하지만, 그게 뭐야? 우화? 미신? 음침한 이야기 같은 거라도 되는 거야? 그러나 그는 어머니가 훨씬 기분이 나아 보이는 걸 매우 기뻐해서 곧 아니라는 듯 손사래를 덧붙였다.

"신경쓰지 마."

어머니는 서둘러 우리를 재촉해서 아버지는 직장에, 나는 학교에 늦지 않게 했다. 문간에서 아버지는 신발 위에 방수용 덧신을 신고 있었고 나는 고무장화를 신고 있었는데 그때, 내가 갑자기 등골 오싹한 울음소리를 입 밖에 냈고, 아버지는 깜짝 놀라 펄쩍 뛰며, 공포에 떨다가, 제정신으로 돌아와 나를 막 때리려 하자 어머니가 우리 사이에 끼어들어 나를 가슴으로 안으며, "다 나 때문이에요. 미안해요"라고 말하며 우리 둘을 진정시켰다. 그게 어머니가 나를 마지막으로 안아준 날이다.

내가 광포한 여우 울음소리를 냈기 때문에 아버지는 여전히 화가 나 있었고, 아버지와 나, 우리는 한마디 말도 없이 일곱시 반경 집을 나섰다. 대문에서 그는 테라 상타 건물 쪽인 왼쪽으로 방향을 틀었고 나는 타츠케모니 학교 방향인 오른쪽으로 향했다.

*

학교에서 집에 돌아왔을 때 나는 어머니가 단추가 두 줄로 박힌 경쾌한 치마에 남색 스웨터 차림을 하고 있는 것을 발견했다. 그녀는 예뻤고 소녀 같아 보였다. 어머니의 얼굴은, 마치 병치레를 하던 수개월이 밤사이 다 사라져버린 듯 좋아 보였다. 어머니는 내게 학교 가방을 내려놓고 코트는 벗지 말라고 말하고, 자신도 코트를 걸친 후, 나를 놀래줄 일이 있다고 했다.

"오늘은 우리, 점심을 집에서 안 먹을 거야. 내 인생의 두 남자를 점심에 레스토랑으로 데리고 나가기로 결정했어. 근데 네 아버지는 아직 아무것도 모르셔. 우리, 아버지 놀래줄까? 시내까지 걸어서 테라 상타 빌딩으로 간 다음에, 책 먼지 더미에서 죽어가는 나방 같은 아버지를 강제로 끌고 나와서, 너도 서스펜스 좀 느껴보라고 내가 일부러 아직 말 안 해준 건데, 그 어딘가로 우리 모두 가서 먹는 거야."

나는 어머니를 알아보지 못했다. 어머니 목소리는 보통 때 목소리가 아니라, 마치 학교 연극에서 역할을 맡아 말하듯이 크고 엄숙했다. 그녀가 "자 어서 걸어가자"고 말했을 때 거기엔 빛과 온기가 가득했지만, '죽어가는 나방'과 '책 먼지'라는 단어를 말할 때는 목소리가 좀 떨렸다. 그것은 순간 내게, 놀라움에 즉시 행복이 물러가고, 어머니의 쾌활함이 사라지고, 우리에게 어머니가 돌아온 그 기쁨이 물러갈 것 같은 막연한 두려움이 들게 했다.

*

비록 우리가 욥바 거리나 킹 조지 가에 있는 카페에서 부모님 친구들과 종종 만나기는 했지만, 외식을 한 적은 거의 없었다.

1950년인가 1951년, 한번은 우리 셋이 텔아비브에서 이모들과 머물고 있을 때, 마지막 날, 문자 그대로 우리가 예루살렘으로 떠나기 바로 전날, 아버지가 그날만 자신을 로스차일드 남작으로 선언하더니, 어머니의 자매들과 그들의 남편, 외동아들까지 모두를, 숄렘 알레이헴 거리의 코너, 벤예후다 거리에 있는 하모젝 레스토랑에서 점심을 먹자고 초대했다. 우리 아홉 명을 위해 테이블 하나가 준비되었다. 아버지는 처형과 처제 사이 상석에 앉았고, 어머니 자매 중 누구도 자기 남편 옆에 앉지 못하도록, 그리고 아이도 자기 부모 사이에 앉지 못하도록 하는 식으로 우리를 앉혔다. 마치 모든 카드를 섞기로 결심했다는 듯이. 이모부 츠비와 부마는 아버지가 뭘 하려는지 이해할 수 없어서 약간 의혹의 눈초리를 보내며, 술 마시는 일이 익숙지 않다는 듯, 아버지와 맥주 한 잔 함께하는 것도 단호히 거절했다. 그들은 말을 하지 않는 쪽을 택했고, 가장 긴급하고 흥미로운 주제는 분명 유대 사막에서 발견된 사해 사본이라고 생각하는 아버지에게 무대를 넘겼다. 고로 그는 수프와 메인 요리가 나올 때까지 쭉 쿰란 근처 동굴에서 발견된 그 사본의 중요성에 대해 그리고 값을 매길 수 없이 귀한 감춰진 보물들이 그 사막 골짜기에서 발견되길 기다리고 있을 가능성에 대해 세세한 강연을 폈다. 마침내 이모부들 사이에 앉아 있던 어머니가 부드럽게 말했다.

"이제 그만해도 될 것 같은데요, 아리에?"

아버지는 말을 알아듣고 이야기를 그만두었으며, 나머지 요리를 먹는 동안 대화는 개별적으로 나뉘었다. 사촌형 이갈은 사촌동생 에브라임을 근처 해변에 데려가도 될지 물었다. 몇 분이 더 지나고 나도 어른들 사이에서 있을 만큼 있었으니 하모젝 레스토랑을 떠나 해변을 찾아보기로 결심했다.

*

하지만 어머니가 갑자기 우리를 데리고 나가 점심을 먹겠다고 결심할지 누가 상상이나 할 수 있었겠는가? 우리는 어머니가 밤낮으로 창문을 바라보며 움직이지도 않고 앉아만 있는 것을 보는 일에 너무나 익숙해져 있었다. 며칠 전만 해도 나는 그녀를 위해 내 침실을 포기하고 어머니의 침묵에서 도망쳐 소파 겸 침대에서 아버지와 같이 잤다. 남색 스웨터와 경쾌한 치마 차림에, 뒤쪽에 바늘땀이 나 있는 나일론 스타킹과 하이힐을 신은 어머니는 아주 아름답고 우아해 보여서, 모르는 남자들이 그녀를 돌아보았다. 그녀는 비옷을 한쪽 팔에 걸고, 다른 팔은 함께 걷는 동안 내 팔에 끼고 있었다.

"너는 오늘 나의 카발리어가 되는 거야."

그리고 그녀는 마치 아버지의 평상시 역할이라도 채택한 것처럼 덧붙였다.

"카발리어는 기사騎士야. 프랑스어로 슈발은 말馬이라는 뜻이고, 슈발리에는 말 탄 사람 혹은 기사라는 뜻이지."

그러더니 말했다.

"독재자 남성을 매혹시킨 많은 여자들이 있단다. 불꽃에 뛰어드는 나방 같은 여자들. 영웅이나 폭풍 같은 사랑이 아니라 그저 친구가 필요한 여자들도 있지. 네가 크면 꼭 기억하렴. 폭군 같은 연인을 피하고, 공허해서가 아니라 너를 충만케 하는 일을 즐기기 때문에 친구로서 남자를 찾는 이들을 곁에 두려고 노력해봐. 그리고 여자와 남자 사이의 우정은 사랑보다 훨씬 더 희귀하고 값지다는 것도 기억하고. 사랑은 사실 우정과 비교했을 때 천하고 심지어 꼴사납기까지 하지. 우정에는 예민함과 세심함, 관대함과 잘 정제된 중용 감각의 척도가 들어 있어."

나랑 상관없는 일에 대한 그녀의 이야기를 중단시키고 대신 다른 이야기를 하려고, 나는 "좋네요"라고 말했다. 우리는 몇 주 동안이나 이 야기를 나누지 않았고, 오직 그녀와 나만의 시간인 걸어가는 동안을 이렇게 낭비하는 것은 안타까운 일이었다. 우리가 시내 중심부에 다다르자 그녀는 다시 내 팔짱을 끼었고, 조금 웃더니 갑자기 물었다.

"남동생이나 여동생에 대해 어떻게 생각해?"

그러고는 대답을 기다리지도 않고 그녀는 말을 이었는데, 그 목소리에는 내가 이해할 수는 없었지만 농담이 담긴 슬픔 같은 것, 혹은 웃음 속에 감춰진 슬픔 같은 것이 담겨 있었다.

"언젠가 네가 결혼해서 가족이 생기면, 네가 결혼생활이 이런 것이어야 한다는 예로 나와 아버지를 생각하지는 않기를 정말 아주 간절히 바라."

사랑과 우정에 대해 그녀가 몇 줄 전에 했던 말들과 함께 걸으면서, 내 부모님의 결혼생활을 분명한 일례로 들지 말라던 이 간청을 한마디 한마디 다 기억하고 있기에, 나는 이 말을 기억에서 왜곡한 것이 아니다. 그녀의 웃고 있던 목소리도 정확하게 기억한다. 나와 어머니, 우리는 킹 조지 가에서 팔짱을 끼고 아버지를 직장에서 빼내려고 테라 상타 건물로 가는 길에 있는 탈리타 쿰이라는 건물을 지나고 있었다. 오후 한시 반이었다. 날선 빗방울과 뒤섞인 차가운 바람이 서쪽에서 불고 있었다. 바람은 행인들이 우산이 뒤집혀 날아가지 않게 하려고 우산을 꼭 붙잡게 할 만큼 강했다. 우리는 우산을 펼 생각조차 하지 않았다. 팔짱을 낀 채 빗속을 걸으며 어머니와 나는 탈리타 쿰 건물과 크네세트의 임시 거처이던 프루민 건물을 지나, 이후 하마아롯 건물을 지나쳐갔다. 1952년 1월 첫번째 주 초였다. 그녀가 죽기 나흘인가 닷새

전이었다.

*

비가 점점 더 거세지자 어머니는 명랑한 음조로 말했다.

"우리 잠깐 카페로 갈까? 아버지도 도망가진 못할 거야."

우리는 케렌 카예메트 거리의 르하비아 입구, 그 당시 수상 집무실이 있던 유대기구 건물 반대편의 독일계 유대인 카페에서 삼십여 분 정도 앉아 있었다. 비가 그칠 때까지. 그러는 사이 어머니는 핸드백에서 작은 콤팩트 파우더와 빗을 꺼내 얼굴과 머리 매무새를 다듬었다. 나는 복잡 미묘한 감정을 느꼈다. 그녀의 외모에 대한 자부심, 그녀가 다른 이들보다 더 낫다는 기쁨, 내가 간신히 짐작만 할 수 있는 존재의 그림자로부터 그녀를 지키고 보호해야 한다는 책임감. 사실상 나는 짐작도 하지 못했고, 맨몸으로 약간의 기묘한 불안을 반쯤 감지할 뿐이었다. 아이가 때로 자기 이해를 넘어서는 것을 사실은 이해하지 못했으면서도 이해하고 지각하고 왜인지는 모르지만 놀라는 식으로.

"괜찮아요, 어머니?"

그녀는 자기 것으로는 진한 블랙커피, 내게는 밀크커피를 주문해주었다. 내게 커피는 허락되지 않음에도, 커피는-아이를-위한-것이-아님에도 불구하고, 그리고 특히 추운 겨울날에는 인후염을 일으킨다는 걸 우리 모두 확실히 잘 알고 있는 초콜릿 아이스크림도 시켜주었다. 점심 전에 입맛을 돋우라고. 책임감은 나로 하여금 아이스크림을 딱 두세 스푼만 먹게 했고, 어머니에게 여기 앉아 있는 게 춥지 않냐고 묻게 했다. 피곤하지는 않냐고. 아님 어지럽거나. 아무튼 그녀는 막 병에서 회복됐으니까. 그러니 조심해요, 어머니, 화장실은 캄캄한데 계단이 두 개 있어요. 내 마음을 가득 채운 자부심과 진지함, 염려. 마치 우리 둘이 이곳 카페 로슈 르하비아에 앉아 있는 동안만큼은 그녀의 역할이 관대한 친구가 필요한 의지할 데 없는 소녀인 양, 그리고 나는 그녀의 기사였다. 아니면 그녀의 아버지.

"괜찮아요, 어머니?"

*

독립전쟁 때 마운트 스코푸스의 캠퍼스로 가는 길이 봉쇄된 후 히브리 대학의 몇 개 과가 이전한 테라 상타 건물에 도착해서 우리는 신문(읽는) 방을 물어 2층으로 가는 계단으로 올라갔다. (『나의 미카엘』에서 한나가 바로 이런 계단에서 미끄러져 발목을 삐끗했고, 학생 미카엘 고넨이 그녀의 팔꿈치를 잡고는 갑자기 자신이 '발목'이라는 단어를 좋아한다고 말했던 것도 바로 이런 겨울날이었다. 어머니와 나는 미카엘과 한나를 그들도 모르는 사이에 지나쳐 걸어갔는지도 모른다. 어머니와 테라 상타 건물에 있던 그 겨울로부터, 내가 『나의 미카엘』을 쓰기 시작했던 그 겨울까지 16년이라는 시간이 떨어져나갔다.)

신문 (읽는) 방에 들어섰을 때 우리는 우리 맞은편에서 온화하고 상냥한 국장, 페퍼만 박사를 보았는데, 그는 자기 책상 위에 있는 신문더미를 뒤적이다가 웃으며 우리 둘에게 들어오라고 손짓했다. 우리는 뒤쪽에 있는 아버지도 보았다. 그가 옷을 먼지에서 보호하는 사서용 회색 코트를 입고 있었기 때문에, 우리는 얼마 동안 그를 알아보지 못했다. 그는 등을 보인 채, 작은 발판용 사닥다리 위에 서 있었고, 찾는 것을 찾을 수 없었는지 다른 파일을 또 꺼내기 전에 높은 선반에서 큰 파일 상자를 꺼내 내리고 그걸 다 훑어보고, 그 선반으로 다시 올리며 큰 파일 상자에 온 주의를 기울이고 있었다.

그러는 내내 친절한 페퍼만 박사는 소리도 내지 않고, 다만 명랑해 보이는 듯한 달콤한 미소를 더 넓게 퍼뜨리며 그의 커다란 책상 뒤 의자에 편안하게 앉아 있었고, 그 부서에서 일하던 두세 명의 다른 사람들도 일을 멈추고 우리를 살피다가 마침내 페퍼만 박사의 작은 게임에 동참하겠다는 양, 문간에서 인내심을 가지고 등을 바라보며 서 있는 방문객들, 작은 소년의 어깨에 손을 얹고 있는 예쁜 여자를 아버지가 언제 알아차릴지 보려고 즐거운 호기심으로 구경하듯이, 아버지 등뒤에서 한마디 말도 없이 능글능글 웃고 있었다.

사다리의 맨 꼭대기에서 아버지는 부서장을 향해 몸을 돌리고, "실례합니다만, 페퍼만 박사님, 뭔가 있는 게 확실……"이라고 말을 하다가 불현듯 국장의 만면한 미소를 눈치챘고, 그를 미소 짓게 하고 있는 것이 무엇인지 알 수 없어서 놀란 것 같았다. 페퍼만 박사는 눈으로 아버지의 안경 쓴 시선을 책상에서 문간으로 안내했다. 그리고 그가 우리를 발견했을 때, 나는 그의 얼굴이 하얗게 질렸다고 느꼈다. 그는 양손으로 붙잡고 있던 커다란 파일 상자를 맨 위 선반 제자리에 돌려놓고 조심스레 사다리에서 내려와, 주위를 둘러보고, 다른 모든 직원들이 웃고 있는 것을 보고는, 마치 선택의 여지가 없으니 그도 웃어야겠다는 듯, 우리에게 "웬일이야! 이게 웬일이야!"라고 말하더니, 목소리를 낮춰 아무 일 없는 거냐고, 설마, 무슨 일이라도 있는 거냐고 물었다.

그의 얼굴은 파티에서 자기 반 아이들과 키스 게임을 하던 중, 입구에 부모님이 엄하게 서 계신 것을 알아차리고는, 혹시 그들이 거기서 그걸 보면서 말없이 얼마나 오래 서 있었을지 아니면 대체 뭘 봤을지 몰라 두려워하는 아이의 얼굴만큼이나 긴장과 불안에 차 있었다.

우선 그는 우리를 매우 상냥하게 양손으로 밀어 복도 쪽으로 내보내려 했고, 돌아서서 전체 부서와 특히 페퍼만 박사에게 이렇게 말했다. "잠시 실례해도 될까요?"

그러나 잠시 후 그는 마음을 바꿔, 밖으로 내보내려던 우리를 다시 국장 사무실 안쪽으로 잡아끌더니, 우리를 소개한 후 잊지 않고 말했다. "페퍼만 박사님, 이미 제 아내와 아들은 아시지요." 그러고 나서 그는 우리를 신문 부서 나머지 직원들에게 인사를 시키며 정식으로 소개했다. "내 아내 파니아와 아들 아모스를 만나뵙게 하고 싶군요. 아모스는 학생이고요. 열두 살 반 됐네요."

우리가 모두 바깥 복도로 나오자, 아버지는 걱정스럽게 그리고 조금은 나무라듯이 물었다.

"무슨 일이 생긴 거요? 우리 부모님 다 괜찮으신 거야? 장인장모님은? 모두 다 괜찮은 거고?"

어머니는 아버지를 진정시켰다. 그러나 레스토랑 문제는 그를 걱정스럽게 했다. 어쨌거나, 오늘은 그 누구의 생일도 아니었으니까. 그는 주저하며 무언가 말을 꺼내다가 잠시 후 마음을 바꿔 말했다.

"물론이지. 물론이야. 안 될 게 뭐 있어. 가서 당신이 나은 걸 축하하자고, 파니아, 아님, 좌우간 당신 상태가 분명하고 갑작스럽게 개선된 거에 대해서라도 축하하든가. 그럼. 당연히 축하해야지."

말하는 동안 그의 얼굴은, 어쨌든, 축제 기분이라기보다는 걱정스러워 보였다.

그러나 이후 아버지는 갑자기 기운을 내더니, 열정에 불타올라, 우리 둘 어깨에 팔을 두르고, 페퍼만 박사에게 일을 좀 일찍 마쳐도 된다는 허락을 받고, 동료들에게 인사를 고한 후, 먼지 방지용 회색 코트를 벗고, 우리를 데리고 도서관의 몇 개 부서들과 지하실, 희귀본 구역을 일주하고, 심지어 새 복사기를 보여주며 어떻게 작동하는 건지 설명까지 해주고, 유명한 부모를 교직원들에게 소개하는 십대 소년만큼이나 흥분해서는 만나는 모든 이들에게 우리를 자랑스럽게 소개했다.

*

레스토랑은 벤예후다 거리와 샴마이인지 힐렐인지 한 거리 사이에 있는 좁은 샛길에 박혀 있는 쾌적하고 거의 텅 빈 곳이었다. 우리가 도착하자 비가 다시 내리기 시작했고, 아버지는 그걸 마치 우리가 레스토랑에 도착하기를 기다려준 좋은 징조로 받아들였다. 꼭 오늘은 하늘이 우리를 향해 미소 짓고 있는 것 같다고.

그는 곧 말을 바로잡았다.

"내 말은, 내가 징조를 믿거나, 하늘이 우리에 대해 신경을 쓴다는 걸 믿었다면 그렇게 말했을 거라는 얘기야. 허나 하늘은 무심하지. 호모사피엔스는 제외하고, 전 우주가 무관심해. 대부분 사람들도 그런 문제라면 무관심하지. 나는 무관심은 모든 실재 세계에서 가장 현저하고 두드러진 특징이라 믿어."

그는 다시 말을 바꿨다.

"그리고 어쨌거나, 하늘이 너무 캄캄하고 날씨가 험악하고 비가 억수같이 퍼부었다면 내가 어떻게 하늘이 우리를 향해 미소 짓고 있다고 말할 수 있었겠어?"

어머니가 말했다.

"아니죠, 오늘은 내가 낼 거니까, 두 사람 먼저 주문해요. 메뉴판에 있는 제일 비싼 메뉴로 골라주면 아주 좋겠어요."

그러나 메뉴는 당시 식료품 부족과 긴축 경제 시절을 반영해서 그리 비싸지 않았다. 아버지와 나는 야채수프하고 으깬 감자와 닭고기로 된 만두를 주문했다. 나는 공모자라도 된 양, 아버지에게 테라 상타에 오는 길에 생애 최초로 커피를 맛보는 걸 허락받았다는 것을 비밀에 부쳤다. 그리고 겨울인데도, 점심식사 전에 초콜릿 아이스크림을 먹은 것도.

어머니는 오랫동안 메뉴를 응시하고, 테이블 위에 메뉴를 엎어두었는데, 그녀가 결국 밥 한 공기만 주문했다는 것을 아버지가 그녀에게 다시 상기시켜준 직후였다. 아버지는 상냥하게 웨이트리스에게 사과하고 이런저런 말로 어머니가 아직 완전히 다 나은 것이 아니라는 점을 설명했다. 아버지와 내가 입맛을 다시며 우리 음식을 게걸스레 먹는 동안, 어머니는 억지로 자기 밥을 조금씩 깨작거리다가 그만두고, 진한 블랙커피를 주문했다.

"괜찮아요, 어머니?"

웨이트리스는 어머니에게 커피 한 잔, 아버지에게는 차 한 잔을 가지고 돌아왔고, 내 앞에는 말캉거리는 노란색 젤리 한 접시를 놓았다. 곧바로 아버지는 재킷 안주머니에서 성급히 지갑을 꺼냈다. 그러나 어머니가 자기 권한을 고집했다. 도로 넣어주세요. 오늘은 당신 둘이 내 손님이에요. 그러자 아버지는, 어머니가 유정油井을 상속받은 게 분명하다며, 최근 눈에 띄는 그녀의 부와 사치를 설명하는 억지 농담을 꺼내려다 다 재잘거리지도 못한 채 어머니 말에 따랐다. 우리는 비가 수그러들기를 기다렸다. 아버지와 나는 주방을 바라보며 앉아 있었고, 어머니는 우리 반대편으로 얼굴을 향하고 우리 어깨 사이로 거리를 향해 난 창문을 통해 고집스레 내리는 비를 바라보고 있었다. 우리가 어떤 이야기를 했는지는 기억나지 않지만, 생각건대 아버지는 침묵을 쫓아내고 있었던 것 같다. 그는 우리에게 유대인과 기독교 교회의 관계에 대해 이야기했거나, 18세기 중반에 랍비 야콥 엠덴과 샤브타이 츠비의 추종자들, 특히 안식일주의자들과 편향 혐의를 받고 있는 랍비 조나단 에이베슈츠 사이에서 벌어진 격렬한 논쟁사 개관을 우리에게 대접했던 것 같다.

*

그 비 오는 점심시간 레스토랑에 있었던 유일한 다른 손님은 낮고 점잖은 음성에 매우 세련된 독일어로 이야기를 나누던 두 명의 노부인뿐이었다. 그들은 강철 같은 잿빛 머리칼에 목젖이 두드러지게 눈에 띄는 가냘픈 용모가 비슷했다. 둘 중 더 나이가 든 쪽은 여든이 넘어 보였는데, 재차 보니 다른 쪽의 어머니가 분명했다. 그래서 나는 그 어머니와 딸 모두 과부이며, 이 넓은 세상에 그들에게 남겨진 이라고는 아무도 없어서 함께 사는 것이라 판단했다. 속으로 나는 그들에게 게르트루드 부인과 마그다 부인이라는 칭호를 부여하고 이 도시 어딘가에 있을, 대충 에덴 호텔 맞은편, 꼼꼼하게 청소된 그들의 아담하고 깨끗한 공동주택 아파트를 떠올려보려고 했다.

갑자기 그들 중 더 젊은 마그다 부인이 언성을 높여 반대편 나이든 여자에게 외마디 독일어를 내뱉었다. 그녀는 먹이에 와락 덤벼드는 독수리처럼, 악의와 사무치는 분노를 담아 그 말을 발음했고, 벽을 향해 자기 컵을 던졌다.

내가 게르트루드라 이름 붙인, 더 나이든 여자의 뺨 위에 깊게 팬 주름을 따라, 눈물이 흘러내리기 시작했다. 그녀는 소리 없이, 얼굴도 찡그리지 않고 울었다. 무표정한 얼굴로 울었다. 웨이트리스가 몸을 굽혀 조용히 깨진 컵 조각들을 주웠다. 그녀는 그 일을 다 마치자 사라졌다. 그 큰 소리 후에는 한마디도 오가지 않았다. 그 두 여자는 한마디 말도 없이 서로 마주보고 계속 앉아 있었다. 그들은 둘 다 매우 마르고, 둘 다 남자들의 깡총한 더벅머리처럼 이마 저 높이에 곱슬곱슬한 잿빛 머리칼이 놓여 있었다. 더 나이가 많은 과부는 여전히, 얼굴 하나 찡그리지 않고, 소리 없는 눈물을 흘리며 울고 있었다. 눈물은 뾰족한 턱으로 흘러 동굴 속의 종유석처럼 가슴으로 뚝뚝 떨어졌다. 그녀는 눈물을 참아보려거나 닦아내려고도 하지 않았다. 딸이 무자비한 표정으로 깔끔하게 다림질된 하얀색 손수건을 조용히 내미는데도 불구하고. 만약 정말 딸이라면 말이지만. 그녀는 단정하게 다림질된 손수건을 들고 테이블 위로 손을 뻗었고, 상대방 앞으로 내려놓은 자기 손을 거둬들이지 않았다. 전체 이미지는, 마치 어머니와 딸이 그저 먼지 가득한 앨범 속의 색 바랜 세피아빛 사진 한 장처럼 오래도록 얼어붙어 있었다. 갑자기 내가 물었다.

"괜찮아요, 어머니?"

그건 다름아니라 어머니가, 예의의 원칙을 무시하고 의자를 약간 돌려 그 두 여자를 뚫어지게 바라보고 있었기 때문이다. 그 순간 그 일은 내게 어머니 얼굴이 다시금, 어머니가 내내 아팠던 때처럼 창백해졌다는 느낌을 주었다. 잠시 후 그녀는 정말 미안한데, 좀 피곤하니 집에 가서 눕고 싶다고 말했다. 아버지는 고개를 끄덕이며 일어나, 웨이트리스에게 제일 가까운 공중전화 부스가 어디 있느냐고 물어보고는 택시를 부르러 갔다. 레스토랑을 나오는 동안 어머니는 아버지의 팔과 어깨에 몸을 기대야 했다. 나는 부모님을 위해 레스토랑 문을 잡았고, 계단 조심하라고 일러주고, 택시 문을 열어주었다. 우리가 어머니를 뒷자리에 앉히자 아버지는 계산을 하러 레스토랑으로 되돌아갔다. 그녀는 택시 안에서 아주 똑바른 자세로 앉아 있었고 그녀의 갈색 눈은 크게 벌어져 있었다. 너무나 크게.

*

그날 저녁 새 의사가 불려왔고, 그가 떠나자 아버지는 예전 의사도 불렀다. 그들 간에는 이견이 없었다. 두 의사 모두 전적으로 안정을 취하게 하라고 처방했다. 따라서 아버지는 어머니를, 이젠 그녀 침대가 되어버린 내 침대에 누이고, 꿀을 탄 따뜻한 우유 한 잔을 가져다주면서, 새 수면제와 함께 몇 모금이라도 마셔달라고 간청했다. 그리고 그녀에게 불을 몇 개나 켜놓으면 되는지 물었다. 십오 분 뒤 나는 문틈으로 엿보라고 급파됐고 어머니가 잠든 것을 보았다. 그녀는 다음날 아침까지 잤고, 나와 아버지의 아침 준비를 도우려고 다시금 그날 아침 일찍 일어났다. 그녀는 내가 상을 차리고 아버지가 샐러드를 위해 야채를 아주 곱게 써는 동안 우리에게 또 달걀 프라이를 만들어주었다. 아버지는 테라 상타 건물로, 나는 타츠케모니 학교로 갈 시간이 되자, 어머니는 갑자기 타츠케모니 학교 근처에 자기의 좋은 친구 릴렌카, 릴리아 바르 삼카가 사니까, 자기도 나가서 나랑 학교까지 걸어가겠다고 결정했다.

곧 우리는 릴렌카 아줌마가 집에 없다는 것을 알았고, 그래서 그녀는 로브노의 타르붓 김나지움을 같이 다녔던 파니아 바이츠만이라는 다른 친구를 보러 갔다. 그녀는 정오 직전에 파니아 바이츠만의 집에서 욥바 거리 중턱에 있는 에게드 중앙 버스터미널까지 걸어가, 자기 자매들을 보려고 했는지 혹은 텔아비브에서 하이파와 키리얏 모스킨으로 가는 버스를 갈아타고 자기 부모님의 오두막에 가려 했는지 모르지만, 어쨌든 텔아비브행 버스에 올랐다. 그러나 어머니는 텔아비브 중앙 버스터미널에 도착하자 마음을 바꾼 것이 분명했다. 그녀는 카페에서 블랙커피를 마시고 오후 늦게 예루살렘으로 돌아왔다.

집에 도착하자 그녀는 아주 피곤하다고 호소했다. 그녀는 새로운 수면제 두세 알을 복용했다. 아니면 예전 수면제도 시도해보았는지 모른다. 그러나 그날 밤 편두통이 왔고, 그녀는 잠들 수 없어, 옷을 다 갖춰 입은 채 창문 곁에 앉아 있었다. 새벽 두시, 어머니는 다림질을 하기로 결심했다. 그녀는 자기 방이 된 내 방 불을 켜고, 다리미판을 세우고, 옷에 뿌릴 물을 병에 채우고, 동이 틀 때까지 몇 시간 동안이나 다림질을 했다. 다릴 옷이 다 떨어지자 그녀는 찬장에서 홑이불과 베갯잇까지 꺼내 한번 더 다렸다. 그걸 다 끝내자, 그녀는 심지어 내 침대의 침대보까지 다렸으나, 너무나 피곤하고 기운이 빠져서 침대보를 태워먹었다. 타는 냄새에 눈을 뜬 아버지가 나를 깨웠고, 우리 둘은 어머니가 모든 양말이며, 손수건, 냅킨에, 제자리에 있는 테이블보까지 다 다림질을 해놓은 것을 보고 깜짝 놀랐다. 우리는 타고 있는 침대보의 불을 끄려고 욕실로 내달렸고, 그다음엔 어머니를 의자에 앉히고 무릎을 꿇은 다음 신발을 벗겼다. 아버지가 한 짝, 내가 한 짝씩. 그러고 나서 아버지는 내게 잠시만 방에서 나가달라고, 나갈 때 친절하게 문을 닫아달라고 부탁했다. 나는 문을 닫았지만 이번에는 얘기를 엿듣고 싶어서 문에 달라붙어 있었다. 그들은 러시아어로 삼십여 분간 서로 이야기했다. 그러고 나서 아버지는 내게 잠시 어머니를 돌보고 있으라고 부탁하더니, 약국에 가서 약인지 시럽인지를 사면서 욥바 자할론 병원 사무실에 있던 츠비 이모부에게 전화를 걸었고, 텔아비브에 있는 자멘호프 병원에서 일하고 있던 부마 이모부에게도 전화했다. 이 통화 후 아버지와 어머니는 어머니가 목요일, 바로 그날 아침, 텔아비브의 자매 중 하나와 함께 머물면서 분위기와 기분을 전환해야 한다는 데 동의했다. 그녀는 자기가 좋은 만큼, 일요일까지 아니면 심지어 월요일 아침까지는 머물다 와도 됐는데, 월요일 오후에는 릴리아 바르 삼카 아줌마가 어렵사리 예언자 거리에 있는 하다사 병원에 검사 예약을 잡아놓은 상태였고, 그 예약은 릴렌카 아줌마의 연출이 아니었으면 우리가 몇 달이나 기다려야 했던 것이기 때문이다.

그리고 어머니가 기운이 빠지고 어지럽다고 호소했기에 아버지는 어머니가 텔아비브로 혼자 가서는 안 되고 무조건 자기가 함께 가서 하야 이모와 츠비 이모부에게 데려다주고, 하룻밤 머물러야 될지도 모른다고 고집했다. 다음날 아침 예루살렘으로 돌아오는 첫 버스를 타면, 최소한 몇 시간만이라도 일하러 나갈 수 있었다. 그는 자기와 함께 가서 하루 일을 빼먹을 필요가 없으며, 자신은 텔아비브로 가는 버스를 혼자 힘으로 얼마든지 완벽하게 잘 타고 가서 언니의 집을 잘 찾을 수 있다는 어머니의 항의를 무시했다. 그녀는 자신은 길을 잃지 않을 거라고 했다.

그러나 아버지는 듣지 않으려 했다. 이번만큼은 요지부동으로, 무조건적으로 고집을 부렸다. 나는 학교가 끝나고 프라하 골목에 있는 슐로밋 할머니와 알렉산더 할아버지에게로 곧장 가서, 무슨 일인지 설명하고, 아버지가 돌아올 때까지 그분들과 하룻밤 지내기로 했다. 할머니, 할아버지 귀찮게 하지 말고, 잘 도와드리고, 저녁 먹은 다음 테이블 치우고, 쓰레기 밖에다 버려드리고. 그리고 숙제 다 해라. 하나라도 주말로 미루지 말고. 그는 나를 영특한 아들이라 불렀다. 심지어 나를 젊은 총각이라고 불렀던 것 같기도 하다. 그리고 밖에서 우리는 그 순간 엘리제 새에 의해 연결되었는데, 그 새는 우리를 위해 깨끗하고 맑은 기쁨을 담아 베토벤의 가락으로 서너 번 아침을 지저귀었다. "티-다-디-다-디……" 그 새는, 마치 이 아침이 우주의 바로 첫 아침인 양, 이 아침의 빛이 이전엔 결코 비친 적 없고 어둠을 횡으로 널리 가로질러온 불가사의한 빛인 양, 그동안 밤이 결코 끝나지 않았던 것처럼 경탄과 경이, 감사와 찬미를 담아 노래했다.

61

내가 훌다로 갔을 때는 어머니가 돌아가신 지 약 2년 후로, 내 나이는 열다섯쯤이었다. 볕에 잘 그은 사람들 가운데 창백한 얼굴, 체격 좋은 거인들 사이의 앙상한 젊은이, 과묵한 이들 사이의 지칠 줄 모르는 수다쟁이, 농업 노동자 중에 있던 엉터리 시인. 새로운 내 반 친구들 모두가 건강한 몸에 건강한 정신을 지니고 있었는데, 오직 나만이 거의 투명한 몸에 꿈꾸는 듯한 정신을 지니고 있었다. 더군다나 나는 키부츠 외딴 구석에서 수채화를 그리려고 앉아 있다가 두어 번 포착되었다. 아니면 헤르츨 회관 일층 신문 (읽는) 방 뒤에 있던 연구실에 숨어서 무얼 휘갈겨 쓰다가 발견되거나. 내가 어떻게든 헤룻당과 관련이 있으며, 수정주의 노선의 일가에게서 자라났다는 매카시적 소문이 돌자, 나는 증오받던 선동 정치가이자 노동운동의 대적, 메나헴 베긴과 애매한 연관 관계에 있다는 의혹을 받았다. 요약하자면, 비틀린 양육과 돌이킬 수 없게 꼬인 유전자라고 할까.

내가 아버지와 일가에 반항해서 훌다로 왔다는 사실은 내게 아무런 도움도 주지 못했다. 나는 헤릇의 변절자가 되는 명성도 받지 못했고, 또한 에디슨 대강당에서 베긴이 연설하는 동안 주체를 못하고 웃었던 것도 인정받지 못했다. '벌거벗은 임금님'에서 모든 사람들 중 가장 용감했던 어린 소년이 이곳 훌다에서는 마음이 비뚤어진 재단사들의 하수인이라는 의혹을 받은 것이다.

쓸데없이 나는 농장일은 잘하고 학교에서는 낙제하려 애썼다. 쓸데없이 나는 나머지 사람들처럼 다갈색 피부가 되려고 노력하며 스테이크처럼 햇볕을 쪼였다. 비록 전체 노동자계급 중에서는 아니더라도, 훌다에서는 가장 사회주의적인 사회주의자가 되려고 쓸데없이 시사논의 모임에 참석했다. 아무것도 내게 도움이 되지 않았다. 그들에게 나는 모종의 이방인이었고, 그래서 반 친구들도 내가 내 기묘한 방식을 포기하고 그들처럼 보통 사람이 되게 하려고 나를 무자비하게 괴롭혔다. 한번은 한밤중에 발정난 소는 없는지, 수컷에 긴급 주의가 요구되지는 않는지 점검하고 돌아와 보고하라고 나를 횃불도 없이 외양간까지 구보로 걷도록 쫓아낸 적도 있다. 다음엔 변기 닦는 당번으로 나를 내려보낸 적도 있다. 그리고 또 다음엔 오리 새끼 성별을 감별하라고 아동 농장으로 보낸 적도 있다. 도대체 내가 어디 출신인지 어떻게 잊어버리겠으며 그리고 내가 도착했던 곳에 대해 대체 어떻게 오해할 수 있겠나.

*

나로 말하자면, 내게서 예루살렘을 끄집어내는 과정과 갱생의 격통은 당연히 고통을 수반하는 것이기 때문에, 그 모두를 겸손하게 받아들였다. 짓궂은 장난과 굴욕을 열등감 때문이 아니라 내가 정말 열등하기 때문에 고통받는 것이므로 당연하다고 생각했다. 먼지와 태양으로 그을린 튼튼한 체격의 소년들과 자신만만하게 걸어가는 소녀들, 그들은 이 땅의 소금이자 만물의 영장이었다. 반신반인만큼이나 잘생기고, 가나안 땅의 밤만큼이나 아름다운.

전부—나만 빼고.

아무도 내 선탠에는 넘어가지 않았다. 그들 모두 내 피부가 진갈색으로 그을린 때조차도 내 속은 여전히 파리하다는 것을 분명히 잘 알고 있었다—나 자신조차도. 내가 억지로 목초지에 관개 수로 호스 놓는 법과 트랙터 모는 법, 낡은 체코 라이플로 사격장 내의 목표물을 맞히는 법을 배웠다 해도, 여전히 내 타고난 성정을 완전히 바꾸지는 못했다. 모든 위장망을 통해 나는 누군가는 여전히 꿰뚫어 볼 수 있는 약하고, 마음씨 곱고, 수다스러우며, 상상에 잠긴 도시 남자애, 여기서는 결코 일어날 수 없으며 누구의 흥미도 불러일으키지 못할 온갖 종류의 이상한 이야기들을 지어내는 그런 도시 남자애를 온몸에 둘러쓰고 있었다.

그에 반해 그들은 모두 내게 영광스러운 이들 같았다. 20미터 밖에서 왼발로 득점을 할 수 있고, 눈꺼풀 하나 깜짝하지 않고 닭 모가지를 비틀며, 밤에 가게에 침입해 한밤중의 잔치를 위해 식료품을 좀도둑질

할 수 있는 커다란 남자애들과, 30킬로그램의 가방을 등에 지고 30킬로미터를 도보 행군할 수 있고, 그러고도 여전히 힘이 남아돌아 밤늦게까지 파란색 스커트를 휘날리며 춤추던, 마치 중력의 힘이 그들에게 경의를 표하며 통하지 않아서, 새벽까지 우리와 둥그렇게 둘러앉아 별이 가득한 하늘 아래 등을 맞대고 우리에게 노래를, 가슴이 찢어지는 비통한 노래를 해주던, 너무나 순결하고, 너무나 천상의 것 같으며, 천사들의 합창단만큼이나 순수하기에 진정 사람을 열광시키는 순결한 빛을 발하며 노래하던 용감한 여자애들.

*

그렇다, 정말. 나는 내 분수를 알았다. 잘난 척하지 마라. 자기 분수를 넘어선 이상을 품지 마라. 최선이라고 생각한다고 해서 쓸데없이 나서지 마라. 참으로, 모든 사람은 평등하게 태어났고, 그것이 키부츠 생활의 근본 원리이지만, 사랑의 영역은, 평등주의 위원회가 아니라 자연의 영역에 속한다. 그리고 사랑의 영역은 작은 잡초가 아니라, 강력한 삼나무에 속한다.

그래도, 고양이도 임금님을 쳐다볼 수 있다*고 속담은 말한다. 그래서 나는 하루종일, 그리고 밤에 침대에서도 그들을 보고, 눈을 감고서도 그 헝클어진 머리칼의 미녀들, 그들을 보는 일을 멈추지 않았다. 특히, 나는 소녀들을 보았다. 어떻게 보았느냐. 열띤 눈을 그들에게 고정

---

* 천한 사람에게도 응분의 권리가 있다는 뜻의 히브리 속담.

시켰다. 잠자리에서조차 탐내는 듯한 내 젊은 남자의 눈은 주체를 못하고 그들에게로 향했다. 어떤 그릇된 희망을 키워서가 아니라. 나는 그들이 내 인연이 아니라는 걸 알고 있었다. 그 소년들은 웅장한 수사슴이고 나는 비참한 벌레였다. 그 소녀들은 우아한 가젤이고, 나는 울타리 뒤에서 울부짖는 방황하는 자칼이었다. 그리고 그들 가운데—종의 추인—닐리가 있었다.

소녀들 하나하나가 태양처럼 빛났다. 한 명 한 명 모두가. 그러나 닐리는—그녀는 언제나 전율하는 기쁨의 교제에 둘러싸여 있었다. 닐리는 언제나 걸어다니며 길 위에서, 잔디 위에서, 숲에서, 화단 사이에서 노래했고, 걷는 동안 흥얼거렸다. 그리고 노래하지 않고 걸을 때조차, 마치 노래하고 있는 것처럼 보였다. 대체 무슨 일일까, 왜 그녀는 늘 노래하고 있을까, 나는 고통스럽던 열여섯 살 저 깊은 곳에서부터 때때로 자문하곤 했다. 이 세상이 뭐가 그리 좋을까? 어떻게, "그런 잔인한 운명에서/ 빈곤과 슬픔에서/ 미지의 어제와/ 비전 없는 내일에서," 그런 삶의 기쁨을 끌어낼 수 있을까? 그녀는 "에브라임의 산들은/ 새로운 젊은 희생자를 받았노라/ ……그리고 그대처럼 우리는/ 조국을 위해 우리의 삶을……" 들어본 적이 없나?

그것은 경이로움이었다. 그것은 거의 나를 격분시키면서도 매료시켰다. 한 마리 반딧불처럼.

*

키부츠 훌다는 깊은 어둠에 둘러싸였다. 매일 밤 검은 심연이 방어선 울타리를 따라 램프의 노란 불빛 너머 2미터에서 시작해서 하늘 저 먼 별들까지, 밤이 끝나도록 계속되었다. 철조망 울타리 너머엔 텅 빈 들판, 인적이 끊긴 과수원, 아무 생명도 없는 언덕, 밤바람 속에 버려진 농장, 아랍 마을의 폐허가 숨어 있었다—온통 주변이 조명으로 가득찬 오늘날과는 다르게. 1950년대 훌다 밖의 밤은 여전히 완전히 텅 비어 있었다. 그리고 이 거대한 공허 속에 침투자인 페다이온들이 밤의 심장을 통과해 기어왔다. 그리고 이 거대한 공허 속에, 군침을 흘리며 미치광이같이, 등골 오싹한 울음소리로 우리 잠을 깨우고 동이 터가는데 피를 얼어붙게 하던 자칼들이 어슬렁거리던 곳에는, 언덕 위 나무도, 올리브숲도, 농작물 들판도 있었다.

심지어 울타리로 보호받던 키부츠 수용소 안에도 밤이면 빛이 그리 많지 않았다. 여기저기서 지친 램프가 희미한 빛의 웅덩이를 던졌고, 그다음엔 짙은 어둠이 다음 램프가 올 때까지 군림했다. 머리를 감싼 야경꾼이 닭장과 우사 사이를 순찰했고, 삼십 분이나 한 시간마다 어린이 구역 당번을 맡은 여자가 뜨개질감을 내려놓고 탁아소부터 아동학교까지 순찰하고 돌아왔다.

우리는 매일 공허와 슬픔의 먹이가 되지 않기 위해 소란스럽게 떠들어야 했다. 매일 저녁 함께 모여, 어둠이 우리 방과 우리 뼛속까지 기어들어와 우리 영혼을 소멸시키지 못하도록 거칠고 뭔가 시끌벅적한 일을, 한밤중이나 혹은 더 늦게까지 벌였다. 우리는 모두, 어둠을, 침묵을, 그리고 자칼의 울음소리를 쫓아내려 노래하고, 소리지르고, 폭식하고, 논쟁하고, 맹세하고, 잡담하고, 농담을 지껄였다. 그 시절엔 텔레비전도, 비디오도, 스테레오도, 인터넷도, 컴퓨터 게임도 없었고,

심지어 디스코텍이나 술집도 없었으며, 디스코 음악도 없었다. 한 주에 한 번 수요일마다 헤르츨 하우스나 마당 잔디밭에서 하는 영화만이 있었을 뿐이다.

매일 저녁 우리는 함께 모여 스스로 빛과 재미를 창조해내려 애써야 했다.

대부분 갓 사십대인데도 우리가 '구닥다리들'이라 부르던 키부츠의 나이든 구성원 중에는, 너무나 많은 의무와 책임과 실망거리와 모임과 위원회와 과일 따는 세세한 일들, 토론, 책임 당번표, 연구 모임, 파티 모임, 넘쳐나는 문화주의와 판에 박힌 일과에서 빚어지는 마찰로 인해 내적인 빛이 꺼지는 이들이 많았다. 그들 중 상당수가 이미 탈진 상태였다. 아홉시 반이나 아홉시 사십오분쯤 되면 베테랑 지구 작은 임대 아파트 창문에는 희미한 불빛들이 차례로 꺼졌다. 내일이면 그들은 다시, 과일을 따고 우유를 짜고, 들판이나 공동 주방에서 일하기 위해 네 시 반에 일어나야 했다. 그런 밤 시간에 빛은 훌다에서 희귀하고 진귀한 일용품이었다.

그리고 닐리는 한 마리 반딧불이었다. 반딧불 이상이었다. 발전기, 온전한 발전소.

*

닐리에게서는 넘치는 삶의 기쁨 같은 것이 스며나왔다. 그녀의 기쁨은 무제한적이고 억제되지 않은 것으로, 운율이나 이유도 근거나 동기도 없었으며, 유쾌함을 넘쳐나게 할 만한 것은 아무것도 없었다. 물론,

나는 때로 그녀가 잠시 잠깐 슬퍼하는 것도, 누군가 그녀에게 잘못을 하거나 모욕했다고 그녀 자신이 정말 그렇게 생각하거나 혹은 잘못 생각할 때 내놓고 우는 모습도, 혹은 부끄러움도 잊은 채 슬픈 영화를 보고 흐느끼거나, 소설의 마음 아픈 페이지에 한탄하는 것도 보았다. 그러나 그녀의 슬픔은, 그 열기가 지구의 핵에서 바로 흘러나오기에 어떤 눈이나 얼음도 차게 식힐 수 없는 온천수처럼, 언제나 강력한 삶의 기쁨이라는 괄호 안에 견고하게 에워싸여 있었다.

그것은 그녀의 부모로부터 나왔다고 해도 무방했다. 그녀의 어머니 리바는, 예컨대, 주변에 음악 소리가 없어도 머릿속에서 울리는 음악을 들을 수 있었다. 그리고 도서관 사서이던 아버지 셰프텔은 회색 내의 차림으로 키부츠 주변을 걸어다니면서 노래하고, 정원에서 일하면서 노래하고, 등에 무거운 부대 자루를 지고도 노래하고, "괜찮아질 거예요"라고 말할 때는, 의심의 그림자나 기탄 없이 언제나 참으로 그렇다고 믿었다. 걱정하지 마세요, 곧 괜찮아질 거예요.

열다섯인가 열여섯 살짜리 키부츠의 기숙생으로서, 나는 닐리에게서 퍼져나오는 그 기쁨을 보름달을 보듯이 보았다. 멀리 있고, 닿기 어렵지만, 매혹적이고 유쾌한 것으로.

물론, 오로지 멀리서만. 나는 보잘것없었다. 이처럼 찬란한 빛은 나 같은 녀석에겐 그저 보는 것만 간신히 허락될 뿐이었다. 내 남은 학교생활 2년과 군 복무 기간 동안, 나는 홀다 밖에 여자친구가 있었지만, 반면 닐리에게는 줄줄이 왕자같이 빛나는 구혼자들이 있었고, 그 주위로 매혹에 걸려 어질어질해진 추종자들로 이루어진 제2의 그룹, 온화하고 겸손한 제3의 신봉자 그룹, 멀리서 추종하는 찬미자들로 이루어진 제4의 그룹, 이따금 부지중에 단 한줄기 흘러나온 광선이 스쳐간, 그 지나친 손길이 한 일이 무엇인지 상상할 수조차 없는 그런 작은 잡초인, 나를 포함한 제5, 제6의 그룹이 있었다.

*

내가 홀다 문화관의 허름한 밀실에서 시를 휘갈겨 쓰다가 들키자 마침내 나에게서는 좋은 것이 나오지 않는다는 것을 모두 분명히 알게 되었다. 그럼에도 불구하고 난국을 잘 수습하려고 그들은 내게 다양한 행사에 적합한 시를 짓는 임무를 주기로 결정했다. 축제, 가족 행사, 결혼과 잔치, 그리고 필요하면 장례 송덕문과 기념 책자의 시구까지. 영혼이 깃든 내 시로 말하자면, 나는 간신히 그것들을 숨겼지만(낡은 침대 매트리스 지푸라기 깊은 곳에), 때때로 참을 수 없어 닐리에게 보여주었다.

왜 하필 많은 사람들 중에, 닐리였을까?

어쩌면 내 어둠의 시들이 햇살에 노출되는 순간 아무것도 아닌 것으로 어떻게 부서지는지, 어떤 것이 살아남는지 점검해볼 필요가 있었는지도 모른다. 오늘날까지도 닐리는 내 첫 독자다. 초안에서 뭔가 잘못된 것이 발견되면 그녀는 이렇게 말한다. 그냥 먹히지 않아요. 지워버려요. 앉아서 다시 써봐요. 아니면. 글쎄. 전에 들었던 거예요. 어딘가에 이미 쓴 적이 있다고요. 같은 말을 되풀이할 필요는 없어요. 그러나 뭔가 마음에 들면, 그녀는 그 페이지를 쳐다보며, 특정한 표정을 지어 보이고 말한다, 방이 넓어진 것 같아요. 그리고 뭔가 슬픈 것이 나오면 그녀는, 그 페이지에서 눈물이 났어요, 라고 말한다. 혹은 뭔가 재미있는 것이 있으면, 웃음 폭탄을 터뜨린다. 그녀 다음으로는, 내 딸들과 아들이 초고를 읽는다. 그들 모두 예리한 눈과 좋은 귀를 가지고 있다. 잠시 후, 몇몇 친구들이 내가 쓴 것을 읽게 될 터이고, 그다음엔 독자들이, 그리고 독자들 다음엔 문학 전문가와 학자들, 비평가들, 조총 부대들이 나오겠지. 그러나 그때쯤이면 나는 더이상 거기에 없을 것이다.

*

그 시절 닐리는 만물의 영장들과 데이트를 했고, 나는 눈을 높은 데 두고 있지 않았다. 그 공주는 구애자들의 틈에 둘러싸여, 농노의 오두막을 지나쳐 걸어갔고, 그는 기껏해야 그녀를 올려다보고, 눈부셔하며 그런 행운을 감사했는지도 모른다. 그런고로, 어느 날 그 햇빛이 갑자기 그 달의 어두운 면을 비추는 일이 벌어졌을 때 훌다와 심지어 인근 마을에까지 미친, 그 흥분이란. 그날 훌다에서는, 소가 알을 낳았고, 포도주가 암양의 젖통에서 나왔으며, 유칼립투스 나무에서 젖과 꿀이 흘러나왔다. 북극곰이 외양간에서 나타났으며, 일본 천황이 세탁장 옆에서 A. D. 고르돈의 작품을 암송하며 돌아다니는 것이 발견되었고, 산들은 포도주를 쏟아내고, 모든 언덕이 녹았다. 태양은 77시간 동안 사이프러스 나무 위에서 가만히 멈춰 서서 지는 것을 거부했다. 그리고 나는 텅 빈 남자 샤워장으로 가서, 문을 잠그고 들어가, 거울 앞에 서서, 거울아, 벽에 걸린 거울아, 어떻게 이런 일이 생긴 건지, 말해줄래? 내가 뭘 했기에 이런 걸 받을 자격이 있지? 하고, 큰 소리로 물었다.

62

어머니가 죽었을 때 그녀의 나이는 서른여덟이었다. 지금 내 나이는, 그녀의 아버지뻘이다.

어머니의 장례식 후, 아버지와 나는 며칠 동안 집에 있었다. 그는 일을 나가지 않았고 나는 학교에 가지 않았다. 공동주택 아파트 문은 하루종일 열려 있었다. 우리는 계속 이어지는 이웃들, 아는 사람들, 친척들의 물결을 받아냈다. 친절한 이웃들은 모든 방문객을 위해 청량음료, 커피, 케이크와 차를 준비하려 자진해서 대책을 강구했다. 그들은 때로 더운 식사를 대접하려 나를 자기 집에 초대했다. 나는 공손히 수프를 한 스푼 조금 떠 마시고, 고기만두 한 개를 반쯤 먹은 후, 서둘러 아버지에게 돌아갔다. 아버지를 거기 홀로 두고 싶지 않았다. 그가 혼자 있었던 건 아니지만. 아침부터 밤 열시나 열시 반까지 우리 아파트는 조문객들로 차 있었다. 이웃들은 의자를 그러모아 서재 벽 둘레로 둥글게 배치해놓았다. 낯선 외투들이 하루종일 부모님 침대 위에 켜켜이 쌓여 있었다.

할아버지와 할머니는 아버지 눈에 너무 자주 띄어서, 아버지의 요청으로 대부분의 시간 동안 다른 방에 가 있었다. 알렉산더 할아버지는 갑자기 딸꾹질처럼 꺽꺽거리는, 시끄러운 러시아식 울음을 터뜨렸고, 반면 할머니는 방문객들과 주방 사이를 이리저리 뛰어다니며, 반강제로 컵과 케이크 접시를 손님들로부터 잡아채, 주방용 세제로 조심스레 설거지하고 헹궈서 말린 후 찬장에 넣어놓는 일을 그치지 않았다. 사용 후 즉시 씻지 않은 티스푼은 슐로밋 할머니에겐 대재앙을 초래하는 위험한 병력의 하수인과도 같았다.

그래서 할아버지와 할머니는, 아버지와 나와 함께 앉아 있은 후에도 좀더 머무르는 게 낫겠다고 느낀 방문객 몇을 데리고 서로 다른 방에 앉아 있었다. 알렉산더 할아버지는 며느리를 사랑하고 늘 그녀의 슬픔을 두려워하던 분으로, 맹렬한 아이러니에 고개를 끄덕이고, 이따금 큰 울음을 터뜨리며 방을 왔다갔다하며 걸어다녔다.

"어떻게 이런 일이?! 아니 왜?! 그렇게 예쁘고! 그렇게 젊은데! 그렇게 재능도 많고! 그렇게 유능한 애가! 왜?! 누가 말 좀 해줘?!"

그러고는 방을 등지고 마치 딸꾹질이라도 하듯이, 어깨를 격렬하게 떨면서 큰 소리로 울며 방구석에 돌아서 있었다.

할머니가 그를 나무랐다.

"주시아, 그만 좀 해요. 그만하면 됐어요. 당신이 이런 식으로 행동하면 로니아와 애는 참을 수가 없다고요. 그만해요! 자제를 좀 하라니까요! 정말이지! 로니아와 애한테, 어떻게 행동해야 하는 건지 좀 배워요! 정말로!"

할아버지는 곧바로 할머니 말에 순복하고 앉아, 얼굴을 두 손에 묻었다. 그러나 이십여 분도 안 되어 또다시 어찌하지 못하고 마음속에서부터 울음을 터뜨렸다.

"그렇게 젊고! 그렇게 예쁘고! 천사 같고! 젊고! 그렇게 젊은 것이! 왜?! 누가 말 좀 해줘?!"

*

어머니의 친구들이 왔다. 타르붓 김나지움 시절 친구인, 릴리아 바르 삼카, 루첼레 엔젤, 에스테르카 바이너와 파니아 바이츠만과 다른 여자들 한두 명. 그들은 차를 조금 마시며 자기 학교에 대해 이야기했다. 그들은 소녀 시절 어머니와 모든 소녀들이 남몰래 반했던 카리스마 넘치던 교장 이사하르 레이스, 그리고 다소 불운했던 그의 결혼에 대해 추억에 잠겼다. 다른 선생님들에 대해서도 이야기를 나누었다. 그러다가 릴렌카 아주머니가 생각에 잠기더니, 아버지에게 자신들이 이런 식으로 말하고 회상하며 이야기를 나누는 게 맘에 걸리지 않는지 조심스레 물었다. 차라리 뭔가 다른 것에 대해 이야기하는 편이 나을까요?

그러나 아버지는 면도도 하지 않은 모습으로, 어머니가 잠을 못 이루며 밤 시간을 보내던 바로 그 의자에 하루종일 지친 모습으로 앉아, 그저 무관심하게 고개를 끄덕이며 그들에게 계속하라는 손짓만 할 뿐이었다.

릴리아 바르 삼카 박사, 즉 릴리아 아주머니는, 내가 아주머니가 요구하는 대화를 정중히 피해가려 하는데도, 자신과 내가 흉금을 터놓고 대화를 해야 한다고 고집했다. 다른 방은 할아버지, 할머니, 다른 친가 친척들이 차지하고 있었고, 주방은 친절한 이웃들로 가득했으며, 슐로밋 할머니는 끊임없이 그릇과 티스푼을 세척하려고 이리저리 돌아다니고 있었기 때문에, 릴리아 아주머니는 내 손을 잡아 이끌어 욕실로 데리고 가더니, 문을 잠갔다. 아주머니와 닫힌 욕실 안에 갇힌 것은 다소 불쾌하고 이상한 느낌이었다. 그러나 릴리아 아주머니는 나를 향해 빙긋 웃었고, 뚜껑을 닫은 변기에 앉더니 나를 자기와 마주보게 하고 욕조 끄트머리에 앉혔다. 그녀는 잠시 동안 침묵 속에 눈에 눈물이 가득 고인 채 측은하게 나를 바라보더니, 어머니나 로브노의 학교에 대해서가 아니라 예술의 위대한 힘과 예술과 영혼의 내면 생활의 연결고리에 대해 말하기 시작했다. 그녀가 한 말은 나를 움찔거리게 했다.

그러더니 다른 목소리로, 그녀는 내게 어른으로서, 지금부터는 내가 아버지를 돌봐야 하며, 그의 어두운 삶에, 예를 들자면 학교에서 특별히 잘해서 작은 만족감이라도 드림으로써 빛을 가져다줘야 할 내 새로운 책임에 대해 이야기했다. 그러더니 내 감정에 대해 이야기를 계속했다. 그녀는 내게 무슨 일이 벌어졌는지 듣고 내가 뭘 생각하고 있는지 알아내야 했다. 그 순간 내가 느낀 감정이 어떤 것이었는지? 지금 느끼고 있는 감정은 무엇인지? 나를 도우려고 그녀는 마치, 내가 마음에 드는 것을 택하거나 적용되지 않는 것을 지워나갈 수 있도록 이끌듯이, 다양한 감정의 종류를 열거하기 시작했다. 슬픔? 두려움? 근심?

갈망? 혹은 약간의 분노? 경악? 죄책감? 때로는 죄책감이 이런 경우에 일어날 수 있다는 걸 너도 듣거나 읽어보았을지도 모르니까? 아니야? 그럼 불신의 감정? 고통? 아니면 새로운 현실을 받아들이기를 거부하는 마음?

나는 죄송하다고 잘 말하고 일어났다. 나는 그녀가 문을 닫고 나서 열쇠를 주머니에 감췄을까봐, 그리고 그녀의 모든 질문에 하나씩 차례로 다 대답하기 전까지는 나가지 못하게 할까봐 잠시 두려웠다. 그러나 열쇠는 여전히 열쇠 구멍에 꽂혀 있었다. 나는 나오면서 등뒤로 여전히 걱정스러워하는 그녀의 음성을 들을 수 있었다.

"이런 대화는 어쩌면 네게 아직 좀 이른지도 모르지. 대화할 준비가 되면, 조금도 주저하지 말고, 와서 얼굴을 보고 얘기를 좀 하자는 말이라는 것만 기억하렴. 나는 네 불쌍한 어머니, 파니아가 너와 내가 깊은 유대를 계속해나가기를 아주 많이 원했으리라 믿어."

나는 도망쳤다.

*

예루살렘 헤룻당의 저명한 인사 서넛이 아버지와 함께 거실에 앉아 있었다. 그들은 각자의 부인과 함께 벌써 카페에서 우연히 만나, 작은 대표위원처럼 모여 한차례 우리를 애도했다. 그리고 정치적인 대화로 아버지의 기분을 전환시키자고 사전에 작정했다. 그 당시 크네세트에서는 수상 벤구리온이 서독의 수상 아데나워와 함께 서명한 배상금 합의, 즉 헤룻당이 불명예와 혐오이자 나치 희생자의 기억에 대한 간과와 신생 국가의 양심에 씻을 수 없는 오점으로 여기던 그 합의 때문에 논쟁이 있었던 듯하다. 우리를 위로하던 이들 중 몇몇은 어떤 희생을 치르더라도, 설령 유혈 참사가 있더라도, 이 합의를 좌절시키는 것이 우리의 의무라는 시각을 견지했다.

아버지는 대화에 거의 참여하지 않고, 다만 두어 번 고개를 끄덕였지만, 나는 이 예루살렘 고관들에게 욕실에서의 대화 이후 내가 느꼈던 괴로움을 씻어낼 방편으로 몇 마디 하고자 하는 용기에 불타올랐다. 칠판 위 찍찍대는 분필 소리처럼 내 속에서 거슬리고 있던 릴리아 아주머니의 단어들. 이후 수년 동안 내 얼굴은 욕실에서의 대화를 떠올릴 때마다 본의 아니게 경련을 일으키곤 했다. 지금까지도 그 일을 떠올릴 때면, 꼭 썩은 과일을 베어 문 것 같은 느낌이 든다.

이후 헤룻당의 지도자들은 배상금 합의에 대한 자신들의 의분으로 알렉산더 할아버지를 위로하려고 다른 방으로 갔다. 나는 우리의 살인자들과 함께 이루어진 혐오스러운 합의를 뒤엎는 걸 겨냥하고 마침내 벤구리온의 빨갱이 정권을 몰아낼 일격 계획에 대한 논쟁에 계속해서 한몫 끼고 싶어서, 그들과 같이 움직였다. 그들과 동행한 데는 또다른 이유가 있었다. 릴리아 아주머니가 욕실에서 나와서 아버지에게 자신이 가져온 잘 듣는 진정제를 복용하라면서, 그게 기분을 훨씬 좋게 해줄 거라고 충고하고 있었던 것이다. 아버지는 인상을 찌푸리며 거절했다. 아버지는 이번만큼은 그녀에게 감사의 말을 전하는 것조차 잊어버렸다.

*

토렌 씨와 렘베르그 씨와 로젠도르프 씨와 바르 이츠하르 씨 부부가 왔고, '아동의 집'에서 게첼과 이사벨라 나할리엘리 씨, 케렘 아브라함에서 아는 이들과 이웃들, 경찰 본부장이던 두덱 아저씨와 그의 쾌활한 아내 토시아가 왔고, 페퍼만 박사님이 신문 부서 직원들과 함께 왔으며, 국립도서관의 다른 부서 사서들도 왔다. 슈타체크와 말라 루드니츠키 부부가 왔고 여러 학자들과 서적상들과 텔아비브에서 아버지의 출판업자이던 요슈아 차치크 씨도 왔다. 클라우스너 교수님인, 요셉 큰할아버지까지 어느 저녁, 매우 황망해하고 감정적인 모습으로 나타났다. 그는 조용히 아버지의 어깨 위로 노인의 눈물을 흘리며, 예를 갖춘 몇 마디 조문의 말을 중얼거렸다. "고인의 명복을 빌며, 삼가 조의를 표합니다." 카페에서 면식 있던 사람들이 왔고, 예루살렘의 작가들인 예후다 야아리, 슈라가 카다리, 도브 킴히, 이츠하크 셴하르가 왔으며, 할킨 교수와 그의 부인, 이슬람 역사 전문가인 베넷 교수, 기독교 스페인 시대의 유대 역사 전문가이던 이츠하크 프리츠 베어 교수도 왔다. 그 대학의 뜨는 별이던 서너 명의 젊은 강사들도 방문했다. 타흐케모니 학교에서 선생님 두 분도 왔고, 반 친구 몇 명도 왔으며, 깨진 장난감과 인형 수리공이자 인형 병원이라고 새로 명명한 작은 가게 주인인 크로츠말 일가, 토시아와 구스타브 크로츠말 씨도 왔다. 체르타와 야콥 다비드 아브람스키도 왔다. 독립전쟁 말에 큰아들 요나단이 요르단 저격병에게 살해당한 부부. 몇 년 전 토요일 아침 요니가 마당에서 놀고 있고, 그의 부모는 우리와 같이 앉아 차를 홀짝이며 케이크를 먹고 있을 때 저격병의 총알이 열두 살짜리 요니의 이마를 관통했다. 그리고 앰뷸런스가 그를 태우러 경적을 울리며 우리 거리로 내려왔고, 잠시 후 사이렌 소리를 남긴 채 다시 병원으로 달려가고 있었고, 어머니가 그 사이렌 소리를 들으며, 우리는 인생의 계획을 세우며 보내지만, 바깥 어디엔가는 우리와 우리 계획을 비웃는 누군가가 있죠, 라고 말했다. 그리고 체르타 아브람스키 씨는, 맞아요, 인생이 그렇죠, 그리고 그렇지 않으면 절망이 그걸 대신할까봐, 사람들은 늘 계획들을 세워가는 일을 계속하겠죠, 라고 말했다. 이웃 하나가 와서 조용히 아브람스키 부부를 불러내 진실을 축소해서 말해준 것은 바로 십여 분 뒤의 일이었고, 너무나 서둘러 그를 따라가느라, 체르타 아줌마는 신분증과 지갑이 들어 있는 핸드백도 두고 갔다. 다음날 우리가 조문하러 갔을 때 아버지는 조용히 아브람스키 씨와 그녀를 안아준 후, 그녀에게 핸드백을 건네주었다. 이제는 그들이 눈물이 가득해서 아버지와 나를 끌어안았지만, 우리에게 핸드백을 건네지는 않았다.

아버지는 눈물을 참았다. 어쨌든, 내 앞에서는 결코 울지 않았다. 그는 눈물이란 남자가 아니라 여자에게 적합한 것이라고 굳게 믿었다. 상중인 걸 드러내듯 면도도 하지 않았기에, 그의 얼굴은 날마다 점점 더 어두워져갔고, 방문객에겐 고개를 끄덕여 인사하고, 방문객이 떠날 때도 다시 고개를 끄덕이며, 진종일 어머니의 낡은 의자에 앉아 있었다. 마치 어머니의 죽음이 침묵을 깨려던 그의 습관을 고쳐주기라도 한 것처럼 그는 그 기간 동안 거의 아무 말도 하지 않았다. 다른 사람들이 어머니에 대해, 책에 대해, 책 서평에 대해, 정치의 우여곡절에 대해 말하게 내버려두고, 며칠씩 계속해서 조용히 앉아 있었다. 나는 아버지 맞은편에 앉아 있으려 애썼다. 거의 하루종일 그에게서 눈을 떼지 않았다. 그리고 언제든 내가 그의 의자 가까이로 지나갈 때마다 그는 지친 모습으로 내 팔이나 등을 한두 번 토닥였다. 이런 토닥임과 관계없이 우리는 서로 아무 말도 하지 않았다.

*

어머니의 부모님과 어머니 자매들은 상중에도, 그 이후에도 예루살렘에 오지 않았다. 그들은 벌어진 일이 아버지 탓이라고 여기고 그를 보려고 하지 않아서, 텔아비브에 있는 하야 이모의 아파트에서 따로 상을 치렀다. 장례식 때조차, 아버지는 자기 부모님과 걷고, 어머니의 자매들은 그들 부모와 걸었고, 듣기론, 그 두 진영 사이에는 말 한마디 오가지 않았다.

나는 어머니 장례식에 참석하지 않았다. 릴리아 아주머니, 레아 칼리슈 바르 삼카는 감정 일반의, 특히 아동 교육의 전문가로 평가받았는데, 매장 과정이 아동 정신에 역효과를 가져올 수도 있다고 염려했다. 그리고 이후 무스만 일가는 다시는 예루살렘 우리집에 발을 들여놓지 않았고, 아버지는 아버지대로, 그들이 보인 의혹에 아주 상처받아서, 그들을 방문하지도 않고 그들과 어떤 교유도 하지 않았다. 수년간 나는 중개자였다. 첫 주에 나는 어머니 소지품과 관련해서 애매모호한 메시지를 전했고, 두어 번은 소지품을 운반하기도 했다. 이후 몇 년간 이모들은 우리집에서의 일상생활에 대해, 아버지와 친조부님의 건강에 대해, 아버지의 새 아내와 심지어 우리집의 물질적인 문제에 대해서까지 나를 조심스레 심문하곤 했지만, 내가 대답하기 시작하면 고집스레 짤막하게 잘라먹었다. 알고 싶지 않다. 혹은, 그걸로 됐어. 이미 들은 걸로 넘치도록 충분해.

아버지는 아버지대로, 내게 이모들에 대해서나, 그들 가족이나, 키리얏 모스킨에 있는 외조부님에 대해 때때로 넌지시 단서가 될 만한 것들을 물었지만, 이 분 후 내가 대답하기 시작하면 얼굴이 고통으로 노랗게 질리면서 그만하라고 더 자세한 것까지 들어갈 필요는 없다고 손사래를 쳤다. 1958년 친할머니인 슐로밋 할머니가 돌아가셨을 때, 이모들과 외조부님은 자신들 무스만 일가가 클라우스너 일가 중에 정말 따뜻한 가슴을 지닌 유일한 가족 구성원으로 여기던 알렉산더 할아버지에게 조문의 말을 전해달라고 내게 부탁했다. 그리고 15년 후, 내가 알렉산더 할아버지에게 외할아버지가 돌아가셨다는 소식을 전했을 때 그는 자기 손을 꽉 쥐더니 두 손으로 귀를 감싸고 슬픔보다 더 큰 분노로 목청을 높여 말했다. "보제 모이! 아직도 그렇게 젊은 양반이! 명료하지만, 재미있던 양반이! 깊이 있고! 얘야, 내 이 온 심장이 그 양반 때문에 울고 있다고 전해다오! 바로 이 말 그대로 전하는 거 명심해라. 알렉산더 클라우스너의 가슴이 친애하는 헤르츠 무스만 어른의 때 아닌 죽음으로 울고 있다고!"

*

조문 기간이 끝난 후, 마침내 공동주택이 텅 비자, 아버지와 나는 문을 걸어 잠그고 함께 혼자가 되어 서로 말도 거의 하지 않았다. 아주 필수적인 일들에 대한 것만 빼고. 부엌문이 망가졌다. 오늘은 우편물이 없다. 욕실은 사용 가능한데 휴지가 없다. 우리는 마치 하지 않았더라면 더 좋았을 일을 함께 저지르고 부끄러워하듯이, 그리고 정말 최소한 그에 대해 네가 알고 너에 대한 모든 것을 그가 아는 파트너 없이 조용히 수치를 당할 수 있었더라면 더 나았을 것처럼 서로 눈을 마주치는 일도 피했다.

우리는 결코 어머니에 대해 이야기하지 않았다. 단 한마디도. 혹은 우리 자신에 대해서도. 혹은 최소한 감정이 담긴 그 어떤 것에 대해서도. 우리는 냉전에 대해 이야기했다. 우리는 압둘라 왕 암살에 대해, 그리고 2차 전투의 위협에 대해 이야기했다. 아버지는 내게 상징과 우화, 알레고리의 차이점에 대해 설명해주었고, 무용담과 전설의 차이점에 대해서도 설명했다. 자유주의와 사회민주주의의 차이에 대한 명확하고도 분명한 답변을 해주기도 했다. 그리고 매일 아침, 심지어, 습하고 안개 자욱한 1월의 잿빛 아침에도 동이 트면 언제나 바깥의 흠뻑 젖은 나뭇가지에 얼어붙은 가여운 새의 짹짹 지저귀는 소리, 엘리제가 있었다. "티-다-디-다-디……" 그러나 이 겨울 깊은 곳에서 그 노래는 여름에 그랬던 것처럼 몇 번 되풀이되지는 못하고, 말해야 하는 것을 한 번 말하고 침묵에 빠져들었다. 나는 이 페이지를 쓰는 지금까지도 어머니에 대해 좀처럼 이야기해본 적이 없다. 아버지와도, 아내와도, 내 아이들과도, 아니면 다른 누구와도. 아버지가 죽고 난 후 나는 그에 대해서도 거의 이야기하지 않았다. 마치 내가 버려진 아이이기라도 한 것처럼.

*

재앙이 지난 후 처음 몇 주간 집은 엉망이 됐다. 아버지도 나도 방수포가 깔린 부엌 식탁에서 남은 음식을 치우지 않았고, 남아 있는 깨끗한 접시가 하나도 없어서 접시 몇 개와 포크, 나이프를 건져내, 수도꼭지 아래서 헹궈내야 할 때까지 더러운 싱크대의 지저분한 물에 담가둔 접시에 손도 대지 않았으며, 식기들을 다 쓴 후에는 악취를 풍기기 시작한 설거지 더미 위에 쌓아두었다. 우리 둘 다 쓰레기통을 비우려 들지 않았기 때문에 쓰레기가 넘쳐나 냄새를 풍겼다. 우리는 제일 가까이 있는 의자 위로 옷을 던져두었고, 의자가 필요하면 간단하게 위에 있던 옷들을 바닥으로 내던졌고, 바닥은 책이며 종이, 과일 껍질, 더러운 손수건과 누레진 신문으로 빽빽했다. 잿빛 먼지 덩어리가 바닥을 떠다녔다. 심지어 변기가 막혀도 우리 둘 다 손가락 하나 까딱하지 않았다. 더러운 세탁물 더미가 욕실에서 복도까지 넘쳐났고, 거기서 빈 병들과 마분지 상자들, 쓰던 봉투와 포장지의 난장과 뒤섞였다. (이것은 내가 소설 「피마」에서 피마의 아파트를 묘사했던 것과 유사하다.)

그런데 이 모든 혼돈 속에서도 깊은 상호 이해가 우리의 고요한 집을 다스리고 있었다. 아버지는 마침내 내 취침 시간을 주장하기를 포기했고 언제 불을 끌지 결정권을 내게 넘겼다. 나로 말하면, 학교에서 텅 비고 등한시된 집으로 돌아오면, 스스로 간단하게 먹을 것을 만들었다. 완숙 달걀, 치즈, 빵, 야채, 깡통에 든 정어리나 참치. 그리고 아버지가 대개 테라 상타 구내매점에서 일찍 뭔가 먹고 들어오는데도, 아버지를 위해서 달걀과 토마토와 빵 몇 장을 썰어 준비했다.

침묵과 수치에도 불구하고, 아버지와 나는 그 시절, 그전해 겨울, 어머니의 상태가 악화되어 그와 내가 가파른 경사면에서 부상당한 사람을 들것으로 실어나르는 사람들 같았던 1년 1개월 전처럼 가까워졌다.

이번에 우리는 서로를 들어 나르고 있었다.

그해 겨울 내내 우리는 창문 한 번 연 적이 없었다. 마치 그 아파트의 특별한 냄새를 잃을까 두려운 듯이. 마치 서로의 냄새가 편안한 듯이. 냄새가 탁하고 농축되어 있어도. 어머니가 잠들 수 없던 때 어머니 눈 밑에 있던 어둑한 반달이 아버지 눈 밑에 생겨났다. 나는 밤중에 공포에 휩싸여 깨어나, 아버지가 어머니처럼 슬프게 창문을 응시하며 앉아 있는 것은 아닌지, 그의 방을 엿보곤 했다. 그러나 아버지는 구름이나 달을 바라보며 창가에 앉아 있지 않았다. 그는 초록색 램프가 달린 작은 필립스 라디오를 사서, 자기 침대 곁에 두고 모든 걸 들으며 어둠 속에 누워 있었다. 한밤중에 이스라엘의 소리 방송이 끝나, 단조로운 지지직 소리로 교체되면, 그는 손을 뻗어 런던발 BBC 월드 서비스로 수신기를 돌렸다.

*

어느 날 오후 늦게 슐로밋 할머니가 우리를 위해 요리한 음식을 들고 갑자기 나타났다. 내가 문을 여는 순간 그녀는 자기 눈이 직면한 것에 의해, 혹은 그녀의 콧구멍을 급습하던 악취로 인해 질겁했다. 말 한마디 없이 그녀는 꽁무니를 빼고 달아났다. 그러나 다음날 아침 일곱시 그녀는 이번에는 두 명의 청소부와 청소 도구, 살균 소독제로 무장을 하고 돌아왔다. 그녀는 전술 사령 본부를 현관문 맞은편 마당 벤치에 설치하고, 거기서 사흘간 진행된 소탕 작전을 지휘했다.

그래서 아파트는 정돈되었고 아버지와 나는 가사를 무시하는 짓을 그만두었다. 청소부 중 한 명을 한 주에 두 번 오도록 고용했다. 아파트는 철저히 환기되고 청소되었고, 두어 달 후 심지어 우리는 아파트를 다시 꾸미기로 결정했다.

그러나 혼돈의 주간 이후 내내 나는 내 주변의 삶을 괴롭게 만드는 정돈에 대한 강박적인 욕망의 지배하에 있다. 제자리에 놓이지 않은 신문 스크랩 하나, 펼쳐져 있는 신문이나 닦아놓지 않은 컵 하나가, 정신까지는 아니더라도 내 마음의 평정을 위협한다. 지금까지도, 비밀경찰 같은, 프랑켄슈타인의 괴물 같은, 혹은 슐로밋 할머니의 깔끔함과 정돈에 대한 강박관념 같은 그 무언가를 지닌 나는, 불행히도 마룻바닥에서 발견된 어떤 가련한 물체를 시베리아 저 깊은 곳으로 무자비하게 추방해버리거나, 누군가 전화를 걸다 테이블에 남겨둔 편지든 소책자든 황량한 서랍장 어딘가에 숨겨버리고, 내 희생양 중 하나가 조금 식히려고 둔 커피를 쏟아버리고 잔을 헹궈서 식기세척기에 엎어놓고, 누군가 지각없이 잠시 눈을 뗀 열쇠며, 안경이며, 노트며, 약, 케이크 조각을 무자비하게 치워버리면서, 몇 시간마다 집을 쓸고 닦는다. 모든 것이 이 뒤죽박죽된 집에서 마침내 정돈되기 위해 이 탐욕스런 괴물의 아가리로 곤두박질한다. 아버지와 내가 우리가 먼지 가운데 앉아 질그릇 조각으로 몸을 긁어야 한다고 암묵적으로 동의하며 살던, 단 그녀가 알아야 한다는 조건하에, 그 시절 방식을 조금도 드러내지 않기 위해서.

*

어느 날 아버지는 어머니의 서랍장과 옷장의 어머니 쪽 칸에 맹공을 가했다. 그의 격노에서 살아남은 유일한 물건은 어머니의 자매들과 어머니의 부모님이 나를 경유해서 유품으로 요청한 몇 가지 품목뿐이었고, 사실 텔아비브로 가던 중 나는 질긴 노끈으로 동여맨 마분지 상자 안에서 그것들을 꺼내 본 적이 있다. 다른 여러 가지와 함께, 드레스, 치마, 신발, 공책, 스타킹, 머리 스카프, 목도리, 심지어 어머니의 유년 시절 사진이 가득 담긴 봉투까지 모조리, 그는 국립도서관에서 가져온 방수 부대에 쑤셔넣었다. 나는 강아지처럼 이 방 저 방 그를 따라다녔으며 그의 광기 어린 행동을 지켜보았다. 나는 그를 돕지도 막아서지도 않았다. 그저 소리 없이 아버지가 맹렬하게 어머니 침대용 탁자 서랍을 꺼내 값싼 보석이며, 공책, 환약갑, 책, 손수건, 차양, 잔돈 등 모든 내용물을 부대 하나에 다 비우는 것을 바라보았다. 나는 한마디도 하지 않았다. 그리고 어머니의 파우더 콤팩트와 머리빗과 욕실 용품과 칫솔까지. 모두 다. 나는 문설주에 기대어 아버지가 욕실에서 어머니의 파란색 화장복을 후크에서부터 북북 찢는 소리를 내며 잡아 찢어 부대에 집어넣는 것을 보며, 입을 다물고 선 채 공포에 질렸다. 이것이 기독교도 이웃들이 모순되는 감정으로 자기 마음을 알지 못한 채, 혼비백산해서 일어나 바라보며 유대인 이웃들을 강제로 데려다가 가축차에 처넣은 것과 같은 것일까? 그 부대를 어디로 가져갔는지, 전부 다 임시 거주지의 가난한 사람들이나 겨울 홍수 피해자들에게 거저 주었는지 어쨌는지, 그는 내게 말하지 않았다. 저녁 무렵 그녀의 흔적은 하나도 남아 있지 않았다. 그러나 일 년 뒤, 아버지의 새 아내가 자리잡았을 때, 일 년 동안 꼬박 침대용 탁자와 옷장 옆 사이 좁은 틈새에서 숨은 채 간신히 살아남아 있던 평범한 머리핀 묶음 여섯 개가 나타났다. 아버지는 입술을 찌푸리더니, 이 역시 버렸다.

*

몇 주 뒤 청소부들이 방문해서 아파트는 청소되었고, 아버지와 나는 점차 매일 저녁 부엌에서 직원회의 같은 것을 하던 때로 돌아가고 있었다. 나는 학교에서의 하루를 간략하게 이야기하기 시작했다. 그는 서가에 서서, 그가 그날 고이타인 교수나 로텐슈트라이히 박사와 나누었던 흥미로운 대화를 이야기해주었다. 우리는 베긴과 벤구리온에 대해서나 혹은 이집트에 있는 나지프 장군의 군부 쿠데타 같은 정치적 상황에 대해 견해를 나누었다. 우리는 다시 주방에 카드를 달아놓고, 더이상 비슷하지 않은 각자의 손글씨로 식료품점이나 청과상에서 사야 할 것과, 둘 다 월요일 오후에 머리를 자르러 가야 한다는 일정, 혹은 릴렌카 아주머니의 새 학위 축하를 위한 작은 선물이나, 이제 나이가 극비에 부쳐진 슐로밋 할머니의 생일 선물 구매 등을 적었다.

몇 달이 더 지난 뒤 아버지는, 신발이 전깃불을 받아 빛이 날 때까지 광을 내고, 저녁 일곱시면 면도를 한 후, 풀 먹인 셔츠와 타이를 하고, 머리를 물에 적셔 뒤로 빗어 넘긴 후, 면도 후 로션을 찰싹 바른 다음, '친구들과 수다'를 떨거나 '업무상 논의'를 하러 나가던 버릇을 다시 시작했다.

나는 집에 혼자 남아 책을 읽거나, 꿈을 꾸거나, 글을 쓰고, 다시 썼다. 혹은 밖으로 나가 무인 완충지대와 지뢰밭 주변 철조망 상태를 점검하며 이스라엘과 요르단 사이로 예루살렘을 분할하고 있는 휴전선을 따라 와디를 배회하곤 했다. 어둠 속을 걸으며 나는 티-다-디-다-디 콧노래를 불렀다. 나는 더이상 '죽거나 산을 정복하는 일'을 동경하지 않았다. 나는 모든 것을 멈추고 싶었다. 아니면 최소한 집을 떠나, 영원히 예루살렘을 떠나 키부츠에 가서 살고 싶었다. 모든 책과 감정을 뒤로한 채, 단순한 시골의 삶, 형제애와 육체노동의 삶을.

63

어머니는 텔아비브, 벤예후다 거리에 있는 자기 자매의 아파트에서 1952년 1월 6일 토요일과 일요일 사이 한밤중에 삶을 마감했다. 그 당시 우리 나라에서는 히틀러 집정 기간 동안 유대인의 자산이 모두 소멸되었으니 이스라엘이 독일로부터 배상금을 요구하고 이를 받아들여야 하는지 아닌지의 문제를 두고 날카로운 논쟁이 계속되고 있었다. 일부 사람들은 살인자에게는 약탈당한 유대인 자산을 물려받을 권리가 없어야 하며, 금전적 자산은 이스라엘이 생존자 흡수(이민)를 돕도록 명확히 전액 상환되어야 한다는 다비드 벤구리온에게 동의했다. 다른 측은, 야당 지도자 메나헴 베긴을 앞세워, 희생양들의 고유한 의미를 국가가 더러운 이익과 바꾸어 독일인에게 손쉬운 면죄부를 팔려는 것은 부도덕한 일이자 죽임당한 자들의 기억에 대한 신성모독이라며 고통과 분노에 차 단언했다.

1951년과 52년 겨울 내내 이스라엘 전역에는 거의 쉼 없이 폭우가 내렸다. 아얄론 강, 와디 무스라라는 강둑이 터져 텔아비브의 몬테피오리 지구까지 범람했고, 다른 지구들 역시 범람의 위협에 놓여 있었다. 거센 범람은 아랍 땅에 모든 것을 두고 도망쳐온 수십만 명의 유대 난민과 동유럽과 발칸반도에서 온 난민으로 북적거리던 골함석 판잣집, 텐트식 판잣집이 있던 임시 거주 야영지에 대규모의 손실을 입혔다. 몇몇 임시 야영지는 범람으로 쓰러졌고, 기아와 전염병의 위협에 시달렸다. 신생 이스라엘국은 건국 4년이 채 못 되었고 그 안에 백만에 좀 못 미치는 시민이 살고 있었다. 그중 거의 3분의 1이 무일푼 난민들이었다. 막중한 군비와 이민자 흡수 그리고 팽창한 관료 정치와 방만한 경영 때문에, 국가 재원은 텅 비었고 교육, 보건, 복지 서비스는 바야흐로 붕괴 직전이었다. 그주 초 재무부의 다비드 호로비츠 장관이 대재앙을 연기하기 위해 하루이틀 안에 거금 천만 달러의 단기 융자를 얻는 긴급 임무를 맡아 미국으로 날아갔다. 나는 아버지가 텔아비브에서 돌아오자 온통 이 문제로 논의를 벌였다. 그는 어머니를 하야 이모와 츠비 이모부에게 목요일에 데려다주고 거기서 그 밤을 보낸 후, 금요일에 돌아와서, 슐로밋 할머니와 알렉산더 할아버지로부터 내가 감기에 걸린 것 같은데 그럼에도 불구하고 일어나 학교에 가겠다고 고집을 부렸다는 말을 들었다. 할머니는 우리에게 안식일까지 함께 머물면서 안식일을 기념하자고 제안했다. 그녀는 우리 둘 다 마치 바이러스 같은 세균에라도 감염된 것처럼 보인다고 생각했다. 그러나 우리는 집에 가는 쪽을 택했다. 프라하 골목에 있는 할머니, 할아버지 댁에서 집으로 오는 길에 아버지는 내게, 다 큰 어른이 다른 어른에게 하듯, 그들이 하야 이모 집에 가자 어머니의 마음 상태가 바로 좋아졌다는 것을 진지하게 알려줘야겠다고 결심했다. 네 분은 목요일 밤 함께 하야 이모와 츠비 이모부네 집에서 돌 하나 던질 거리에 있는, 디젠고프와 야보틴스키 거리에 있는 작은 카페로 나갔다. 그들은 그저 잠시 나가 있다 오려 했으나, 그곳에서 거의 폐점 시간까지 사람들이며 책에 대해 이야기하며 앉아 있었다. 츠비는 병원 생활 중에 보고 들은 온갖 흥미로운 이야기들을 자세히 들려주었고, 어머니는 좋아 보였고 대화에도 참여했으며, 그날 밤은 몇 시간 정도 잠도 잤지만, 꼭두새벽에 깨어나서 다른 이들을 방해하지 않으려고 부엌에 앉아 있었다. 아침 일찍 아버지가 때맞춰 몇 시간이라도 업무로 돌아가고자 예루살렘으로 돌아오려 할 때, 어머니는 아버지에게 자기 걱정은 할 필요 없고, 한 고비 넘겼다고 단언했으며, 아이랑 꼭 잘 지내라고 당부했다. 그들이 전날 텔아비브로 향할 때 그녀는 아이가 감기에 걸릴 것 같은 느낌이 들었다고 했다.

아버지가 말했다.

"네 어머니가 네 감기에 대해서 맞혔으니, 고비를 넘겼다는 어머니 말도 맞기를 고대해보자."

내가 말했다.

"숙제 남은 게 좀 있어요. 끝내고 나면, 앨범에 새 우표 몇 장 끼워줄 시간 되세요?"

토요일엔, 거의 하루종일 비가 내렸다. 비는 내리고 또 내렸다. 비는 그치지 않았다. 아버지와 나는 몇 시간 동안 우표 수집 앨범을 탐독하며 시간을 보냈다. 머리가 가끔씩 맞닿았다. 우리는 각각의 우표를 커다랗고 불룩한 영국 카탈로그에 있는 사진들과 비교해보았고 아버지는 우표를 앨범 적당한 자리를 찾아, 이미 자리잡아둔 곳에 꽂거나 새 페이지에 꽂았다. 토요일 오후 아버지는 자기 침대에, 나는 내 방으로 돌아가 최근 들어 어머니의 병상이 된 내 침대에 각자 누워 쉬었다. 좀 쉰 후에 우리는 할아버지와 할머니로부터 삶은 당근으로 장식한 황금 소스를 뿌린 게필테 생선 요리를 먹으러 오라고 다시 초대를 받았지만, 벌써 둘 다 콧물에 기침 감기가 걸린데다가 밖에는 여전히 비가 오고 있었기에 집에 머무는 편이 훨씬 낫겠다고 판단했다. 하늘은 너무 음산해서 네시인데도 불을 켜야 했다. 아버지는 책상에 앉아 안경은 코에 걸치고, 책과 작은 색인 카드 위로 몸을 구부린 채, 벌써 마감을 두 번이나 연장한 논고를 손보며 두어 시간 일했다. 그가 일하는 동안 나는 그의 발치에서 책을 읽으며 카펫 위에 누워 있었다. 이후 우리는 체스를 두었다. 아버지가 한 판 이겼고, 내가 한 번 이겼고, 세 판째는 비겼다. 그렇게 된 것이 그가 의도한 일인지 진짜 그런 결과가 나온 건지는 말하기 어렵다. 우리는 간단하게 끼니를 해결하고 뜨거운 차를 마셨으며 둘 다 팔긴인지 APC 정제인지 한두 알을 어머니 약통에서 꺼내 먹었다. 감기를 이겨내는 데 도움이 되도록. 그러고 나서 나는 자러 갔고, 둘 다 여섯시에 일어났는데, 일곱시에 약국 딸인 치피가 와서, 우리에게 텔아비브에서 전화가 왔는데 십 분 안에 다시 전화하겠다고 했으니, 클라우스너 씨가 곧장 약국으로 와줘야겠다고, 그녀 아버지가 다소 긴급한 일이라고 전하라 했다고 말했다.

*

하야 이모가 말하기를, 자할론 병원 관리 이사인 츠비 이모부가 금요일에 자기 병원 전문의를 불렀고, 그 의사는 자청해서 특별히 일이 끝나고 들러주었다. 전문의는 잠깐 어머니와 대화하고, 다시 검사를 진행하면서 어머니를 철저하고 신중하게 봐주고는, 검사를 마친 다음 어머니가 지쳐 있고, 긴장한 상태이며, 조금 쇠약하다고 말했다. 불면증은 별개로 하고 그는 그녀에게 특별히 잘못된 것을 발견할 수 없었다. 종종 정신은 육체의 가장 큰 적이 된다. 육체가 살도록 내버려두지 않고, 육체가 간절히 쉬기를 청할 때 즐기도록 두지 않는다. 만일 편도선이나 별책 부록을 뽑아내듯이 정신을 뽑아낼 수만 있다면, 우리 모두 건강하고 안정된 삶을, 천수가 되도록 누리며 살 수 있을 것이다. 그는 월요일에 예루살렘에 있는 하다사 병원에서 검진을 받는 것은 해가 되지는 않겠지만, 이제 그다지 효용이 없을 거라고 생각했다. 그는 전적인 안정을 취하고 흥분을 피하라고 권했다. 특히 중요한 것은 환자가 매일 최소한 하루 한 시간 또는 두 시간 밖으로 나가야 한다고, 따뜻하게 옷을 차려입고 우산을 들고서, 상점 쇼윈도나 잘생긴 젊은 남자, 뭐든 상관없이 보면서, 마을을 그저 걸어다녀야 한다고, 가장 결정적인 사항은 신선한 공기를 마시는 것이라고 했다. 그는 예루살렘의 새 의사가 처방해준 새 수면제보다 분명 더 새롭고 더 강력한, 매우 강한 새 수면제의 처방전을 써주었다. 금요일 오후인데다, 다른 약국은 안식일이라 벌써 문을 닫았기에, 츠비 이모부는 서둘러 부그라쇼브 거리에 있는 당번 약국으로 수면제를 사러 나갔다.

금요일 밤 소니아 이모와 부마 이모부는 모두를 위해 수프와 달콤하게 절인 과일 통조림을 들고 방문했다. 세 자매는 작은 주방에서 저녁을 준비한다며 한 시간 이상 북적거리고 있었다. 소니아 이모는 하야 이모에게 쉴 틈을 주기 위해 어머니와 자신이 웨슬리 거리로 나가야 한다고 제안했지만, 하야 이모는 들으려 하지 않았고, 심지어 여동생에게 이상한 제안을 다 한다고 야단을 치기까지 했다. 소니아 이모는 이런 핀잔에 화가 났지만, 아무 말도 하지 않았다. 안식일 저녁식사 분위기는 소니아 이모의 불쾌함 때문에 약간 가라앉아 있었다. 어머니는 평상시의 아버지 역할을 맡은 듯, 어떻게든 대화를 계속 이어가려 애썼다. 저녁 시간이 끝날 무렵 어머니는 피로감을 호소했고, 츠비 이모부와 하야 이모에게 저녁식사 후 치우고 설거지할 힘을 내지 못해 미안하다고 사과했다. 그녀는 텔아비브의 전문의가 처방해준 새 정제를 복용하고, 신중을 기하기 위해 예루살렘 전문의가 처방해준 이전 수면제도 몇 알 복용했다. 밤 열시쯤 깊은 잠에 빠져들었지만 두어 시간 뒤 깨어났고, 혼자 부엌에서 진한 커피 한 잔을 만들어 마신 후, 남은 밤 시간을 부엌 의자에 앉은 채 꼬박 새웠다. 독립전쟁이 일어나기 직전 어머니가 머물던 그 방은 하가나 정보기관 수장이었고, 이후 국가 건립 후 새로 형성된 이스라엘군 작전 본부 수장이자 참모 부사령관이었다가, 육군 소장이 된 이갈 야딘이 썼는데, 그 방은 그후 계속 세를 놓고 있었다. 따라서 어머니가 그날 밤, 그전날 밤도 지새웠던 그 주방은 전쟁 기간 중 결정적으로 전투 침로를 정한 비공식 회의가 몇 차례 벌어졌던 곳, 역사적인 부엌이었다. 어머니가 그 밤 시간에 한 잔의 진한 커피와 그다음 커피를 마시는 사이, 이에 대해 생각을 했을지 알 길이 없지만, 그런 생각을 했더라도, 그녀가 그것을 흥미롭게 여겼을지는 의문스럽다.

*

토요일 아침 그녀는 하야와 츠비에게 전문의의 의견을 따라 산책을 하고 의사 지침대로 잘생긴 젊은 남자들도 보러 나가기로 결심했다고 말했다. 그녀는 언니에게 우산과 줄무늬 고무장화를 빌려 빗속에 산책을 나갔다. 그렇게 비바람이 부는 토요일 아침 북 텔아비브 거리엔 사람이 많을 리 없었다. 1952년 1월 5일 아침, 텔아비브의 기온은 섭씨 5~6도였다. 어머니는 벤예후다 거리 175번지에 있는 자기 언니 아파트를 여덟시인지 여덟시 반에 나섰다. 벤예후다 거리를 건너 왼쪽으로, 아니면 노르다우 가 방향인 북쪽으로 꺾어져 갔는지도 모르겠다. 그녀는 걸어가는 동안, 포동포동한 시골 소녀가 푸릇푸릇한 목초지와 머리 위 밝고 푸른 하늘을 배경으로 서 있고, "아침에 우유 한 잔, 밤에 우유 한 잔은 당신에게 건강하고 기쁨 넘치는 삶을 허락할 것입니다"라는 활기찬 문구가 보이는 푸르스름한 포스터가 유리창 안쪽에 네 개의 갈색 테이프로 붙어 있던, 트누바 우유 판매점의 불 꺼진 창을 빼고는, 그 어떤 상점 쇼윈도도 마주치지 못했다. 그해 겨울, 고철 조각과 비를 머금은 쓰레기뿐 아니라 하얀 달팽이로 뒤덮인 죽은 엉겅퀴와 실라가 빽빽하게 가득차 있던 벤예후다 거리 건물들 사이엔, 모래언덕의 자취인, 여전히 텅 빈 부지들이 많았다. 어머니는 이미 세워진 지 3~4년이 지나 황폐한 징조를 보이는 회칠한 일렬의 건물들을 보았다. 벗겨진 페인트칠, 흰 곰팡이 때문에 녹색으로 변해 부서지는 횟가루, 바닷바람으로 부식되던 철제 난간들, 판지와 베니어합판으로 난민 수용소처럼 굳게 닫힌 발코니들, 경첩이 떨어져 나간 상점 간판들, 애정 어린 보살핌 부족으로 정원에서 죽어가던 나무들, 건물들 사이에 재생 판자와 골함석과 타르 칠한 종이로 만들어진 황폐한 창고들. 몇 줄로 늘어선 쓰레기통 중 몇 개가 도둑고양이에 의해 뒤집어져서, 회색 콘크리트 포장도로 위로 내용물이 쏟아져 나와 있었다. 빨랫줄은 거리를 가로질러 이 발코니에서 저 발코니로 펼쳐져 있었다. 여기저기 비를 머금은 하얀색과 색색의 속옷들은 거센 바람 탓에 줄 위에서 하릴없이 마구 휘날렸다. 어머니는 그날 아침 매우 피곤했고, 수면 부족과 배고픔, 그리고 블랙커피와 수면제 부족으로 머리가 무거웠을 테니, 몽유병 환자처럼 천천히 걸었을 것이다. 그녀는 벤예후다 거리를 떠나서 노르다우 가에 닿기 전에 오른편 해변 쪽으로 꺾었는데, 그곳은 이름에도 불구하고, 녹슨 쇠난간이 달려 있고 콘크리트 벽돌 위를 회칠한 낮은 건물들 빼고는 경치라고는 없는 곳이었는데, 이 길은 그녀를 모스킨 거리로 이끌었으니, 이 모스킨 거리는 사실 거리가 아니라 그저 짧고 넓고 텅 빈 길, 그저 반쯤 지어지고 일부는 비포장도로인 곳으로, 모스킨 거리에서부터 그녀의 지친 다리는 그녀를 타혼 골목과 디젠고프 거리로 이끌었고, 거기서 폭우가 또 쏟아지기 시작하지만 그녀는 팔에 걸려 있던 우산을 잊어버린 채 빗속을, 레인코트를 입은 어깨 위로 예쁜 핸드백을 멘 채, 맨몸으로 걸어, 디젠고프 거리를 건너, 발길이 이끄는 대로, 아마 장월 거리나 장월 가로 걸어가다가, 이제 정말로 길을 잃고, 언니의 집으로 어떻게 돌아가야 하는지 어렴풋한 기억도

나지 않았고, 텔아비브의 거리에서 잘생긴 젊은 남자들을 보며 걸어다니라고 이야기한 전문의의 지침을 따랐다는 것을 빼고는 자신이 왜 돌아가야 하는지 왜 나왔는지도 알지 못했다. 그러나 이 비 오는 토요일 아침, 장월 거리에도 장월 가에도 혹은 바슬레 거리에서부터 거슬러와 소코로브 거리나, 바슬레 거리나 그 어디에도 잘생긴 젊은 남자는 없었다. 어쩌면 그녀는 로브노 자기 부모님 집 뒤에 있던 깊고 그늘진 과수원이나, 로브노에서 마부 필립의 아들인 안톤 소유의 버려진 오두막에서 분신자살한 기술자의 아내 이라 스텔레츠카야에 대해 생각했는지도 모른다. 아니면 타르붓 김나지움과 강과 숲의 정경을. 아니면 오래된 프라하의 골목길과 그곳에서의 학창 시절과, 분명 우리에게는 말한 적 없는 그 누군가나 혹은 자기 자매들, 혹은 가장 친한 친구이던 릴렌카를. 이따금 누군가 비를 피하려고 서둘러 달려갔다. 이따금 고양이가 지나갔고, 어머니는 고양이에게 무언가 물어보려고, 의견이나 감정을 나누려고, 혹은 고양이만의 단순한 조언을 구하려고 고양이를 불렀지만, 그녀가 부른 고양이들은 전부 다 마치 그녀에게서 죽음의 냄새라도 맡은 것처럼 공포에 휩싸여 멀리 달아났다.

*

정오 무렵 그녀는 자기 언니의 집으로 돌아와서 농담으로 텔아비브 거리에 잘생긴 젊은이는 없더라고 불평했는데 다들 그녀가 흠뻑 젖어 꽁꽁 얼어 있는 모습에 깜짝 놀랐다. 그저 그런 남자들을 발견하기만 했더라도, 그녀가 그들을 유혹하려 들었을지도 모르는 것이, 남자들은 늘 일순, 욕망 말고는 아무것도 남지 않은 눈길로 그녀를 보곤 했다. 그녀의 언니 하야는 서둘러 욕조에 뜨거운 물을 받았고, 어머니는 그리 들어갔다. 그녀는 음식이라면 뭐든 욕지기가 난다며 음식 쪼가리를 맛도 보려 하지 않았다. 그녀는 두어 시간 자더니 오후 늦게 옷을 입고, 아침 산책으로 젖은 레인코트와 여전히 축축하고 차가운 장화 차림으로 의사가 텔아비브의 잘생긴 젊은 남자들을 찾으라고 한 지시를 따라 다시 나갔다. 오후엔 비가 좀 잦아들었기에, 거리는 그렇게 텅 비지 않았으며, 어머니도 향방 없이 방황하지 않고, 디젠고프 거리와 케렌 카예메트 거리 구석으로 길을 잡아 거기서부터 디젠고프-고르돈 거리와 디젠고프-프리스만 거리가 맞물린 교차로를 지나, 레인코트를 입은 어깨에 예쁜 검정색 핸드백을 멘 채, 아름다운 가게 쇼윈도와 카페를 구경하며, 비록 그 모든 것이 애처롭고 불쌍한 것임을 알게 되고 그 무엇이 모조품의 모조품처럼 값싸고 고물 같아 보였음에도, 텔아비브가 보헤미안적인 삶으로 여기는 그런 것들에 언뜻언뜻 시선을 던지며 걸어 내려갔다. 그 모두가 동정받을 자격이 있고 동정을 필요로 하는 듯했지만, 그녀의 연민은 메말라 있었다. 그녀는 저녁때가 다 되어 집으로 돌아와서는, 또 아무것도 먹지 않겠다 거부하고, 블랙커피를 한 잔 그리고 또 한 잔 마시고는, 발치에 엎어두었던 책을 보겠다고 앉아 눈을 감았고, 십여 분이 지났을까 츠비 이모부와 하야 이모는 가볍고 불규칙한 코고는 소리를 들었다고 생각했다. 그러고 나서 그녀는 깨어나 자신은 쉴 필요가 있다고, 전문의가 매일 몇 시간씩 도시 주변을 걸어다니라고 말한 것은 꽤 맞는 말 같다고 느꼈다고, 자기도 오늘 밤은 일찍 잠들 수 있을 것 같으며 결국엔 어떻게든 아주 깊이 잠들 거라는 느낌이 든다고 말했다. 여덟시 반경 그녀의 언니는 다시 새로운 이불로 그녀의 잠자리를 만들어주고, 밤은 매우 춥고 비가 다시 내리면서 셔터를 두드려대고 있었기에, 누비이불 아래로 뜨거운 물병을 넣어주었다. 어머니는 옷을 다 입은 채 자기로 결심했고 자신이 다시 깨어 부엌에서 괴로운 밤을 보내지 않을 거라 아주 확신하며 언니가 침상 곁에 두고 간 진공 보온병에서 차 한 잔을 따라 좀 식을 때까지 기다렸다가, 차를 마시면서 수면제들을 삼켰다. 내가 토요일 저녁 여덟시 반이나 아홉시 십오 분 전, 그 방에서 그 순간, 하야와 츠비의 아파트 뒤뜰을 내려다보고 있던 그녀와 함께 있었다면, 나는 분명 그녀가 왜 그래서는 안 되는지에 대해 설명하려 애썼을 것이다. 그리고 성공하지 못하면, 그녀가 자기 외아들에게 불쌍한 마음이 들도록, 그녀의 동정심을 자극할 만한 모든 일을 다 했을 것이다. 울며불며 부끄러움도 없느냐고 매달렸을 것이고 그녀의 무릎을 붙잡고 늘어지고, 심지어 그녀가 하려던 짓을 보고 절망에 빠져 기절한 척하거나 피가 날 때까지 나 자신을 때리고 쥐어뜯었을지도 모른다. 아니면 살인자처럼 그녀를 공격하고, 주저 없이 그녀 머리 위로 화병을 집어던져 깨버렸을 것이다. 방구석 선반에 세워진 다리미로 그녀를 치거나. 아니면, 그녀가 약하다는 걸 이용해서, 그녀 몸 위에 올라가 손을 뒤로 묶고 그녀의 모든 알약, 정제, 약봉지, 물약, 시럽을 빼앗아 다 박살냈을 것이다. 그러나 나는 거기 있는 것이 허락되지 않았다. 심지어 그녀의 장례식에 있는 것조차 허락되지 않았다. 어머니는 잠들었고 이번엔 악몽 없이 잤으며, 불면증도 없었고, 이른 시간에 조금 토한 다음 여전히 옷을 다 입은 채 다시 잠들었는데, 츠비와 하야는 뭔가 이상해서, 해가 뜨기 바로 전에 앰뷸런스와 들것 나르는 사람 두 명을, 그녀가 잠이 깨지 않도록, 조심스럽게 그녀를 싣도록 불렀고, 병원에서 그녀는 그들 소리도 듣지 못했고, 그들이 그녀의 깊은 잠을 방해하려 별별 수단을 다 동원했음에도 불구하고 들은 체 만 체했으며, 정신은 육체의 가장 큰 적이라고 그녀에게 얘기하던 전문의의 말도 들은 체 만 체했고, 아침에도 깨어나지 않았으며, 심지어 날이 더 밝아 병원 정원에 있는 피쿠스 나뭇가지에서 엘리제 새가 놀라워하며 몇 번이나 그녀를 부르고 또 불렀는데도 헛수고였는데, 그 새는 몇 번이고 계속 그녀를 깨우려 애를 썼으며, 지금도 여전히 때때로 그녀를 깨우려 애쓰고 있다.

아라드에서, 2001년 12월

사랑과 어둠, 그 환상의 파노라마

아모스 오즈의 소설 『사랑과 어둠의 이야기』는 1940~50년대 영국의 팔레스타인 위임통치 말기 예루살렘에서 보낸 어린 시절에서부터 이스라엘의 독립과 키부츠 훌다에서 보낸 사춘기 시절에 이르기까지 작가의 기억과 경험을 바탕으로 가족 이야기, 시대의 군상群像과 여러 일화들, 복잡한 정치와 이념 논쟁, 그리고 일상의 생활상이 시간과 공간의 흐름을 따라 자전적 형식으로 묘사되어 있다.

어린 시절 부모를 따라 이 마을 저 마을을 건너다니며 거닐었던 예루살렘 거리의 섬세한 풍경들—오즈는 인터뷰에서 '텔아비브 사람들은 결코 이해할 수 없는, 오직 예루살렘 사람만이 읽고 이해할 수 있는 묘사'라 했다—과 작가의 뇌리 속에 짙게 남아 있는 실명實名의 거인들—슈무엘 요세프 아그논, 사울 체르니콥스키, 다비드 벤구리온, 시를 가르쳐준 젤다, 큰할아버지 요셉 클라우스너 등—과의 만남은 섬세하지만 파노라마처럼, 작지만 큰 떨림으로, 좁지만 거대하게, 개인의 작은 이야기이지만 결국은 역사의 거대한 물결처럼 직조된다. 사실과 추상, 경험과 상상, 진실과 허구, 현실과 꿈, 개인과 사회 그리고 사랑과 어둠이 각각 날줄과 씨줄이 되어 그려낸 세밀한 자화상이라 할 수 있을 것이다.

이 소설은 자전적 이야기와 소설적 이야기가 날줄과 씨줄로 엮여 있다. 자전적 이야기에는 독특한 성격의 소유자인 아버지의 삶과 자폐적인 어머니의 자살을 이해하려는 노력, 이와 더불어 그러한 환경 속에서 태어나 성장하면서 자신의 새로운 정체성을 찾아가는 작가의 여정, 특히 유토피아적인 꿈을 찾아 키부츠로 떠나는 이소증異所症*이 담겨 있다. 소설적 이야기에는 기억하기조차 힘든 유년 시절의 흥미진진한 에피소드와 동시대를 주름잡던 이들과 함께 등장하는 평범한 인물들에 대한 묘사, 이를 둘러싼 당대의 다양한 사상과 이념, 문화와 사회의 여러 모습이 무지개색 파노라마처럼 펼쳐진다. 그러나 작가는 말한다. "그대여, 묻지 말라. 이것들이 사실이오? 이게 저 작가에게 일어난 일이오? 스스로 질문하라. 자신에 관해 물으라. 그러면 그 답을 당신에게 남길 수 있을 것이니."(1권 70쪽) 작가는 자신의 이야기가 '자전적'이기 때문에 사실적이며 '소설적'이기 때문에 허구적인 이중적 작품이 아니라, 애초부터 어디까지가 사실이고 어디부터가 허구인지는 중요하지 않음을 강조한다. 이것이 이 작품의 묘미다.

---

* 딴곳증. 조직 중 하나가 정상적인 위치가 아닌 곳에 놓여 있는 병적인 증상.

히브리 문학과 알리야

우선, 이 소설을 이해하기 위해서는 히브리 문학사에 나타나는 유대인의 이민, 즉 알리야aliyah를 언급할 필요가 있다. '올라오다'라는 뜻의 히브리어 단어 '알리야'는 성서시대부터 종교적인 뜻을 담아왔다. 이 단어는 순수한 믿음으로 살아가기 위해 자발적으로 거룩한 곳, 예루살렘을 향해 '올라오는' 행위 또는 '올라온' 사람들을 지칭한다. 19세기 시온주의자들은 집단적 기억 속에 자리잡은 알리야의 상징적 의미를 팔레스타인 땅으로 이주해 민족적 고향을 건설하려는 모든 유대인에게 적용시켰다.

19세기 말 히브리 문학은 시온주의에 고무된 알리야 유대인들의 '낡고 새로운'—시온주의의 아버지 테오도어 헤르츨의 소식지 이름 역시 〈낡고 새로운 땅〉이다—역사적 고향에서의 모험과 에레츠 이스라엘에서의 새로운 유대 민족의 정체성에 천착했다. 히브리 문학은 유럽의 여러 지역에서 다양한 이념적 배경을 갖고 온 초기 이민자들이 건국을 위해 낯선 땅을 개척하고 지배해나가는 동안 (팔레스타인 출신의 에드워드 사이드는 『문화와 제국주의』에서 "제국주의 시대 주요 다툼은 결국 땅 문제였다. 누가 땅을 소유하고, 그 땅에 정착할 권리를 가지는가 하는 것이었다"고 말한 바 있다) 필연적으로 만나게 된 팔레스타인 원주민들에 대한 적대감을 고취시킴으로써 유대 민족을 굳게 단결하도록 하는 데 일익을 담당했다.

결국 알리야 이야기는 민족 이데올로기의 헤게모니를 반영한다. 팔레스타인에 정착해 새로운 사회를 건설하려는 자들의 주도권 쟁탈전과 다름없었다. 이 시대의 히브리 문학은 대개 알리야 개개인의 성격과 새 땅에서 이주자들이 겪는 각종 트라우마, 정체성 투쟁 및 균일한 민족성 등의 주제가 뒤섞여 탄생했다. 그러므로 히브리 문학의 알리야 내러티브는 유토피아적이었다. 에레츠 이스라엘과 예루살렘은 언제나 유토피아적 '공간'의 개념으로 작동했다. 외부에서 유입된 유대인들에게 알리야 내러티브란 바로 '그 공간'을 갈망하고, 그곳에서 자신들의 꿈을 심고 가꾸고 열매 맺기를 희망하는 것이다.

그러나 실재의 알리야는 이상과 괴리가 컸다. 그만큼 '새 땅'에서의 삶은 궁핍하고 고단했다. 상징적 공간과 물리적 공간 사이의 긴장과 괴리감은 작가들로 하여금 유토피아적 내러티브 속에 실재하는 공간을 더이상 추구하지 않게 만들었다. 그것은 단지 문장 속에서만 존재하는 유토피아였으며, 유토피아적 이상의 실패는 곧 물리적 삶의 패배를 의미하는 것이 되고 말았다. 문학적 이형異形공간의 창조는 언어적 공간과 물리적 공간을 불일치시키고 만 것이다. 그럼에도 불구하고 작가들의 알리야 내러티브는 유토피아를 끊임없이 재창조해냈다. 이미 상호모순된 이상과 실재는 전회轉回되었고 불안전해졌으며 끊임없는 논쟁을 야기시켰다.

사실 히브리 문학에서 이민자들의 계몽적 유토피아와 수행적 이소증 사이에서 변증법적으로 진자운동하는 내러티브는 그 사례가 많다. 1945년 S. Y. 아그논의 『지난날』은 둘 사이의 관계를 알리는 대표적 작품이다. 시온주의자 사상에 고무된 이삭 쿠머는 고향 갈리시아를 떠나 팔레스타인으로 여행을 떠난다. 그는 팔레스타인이 자신의 재정적, 사회적, 색정적 기회를 충족시켜 줄 것으로 상상한다. 이삭은 큰 꿈을 품고 가족을 떠나 '다른 어떤' 이가 되려 하지만, 삶은 계획대로 풀리지 않는다. 땅을 일구는 개척자로 살기를 원했으나 그는 작은 마을의 평범한 페인트공이 되었다. 후에 세속적인 도시 욥바로 옮겨오지만 그의 종교적 열망은 그를 예루살렘의 정통파 유대인 사이로 들어가게 만든다. 그는 모든 알리야 유대인들은 같은 목적으로 하나가 된 형제라 믿는다. 그러나 오래지 않아 그런 믿음이 얼마나 순진하고 타박하기 좋은 것인지 알아챘다. 그는 여전히 젖과 꿀이 흐르는 유토피아적 공간을 꿈꾸지만, 태양이 이글거리는 대지에는 질병이 창궐한다. 이삭은 점차 새로운 생활에 적응해 재력가가 되지만, 소설의 끝에서 그는 파산하고, 아이로니컬하게도 초현실주의자가 된다.

에녹 바르토브의 『모두 자신만의 여섯 날개를 가지고 있다』(1954)는 예루살렘으로 이주한 홀로코스트 생존자들의 다양한 성격을 보여준다. 아랍인에 둘러싸인 예루살렘은 홀로코스트 생존자들에게 결코 안전한 피난처가 아니었다. 그들은 1948년 다시 전쟁을 치러야 했으며, 파괴된 집을 보수하기 위해 돌을 운반해야 했다. 또한 새로운 이민자 사회의 권위주의에 고통받았다. 권위주의는 전쟁 부상자들을 일할 수 없는 자, 쓸모없는 자로 취급했다. 그러나 이야기에서 그들은 스스로 집을 짓고 누구에게도 구속받지 않는 마을을 일구어낸다. 그러면서 점차 그들은 자신들이 '다른 어떤 이들'과 다르지 않음을 깨달아 간다.

이 외에도 아하론 아펠펠트의 『그을린 빛』(1983)과 엘리 아미르의 『희생양』(1984) 등의 작품이 있다. 아하론의 소설은 주인공 다비드가 홀로코스트 생존자로서 팔레스타인에 이주해 우여곡절을 겪으며 결국 자신의 정체성을 찾아 이스라엘인으로 태어난다는 이야기이며, 엘리의 소설은 주인공 누리가 이라크에서 이주해 키부츠에서 땅을 일구며 살면서도 늘 바그다드를 동경하는 이야기다.

자전적 이야기, 소설적 이야기

아모스 오즈의 이 작품은 일종의 전형적인 알리야 내러티브이면서도 이야기의 구조나 흐름은 둘 사이의 변증법적 다면 관계를 보여주고 있다. 오즈는 자신을 둘러싼 다양한 인물들을 통해 알리야 사회에 내재된 정체성의 다면 구조와 그 속에 들어 있는 복잡한 과정을 시대의 흐름에 맞춰 반영해주고 있다. 오즈는 개인의 이야기를 묘사하지만 그것은 곧 민족사와 연결된다. 그러나 소설에서 나타나는 오즈의 정체성은 이민자의 어제와 오늘, 개인과 민족 사이의 하모니가 얼마나 깨지기 쉽고 제한적인지를 자신과 자신을 둘러싼 이야기를 통해 보여주고 있다.

다시 말해서 『사랑과 어둠의 이야기』의 힘은 주변부의 단순한 이야기를 다면적으로 침투시켜 보여줌으로써 그것을 중심부의 이야기로 만들어내는 데 있다. 이민자들의 조각나고 잡다한 개인적 경험들이 날줄과 씨줄이 되어 작가의 능란한 솜씨로 엮여서 집단적 트라우마와 민족적 이야기로 다시 태어난다. 이렇게 오즈는 자전적 이야기를 엮어 멋진 허구적 텍스트로 만들어냈다. 오즈는 전통적 시온주의의 정치적 이념이나 유대 민족주의의 종언을 고하거나 포스트 시온주의의 정치적 지위를 제창하지 않는다. 오히려 이제는 하나의 헤게모니 집단이 세계를 좌지우지하는 그런 시대는 지나갔음을, 그러니 서로 다른 다양한 집단 지성의 다원적·다성적 목소리를 합창으로 만들어내야 함을 은근히 요구하고 있다.

이 긴 이야기의 뼈대는 동유럽에 뿌리를 두고 에레츠 이스라엘로 이민온 클라우스너 가족사가 차지한다. 가족 간의 사랑과 어둠이, 마치 작은 빛바랜 흑백사진 엽서 뒷면에 깨알 같은 글씨로 빼곡하게 새겨진 오래된 편지처럼, 50년이 지난 작가의 기억 속에서 아련하게 재생된다. '새 땅'에 대한 애국심과 열정으로 가득찬 아버지와 떠나온 '옛 고향'을 잊지 못하는 어머니 사이의 냉랭함, 까닭을 알 수 없는 어머니의 자살, 그리고 열다섯에 집을 떠나 키부츠로 출가하여 성을 바꿔버린 어린 작가의 반란은 트라우마로 가득한 과거와 불투명한 미래 사이에서 방황하던 현대 이스라엘 건국 과정의 속살을 고스란히 보는 듯하다. 그것은 곧 달고도 쓴, 기쁘고도 슬픈, 사랑이자 어둠의 이야기다. 그런 의미에서 이 소설은 작가의 개인사이자 곧 현대 이스라엘의 역사다.

오즈의 작품은 직선적 인과관계에 의한 일차원적-단성적 말짓기를 깨뜨린다. 그의 이야기는 언제나 복수적이며 잠정적이다. 코넬 웨스트가 "새로운 문화적 차이의 정치학은 다양성의 이름으로 단성적이며 균질한 것들을 쓰레기 취급하고, 구체성의 빛 아래 일반화와 보편성을 거부하고, 우발 상황에 의한 특수성과 맥락화를 거부한다"고 지적한 것은 바로 오즈의 작품 세계를 두고 한 말이다. 오즈의 텍스트는 여러 에피소드의 수집으로 구성된다. 이 소설에서 오즈가 말하고 싶은 것은 역사란 단일한 차원의 이야기로 묘사되는 것이 아니라는 것이다. 서로 다른 유언, 엽서, 편지, 시, 노트, 회고, 신문 기사 등 개개인의 잡다한 목소리가 모여 함께 부르는 합창 같은 것이라고 할까.

소위 '객관적 역사'라고 일컬어지는 곳에는 항상 헤게모니를 장악하기 위한 권력 의지가 작동한다. 알리야, 희생과 죽음과 같은 개인의 경험에는 늘 민족적 의미가 덧입혀지기 일쑤였다. 그러나 오즈는 어머니의 자살이나 당대 유명 인사들과의 접촉 등 개인의 경험에 민족적 색채를 덧입혀 의미를 부과하려 하지 않는다. 비평가 이리스 밀러의 말을 빌리면, 팔마흐 세대* 작가인 오즈는 사브라** 에토스의 경험에 물들지 않은 작가다. 소설에서 유년 시절 아버지 주변에 등장하는 다양한 인물들은 1940~50년대 사회를 고스란히 엿보게 한다. 그러나 오즈의 작품은 공적 사회의 네트워크를 개인 간의 친밀한 네트워크로 변형시켜버렸고, 구체적인 자신의 경험을 사적 공간의 영역으로 끌어들임으로써 시온주의자 에토스에 의한 주관적인 해석으로부터 벗어난 셈이다. 오즈는 그들의 민족적 역할에서 거대 담론의 공간을 몰수해, 다양한 개개인의 중요성을 강조함으로써 당대의 다면적·다성적 모습을 세밀화로 그려냈다.

1947년 UN의 결정과 독립전쟁을 둘러싼 이민자들의 논쟁에서 오즈의 아버지는 반유대주의가 마련해준 알리야의 정당성과 이스라엘 건국의 합법성을 견지한다. 그리고 이날의 감격을 결코 잊어서는 안 된다는 점을 아들에게 깊이 심어준다. 그러나 오즈는 유대인이 쫓아내버

---

* 독립 전후 히브리어를 모국어로 하는 세대.

** 건국(1948년) 이후 이스라엘 땅에서 태어난 유대인들.

린 아랍 친구들을 향해 무거운 마음으로 용서를 구한다. 오즈는 이웃 아랍 친구들과 가깝게 지내기를 원했고, 서로 존중하며 공존하고자 애썼으나, 그것은 멍청하고 나약한 짓으로 여겨졌다. 한쪽의 독립이 (필연적으로) 다른 쪽에게 재앙이 되는 모순 속에서, 오즈는 유대인과 아랍인은 양측 모두 상황과 화해하지 못한 유럽 식민주의의 억압의 희생자라는 관점을 견지한다.

오즈가 이 소설에서 드러내고자 한 것은 뿌리 뽑힌 알리야 세대의 트라우마가 아닐까? 이민 시대 그의 선조들이 겪은 사랑과 어둠의 이야기란 곧 수천 년 살던 디아스포라의 고향을 떠나 이전의 정체성과 언어와 기억과 문화를 버리고, 새로운 고향에서 새로운 정체성을 만들어가는 사람들이 겪는 트라우마라고 이야기하고 있다. 어머니의 자살도, 아버지의 부적응도, 이모들의 까다로운 생활도, 유명 인사들의 허세도, 정치적 논쟁과 갈등 그리고 폭력 역시도 따지고 보면 두 세계의 시공간에 살아야 했던 알리야가 잉태한 자식들인 셈이 아니던가? 그들이 꿈꾸던 환경은 현실과 달랐고, 상황은 끊임없이 바뀌었고, 정체성의 투쟁은 계속되었다. 몸은 새 땅 이스라엘에서 살지만, 마음은 자꾸만 자신들이 떠나온 낡은 곳을 갈망하는 이들에게 어디가 진짜 고향이란 말인가? 이스라엘은 이들에게 사랑이 가득한 유토피아적 고향이지만 동시에 벌거벗은 어둠의 사막이리라.

그들의 정체성은 그들이 살던 방식과 그들이 살아내야 할 그 무엇 사이에서 불화했다. 문화적 정체성이 아직 확립되지 못한 채, 그들은 과거를 향하는 것과 마찬가지로 미래를 향해 나아가야 했다. 이것이 바로 오즈의 부모 세대가 취했던 부조리한 태도였다. 알 수 없는 오즈의 어머니의 자살은 결국 이러한 부조리가 낳은 비극이었다. 동시에 그들이 살아왔던 그 무엇과 되어야 할 그 무엇 사이에서 그들은 찢어지고 분열되었다. 유토피아적 심상心象이 이소증과 겹쳤다. 이 혼성은 작가 자신에게서 새로운 국면으로 전개된다.

사랑과 어둠이 만났을 때

1933년 클라우스너 가족은 러시아 중산층 인텔리겐치아 출신으로 오데사에서 팔레스타인으로 이주한다. 같은 계급에 속한 오즈의 어머니 역시 1934년 부모와 자매들과 함께 에레츠 이스라엘로 이주했다. 홀로코스트 이전에 이주한 두 가족 모두 시온주의자 그룹에 속했고, 러시아어와 함께 히브리어를 사용할 줄 알았다. 오즈가 보기에 그들은 두 문화 사이에서 두 세계, 아니 어느 쪽에도 속하지 않은 채로 살았다. 다음 세대로 태어난 오즈도 정체성 투쟁에서 면제되지는 않았다. 오즈는 키부츠를 선택했다. 아모스 클라우스너로 살던 그는 열다섯에 부모 곁을 떠나 키부츠로 이주한 후 자신의 이름을 아모스 오즈로 바꾸었다. 부모 세대에게서 물려받은 무거운 유산—"나는 외아들이었고, 그들은 모두 내 작은 어깨 위에 자기들이 실망했던 그 큰 무게를 얹었었다"—으로부터 벗어나 과거를 지우고 새로운 자신으로 다시 태어나기 위해서였다. 오즈는 자신의 외모도 내면의 세계도 모두 무자비하게 바꾸고 싶었다.

열다섯 살에 집을 떠나 키부츠에 가서 살게 되었을 때, 나는 내가 절대 실패해서는 안 되는 시험을 스스로 부과하고 그 결심을 적었다. 만일 정말 완전히 새로운 삶을 시작할 거라면, 나는 그들 중 하나처럼 보이기 위해서 2주 안에 피부를 검게 그을리기 시작해야 한다. 나는 단호하게 백일몽을 그쳐야 한다. 나는 내 성을 바꾸어야 한다. 나는 매일 두세 번 찬물로 샤워를 해야 한다. 나는 밤마다 하던 그 불결한 짓을 억지로라도 반드시 그만두어야 한다. 더이상 시를 써서는 안 된다. 잡담을 그만둬야 한다. 그리고 수다를 떨어서는 안 된다. 내 새로운 고향에 조용한 남자로 등장해야 한다. (2권 354쪽)

그러나 젊은 오즈의 포부와 열망은 이루어질 수 있는 것이 아니었다. 자신의 정체성은, 아버지의 그것처럼, 나뉘고 말았다. 애당초 자기가 태어나고 속한 예루살렘과 아버지는 '죽일 수' 있는 성질의 것이 아니었는지도 모른다. 작가의 이러한 혼성 정체성은 자전적 소설 형식을 빌려 두 세계를 종합하려 했다. 조화가 불가능한 울퉁불퉁한 두 이야기—사실과 추상, 경험과 상상, 진실과 허구, 현실과 꿈, 개인과 사회 그리고 사랑과 어둠—의 그라운드 위에 그는 하나의 멋진 집을 지으려 했다고나 할까.

2002년에 히브리어로 발표된 『사랑과 어둠의 이야기』는 2007년에 '이스라엘 건국 이후 가장 중요한 책 10권'에 선정되고, 9개국으로부터 10개의 문학상을 수상하고, 지금까지 30여 개 언어로 번역되었으며, 100만 부 이상 팔린 베스트셀러다. 심지어 이라크 북부에서는 서점에 쿠르드어 번역본(판권 없는 불법 번역본)까지 등장했으며, 아랍어 번역본의 출판은 여러 언론 매체에서도 큰 관심을 갖고 보도된 바 있다.

2010년 레바논 베이루트에서 출간된 아랍어 번역본의 경우, 모든 비용을 팔레스타인 출신의 이스라엘인 변호사 엘리아스 쿠리가 지불하여 관심을 끌었다. 그의 아버지는 1975년 유대인이 시온광장에서 저지른 자살폭탄에, 아들은 11년 전 팔레스타인 청년의 총—범인은 유대인으로 착각하고 쐈다고 했다—에 희생되었다. 쿠리는 팔레스타인으로부터 땅을 몰수해 간 이스라엘과 싸우는 변호사이자, 폭력을 민족정신을 해치는 독소로 여기는 사람이다. 그는 '문학이란 두 세계를 잇는 매우 중요한 정서적 이음새'이며, '유대인의 재탄생사를 말하고 있는' 이 소설을 통해 '아랍 세계가 1930~40년대 유대국가 탄생 과정에서 벌어진 유대인의 이야기를 보다 잘 이해하는' 것을 돕고 싶다고 말했다. 또한 '만약 우리가 이것으로부터 아무것도 배울 수 없다면, 우리의 독립을 위해 아무것도 할 수 없을 것'이라고 했다.

한편, 이듬해인 2011년 3월, 아모스 오즈는 유대인 살해 혐의로 종신형을 받고 이스라엘 감옥에 수감되어 있는 팔레스타인 탄짐*의 지도자 마르완 바르구티에게 다음과 같은 인사말을 히브리어로 쓴 『사랑과 어둠의 이야기』 아랍어 번역본을 증정했다. "이 이야기는 우리의 이야기입니다. 나는 당신이 이 책을 읽고, 우리가 당신을 이해하고 있는 것처럼, 우리를 이해하기 바랍니다. 바깥세상에서 평화롭고 자유롭게 당신을 만나고 싶습니다. 아모스 오즈 드림." 이 사실이 알려지자 이스라엘

* 팔레스타인 파타 정당에서 시작된, 과격파 무장 단체.

우파 정치가들의 비판이 쏟아졌다. 한 정치인은 "오즈가 적에게 책을 보내 인사를 했다. 이는 사랑과 어둠이 만났을 때 일어나는 일이다"라고 비꼬았다. 예정되어 있던 오즈의 몇몇 강연이나 연설도 취소되었다.

29세에 발표한 그의 소설 『나의 미카엘』이 카프카의 『변신』 등과 나란히 '20세기 세계 100대 작품'에 선정되는 등 그의 진가는 세계적으로 널리 인정받은 바 있다. 『사랑과 어둠의 이야기』는 영화로도 만들어져 2015년 칸 영화제에서 상영되었다. 이스라엘 출신의 여배우이자 오스카상 수상자인 내털리 포트먼이 감독이 되어 직접 각본을 쓰고, 오즈의 어머니 역을 맡았다. 이스라엘을 대표하는 작가로서 그리고 현실 문제를 진지하게 고민하는 평화운동가로서 오즈는 우리나라에서도 이미 두터운 독자층을 형성하고 있다. 늦은 감이 없지 않으나 이 작품이 빛을 보게 해준 문학동네에 깊은 감사를 드리며, 오래 기다려준 독자들의 많은 사랑을 기대한다.

최창모

아모스 오즈 연보

1939년 5월 4일 예루살렘에서 러시아 출신의 우파 시온주의자 아버지 예후다 아리에 클라우스너와 폴란드 출신의 어머니 파니아 무스만의 외아들로 태어남.

1952년 어머니 파니아가 자살함. 이 일은 오즈에게 매우 큰 영향을 끼침.

1954년 아버지에게 반항하여 예루살렘을 떠나 키부츠 훌다로 들어감.

1957년 키부츠 훌다의 회원이 됨. 1986년 키부츠를 떠날 때까지 대부분의 시간을 이곳에서 보내며 작품을 씀.

1960년 수상 벤구리온을 숭배하는 분위기에 반대하는 사회민주주의 그룹 '민하예소드'에서 활동함.

1961년 군복무(기갑부대에서 근무) 후 키부츠 훌다 목화농장으로 귀환. 문학적 재능을 인정한 키부츠 총회가 히브리 대학교로 유학 보내기로 결정함.

1963년 기바트 브레너에 있는 훌다 고등학교에서 문학과 철학 교사로 근무함.

1965년 예루살렘 히브리 대학교에서 히브리 문학과 철학 전공. 단편집 『자칼의 울음소리ארצות התן』 발표. 이 작품으로 이스라엘 홀론시 문학상 수상.

1966년 『다른 곳מקום אחר』 발표.

1967년 제3차 중동전쟁인 6일전쟁에서 시나이 전투에 참가. 전쟁 이후 이스라엘-팔레스타인 갈등을 해결하기 위한 '두 국가 해결안'을 고취시키는 여러 이스라엘 평화운동 단체 및 국가 평화안보위원회에서 활동함.

1968년 『나의 미카엘 מיכאל שלי』 발표.

1969년 이듬해까지 영국 옥스퍼드 대학교 성 크로스 칼리지에서 교환학생으로 공부.

1971년 중편집 『죽음에 이르기까지 עד מוות』 발표.

1973년 『물결을 스치며 바람을 스치며 לגעת במים, לגעת ברוח』 발표. 제4차 중동전쟁인 욤키푸르 전쟁에서 골란 고원 전투에 참가.

1974년 선집 『다른 사람들 אנשים אחרים』 발표.

1975년 닐리 주커만과 결혼. 『나의 미카엘』이 단 울만 감독에 의해 영화화됨.

1976년 단편집 『악한 음모의 언덕 הר העצה הרעה』 발표. 이 작품으로 이스라엘 브레너 문학상 수상.

1978년 동화 『첫사랑의 이름 סומכי』 발표. 이 작품으로 이스라엘 제에프 아동문학상과 덴마크 어린이 문학을 위한 한스 크리스티안 안데르센 메달 수상. 이스라엘 평화단체 '샬롬 악샤브(피스 나우)'의 창립 멤버 및 대표 대변인으로서 평화운동에 참여.

1979년 에세이 『타오르는 불꽃 아래 באור התכלת העזה』 발표.

1982년 『완전한 평화 מנוחה נכונה』 발표.

1983년 에세이 『이스라엘 땅에서 פה ושם בארץ ישראל』 발표. 『완전한 평화』로 이스라엘 번스타인 문학상 수상.

1984년 프랑스 정부가 주는 예술과 작가 부문 훈장 수훈. 이듬해까지 미국 콜로라도 대학교에서 교환교수로 활동.

1985년 뉴욕 로투스 클럽이 주는 올해의 작가상 수상.

1986년 아들의 천식 치료를 위해 키부츠 훌다를 떠나 아라드 시로 이주. 이스라엘 비알리크 문학상 수상.

1987년 미국 보스턴 대학교 교환교수로 활동. 에세이 『레바논의 언덕 ממורדות הלבנון』, 소설 『블랙 박스 קופסה שחורה』 발표. 이스라엘 브엘세바 벤구리온 대학교 히브리 문학 교수가 됨.

1988년 『블랙 박스』로 프랑스 페미나상(외국소설 부문)과 윙게이트상 수상. 신시네티와 예루살렘 히브리 유니온 칼리지, 미국 매사추세츠 웨스턴 뉴잉글랜드 대학에서 명예박사 학위를 받음.

1989년 『여자를 안다는 것 לדעת אישה』 발표. 스페인 지중해 카탈란 학술원 회원으로 선임됨.

1991년 히브리어 학술원 평생회원으로 선임됨. 소설 『피마/제3의 조건 המצב השלישי』 발표.

1992년 에세이 『상황보고서*Bericht zur Lage des Staates Israel*』가 독일에서 출간. 프랑크푸르트 국제도서전에서 독일 출판가 협회가 수여하는 국제 평화상 수상. 텔아비브 대학교에서 명예박사 학위를 받음.

1993년 『첫사랑의 이름』으로 독일 루크 아동문학상과 프랑스 아모르 아동문학상 수상. S. Y. 아그논에 관한 문학 에세이 『하늘의 침묵 שתיקת השמים』 발표. 벤구리온 대학교 현대 히브리 문학 아그논 석좌교수가 됨.

1994년 『밤이라 부르지 마오 אל תגידי לילה』 발표. 모리스 스텔러 문학상 수상. 『피마』로 외국소설 부문 독립상 수상. 에세이 『이스라엘, 팔레스타인 그리고 평화*Israel, Palestine and Peace*』 발표.

1995년 『지하실의 검은 표범 פנתר במרתף』 발표.

1996년 문학 에세이 『이야기가 시작되다 מתחילים סיפור』 발표.

1997년 미국 프린스턴 대학교 교환교수로 활동. 레지옹 도뇌르 훈장 수훈. 『지하실의 검은 표범』으로 스위스 블루 코브라 상 수상.

1998년 미국 브랜다이스 대학교에서 명예박사 학위를 받음. 이스라엘 독립 50주년 기념 에세이집 『우리의 모든 희망 כל התקוות』 발표. 이스라엘 문학가 최고의 영예인 이스라엘 문학상 수상.

1999년 산문 속의 시 『같은 바다 אותו הים』 발표. 옥스퍼드 대학교 세인트앤 칼리지의 명예회원으로 선출됨. 『나의 미카엘』이 베텔스만 출판그룹 심사위원과 독자 모임이 정한 20세기 100대 소설, 중국 5대 외국인 소설로 선정됨.

2000년 선집 『예루살렘 짐차 *Jerusalem Omnibus*』 네덜란드어로 발표. 인터뷰를 책으로 묶어 펴낸 『평화의 감각 *Il senso della pace*』 이탈리아어로 발표.

2002년 소설 『사랑과 어둠의 이야기 סיפור על אהבה וחושך』, 에세이 『그러나 거기에는 두 전쟁이 있다 בעצם יש כאן שתי מלחמות』 발표. 노르웨이 작가연맹이 주는 '표현의 자유'상 수상, 폴란드 기독교협회가 주는 톨레랑스 메달 받음. 독일 튀빙겐 대학교 교환작가로 활동.

2003년 『같은 바다』로 이스라엘 비조-프랑스 문학상 수상. 독일 게슈비스터 곡물과 농부 평화상 수상. 이스라엘-팔레스타인 평화운동기구 '제네바 입회'의 지도자로 활동.

2004년 『사랑과 어둠의 이야기』로 프랑스 문화상과 독일 '디 벨트' 국제문학상 수상. 카탈로니아 국제상을 사리 누세이베와 공동 수상. 강연집 『어떻게 광신을 치유할 것인가? *How to Cure a Fanatic?*』 발표. 에세이 『그의 부족의 요술 *Czarownik swojego plemienia*』을 폴란드어로 발표. 루마니아 작가협회가 주는 오비디우스 문학상과 밀라노 롬바르디아 평화상 수상.

2005년 『사랑과 어둠의 이야기』로 코렛 유대 도서상, 윙게이트상 수상. 브루노 크레이스키 정치문학상과 괴테상 수상. 그리스 헬라 작가회의 명예회원으로 선출됨. 프랑스 예술과 문학회의 지도자로 지명됨. 동화 『숲의 가족 פתאום בעומק היער』 발표. 독일어로 논문 「이스라엘과 독일 *Israel und Deutscland*」 발표. 벤구리온 대학교 명예교수가 됨.

2006년 에세이 『화산의 언덕에서—화산의 비탈 על מדרונות הר הגעש』 발표. 뉴욕의 유대신학교에서 명예박사 학위를 받음. 『사랑과 어둠의 이야기』로 예루살렘 아그논 상 수상. 독일 코리네 국제도서상과 유럽상 수상. 이스라엘 바이츠만 연구소로부터 명예박사 학위를 받음.

2007년 『삶과 죽음의 시 חרוזי החיים והמוות』 발표. 미국 예술과학 아카데미 회원이 됨. 밀라노 시가 수여하는 암브로지노 도로 메달을 받음. 아스투리아스 왕자상 수상. 텔아비브 예술박물관이 뽑는 '올해의 인물'에 선정됨. 『사랑과 어둠의 이야기』가 '이스라엘 건국 이후 가장 중요한 책 10권'에 선정됨. 독일 대통령 최고훈장 수훈. 이탈리아 그린차네 카보우르 상 수상.

2008년 이탈리아 프리모 레비 상과 율리시스 상, 독일 하인리히 하이네 상과 슈테판 하임 상 수상. 단 다비드 상 수상. 벨기에 안트베르펜 대학교, 이스라엘 벤구리온 대학교에서 명예박사 학위를 받음. 팔레스타인과의 평화, 인권, 종교의 자유 및 환경을 주요 강령으로 한 좌파 사회민주주의 정당 '새 운동-메레츠'의 창립자로 참여.

2009년 단편집 『시골생활 풍경 תמונות מחיי הכפר』 발표. 『예루살렘 3부작 *Jeruzalem Trilogie*』 네덜란드어로 발표. 스웨덴 요나스 바이스 기념상 수상.

2010년 『삶과 죽음의 시』로 부다페스트 북페어 상 수상. 지중해상, 토리노 페스티벌 독자상과 독일 지크프리트 운젤트 상 수상. 이스라엘 박물관 명예회원이 됨.

2012년 단편집 『친구 사이 בין חברים』 발표.

2013년 프란츠 카프카 상 수상. 히브리 대학교에서 수여하는 뉴맨 문학상 수상.

2014년 역사학자인 딸 파니아 오즈-잘츠베르거와 유대 사회와 문화에 대한 논픽션 『유대인과 단어 יהודים ומילים』 발표. 소설 『유다의 복음서 הבשורה על פי יהודה』 발표. 『친구 사이』로 전미 유대인 도서상 수상. 지크프리트 렌츠 문학상 수상. 영국 트리니티 칼리지에서 명예박사 학위를 받음. 스페인 국민훈장 수훈.

2015년 내털리 포트먼 연출, 주연으로 『사랑과 어둠의 이야기』가 영화화됨. 밀라노 대학교에서 명예학위를 받음.
한국 박경리 문학상 수상.

문학동네 세계문학전집 발간에 부쳐

세계문학은 국민문학 혹은 지역문학을 떠나 존재하는 문학이 아니지만 그것들의 총합도 아니다. 세계문학이라는 용어에는 그 나름의 언어와 전통을 갖고 있는 국민문학이나 지역문학의 존재를 인정하면서 그것을 넘어서는 문학의 보편적 질서에 대한 관념이 새겨져 있다. 그 용어를 처음 고안한 19세기 유럽인들은 유럽문학을 중심으로 그 질서를 구축했지만 풍부한 국민문학의 전통을 가지고 있는 현대의 문학 강국들은 나름의 방식으로 세계문학을 이해하면서 정전(正典)의 목록을 작성하고 또 수정한다.

한국에서도 세계문학 관념은 우리 사회와 문화의 변화 속에서 거듭 수정돼왔다. 어느 시기에는 제국 일본의 교양주의를 반영한 세계문학 관념이, 어느 시기에는 제3세계 민족주의에 동조한 세계문학 관념이 출현했고, 그러한 관념을 실천한 전집물이 출판됐다. 21세기 한국에 새로운 세계문학전집이 필요하다는 것은 명백하다. 우리의 지성과 감성의 기준에 부합하는 세계문학을 다시 구상할 때가 되었다.

문학동네 세계문학전집은 범세계적으로 통용되는 고전에 대한 상식을 존중하면서도 지난 반세기 동안 해외 주요 언어권에서 창작과 연구의 진전에 따라 일어난 정전의 변동을 고려하여 편성되었다. 그래서 불멸의 명작은 물론 동시대 세계의 중요한 정치 · 문화적 실천에 영감을 준 새로운 작품들을 두루 포함시켰다.

창립 이후 지금까지 한국문학 및 번역문학 출판에서 가장 전문적이고 생산적인 그룹을 대표해온 문학동네가 그간 축적한 문학 출판 경험을 바탕으로 새로운 세계문학전집을 펴낸다. 인류가 무지와 몽매의 어둠 속을 방황하면서도 끝내 길을 잃지 않은 것은 세계문학사의 하늘에 떠 있는 빛나는 별들이 길잡이가 되어주었기 때문이다. 우리가 자부심과 사명감 속에서 그리게 될 이 새로운 별자리가 독자들의 관심과 애정에 힘입어 우리 모두의 뿌듯한 자산이 되기를 소망한다.

문학동네 세계문학전집 편집위원

민은경, 박유하, 변현태, 송병선, 이재룡, 홍길표, 남진우, 황종연

지은이 **아모스 오즈**

1939년 예루살렘에서 태어났다. 예루살렘 히브리 대학교에서 히브리 문학과 철학을 전공했다. 1965년 『자칼의 울음소리』로 데뷔한 이후, 『나의 미카엘』『여자를 안다는 것』『사랑과 어둠의 이야기』『삶과 죽음의 시』『친구 사이』 등을 꾸준히 발표하며 문단과 대중의 찬사를 받았다. 이스라엘 문학상, 괴테상, 프란츠 카프카 상 등 유수의 문학상을 휩쓸며 현대 히브리 문학의 거장으로 자리매김했다.

옮긴이 **최창모**

연세대학교와 동 대학원에서 신학을 전공한 후, 예루살렘 히브리 대학교에서 이스라엘 역사와 히브리 문학으로 박사 학위를 받았다. 1992년부터 건국대 히브리학과, 히브리-중동학과, 문화콘텐츠학과를 거쳐 융합인재학부에 재직중이다. 미국 UC 버클리 대학교, 영국 옥스퍼드 대학교, 예루살렘 히브리 대학교에서 방문 교수를 지낸 바 있으며, 건국대 사회교육원장, 한국중동학회장, 외교통상부 정책자문위원, 경기디지털콘텐츠진흥원 자문위원 등을 역임했고, DMZ 국제 다큐멘터리 영화제 조직위원으로 활동중이다. 지은 책으로 『이스라엘사』『돌멩이를 먹고사는 사람들』『금기의 수수께끼』『기억과 편견』『예루살렘』『유대교와 이슬람, 금기에서 법으로』(공저) 『중동의 미래, 이스라엘과 팔레스타인』 등이 있으며, 옮긴 책으로 『나의 미카엘』『여자를 안다는 것』『유대교란 무엇인가』『유대교』 등이 있다.

세계문학전집 132

사랑과 어둠의 이야기 2

양장본 초판 인쇄 2015년 11월 20일
양장본 초판 발행 2015년 11월 30일

지은이 아모스 오즈 | 옮긴이 최창모 | 펴낸이 염현숙

책임편집 박신양 | 편집 황현주 오동규 | 독자모니터 이상훈
디자인 김마리 이주영 | 저작권 한문숙 박혜연 김지영
마케팅 정민호 이미진 정진아 전효선 | 홍보 김희숙 김상만 한수진 이천희
제작 강신은 김동욱 임현식 | 제작처 영신사

펴낸곳 (주)문학동네
출판등록 1993년 10월 22일 제406-2003-000045호
주소 10881 경기도 파주시 회동길 210
전자우편 editor@munhak.com | 대표전화 031) 955-8888 | 팩스 031) 955-8855
문의전화 031) 955-1927(마케팅), 031) 955-1916(편집)
문학동네카페 http://cafe.naver.com/mhdn
문학동네트위터 http://twitter.com/munhakdongne

ISBN 978-89-546-3848-7 04890
978-89-546-1020-9 (세트)

www.munhak.com

문학동네 세계문학전집

1, 2, 3 안나 카레니나 레프 톨스토이 | 박형규 옮김
4 판탈레온과 특별봉사대 마리오 바르가스 요사 | 송병선 옮김
5 황금 물고기 르 클레지오 | 최수철 옮김
6 템페스트 윌리엄 셰익스피어 | 이경식 옮김
7 위대한 개츠비 F. 스콧 피츠제럴드 | 김영하 옮김
8 아름다운 애너벨 리 싸늘하게 죽다 오에 겐자부로 | 박유하 옮김
9, 10 파우스트 요한 볼프강 폰 괴테 | 이인웅 옮김
11 가면의 고백 미시마 유키오 | 양윤옥 옮김
12 킴 러디어드 키플링 | 하창수 옮김
13 나귀 가죽 오노레 드 발자크 | 이철의 옮김
14 피아노 치는 여자 엘프리데 옐리네크 | 이병애 옮김
15 1984 조지 오웰 | 김기혁 옮김
16 벤야멘타 하인학교 – 야콥 폰 군텐 이야기 로베르트 발저 | 홍길표 옮김
17, 18 적과 흑 스탕달 | 이규식 옮김
19, 20 휴먼 스테인 필립 로스 | 박범수 옮김
21 체스 이야기·낯선 여인의 편지 슈테판 츠바이크 | 김연수 옮김
22 왼손잡이 니콜라이 레스코프 | 이상훈 옮김
23 소송 프란츠 카프카 | 권혁준 옮김
24 마크롤 가비에로의 모험 알바로 무티스 | 송병선 옮김
25 파계 시마자키 도손 | 노영희 옮김
26 내 생명 앗아가주오 앙헬레스 마스트레타 | 강성식 옮김
27 여명 시도니가브리엘 콜레트 | 송기정 옮김
28 한때 흑인이었던 남자의 자서전 제임스 웰든 존슨 | 천승걸 옮김
29 슬픈 짐승 모니카 마론 | 김미선 옮김
30 피로 물든 방 앤절라 카터 | 이귀우 옮김
31 숨그네 헤르타 뮐러 | 박경희 옮김
32 우리 시대의 영웅 미하일 레르몬토프 | 김연경 옮김
33, 34 실낙원 존 밀턴 | 조신권 옮김
35 복낙원 존 밀턴 | 조신권 옮김
36 포로기 오오카 쇼헤이 | 허호 옮김
37 동물농장·파리와 런던의 따라지 인생 조지 오웰 | 김기혁 옮김

38 루이 랑베르 오노레 드 발자크 | 송기정 옮김
39 코틀로반 안드레이 플라토노프 | 김철균 옮김
40 어두운 상점들의 거리 파트릭 모디아노 | 김화영 옮김
41 순교자 김은국 | 도정일 옮김
42 젊은 베르테르의 슬픔 요한 볼프강 폰 괴테 | 안장혁 옮김
43 더블린 사람들 제임스 조이스 | 진선주 옮김
44 설득 제인 오스틴 | 원영선, 전신화 옮김
45 인공호흡 리카르도 피글리아 | 엄지영 옮김
46 정글북 러디어드 키플링 | 손향숙 옮김
47 외로운 남자 외젠 이오네스코 | 이재룡 옮김
48 에피 브리스트 테오도어 폰타네 | 한미희 옮김
49 둔황 이노우에 야스시 | 임용택 옮김
50 미크로메가스·캉디드 혹은 낙관주의 볼테르 | 이병애 옮김
51, 52 염소의 축제 마리오 바르가스 요사 | 송병선 옮김
53 고야산 스님·초롱불 노래 이즈미 교카 | 임태균 옮김
54 다니엘서 E. L. 닥터로 | 정상준 옮김
55 이날을 위한 우산 빌헬름 게나치노 | 박교진 옮김
56 톰 소여의 모험 마크 트웨인 | 강미경 옮김
57 카사노바의 귀향·꿈의 노벨레 아르투어 슈니츨러 | 모명숙 옮김
58 바보들을 위한 학교 사샤 소콜로프 | 권정임 옮김
59 어느 어릿광대의 견해 하인리히 뵐 | 신동도 옮김
60 웃는 늑대 쓰시마 유코 | 김훈아 옮김
61 팔코너 존 치버 | 박영원 옮김
62 한눈팔기 나쓰메 소세키 | 조영석 옮김
63, 64 톰 아저씨의 오두막 해리엇 비처 스토 | 이종인 옮김
65 아버지와 아들 이반 투르게네프 | 이항재 옮김
66 베니스의 상인 윌리엄 셰익스피어 | 이경식 옮김
67 해부학자 페데리코 안다아시 | 조구호 옮김
68 긴 이별을 위한 짧은 편지 페터 한트케 | 안장혁 옮김
69 호텔 뒤락 애니타 브루크너 | 김정 옮김
70 잔해 쥘리앵 그린 | 김종우 옮김

71 절망 블라디미르 나보코프 | 최종술 옮김

72 더버빌가의 테스 토머스 하디 | 유명숙 옮김

73 감상소설 미하일 조셴코 | 백용식 옮김

74 빙하와 어둠의 공포 크리스토프 란스마이어 | 진일상 옮김

75 쓰가루·석별·옛날이야기 다자이 오사무 | 서재곤 옮김

76 이인 알베르 카뮈 | 이기언 옮김

77 달려라, 토끼 존 업다이크 | 정영목 옮김

78 몰락하는 자 토마스 베른하르트 | 박인원 옮김

79, 80 한밤의 아이들 살만 루슈디 | 김진준 옮김

81 죽은 군대의 장군 이스마일 카다레 | 이창실 옮김

82 페레이라가 주장하다 안토니오 타부키 | 이승수 옮김

83, 84 목로주점 에밀 졸라 | 박명숙 옮김

85 아베 일족 모리 오가이 | 권태민 옮김

86 폭풍의 언덕 에밀리 브론테 | 김정아 옮김

87, 88 늦여름 아달베르트 슈티프터 | 박종대 옮김

89 클레브 공작부인 라파예트 부인 | 류재화 옮김

90 P세대 빅토르 펠레빈 | 박혜경 옮김

91 노인과 바다 어니스트 헤밍웨이 | 이인규 옮김

92 물방울 메도루마 슌 | 유은경 옮김

93 도깨비불 피에르 드리외라로셸 | 이재룡 옮김

94 프랑켄슈타인 메리 셸리 | 김선형 옮김

95 래그타임 E. L. 닥터로 | 최용준 옮김

96 캔터빌의 유령 오스카 와일드 | 김미나 옮김

97 만(卍)·시게모토 소장의 어머니 다니자키 준이치로 | 김춘미, 이호철 옮김

98 맨해튼 트랜스퍼 존 더스패서스 | 박경희 옮김

99 단순한 열정 아니 에르노 | 최정수 옮김

100 열세 걸음 모옌 | 임홍빈 옮김

101 데미안 헤르만 헤세 | 안인희 옮김

102 수레바퀴 아래서 헤르만 헤세 | 한미희 옮김

103 소리와 분노 윌리엄 포크너 | 공진호 옮김

104 곰 윌리엄 포크너 | 민은영 옮김

105 롤리타 블라디미르 나보코프 | 김진준 옮김

106, 107 부활 레프 톨스토이 | 백승무 옮김

108, 109 모래그릇 마쓰모토 세이초 | 이병진 옮김

110 은둔자 막심 고리키 | 이강은 옮김

111 불타버린 지도 아베 고보 | 이영미 옮김

112 말라볼리아가의 사람들 조반니 베르가 | 김운찬 옮김

113 디어 라이프 앨리스 먼로 | 정연희 옮김

114 돈 카를로스 프리드리히 실러 | 안인희 옮김

115 인간 짐승 에밀 졸라 | 이철의 옮김

116 빌러비드 토니 모리슨 | 최인자 옮김

117, 118 미국의 목가 필립 로스 | 정영목 옮김

119 대성당 레이먼드 카버 | 김연수 옮김

120 나나 에밀 졸라 | 김치수 옮김

121, 122 제르미날 에밀 졸라 | 박명숙 옮김

123 현기증. 감정들 W. G. 제발트 | 배수아 옮김

124 강 동쪽의 기담 나가이 가후 | 정병호 옮김

125 붉은 밤의 도시들 윌리엄 버로스 | 박인찬 옮김

126 수고양이 무어의 인생관 E. T. A. 호프만 | 박은경 옮김

127 맘브루 R. H. 모레노 두란 | 송병선 옮김

128 익사 오에 겐자부로 | 박유하 옮김

129 땅의 혜택 크누트 함순 | 안미란 옮김

130 불안의 책 페르난두 페소아 | 오진영 옮김

131, 132 사랑과 어둠의 이야기 아모스 오즈 | 최창모 옮김

● 문학동네 세계문학전집은 계속 출간됩니다